ISABEL KRITZER

CALIFORNIA'S NEXT MAGICIAN

Band 1 der

Next Magician Dilogie

DRACHENMOND VERLAG

Drachenmond Verlag GmbH
Auf der Weide 6
50354 Hürth
http: www.drachenmond.de
E-Mail: info@drachenmond.de

Lektorat: Nina Bellem
Korrektorat: Michaela Retetzki
Satz & Layout: Astrid Behrendt
Illustrationen: Anna Jane Greenville
Weltkarte: Magali Volkmann
Umschlagdesign: Alexander Kopainski
Bildmaterial: Shutterstock

Druck: Booksfactory

ISBN 978-3-95991-905-0

Für Bettina,
weil du mich stets gelehrt hast,
dass Emanzipation etwas Gutes und wichtig
für uns Frauen ist.
Und dass es sich lohnt, für seine Träume zu kämpfen,
ganz gleich, wer an einen glaubt.

Und für Elke,
weil du an mich glaubst.
Dieses Buch habe ich für dich geschrieben.

Vorwort

Herzlich willkommen im Kaiserreich Eterny – in einer Welt voller Magie und Möglichkeiten!

Hier erwartet dich eine Geschichte der besonderen Art. Sei live dabei und begleite Josephine auf ihrem Weg. Damit bist du näher dran als all die Kameras, die Tag und Nacht, jede Minute und Sekunde, den Kandidaten mit ihrer Linse folgen.

Blättere schnell weiter und verliere dein Herz – aber pass auf, dass du es an den Richtigen verlierst, denn in Eterny ist nichts so, wie es scheint.

Ich wünsche dir viel Spaß beim Lesen!

Sonja
von dreamsbooksandfantasy.de

Playlist

Airplanes (feat. Hayley Williams of Paramore) – B.o.B.
Irreplaceable – Beyoncé
I Want It That Way – Backstreet Boys
Mr. Brightside – The Killers
How You Remind Me – Nickelback
Titanium (feat. Sia) – David Guetta
Since U Been Gone – Kelly Clarkson
Sex On Fire – Kings of Leon
Dilemma (feat. Nelly) – Kelly Rowland
No Air (feat. Chris Brown) – Jordin Sparks
Crazy – Gnarls Barkley
Say My Name – Destiny's Child
Gangsta's Paradise (feat L.V.) – Coolio
Where Is the Love? – The Black Eyed Peas
Family Affair – Mary J. Blige
Numb – Linking Park
Secrets – OneRepublic
She Will Be Loved – Maroon 5
Apologize (feat. OneRepublic) – Timbaland
Lose Yourself – Eminem

2086
FREISTAATEN VON EUROPA
RÉPUBLIQUE FRANÇAISE
REPUBBLICA ITALIANA
NEUES CHINESISCHES KAISERREICH MOSHU
NOORD-AFRIKA
SUID AFRIKA

1

Das Mädchen im Käfig aus Leuchtdioden

Meine Hände zitterten besorgniserregend. Das taten sie immer, wenn ich aufgeregt war. Und da ich auf einer Bühne stand, hatte mein Körper anscheinend einfach so – ohne mein Wissen – den inneren Ausnahmezustand ausgerufen. Unwirsch klemmte ich sie mir über Kreuz unter die Achseln, an denen mich daraufhin der Cordstoff meines rosafarbenen Kostüms zwickte. *Nein,* ich steckte nicht in einem Kostüm à la Ferkel aus Pooh der Bär, auch wenn ich eine Vorliebe für Kinderfilme aus der alten Zeit hatte, sondern in einem richtigen. Mit Blazer, sittsamem knielangen Rock und weißen, auf Hochglanz gewienerten Absatzschuhen, die vorher bei jedem Schritt die Treppen zu Bühne hinauf fürchterlich geklackt hatten.

Zur Krönung des Ganzen hieß ich Josephine Streisand. Nicht und absolut auch sicher über gar keine Ecke mit Barbara Streisand verwandt, denn ich bevorzugte Metal. *Heavy Metal.* Das ganz laute Zeug, das einen durch ordentliche Vibration der Boxen auch etwas im Bauch und in den Gliedern spüren ließ. Das nicht nur an den Nerven zehrte wie Barbaras sanftes Stimmchen, das meine Mutter, zu meinem absoluten Unverständnis, so gern aus der Konserve erklingen ließ.

Außerdem bevorzugte ich normalerweise Smokey Eyes, statt meiner heute nur dezent geschminkten blauen Augen, und wenn es nach mir gegangen wäre, hätte ich auch eine charakteristische Anzahl von Metallringen in den Ohren und vielleicht auch einen in der Nase. Möglicherweise hätte ich mir zudem die seidigen blonden Strähnen, die mir bis zur Hüfte fielen, schwarz gefärbt – für ein stimmiges Gesamtbild. *Es ging aber nicht nach mir.*

Dementsprechend stand ich brav im Licht der grellen Scheinwerfer und harrte im stummen Elend dieser lächerlichen Möchtegernbarbiepuppen-Aufmachung aus. Allein die ganzen Gedanken an Klamotten verursachten mir bereits Ermüdungserscheinungen. Aber leider verboten sich auch die meisten anderen möglichen Überlegungen, wie zum Beispiel die über meine unmittelbare Zukunft, denn diese sah nicht gerade rosig aus.

Das fand zumindest ich. Meine Mutter war da anderer Meinung. Deshalb stand ich hier auf dem weißen Marmor und ließ mich mit vierundzwanzig Fremden neben mir von mehr als fünfzigtausend Zuschauern auf dem weitläufigen Platz davor begaffen.

Hinter mir fuhr gerade nach einem fröhlichen Tusch ein überlebensgroßer Flatscreen zur Seite und enthüllte vermutlich den rötlichen Haarschopf von einem der größten Magicians unserer Zeit. So interpretierte ich jedenfalls die plötzlich sabbernden Münder der meisten weiblichen Wesen im Publikum.

Jaaa. Ich konnte mir nichts Schöneres vorstellen, als dass ER gleich zu uns sprechen würde. Absolut nichts. Gar nichts. Neeeiiin.

Sein Ruf als Bad Boy eilte ihm voraus. Und obwohl ich mir einzureden versuchte, dass mich das nicht beeindruckte, jagte mir seine plötzliche Präsenz nun doch elektrisierende Schauer über den unteren Rücken. Dabei hatte ich ihn noch nicht einmal gesehen. Er stand nur irgendwo hinter mir auf derselben Bühne.

Sullivan Tenakulis. Kardinal der Blauen Garde seiner göttlichen Heiligkeit, des Kaisers von Eterny. Mitglied der Gilde der Gulet. *Sexiest Man Alive*, wenn man dem Tekre Magazin Glauben schenkte. Vierundzwanzig Jahre alt oder eher jung. Schwarm fast aller Mädchen und Frauen des Kaiserreiches.

»*Nicht mein Typ*«, hatte ich neulich zu Yasemine gesagt, die unter uns wohnte. Wieder einmal hatte sie von ihm zu schwärmen begonnen. Dieses Mal allerdings, während ich im Wäscheraum einfach nur in Ruhe Höschen auf die Leine hatte hängen wollen.

Was war falsch an ein bisschen Privatsphäre, wenn man gerade in der eigenen Unterwäsche herumwühlt? Genau. Nichts.

Und deshalb war doch wohl auch ein bisschen flunkern hinsichtlich meiner Abneigung gegen Sullivan erlaubt, oder? Schließlich sang schon jedes andere weibliche Wesen wahre Loblieder des Balzgesangs auf Mister Ich-bin-zu-gut-für-euch-Alle. Denn eine Beziehung war er bisher – zumindest offiziell – nicht eingegangen. Möge er eines Tages einsam mit sieben Katzen enden.

Oder war das zu harmlos? Denn das wäre vermutlich immer noch besser als die Art und Weise, wie ich enden würde. Bald – sehr bald. Ohne Katzen. Bei irgendeiner der kommenden Aufgaben, wegen denen ich hier auf dieser Bühne stand.

Und genau das war der Grund für meine heutige Biestigkeit; für Verhaltenszüge, die ich bisher nie an mir hatte feststellen können und die jetzt einfach so aus mir herausbrachen. *Wie unangenehm.*

Ich schluckte. Blinzelte.

Leider sah auch Yasemine die Dinge anders als ich. Nicht dass sie sich deshalb mit meiner Mutter grün gewesen wäre.

Yasemine arbeitete in einem Schönheitssalon, hatte purpurfarbenes Haar, blinkende Zähne und rostrote Krallen, mit denen sie sicher keine Behandlungen durchführte. *Oder doch?* Ich hatte sie nie gefragt. Und war auch noch nie in einem Schönheitssalon gewesen. Was wusste ich also? Jedenfalls war sie das perfekte Aushängeschild für alles, was in California gemeinhin als ›Der letzte Schrei!‹ bezeichnet wurde. Und zum Schreien waren ihre Wandlungen manchmal wirklich. Das ging von ›zum Schreien komisch‹ bei etwaigen bonbonrosa Haarverwirrungen bis zu ›zum laut Schreien und Davonlaufen‹, wenn sie wieder einmal mit Botox und anderen Mitteln hantiert hatte. Aber das war ihre Entscheidung, denn immerhin machte sie das zu einer absolut individuellen Persönlichkeit.

Ich war nur die uneheliche Kleine der Vorstandsvorsitzenden von Tekre Industries. Das Mädchen im Käfig aus Leuchtdioden, aus Nanocams und Hightechkram, der mich herzlich wenig interessierte. Das wundersame Kind ohne Gabe. Und damit scheinbar die größte Enttäuschung im Leben meiner ehrgeizigen Mutter – bis jetzt.

Nun war ich immer noch eine unter Millionen von Einwohnern Californias und doch eine der fünfundzwanzig mit einem silbernen Brief, die deshalb heute hier auf dem Marmor standen.

Wie magisch angezogen lenkte ich meinen Blick direkt auf *ihn*.

Sullivan der Großartige. Hust.

Er war inzwischen zum vorderen Rand der Bühne geschritten und stand nun knapp vor der Abgrenzung zum Publikum, die durch Robobots und schwebende Drohnen gesichert wurde. Fast geräuschlos sorgte die Technik für eine umfassende systemgesteuerte Überwachung der jubelnden Masse an Menschen. Immer und überall aufgezeichnet zu werden gehörte zum Alltag in California. Es war völlig normal. Wir kannten es nicht anders.

Sullivan wirkte dementsprechend ungerührt. Selbstsicher und anscheinend völlig im Einklang mit sich – im firmamentblauen Anzug mit weißem Einstecktuch und silbernen Schuhen. Er war solche Auftritte eindeutig gewohnt.

In meine Betrachtung mischte sich unfreiwillig Bewunderung, fast schon eine irritierende Hingezogenheit zu ihm. Ohne es zu wollen, ploppten in meinem Inneren verwirrend positive Gefühle auf – andererseits schien sich meine Aversion gegen ihn im selben Maß zu verstärken. Einzig und allein deshalb, weil er verkörperte, was ich hasste. Momentan hasste: *Magicians*. Weil sie mir mein geruhsames Leben genommen hatten. Einfach so. Weil sie es konnten. Durch diesen vermaledeiten Brief, den ich weder erwünscht noch erhofft hatte. Nicht wie einige der Fremden neben mir auf dieser Bühne.

Ich seufzte tonlos. Betrachtete Sullivans Kleidung intensiver.

Mal im Ernst. Wer zog als Mann schon silberne Schuhe an? Eigentlich fehlten ihm nur noch eine rote aufgesteckte Nase und ein paar weiße Knöpfe am Revers, dann wäre das futuristische Clownoutfit perfekt. *Okay, das war gehässig.* Und er war so weit davon entfernt, lächerlich auszusehen, dass nicht einmal ich meine zweifelhaften Versuche, ihn vor mir selbst schlecht zu machen, ernst nehmen konnte.

Mir stockte der Atem, als er seinen Kopf nun so drehte, dass ich sein Profil wahrnehmen konnte. Er hatte eine ganz besondere Ausstrahlung. Eine, die alles und jeden in seiner unmittelbaren Umgebung in den Bann zog.

Ja, er war mehr als attraktiv, gestand ich mir in einem plötzlichen Anfall von Tatsachenbezug ein. Als er nun zur Menge gedreht die Hand hob, legte sich schlagartig Stille über diese, als hätte er ihnen allen zeitgleich die Stimmen gestohlen. Vielleicht konnte er das sogar. Ich wusste es nicht. Hatte nur wie all die anderen die Gerüchte gehört, die sich um sein Machtpotenzial rankten.

Ich löste meinen Blick von ihm, ließ ihn schweifen.

Das Publikum drängte sich bis an die Ränder des großen Platzes, auf dem die Bühne errichtet worden war. Stand an den Ecken sogar in die abzweigenden Gassen und schmalen Gänge, die die Häuser voneinander trennten. Glas und Chrom blitzten zwischen all den ordentlichen dunklen Anzügen der Männer und den rosafarbenen oder roten Röcken und Blusen der Frauen hervor.

»Saludo sapiens!«, grüßte Sullivan, nachdem sich der Geräuschpegel gesenkt hatte, mit einer weiteren eleganten Bewegung seiner Hand. Er verwendete damit unsere traditionelle Begrüßung seit dem Aufstand. »Saludo California!« Er setzte eine Pause und nickte leicht mit dem Kopf.

Applaus brandete auf.

Während ich wie alle anderen klatschte, schon allein, um nicht aufzufallen, beobachtete ich die Menge genauer.

Sullivans weißes Einstecktuch und die silbernen Schuhe waren eine Provokation, zu der sonst keiner den Mut hatte. Es fand sich nicht ein anderer Mann vor mir, der etwas Weißes, Silbernes oder weiblich Farbenfrohes trug, und nicht eine Frau, die sich öffentlich in etwas Tristem wie den für Männer oft maßgeschneiderten blauen, schwarzen oder grauen Stoffen zeigte. Das war nicht nur eine der obersten Regeln des Kaiserreiches Eterny, sondern auch *unseres* Magicians: Leonardo Sinessa. Der Magician und Regent des Landes innerhalb Eternys, in dem wir lebten: California.

Entweder trug man die den Geschlechtern zugesprochenen Farben oder eben eine Gewandung in den Gildenfarben – wenn man rechtmäßig als Magician oder Magicia zu einer der vier großen Gilden des Kaiserreiches gehörte. Die meisten magisch Begabten tummelten sich allerdings in Washington, der Hauptstadt von Eterny, nahe dem kaiserlichen Palast. Dort sah man häufiger Gildenfarben. In Tekre, der Hauptstadt Californias, lag der Sachverhalt ein bisschen anders.

Ebenso hatten Männer und Frauen den ihnen angedachten Tätigkeiten nachzugehen, proklamierte Sinessa in seinem erschlagenden vierhundert Seiten umfassenden Regelwerk, das wir gefühlt bei der Geburt auswendig zu können hatten. Wenn von den selbst gemachten Gesetzen des ›sinessischen Freistaates‹, wie die Untergrundpresse Sinessas Regentschaft inzwischen recht unverblümt ironisierte, abgewichen wurde, mussten entsprechende Strafsteuern gezahlt werden.

Eigentlich gehörte California nur als ein Land von fünfundzwanzig zum Kaiserreich Eterny und allein der Kaiser erließ die Gesetze. Doch das schien Sinessa manchmal zu vergessen. Genau wie einige historische Entwicklungen. Zum Beispiel die *Emanzipation*. Zum Glück trieb er nicht ganz so oft Strafsteuern ein. Sie waren unsichtbare Keulen, die eher abschreckten als zuschlugen.

Träge blinzelte ich.

»Es ist mir eine Ehre, heute hier stehen zu dürfen, um der Eingangszeremonie beizuwohnen«, fuhr Sullivan vorne fort. Doch obwohl seine Stimme eine besondere Wirkung auf meinen Magen ausübte, in dem es verdächtig zu flattern begann, schweiften meine Gedanken zurück zu Sinessas Ränken.

Man sollte meinen, Jähzorn sei Fünfjährigen vorbehalten, bei ihm nahm dieser mit fünfzig jedoch ungeahnte Formen an. Tödliche Formen, um genau zu sein. Meine Mutter gehörte zu dem bei unserem Regenten in Ungnade gefallenen Kreis an Personen. Ungleich so mächtigen Personen, dass er sich entschieden hatte, sie gewähren zu lassen, statt an ihnen ein Exempel zu statuieren. Was seinen Unmut im Einzelnen erregte, war nicht immer vorhersehbar. Bei meiner Mutter war es die offensichtliche Tatsache, dass sie in einem Bereich arbeitete, den er für Frauen unschicklich hielt. Sie hatte Informatik studiert und saß dem Vorstand des von ihrem verstorbenen Vater gegründeten Unternehmens Tekre Industries vor. Einem Unternehmen, dessen Gewinne die Steuereinnahmen ganz Californias um ein Zehnfaches überstiegen.

Vielleicht war Sinessa einfach *das* zuwider.

Von Überwachungsgeräten, Spionageabwehr bis zu Installationen wie der LED-Wand in meinem Rücken, deren eingebaute Lautsprecher gerade einen neuerlichen Trompetenstoß erklingen ließen, stellte Tekre Industries alles her. Man könnte meinen, wir hätten Geld wie Heu. Doch dem war nicht so. Frauen bekamen in California grundsätzlich nur den Mindestlohn. Und der war nicht berauschend. Aber so wollte es das Gesetz – wohl um die holde Weiblichkeit an Haus und Herd zu binden. Die Entlohnung meine Mutter bildete da keine Ausnahme. Sie arbeitete aus purer Überzeugung. Deshalb, mit einzig ihrem Gehalt als Einkommen, wohnten wir in einem der großen gläsernen Türme, in der Wohnung direkt über Yasemine. *Hatten gewohnt*, korrigierte ich mich sogleich. Denn nun wohnte erst einmal nur noch meine Mutter dort.

In meinem Rücken prickelte es wieder. Sachte scharrte der Bildschirm hinter mir auf dem Boden. Irgendetwas entlockte der Menge ein Raunen und beendete endlich die Selbstinszenierung von Mr Unberührbar vor mir.

»… also lassen wir uns überraschen, wer uns im Laufe der nächsten Tage und Wochen begeistern wird«, schloss Sullivan selbstsicher und drehte sich ein bisschen zur Seite. Ein schiefes Lächeln zierte seine Mundwinkel. Es ließ ihn fast verschmitzt wirken. Dann jedoch trat die Ernsthaftigkeit erneut in seine Züge und er bewegte sich in die Mitte der Bühne. Dort winkte er noch einmal von Applaus begleitet der Menge zu, bevor er sich an den Rand, rechts von mir, stellte.

Inzwischen fühlten sich meine Finger leicht schwitzig an und ich überlegte, ob die Schweißränder, die sich sicher unter meinen Armen gebildet hatten, bald durch den Cordstoff zu sehen sein würden. *Hoffentlich nicht!* Unter dem Licht der unzähligen Scheinwerfer wurde es immer wärmer. *Ich wünschte, die hellen Strahler wären nicht da.*

Unwirsch klemmte ich meine Hände fester unter die Achseln. Wie ich dabei auf das Publikum wirkte, war mir egal. Zumindest fast. *Ich würde sowieso verlieren und keiner ihrer Lieblinge werden.* Wusste nicht einmal genau, was ich hier eigentlich sollte. Doch ich hatte bereits Widerspruch eingelegt und war sang- und klanglos abgewiesen worden. *Verdammt sollte der ›sinessische Freistaates‹ sein!*

Loafer klackerten über den Marmorboden – *oder waren es Mokassins?* Eine Frage für den imaginären Quizmaster in meinem Kopf, der eigentlich noch immer damit beschäftigt war, herauszufinden, wie jemand im Jahr 2086 so verstaubte Ansichten über Männer und Frauen hegen konnte wie Sinessa. Das kam gleich nach: Wer merkte sich schon so etwas Unnötiges wie: *Welche Männerschuhe haben einen Absatz?*

Nervös nuckelte ich an meiner Unterlippe, bis ich mir dessen bewusst wurde und es unterließ – schließlich wurde hier alles gefilmt und live übertragen. Am liebsten wäre ich zu Hause, mit einem Buch auf meinem winzigen grauen Sofa, statt auf dieser Bühne. Jetzt in meiner verbotenen dunkelblauen Jogginghose und dem schwarzen Tanktop dort zu sitzen wäre toll. Ich liebte jede abgewetzte Stelle des Möbelstückes und jede ausgewaschene Fluse der Kleidung.

Tonlos seufzte ich und verdrängte das schöne Bild vor meinem inneren Auge. Von hier aus gab es kein Zurück. Ich musste mich damit abfinden. Während ich das Thema Emanzipation beiseiteschob, weil auch Abertausend weitere Gedanken darüber nichts bringen würden, und noch rätselte, was denn nun des Modegottes Lösung war, rückte Leonardo Sinessa höchstselbst schräg vor mir in mein Blickfeld.

Ruhig und von einem starken hellgelben Kraftfeld wie eine Rüstung umgeben, durchschritt er die Breite der Bühne. Der dicke Hals, um den ein schwarzer Kragen lag, und die unnatürliche Rötung seines kahlen Kopfes ließen ihn in meinen Augen weder Sympathie- noch Attraktivitätspunkte sammeln.

Der Mann blieb ein Monster.

Ein kaltes, ichbezogenes Monster mit einem Mount-Everest-großen Frauenproblem. Nichtsdestotrotz war er unser Regent. Rechtmäßig und auf die vorgeschriebene Amtszeit von fünfundzwanzig Jahren gewählt.

Vom Volk!

Ich fragte mich ehrlich, wie er diese Wahl manipuliert hatte. *Ob der Tag heute ihn wohl daran erinnerte, wie für ihn damals alles begann? Wie er dort gestanden hatte, wo ich heute stand?*

Mit zusammengekniffenen Augen beobachtete ich seine nächsten Gesten und die Mimik, als er stoppte.

Mit einer ausladenden Geste hob er die Hände, winkelte die Ellenbogen an und ließ die Illusion von leuchtendem Feuer seine in feinen anthrazitfarbenen Ärmeln steckenden Unterarme emporzüngeln.

Immer heller erstrahlten seine Hände, bis sich eine Kugel als Leuchtfeuer in die Luft über seinem Kopf erhob und ihm einen skurrilen Heiligenschein verlieh. Dort blieb sie in der Schwebe, während er die Hände wieder senkte, schnell zu seiner Kehle führte und dann ein breites Lächeln aufsetzte, bevor er zu sprechen begann.

»Dieser Tag …«, seine Stimme trug die Worte, durch seine Gabe verstärkt, weit hinaus, über die Köpfe der Menge, »… ist immer wieder etwas Besonderes.« Er stieß einen dramatischen Seufzer aus. »Zusätzlich haben wir heute einen besonderen Gast!« Er schmückte die Worte mit einem falschen Lächeln, während er mit seinem rechten Zeigefinger auf Sullivan deutete. Der Finger ruckte hin und her.

Auf mich wirkte es ein bisschen, als befehle er einem Tier, ein Kunststück zu vollführen. Als könne er sich nicht entscheiden, ob er ihn nun zu sich rufen wollte oder nicht. Was ich in Anbetracht von Sullivans Position nicht als ratsam erachtete. Aber vielleicht bescherte das California endlich das Glück, dass Sinessa sich eine Rüge des kaiserlichen Gesandten einhandelte, die seine Egozentrik kurzzeitig ausbremste.

Vielleicht war das aber auch nur Wunschdenken meinerseits, denn Sullivan blieb ungerührt genau dort, wo er war. Einzig seine Lippen verzogen sich zu einem angedeuteten Lächeln, das schlussendlich bis zu mir strahlte – von der entgegengesetzten Ecke der Bühne.

Enttäuschung breitete sich in mir aus, doch gleich darauf zog ein undefinierbarer Ausdruck über Sullivans Gesicht. *Irritation? Abscheu?* Schneller, als ich diesen enträtseln konnte, war er wieder verschwunden. Hätte ich es nicht besser gewusst, hätte ich gesagt, Mr Unberührbar bereute seinen Besuch bei uns bereits.

Tja, California war kein Staat für Freigeister. Hier gab es mehr Gesetze als anderenorts – und mehr Reichtum. Das eine ging Hand in Hand mit dem anderen. Vielleicht war der Wohlstand auch nur der Grund dafür, dass die Menschen all die Einschnitte in ihre Privatsphäre und Entscheidungsfreiheit ertrugen. Tekre Industries beherrschte den kompletten Nachrichtendienst des Kaiserreiches, eine Aufgabe, die vielen Menschen Arbeit gab.

Meine Mutter verkörperte den Fortschritt, die stumme technische Revolution. Eine neue Art der Evolution. Und ich war mir sicher:

Obwohl sie gerade arbeitete, hatte sie mich im Blick – durch irgendeine der Kameras, die auf mich gerichtet waren. Dank ihr fühlte ich mich selten allein, obwohl es nur noch uns beide gab und selbst Yasemine nicht gekommen war, weil sie arbeiten musste.

»Einige von Ihnen standen sicher wie ich vor fünfundzwanzig Jahren schon hier und wohnten der Anfangszeremonie damals bei – manche haben vielleicht sogar die allererste Zeremonie vor knapp fünfzig Jahren mit eigenen Augen verfolgt«, riss mich in dem Moment Sinessas Stimme aus meinen Gedanken. »Andere sind noch nicht so alt und erleben das zum ersten Mal.«

Kurz kam es mir so vor, als streifte mich sein Blick. *Aber das konnte nicht sein, oder? Wusste er, dass ich erst einundzwanzig war?* Gerade erwachsen geworden, nach unserem Gesetz. Dass mein Leben wohl endete, bevor es richtig begann. *Aber dafür müsste er mich kennen.* Fast hätte ich vor Nervosität die Hände unter meinen Achseln hervorgezogen. Dann straffte ich mich unwillkürlich und reckte das Kinn nach oben. In meinem Kopf überschlugen sich die Gedanken.

Der silberne Brief war ein schlechter Witz.

Mein Leben würde keiner werden.

Ich würde um jede weitere Sekunde kämpfen. Vermutlich würden es nur Sekunden werden. Ich besaß keine große magische Gabe, trotzdem würde ich nicht aufgeben!

Das war die Wahrheit. Die, die mir einen kalten Schauer über die zarte Haut an meinem Rücken jagte. Die, die ich bisher nicht einmal wirklich zu denken gewagt hatte, weil sie mich noch mehr zittern ließ, obwohl ich meine Unsicherheit und die Nervosität doch beständig zu unterdrücken versuchte.

»Was denken Sie alle? Was fühlen Sie in diesem Augenblick? Ich wüsste es wirklich gern.« Sinessa hatte sich uns ganz zugewandt. Den unglücklichen oder glücklichen Kandidaten – das Mienenspiel eines jeden war unterschiedlich und mir völlig fremd. Das Flüstern des Regenten hingegen so sanft wie ein Streicheln.

Stille trat ein.

Er lächelte gefährlich. »Nun, wir werden es im Laufe der nächsten Tage herausfinden, nicht wahr? Denn wir werden gemeinsam ihn – oder vielleicht gar eine *sie* …« Er schnaubte abwertend. »… finden.«

Ein fröhlicher Werbejingle hallte über den Platz und setzte sich unangenehm in meinen Ohren fest. Jeder hier kannte ihn. Jeder wusste, welche Worte als Nächstes folgen würden, noch bevor Californias amtierender Magician sie verkündete. Zu oft hatten wir alle sie in den letzten Wochen und Monaten gehört. Und schon sprach Sinessa sie aus: »Nämlich: California's next Magician!«

Trotzdem ging ein neuerliches Raunen durch die Menge. Die machtvolle Stimmung des Moments trug die Menschen mit sich fort, begeisterte sie für das Kommende.

Unwillkürlich krampfte ich meine Finger zusammen und ging meine Optionen noch einmal in Blitzgeschwindigkeit im Kopf durch. Es war ernüchternd. Als der silberne Brief mit meinem Namen darauf seinen Weg in unsere Drohnenbox gefunden hatte, war mein Schicksal eigentlich so gut wie besiegelt gewesen.

Ich konnte mir den erneuten stummen Seufzer, der meinen Brustkorb senkte, nicht verkneifen. Das hier würde kein faires Spiel werden. Keine faire Wahl. Dafür brannte die Kugel über Sinessas Kopf zu hell und machthungrig. Dafür war er viel zu verschlagen und viel zu sehr an die Privilegien und Befugnisse, die er als mächtigster Magician und amtierender Regent Californias innehatte, gewöhnt. Und das war nicht nur meine persönliche Vermutung. Denn es hieß, dass Sinessa nicht einmal vorhatte, seinen Posten zu räumen.

Das hier war eine Show für die Menge. Eine Show für den Kaiser, mit fünfundzwanzig ledigen Magicians. Denn es hieß weiter, dass Sinessa diesen ganzen Zirkus nur aufführen ließ, weil er musste. Weil der Kaiser den Kardinal der Blauen Garde geschickt hatte, um das Verfahren der Neuwahlen in California als verlängerter Arm seiner göttlichen Heiligkeit zu überwachen.

Ich hoffte, dass wenigstens Sullivan seiner Verantwortung gerecht werden würde. Dass er nicht nur gut aussah, sondern tatsächlich auch ein verdammt guter Magician war. Dass die Gerüchte stimmten und mehr in ihm steckte, als es den Anschein hatte. Sonst würde ich mit größter Wahrscheinlichkeit nicht einmal den morgigen Tag überleben.

2

Meine Bestimmung durch die Assems

Keine zwei Meter hinter der LED-Wand brach das erste Mädchen in Tränen aus. Es war blond, schmal und steckte in einem blassrosa Kleid, das ihm bis zu den Zehen reichte. Tapfer lief sie trotzdem, ohne anzuhalten oder den Schritt zu verlangsamen, weiter Sullivan und Sinessa hinterher – genau wie wir anderen vierundzwanzig. Einzig ihre gekrümmte Haltung und das mühsame Ringen um ihr Gleichgewicht vor mir zeigte, dass sie sich nicht beruhigt hatte, obwohl ihr kein Ton entwich.

Gänsehaut bildete sich in meinem Nacken und ließ mir dort die Haare zu Berge stehen. *Würde ich früher oder später auch die Nerven verlieren?* Manchmal in der Vergangenheit – gerade in meiner dunklen, verbotenen Kleidung auf meinem Sofa – war ich mir verwegen und aufrührerisch vorgekommen. Hier, unter Menschen, wusste ich nicht recht, ob ich im entscheidenden Moment genug Mut haben würde, um das Kommende zu überstehen.

Meine verbitterte Stimmung war verflogen. Geblieben war die Angst. Und diese hatte sich fest in meinem Herzen verankert.

Gerade erst war das Licht auf der Bühne erloschen. Wir waren von einer der vielen Assistenzkräfte rund um die Wahl nach hinten gewunken worden und hatten dort stumm im Pulk auf weitere Anweisungen gewartet.

Die ersten scheelen Blicke hatten die Runde gemacht. Jeder versuchte fortwährend die anderen einzuschätzen. Abzuschätzen, wie die eigenen Erfolgschancen standen. Jeder außer mir. Ich hatte feige den Boden gemustert und dann Sullivan und Sinessa beobachtet, die nicht weit von uns entfernt in einen Streit verwickelt gewesen waren. Und das nach nicht einmal fünf Minuten, in denen sie sich fernab der Übertragung die Luft zum Atmen geteilt hatten.

Das konnte ja heiter werden.

Nun führten uns die beiden Männer immer tiefer in den Bauch des großen Gebäudes, an dessen Westseite sich die Bühne befand. Es war das Rathaus von Tekre. Die Hauptstadt Californias war nach dem Vornamen meines Großvaters Tekre Streisand benannt worden. Nicht einem, sondern *dem* Gründer dessen, was heute ein Meer aus Glastürmen, Kuppeln, Stahl, Beton und ein paar bunten Häusern mit gedeckten roten Dächern darstellte. Früher, so hatte meine Mutter gesagt, hatten die Streisands Geld und Macht innegehabt. Wir waren *die* Familie gewesen. Nun hatten wir nur noch den Namen und meiner Mutter war ein letzter Rest Macht geblieben. Immerhin ein bedeutender, denn die Technik von Tekre Industries war überall, was meine Mutter zur mächtigsten Frau im Land machte. Denn auch Informationen konnten eine nicht zu unterschätzende Währung sein. Allerdings hatte mir bisher nichts von alledem Glück gebracht. Die Menschen wussten, dass wir verarmt waren. Zwei Frauen ohne männlichen Beistand – keine besonders angesehene Kombination in California.

›America‹ hatten die Menschen früher zu unserem Kontinent gesagt. Bevor der Rat der Magicians aus dem Schatten getreten war, die unnütze Politik abgesetzt hatte und die Umweltkatastrophen infolge des Klimawandels zu einem erheblichen Verlust sowie der folgenden großflächigen Umverteilung von Land durch den Rat geführt hatten.

Obwohl all das vor meiner Geburt stattgefunden hatte, war es doch keine Ewigkeit her.

»Die alte Welt beherrscht immer noch unser Denken«, pflegte meine Mutter zu sagen. Und wenn sie ein Gläschen zu viel getrunken hatte und ihre Zunge gelockert war, fügte sie auch gern hinzu, dass insbe-

sondere die sinessische Regentschaft ein hervorragendes Beispiel für rückständiges Denken war.

Doch selbst auf unserem Weg durch die Vorhalle und den breiten Gang wurden wir von einem ganzen Schwarm von fliegenden Drohnen begleitet. Die neue Welt war ebenso allgegenwärtig.

Klick, klack, machten die Absätze von vielen Schuhen. Mit einem *Szzzzzz!* drehten sich die winzigen Rotorenblätter der Drohnen im Gleichklang.

Für mich gehörten die kleinen silbernen Flugobjekte zum Alltag. Meine Mutter umgab sich stets mit mindestens vier von ihnen, die ganz unterschiedliche Funktionen ausübten. Nicht zuletzt, um jeden ihrer Einfälle sogleich abzuspeichern oder weiterzuleiten.

Die anderen Kandidaten, besonders zwei der Männer, wirkten aber eher beunruhigt von den flinken Maschinen. Das ständige Sirren und Schwirren des silbernen Schwarms schien an ihren ohnehin schon angespannten Nerven zu zehren und ich konnte es ihnen nicht verdenken. Die Stille im Gebäude zusammen mit dem tristen Grau der Wände, das nur durch Spiegel und weiß gestrichene Betonpfeiler unterbrochen wurde, die wir regelmäßig passierten, ließ jeden Laut unnatürlich widerhallen und machte die ganze Situation noch schwerer, als sie ohnehin war.

Da draußen waren wir nette Bühnenzierde gewesen, die verheißungsvoll die Worte der wirklich wichtigen Personen unterstreichen sollte. Zumindest war es mir so vorgekommen. Hier drinnen waren wir immer noch nicht mehr wert, aber wir mutierten aus der vorherigen Erstarrung zu Personen mit Herz und Gefühlen – oder, wie in meinem Fall, immer noch nervös zitternden Händen. *Hörte das denn nie auf?* Während mein Geist unwillig versuchte, ruhig zu werden, schien mein Körper es für angebracht zu halten, ganz ungeniert meine Schwäche zur Schau zu stellen.

»Zeig keine Angst«, hatte meine Mutter mich am Morgen angewiesen. *»Sonst werden sie dich als leichtestes Ziel wahrnehmen und versuchen, dich als Erste aus dem Spiel zu nehmen.«*

Ich wusste, dass sie recht hatte, das machte es aber nicht unbedingt einfacher. Jeder Kandidat war ein Gegner. Jeder der vor und hinter mir Laufenden konnte eine Gefahr für mich sein. Allerdings war ich ja nicht die Einzige, der die Knie schlotterten. Und das hatte fast schon wieder etwas Beruhigendes inne.

Nun wagte ich es, die Kandidaten vor mir das erste Mal richtig zu mustern. Sie alle trugen ordentliche Kleidung und ausgewählte Farben – genau wie ich. Keiner war zu dick oder zu klein. Es erschien mir fast unheimlich. Als hätten sie uns nach Aussehen ausgewählt. Nun, vielleicht hatten sie das. So herausgeputzt und aufpoliert konnten wir gut und gern gleich für ein Werbefoto posieren. Und genau das würden wir auch noch. Jedoch nicht heute und nicht gemeinsam. Erst würden sich die einzelnen Gilden entscheiden, ob und wen sie in den Kreis der Magician aufzunehmen gedachten. Das würde die erste Aufgabe zeigen. Dann kamen die offiziellen Formalien und die breit ausgerollte Werbung, damit wirklich jeder Bürger Californias unsere Gesichter kannte und später über unsere Siege, Verfehlungen, Vorlieben und Gefühle Bescheid wusste – dank der dauerhaften Übertragung der Wahl.

Welch Freude für das Volk. Welch Albtraum für uns.

Abrupt endete die gleichmäßige Vorwärtsbewegung des Pulks und ich blieb stehen. Verwirrt versuchte ich die Ursache des plötzlichen Anhaltens auszumachen, konnte jedoch nichts feststellen. Vor uns war noch immer ein breiter offener Gang zu sehen. Gesäumt wurde er von den unzähligen Spiegeln, die unsere Gruppe wie eine ganze Hundertschaft wirken ließen. Das Material des Bodens war mit rotem Belag verkleidet, wie schon die unzähligen Meter hinter uns.

Ich drehte meinen Kopf zur Seite, wollte noch mehr Informationen sammeln und sah plötzlich in die grünen Augen des Mannes neben mir, der mich anscheinend schon eine ganze Weile beobachtete, da er ertappt wirkte.

Fragend zog ich eine Augenbraue hoch und versuchte, nicht überrumpelt auszusehen. Blickkontakt mit irgendwem hatte vorerst nicht auf meiner Tagesordnung gestanden. »*Sei ein unsichtbarer Schatten, halte dich unter dem Radar der anderen wie auch der Kameras*«, hallten weitere Worte meiner Mutter in meinem Kopf wider. *Verflucht! Das war ja alles schön und gut. Aber die U-Boot-Taktik funktionierte wohl wirklich nur mit einem U-Boot im Wasser, nicht unter der ständigen Beobachtung durch knapp dreißig Leute.*

Bewusst schaute ich den Mann noch einmal an, der seinen Blick keineswegs von mir gelöst hatte. Schüchtern war er wohl eher nicht.

»Hi«, formten seine Lippen tonlos.

Ich legte den Kopf leicht schräg. Jetzt registrierte ich die wilden braunen Locken, die seinen Kopf umgaben, mit den elektrisierten Spitzen, die seine Kraft vermuten ließen. Ich schätzte, er war ein Gulet. *Oh Backe.* Sein Lächeln wirkte nichtsdestotrotz offen und aufrichtig. *Und es musste ja nicht jeder Gulet ein Kotzbrocken wie Sullivan Tenakulis sein, oder?*

Ich ließ meinen Blick an ihm abwärts schweifen: Der schwarze Anzug saß perfekt. Schmiegte sich geradezu an die breiten Schultern. Die schwarzen polierten Halbschuhe wirkten vernünftig. Nicht aufgeblasen. Aber die nagenden Zweifel ob der Rechtschaffenheit seiner Absichten in Bezug auf mich weiteten sich mit jedem Wimpernschlag aus. Außerdem brauchte ich hier keine äh … *Freundschaften.* Welcher Natur auch immer. Meine Inspektion endete in seinem Gesicht.

Ein schnelles Nicken ließ mich wieder nach vorne blicken, alle vorangegangenen Gedanken vergessen und staunen.

Bereits vorher hatte ich überlegt, ob das Gebäude innen magisch verlängert oder verändert worden war, jetzt sah ich die Bestätigung. Ein Kraftfeld hatte sich in der Luft vor Sullivan und Sinessa materialisiert. Es zeigte eine glänzende silberne Tür, in die oben so etwas wie vier milchig leuchtende Dioden eingelassen waren.

Ich schluckte, als es klackte und sowohl Sullivan als auch Sinessa zur Seite traten. Beide umgab auf einmal das helle Licht ihrer Magie. Sullivans war blau, Sinessas leuchtend gelb – ihrer Gilde entsprechend.

Dann erlosch der Schimmer um sie so plötzlich, wie er gekommen war und eine der Drohnen schob sich vor das Gesicht des Regenten. Sie kam ihm immer näher, blinkte rot, bis er das Wort erhob und sie grün blinkend aufzuzeichnen begann. »Der silberne Brief hat Sie alle hierhergebracht. Diese silberne Tür bringt Sie zum Schloss und damit zur ersten Aufgabe.« Er machte eine Pause.

Die Drohne bewegte sich zu Sullivan und der Abgesandte des Kaisers erläuterte: »Sobald Sie die Hand auf den Türknauf legen, erstrahlten die Assems, die Leuchtsteine der Gilden. Sie kennen die charakteristischen Farben: Blau für die Gulets, Weiß für die Mensay,

Gelb für die Veritas und Grün für die Cuiny. Schauen Sie nach oben, bevor Sie durch das Portal treten, dann haben Sie einen ersten Fingerzeig, welche Art der Magie vielleicht noch in Ihnen schlummert, wenn diese sich bis jetzt nicht gezeigt hat. Und vor allem, welche Gilde Interesse an Ihnen äußern könnte.« Er verstummte, bevor er hinzufügte: »Es ist möglich, dass Sie mit mehreren Arten der Magie gesegnet sind, aber das ist eher unwahrscheinlich.«

»Bilden Sie eine Reihe und treten Sie geordnet an das Portal«, wies uns nun Sinessa an, wieder im Fokus der Drohne. »Immer einer nach dem anderen«, schickte er unwirsch nach. Seine Hand vollführte dabei eine scheuchende Bewegung, als wolle er es möglichst schnell hinter sich bringen.

Trotz der Neutralität seiner Worte jagte mir sein schmieriges Dauergrinsen, das er wohl extra für die Übertragung angeknipst hatte, erneut einen kalten Schauer den Rücken hinunter. Viel Zeit zum Fürchten blieb mir aber nicht, denn die ersten bewegten sich schon in eine einheitliche Reihe. Auch ich gliederte mich ein, als es so weit war, und spürte prompt den warmen Atem von Mr Schwarzer-Anzug in meinem Nacken.

California war für die Verhältnisse in 2086 groß, ein Land mit mehreren Provinzen. Es war also nicht verwunderlich, dass ich nicht alle anderen Kandidaten kannte. Indes war ich auch nicht gerade die Queen des sozialen Lebens. Was wohl erklärte, warum ich tatsächlich *gar keinen* der Kandidaten und Kandidatinnen kannte.

Ein gutes Buch und meine verbotene Kleidung hatte mir bisher gereicht, um glücklich zu sein, um mich frei zu fühlen. Menschen gehörten nicht in diese Gleichung und ich schwor mir, jetzt auf keinen Fall damit anzufangen. Egal wie süß jemand lächelte, wie hilfsbedürftig das Mädchen vorher ausgesehen hatte oder wie sexy Mr Rothaar alias Sullivan Tenakulis in echt war. Im Endeffekt kämpfte hier jeder für sich. Und ich tat sicherlich gut daran, das nicht zu vergessen.

Langsam bewegte sich die Reihe auf die Tür zu. Angst kroch mir die Oberarme empor. Es fühlte sich an, als würde sich mir gleichzeitig jedes Haar meiner Kopfhaut einzeln aufstellen. Die Luft war elektrisiert. Macht schwebte wie eine Wolke vor dem Portal.

Arrrgghhh! Wie gern würde ich mich jetzt unsichtbar machen. Tja, gewusst wie. Dafür sollte man am besten ein Veritas sein und eine gute Illusion erzeugen können. Oder eben stark. Ein starker Magician konnte so gut wie alles, wenn er nur wollte. Das besagten die Gerüchte.

Noch waren mindestens fünfzehn Kandidaten vor mir. *Oder mehr? Oder weniger?* Ich konnte es nicht wirklich abschätzten. *Nun, jedenfalls genügend.* Noch war das drohende Unheil nicht gänzlich real. Mich beunruhigte nichtsdestotrotz eine Sache. Die wichtigste Sache: *Was, wenn keiner der Steine bei mir leuchten würde?* Wenn vor allen sichtbar werden würde, was ich schon seit dem Erhalt des Briefes zu vermitteln versuchte: Sie hatten die Falsche!

Nicht alle Bürger Californias waren magisch veranlagt. Meine Mutter war es nicht und ich hatte bisher keinen Funken Magie gezeigt. *Aber konnte sich der silberne Brief irren?* Mir war ganz klar gesagt worden: nein. Trotzdem zweifelte ich. Selbst Mutters Vater Tekre war kein Magician gewesen. Ich schluckte und wusste nicht mehr, was ich glauben sollte.

Langsam, aber sicher, mit jedem weiteren Schritt, den ich mich der Tür näherte, wurde ich immer unruhiger.

Der erste Kandidat legte nun seine Hand um den runden Griff des Portals. Es dauerte einen Augenblick voll gebannter Stille, dann leuchtete oben das Licht auf. Ein Stein: Gelb für die Veritas.

Der Kandidat war damit – ebenso wie unser Regent – ein Wahrheitsfinder und Illusionist. Auch wenn ich das bei Sinessa stets ein bisschen ironisch fand. Denn die Wahrheit legte er sich – wie jeder wusste – gern zu seinen Gunsten aus.

Zufrieden nickend zog der Kandidat, ein Typ mit schwarzen Haaren, jetzt am Griff und die Tür öffnete sich mit einem satten *Plopp*.

Danach ging alles ganz schnell.

Es sah für mich aus, als ob seine Gestalt diffundierte, sich in dichten gelben Rauch auflöste, der in den entstandenen Spalt hineingezogen wurde. Das Geräusch eines Windstoßes erklang, der farbige Rauch verschwand vollständig und die Tür schloss sich geräuschlos, aber rasanter, als ich schauen konnte.

Wow! Portale gab es nicht viele in California. Genau genommen erzählte man sich nur von diesem hier und ich hatte noch nie eines live gesehen. Die Kombination aus Magie und Physik, die beim Bau Anwendung fand, war weder einfach noch jedem möglich. Es erforderte mehrere herausragende Magicians, um ein Portal zu bauen, und so viele meldeten sich dafür nun auch nicht freiwillig. Es war eine harte und keinesfalls ungefährliche Arbeit, die andauerte.

Andererseits beschäftigte mich das jetzt weniger, genauso wie die Frage, was es hinter der silbernen Tür zu entdecken gab, denn ich hatte – wie sicherlich alle – schon oft Übertragungen und Bilder vom Inneren und Äußeren des Regentenschlosses gesehen. Ich wusste, wie es dort aussah.

Hochherrschaftlich ragten weiße Türme über breiten goldenen Flügeltüren auf und blattgoldene Zinnen strahlten mit der Sonne um die Wette, während die große Fensterfront des Haupttraktes auf den lichtdurchfluteten Regentensaal verwies. Mit rotem Teppich ausgelegte Böden, verspiegelte Wände, feinste, fast durchsichtige Vorhänge aus Spinnenseide und riesige Lüster voll funkelnder Kristalle warteten innen darauf, täglich entstaubt zu werden. Ebenso wie die Bäder aus Marmor mit Armaturen, die von Blattgold besetzt mit den LEDs der abgehängten Decken um das hellere Strahlen wetteiferten, wohl eine intensive Pflege benötigten.

Zumindest beschrieb es so das Tekre Magazin.

Ich senkte resigniert die Schultern.

Die zweite Kandidatin trat nun etwas weniger selbstsicher als ihr Vorgänger an die Tür. Ihre Hände mit den zu perfekten Halbmonden gefeilten rosa Nägeln zitterten leicht, als sie den Türgriff berührte. Ich hatte das Gefühl, im gleichen Atemzug, in dem sie die Luft anhielt, erfasste ihre Aufregung unsere ganze Gruppe. Die Wucht der Emotion, die von ihr ausging, fegte durch die Reihen und traf mich mit unerwarteter Härte. Ich unterdrückte das Aufkeuchen, das sich einen Weg durch meine Luftröhre nach oben bahnen wollte. Andere verhielten sich nicht so geschickt. Ich wusste schon jetzt, was sie war: eine Mensay. *Zweifelsohne.* Und sicherlich eine starke, auch wenn sie ihre Gabe noch nicht kontrollieren konnte.

Die von den Medizinmännern abstammende Gilde der Heiler war imstande, Gefühle nachzuempfinden und sie – in seltenen Situationen – zu steuern, zu verstärken und auf andere zu übertragen. Besonders wenn die emotionale Wucht die Mensay selbst erschütterte und sie die Kontrolle über sich verloren. Das konnte gefährlich sein. Oder hilfreich, wenn man es geschickt und damit bewusst als Waffe einsetzte. *Ja, die Heiler waren nicht zu unterschätzen.*

Jede Gilde, jede Form der Macht hatte ihre guten und schlechten Seiten. Jede war gefährlich und konnte eingesetzt werden, um Menschen zu verletzen, um ihnen den eigenen Willen aufzudrängen, sie zu lenken.

Das blieb der Unterschied zwischen Magicians und normalen Menschen. Die Entscheidungen von magisch Begabten konnten noch viel weitreichender sein als die eines normalen Menschen. Ihre Bösartigkeit konnte Formen annehmen, die einem Menschen schlicht nicht möglich waren. Die ihn schwach und hilflos dastehen ließen – so wie mich gerade.

Inzwischen hatten zwei weitere Kandidaten ihren Weg durch die Tür gefunden. Zwei Veritas. Ein Mann mit braunem, fast militärisch kurzem Haar. Und eine Frau, die ihre blonde Mähne in einen eleganten Haarknoten geschlungen und einen selbstsicheren Zug um den Mund zur Schau getragen hatte.

Nicht weiter verwunderlich, da die Veritas den größten Anteil der magischen Bevölkerung Californias stellten.

Schritt für Schritt bewegte sich die Schlange vor – und ich mit ihr.

Nun stand auch schon das Mädchen, das vorher in Tränen ausgebrochen war, vor dem Portal. Kampfesmutig reckte sie ihr Kinn in die Höhe. Es war wie ein Déjà-vu. Ich fühlte mich augenblicklich an mich erinnert, an den Moment vor wenigen Minuten, als ich die Geste auf der Bühne vollführt hatte. Ein leises Lächeln umspielte meine Lippen. Ich wusste nur zu gut, was in ihr vorging. Und vielleicht sollte ich eines nicht vergessen: Dass die anderen hier waren, machte sie – im Gegensatz zu Sinessa – noch lange nicht zu Monstern. Sie alle hatten wie ich die Einladung hierher erhalten, eine Aufforderung, sich nicht wirklich freiwillig hier einzufinden. Wie sie darüber dachten, was sie beschäftigte oder ausmachte, wusste ich nicht – denn ich kannte sie nicht.

Gebannt beobachtete ich, wie sich die Hand des Mädchens um den Griff schloss. Schneller als bei jedem zuvor leuchtete ein Licht auf. Das grüne. *Oh!* Gestaltwandler waren überaus selten. *Das war eine Überraschung.*

Ein schneller Blick zu Sullivan und Sinessa zeigte mir, dass auch ihnen die Neugier ins Gesicht geschrieben stand. Die Cuiny waren meist körperlich stark. Das Mädchen wirkte aber eher, als könne es vom nächsten Windstoß hinfortgetragen werden; ganz so, wie es geschah, als ihr Körper diffundierte und in einer grünen Rauchwolke durch das Portal verschwand.

Nachdenklich tippte ich mir mit den Fingerspitzen unter den Achseln gegen meine Rippen. Vielleicht sollte ich sie auf der anderen Seite nach ihrem Namen fragen. Mich … mit ihr verbünden? *Später* … Wenn ich es auf die andere Seite schaffte.

Wieder rückte die Reihe vor und in Gedanken versunken bekam ich nur am Rande mit, wie drei weitere Kandidaten durch das Portal verschwanden.

Der erste war ein Berg von einem Mann. Zumindest im Vergleich zu unseren eher äh … insgesamt gemäßigten Gestalten. Ein Gulet, was sonst. Die Magie der Elementare war ihm anzusehen. Anhand seiner breiten Gestalt, den leicht rötlich schimmernden Haaren und den eher sanftmütig wirkenden braunen Augen tippte ich auf die Macht der Erde.

Die anderen beiden waren Mensay. Ein Junge und ein Mädchen, die noch jung und seltsam ähnlich wirkten. So als wären sie Zwillinge. Trotzdem mussten sie mindestens einundzwanzig sein und damit so alt wie ich. Das Gesetz, das bei der Neustrukturierung von Eterny gemacht worden war und die demokratische Wahl der Magicians zum jeweiligen Regenten der fünfundzwanzig Länder unseres Kaiserreiches beschrieb, hatte klare Credos bezüglich der zu erfüllenden Bedingungen der Teilnehmer:

1. Ausschließlich Erwachsene durften teilnehmen. Ein Kind-Regent war nicht erwünscht. Deshalb war das Erwachsenenalter bei uns auf einundzwanzig festgesetzt, da sich auch erst nach abgeschlossener Pubertät und Wachstumsphase unsere vollständigen Kräfte manifestierten.

2. Dementsprechend, und weil das Gesetz vom Rat der Magicians verabschiedet worden war, durften nur Magicians in eine solche Position gehoben werden und deshalb nur magische Menschen teilnehmen.

3. Da es darum ging, den magisch stärksten unter den Bürgern jedes Landes unseres Kaiserreiches zu finden (da das damals den größtmöglichen Schutz bedeutet hatte, den der- oder diejenige dem Bundesstaat garantieren würde), mussten Wettkämpfe bestritten und gewonnen werden. An diesen durften nur gesunde Magicians teilnehmen. Um dies zu gewährleisten, mussten alle Erwachsenen Californias im Vorfeld des Spektakels einen Gen- sowie medizinischen Test in einem der ihrer Wohnstatt nahen Healthcenter durchführen lassen.

4. Die fünfundzwanzig stärksten Magicians erhielten zum Zeitpunkt der Neuwahlen silberne Briefe. Sie waren damit die Top Fünfundzwanzig. Wer das festlegte und wie das festgelegt wurde, wusste niemand. Das blieb das Geheimnis des Kaisers.

5. Allerdings waren es Männer wie Frauen, wie es einst festgelegt worden war, als Rovenna, die größte Magicia überhaupt, den Rat beherrscht hatte. Würde sie heute noch leben, würde der Rat heute noch bestehen, würden manche Dinge vielleicht anders laufen.

6. Die abschließende Bedingung war der Gefahr der Wettkämpfe geschuldet, die mir so zu schaffen machte: Die Empfänger der silbernen Briefe mussten *ledige* Erwachsene sein.

Ich schüttelte den Kopf.

Ich kannte nur die Aufzeichnungen der letzten Wahlen, war in Anbetracht meines Alters nicht dabei gewesen, doch hatte sich das Grauen, das ich mehr als einmal in den Gesichtern der Teilnehmer gesehen hatte, für immer in meine Erinnerung gebrannt.

Sie würden uns vorführen, uns öffentlich auseinandernehmen, bis all unsere Geheimnisse offenbart wären. Bis sie sich genug an uns geweidet hatten. Und auch wenn ich diesbezüglich nichts hatte, um das ich mich sorgen müsste, wusste ich doch nicht, wie ich die Zeit im Regentenschloss überstehen sollte: ständig beobachtet, umgeben von lauter falschen Freunden und im dauerhaften inneren Kampf, um das Image der Eiskönigin aufrechtzuerhalten, die ich mir als Idol für diese Wahl ausgesucht hatte.

Ich würde hart sein.

Ich würde kalt sein.

Unnahbar und unbesiegbar.

Das hatte ich mir selbst versprochen.

Dass ich nicht lachte. Das hatte ja mit meinen noch immer klammen Achseln, den zitternden Händen und dem Gedankenkarussell in meinem Kopf, das sich einfach immer weiterdrehte, bisher eins a funktioniert.

Unbeholfen lockerte ich meine Haltung, während nun zwei Kandidaten gleichzeitig vortraten. Zwei Männer. Beide mit eisblauen Augen und halbmondförmigen, blassen Gesichtern.

Sullivan und Sinessa schwiegen beharrlich. Die Gruppe der noch wartenden Kandidaten stand angespannt da – scharrte unruhig mit den Schuhen. *Was ging da vor? Brachen die Ersten die Regeln? Wandten sich gegen Sinessas Anweisung, einzeln vorzutreten?*

Wieso zwei Männer? Waren sie ein Paar? Liebende? Geschwister? Zumindest ähnelten sie sich nicht so sehr wie die beiden Mensay zuvor.

Indes legte der erste der beiden seine Hand um den Knauf. Lange Finger schlangen sich einer nach dem anderen darum. Prompt leuchteten zwei Steine auf.

Whoa! Ein Raunen ging durch unsere Gruppe.

Er war Gulet und Mensay! Eine mehr als gefährliche Mischung. *Okay, das war beeindruckend.*

Gebannt sah ich zu, wie er die Tür aufzog, in grauem Rauch diffundierte und verschwand.

Dann machte sein … Mitstreiter? … einen Schritt zur Seite. Schlang nun seinerseits die Hand um den Knauf. Und siehe da – ganze *drei* Assems leuchteten taghell auf! Blau, weiß und gelb!

Mamma mia!

Was mich am meisten irritierte, war die Tatsache, dass beide Männer von dem Leuchten völlig unbeeindruckt wirkten. So als hätten sie es bereits gewusst.

Ich runzelte die Stirn.

Ein vielsagendes Schweigen hatte sich über die Gruppe gesenkt. Nur das beständige Surren der Drohnen erinnerte mich daran, meinen verrutschten Gesichtsausdruck zu korrigieren, da wir unverändert von zahlreichen Augen beobachtet wurden: Von allen, die das hier an ihren Bildschirmen überall im Land verfolgten. Allen, die schlussendlich die Entscheidung über uns treffen würden.

Auch Sinessa schien nicht gerade begeistert zu sein. Seine Miene ließ erahnen, dass er mit so etwas nicht gerechnet hatte. Der Junge, der gerade diffundierte, nachdem er die Tür geöffnet hatte, war ab jetzt das Wunderkind.

Hatte nicht Sullivan gesagt, dass es selten vorkam, dass mehr als ein Stein leuchtete? Diese beiden Kandidaten schienen ganz speziell zu sein. Und zusätzlich eine spezielle Beziehung zueinander zu haben. Ob sich das wiederum als außergewöhnlich gut oder schlecht erweisen würde, müsste sich erst noch herausstellen.

Ruckartig zog ich die Finger unter den Achseln hervor. Ein bisschen Schweiß war nun mein kleinstes Problem. Wenn das hier so weiterging, sollte ich lieber einen Gang hochschalten. Ich schloss die Augen, legte die Spitzen meiner Zeigefinger aneinander. *Bitte, bitte, lieber Gott – egal welcher –, schenk mir Kräfte!*

Natürlich passierte nichts. Kein Blitz durchschlug die Decke, keine Explosion ließ alle erblinden, kein Erdbeben erschütterte den Boden.

Stattdessen umfassten nacheinander fünf weitere Magicians – bei denen allen ein Stein aufleuchtete – den Knauf und verschwanden anschließend durch das Portal in Richtung Schloss.

Dann war der Moment gekommen.

Ich war an der Reihe.

Träge, fast in Zeitlupe trat ich vor. Meine Atmung schien sich verlangsamt zu haben, meine Gedanken waren wie in Watte gehüllt, jeder Schritt mutete wie ein Kampf im Treibsand an.

Jetzt werden es gleich alle wissen!, dachte ich immer und immer wieder. *Jetzt war es gleich vorbei*, versuchte ich mir selbst Mut zuzusprechen, als plötzlich Hoffnung in mir aufkeimte. *Sie würden mich aussortieren und dann … tja, konnte ich noch vor der ersten Aufgabe nach Hause gehen, oder? Mit angekratztem Ruf, aber lebendig …* wenigstens war ich mir dessen in dieser Sekunde fast sicher. *Und was war schon ein bisschen angekratzter Stolz gegen den Tod?*

Ich atmete aus. Ich atmete ein.

Hoffte, dass die butterweiche Lähmung meiner Knie mich noch einen letzten Schritt zur Tür machen ließ. Meinte bereits zu hören, wie Sinessa sich räusperte. Vermutlich weil ich zu lange brauchte. Und konnte meinen Fokus doch nicht von den Steinen über der Tür abwenden.

Gleich … gleich … war es so weit.

Gleich …

Ich spürte, wie die Spitze meines Zeigefingers im toten Winkel meines Blickfeldes den kühlen Knauf streifte.

Jetzt! Ich packte das Metall, als hinge mein Leben davon ab. Dann wartete ich, gespannt auf die Steine starrend.

Und wartete.

Und wartete – gemeinsam mit den anderen, die hinter mir standen.

Übelkeit bahnte sich langsam ihren Weg aus meinem Magen nach oben. Meine Glieder wurden immer schwerer und schwerer. Pure Willenskraft und ein letzter Rest Stolz ließen mich aufrecht stehen. Mein Blick verschwamm, als Tränen die Sicht trübten, obwohl ich doch gar nicht weinen wollte.

Eiskönigin. Heavy Metal. Weißt du noch?, erinnerte mich eine Stimme in meinem Unterbewusstsein an all die Dinge, die wohl zu der Person gehörten, die ich gern sein würde, aber nicht war.

Entmutigt ließ ich langsam die Hand vom Knauf rutschen und wunderte mich darüber, dass mich noch keiner der Robobots, die vorher die Menge auf dem Platz im Zaum gehalten hatten, an den Armen gepackt und aus dem Gebäude geschleift hatte. Die Dinger waren unglaublich schnell. Sinessa bräuchte vermutlich nur zu winken und schon wäre einer zur Stelle, um mich abzuführen.

Mich, die Unwürdige.

Den Menschen zweiter Klasse.

Die Nichtmagische.

Oder: die wohl größte Enttäuschung dieser Wahl.

Fast entlockten mir meine Gedanken ein Grinsen. *Wie konnte man nur so voll Selbstmitleid sein?* Gequält atmete ich durch und versuchte mich zu beruhigen, meinen Kopf zu drehen und den Grund herauszufinden, aus dem alle anderen immer noch in völliger Stille ausharrten.

Nach wenigen Sekunden klärte sich meine Sicht endlich wieder. Der nasse Film verschwand von meinen Pupillen. Da mein Kopf unverändert in die Höhe gereckt war, blickte ich direkt auf die Steine – die *alle* leuchteten!

Alle.

Alle?!

Erschrocken zuckte ich zurück. Senkte den Blick. Hob den Blick erneut. Sie leuchteten noch immer. Unverändert.

Ich … Hatte ich das Portal kaputt gemacht?

Aber wie?

Meine Hände begannen wieder zu zittern. Unglaube, Schock und Wut auf die Reaktion meines Körpers mischten sich in mir. Während die Steine ihren Schein beständig zu intensivieren schienen, drehte ich mich mit bangem Gesichtsausdruck zu den Kandidaten hinter mir um, die prompt einen Schritt rückwärts machten.

Alle.

Mein Schock spiegelte sich auf ihren Gesichtern. Doch ich sah noch etwas anderes: Angst. Vor mir.

Fast hätte ich hysterisch zu lachen angefangen, so surreal war die Szenerie. *Dachten sie etwa, dass ich …? Nein.*

Oder doch? Anscheinend.

Aber wie kamen sie auf die Idee, dass ich …

Allerdings, wer sonst? Denn wie sollte eine Nichtmagicia ein Portal kaputt machen?

Ich fühlte mich plötzlich, als hätte der Blitz, von dem ich vorher fantasiert hatte, direkt in mich eingeschlagen. Als hätte die Energie meinen Schädel gespalten, mir das Hirn geröstet und die Knochen in meinen Beinen geschmolzen. Als würde mir der Boden unter den Füßen weggezogen.

Ich taumelte. Die Butterknie waren plötzlich wieder da. Kraftlos fielen meine Hände zu beiden Seiten meines Körpers herab. Das Zittern hatte sich gelegt. Aber nur, um einer größeren Schwäche Raum zu geben: dem absoluten Kontrollverlust.

Bevor ich huldvoll in der Dunkelheit der Bewusstlosigkeit verschwinden konnte, wurde ich nun doch am Arm gepackt und … geschüttelt!

Mit einem Zucken erwachten meine Glieder wieder zum Leben. Ich riss die bereits halb geschlossenen Augen auf und blickte in die funkelnd grünen Iriden von Sullivan Tenakulis.

Überrascht keuchte ich und versuchte gleichzeitig, wieder festen Halt unter den Füßen zu erlangen. Mit mäßigem Erfolg. Stattdessen fasste Sullivan mich fester und zog meinen Körper an seinen.

Dann folgte mein Blick der Bewegung seiner freien Hand zum Griff der Tür, der immer noch nur eine Bewegung entfernt war, und ich sah, wie er ihn selbstsicher packte.

Noch während mich ein Gefühl der körperlosen Leichtigkeit erfasste, wurde mir bewusst, dass keiner ein einziges Wort gesagt hatte – dass ich mich, *bei Rovennas Magie,* in einer Art Umarmung mit dem *Sexiest Man Alive* befand. Und sich, nur fürs Protokoll, sein schlanker Körper wirklich durchtrainiert anfühlte.

3

Ein verführerisches Angebot

Ich saß auf einem goldenen Stuhl mit rotem Samtbezug und breiten Löwenfüßen und blickte in Sullivans Gesicht, das sich mir immer weiter näherte. Seit uns das Portal in diesem Raum ausgespuckt hatte, in dem wohlgemerkt weit und breit keiner der anderen Kandidaten zu sehen war, redete er ununterbrochen auf mich ein. Natürlich tat er das auf eine ruhige, gewählte Art und Weise. Zumindest bis eben.

Nichtsdestotrotz musste ich erst einmal meine Glieder und meine Gedanken ordnen. Ein kurzer Check zeigte: Alle Füße, Hände und Haare – obschon zerzaust – befanden sich an Ort und Stelle. Nur mein Kopf versuchte weiterhin Ordnung in das Erlebte zu bringen.

Vielleicht, ganz vielleicht war mein Gehirn noch immer in Schockstarre von den Geschehnissen zuvor. Oder, und das war, so musste ich mir eingestehen, die ehrlichere Begründung: Sullivan ließ mich doch nicht so kalt. Sein Geruch, der mich einhüllte, war betörend. *Aber: Er wollte etwas von mir, nicht ich von ihm! Oder na ja, der erste Teil des Satzes stimmte …*

»Willst du?«, fragte er nun zum zweiten Mal und fuhr sich mit einer unkoordinierten Geste durch sein rötliches Haar. »Dass ich … also ich.«

Wow! Mein Mund stand sperrangelweit offen. Keine sonderlich rühmliche Geste. Vermutlich genauso geistreich wie meine ausbleibende Antwort. Aber ich konnte nur starren. *Sein Haar. Es äh … schimmerte!* Die Ereignisse überschlugen sich. Und ich wollte von ihm – ganz klar – *alles. Äh … natürlich nichts. Also? Häh?*

»Ich …«, setzte er erneut an. »… habe das noch nie gemacht. Aber ich denke, es ist einen Versuch wert.« Seine Wangen färbten sich rosig, als ich weiterhin still blieb.

Oh, Moment … erwartete er eine Antwort? Natürlich! Ich hatte meinen Einsatz verpasst. *War er etwa … verlegen? Mr Unnahbar?!*

Als er erneut zu sprechen ansetzte, hob ich blitzschnell die Hand, um ihn zu stoppen – als wäre ich eine Herrscherin und er mein Untergebener. Möglicherweise verleitete mich der Stuhl zu der abstrusen Geste. Ich strich mir unruhig mit der Zunge über die Lippen, während ich nachdachte.

Konnte es wirklich sein, dass ich die Kraft und die Macht aller vier Gilden in mir trug? Eigentlich verbot sich der Gedanke an sich. Ich hatte noch nie – absolut NIE – von jemandem gehört oder gelesen, der so viel Macht besaß oder besessen hätte. Außerdem hätte sich doch bei solch einem Potenzial schon längst etwas zeigen müssen, oder? Unsicher zwinkerte ich und musterte meine Umgebung: den Regentensaal, wenn ich richtiglag. Kunstvolle Gemälde zierten die Wände. Darauf waren Männer und Frauen zu sehen, die einst geherrscht hatten. Menschen aus vergangenen Zeiten. Aus einer anderen Welt, könnte man sagen. Oder einer anderen Weltordnung. Sie alle waren Magicians gewesen. Und doch hatten sie im Verborgenen leben müssen. Hatten unbemerkt mehr für die Menschheit getan als andere. Sie gehörten hierher, zwischen all den Prunk und die Ausstaffierung dieses Raumes, die mich plötzlich zu erdrücken schien. Aber ich fühlte mich nicht, als sei das hier ein Ort, an den *ich* gehörte.

Sullivan harrte still vor mir aus. Als wolle er mich in Ruhe abwägen lassen.

Eigentlich gab es da nicht viel zu überlegen. *Was er mir anbot, war … unglaublich!* Es würde mich wahrscheinlich die ersten Wahlrunden überstehen lassen – weil die Menschen sensationslüstern waren und ihre Neugierde ihnen gebieten würde, unsere Konstellation weiterhin beobachten zu wollen.

Ich wusste, dass der ganze Palast mit Microcams, Nanocams und Mikrofonen ausgerüstet war, die durch Bewegungsmelder gesteuert wurden. Gerade jetzt, in dieser Sekunde lagen sicher die Augen der Nation auf uns. Auch wenn nur wir beide anwesend waren. Auch wenn es den Anschein hatte, dass das ein privates Gespräch war und ich die Wahl hatte – zwischen ja und nein, zwischen ihm und was?

Tatsächlich war ich verwirrt, verängstigt, ein bisschen betört und gleichzeitig geschmeichelt von Sullivans Angebot.

»Da draußen, vor der Tür des Portals«, hob ich an. Kratzig kamen mir die Worte über die Lippen. Noch einmal benetzte ich diese mit der Zunge, bevor ich weitersprach. »Sie haben alle geleuchtet.« Ich flüsterte es fast. Als ob es einen Unterschied machte. Als ob es weniger real wäre, wenn ich es nur ganz leise aussprach.

»Ja«, bestätigte Sullivan schlicht. Geschmeidig trat er einen Schritt zurück. Es kam mir vor, als musterte er mich zum ersten Mal *richtig.* Als sah er mich *wirklich.* Das blonde Mädchen im rosa Kostüm.

Was er wohl dachte?

Anscheinend hielt er die Assems für unfehlbar und mich für … ja … was? Die nächste große Magicia? Den Freak schlechthin?

Keines von beidem? Beides?

Ich jedenfalls hielt mich für den Freak – immer noch. Vorher hatte ich gedacht, ich wäre die unter dem Radar. Der Freak *ohne* Begabung. Jetzt war es genau andersherum: Ich war der Freak *aufgrund* meiner scheinbar außergewöhnlichen Begabung. *Verdammt.*

Da ich langsam nicht einmal mehr selbst die Augen davor verschließen und sagen konnte: »Ihr habt die Falsche!«, könnte sich doch zumindest meine Gabe – oder meine Gaben – zeigen. *Ich meine, die anderen erwarteten Großes von mir … und ich, ich konnte nichts. Rein gar nichts.*

Sullivan mochte an mich glauben. Im Moment. Weil er dachte, die Entdeckung des Jahrhunderts vor sich zu haben. Weil er mich nicht kannte. Aber da hatte er seine Rechnung sicher ohne Sinessa gemacht … und ohne mich. Denn keiner wusste besser als ich, dass sich diese Steine einfach irren mussten. Genau wie der Brief.

»Jaja, alle irren sich – aber du bist unfehlbar«, hörte ich die Stimme meiner eigenen Ironie im Kopf. *Oder war das schon Sarkasmus? Schizophrenie? Wahrscheinlich …*

»Nein«, knurrte die realistische Seite in mir mental zurück. *»Aber wie soll das denn funktionieren? Woher soll die Begabung kommen?«*

»Vielleicht von deinem Vater?«, feuerte der Sarkasmus dagegen.

»Ja klar. Sicher NICHT.«

Dessen war ich mir nicht wirklich hundertprozentig sicher. Genau genommen hatte ich keine Ahnung, wer mein Vater war, hatte ihn nie kennengelernt oder irgendetwas Näheres über ihn erfahren, aber *das* sagte alles. Meine Mutter nannte es stets ihr Tabuthema.

Sie hatte ihn einmal einen verblendeten Idioten genannt, der ihr einst das Herz gestohlen und es nie wieder zurückgegeben hatte, sondern es vielmehr für sein eigenes Wohl an den Höchstbietenden zu verschachern gewusst hätte – doch das hatte sie unterbunden. Was auch immer das bedeuten sollte. In einer seltenen Aufwallung der Freimütigkeit hatte sie hinzugefügt, dass er ohne auch nur den Funken von Anstand, Idealen oder etwas Besonderem im Leib gewesen war, der es gerechtfertigt hätte, dass sie sich mit ihm eingelassen hatte. Ende des Themas. Seitdem hatte sie nie wieder darüber gesprochen. Ich hatte in meiner Kindheit alles versucht. Tränen, Lächeln, bitten, betteln. Es hatte nichts geholfen. Jegliches war an ihr abgeprallt. Sämtliche Emotion war unkommentiert geblieben.

Daraus hatte ich damals geschlussfolgert, dass die Trennung wohl nicht besonders harmonisch verlaufen war und er – da ich auf das Urteil meiner Mutter große Stücke hielt – wohl wirklich ein Griff ins Beziehungs-Klo gewesen sein musste. Da sie nicht von ihm sprach, als wäre er tot, aber wohl auch nicht die Gefahr bestand, dass ich ihn traf oder er sich je melden würde, übernahm ich irgendwann ihre Meinung. Ohne ihn war ich besser dran. Interesse an mir schien er nämlich auch nicht zu haben, sonst hätte er sich doch sicher irgendwann gemeldet.

Alles in allem war er damit nicht prädestiniert dafür, mir einen wundersamen Haufen voll magischer Gene hinterlassen zu haben, oder?

Ich seufzte. Dann beschloss ich, dass mehr Gedanken auch nichts brachten. Sullivan verlangte eine Antwort und ich würde ihm die gewünschte geben. Weil das hier ein großes Spiel war.

Und ich mir – wenn ich sonst schon nicht viel wusste – wenigstens sicher war, welcher nächste Spielzug der richtige sein würde.

Als der längst überfällige tiefe Atemzug meine Lunge bis zum Bersten mit frischem Sauerstoff füllte, spürte ich unvermittelt, wie ein kleiner Teil der Last von meinen Schultern zu bröckeln begann und schließlich beim Ausatmen von mir abfiel.

Vielleicht war das absolut irrational, weil sich der Druck gerade bis ins Unermessliche erhöht hatte. Der Druck, der von nun an auf meiner Rolle lastete. Trotzdem war Sullivans Angebot mein Anker. Ein sexy Anker, nach dem ich nur zu gern griff. *Mental.*

Als unsere Augen sich fanden, sprühten seine geradezu vor Neugier. Mein Blau traf auf Grün und verschmolz zu einem Strudel, über dem die Wellen der neu erwachten Emotionen zusammenbrachen.

Mein Atem ging plötzlich unregelmäßig und da war etwas zwischen uns. *Spürte er es auch?*, fragte ich mich mit dem letzten Rest meines wachen Verstandes. Immer weiter lullte mich das Funkeln seiner Augen ein. Immer intensiver packten mich die ungewohnten Empfindungen und zogen mich wie ein Mahlstrom in die Tiefe. In Gefilde, die ich emotional noch nie zuvor gestreift hatte. Ich meinte kurz auf den Grund hinabblicken zu können, doch bevor ich ein klares Bild wahrnehmen konnte, schlugen die Wellen bereits wieder zusammen und entzogen mir die Sicht. Der Augenblick der mentalen Verbindung brach.

Ich nahm wahr, wie sein warmer Körper wieder näher an den Stuhl rückte, auf dem ich saß. Fühlte, wie meine Sinne hypersensibel die Umgebung wahrnahmen. Roch die Luft, wie sie, durchsetzt vom Staub vieler Generationen und mit der Verdunstung der Ölfarben der Gemälde angereichert, durch meine Nasenflügel strömte.

Mich erfasste ein Freudentaumel, der mich breiter lächeln ließ als jemals zuvor. Ich wollte aufstehen, tanzen, lachen – egal was. Hauptsache, die überschüssige Energie in mir fand ein Ventil. Bevor ich noch einmal darüber nachdenken konnte, öffneten sich meine Lippen. Und ich hauchte: »Ja.«

Beim darauffolgenden Herzschlag war ich mir nicht mehr sicher, wozu ich da gerade *Ja* gesagt hatte. Es hatte sich so gut angefühlt. So richtig.

Dann registrierte ich, wie sich die Sonnenstrahlen aus meinem Geist schlagartig verzogen und eine bittere Erkenntnis brach sich im nächsten Augenblick Bahn. Ich realisierte mit größtem Bedauern, dass ich manipuliert worden war. *Von Sullivan. Zu seinen Gunsten.* Weil ihm meine Antwort wohl zu lange gedauert hatte.

Sein Gesicht war meinem so nah, dass ich den dunklen Bartschatten um seinen Kiefer sehen konnte. Die gerade Nase hatte eine kleine Erhebung, die darauf schließen ließ, dass sie schon einmal gebrochen worden war. Seine vollen Lippen hatten sich zu einem leichten Lächeln verzogen. Ich hatte ihm das Wort geradezu ins Gesicht geseufzt. Hatte getan, wozu er mich gebracht hatte – durch bloßen Augenkontakt. Wut kochte in mir hoch.

Dieses Riesenarschloch!

Ich hätte von ganz allein *Ja* gesagt, hatte die Entscheidung längst getroffen. *Warum hatte er mich manipulieren müssen?* Vermutlich war es ihm auch noch leichtgefallen, da ich ja nicht einmal gegensätzlicher Meinung gewesen war.

Während wir weiter in der Küss-mich-Position verharrten, verhärteten sich meine Mundwinkel. Echte Resignation erfüllte mich für einen Moment, dunkle Gewitterwolken zogen in mir auf. Dann, mit der Erinnerung daran, dass die Kameras allgegenwärtig waren, schaffte ich es, beides hinunterzuschlucken. Zusammen mit dem Gefühl des Verrats, das sich wie ein unangenehmer Nachgeschmack in meinem Hals ausgebreitet hatte.

Ich wusste nicht, welches Spiel Sullivan spielte. Aber ein Ritter in weißer Rüstung war er nicht. Er und ich schienen uns irgendwelche Rollen auf den Leib geschneidert zu haben, aus denen wir manchmal ausbrachen, weil sie einfach nicht *wir* waren. Meine Konkurrenten standen dem sicher in nichts nach. Doch würde es umso schwieriger werden, bei völlig Fremden zu erkennen, welches das echte Ich war und welches nicht – denn wahrscheinlich würden hier alle für die Kameras schauspielern.

Verdammt. Mit leichtem Bedauern zog ich – ungeküsst – den Kopf zurück und nickte Sullivan noch einmal hoheitsvoll zu, um mein vorangegangenes Wort zu bestätigen.

»Ich freue mich«, sagte er leise und schenkte mir plötzlich sein 100-Watt-Lächeln. »Es ist mir eine Ehre, dein Coach zu sein.«

»Und mir eine Ehre, von dir erwählt worden zu sein«, echote ich brav, hörte jedoch selbst den hohlen Klang meiner Worte.

Nun waren zwei Dinge ganz klar.

Erstens: Dieser Wettbewerb war noch nie fair gewesen, er würde nie fair sein und wenn der Unparteiische auf einmal Partei für einen der Teilnehmer ergriff, konnte daraus nur etwas Persönliches werden.

Zweitens: Sinessa würde mich ab jetzt hassen, wenn er das nicht sowieso schon wegen der Assems tat. Das, was Sullivan begonnen hatte, machte uns beide zum Ziel. Die Frage war nur: *Was war Sullivans Ziel?* Doch nicht wirklich, mich zur Regentin zu machen, oder doch? Hatte sein kleiner Streit mit Sinessa hinter der Bühne politische Hintergründe gehabt?

Allein dadurch, dass er mich gerade zu etwas gezwungen hatte, konnte ich ihm nicht mehr vertrauen. Weder als Coach noch mit meinem Leben. Da half kein Charme dieser Welt und auch kein durchtrainierter Körper.

4

Das Leuchten der Ayuden

Für die anderen Teilnehmer war ich das Mädchen, bei dem alle vier Assems geleuchtet hatten und das bereits jetzt – viel zu früh – einen Coach für sich gewonnen hatte. Und nicht irgendeinen. Nein, den mächtigsten Magician, der sich momentan in California aufhielt. *Den Bad Boy. Den Frauenschwarm.*

Für sie machte mich das zu einer permanenten, unumstößlichen Bedrohung, weil sie, im Gegensatz zu mir, fest an meine Kräfte glaubten. Und an Sullivans Wissen, von dem sie annahmen, dass er es an mich weitergeben würde.

Ich wusste nicht einmal, wie es möglich sein sollte, die Gaben aller Gilden in mir zu vereinen. Trotz der unzähligen Bücher, die ich verschlungen hatte, seit meine Mutter mich das Lesen gelehrt hatte, fehlte mir die Fantasie dafür.

Damals war ich erst vier Jahre alt gewesen. *Ja,* darin und einzig darin war ich ein Wunderkind. So als wäre das Lesen schon immer meine Bestimmung gewesen. Nun, eine Begabung hatte ich eindeutig dafür. Doch ehrlich: *Was konnte ich mit Lesen schon ausrichten?* Höchstens jemanden mit einem der wirklich dicken Wälzer erschlagen. Aber dafür muss man ja eigentlich nicht einmal lesen können und so richtig elegant und hilfreich war das sicher auch nicht.

Ich zuckte unbewusst die Achseln und versuchte unter den mich umgebenden Teilnehmern ein Gesicht zu finden, das mich nicht feindselig anfunkelte. Meine Augen fanden die schmale Gestalt des blonden Mädchens, das vorher geweint hatte. *Vielleicht war sie anders als …*

Nein, sie schaute genau wie alle weiblichen Wesen hier. Hatte keinen Funke Empathie für mich übrig. Jedes der Mädchen schien mir die Augen aus dem Kopf kratzen zu wollen, weil ich mit Sullivan allein gewesen war. Wenn ich ihre abfälligen und neidischen Blicke genauer betrachtete, gab es nur eine Erklärung: Sie waren eifersüchtig.

Alle Kandidaten waren im selben Raum herausgekommen – alle, außer Sullivan und mir. Wir waren erst jetzt dazugestoßen.

Wir standen nun in Grüppchen in einer Vorhalle, von der aus zwei große Marmortreppen nach oben führten. Breite barocke Fenster der offenen Galerie im Obergeschoß ließen die Strahlen der untergehenden Sonne hereinblitzen. Ihr Orangerot verlieh der Szene eine Sanftmütigkeit, die ich so in der Stimmung meiner Mitmenschen nirgends erkennen konnte.

Was auch daher rühren mochte, dass seitlich am Aufgang der Treppen zwei große LED-Bildschirme hingen. Momentan zeigten diese das Konterfei von Sinessa an seinem Schreibtisch in seinem Arbeitszimmer. Den Blicken, die vom Bildschirm zu mir beziehungsweise Sullivan und wieder zurück wanderten, seit wir die Vorhalle betreten hatten, hatte ich schnell entnommen, dass jeder die Szene zwischen uns live mitbekommen hatte. Inklusive des Geschmachtes.

Jeder. Einzelne. Hatte. Uns. In. Farbe. Begafft.

Toll. Sie wussten nun, dass wir uns fast geküsst hatten. Vor Scham färbten sich meine Wangen beim erneuten Gedanken daran von kirsch- zu dunkelrot.

Ich hatte noch *nie* zuvor einen Jungen geküsst, hatte noch nie mit einem geschlafen. Das war ungewöhnlich für mein Alter, aber ich … hatte bisher einfach kein Interesse daran gehabt. War weder religiös noch prüde noch sonst irgendetwas. Zumindest diesbezüglich war unsere Gesellschaft nicht rückständig – trotz oder vielleicht gerade wegen der Schnelllebigkeit und Leichtigkeit, mit der das Thema behandelt wurde, wollte ich, dass *es* bedeutsam war. Dass Körperkontakt und alles, was ich … nun, nur einmal jemandem zum ersten Mal schenken konnte, nicht an *irgendwen* ging. *Bestimmt, sogar ganz bestimmt,* dachte ich just mit einem Kopfschütteln, *hatte jemand wie*

Sullivan, der an jeder Hand mit einem Schnippen zehn hängen hatte, nicht *verdient, meinen ersten Kuss zu bekommen.*

Anscheinend war ich aber die Einzige im ganzen Raum, die das so zu sehen schien. Selbst Sullivans Lippen zierte ein leichtes Lächeln. *Klebte ihm das immer noch dort oder schon wieder?*

Dafür, dass er der Kardinal der Blauen Garde seiner göttlichen Heiligkeit war, hätte ich mir gerade jetzt ein bisschen mehr Ernsthaftigkeit und Würde gewünscht. *Wirklich. Er machte die Situation für mich mit seinem Verhalten kein bisschen besser!* Dabei hatte er mich erst in diese Lage gebracht – uns in diese Lage gebracht –, indem *er* offensichtlich ganz aktiv den Raum der Ankunft, während des Diffundierens durch das Portal, verändert hatte.

Das war schließlich nicht einfach so geschehen.

Großartig, schoss es mir durch den Kopf, als selbst der Kerl im schwarzen Anzug, der vorher in der Reihe hinter mir gestanden hatte, seinen Kopf wegdrehte, nur weil sich unsere Blicke in der Sekunde zuvor gestreift hatten.

Einfach atemberaubend. Jetzt hasste mich jeder. Und insbesondere die zwei Vampir-Brüder, wie ich die beiden dunkelhaarigen, blassen Typen getauft hatte, die vorher gemeinsam an das Portal getreten waren. Sie hatten mich schon bei meinem Eintreten, hinter Sullivan, besonders abfällig angesehen – und bei ihnen hatten mir die Blicke echte Angstschauer den Rücken hinuntergejagt. Sie würden zu mächtigen Gegnern werden. Vielleicht den mächtigsten von allen.

Irgendwie konnte ich sie verstehen. Wäre ich sie, würde ich mich vielleicht auch hassen. Weil ich nur das sah und einordnen konnte, was ich mit eigenen Augen gesehen und was mir die Bildschirme gezeigt hatten – auch wenn das nicht im Entferntesten der Wahrheit nahe kam. Zumindest nicht der ganzen.

Ich seufzte tonlos.

Mir war nicht danach, das unangenehme und verlegene Getue der Kandidaten durch eine Erklärung zu unterbrechen. *Wie würde es aussehen, wenn ich mich zu rechtfertigen versuchte?* Zweifelsohne noch seltsamer.

Nein, ich musste meinen nächsten Schritt mit Bedacht tun.

Die Frage war nur wieder, welche Alternativen mir blieben. Verbündete zu finden schied im Moment aus. Vielleicht würde später der eine oder andere auf die Idee kommen, dass ich mit meinen angeblichen Kräften für ihn von Nutzen sein konnte. *Wenn sich diese Kräfte bis dahin zeigten.*

Irritiert zog ich mein Kostüm glatt. Für heute hatte ich wirklich genug. Wie das anhaltende Schweigen der anderen zeigte, diese wohl auch. Wenn alle Unterhaltungen der nächsten Tage so … *angeregt* verlaufen würden, würde unser Aufenthalt hier noch eine viel größere Freude werden, als er ohnehin schon war. Vielleicht hätte ich mir doch im Vorfeld einen längerfristigen Plan zurechtlegen sollen – aber ich hatte ja nicht ahnen können, wie sich alles entwickeln würde.

Endlich hob Sinessa auf dem Bildschirm seinen Blick von irgendwelchen Papieren und setzte zu einer abschließenden Rede an. Seine Stimme dröhnte durch die Lautsprecher um uns. »Schön, dass sich nun endlich alle eingefunden haben.« Unverhohlene Ironie klang aus seinen Worten. Eine seiner buschigen Augenbrauen hob sich. »Sie werden gleich die Treppen zu beiden Seiten nutzen, um Ihre Zimmer zu erreichen. Für jeden und jede von Ihnen steht eines bereit. Ihr persönliches Gästezimmer im Schloss verfügt über jeglichen Komfort, den Sie sich wünschen können, und trägt Ihren Namen an der Tür. Sollten Sie etwas Zusätzliches benötigen, klingeln Sie gern nach dem Personal. Bitte beachten Sie aber die Dienstzeiten und dass Sie im Rahmen der Schicklichkeit bleiben. Frühstück, Mittag- und Abendessen wird im großen Saal serviert. Alternativ können Sie das Essen auch auf Ihrem Zimmer einnehmen, sollten Sie sich unpässlich fühlen. Lassen Sie sich Ihre Unpässlichkeit aber bitte von unserem hauseigenen Arzt bestätigen.« Ein listiger Zug lag um Sinessas Mundwinkel. Langsam führte er die Zeigefinger in Höhe seines Mundes, über den auf den Schreibtisch gestützten Ellenbogen, zusammen. Die Illusion von Licht züngelte daran empor, dann zog er die Fingerspitzen auseinander und ließ die Energie als funkelnden Elektrizitätsfaden zwischen den Kuppen überspringen. »Machen Sie sich frisch, ruhen Sie sich heute Abend aus und genießen Sie die Nacht, bevor es mit der ersten Aufgabe losgeht. Wir alle sind gespannt – die Augen der Nation sind auf Sie gerichtet. Vergessen Sie das nicht.«

Wie könnten wir das nur vergessen?, fragte ich mich sarkastisch.

»Ich lese nun die Namen der Personen vor, die die linke Treppe hinaufgehen. Danach die, die Ihre Zimmer über die rechte Treppe erreichen. Es sind jeweils dreizehn, da, wie Sie wissen, hoher Besuch – der Kardinal der Blauen Garde – mitten unter Ihnen nächtigt.«

Es klang mehr als spöttisch.

»Bitte seien Sie aufmerksam und verpassen Sie Ihren Namen nicht. Ich werde mich nicht wiederholen. Außerdem weise ich Sie darauf hin, dass in einer Mappe auf Ihrem Nachttisch alle Informationen zu den Annehmlichkeiten des Schlosses und die jeweiligen Öffnungszeiten verschiedener Örtlichkeiten vermerkt sind sowie ein Gebäudeplan, dem Sie entnehmen können, wo Sie sich befinden oder wo Sie sich gegebenenfalls in den nächsten Tagen einzufinden haben.«

Er drehte leicht seinen Kopf und pausierte. Obwohl nichts zu hören war, schien es, als würde er jemandem zuhören. Kurz verdunkelte sich Sinessas Miene daraufhin.

Er musste also etwas Wichtiges erfahren haben. *Doch was? Würde er es uns sagen?* Neugier regte sich in mir.

Seine Züge glätteten sich aber unversehens. Seine Haltung straffte sich und mir war, als würde er jetzt wieder wahrnehmen, dass er überall live übertragen wurde.

Meine Hoffnung darauf, etwas zu erfahren, wurde jedoch direkt zunichtegemacht, als er seinen stechenden und eindeutig verschlossenen Blick auf uns richtete. Mir kam es fast so vor, als wäre er wirklich vor Ort, hier bei uns, und würde uns mustern. Dabei konnte das gar nicht sein. Schließlich zeigte der Bildschirm nur eine Übertragung. Und Sinessa sah nichts als eine silberne Drohne, die ihn aufnahm.

»Bitte entschuldigen Sie mich. Ich muss meinen Pflichten als Regent nachkommen. Mein Mundschenk und die anderen Bediensteten werden sich in der Zwischenzeit um Ihre Belange kümmern. Wir sehen uns bei der ersten Aufgabe. Willkommen im Schloss.«

Damit entzog er uns seine Aufmerksamkeit, doch der Bildschirm zeigte weiterhin die Übertragung. Ich sah, wie Sinessa von seinem Schreibtisch aufstand. Hörte das *klack, klack!*, das seine Absatzschühchen bei den ersten Schritten machten, und vernahm ein »Kontaktieren Sie den Schakal. Ich habe einen Auftrag für ihn.«

Wären wir nicht bereits alle erstarrt, wären wir es vermutlich jetzt.

Der Schakal? Ein Schauer lief mir den Rücken hinunter. Wer war der Schakal? *Geheimnisvoll, geheimnisvoll,* dachte ich, obschon mich die Kälte in Sinessas Stimme schockte. Ein Luftzug ließ mir die Härchen auf meinen Unterarmen zu Berge stehen. Bevor ich darüber nachdenken konnte, rubbelte ich mit meinen Händen über den Cordstoff des rosafarbenen Jäckchens, um mir Wärme in die Glieder zu massieren. Erst als ich realisierte, was ich da tat, ließ ich die Arme sinken, doch es war bereits zu spät.

Der Typ im schwarzen Anzug schien mich immer noch heimlich – oder vielleicht auch ganz offensichtlich? – beobachtet zu haben, denn er runzelte die Stirn. So als wäre ich ein Rätsel, das es zu lösen galt. *Nur dass ich nicht wusste, ob ich von ihm enträtselt werden wollte.*

Ich war die ganze Aufmerksamkeit, besonders von männlicher Seite, nicht gewohnt. Und obwohl sie auch etwas Elektrisierendes und Schmeichelhaftes hatte, so wusste ich doch nicht damit umzugehen, geschweige denn, ob ich diese Aufmerksamkeit überhaupt wollte.

Andererseits war ich die Eiskönigin, erinnerte ich mich leicht sarkastisch. *Was würde diese tun? Sie würde dem Anzug-Typ huldvoll zulächeln und ihm damit zeigen: Es war eine Gunst, dass sie ihn überhaupt wahrnahm, oder?*

Gedacht, getan.

Ich setzte ein lakonisches Lächeln auf und nickte geziert. Irgendwie war ich direkt stolz auf mich. Allerdings hatte die Geste nicht die beabsichtigte Wirkung. Mr Anzug sah höchst irritiert aus und als ich mich beschämt abwandte, um meine Aufmerksamkeit dem Geschehen am Treppenfuß zuzuwenden, an den gerade zwei Bedienstete getreten waren, trafen meine Blicke auf die von Sullivan. Seine Augen blitzten in höchstem Maße amüsiert, so als durchschaute er mühelos meine – wohl entsprechend schlechte – Show.

Unwirsch schüttelte ich den Kopf und beschloss, ihn zu ignorieren. Sinessas Gefolge war viel spannender.

Die Hausdame in weißer Schürze, mit rosa Häubchen sowie langen roten Handschuhen gaffte uns unverhohlen an. *Huch! Wo waren denn ihre Manieren abgeblieben?* Der Mundschenk oder Butler neben ihr trug einen gestrengen, pinguingleichen schwarzen Dreireiher mit weißen Handschuhen. Unter seinem beachtlichen gezwirbelten Schnurrbart räusperte er sich laut. »Meine Damen und Herren, ich werde Ihnen nun die Listen vorlesen, dann begleiten Madame Puttin und ich Sie nach oben. Das Abendessen wird um Punkt neunzehn Uhr serviert. Bis dahin haben Sie eine Stunde Zeit, um sich zurechtzumachen. Bitte seien Sie pünktlich.«

Wir nickten alle im Gleichklang.

»Falls Sie während Ihres Aufenthaltes bei uns etwas brauchen sollten: Ich bin Mr Chivree«, näselte er. »Ich kümmere mich um die Herren unter Ihnen. Madame Puttin wird die Wünsche der Damen erfüllen.«

Danach begann er die einzelnen Namen vorzulesen, doch da keiner um mich auch nur mit der Wimper zuckte, war es ein Ding der Unmöglichkeit, sie zuzuordnen. Nachdem meiner genannt wurde, schaltete ich ab. *Bedauerlich.* So mussten wir die Vorstellungszeremonie und das Erfragen der Namen wohl doch selbst beim Abendessen durchführen.

Ich nahm an, dass die Bevölkerung hinter den Bildschirmen längst unsere vollen Namen eingeblendet bekommen hatte. Sie wussten inzwischen sicher mehr über uns als wir übereinander. Immerhin hatten wir noch Zeit bis zum Essen. Diese galt es zu nutzen. Vielleicht konnte ich ja das eine oder andere herausfinden. *Wollen wir doch mal sehen, welche Leichen mein Nanobot über meine Mitstreiter zutage fördern würde.*

Fast beschwingt trippelte ich mit meiner Gruppe die Treppe empor. Ich hatte mein Zimmer auf der rechten Seite, genau wie Sullivan. Dabei registrierte ich, wie hoch die Decke war. Ein Zeugnis echter magischer Baukunst, denn das Schloss war nicht von Menschenhand geschaffen worden. Vielmehr hatte der Kaiser überall in Eterny, vor allem aber in den Hauptstädten der fünfundzwanzig Länder, die unter seiner Herrschaft standen, magisch verstärkte Bauwerke errichten lassen. Sie hatten ihren ganz eigenen Willen, waren fast beseelte Wesen und sollten im Falle einer nötigen Verteidigung wie mächtige Bunker eingesetzt werden können.

In meinen Augen waren sie in erster Linie Ausdruck von Prunk und Protz – vor allem dem der neuen Welt, die die alte abgelöst hatte. Einer Welt voller Magie und Möglichkeiten. Voller Fortschritt und Rückschritt. Die die Völker, die magischen und nichtmagischen Menschen, Übernatürliches, Natürliches und die Technik miteinander verband. Die Brücken schuf und andere einriss.

Am obersten Treppenabsatz angekommen, eröffnete sich mir der Blick auf einen weiteren langen Flur. Dieser wurde links und rechts von Zimmertüren und Stuck an den Wänden sowie einer beachtlichen Menge an Blattgold gesäumt.

Bewundernd fuhr ich mit dem Finger im Vorübergehen über eine der kunstvollen 3-D-Blattgold-Blüten, die zwischen zwei Ranken ihre Triebe der Mitte des Ganges entgegenstreckte. So schön, so wundersam, so nicht von dieser Welt wirkte sie, dass ich mich der Geste nicht erwehren konnte.

Wärme prickelte sogleich durch das Fleckchen meiner Haut, das diese berührte. Mir war, als ob darauffolgend ein Energieschlag durch mich ging. Überrascht zog ich die Finger weg. Hatte intuitiv das Gefühl, mich an der Blüte verbrannt zu haben. Doch es war bereits zu spät.

Ich stockte angespannt. Das Herz schlug mir bis zum Hals, als ich die freigesetzte Magie spürte. *Ich hatte irgendwas in Gang gesetzt …*

Die Blüte begann in einem überirdischen Licht zu leuchten. Sie strahlte dabei immer heller. Ich wollte unwillkürlich meine beiden Hände darauf pressen, sodass die anderen es nicht sahen. Doch die Dynamik der Gruppe hatte mich bereits zwei Schritte nach vorne gehen lassen, da ich meine Position in der Reihe nicht hatte verlassen wollen, kein Aufsehen hatte erregen wollen.

Mist, warum hatte ich nicht einfach meine Hände bei mir lassen können? Und warum leuchtete die Blüte? Was bedeutete das?

Ich war verwirrt, erschrocken, überrascht. Es hatte noch *nie* auch nur irgendetwas unter meiner Berührung zu leuchten begonnen. *Bis auf die Assems und jetzt die Wandverzierung. Was passierte da? Oder erlaubte sich jemand einen schlechten Scherz mit mir? Als erste Retourkutsche für die in ihrer Vielzahl strahlenden Assems im Portal?* Mit zusammengekniffenen Augen und gesenktem Kopf versuchte ich mich unauffällig umzusehen und gleichzeitig nicht aus der Rolle zu fallen.

Alle starrten inzwischen auf das leuchtend goldene Geflecht, da sich das Licht immer weiter ausbreitete und nun auch auf die anderen Blattgold-Zierwerke an den uns umgebenden Wänden übersprang.

Okay, das – war unheimlich.

Ich schluckte und versuchte unbeteiligt zu wirken. Es wurde jedoch immer schwieriger.

Inzwischen stand jeder um mich starr da und beobachtete das Spektakel. Immer beindruckender und irgendwie anziehender glitzerten die stilisierten Pflanzen.

»Ah, eine ganze entflammte Ayuden-Kolonie!«, durchdrang Sullivans unverkennbare Stimme die andächtige Stille. »Die Gewächse des Lichtes zeigen ihre Huldigung und blühen. Sie erwachen nicht oft aus ihrer Starre. Genießt den Anblick. Ihr werdet in eurem Leben vermutlich nicht mehr in den Genuss kommen. Mir scheint, diese Wahl wird wirklich spannend.« Seine letzten Worte klangen fast wehmütig.

»Stimmt es, dass das letzte Mal eine blühende Ayude gesehen wurde, als der Kaiser in Washington gekrönt wurde?«, fragte eine dünne Stimme. Sie war kaum hörbar. Ein vorsichtiges Flüstern. Nichtsdestotrotz drehte ich mich unwillkürlich in die Richtung, um die Sprecherin oder den Sprecher auszumachen. Zu meiner Verblüffung war es das blonde Mädchen im blassrosa Kleid.

Woher wusste sie das? Und von den Ayuden? Ich hatte noch nie von ihnen gehört.

Sullivan legte den Kopf schief.

Mein Blick ruhte nun unverwandt auf ihm. Wie die anderen wartete ich gebannt auf seine Antwort. Meine Gedanken überschlugen sich. *Hatte jemand gesehen, wie ich die Blüte berührt hatte? Oder hatte vielleicht doch jemand anders …? Jemand, der eines Kaisers würdig war?!*

»Sie erkennen magisches Potenzial und spiegeln es, indem sie aufleuchten und ihre Schönheit zeigen. Gleichzeitig können sie in diesem Stadium auch Magie absorbieren oder, sozusagen aufgeladen, abgeben. Sie wandeln sich, können heilen, Nahrung sein oder Durst stillen. Leben retten. Und das alles durch Berührung oder einfachen Verzehr.« Seine Stimme streifte mich wie ein leichter Federhauch. »Ein wahrhaft magischer Anblick, nicht wahr?«, fragte er, an niemand Bestimmtes gerichtet.

Ein zustimmendes Murmeln ging durch das Dutzend der Kandidaten, das im Gang stand.

»Aua!«, durchbrach ein Ausruf von weiter vorne meine gedankenverlorene Betrachtung der noch immer leuchtenden Blüten.

Mit schmerzverzerrtem Gesicht hielt sich der Mann mit dem militärisch kurzen Haar die Hand. Als er sie aus seinem eigenen Griff löste, konnte ich die roten, verbrannten Striemen auf der Handfläche erkennen, die sich bereits als Abbild der Ranken dunkel verfärbten.

Das sah nicht gut aus. Die Blüten waren wohl launisch und nicht allen wohlgesonnen, die sie berührten.

Bedrückte Stille löste die eben noch so friedfertige Stimmung ab.

Sullivan bahnte sich vom hinteren, der Butler, der uns begleitete, vom vorderen Ende der Gruppe einen Weg zu dem Unglücklichen. »Sie hätten die Ayuden nicht berühren sollen«, rügte Mr Chivree den Mann autoritär. »Wie viele magische Artefakte, lassen sie sich in diesem Zustand nur von dem berühren, der sie erweckt hat.«

Aus einer seiner Fracktaschen zog er ein kleines Fläschchen und ein weißes Tuch. »Hier.« Geschickt schraubte er den Deckel vom Fläschchen, drückte eine durchsichtige Paste auf die Hand des Mannes und wickelte das Tuch darum. »Halten Sie es gut fest – wie einen Druckverband. Das dämmt die Wirkung ein und sollte die Schmerzen bis zur Krankenstation auf einem erträglichen Level halten. Dort wird man Sie versorgen.«

Mr Chivree drehte sich zu uns. Er sah grimmig aus. »Lassen Sie alle sich das eine Lehre sein und überlegen Sie sich gut, was Sie in diesem Schloss berühren.«

Sullivan, der die letzte Minute über ruhig danebengestanden hatte, nickte zustimmend. Dann wies er den älteren Mann an: »Gehen Sie mit dem Verletzten zur Krankenstation, damit er den Weg findet und zügig dort ankommt. Ich kümmere mich um die restlichen Kandidaten. Die Zimmer finden wir – keine Sorge. Sie befinden sich alle auf dieser Ebene, den Gang entlang?« Das Satzende blieb fragend in der Luft hängen.

»So ist es.« Der Butler nickte steif. »Orientieren Sie sich einfach an den Namensschildern.«

Kollektives Murmeln bekundete Zustimmung.

»Was passiert mit ihm?«, hörte ich wieder die Stimme des Mädchens von vorhin. Sie schien von neuem Mut beseelt zu sein und die Phase der Traurigkeit hinter sich gelassen zu haben.

Noch immer traute ich mich fast nicht zu atmen, so tief steckte mir das Unbehagen in den Knochen. Ich fürchtete, dass als Nächstes die Frage gestellt werden würde, wer denn nun die Ayuden gestreift und zum Leben erweckt hatte. *Sie würden mich noch mehr hassen, sollten sie je die Wahrheit erfahren. Wenn ich es denn tatsächlich gewesen war.*

Sullivan fuhr sich mit der Hand durchs Haar und schenkte ihr ein beruhigendes Lächeln. »Das werden wir sehen. Die Ayuden sind wie die meisten verzauberten Artefakte recht eigenwillig, auch wenn sie durch Menschenhand gezüchtet und vermehrt wurden. Sie sind eines von Vielerlei, das hier im Schloss mit Vorsicht zu genießen ist. Also bitte ich euch ebenfalls inständig, euch gut zu überlegen, was ihr anfasst und wie ihr euch verhaltet. Dass die Wände hier Augen und Ohren haben, wisst ihr. Das ist euch seit dem Brief klar, weil ihr hoffentlich wisst, was die Wahl für euch bedeutet. Aber auch eure anderen Sinne können auf die eine oder andere Weise in die Irre geführt werden.« Er verstummte. »Seid euch gewiss, dass euch keiner Böses will, aber seid trotzdem auf der Hut, denn einmal gestochen, befallen oder verflucht zu sein, lässt sich selten rückgängig machen. Die Magie ist eine Macht mit vielen Gesichtern und nicht immer sind ihre Diener selbstlos und ihre Schritte vorhersehbar.« Er schenkte uns ein schwaches Lächeln, das seine Augen nicht erreichte.

Welches Gesicht er uns wohl gerade zeigte? War dies der wahre Sullivan?, fragte ich mich. *War das seine Warnung in diesem Wettbewerb? Seine erste und letzte? Ein Anflug von Menschlichkeit? Etwa so was wie ein weicher Kern unter der harten Schale des Bad Boys?* Mit den Ohren der Wände meinte er sicher die Mikrofone der Kameras, die man hier im Schloss nur zu leicht vergaß, weil keine Drohnen um uns herumschwirrten. *Doch was meinte er mit dem Rest? Vor was wollte er uns konkret warnen? Vor magischen Artefakten? Vor Sinessas Schergen und Plänen? Wusste er mehr als wir? Oder waren seine rätselhaften Worte nicht mehr als eine allgemeingültige Einweisung, die uns den nötigen Respekt vor all dem hier beibringen sollte?*

Nun gut. Spekulationen waren müßig.

Als sich unser verkleinertes Trüppchen, noch immer vom sanften Glühen der Ayuden an den Wänden begleitet, wieder in Bewegung setzte, um die letzten Meter bis zu den Zimmertüren zurückzulegen, war ich einfach froh, dass nicht entdeckt worden war, dass ich die Blume angefasst hatte.

Zum Glück war auch direkt eine der ersten Türen meine. Kunstvoll hatte jemand in verschlungener Handschrift meinen Namen auf ein Stück Pergament geschrieben und es hinter die kleine Glasscheibe geklemmt, die anscheinend extra dafür an der hölzernen weißen Tür angebracht war.

Befremdlich mutete einzig an, dass darunter auch eine elektronische Anzeige eingelassen war, auf der weitere Informationen standen, wie beispielsweise die Temperatur draußen sowie die nächste Aktivität: Abendessen um 19:00 Uhr. Trotzdem freute es mich irgendwie, dass der Aufwand betrieben worden war, meinen Namen auf etwas Echtes, Reales zu schreiben, nicht einfach nur virtuell anzuzeigen.

Lächelnd drückte ich die geschwungene goldene Klinke hinunter und lehnte mich mit meinem Körpergewicht dagegen, bis ein schmaler Spalt entstand. Die anderen rechts, links und in meinem Rücken taten es mir gleich, denn ich hörte überall das leise Geräusch von sich öffnenden Türen, die über den Boden schrammten.

Aufregung ergriff mich, als ich in der Bewegung verharrte und mir vorzustellen versuchte, was mich erwarten würde. Ich wollte die Vorfreude noch kurz auskosten. Wir hatten nichts mitnehmen dürfen – alles würde uns gestellt werden, hatte es geheißen. Dieses ominöse ›Alles‹ lag nun hinter der Tür. Schmetterlinge flatterten in meinem Bauch.

In drei – zwei – eins …

Ein spitzer Aufschrei ließ mich die Hand von der Klinke wegziehen und meine Tür schneller wieder zufallen, als ich hatte hineinspähen können. Ich wirbelte auf dem Absatz herum und malte mir im Geist bereits das Schlimmste aus. *Was mochte denn jetzt schon wieder sein? Hatte sich noch jemand verletzt? Dieses Mal immerhin nicht wegen mir!*

In der Tür direkt hinter mir stand die Mensay mit den zu perfekten Halbmonden gefeilten rosa Nägeln. Ich sah sie aus einer leicht schrägen Perspektive: ihren Rücken und das fast weiß gebleichte wallende Haar, das sie wohl für chic hielt. Eine Hand hatte sie um den goldenen Türgriff gelegt. Die Knöchel traten hervor, weil sie die Tür aufgedrückt hielt. Über ihre Schulter konnte ich einen Blick durch den offenen Spalt in ihr Zimmer werfen, da ich einen Kopf größer war als sie.

Dort stand ein traumhaftes Himmelbett mit rosa Überwurf und goldenen Klauenfüßen. Marmorner weißer Boden spiegelte fast und ein goldener Stuhl, ebenfalls mit Klauenfüßen, komplettierte vor einem wuchtigen hölzernen Schreibtisch und großen Fenstern mit hauchzarten weißen Vorhängen die Einrichtung. *Nichts, aber auch gar nichts Beunruhigendes war zu entdecken.* Ich runzelte verwirrt die Stirn.

Der Rücken vor mir war immer noch in Starre gefangen.

War ihr etwas ins Gesicht gesprungen? Ein Tier, ein Zauber, ein Fluch? Als ich gerade fragen wollte, drehte sie sich mit rosigen Wangen zu mir um und rief voll Begeisterung: »Ist das nicht großartig? Das schönste Zimmer, das ich je hatte! Hast du all den Luxus gesehen? Allein dafür lohnt es sich, hier zu sein, findest du nicht?«, sprudelte es aus ihr heraus. »Wie wohl das Bad aussieht? Ich muss unbedingt ins Bad.«

Ich konnte nur starren. War völlig überrumpelt. Hätte mir am liebsten innerlich die flache Hand gegen die Stirn schlagen mögen. *Und ich hatte gedacht, es wäre etwas passiert …*

Da fiel ihr Ausdruck voll Freude plötzlich in sich zusammen und sie schien zu registrieren, wem sie da gegenüberstand. Distanziertheit trat in ihren Blick. Kälte schob einen grauen Schleier vor ihre gerade noch so warmherzig blickenden Augen. Mit einer schnellen Bewegung ihres Kopfes bemerkte sie, dass auch andere ihren Schrei gehört hatten und sie inzwischen mehrere Personen als Publikum hatte.

Schwungvoll drehte sie sich um, ohne auch nur ein weiteres Wort an uns zu richten, verschwand in ihrem Zimmer und zog die Tür geräuschvoll hinter sich zu.

Belämmert starrte ich auf das weiße Holz. *Aaaalles klar. Der war nicht mehr zu helfen.*

Geräuschvoll stieß ich die Luft aus, ignorierte die Kandidaten, die sich nun, nachdem sie auch verstanden hatten, dass nichts passiert war, wieder zerstreuten, und wandte mich erneut meiner Zimmertür zu, die ich endlich öffnete. Dieses Mal noch bedächtiger.

Die Oberfläche des Griffs schien auf meine Fingerabdrücke programmiert zu sein, denn es gab weder ein Türschloss noch irgendwelche anderen sichtbaren Erkennungsmechanismen. Meine Mutter hatte mir erst vor Kurzem vom Einbau neuer Technologien in alle fünfundzwanzig Regentenschlösser und selbst den kaiserlichen Palast in Washington durch Tekre Industries erzählt. Es war unfassbar, nun etwas davon in der Realität zu sehen. Die Tür ließ sich ganz einfach von mir öffnen, ich sah dabei deutlich den dicken Bolzen, der mit der Bewegung zurückfuhr.

Modernste Technik traf hier auf das altertümliche Interieur des Zimmers. Irgendwie mochte ich es. Ich hatte schon immer für beide Welten etwas übriggehabt. Das eine war für mich Kultur, das andere Annehmlichkeit. Das Beste aus beiden Welten ließ den Komfort für Geist und Körper – meiner Meinung nach – erst perfekt werden. Nur manche Dinge, die dieser Mix mit sich brachte, wie etwa die Kleiderordnung und was Frauen beruflich taten, konnte getrost in der Vergangenheit bleiben. Leider war das nicht der Fall.

Nun, man konnte nicht alles haben. Und im Moment hatte ich mehr, als ich erwartet hatte. Mehr Probleme und gelöste Probleme. Denn statt in Schmach der Wahl verwiesen zu werden, hatte ich anscheinend wirklich magische Kräfte – die ich schnellstmöglich erforschen sollte.

Leise ließ ich die Tür hinter mir ins Schloss fallen. *Endlich allein nach all dem Halligalli.* Mein Zimmer sah genauso aus wie das gegenüber. Aus einem Impuls heraus trat ich durch den großen Hauptraum, direkt ins Bad.

Das Mädchen von der anderen Seite des Ganges sollte recht behalten. Das Bad war ein Traum, wie alles hier im Schloss. Eine riesige, frei stehende Wanne versprach Wonne. Der große Spiegel an der Wand zeigte aufgrund der integrierten und taghellen Beleuchtung mehr, als ich sehen wollte. *Meine Poren musste ich eigentlich nicht im Detail erforschen.* Andererseits entdeckte ich darüber wieder die goldene Zierde in Blumenform. Das ließ mich meine Faszination bezüglich der Bewegungsmelder, die das Licht steuern mussten, vergessen. *Noch eine Ayude?* Das einzelne Schmuckstück zog mich an, als riefe es lautlos nach mir. Und ich wollte dem Drang so sehr nachgeben. *Außerdem war hier doch gar keiner, oder?*

Ich konnte einfach nicht anders, als die Blüte vorsichtig zu berühren.

Zu meiner Verwirrung und Enttäuschung leuchtete sie nicht auf. Stattdessen erfüllte mich augenblicklich eine tiefe Müdigkeit. Und obwohl ich gerade noch so fit und voller Taten- und Entdeckungsdrang gewesen war, beschloss ich nun, mich kurz – nur ganz kurz –

auf das große Bett im Hauptraum meines Zimmers zu legen und ein bisschen zu dösen. *Nur bis zum Abendessen.*

Langsam ging ich in den Hauptraum zurück und spürte direkt, wie meine Glieder mit jedem Schritt immer schwerer wurden. Ich war so unglaublich müde.

Laut gähnte ich.

Wo kam das denn plötzlich her? Ich wusste es nicht. Mein Geist war bereits so schläfrig, dass ich das Phänomen nicht weiter erforschen wollte. Ich wollte mich nur noch hinlegen und in der beruhigenden Umnachtung des Schlafes wegdriften. *Oh ja.*

Halbwegs geistesgegenwärtig holte ich den kleinen Nanobot, den ich von meiner Mutter zum fünften Geburtstag bekommen hatte, aus meiner Rocktasche, stellte ihn auf den goldenen Nachttisch neben dem Bett und sagte laut: »Weck mich um achtzehn Uhr fünfundvierzig.«

Ein grünes Licht blinkte an seiner Vorderseite auf.

Ich lächelte beruhigt. Dann ließ ich mich mit einem wohligen Seufzer, voll bekleidet, rückwärts auf die weiche Decke und die vielen Kissen fallen und war keine Sekunde später eingeschlafen.

5

Der Nanobot weist dir den Weg

Deeeezzzz. Deeez. Das unangenehme Weckgeräusch des Nanobots riss mich aus dem Schlaf. Grummelnd drehte ich mich auf den Bauch. Decke füllte plötzlich meinen Mund. Ich würgte und prustete. Dann war meine Mundhöhle wieder frei. Luft strömte in meine Lunge. Langsam verzog sich die Dunkelheit, die meinen ruhenden Geist umgeben hatte. Das pelzige Gefühl auf meiner Zunge war nichtsdestotrotz geblieben. Widerwärtig.

»Aus«, knurrte ich nuschelnd in Richtung der Lärmquelle und das Geräusch verstummte. *Rovenna sei Dank!*

Schläfrig richtete ich mich auf die Ellenbogen und fuhr mir mit einer Hand übers Gesicht. Dann erkannte ich, wo ich war, dass mein Schläfchen nur eine kurze Unterbrechung von all den neuartigen Ereignissen darstellte und dass ich – verdammter Mist – noch geschminkt war! *Jetzt könnte ich sicher jeden zoologischen Wettbewerb für die größten Pandaflecken um die Augen gewinnen.*

Fluchend richtete ich mich ganz auf, verhedderte mich irgendwie mit meinen Gliedern in meiner eigenen Kleidung und rutschte wie ein nasser Sack vom Bett. Der Aufprall meines Allerwertesten tat weh, denn der Marmorboden war hart.

Durchatmend entwirrte ich Glieder und rosafarbenen Cordstoff, besah mir die Falten, die ich verursacht hatte, als ich voll bekleidet eingeschlafen war, und stand schließlich ächzend auf. Ich fühlte mich wie neunzig. *Minimum.*

Leicht bedröppelt eilte ich ins Bad, während ich mich noch fragte, ob hier drin auch Kameras installiert waren. Sicher nicht, oder? Diese Privatsphäre mussten sie einhalten: Klo, Dusche, Badewanne? Oder nicht?!

Meine Gedanken liefen einen Moment lang Amok, dann sah ich in den Spiegel und erstarrte schlagartig.

Mein Hirn war leer.

Ich starrte. Und starrte.

Meine Augen!

Sie …

Sie waren golden.

Kein ›bernsteinfarben, könnte auch braun sein, vielleicht ein bisschen hellgelb, aber okay‹ – golden. Nicht dass es normal wäre, wenn ehemals blaue Augen plötzlich braun wären. Allerdings wäre das – nun ja – nicht ganz so auffällig wie äh … *Gold.* Strahlendes Gold!

Während ich noch starrte, begannen sich die Iriden, die bei mir eigentlich – wie bei jedem anderen – in einem Kreis um die Pupillen lagen, zu bewegen. Sie dehnten sich aus, verformten sich zu katzenhaften Schlitzen, dann zogen sie sich wieder zusammen und rotierten, als wären sie flüssig. Flüssiges Gold, das in einem schwellenden Strudel um die Pupille kreiste.

So was hatte ich noch nie gesehen.

Angst schwemmte durch meine Zellen, versetzte mich in Unruhe und beschleunigte die Kontraktion meines Herzens. Übelkeit krampfte meinen Magen zusammen. Ich wagte nicht zu atmen. Blickte konsterniert zu der goldenen Blume über dem Spiegel, die jedoch unverändert wirkte. Wieder musterte ich mein Gesicht. Das leider ebenfalls unverändert diese äh … *Absonderlichkeit* meiner Augen zeigte. Ich ballte die Hände zu Fäusten. Hilflosigkeit und Unglaube durchzogen meinen Verstand wie das Netz eines Keschers.

Ich war dabei, gleich wirklich und wahrhaftig auszurasten.

WAS PASSIERTE MIT MIR?!

Ich schrie die Worte in meinem Kopf. Gleichzeitig biss ich mir auf die Lippen, bis ich eine metallische Flüssigkeit schmeckte: Blut.

Obwohl es definitiv zu den ekligeren Dingen gehörte, mit dem meine Geschmacksknospen im Laufe meines Lebens in Berührung gekommen waren und es scheiße wehtat, war ich doch seltsam erleichtert. *Ich schien noch menschlich zu sein. Andererseits, was sollte ich sonst sein?*

Ein hysterisches Lachen löste sich aus meiner Kehle. Langsam ging ich vor dem Spiegel in die Hocke, sank auf den grauenhaften weißen Pumps, die ich noch immer trug, weil ich sie am Morgen mit Doppelklebeband an meine Fußsohlen geklebt hatte, nieder und schluckte schwer.

Was nun? Es kam mir so lange her vor, dass ich mir die Sachen, die ich am Leib trug, angezogen hatte. Als wären seitdem Tage vergangen und nicht nur einige Stunden.

Abendessen, schoss es mir durch den Kopf. Dort sollte ich einigermaßen gefasst und auch halbwegs vorzeigbar erscheinen. *Und ich hatte noch …?*

Ich richtete mich auf, raste – so schnell es ging – zu meinem Bett zurück. »Li, die Uhrzeit!« Meine Stimme überschlug sich. Der Nanobot leuchtete erst grün, dann projizierte er die Uhrzeit circa fünf Zentimeter über sich in die Luft. *Klasse*, ich hatte noch sieben Minuten. Den Rest der Zeit hatte ich erfolgreich vertrödelt. Oder … na ja … mit einer mittelgroßen Panikattacke verbracht.

Hektisch drehte ich mich um die eigene Achse. So viele Türen an den Wänden! *War dort auch irgendwo ein Kleiderschrank*? Ich brauchte dringend etwas Frisches zum Anziehen. Und etwas zum Abschminken. Und Schminken. Und Kontaktlinsen!! Blaue. Und äh … *ja. Das würde wohl ein Ding der Unmöglichkeit werden.*

Obwohl ich nicht wirklich glaubte, das alles hier zu finden, musste es doch Kleidung geben, die mir passte. Uns war im Brief versichert worden, dass wir nichts mitbringen mussten. Genau genommen war es eine unmissverständliche Anweisung gewesen, kein Gepäck zu haben, nur das, was wir am Körper trugen. Deshalb hatte ich nur Li dabei. *Li!*

»Li, scanne den Raum, analysiere ihn und versuche, etwas zum Anziehen für mich im Sinne einer Abendgarderobe zu finden«, wies ich den Nanobot an.

Dann ließ ich ihn im Hauptraum zurück, in dem Wissen, dass er meinen Befehl zuverlässig ausführen würde. Sein Kurzzeitspeicher, der unserem Kurzzeitgedächtnis nachempfunden war, katalogisierte in ›wachem‹ Zustand sämtliche Gespräche, die in seiner näheren Umgebung stattfanden – das hieß in einem Umkreis von circa fünf bis zehn Metern, je nach Geräuschkulisse. Außerdem hatte er Infrarotsensoren und eine Nanocam mit Nachtsicht, die im Zusammenspiel so ziemlich alles erfassten, was ich nicht sehen konnte.

Zurück im Bad, begann ich meine Kleidung loszuwerden. Ich durfte keine Zeit mehr verlieren. *Schon wieder aufzufallen, indem ich zu spät kam, war sicher nicht von Vorteil.* In aller Schnelle stand ich in Unterwäsche da.

Ein Piepsen aus dem angrenzenden Raum zeigte mir, dass Li fertig war. Rasch setzte ich mich auf den Rand der Badewanne und riss mir erst den einen Schuh vom Fuß, dann den anderen. Tränen traten mir in die Augen.

Tat das weh! Verflixtes Klebeband!

Meine Fußsohlen brannten, als wären sie von Hunderten Feuerameisenbissen verunstaltet worden. Zumindest stellte ich mir das so vor. Ich griff unwillkürlich mit den Händen erst nach dem einen Fuß, dann dem anderen und presste jeweils für circa zehn Sekunden die Handinnenfläche auf die Sohle. Es half ein bisschen. Als ich meine Hände wegzog, sah ich, dass die Rötung schwand, die sich direkt dort gezeigt hatte, wo das Klebeband befestigt gewesen war.

Mit leichtem Bedauern registrierte ich nun, dass die Innensohlen der Pumps ruiniert und aufgeraut aussahen. Die Klebebandstreifen lagen davon getrennt auf dem Badboden. Sie hatten sich während des Reißens abgelöst und ausgedient. *Ich würde nie, nie wieder auch nur etwas von dem Teufelszeug an meine zarten Füßchen lassen. Verdammt sollte Yasemines Rat sein!*

Sie hatte mich auf die Idee gebracht, weil ich sonst eher in flachen Schuhen unterwegs gewesen war. Als Studentin, die tatsächlich mehr vom Studieren als den Partys hielt und nicht im Fokus der Öffentlichkeit gestanden hatte, hatte ich so was nämlich selten, um nicht zu sagen nie gebraucht – bis jetzt. Außerdem war das Geld bei uns knapp.

Frustriert biss ich die Zähne zusammen und humpelte zu Li. Der Schmerz sank langsam auf ein erträgliches Maß. *Gut so,* denn trotz meiner Abneigung würde ich meine geschundenen Füße gleich wieder in irgendein Paar dieser Absatztreter stecken müssen, um dem gewünschten Bild der californischen Frau zu entsprechen – wenn ich denn unbeschädigte fand.

Li hatte die Projektion der Uhrzeit durch einen Countdown ersetzt, der mich wohl zusätzlich antreiben sollte, es bis neunzehn Uhr zu schaffen. Manchmal wollte ich seine KI verfluchen. Obwohl es eine *künstliche* Intelligenz war, die ihm innewohnte, hatte ich das Gefühl, dass er zu klug war.

Meine Aufmerksamkeit wanderte zurück zur Anzeige.

Mit blieben nur noch zwei Minuten. »Shit.«

Nachdem ich den Fluch laut ausgestoßen hatte, änderte sich die Projektion und zeigte einen Scan der unmittelbaren Umgebung, der direkt in ein Infrarotbild wechselte. Es blinkte ein Schrank rot umrahmt auf. Ein genauerer Blick zeigte mir, dass sich darin Kleider und hohe Schuhe befanden.

Kurz musste ich mich im Raum orientieren, um Abbild und Wirklichkeit in meiner Wahrnehmung zu synchronisieren, dann spurtete ich zu dem Schrank und riss die Tür auf. Die Schmerzen meiner Füße waren vergessen. Adrenalin pumpte durch meine Adern. Ich zog wahllos eines der Kleider heraus, ein Traum aus rosa Tüll und Spitze – was sonst bei meinem Glück –, und griff mit der anderen Hand nach den passenden Schuhen. Ebenfalls rosa. *Welch Freude.*

Ungelenk vollführte ich einen wahren Eiertanz, als ich gleichzeitig versuchte, die Schuhe auf den Boden zu stellen und das Kleid in der Luft zu halten. Dann hatte ich es geschafft und stieg zuerst in die Schuhe. Sollte ich mir auf den ungewohnt hohen Absätzen die Haxen brechen, hatte ich immerhin alles für die Kameras und diese Wahl gegeben.

Unwirsch zuppelte ich nun den Reißverschluss des Kleides auf, streifte es mir in einer rosa Wolke über den Kopf und suchte mit den Armen die Ausgänge der Ärmel. Hier, in dem Haufen Stoff, sah ich nichts. Alles war pink, fast rot. Beklemmend.

Fühlten sich so kleinere Fische im Magen von größeren?

Mhmmm … lecker Fisch!

Was? Fisch?! Ich hasste Fisch. Und alles andere, das aus dem Meer kam. Ich konnte nicht einmal schwimmen. *Woher kamen diese Gedanken? Hatte ich mir irgendwie den Kopf gestoßen? Heftig?!* Zumindest nicht bewusst.

Ich atmete einmal durch. Zog das Kleid herunter und fingerte wieder am Rücken herum, um den Reißverschluss zuzuziehen.

Endlich hatte ich es geschafft.

Ein scheeler Blick zum Countdown zeigte mir, dass mich diese Aktion immerhin nur knappe fünfunddreißig Sekunden gekostet hatte. Da von Schminke oder Kontaktlinsen weit und breit nichts zu sehen war, schnappte ich mir kurzerhand Li und stöckelte zurück ins Bad.

Das ging erstaunlich gut.

Hohe Hacken schienen wie alles einfach Übung zu sein.

Behutsam setzte ich den Nanobot auf dem Badewannenrand ab, weil das relativ die Mitte des Bades war. »Li, scanne den Raum nach Schminke und Kontaktlinsen – schnell«, haspelte ich herunter.

Mein Atem ging nach der ungewohnten Sporteinlage unregelmäßig. Ich gebot mir Ruhe zu bewahren.

Da ertönte bereits das erlösende Piepsen. Ich blickte auf seine Projektion. Er hatte darauf die oberste Schublade in der Kommode rechts markiert, neben der Wanne, an der Wand.

Flink trat ich über die benutze Kleidung und die weißen Schuhe am Boden hinweg und zog die Schublade auf. Alles war da: die Abschminksachen, die Schminke, die ich bevorzugte. Einfach alles.

Zweifelsohne ein bisschen creepy. Aber egal. In diesem Moment war ich froh, griff mir beherzt, was ich brauchte und tappte zurück zum Spiegel.

Wieder erstarrte ich in der Bewegung. *Was zum …? Rovennas Magie sei verflucht und gepriesen zugleich! Das konnte doch nicht wahr sein.*

Aus dem Spiegel schaute mir ein äh … *perfektes* Ich entgegen. Langsam hob ich meine Hand zu meiner Wange. *Mein perfektes Ich.* Meine Augen waren wieder blau und zeigten einen Anflug von Schimmer. Das blonde Haar hing in seidigen Strähnen herab, ganz so, wie ich es bevorzugte. Mein Teint war rosig, die Augen wirkten dezent geschminkt – wie es heute Morgen der Fall gewesen war.

Okay. Ich würde jetzt nicht durchdrehen. Würde das einfach so stehen lassen. Ich … musste jetzt sowieso los! Und das war doch alles … toll, oder?

Li ließ ein warnendes Piepsen hören, das mir zeigte, dass ich noch genau sechzig Sekunden bis neunzehn Uhr hatte.

Challenge accepted. Alles war besser als hier zu stehen, mein Spiegelbild zu begaffen und dabei durchzudrehen.

Ich hechtet zur Badewanne, griff den Nanobot und sagte, während ich wieder in den Hauptraum düste und dort auf die Tür zustöckelte: »Li, lokalisiere den Speisesaal und finde von hier aus den schnellsten Weg dorthin. Du musst mich leiten. Wir haben dafür weniger als eine Minute!«

6

Die wahre Natur lässt sich nicht verleugnen

Nachdem ich meine Zimmertür aufgerissen hatte, trug mich der Schwung meiner hohen Hacken von allein über den roten Teppich, bis in die Mitte des Ganges. Dort stieß ich in meiner Hektik fast mit jemandem zusammen. Mit beiden Händen rudernd, versuchte ich meinen Körper im letzten Moment zu stabilisieren, um nicht mit dem vor mir befindlichen Menschen zu kollidieren.

Ich persönlich fand ja, dass es ein echtes Glanzstück meinerseits darstellte, dass ich und auch die andere Person anschließend gänzlich unversehrt dastanden. Mein Hochgefühl verschwand jedoch, als ich erkannte, *wer* mir da gegenüberstand.

Sullivan Tenakulis – in seiner ganzen äh … Pracht. *War ja klar.*

Es schien, als tauche er immer und überall dort auf, wo ich war. Zumindest in den letzten Stunden, seit ich ihn das erste Mal in meinem Leben live gesehen hatte. *Musste er nicht irgendwelchen anderen Pflichten nachgehen? Den Kaiser beschützen, die Blaue Garde trainieren, Lobbyarbeit betreiben oder so was?*

Trotzdem konnte ich den Blick nicht von ihm abwenden. Auch er hatte sich umgezogen. Jetzt trug er einen ganz und gar silberfarbenen Anzug mit einem schwarzen, sorgsam gefalteten Einstecktuch in der Brusttasche und passenden schwarzen Schuhen. Sein Anzug war eine Demonstration seiner Position und Macht. *Silber! Unglaublich. Dass er das wagte!* Mein Blick wanderte wieder nach oben. *Herrje*, er hatte sich sogar Gel in die roten Haare gepappt und, wenn mich meine Nase nicht trog, Parfüm aufgelegt.

Wem wollte er denn den Hof machen?

Andererseits sah ich selbst aus, als würde ich mich zu Kaviar, Tanz und Champagner aufmachen. *Vielleicht gab es beim Abendessen sogar Alkohol.* Ein Gläschen für die Nerven konnte nicht schaden. Allerdings mehr auch nicht – ich sollte lieber einen klaren Kopf bewahren.

Geziert lächelte ich, als Sullivan mir nichts ahnend seinen Arm anbot. Unauffällig ließ ich Li in einer der Taschen meines mit rosa Spitze besetzten Überrockes verschwinden, nachdem ich auf seine Deaktivierungstaste gedrückt hatte. Mit Sullivan an meiner Seite würde ich hoffentlich auch so im Speisesaal ankommen. Was mich eher beschäftigte, war: Wenn wir noch eine Weile hier im Gang stehen würden, würden sich die Chancen auf den zweiten ganz großen gemeinsamen Auftritt von einer Wahrscheinlichkeit zu einer absoluten Sicherheit wandeln. Und das war mir gar nicht recht.

Deshalb hüstelte ich leicht und fragte: »Sollen wir?« Selbst in meinen Ohren klang meine Stimme dünn und piepsig. Ich konnte mir selbst nicht absprechen, dass Sullivans Gegenwart mich nervös und unbeholfen machte. Als wäre ich ein Teenager und er mein erster Schwarm. Da ich bisher nie etwas Derartiges durchlebt hatte – vielleicht war es tatsächlich so, für mich, meine Hormone und meinen Körper. Damit ließ sich wenigstens die Verwirrung erklären, die mich in seiner Gegenwart überkam.

War das die zwischenmenschliche ›Chemie‹, von der Yasemine häufiger sprach? Wenn man dabei immer eine solche Hilflosigkeit in Anbetracht jeglicher Situation, den eigenen Gliedern, Gedanken, der Mimik und Gestik verspürte, war ich ehrlich gesagt ganz froh, das bisher nicht erlebt zu haben.

Contenance, sagte ich mir. Das war das oberste Gebot, denn wie immer wurden wir beobachtet. Die Kameras störten mich schon jetzt. Auf Straßen und in öffentlichen Gebäuden kannte ich das – aber in Wohnungen und Häusern genossen alle Bürger Californias Privatsphäre. Außerdem war es ungewohnt, sich dessen bewusst zu sein, dass man nicht nur aufgenommen wurde, sondern auch jede Bewegung, jedes Wort ausgestrahlt, diskutiert und bewertet werden könnte und vielleicht sogar werden würde. Dabei war heute immer noch der Tag der Eröffnung. Das Spektakel hatte noch nicht einmal richtig begonnen.

Also, das hatte es schon. Aber ich war mir gewiss, dass die Aufgaben, die kommen würden, uns weitaus mehr abverlangen würden, als dazustehen und freundlich zu schauen, wie es heute auf der Bühne der Fall gewesen war.

»Du siehst sehr hübsch aus.« In Sullivans Stimme schwang ein Lächeln mit.

Seit wir uns kannten und Sinessa abwesend war, duzte er mich und die anderen Kandidaten. Und ich – tja, hatte noch nicht wirklich viel zu ihm gesagt. Zumindest nichts, was einen Disput über duzen und siezen in mir aufgeworfen hatte. Nun steckte ich samt meiner guten Erziehung im Zwiespalt. *Sollte ich ihn jetzt auch duzen? Lieber nicht.*

»Danke«, erwiderte ich fast schüchtern. »Sie ähm …« Ich räusperte mich. »… sehen auch sehr gut aus.« *Komplimente zu machen war gar nicht so einfach.* Besonders wenn man darin nicht geübt war oder – wie ich – bisher nicht viel Möglichkeit gehabt hatte zu üben. Aber ich meinte es ernst. Welcher Rotschopf samt zugehöriger blasser Haut konnte schon einen silbernen Anzug tragen, ohne wie eine Wasserleiche mit Diskokugelflair zu wirken. *Eben. Nur ein Gefärbter.* Und das war Sullivan nicht – so schätzte ich ihn jedenfalls ein. Außerdem färbten sich die Männer im Kaiserreich ihre Haare höchstens schwarz oder blau – in anerkannt männlichen Farben. Rot galt unter Männern als verpönt. Es war eine Farbe für Frauen. Deshalb wurden rote Haare auch nur geduldet, wenn sie natürlich waren, und selbst dann konnte es sein, dass man seltsam angeschaut wurde, wenn man ein Mann war. Aber natürlich geschah das bei Sullivan nicht. Bei ihm war das, was andere stigmatisierte, etwas Besonderes.

»Du«, riss mich Sullivan aus meinen Gedanken.

»Ich?«, fragte ich verwirrt und sah auf meine Schuhe. *Was war mit mir? Außer dass wir noch immer hier standen. Das war nicht gut. Wie hatte ich gedanklich so abdriften können?*

»Nein, *du*. Ich meine: Bitte sag doch *du*.« Er setzte eine Pause. »Ich bin Sullivan und du bist?«

»Öh.« Da stand mir glatt der Mund offen.

Während er mir weiterhin unverfroren ins Gesicht lächelte, fragte ich mich, was in Rovennas Namen bei ihm schieflief? Er hatte mich, ohne eine Ahnung zu haben, wie ich hieß und dementsprechend, wer ich war, *erstens* gefragt, ob er mich coachen dürfe, *zweitens* fast geküsst, *drittens* fast geküsst, *viertens* FAST GEKÜSST und *fünftens* manipuliert. Ich fühlte mich plötzlich so ersetzbar. So … subjektiviert.

Ich knirschte undamenhaft mit den Zähnen. Für ihn mochte das alles ganz normal sein. Vielleicht tanzten sonst auch alle Unbekannten nach seiner Pfeife und er konnte tun und lassen, mit wem immer er wann immer was auch immer wollte. *Aber ich war anders!*

Und Mr Von-sich-Überzeugt hatte jetzt die Eiskönigin in mir auf den Plan gerufen, ganz ohne dass ich mich dazu ermahnen musste. Denn ja, ich war von ihm enttäuscht und davon, dass vier Steine über einer Tür anscheinend alles waren, was für ihn zählte. Was für alle zählte. Irgendwie hatte ich insgeheim gehofft, er hätte die Teilnehmerakten studiert – hätte ein bisschen Wissen über mich und würde die Person, die ich war, sehen.

Meine Güte, was erwartete ich eigentlich? Ein happily ever after? Und das, nachdem wir uns ein paar Stunden kannten? Wir lebten ja nicht in einem Märchen, ermahnte ich mich selbst. Wir lebten im 21. Jahrhundert und hier tickten die Männer eben anders als Märchenprinzen. Außerdem: *Was wusste ich schon von Männern? Jetzt war ich ja immerhin vorgewarnt*, redete ich mir gut zu, um mich innerlich wieder zu beruhigen.

In meinen Gedanken duzte ich Sullivan längst, weil es mir schlicht komisch erschien, jemanden, der in meinem Alter war, zu siezen. Ich wurde ja selbst erst seit meinem letzten Geburtstag gesiezt und empfand das immer noch als ungewohnt. Außerdem gab es diesbezüglich keinen wirklich strengen Verhaltenskodex. Was beliebte und genehm war, wurde gesagt. Also war das jetzt vielleicht doch nur eine kleine Sache – objektiv betrachtet. Ich antwortete mit einigen Sekunden Verzögerung: »Josephine.«

»Josi?« Er ließ es wie eine Frage klingen.

Ich errötete. So nannte mich eigentlich nur Yasemine. »Nur wenn du mir auch deinen Spitznamen verrätst«, gab ich wagemutig zurück.

Dann fiel es mir siedend heiß ein: »Und das besser im Gehen. Wir kommen sowieso schon zu spät!« Ich packte ihn am Arm und zog ihn den Gang hinunter.

Unversehens presste er die Hacken in den dicken roten Teppich unter unseren Füßen und hielt mich zurück. »Warte. Wo willst du denn hin?«

Verdutzt hielt ich inne und ließ ihn los. »Zum Speisesaal?«

Er lachte. »Dachte ich mir. Aber der ist in der anderen Richtung! Oder wolltest du davor noch eine private Schlossführung?« Amüsement schwang in seiner Stimme mit. Und da war es wieder: Das überhebliche Funkeln in seinen Augen, das mir zeigte, dass er sein hoffentlich nicht ganz ernst gemeintes Angebot mit unschicklichen Dingen in Verbindung brachte.

Grrr. Ich hätte ihn am liebsten angefaucht. Musste er denn nicht auf seinen Ruf als Mr Unnahbar achten? *Oder rechtfertigten vier leuchtende Steine bereits, mit mir herumzutändeln?* Dabei hatte ich ja noch nicht einmal unter Beweis gestellt, was für eine großartige Magicia ich war. *Oder nie sein würde. Haha. Das wusste er nur noch nicht.*

Erstmal packte mich jedoch Sullivan am Arm und zog mich seinerseits eifrig den Gang in die andere Richtung entlang.

»Ivan«, sagte er plötzlich in der Bewegung.

»Wie?«, fragte ich belämmert und versuchte mit ihm Schritt zu halten.

»Ivan«, wiederholte er geduldig. »*Mein* Spitzname«, schickte er hinterher.

»Ah«, machte ich darauf folgend wenig geistreich. *Ivan?* War das nicht auch ein eigenständiger Name? Ich meinte mich an …

Sullivan seufzte im Gehen. »Ivan der Schreckliche«, führte er aus. »Das ist mein Spitzname unter den Magicians.« Er sah mich dabei nicht an. Es wirkte fast, als wäre es ihm unangenehm. *Aber warum erzählte er es mir dann?*

Seltsam.

»Oh.« Irgendwie wurden meine Antworten und damit dieses Gespräch nicht unbedingt belebter. Aber mit so was hatte ich nicht gerechnet. Allerdings wusste ich nun, an was ich mich erinnerte. *Ivan der Schreckliche. Russland. Die alte Welt. Geschichtsunterricht. War der Zar nicht grausam gewesen und hatte viel Blut an den Händen gehabt?*

Zielte Sullivans Spitzname auf irgendetwas davon ab? Sollte mich das jetzt ängstigen? Wenn ja, dann hatte es nicht geklappt. All die Geschehnisse heute waren schon jetzt ein wahrer Overload für meinen Geist. Mich beschäftigte noch immer vorrangig das Goldene-Augen-Phänomen an mir selbst und ich rätselte unterschwellig, ob es etwas mit den Ayuden zu tun hatte. Die Tatsache, dass Sullivan gefährlich war, war hingegen nichts Neues. Sie schreckte mich nur indirekt.

»Womit hast du dir diesen Spitznamen verdient?«, wagte ich aber doch zu fragen, als wir an goldenen Rüstungen, noch mehr Marmor und noch mehr hauchzarten Vorhängen über dem bekannten roten Teppich vorbeiliefen.

»Das ist eine lange Geschichte …«, setzte Ivan an.

»Nun, wir haben den restlichen Abend«, unterbrach ich ihn. »Je früher du anfängst, desto schneller bist du fertig.« Endlich hatte ich wieder zu meiner normalen Stimme und auch einer gewissen Klarheit meiner Gedanken zurückgefunden. Das mochte daher rühren, dass er mich nicht mehr anblickte, oder weil es mich langsam anstrengte, neben ihm herzuhetzen. Unmut darüber vertrieb die Schüchternheit. So oder so begrüßte ich es.

Er lachte. Glockenhell und ein bisschen rau drangen die einzelnen Töne bis tief in meinen Magen vor. Es war ein herrliches Gefühl, das mit der Empfindung einherging, dass er wohl nicht allzu oft lachte, denn die Laute klangen in meinen Ohren etwas gepresst.

»Nicht schlecht, Josi.« Sein Lächeln reichte von einem bis zum anderen Mundwinkel. »Belassen wir es dabei, dass ich dir diese Geschichte vielleicht eines Tages erzähle – wenn wir uns besser kennen.«

Es klang wie ein schlechter Anmachspruch und ein Versprechen. Seltsamerweise wusste ich nicht genau, was davon mir lieber war. Bevor ich zu einer Antwort ansetzen konnte, ließ er meinen Arm los und stoppte vor einer großen Flügeltür.

Ich hatte nicht auf den Weg geachtet, den wir zurückgelegt hatten, und auch nur flüchtig auf die Umgebung. Zwei Treppen hatten wir nach unten genommen, das wusste ich immerhin. Jetzt schienen wir am Ziel angekommen zu sein, denn Ivan schlang seine Finger um den breiten goldenen Türring vor uns.

Bevor ich auch nur »Piep« machen konnte, zog er daran und beide Flügel glitten wie von Zauberhand auseinander, obwohl er seinen Arm bereits gesenkt hatte.

Enthüllt wurde ein langer Raum, dessen Wände von breiten Stoffbahnen verhüllt waren. Blau auf der einen Seite. Rosa auf der anderen. Entsprechend saßen auch die Kandidaten zu zwei Seiten einer großen Tafel. Die Männer sittsam aufgereiht unter dem dunkleren Banner. Die Frauen auf der anderen Seite des Tisches, durch den nicht unerheblichen Sicherheitsabstand der Platte vom anderen Geschlecht getrennt. Zwei Plätze waren noch frei, die von Ivan und mir. Und natürlich gebührte unserem gemeinsamen Eintreten die volle Aufmerksamkeit.

Alle starrten uns entgegen – wie schon in der Vorhalle.

Ich starrte nur das Essen an.

Gebackenes Obst, goldgelbe Mais-, Reis- und Getreideküchlein nebst frittierten Grillen und Reispudding standen vor der so berühmten Spezialität, der Fischsuppe aus Frisco; die nach Tekre größte Stadt Californias.

Es war ein Festmahl! Besonders die Fischsuppe, die ich sonst schon beim bloßen Geruch verabscheute, lockte mich. Obwohl ich es bis jetzt nicht gemerkt hatte, war ich am Verhungern! Der überwältigende Drang, der sich tief in meinen Magen grub und mich dazu brachte, mir mit der Zunge über die trockenen Lippen zu streichen, fühlte sich auch nicht so an, als würde er so schnell nachlassen.

Also ging ich unter den prüfenden Blicken der anderen zu dem freien Stuhl auf der rosanen Seite. Dieser befand sich neben der Frau mit der blonden Mähne, die ihre Haare erneut in einem eleganten Knoten trug. Als ich den goldenen Stuhl zurückzog, nickte sie mir unbeteiligt zu und aß weiter.

Ihr gefüllter Teller ließ darauf schließen, dass auch sie dem Hungertod nahe war. Ich schmunzelte. Ihr Kleid war nicht ganz so opulent wie meines, doch auch die anderen am Tisch hatten sich umgezogen und die meisten wirkten herausgeputzt.

Ivan war noch einen Augenblick an der Tür stehen geblieben – vermutlich überrascht ob meines forschen Alleingangs –, schlenderte daraufhin jedoch zu dem freien Stuhl auf der Männerseite. Als er sich setzte, kreuzten sich eine Sekunde lang unsere Blicke und ich hatte das Gefühl, dass meine Wahrnehmung schwankte. Dann schwand die Empfindung und im selben Herzschlag schlugen die Türen des Raumes mit einem lauten *klack!* zu.

Die Gespräche setzten langsam wieder ein. Obwohl ich das Gefühl nicht loswurde, von vielen Augen beobachtet zu werden, fokussierte ich mich auf das Essen.

Schließlich hatte ich einen Teller Fischsuppe, eine Portion Obst und ein Maisküchlein in mich hineingeschaufelt. Zufrieden nippte ich an meinem zweiten Gläschen Kirschblütenwein.

Die süße und ziemlich teure Spirituose bezog unser Kaiserreich durch Güteraustausch mit dem neuen chinesischen Kaiserreich. Genau wie einige der feinsten Stoffe, inklusive der Spinnenseide. Der Handel blühte, insbesondere, da die Asiaten sehr an unseren modernen Nachrichten- und Waffentechnologien interessiert waren – so hörte man.

Ich sinnierte über die Rolle, die Tekre Industries dabei spielte. Verlor mich in meinen Gedanken. Erst als ich die Stille der anderen bemerkte, sah ich von meinem Glas auf.

Alle starrten mich an. Schon wieder.

Sofort begann meine Hand, die das Glas hielt, nervös zu zittern. Die andere lag zum Glück gut unter dem Tisch verborgen, auf dem ausladenden Rock meines Kleides. Dorthin schob ich nun auch die zweite, nachdem ich das Weinglas vorsichtig abgestellt hatte. Aufregung und leichte Wut hatten von mir Besitz ergriffen. *Warum stand ich jetzt schon wieder im allgemeinen Zentrum der Aufmerksamkeit?*

Vorsichtig ließ ich meinen Blick über die verschlossenen, abwartenden und abwägenden Gesichter wandern.

»Wusstet ihr, dass die Ayuden nur blühen, wenn sie von einem Mensay oder einem Veritas berührt werden?«, fragte Mr Drei-Steine-haben-bei-mir-Geleuchtet. Sein Gesicht verzog sich dabei zu einer hochnäsigen Fratze und ich beschloss, dass ich weder ihn noch seinen ähnlich aussehenden Freund, der neben ihm saß, leiden konnte.

Die beiden würden noch anecken. Allerdings schien es sie wenig zu kümmern, wie sie eindrucksvoll vor dem Portal gezeigt hatten. Regeln waren in ihrer Version der Realität anscheinend ausschließlich dafür da, um gebrochen zu werden. Nichtsdestotrotz sah ich die Gefahr, die von ihnen ausging, in ihren Augen lauern. Das Feuer der Begierde und des Machthungers brannte in ihren Seelen fast genauso hell wie bei Sinessa. Um das zu erkennen, war nicht einmal die Illusion von künstlichen Flammen notwendig.

»Was willst du damit sagen?«, fragte der schwarzhaarige Veritas, der als Erster durch das Portal getreten war. Ich musterte ihn; seine gerade Nase, die hohe Stirn.

»Glaubst du, die anderen Gilden sind weniger wert?«, brauste der Berg von einem Mann auf. Er saß direkt neben Ivan. Seine bisher eher sanftmütig wirkenden braunen Augen hatten nun die Farbe von schlammigem Wasser angenommen. *Aufgewühltem Wasser, über dem sich etwas zusammenbraute.*

Ich schluckte und beobachtete still das Geschehen. So sah also ein Essen im Kreis von Todfeinden aus. Alle wirkten angespannt. Alle rüsteten sich, um direkt hier, am Tisch, die erste Herausforderung mit selbst gewählten Waffen anzugehen.

Innerlich schüttelte ich den Kopf. *Wenn wir uns bereits jetzt gegenseitig zerfleischten, lachte sich Sinessa nur ins Fäustchen. Das durfte doch nicht wahr sein! Wie konnten die anderen das nicht sehen, nicht verstehen?* Untereinander mussten wir die Füße still halten. Das hatte nichts mit Freundschaft oder Zuneigung zu tun. *Wieso konnte ein guter Herrscher seine Feinde nicht wenigstens respektieren?*

Vielleicht, weil kein guter unter ihnen war – egal, wer gewinnen würde, flüsterte eine Stimme in meinem Kopf. *Weil das Wahlsystem ohne Sinn und Verstand blieb, egal, wie sehr es die Medien priesen. Sie verbreiteten nur Propaganda für den Kaiser.*

»Ich glaube gar nichts. Ich habe schlicht eine Feststellung ausgesprochen«, gab der Mann mit den eisblauen Augen und dem halbmondförmigen Gesicht zurück. Sein Freund stützte sich mit einem Messer in der Hand auf den Tisch. Es hatte etwas Bedrohliches an sich. Dabei wusste ich wirklich nicht, was er mit dem Besteck wollte. Er hatte die Kräfte der Gulet und Mensay. *Für was brauchte er ein Messer? Sicher nicht, um jemanden anzugreifen oder umzubringen.* Sein Verhalten war eine Farce, eine dramatische Geste für die Kamera, für das Volk. *Aber wozu?*

»Aha«, grummelte der Große nur und wirkte wieder etwas mehr wie sein voriges sanftmütiges Ich.

»Es ist auch eine Tatsache, dass unser Regent ein Veritas ist und der Kaiser ein Mensay«, mischte sich plötzlich die Frau neben mir ein und unterbrach damit für einen Augenblick ihr andauerndes Hinunterschlingen von Essen. Ich fragte mich, wo sie die Unmengen hinsteckte. Ihre Gestalt war schlank. Die Hände, die das Besteck hielten, kräftig, aber nicht wuchtig. *Nach körperlicher Arbeit sah sie nicht gerade aus.*

Mr Drei-Steine-haben-bei-mir-Geleuchtet legte den Kopf schief. Ein schmales Lächeln zierte seinen Mund. Seine unheimlichen blauen Augen funkelten.

»Seien wir ehrlich«, fuhr die Frau fort. »Die Ayuden werden nicht umsonst celes cereùp – geweihtes Gewächs – genannt. Sie sind eines der magischsten Gewächse, die es gibt. Sie erkennen Regenten und Kaiser an der Berührung – oder vielmehr, sie erkennen wahre magische Stärke. Das Gesetz des Stärkeren macht sie damit zu einer Wünschelrute der Vorsehung. Und wir sollten längst wissen, wer in diesem Raum die Vorsehung für sich beanspruchen kann.«

Die Pause, die entstand, war angefüllt von erschrockener Stille.

Ausgesprochen zu hören, was alle dachten, war ungleich unangenehmer, als die Augen vor der Wahrheit zu verschließen. Nur musste nicht alles, was nach Wahrheit aussah, nach ihr roch oder schmeckte, unweigerlich wahr sein. Macht und Potenzial hatten nichts mit den anderen Tugenden eines Herrschers zu tun. Der Stärkste musste noch lange nicht der beste Anführer sein. Er war nicht automatisch gewitzt, verhandlungssicher, großherzig und gütig. Er herrschte noch lange nicht gerecht, nur weil er Magie beherrschte wie kein anderer.

Leider ging es hier um keine dieser Tugenden.

In einer Welt, in der Frauen klar von Männern getrennt be- und verurteilt wurden, in der ihre Leistung weniger wert zu sein schien, geringer entlohnt wurde und die sinessische Regentschaft den Menschen seit fünfundzwanzig Jahren den Floh ins Ohr setzte, dass die alten Regelungen nicht schlecht waren, wollte niemand etwas über Ehre, Recht, Unrecht und die Frage nach Barmherzigkeit wissen.

Das hier war kein Sozialstaat. Keine wirkliche Demokratie innerhalb des Kaiserreiches. California war eine Monarchie – genau wie das Kaiserreich – die sich erfolgreich den Anstrich einer Demokratie gab, weil es den Menschen gut genug ging, dass sie es blind geschehen ließen und der Kaiser scheinbar genug Steuereinnahmen von Sinessa bekam, um wegzusehen und ihn machen zu lassen.

Die Worte meiner Sitznachbarin waren neutral gewesen. Trotzdem schmerzten sie wie ein Verrat. Also schwieg ich weiterhin. Wer selbst jetzt noch nicht wusste, was diese Wahl aus uns machen würde und dass wir nur Figuren auf einem Spielfeld waren, der hatte noch nicht begriffen, dass Magie ein bedingtes Privileg darstellte. Ein Privileg, das uns in diesen goldenen Käfig geführt hatte. In einen aus leuchtenden Dioden – mit all den Mikrofonen und Kameras.

»Der Rest hier, der überlebt …«, prophezeite die Frau in diesem Moment. »… wird sich innerhalb dieser Wahl entweder verlieren oder mit großen Ideen und Träumen darüber, was hätte sein können, in sein altes Leben, an seinen Platz in dieser Gesellschaft zurückkehren müssen. Wir alle werden enttäuschte Unruheherde bleiben, weil wir mehr können, uns mehr erhofft haben, nach mehr streben, aber nur einer von uns Regent werden kann.«

»Wenn überhaupt einer von uns Regent wird«, hörte ich leise das Mädchen mit dem zwillingsgleichen Jungen murmeln. »Und wir nicht alle sterben.« Gleichzeitig blickten sich beide traurig in die Augen, als hätten sie eine ganz besondere Bindung zueinander.

Als sie im absoluten Einklang nickten, fröstelte es mich.

Ich sah aus dem Augenwinkel, wie Ivan die Stirn runzelte. Bisher war er hingebungsvoll in sein Essen vertieft gewesen. Jetzt sah er auf. Das Gespräch schien eine Richtung zu nehmen, die ihm nicht gefiel. Er öffnete den Mund, allerdings kam ihm der Mann mit dem militärisch kurzen Haar zuvor.

Ihn hatte ich zwar wahrgenommen, als ich den Raum betreten hatte, mein Hunger hatte mich aber davon abgelenkt, dass er wieder von der Krankenstation da war und damit vermutlich geheilt. *Das war schnell gegangen.* Fast ein bisschen zu schnell für meinen Geschmack.

»Eigentlich wissen wir es doch längst. Wer die Ayuden zum Leben erweckt hat, meine ich«, setzte er hinzu.

Ich keuchte leise auf. Angst flackerte in mir.

Wieder richteten sich die Blicke auf mich.

Hatte ich mich verraten? Doch noch konnte es eine überraschte Reaktion auf die Worte sein. Noch … konnte ich mich selbst belügen. Noch war mein Name nicht gefallen.

Schlagartig wurde *es* mir bewusst. Mir, die sich selbst die ganze Zeit daran erinnerte. *Ich war so blöd, so unglaublich blöd! Die Kameras!* Er musste die Szene auf der Krankenstation gesehen haben. Sie hatten dort sicher die Übertragung an. Wer würde sich das schon entgehen lassen? Ich hätte es erwarten sollen. Trotzdem fühlte es sich wie ein Schlag in die Magengrube an. *Bisher war spekuliert worden – jetzt hatten sie bald die Bestätigung.* Die Luft wich mir aus der Lunge. Ich harrte seiner nächsten Worte. Genau wie alle anderen im Saal.

Gemessen nahm er erst einen Schluck aus seinem Weinglas, wohl um den Showeffekt zu erhöhen, obwohl das gar nicht nötig war. Wir hingen völlig gebannt an seinen Lippen – wie vermutlich all die Zuschauer da draußen. Obwohl sie es doch schon wussten. Genau wussten, wovon er sprach. So wie ich.

Einzig die anderen in diesem Raum waren ahnungslos, auch wenn sie es vielleicht längst ahnten. Ihre Reaktion war es, die die alles entscheidende Wendung dieser Szene bringen konnte. *Kein Regisseur hätte es besser inszenieren können*, dachte ich. Vor allem nicht, da es für die Kandidaten eigentlich keinen Blick auf die Übertragung gab. In den Zimmern waren keine Bildschirme und ich bezweifelte, dass die anderen einen Nanobot mitgebracht hatten, so wie ich, mit dem sie hätten mogeln können – wenn sie nicht wie ich geschlafen hatten.

Obwohl die Technologie rasant fortschritt, war ein Exemplar wie Li im freien Handel immer noch astronomisch teuer. Ich hatte es nur, weil meine Mutter es gebaut hatte. Als Prototyp. Für mich. Aus Teilen, für die sie mühsam gespart hatte. Fünf Jahre lang. Deshalb war er mein größter Schatz. Mein wertvollster Besitz. Meine Verbindung zu ihr – offline und online.

»Wer?«, fragte plötzlich der Mann mit den braunen Locken, der hinter mir in der Schlange vor dem Portal gestanden hatte. Fast überraschte mich der angenehme Bariton seiner Stimme. Ich wusste nicht, was ich erwartet hatte, doch irgendwie hatte ich mit etwas Kratzigerem gerechnet.

Die Frage durchschnitt die angestaute Luft des äußerst angestrengt verlaufenden Gespräches wie ein scharfer Dolch. Doch anstatt dass die Anspannung entwich wie Luft aus der durchtrennten Hülle eines Luftballons, strafften sich die Körper um den Tisch. Sie wirkten wie von unsichtbaren Marionettenfäden gezogen. Die geraden Haltungen hätten ein gutes Aushängeschild für jeden Benimmkurs abgegeben.

»Na, sie.« Der Militärhaarschnitt hatte sich zum braunen Wuschelkopf gedreht – von einem Ende des Tisches zur Mitte hin – und vollführte trotzdem gleichzeitig das Kunststück, ohne sich zu verrenken, mit dem Zeigefinger ungeniert auf mich zu zeigen.

Zorn stieg schlagartig und unangenehm aus meinem Magen auf. Der letzte Schluck Kirschblütenwein hing schwer und seltsam nach Fäulnis schmeckend in meiner Kehle.

Ruckartig erhob ich mich und schob dabei den schweren goldenen Stuhl zurück. Ohne mein aktives Zutun bleckte ich die Zähne. Meine Sicht verschwamm leicht und ich hörte mich ein verdammt lautes Fauchen ausstoßen. Es klang nicht nur gefährlich, es klang tödlich.

Mein Herz setzte für einen Schlag aus, Gänsehaut bedeckte meine Unterarme. Ich fürchtete mich vor mir selbst.

Geschockt klappte ich den Mund zu und stand, nachdem ich wieder klar sah, einen Moment verdattert da. Dann schaltete sich mein Verstand ein und mir wurde bewusst, dass sie mich nie in Ruhe lassen würden. Dass mein Unauffällig-sein-Plan in Gänze gescheitert war.

Vier leuchtende Assems. Eine Wahl.

Das war mein Schicksal.

Eines, dem ich nicht entkommen konnte.

Noch während die Stille anhielt und ich in der tiefen mentalen Verwirrung darüber weilte, was da gerade passiert war, was ich getan und was das alles zu bedeuten hatte, wandte ich mich vom Tisch ab, ohne auch nur einen von ihnen noch einmal anzuschauen. Ich eilte mit wehenden Röcken zur Tür, deren Flügel sich mit einem lauten Schlag von allein öffneten, rannte geradezu hindurch und steuerte direkt durch den Flur auf die erste Treppe zu, die nach oben führte.

Ich wollte weg, nur weg von der Schlangengrube voller Giftzwerge.

7

Von Rovennas Memoiren und Lis Fähigkeiten

Zurück in meinem Zimmer, stand ich erst einmal da.

Orientierungslos.

Ratlos.

Und völlig verloren.

Es war ein Wunder, dass ich ohne Lis Hilfe zurückgefunden hatte. Der Weg war in meiner Wahrnehmung einfach an mir vorbeigezogen.

Nun stand ich mitten im Hauptraum, musterte das große Bett, die verspiegelten Schränke, das ganze Gold, den Marmor und fragte mich, was bei Rovennas Magie ich hier tat.

Tränen liefen mir in Strömen übers Gesicht. Tränen der Enttäuschung und Erschöpfung. *Warum hatte Ivan nichts gesagt? Sich nicht eingemischt?* Ich hatte das Gefühl, es schon jetzt nicht mehr zu ertragen. Die Maske, die ich mir für diese Wahl aufsetzte, die sich dann aber doch wieder von meinem Gesicht löste, weil irgendetwas sie verrutschen ließ. Die Kaltherzigkeit. Den Hass und die Hoffnungslosigkeit.

Laut schnäuzte ich mich in meine bloße Hand. Dann ließ mich mein eigenes Ekelgefühl innehalten. *Ich durfte jetzt nicht an mir selbst scheitern. Ich musste stark sein. Kämpfen.*

Etwas ruhiger überlegte ich, wie ich mich vorbereiten könnte. Wie ich vorgehen sollte, um Ordnung in das Chaos zu bringen, das sich gerade mein Leben nannte.

Eine Liste! Das war es. Ich würde zusammen mit Li eine Liste erstellen. Die Dinge ordnen, Querverbindungen suchen und vielleicht herausfinden, was mit mir los war. Aber vorher würde ich meine Hand waschen, damit ich den Schnodder wieder loswurde.

Erleichtert, einen Ansatz gefunden zu haben, der möglicherweise etwas zutage fördern würde, was mir in Zukunft helfen konnte oder mich zumindest für die nächste Stunde beschäftigte, tappte ich erst einmal ins Bad, um mich des Kleides des heutigen Abends und – noch wichtiger – der Pumps, die ganz ohne Klebeband noch an meinen Füßen weilten, zu entledigen.

Im Bad erwartete mich erneut eine Überraschung. Dieses Mal hatte es nichts mit meinen Augen zu tun und mein Gesicht sah auch genauso unattraktiv verheult-verquollen aus, wie ich es erwartet hatte. Aber meine alten Klamotten, die ich in meiner Eile vorher so sorglos auf dem Boden liegen gelassen hatte, waren inklusive der Schuhe verschwunden.

Es war also jemand im Zimmer gewesen.

Ich stand kurz wie versteinert da. Erwog, ob mich das jetzt aus der Fassung brachte oder nicht. Dann beschloss ich, dass das den Fischeintopf auch nicht mehr fett machte. Privatsphäre würde ich wohl bis zum Ende der Wahl nicht mehr haben.

Eigentlich war es Luxus, wenn ständig hinter einem hergeräumt wurde, oder? Andererseits sollte ich Li dann besser nicht herumliegen lassen. *Man wusste ja nie.*

Mit geschärftem Blick sah ich mich noch mal um. Verändert hatte sich nichts. Aber jetzt, mit einer gewissen Ruhe, nahm ich all den Prunk ganz anders wahr. Die Opulenz war fast erschreckend und ich staunte wahre Bauklötze ob der filigranen Verzierungen der Armaturen und der frei stehenden Wanne. In den Stein, aus dem diese gemeißelt worden war, war eine Szene aus Rovennas Memoiren graviert. Ganz deutlich erkannte ich das Elementarfeuer, das um ihre gespreizten Hände züngelte. Erkannte die Schlangen, die wie Haare um ihren Kopf wogten. Angriffslustig. Unversöhnlich. Ohne jegliche Furcht im Angesicht der Gefahr.

Und ich sah die Männer, die zu ihren Füßen knieten. Alle bis auf einen hatten die Arme erhoben, um sich zu ergeben. Nur der eine verbarg einen armlangen Speer hinter seinem Rücken. Er lächelte sie an, doch zeigte seine Körperhaltung, dass er sie gleich verraten würde. *Dass die, die unfair kämpften, zwar unrechtmäßig gewannen, nichtdestotrotz obsiegten.*

Dieses Kapitel ihrer Memoiren – mein absolutes Lieblingsbuch der Literatur des Kaiserreiches – war das dunkelste. Es beschrieb Rovennas Tod, der hinterlistig errungen worden war. In einem Augenblick, in dem sie friedfertig die Schilde der Magie um sich hatte fallen lassen. Eine Menschenwaffe, der Speer, hatte sich durch die Hand von Lamentos, ihrem größten Widersacher, in ihr Herz gebohrt. Er hatte sich mit einer List unter die Kämpfer gemischt. Und so war sie gefallen – die mächtigste Magicia, die je geboren worden war. Die Schlangenköpfe waren erschlafft, ihre einst stolze Gestalt hatte keine Chance gehabt.

Seltsamerweise wurde Lamentos danach nie wieder in der Geschichte unseres Kaiserreiches erwähnt. Dabei war er wohl ebenfalls ein starker Magician gewesen. Er hatte Rovenna sicher nicht ohne Hintergedanken getötet. *Wo war er abgeblieben?* Vielleicht war er ja schlussendlich selbst einen unrühmlichen Tod in den letzten Wirren der Kriege gestorben.

Die Freiheitskämpfe des Rates waren bereits vor seiner Tat leidvoll und blutig gewesen. Sie hatten viele Leben gekostet. Doch dieses – Rovennas – war der größte Verlust.

Kein Herrscher, keine Regierung der alten Welt hatte, trotz all der Katastrophen und der Notwendigkeit einer Umstrukturierung, freiwillig abgedankt. Sie alle hatten die Macht genossen, die sie besessen hatten. Und sie hatten darum gekämpft. Bis zum bitteren Ende. Manche erfolgreicher. Manche weniger. Am Schluss waren sie alle gefallen. Dafür waren Opfer erbracht worden. Und die neue Weltordnung, die im Folgenden erschaffen worden war, hatte zwar direkt zu ihrem heutigen System, nicht aber direkt zu ihrer heutigen Form gefunden.

Rovenna war furchterregend gewesen. Aber sie hatte für Gerechtigkeit gestanden. Furcht und Ehrlichkeit waren in ihrer Gegenwart Hand in Hand gegangen. So beschrieben es die Memoiren.

Trotzdem hatte sie genau das niedergestreckt. Die Hinterlist eines Einzelnen. Andererseits hatten viele Magicians keine Träne um sie geweint. Zu mächtig war sie gewesen. Zu prädestiniert dafür, die neu erschaffenen Strukturen in Eterny zu regieren, vielleicht sogar das ganze Kaiserreich, das alle regieren wollten.

Den Anfang der neuen Weltordnung hatte sie noch maßgeblich mitgeprägt. Durch demokratische Züge und Regelungen, als Teil des Rates. Dann hatte der Tod sie dieser Welt geraubt und geblieben war nur mehr ein niedergeschriebenes Buch voller Zeugnisse ihres bewegten Lebens – verfasst von anderen.

Dass gerade diese Szene, in der ein Mann über die größte Magicia und damit Frau dieser Welt richtete, auf einer Badewanne in Sinessas Schloss abgebildet war, wunderte mich so gar nicht. Es passte zu ihm und seiner Einstellung. Jedoch gab es der Frau in mir auch den Anstoß, so sein zu wollen, wie Rovennas es früher gewesen war. So mutig. So unaufhaltsam. So strebsam, so stark und unbeugsam – komme, was wolle.

Siegen zu wollen – statt zu sterben.

Gedankenverloren entkleidete ich mich, streifte mir die Schuhe ab und beugte mich dann zu dem Haufen Stoff hinunter, um in meiner Rocktasche nach Li zu fischen.

Erleichtert schloss sich einen Augenblick später meine Hand um den kleinen Bot und ich zog ihn siegessicher aus der Tasche. Auf Zehenspitzen trippelte ich übermütig aus dem Bad zu meinem Bett. Für heute war ich den Strapazen entkommen.

Li blinkte lila. Das bedeutete, ich hatte eine Nachricht von meiner Mutter, nur ihr war diese Farbe zugeordnet. Alles in mir jubilierte.

Ich hüpfte auf die breite Matratze und angelte mit der einen Hand nach dem rosafarbenen Nachthemd, das schon auf einem der fluffigen Kopfkissen bereitlag. *Das war ein Service!* Mit der anderen Hand stellte ich Li vorsichtig auf den goldenen Nachttisch.

Gerüstet und neu eingekleidet drückte ich schließlich auf die Abspieltaste unter dem Licht und eine Projektion erschien über dem Nanobot.

Meine Mutter hatte ihre blonden, bereits leicht ergrauten Haare wie üblich, wenn sie zu Hause arbeitete, in einen nachlässigen Pferdeschwanz gebunden. Ihre blauen Augen, die meinen so ähnlich sahen, verrieten nichts von dem, was sie dachte. »Ruf mich an«, lautete ihre kurz angebundene Botschaft, dann war die Aufzeichnung beendet. *Typisch meine Mutter.* Trotzdem senkte ich enttäuscht die Mundwinkel.

Plötzliches Heimweh nach Glasturm No 20 ergriff mich. Obwohl die Sozialwohnung dort alles war, was wir uns leisten konnten und meine Mutter äußerst zerstreut war, mochte ich die Umgebung mehr als alles hier. Selbst mehr als dieses Zimmer, obwohl es das schönste war, was ich je gesehen hatte – darin stimmte ich der extravaganten Kandidatin von gegenüber zu.

Ich schluckte.

Den sozialen Status erkannte man bei uns unter anderem daran, aus was die Heimstatt erbaut war. Was man sich leisten konnte – ob nun zur Miete oder als Eigentum. Jegliche Rohstoffe waren knapp. Der Klimawandel hatte viel der einstmals bewohnten Oberfläche der Erde überflutet. Wüstenbildung aufgrund erhöhter Temperatur war an der Tagesordnung. Deshalb gab es von einem ganz viel: Sand. Und Sand konnte unter Hitze zu Glas geschmolzen werden. So einfach waren Fenster, Wände und Böden herzustellen. Auch wenn wir inzwischen Spezialglas verwendeten, wurde es doch, durch einen der Hurrikans oder andere Katastrophen, die Tekre, ebenso wie alle Städte, immer wieder heimsuchten, schnell zerstört. Dann wurde es wieder aufgebaut. Leider waren meist die wenigen Habseligkeiten der Bewohner ebenfalls zerstört. Der Staat erstattete nichts. Und sozial war an den Sozialwohnungen in den Glastürmen auch nichts. Außer vielleicht, dass aufgrund von Sinessas spezieller Lohnpolitik sozial Benachteiligte darin wohnten.

Ich seufzte laut. Die Wut darüber hatte ich eigentlich schon lange hinter mir gelassen. Dass sie hier, inmitten dieses so offensichtlich zur Schau gestellten Reichtums, wieder hochkochte, war wohl zu erwarten gewesen.

Nichtsdestotrotz setzte ich ein Lächeln für meine Mutter auf und befahl Li: »Ruf Mum an.« Der Nanobot tat, was ich ihm befohlen hatte und die Projektion über ihm ploppte wieder auf.

Noch war kein Bild erkennbar, nur ein heller Lichtkegel, da meine Mutter den Anruf erst annehmen musste.

Geduldig wartete ich.

Dann erschien sie mit ernster Miene.

Unwillkürlich rutschte mir das Herz in die Hose. Ich wusste, dass sie vermutlich alles gesehen hatte. Sie hatte Zugriff auf alle Kameras. Darüber hatten wir zwar nicht gesprochen, aber ihr *»Ich werde immer bei dir sein«* am Tag, als ich den Brief erhalten hatte, war ziemlich eindeutig gewesen. *Eindeutig zweideutig.*

Manchmal dachte ich, ihr Blut bestand nicht aus Blutgruppe A, B oder AB, sondern aus Nullen und Einsen. Dem binomischen Code der Maschinen. Nullen und Einsen, Einsen und Nullen. *Doch wie konnte es dann meines sein?* Wäre ich eines meiner geliebten Bücher – natürlich ein schönes Hardcover –, wäre sie ein E-Book mit Special Effects. Eines mit Standleitung zur zentralen Stromversorgung und sämtlichen Notstromaggregaten, denn sie arbeitete fast immer. So bestimmt auch gerade, obwohl sie zu Hause zu sein schien.

Ruhig saß ich da.

Was würde sie mir sagen? Wie schätzte sie die heutigen Ereignisse ein?

Ein pfeifender Ton ließ mich den Kopf wenden, bevor auch nur ein Wort gesprochen worden war. *Wo kam der her?* Fast war ich versucht, den Bot vom Nachttisch zu pflücken und ihn schützend an mich zu pressen. Doch dann hörte ich ein charakteristisches Schnipsen. Ich blickte wieder zu meiner Mutter und begriff. Das Schnipsen kam von ihr und der seltsame Laut wohl auch.

Mit dem Kinn nickte sie mir zu, noch immer stumm. Fragend zog ich eine Augenbraue hoch. *Was bezweckte sie mit ihrem seltsamen Verhalten?*

Da hob sie einen Pergamentbogen hoch. In ihrer säuberlichen Handschrift stand darauf:

Bitte sprich nicht. Die Tonspur der Übertragung sendet ein Störgeräusch. Die Frequenz verursacht dadurch einen kurzfristigen Ausfall jeglicher Übertragung der Mikrofone und Kameras bei dir. Ich möchte nicht, dass das Folgende festgehalten wird.

Ich keuchte auf. *Verdammt! Hier drin hatte ich also doch keine Privatsphäre. Und damit im Bad sicher auch nicht.* Ich wurde wieder wütend. *Welcher Lustmolch zog sich denn die Aufnahmen von uns allen beim*

Umziehen rein? Ausgestrahlt wurden diese sicher nicht. Das war ja unfassbar.

Dann wurde mir langsam klar, was meine Mutter da tat. Und ich fragte mich, ob es nicht bemerkt werden würde, wenn es kein Bild meiner Räumlichkeiten mehr gab? *Würden gleich Techniker vor meiner Tür stehen?*

Meine Mutter ließ just den Bogen sinken und hob einen neuen hoch:

Ich habe das Steuermodul gehackt. Leider lässt sich die Aufzeichnung und Übertragung der Geräte in deinem Zimmer von dort aus nicht unterbinden. Ich kann nur die Ansicht im Kontrollraum manipulieren. Dort wird gerade eine Endlosschleife gezeigt. Deshalb der Umweg über das Störgeräusch. Irgendwann werden sie es bemerken – uns bleibt nicht viel Zeit und wir können nicht sprechen, das würde das Störgeräusch zunichtemachen. Lies diese Zettel, okay?

Sie sah mich bedauernd und auch ein wenig reumütig an. Ich war noch immer etwas überrumpelt. Nickte aber.

Schon hob sie den dritten Bogen Pergament:

Ich bin nicht überrascht, dass alle vier Assems geleuchtet haben.

Der Satz ließ mich aufkeuchen. *Was?? Wieso hatte sie mich dann gegen den Brief Widerspruch einlegen lassen? Wozu das ganze Theater?* Das war doch obskur. *Und vor allem, wieso war sie …*

Ich hatte bis zuletzt gehofft, dass du nicht magisch veranlagt bist. Ich habe die kompletten Aufzeichnungen gesehen und nehme an, dass du verwirrt bist und dich überfordert fühlst. Ich möchte, dass du weißt, dass ich dich immer so gut ich kann unterstützen werde.

Sie hob ein weiteres Pergament in die Kamera. Ich beeilte mich, mit dem Lesen nachzukommen.

Der Brief, die Steine, die Artefakte – sie alle haben nicht gelogen und du musst dein Schicksal jetzt annehmen. Deine Mitstreiter haben recht. Die Ayuden blühen nur bei sehr mächtigen Magicians. Nicht einmal Sinessa ist mächtig genug. Das lässt die Situation gefährlich werden. Gefährlich für dich. Trotz allem musst du deine Kräfte entwickeln und sie zeigen. Die anderen Kandidaten müssen dich fürchten lernen. Das ist deine einzige Chance.

Sie sah mich fragend an.

Ich hatte inzwischen einen Kloß in der Größe eines Footballs im Hals stecken. Meine Augen waren untertellergroß, trotzdem nickte ich ein weiteres Mal möglichst überzeugend.

Neuer Text erschien im Projektionsausschnitt.

Du musst wissen, dass Sinessa alle Aufzeichnungen der Kandidaten zeitgleich zum Dreh auswerten lässt. Das heißt, dass er alles weiß – über dich. Glaub also nicht, dass du im Vorteil bist. Glaub nicht, dass du Geheimnisse vor ihm haben kannst. Einzig deine Gedanken sind dein Rückzugsort, verstehst du? Dein Kopf ist dein Strategiepult, deine Gedanken sind deine Geheimwaffe, da sie für ihn nicht greifbar sind. Handle weise.

Das Pergament machte dem nächsten Platz.

Das Schloss verfügt über die größte Bibliothek Californias und ihr habt freien Zutritt. Bediene dich ihres Wissens. Versuche nicht, Verbündete unter den Kandidaten zu finden, versuche vielmehr die Gilden im Wettstreit um dich eifern zu lassen. Sie steuern genau wie das Volk dein Weiterkommen. Gerade bei der ersten Aufgabe sollte dein Fokus auf ihren Abgesandten liegen.

Ich knetete meine Hände im Schoß. ***Tja, von den anderen Kandidaten wollte sich vermutlich sowieso niemand mit mir abgeben, da war das gar nicht so schwer zu befolgen.***

Meine Mutter hob ein weiteres Pergament hoch.

Die Ayuden, deren Magie nun mit deiner verwoben ist, könnten dir bei den Aufgaben noch von Nutzen sein. Mach dich über sie kundig. Wisse aber auch, dass das Gold deiner Augen nichts damit zu tun hat. Es steht für die Cuiny in dir, denn dein Wappentier ist eines der mächtigsten überhaupt: die Sphinx.

Ich starrte die Projektion an.

Meine Mutter starrte unverwandt zurück. Ein leises Lächeln verlieh ihrem Gesicht eine ungewohnte Milde. So als freue sie sich insgeheim, dass sie mir das mitteilen konnte. Dass es einen Lichtblick gab – auch wenn ich bis jetzt noch nicht richtig verstanden hatte, welcher das genau war. Und woher sie das wusste.

Eine Sphinx. Was bedeutete das? War das nicht – irgendwas mit einem ägyptisch aussehenden Kopf, Raubtierkörper und … seltsamen, in Rätseln ausgesprochenen Ratschlägen oder Prophezeiungen? Eigentlich reichten mir die bisherigen Rätsel. Ich musste mich nicht zwingend in eines verwandeln. Andererseits … *Hatten die Ägypter nicht immer ziemlich viel Kajal um die Augen? Oder war das nur Hollywoods Interpretation von Kleopatra gewesen?*

Fast musste ich über mich und diesen abstrusen Gedankengang lachen. *Klar,* das war im Moment mit Sicherheit das Wichtigste: Kajal um die Augen. *Oh Mann.*

Meine Mutter hatte bereits ein weiteres Pergament in den Händen.

Deine eigentliche Gabe, die, die alle vereint, schlummert jedoch tief in dir; tief in all den Büchern, die du gelesen hast und noch liest – in Vergangenheit, Gegenwart und Zukunft. Sie verleiht dir mehr Macht als allen anderen, ist unerschöpflich und grenzenlos, wenn du sie für dich nutzt. Lerne schnell und traue dabei einzig dir.

Besonders das Letzte war wohl auf Ivan bezogen, da meine Mutter das erste Mal in meinem Leben einen wirklich bemutternden Gesichtsausdruck aufgesetzt hatte. Die Milde war verschwunden.

Mhm … Ich wusste selbst, dass ich dem Kardinal der Blauen Garde nicht trauen durfte, wusste, dass er mich schon einmal manipuliert hatte, trotzdem versetzte es mir einen Stich. So als hätte ich mir gewünscht, lobende Worte von meiner Mutter bezüglich des Coachings zu hören.

Ich überlegte, wie ich wohl nachfragen konnte, was sie mit »deine eigentliche Gabe« meinte. Ich hatte, wenn ich ehrlich war, keinen blassen Schimmer. Irgendwie versuchte ich auch noch immer zu verdauen, dass mein Wappentier, also das, was ich im Rahmen meiner

Gestaltwandlergene anscheinend annehmen konnte, eine Sphinx sein sollte. *Eine Sphinx!*

Je mythischer und magischer die Gestalten waren, in die sich die Cuiny verwandeln konnten, desto mächtiger waren sie. Das war ein ungeschriebenes Naturgesetz. Das wusste jedes Kind. Rovenna hatte die Gene der Medusa in sich vereint. Deshalb hatte sie im Kampf das beständige Züngeln der Schlangen um sich gehabt und hatte nach Belieben den Blick der Medusa einsetzen und, im wahrsten Sinne des Wortes, mit Blicken töten können.

Ich besaß keine großen Kenntnisse über Sphinxe. Wusste jedoch, dass sie schon im Altertum als mächtige Kreaturen einen besonderen Stellenwert innegehabt hatten. Heute, in der Moderne, waren sie in Vergessenheit geraten. Zusammen mit den Pharaonen, Pyramiden und sonstigen Zeugen dieser längst vergangenen Epochen. Doch meinte ich mich daran zu erinnern, dass Kleopatra für damalige Verhältnisse eine übermäßige Macht innehatte. Sie hatte Männer bezwungen, Unzählige unter sich vereint und ein ganzes Volk regiert – wenn ich richtiglag. *Als Frau – in ihrer Zeit!*

Das war ein verdammt großer Kopfschmuck, den ich da auszufüllen hatte. *Wir würden sehen.* Vielleicht würde mir meine eigentliche Gabe dabei helfen.

Gabe. Ja nun … welche?

Als ich so weit war – mit mir und meinen wirren Gedanken – und wieder aufsah, nickte ich meiner Mutter zu.

Sie blickte mich prüfend an. Dann schenkte sie mir ein aufmunterndes Lächeln und … war weg.

Die Projektion von Li zeigte wieder den Lichtkegel. Die Übertragung war zu Ende.

Was zum …?! Ich war aufgeregt, verärgert und auf mich selbst sauer, weil ich so lange gebraucht hatte, um mich zu fassen. *Aber meine Güte, das hätte vermutlich selbst Rovenna nicht kaltgelassen.*

Einen Moment lang saß ich nur da. Ließ geräuschvoll die Luft aus meiner Lunge entweichen und realisierte, dass meine Mutter mir nicht mehr mitzuteilen gehabt hatte – oder dazu bereit gewesen war. Immerhin war unser äh … *Gespräch* nicht aufgeflogen und wir konnten vielleicht wieder einmal eines führen.

Erst jetzt, nachdem sie verschwunden war, wurde mir schlagartig bewusst, was, und vor allem dass sie das *alles* gewusst hatte. *Schon längst.*

Tiefe Enttäuschung durchzog mich. *Warum hatte sie denn nicht früher etwas gesagt, sodass wir in Ruhe darüber hätten sprechen können? So dass ich mich hätte vorbereiten können?* Ich wusste nicht, ob ich mich von meiner Mutter verraten fühlen sollte. *Nein,* beschloss ich. Sie hatte stets mein Bestes im Sinn gehabt. Hatte gerade alles riskiert, um mir zu helfen. Ihre Entscheidung, bis jetzt zu schweigen, mochte im Nachhinein nicht die richtige gewesen sein. Und ich hatte keine Ahnung, welche Gründe sie dazu bewegt hatten. *Doch wie hätte sie das im Voraus wissen sollen?*

Außerdem gab es jetzt Wichtigeres, als sich zu grämen. Schließlich hatte sie mir viel Wissen anvertraut und mir etwas geboten, an dem ich mich orientieren konnte. Die Listenerstellung mit Li war nicht länger nötig. Ich wusste ganz genau, was zu tun war: ich musste in die Bibliothek – dringend.

Hastig ließ ich Li Freizeitkleidung für mich finden. Und siehe da, in einem anderen Schrank, nahe dem Fenster, lagerte eine ganze Auswahl an Trainingskleidung.

Einzig über die unglaublich vielfältige Farbauswahl musste ich schmunzeln. Denn es gab nur genau eine Farbe, so als hätte die- oder derjenige, die/der das hier eingerichtet und die Sachen in meiner Größe besorgt hatte, mich nur darin sehen wollen.

Rosa.

Das ironische Schmunzeln tat allerdings ganz gut. Als die Empfindung weiter an meinen Mundwinkeln zupfte und sie mühelos bis zu einem Lächeln hob, war mir, als würde ich einen Augenblick lang durchatmen. Als wäre alles nur halb so schlimm. Es war ein Moment der Ruhe im Auge des Sturms, der sich über mir zusammenbraute.

Dann entschied ich mich zwischen all den rosafarbenen Sachen für einen Jogginganzug aus Samt. Die weiche Hose fiel in lockeren Falten nach unten, die Jacke barg sogar den Luxus einer Kapuze, die ich mir prompt über den Kopf streifte.

Derart gerüstet, im rosa Gangster-Rapper-Style, nahm ich zum ersten Mal die Ledermappe vom Nachttisch und schlug die Seite mit dem Plan auf.

Geschwind ließ ich Li eine 3-D-Darstellung davon entwerfen. *So würde ich mich auch zukünftig nicht im Schloss verirren.* Danach klappte ich das schwere Ding wieder zu. Ich beschloss, es irgendwann anders ausführlicher zu studieren. Im Moment fehlten mir sowohl die Zeit als auch die Muße.

Kurz darauf wies ich Li an: »Berechne den schnellsten Weg zur Bibliothek und leite mich, sobald wir aus der Tür sind, durch neuronale Impulse unauffällig dorthin.«

Ich wollte nicht, dass irgendjemand von Li wusste – oder zumindest so wenig wie möglich. Paranoia hin oder her – die Vorsicht meiner Mutter hatte mich wachgerüttelt. Vorher hatte ich die Gefahr, die hier lauerte, die Augen, die alles sahen, unterschätzt. Hatte mich von meiner Konzentration auf das Wichtigste ablenken lassen. Hatte übersehen, dass, obwohl so viele Dinge geschahen, ich noch immer darauf fokussiert sein sollte, nicht nur kurz-, sondern auch langfristig zu überleben. Nun würde sich das ändern und ich mich auf das Wesentliche konzentrieren.

Dafür brauchte es aber Mittel und Wege. Eines dieser Mittel war Li, der sich gerade wie eine Uhr über dem Pulspunkt, an dem meine Schlagadern an meinem Handgelenk entlangliefen, um meine rechte Hand schloss. Diese vergrub ich daraufhin tief in der Jackentasche des Sportjäckchens. Jetzt konnte ich los.

Fast beschwingt angelte ich mit der linken Hand noch schnell aus einer der Schubladen desselben Schrankes, in dem ich schon den Trainingsanzug gefunden hatte, ein Paar Schlappen. Die plüschigen, mit blassrosa Fell besetzten Puschen sahen aus wie zwei gefärbte Kaninchen. Oder Minimuffs. Oder Zuckerwattewolken. Insbesondere nachdem ich meine Füße hineingeschoben hatte. Jetzt kam es mir vor, als würden da unten zwei Flauschmonster in Rosa herumhüpfen, wenn ich einen Schritt tat. Irgendwie befremdlich. Irgendwie aber auch zum Totlachen. Auf jeden Fall ganz süß. Und absolut nicht mehr Gangster-Rapper.

Ich schmunzelte wieder und beschloss innerhalb dieses aberwitzigen Momentes, dass meine erste Amtshandlung – sollte ich je diese Wahl gewinnen, sollte ich irgendwann, in diesem oder im nächsten oder im übernächsten Leben, die Regentin von California werden – wäre, mir selbst schwarze Hausschuhe mit den größten aufzutreibenden Totenköpfen im ganzen Land zu schenken und allen Menschen innerhalb meines Amtsbereiches zu gewähren, völlig frei und eigenständig die Farbe ihrer Habseligkeiten auszuwählen. Selbstredend würde all das nie geschehen. Dennoch, der Gedanke war wunderbar. Wenn auch nur für einen winzigen Augenblick. Für einen Herzschlag der freimütigen Träumerei.

Dann riss ich mich zusammen, trat zur Zimmertür und wollte in meinem freshen Bugs-Bunny-Look mit dem Pink-Panther-Style hinaustreten.

Doch die Tür gab keinen Millimeter nach.

Zuerst dachte ich, ich hätte nicht stark genug dagegengedrückt. Also versuchte ich es noch mal. Mit genauso viel – oder eher wenig – Erfolg.

Ich trat zurück, besah mir die Tür genauer und stellte fest, dass sich nun über der goldenen Klinke Worte manifestiert hatten.

AUSGANGSSPERRE BIS MORGEN UM 7:00 UHR

Im weißen Holz des Türblattes musste innen ein auf menschliche Körperwärme reagierendes zusätzliches Display eingebaut sein, das ich gerade durch meine Aktion aktiviert hatte.

Schnaubend starrte ich auf die klaren schwarzen Buchstaben, die nun immer deutlicher zutage traten. *So viel zu meinem Ausflug.* Die Lösung der Rätsel und das Aufsuchen der Bibliothek mussten wohl bis morgen warten. Und wenn es ganz beschissen kam, dann sogar bis nach der ersten Aufgabe.

Resignation und Bedauern durchzogen mich. Meine Schultern sackten herab.

Schaudernd erinnerte ich mich daran, was ich über die letzte Wahl gelesen hatte: Dreißig Prozent der Kandidaten waren bei der ersten Aufgabe aussortiert worden. Zwei waren bei dem Versuch, diese zu bewältigen, gestorben. Einer davon war implodiert, als er versucht hatte, seine gerade erste erwachte Magie einzusetzen, der andere war von einer magischen Kreatur vernichtet worden.

In den vergangenen zwei Wahlen war die erste Aufgabe immer die schwerste gewesen. *Wie würde es dieses Mal sein?*

Ich wusste, dass die Aufgaben dazu dienten, einen guten Herrscher zu finden. Einen, der fähig über ein Land regierte, das mit der Natur zu kämpfen hatte und gerade erst wieder aufblühte. Sie sollten unser Geschick und unsere Tugenden unter Beweis stellen. Sollten dem Volk unser wahres Ich unter Druck zeigen. Zumindest wurde das so propagiert. Morgen würde ich es wissen.

Würde sehen, mit wem oder was sie mich konfrontieren würden.

Würde beginnen, um die Gunst der Gilden zu kämpfen; immerhin hatte ich den darauffolgenden Schritt – einen Coach für mich zu werben – nicht mehr nötig.

Doch Priorität war und blieb, einen Schritt nach dem anderen zu gehen. Einen Tag nach dem anderen zu überstehen.

8

Bittere Erkenntnisse und ein süßer Kuss

Das Frühstück am nächsten Tag verlief noch unangenehmer als das Essen am vorhergegangenen Abend. Ich hätte es niemals für möglich gehalten, aber die alles umfassende Stille, in der die anderen Kandidaten – teils mit blutunterlaufenen Augen – durch den Speisesaal zu ihren Stühlen schlichen, als hätte ihr letztes Stündchen geschlagen, belastete mich mit jeder Minute mehr.

Ich hatte im Gegensatz zu einigen hier wirklich gut in dem großen Himmelbett geschlafen. Mit geschlossenen Augen hatte ich nicht einmal das lästige Rosa des Überzugs des Deckbettes sehen müssen.

Obwohl ich mich immer für die größte Zweiflerin von allen gehalten hatte, gab es hier anscheinend einige, die viel verkopfter waren als ich. Besonders fiel mir wieder das Mädchen ins Auge, das nach seiner traurigen Aufwallung zu Beginn so wagemutig gewirkt hatte. Davon war heute Morgen nichts mehr zu sehen. Ihre Wangen wirkten blass. Ihre Lippen blau; bereits jetzt wie die einer lebenden Toten. *Alles Fassade,* dachte ich bei mir. *Ihre Maske von gestern war heute genauso verrutscht, wie meine es des Öfteren tat.*

Lustlos kaute ich auf meinem Maisbrot mit der eigentlich wirklich leckeren Pflaumenmarmelade herum und inhalierte gleichzeitig die dritte Tasse Kaffee. *Wenn schon, denn schon – wollte ich mit einer angemessenen Dosis Koffein in die Aufgabe gehen. Mit Koffein ließ sich sowieso alles besser ertragen.* Es war die Droge meiner Wahl, wenn man so wollte. Außerdem hatte ich längst gelernt, dass es ein Privileg war, sich überhaupt frei entscheiden zu können. Und sei es nur zwischen Tee und Kaffee.

Aber auch Ivan wirkte zerknittert. Da die Sitzordnung von gestern heute Morgen wieder stille Übereinkunft gewesen war, an die sich alle gehalten hatten, saßen wir fast an den entgegengesetzten Enden der langen Tafel. Trotzdem entging meinen wachen Augen nichts.

Die Mensay mit dem wallenden weißen Haar warf ihm immer wieder verstohlene Blicke zu. In dasselbe blassrosafarbene Kleid für die erste Aufgabe gehüllt wie ich und mit ihrem hellen Teint wirkte sie wie eine überirdische Erscheinung. Eine Elfe. Sie war schön, keine Frage. Und den Blicken der Männer nach zu schließen, schoss das nicht nur mir durch den Kopf. Sie jedoch schien nur Augen für Ivan zu haben. Der sie als Einziger nicht wirklich wahrzunehmen schien.

Mhm … Noch nicht einmal richtig angekommen und er hatte tatsächlich schon eine an jeder Hand, kombinierte ich mit einem bitteren Nachgeschmack im Mund, der unweigerlich auf die Erkenntnis folgte, dass wohl nicht jeder die Nacht auf seinem Zimmer verbracht hatte. So zerknittert, wie er aussah, und so liebestrunken, wie sie wirkte. Es machte mich nicht gerade froh, recht gehabt zu haben oder dass er sie jetzt offensichtlich ignorierte. Aber wenigstens machte es mich froh, dass ich ihm den verdammten Kuss im Regentensaal *nicht* geschenkt hatte.

Check es, versuchte ich mich selbst mit harschen Worten aus der zarten Gemütsstimmung zu reißen, die ich Ivan gegenüber hegte, ohne es zu wollen. *Du kannst dich nicht mit ihm einlassen.*

Er wird falsche Hoffnungen in dir wecken und dich an sich binden.

Er wird dich benutzen und dich gebrochen zurücklassen.

Er wird dich nicht glücklich machen.

Er ist nicht anders als alle Männer. Hast du denn gar nichts von deiner Mutter gelernt? Hast du nicht oft genug gesehen, wie die einzelnen Splitter ihres Herzens unter ihrer metallenen Technikrüstung durchschimmerten, die sie sich jeden Tag so sorgsam umschnallt? War die Traurigkeit, die früher so oft in ihren Blick trat, wenn ihr an anderen Familien vorbeigegangen seid, denn keine Lehre für dich?

Sagt dir das, was du gerade beobachtet hast, denn nicht alles, was du wissen musst?

Doch, brachte ich die Stimme in meinem Inneren bestimmt zum Schweigen. *Doch, das sagte mir genug.* Und ich würde mich der kurzzeitigen Verwirrung, die mich bezüglich Ivan ergriffen hatte, nicht wieder hingeben.

Ruckartig und ohne einen weiteren Blick stand ich auf und verließ den Raum. Der Speisesaal schien den Effekt auf mich zu haben, dass ich immer frühzeitig verschwinden wollte. Oder eher die Menschen, die sich darin aufhielten. So oder so hatte auch ich eine Schmerzgrenze. Und diese war bereits jetzt erreicht.

Ivan hatte die Linie meiner Toleranz überschritten. Und mich ausführlicher mit seinem widersprüchlichen Verhalten zu beschäftigen, wollte ich auch nicht. Vor allem nicht angesichts der ersten Aufgabe, die uns allen heute bevorstand. Und für die ich meine ganze Konzentration benötigen würde.

Ich hatte keinen Nerv und keine Zeit für eine Ablenkung. Schon gar nicht, wenn diese mir nur Kummer und Sorgen zu bescheren versprach. Das galt für sie alle, von denen ich, abgesehen von Ivan, noch nicht einmal die Namen kannte. *Wir waren Fremde. Und genau so sollte es bleiben. Auch wenn das bei Ivan durch das Coaching sicher schwierig werden würde.*

Verdrießlich machte ich mich zu meinem Zimmer auf. Dort wollte ich Zähne putzen. Anschließend blieb mir nichts anderes, als zu warten, bis wir zur ersten Aufgabe gerufen wurden. Lange konnte es nicht mehr dauern.

Doch die Stunden zogen sich ereignislos in die Länge.

Ich wartete, ging auf und ab – und wartete.

Als sich weiterhin nichts tat, wurde ich nervös. *Hatte ich etwas verpasst? Hätte ich im Speisesaal bleiben sollen? Aber sie konnten doch unmöglich ohne mich begonnen haben, oder?*

Die innere Unruhe ließ mich schneller auf und ab gehen.

Aufseufzend überlegte ich schließlich gegen Mittag, was zu tun war. *Weiter warten oder doch nachforschen? War es Teil der Aufgabe, uns zu verunsichern?*

Da fiel mir wieder die Anzeige außen an der Tür ein. Dort hatte doch gestern ein Terminplan gestanden! Darauf musste vermerkt sein, was heute wann stattfand. Zumindest hoffte ich das.

Geschwind ging ich zur Tür, öffnete diese und sah nach.

Nichts zur Aufgabe. Auf dem Display standen die Essenzeiten und weiter Angaben, wie gestern, nichts bezüglich der Aufgabe. *Gar nichts. War es etwa die Aufgabe, die Aufgabe zu finden?* Enttäuschung und Konzentration malten Furchen in mein Gesicht. Das unangenehme Gefühl in meinem Bauch nahm zu. *Irgendetwas stimmte hier nicht!*

In mir wuchs die Verwirrung und ich beschloss zurück in den Speisesaal zu gehen. Einfach nachzusehen.

Ich beeilte mich.

Mit gerafften Röcken und hocherhobenen Hauptes trat ich durch die Doppeltür. Erwartungsvoll ließ ich meinen Blick durch den Raum schweifen. Und wieder wurde ich enttäuscht. Von den anderen waren nur noch vier übrig, die noch immer kaffeetrinkend und inzwischen schwatzend am oberen Ende der Tafel zusammengerückt waren. Das Grüppchen bestand aus den zwei Mensay-Zwillingen und den beiden Männern mit den eisblauen Augen und den halbmondförmigen, blassen Gesichtern.

Da schienen sich die Richtigen gefunden zu haben. *Unheimlich und furchterregend im Doppelpack ergab: unheimlich furchterregend. Eine tolle Kombination.*

Müde lächelnd zog ich bei diesem Gedanken einen Mundwinkel hoch und drehte mich auf dem Absatz um, bevor sie mich bemerken konnten.

Mir stand gerade nicht der Sinn danach, mit auch nur einem der vier ins Gespräch zu kommen. Und ich bezweifelte, dass sie mir auf meine Frage nach dem Verbleib der anderen Kandidaten eine aufrichtige oder sinnvolle Antwort geben würden. Eilig verließ ich den Saal.

Gerade als ich wieder die erste Treppe hinaufsteigen wollte, wurde ich jedoch von hinten am rechten Unterarm gepackt.

Schock durchzuckte mich. Gefolgt von Widerwillen, als ich nicht losgelassen wurde, obschon ich meine Hand direkt gewaltsam nach vorne zog.

In meiner Panik versuchte ich sofort den linken Ellenbogen nach hinten schnellen zu lassen, um meinen Angreifer in die hoffentlich ungeschützte Brust zu treffen. Ich stellte mir das schmerzhaft vor und war schon während der Bewegung in Siegesstimmung. Doch kam mein Ellenbogen nicht weit, bevor er mit einem ungleich festeren Klammergriff wie dem, in dem immer noch mein rechter Unterarm steckte, eisern an meiner Seite fixiert wurde.

Brüskiert drehte ich mich, verrenkte meinen Körper so gut es ging, in der Hoffnung, frei zu kommen, und wollte meinem Angreifer – egal wem von den vieren – ordentlich mündliche Paroli bieten. Der Vorsatz und die Wut hielten allerdings nur so lange an, bis ich sah, *wer* mich da hinterrücks gepackt hatte.

Keiner von den vieren.

Und auch nicht Sullivan Tenakulis.

Der braune Lockenkopf hielt mich mit derart eisernem Griff fest, dass ich dachte, mir müsste bald mein rechter Arm aufgrund von Blutleere absterben und daraufhin womöglich abfallen, wenn er nicht bald locker ließ. Das anfängliche Kribbeln war bereits nach Sekunden einer einsetzenden Taubheit gewichen.

»Was willst du?«, fragte ich wenig versöhnlich und zog ein weiteres, erfolgloses Mal an meinem Arm.

»Dich warnen«, kam die überraschende Antwort. Dabei lösten sich endlich die Finger um meinen Unterarm. Von einem plötzlichen Impuls überkommen, schüttelte ich erst einmal wieder Blut von meiner Schulter zu der Stelle, an der er es mir abgedrückt hatte. Die würde morgen sicher ein großer blauer Fleck zieren – genau wie meinen Oberarm der anderen Seite, den er nun gnädigerweise auch freigab.

Ich malte mir bereits aus, wie ich nur noch langärmelige Kleider vor der Kamera tragen konnte, damit nicht alle ständig die Stellen betrachten mussten. *Brrr. Dieser Idiot!*

»Vor was?«, fragte ich noch unwilliger zurück, nachdem mein Arm sich wieder halbwegs normal anfühlte und beide, wie sie es sollten, ruhig an meinen Seiten herunterhingen.

»Vor Tenakulis.«

Ich zog skeptisch eine Augenbraue hoch. »Aha.«

Eine unangenehme Stille entstand.

Nachdem es mir mit dem Schweigen reichte und ich beschloss, dass mich das genauso wenig weiterbrachte, wie mich von den anderen Kandidaten fernzuhalten, ging mir auf, dass er womöglich ein Verbündeter sein könnte.

Die Aufgaben beinhalteten immer mindestens eine, in der eine Gruppe irgendetwas erschaffen, lösen oder gegeneinander kämpfen sollte. Nur und einzig deshalb, so sagte ich mir, würde ich jetzt versuchen, Mr Locke mehr aus seiner wohlgeformten Nase zu ziehen. Über sich und Ivan.

»Woher weißt du Dinge, die wir anderen nicht wissen? Oder worauf begründet sich deine Warnung? Ich meine, klar, Tenakulis ist eine Person des öffentlichen Lebens. Aber ich nehme doch stark an, dass du auf etwas anderes anspielst als auf das, was man so hört.«

Ich benutzte mit Absicht nicht Sullivans Spitznamen. Ich musste ja nicht direkt zeigen, dass ich inzwischen etwas vertrauter mit dem rothaarigen Magician war. Nicht, wenn mein Gegenüber so offensichtlich etwas gegen ihn hatte.

Dessen Mundwinkel hoben sich leicht. Abschätzig musterte er mich. »Weil ich mit ihm aufgewachsen bin«, sagte er schlicht und zog mir damit den mentalen Boden unter den Füßen weg.

Er war …? Woooho … Aber wie? Wo? Was?!

Dass sich die Rädchen in meinem Oberstübchen bis zur glühenden Abreibung drehten, war mir wohl anzusehen und es schien ihm zu gefallen, denn er lächelte breit. »Ich war nicht immer ein Bürger Californias. Ich komme ursprünglich aus Washington.«

»Washington?«, flüsterte ich beeindruckt. Dort hatte einst die alte Regierung eines Großteils dieses Kontinentes ihren Sitz gehabt – in einem weißen Haus, hinter hohen Gattern aus Metall mit ungemütlich wirkenden Spitzen. America hatte das Land geheißen, das heute zum Kaiserreich Eterny gehörte. Als ich die Bilder des Regierungsgebäudes, das schon lange nicht mehr stand, zum ersten Mal gesehen hatte, hatte ich mich unwillkürlich gefragt, ob die Politiker damals vor ihrem eigenen Volk hatten beschützt werden müssen – mit dem Zaun? Aber dann musste ihre Politik wirklich schlecht gewesen sein und nicht zum Wohl der Menschen gereicht haben, oder? Sonst würde das Volk ihnen doch nicht nach dem Leben trachten. Oder doch? Nicht alles war rational zu erklären.

Jetzt stand dort der hochherrschaftliche Palast seiner göttlichen Heiligkeit, des Kaisers von Eterny. Ein Gebäude, das seinesgleichen an Höhe, Finesse und architektonischem Glanz in der ganzen Welt suchte. In California war es einzigartig und dazu noch durch und durch magisch. Es wurde gemunkelt, dass sogar eine ganze Handvoll Magicians ihr Leben beim Bau gelassen hatten, weil das Gebäude sie leer gesaugt hatte. Sie ihrer Kraft vollständig beraubt hatte, um diese zu speichern.

Ich war noch nie dort gewesen, doch zog mich schon der bloße Gedanke an, den kaiserlichen Palast in echt zu sehen. Viele Magicians machten es sich zur Lebensaufgabe, einmal in ihrer Existenz dort vor den Toren zu stehen und für gute Wünsche mit der geschlossenen Hand dagegenzuklopfen. Genau vier Mal, so hieß es – nicht weniger und nicht öfter als die Anzahl der Gilden –, sei die optimale Anzahl für das persönliche Glück.

Nun schmunzelte ich ob der Vorstellung, wie Braunhaar dort stand und sein Glück suchte. Nein, so schätzte ich ihn nicht ein. Seine Haltung, auch jetzt, in einem blauen Trainingsanzug mit charakteristischen Streifen, strahlte Stolz aus.

»Ja, Washington«, bestätigte er mir, dann packte er mich wieder unvorhergesehen am Arm, was nur möglich war, weil wir noch immer so eng beieinanderstanden. »Komm mit und hör mich an. Ich habe …« Er stockte. »… einiges zu sagen. Aber nicht hier!« Seine Stimme klang rau, fast sorgenvoll – auch ein bisschen zögerlich. So als wäre es, trotz allem, meine Entscheidung.

Leicht nickte ich. Wenn er so hartnäckig war, wäre es wohl besser, ihn anzuhören. Sonst würde ich ihn vielleicht nie wieder loswerden. Trotzdem nagte noch immer das Wissen um die erste Aufgabe, oder vielmehr ihr Ausbleiben, an mir.

»Okay. Aber warte – was ist mit der Aufgabe?«, fragte ich deshalb atemlos, als wir bereits zwei Schritte gegangen waren.

Er bewusst, als würde er auf etwas zusteuern.

Ich eher stolpernd, noch immer in seinem Griff.

»Ist fürs Erste verschoben, haben sie gesagt«, gab er unbekümmert zurück und zog mich weiter.

»Sie?« Ich wollte es genau wissen.

»Miss Puttin und Mr Chivree kamen ins Speisezimmer«, informierte mich mein Häscher während der nächsten Schritte. »Der Regent ist in einer dringlichen diplomatischen Mission unterwegs und der Kardinal unterstützt ihn dabei. Uns wurde nicht gesagt, wann sie zurückerwartet werden. Nur, dass bis dahin jeder seiner Wege gehen dürfe und die Zeit sinnvoll nutzen soll.«

Ich schluckte. *Das war ungewöhnlich*. Normalerweise gab es keine Verzögerungen bei einer Wahl. Andererseits hatte sich Sinessa gestern nicht gerade erfreut angehört. Und: Was wusste ich schon von Regentschaftswahlen? Ich hatte Aufzeichnungen gesehen. Darüber gelesen. Aber selbst hatte ich noch keines dieser Spektakel erlebt. Bis, nun, jetzt.

Trotzdem musste die diplomatische Mission wohl äußerst wichtig sein, wenn sie die Wahl verzögerte. *Die Gilden und der Kaiser hätten es sonst sicher nicht erlaubt. Wann die Vertreter der Gilden wohl anreisten? Oder waren sie längst da? Aber bestand dann nicht die Gefahr, sie im Schloss zu treffen und vor der ersten Aufgabe für sich zu gewinnen?*

Ich seufzte laut. Fragen über Fragen.

Da kamen wir stolpernd, ein paar Schritte seitlich der Treppe, zum Stehen. Ich wurde noch einen Schritt näher an die rechte Wand geschoben, die eine Bordüre zierte.

Was sollte ich …?

Dann sah ich die hauchzarten Umrisse einer Tür, die in die prunkvolle Tapete, zwischen einem hochherrschaftlichen Barockbehang und einem großen Touchpad, eingelassen war.

Ich staunte.

Lief man daran vorbei, gliederte sich die Tür optisch nahtlos in die Umgebung ein. Berührte die Nase – wie meine gerade – fast die Wand, dann nahm man sie wahr. Den Durchgang so zu entdecken, schien mir aber unwahrscheinlich. Man musste es wissen.

Aber woher wusste der braune Lockenkopf …?

Eine schlanke Hand mit wohlgeformten Fingern und gleichmäßig geschnittenen Nägeln schob sich an meinem Oberarm vorbei und löste von hinten durch das Drücken eines der Karos auf der Bordüre in Brusthöhe einen versteckten Mechanismus aus. Bevor ich wusste, wie mir geschah, wurde ich leicht gestoßen, stolperte nach vorne und befand mich in … einer Besenkammer?

Na toll.

Mit in die Seite gestemmten Armen drehte ich mich um. Gerade schloss Lockenkopf, mit dem Rücken zu mir, die Geheimtür hinter uns. Des Großteils der Lichtquelle des Ganges schlagartig beraubt, drang nur noch ein spärlicher Schimmer in die kleine Kammer.

Ich sah mich so gut es ging um.

Sich zwischen Wischrobotern, Sprühflaschen und mit helleren Plaketten gekennzeichneten Putzmitteln zurechtzufinden war gar nicht so einfach. Außerdem überkam mich das irritierende Gefühl, in einer dieser Date-Situationen gelandet zu sein. *Küssten sich nicht eigentlich Pärchen in Abstell- oder Besenkammern, weil sie dort vor aller Augen geschützt waren? Fielen regelrecht wildromantisch über den anderen her?*

Oh Gott! Hatte irgendwer vorher unser Gespräch gehört? Alsooo … war es für die Kameras laut genug gewesen?

Meine Gedanken schlugen plötzlich eine völlig verwirrende Richtung ein. *Wir hatten verdächtig nah beieinandergestanden.* Wegen seines Griffs an meinem Arm. Und jetzt … *Oh nein, ich wusste wie das aussah.* Wenn der Regisseur wollte, konnte er mich vor der ganzen Nation als das größte aller Flittchen darstellen. Eines, das sich nun schon den zweiten Verehrer gesucht hatte. *Erst Ivan, dann Mr Locke.*

Ich seufzte laut. *Die Erde würde sich wohl kaum unter mir auftun und mich verschlingen.* Immerhin: Ivan war ja auch kein Kind von Traurigkeit. Allerdings auch ein Mann. Der gefeierte Kardinal der Blauen Garde, der Bad Boy des Kaiserreiches.

Wut kochte wieder in mir hoch und verdrängte die Scham. Mein Ruf stand auf dem Spiel. *Nun, Braunhaar hatte besser etwas wirklich Interessantes zu sagen, das sein Gebaren erklärte. Sonst würde ich ihm zeigen, wie Eisköniginnen Feuer spuckten!*

»Also?«, fragte ich ungeduldig. »Was ist derart dringend und geheim, dass du mich dafür in eine Besenkammer verschleppen musst? Ich weiß nicht einmal deinen Namen und du …«

»Rayn«, unterbrach er mich. »Ich heiße Rayn.«

Verblüfft schaute ich zu der Stelle, an der sich der Schatten seines Kopfes abzeichnete. *Rayn.* Was für ein ungewöhnlicher Name. Mein Name stammte hingegen gefühlt aus der Antike, jedenfalls war er vermutlich nicht einmal vor achtzig Jahren modern gewesen. Seiner war ein Zeugnis der Zukunft. Der Weiterentwicklung der Menschheit.

»Einfach Rayn?« Nun war ich auf den Nachnamen gespannt. In einer Welt, in der die Bevölkerung durch Naturkatastrophen nicht nur des Landes, sondern auch eines Großteils der Population beraubt worden war, bedeuteten Nachnamen wieder etwas und die Chance stand gut, dass ich seinen einordnen konnte.

»Cilyn.« Kein Hauch von Emotion schwang in seiner Stimme.

Dafür empfand ich schlagartig umso mehr. *Ohhh …*

Seine Vorfahren hatten auf der falschen Seite gekämpft. Sie hatten gegen den Rat der Magicians mit den Politikern der alten Welt paktiert. Und das nur, weil sie schon damals Macht, Reichtum, Ruhm und Ehre in ihrer Familie vereint hatten. Sie wollten keine neue Weltordnung. Und doch waren sie besiegt worden. Ein statuiertes Exempel war der Preis ihrer Untreue. Ich erinnerte mich an die grausamen Bilder, als wäre es erst gestern gewesen, dass ich die Doku darüber im Schein von Lis Projektion gesehen hatte.

Erinnerte mich an den kleinen Jungen, der so verloren vor den beiden Pfählen gestanden hatte. Die Fäuste rechts und links neben dem schmächtigen Körper geballt. Den Kopf mit den widerspenstigen Locken gereckt.

Mutig – so mutig und tapfer, trotz seiner jungen Jahre.

Mein Herz schlug schneller, je lebendiger die Szene in meinem Kopf wurde. Unwillkürlich überkam mich das Verlangen, meine Hand auszustrecken und Rayn tröstend ins Haar zu fassen. *Nein, das würde ich nicht tun,* wies ich mich selbst zurecht. *Nicht jetzt und nicht in Zukunft.* Ich durfte auf keinen Fall Mitleid meinen Blick trüben lassen. Wer wusste schon, was aus dem kleinen Jungen inzwischen geworden war.

In meiner Erinnerung sah ich genau, wie unglaubliches Leid die Münder des Mannes und der Frau vor ihm zu grotesken Masken verzogen hatte. Sah, wie straff deren Körper in circa zwei Meter Höhe an Pfähle fixiert gewesen waren. Und wie ihre Glieder wieder und wieder von qualvollen Krämpfen durch eine unsichtbare Macht geschüttelt wurden: Magie. Hörte in meinem Kopf ihre schrillen Schreie, die Geräusche der Zuckungen – bis weißer Schaum aus ihren Mündern gequollen war.

Ich registrierte voller Bedauern, als sei ich nun mitten in der Szene, wie der Kaiser von hinten ins Bild kam. Wie er erst zu den Pfählen und dann weiter, völlig unbeeindruckt, zwischen ihnen hindurch auf den Jungen zuging.

Er reichte dem Kleinen die Hand, eine Geste der stillen Übereinkunft, und noch während sie sich gemeinsam zur Kamera drehten, verbarg eine harte, undurchdringliche Maske der Ausdruckslosigkeit das kindliche Gesicht des Jungen. So, als sei er fähig, all das gerade beobachtete Leid, das seinen Eltern hinter ihm das Leben genommen hatte, ausgeübt durch den Mann neben ihm, einfach beiseitezuschieben. Vielleicht musste er das. Vielleicht gab es nur die Wahl, daran zu zerbrechen oder damit zu leben, um weiter bestehen zu können. Und er hatte sich wohl für ›leben‹ entschieden.

Jetzt, als ich in der Finsternis der Besenkammer nach Rayns Augen suchte, wurde mir klar, dass ich mich getäuscht hatte, denn seine Maske war verrutscht. Er spürte ganz offensichtlich, was ich dachte und es weckte Wut in ihm. Eine unversöhnliche Wut, die ich als blaue, elektrisch glühende Ladungen überall an ihm bemerkte. Sein Haar leuchtete, sein Gesicht glühte, seine Hände zitterten vor unterdrückter Aggression. Nicht, wie es meine manchmal taten, aus Nervosität.

Unwillkürlich wollte ich einen Schritt zurückweichen, stieß mit dem Rücken jedoch an die Wand der engen Kammer.

»Keine Sorge, ich tue dir nichts«, brachte er mühsam beherrscht hervor. »Ich wusste nur nicht, dass du …« Er setzte neu an. »Ich habe nicht damit gerechnet, dass du die Aufzeichnung kennst.«

»Du bist … auch doppelt begabt, oder?«, war das einzig Sinnvolle, das ich äußerte, ohne meine Schutzhaltung aufzugeben. Er musste es sein, sonst hätte er kaum meine Gefühle so genau entschlüsseln können, dass er direkt wusste, was mich beim Klang seines Nachnamens beschäftigt hatte, und gleichzeitig die unverwechselbare Magie eines Elementars zeigen.

Er nickte. »Manche der Weisen in Washington vertreten die These, dass jede nachfolgende Generation stärker ist als die vorhergehende. Bei dieser Wahl gibt es einige starke Magicians. Es könnte also etwas dran sein.«

Ich nickte, als würde das Sinn ergeben, hatte davon jedoch noch nie etwas gehört.

»Also Tenakulis?«, wechselte ich abrupt das Thema. Noch immer leuchtete Rayn wie eine blaue Lichterkette an Weihnachten. Er wirkte nicht allzu bedrohlich. Nicht mehr. Nicht gegenüber mir. Doch dem äußeren Anschein traute ich kein bisschen. Wir mussten seine Gefühlslage dringend ändern. Ihn beruhigen – auf andere Gedanken bringen.

Bei meinen Worten glomm er allerdings noch heller auf. *Mist. Kein gutes Thema.* Dabei war er mir gerade, im Gang, so kontrolliert vorgekommen.

Er stieß den Atem zwischen zusammengepressten Zähnen aus. »Du weißt sicher, dass Sullivan ein Findelkind war. Wer kennt nicht seine Lebensgeschichte?« Abfällig ließ er die Worte im Raum stehen. »Der Kaiser nahm sich seiner an. Genau wie er auch mich bei sich aufnahm, nachdem meine Eltern … nun, eindeutig nicht mehr für mich sorgen konnten.«

Ich schluckte.

Rayn fuhr fort: »Er behandelte uns gut. Ließ es uns an nichts fehlen und lehrte uns, was es seiner Meinung nach heißt, ein Magician zu sein. Ein *Mann* zu sein.« Er stockte. »Dann kam der Tag der Entscheidung. Wir waren noch relativ jung. Er fragte uns, ob wir der Blauen Garde beitreten wollten. Sullivan wollte; es war schon immer sein größter Traum, sich dem Kaiser zu beweisen. Seinen Namen in den Büchern geschrieben zu sehen. Berühmt zu werden, an Bedeutung zu gewinnen – du weißt schon. Ich lehnte ab.«

»Warum?«, drängte ich Rayn weiterzuerzählen, als er erneut verstummte.

Er seufzte, wirkte ruhig – fast resigniert. »Weil auch ich es zu etwas bringen wollte. Aber nicht aufgrund des Wohlwollens des Kaisers oder in der Blauen Garde, sondern aus eigener Kraft. Ich wollte meine Schlachten schlagen. Selbst gewählte Schlachten für Ziele, die *ich* mir setzte – niemand sonst.«

Ich nickte. Das konnte ich verstehen. Es klang ein bisschen nach meiner Lebensphilosophie. Nach der, die ich in stillen Stunden auf meiner Couch gehegt hatte, während ich Pläne geschmiedet hatte.

Pläne für die Zukunft. Und seit einigen Stunden hegte ich wohl auch Pläne für die Zeit nach der Wahl. *Es waren nichts als Träume.*

»Wie ist das bei dir? Ich meine, ich bin jetzt ein offenes Buch für dich. Verrate mir, wie du heißt, was dich beschäftigt und …« Er schien zu zögern. »Welche Magie deine liebste ist.« Seine Stimme klang verführerisch.

Ich wurde hellhörig. *War das sein wahrer Beweggrund gewesen, mir seine Geschichte zu erzählen? Mich in diese Kammer zu zerren, unter dem Vorwand, mir etwas über Ivan zu offenbaren? Hatte er mich aushorchen wollen aufgrund der vier leuchtenden Assems?*

»Oh, da … da gibt es nicht viel zu erzählen«, stotterte ich.

»Es gibt immer etwas zu erzählen.« Seine Stimme war nur noch ein Flüstern. Langsam kam er einen Schritt näher und ich wurde mir zum zweiten Mal unangenehm der Wand in meinem Rücken bewusst. *Verdammt, warum hatte ich mich in diese Situation bringen lassen? Meine verfluchte Neugier.*

»Ich weiß, dass du Josephine Streisand heißt. Streisand wie Tekre Streisand, der Gründer dieser Stadt. Beeindruckend.« Er klang in meinen Ohren ganz und gar nicht beeindruckt. Eher … raubtierhaft. Sein Glühen hatte nachgelassen. Er schien sich wieder unter Kontrolle zu haben. Nur wünschte ich, ich könnte besser in der Dunkelheit sehen. Die Gefahr besser sehen und einschätzen, die von ihm ausging.

Für einen Moment hatte ich daraufhin das Gefühl, schlechter zu sehen. So als hätten meine Augen beschlossen, nun gänzlich ihren Dienst aufzugeben. Dann spürte ich, wie sich meine Pupillen verengten. Mein Gesichtsfeld erweiterte sich und meine Wahrnehmung zeigte mir plötzlich ein breites Spektrum an unterschiedlichen Helligkeitsstufen.

Ich schwankte, bevor ich mich mit einem beherzten Griff zur Wand wieder stabilisieren konnte – sodass Rayn leider etwas von meinem kurzzeitigen Schwächeanfall mitbekam.

Er ließ ihn unkommentiert.

Wieder auf sein Gesicht fokussiert, sah ich viel mehr als vorher. Auf der Suche nach einer Erklärung wurde mir klar, dass ich wohl nun wieder goldene Augen hatte. *Katzenaugen. Die Augen einer Sphinx.* Es war die einzig sinnvolle Vermutung. Aufregung durchzog mich. Zeitgleich mit Furcht und etwas Unbestimmbarem, das ich nicht genau benennen konnte. *Möglicherweise hatte ich ja wieder Hunger auf Fisch,* dachte ich ironisch.

Still musterte ich Rayn, der mich unverhohlen beobachtete. Seine breiten Schultern, die schmale Taille. Er war fast einen ganzen Kopf größer als ich. Schließlich senkte er den Kopf, trotzdem musste ich nach oben blicken, um den Ansatz seines Scheitels zu sehen.

Schweigen hatte sich zwischen uns breitgemacht. Die Art von Schweigen, während dem man auf den nächsten Schritt des anderen lauerte.

Als die Stille an meinen Nerven zu zehren begann, ergriff ich das Wort. »Da hast du ja schon alles gehört, was es zu wissen gibt«, sagte ich von plötzlicher Selbstsicherheit beseelt. »Mein Großvater war sicher ein feiner Mann. Ich habe ihn allerdings nie kennengelernt. Er starb vor meiner Geburt. Meine Mutter hat mich großgezogen. Nun bin ich hier, wie wir alle.« Mehr hatte er auch nicht preisgegeben.

Rayn nickte langsam. »Was ist mit deinem Vater?«, fragte er und tappte damit in das erstbeste Fettnäpfchen.

Meine Hände verspannten sich. Ich presste die Lippen zusammen. Wäre am liebsten aus der Kammer geflüchtet. Doch noch immer versperrte er den einzigen Ausgang.

»Ihn habe ich auch nicht kennengelernt.« Die Worte klangen bitter.

»Verstehe.« Das Funkeln in seinen Haarspitzen setzte erneut ein. »Das tut mir leid. Und … bitte verzeih mir die ehrlichen Worte, aber damit leidet deine Familie unter der sinessischen Herrschaft wie viele in diesem Land, nicht wahr? Deine Mutter bekommt sicher wie alle Frauen nur den Mindestlohn und …«

Ich verbiss mir ein Fauchen. *Es stimmte, ging ihn aber einen feuchten Kehricht an, dass wir arm waren.* »Hat dich der Kaiser geschickt? Wie Tenakulis?«, wollte ich stattdessen wissen.

Es war der logische Schluss, den ich aus dem Gespräch ziehen konnte. Dass er sein Geschwafel von Selbstbestimmtheit lebte, glaubte ich ihm keine Sekunde. *Dass Rayn als ehemaliges Mündel des Kaisers einen silbernen Brief bekommen hatte, konnte doch kein Zufall sein. Wollte der Kaiser einen Regenten, den er kontrollieren konnte, damit so etwas wie mit Sinessa nicht wieder geschah? So viel Eigenregie und verquere Gesetze? Aber wenn ihn das störte, wenn er die Unterjochung Californias sah, warum tolerierte er sie dann? War das ein politischer Schachzug? Wozu?* Der Kaiser war der Kaiser. Alleinherrscher von Gottes – oder eher seiner eigenen – Gnaden! Er war das Oberhaupt in allen Bereichen – magisch oder nicht magisch. Er konnte nicht einmal abgewählt, sondern höchstens gestürzt werden; konnte alles tun und lassen, wie es ihm beliebte! Oder nicht?

»Nein.« Rayn lachte auf. Es klang hämisch. »Mich hat nicht der Kaiser geschickt. Hast du mir vorhin denn gar nicht zugehört?«

Doch, das hatte ich. *Aber wie selbstbestimmt konnte man in der neuen Welt sein? In California als Mann zumindest ein bisschen mehr denn als Frau.*

»Was ich dir damit sagen wollte, war, dass ich mich frage, ob du nicht unzufrieden mit den Zuständen bist, wie sie jetzt sind. Und dass ich mich weiter frage, ob du sie nicht ändern würdest, wenn du könntest?«

Das ließ mich einen Augenblick sprachlos starren. »Natürlich würde ich etwas ändern, wenn ich könnte«, gab ich zurück und sah ihn unverwandt an. »Aber ich bin eine Frau«, kamen mir die Worte ungewohnt schwer über die Zunge. »Und ich stehe genau wie du am Anfang dieser Wahl. Wir beide haben jetzt anderes zu tun, als Traumschlösser irgendwelcher Veränderungen zu bauen.« Meine Stimme klang fest und sicherer, als ich mich fühlte. Mein ganzes Leben über hatte niemand so etwas von mir wissen wollen. Und jetzt, jetzt stand ich in einer Besenkammer. *Wohin sollte das führen?*

Rayn nickte jedoch erneut, als hätte ich ihm die gewünschte Antwort gegeben. »Das reicht mir schon«, flüsterte er. »Mehr wollte ich gar nicht wissen, Phinchen.« Behände beugte er sich herüber, überbrückte in ungeahnter Schnelle die Distanz zwischen uns und strich mir sacht eine vorwitzige blonde Strähne aus der Stirn. Seine Berührung war zart und warm und jagte mir einen angenehmen Schauer über den Rücken.

Einer Sphinx gleich verharrte ich völlig bewegungslos. War irritiert, geschockt und von ihm überrumpelt. *Was sollte das?*

»Dann sind wir jetzt Verbündete. Ich werde dich mit meinem Leben schützen und hoffe, dass du im Gegenzug das Gleiche tust.

Das steigert unsere Chancen, das hier zu überstehen. Da draußen gibt es noch so viele Dinge zu tun, da wäre es doch traurig, hier drinnen zu sterben.« Seine Stimme klang bedrückt.

Ich wusste nicht, ob ich sein überraschendes Versprechen für bare Münze nehmen konnte. Gleichwohl kam ich nicht dazu nachzufragen, da er sich noch näher beugte und mir unvorhergesehen einen leichten Kuss auf den linken Mundwinkel drückte.

Sein herber Geruch nach Moschus und … *Wald?* … hüllte mich ein. Seine Präsenz war überall, während seine Lippen auf meinen verharrten. Langsam, geradezu genüsslich wanderte sein Mund zur Mitte meines Mundes. Dort übte er Druck aus. Küsste mich richtig. Intensiv.

Ich erschauderte. Meine Wimpern flatterten.

»So schöne Augen, Phinchen«, flüsterte er an meinen Lippen, löste sich von mir und stupste mit dem Zeigefinger gegen meine Nase. »Wir sehen uns.« Er trat einen Schritt zurück.

Damit erwachte ich aus meiner Schockstarre, während er sich weiter entfernte und sich in der nächsten Sekunde bereits die Tür der Kammer hinter ihm schloss.

Mist. Was war da gerade passiert? Hatte … hatte … Rayn mir etwa meinen ersten Kuss gestohlen? Ja, das hatte er! Und statt weiterer Erkenntnisse über Ivan, hatte ich einen Verbündeten gewonnen.

Ungut und gut zugleich.

Schwer atmend lehnte ich mich mit dem kompletten Körper gegen die Wand hinter mir und schloss die Augen, um alles Revue passieren zu lassen. Die Quintessenz war, dass heute wohl keine Aufgabe stattfinden würde und ich daher immer noch – und vorrangig – in die Bibliothek gehen sollte.

Rayns seltsames Verhalten und die Frage, ob er es ernst gemeint hatte, mich mit seinem Leben zu verteidigen, würde ich heute nicht mehr ergründen. Immerhin, entschied ich, war es sicher besser, solche Worte zu hören als irgendwelche Drohungen.

Ich hoffte, dass das Geheimnis meiner Augen bei ihm sicher wäre und versuchte mich davon abzubringen, zu überlegen, warum sowohl er als auch Ivan einen Spitznamen für mich hatten. *War das ihr Ding? So eine Das-war-im-kaiserlichen-Palast-in-Sache?*

Nachdem der Adrenalinschub der letzten Minuten abgeklungen war, verschob sich meine Sicht erneut. Um mich war alles dunkel. Beruhigend dunkel. Und ich fühlte mich langsam wieder wie Josephine Streisand. Bereit, endlich den Weg zu all den Büchern in diesem Schloss anzutreten.

9

Über Illusionen und davon, sie zu bekämpfen

Da ich von innen nicht sah, was sich vor der Besenkammer abspielte, versuchte ich durch Horchen an der Tür herauszufinden, ob die Luft davor rein war. Ich wollte auf keinen Fall irgendwem erklären müssen, was ich hier drin zu suchen gehabt hatte.

Nachdem ich mehrere Herzschläge lang angestrengt die scheinbare Stille nach Stimmen durchforstet hatte, war ich mir sicher, dass es unbedenklich sein sollte, mein Versteck zu verlassen. *Irgendwann würde ich es sowieso wagen müssen.*

Beherzt zog ich an der dünnen Tür und trat in die Helligkeit des Ganges hinaus, auf den roten Teppich. Kurz musste ich die Augen zusammenkneifen, die es nicht mehr gewohnt waren, die Intensität des Lichtes wahrzunehmen. Dann drehte ich mich in die Richtung, aus der Rayn und ich gekommen waren, und … zuckte schreckhaft zusammen.

Meine Güte!

An der gegenüberliegenden Wand des Ganges, keine drei Meter von mir entfernt, lehnte entspannt Ivan und blickte mir entgegen. Einer seiner Füße stand auf dem Teppich, einen hielt er mit der Schuhsohle gegen die Wand gestützt. *Das zeugte aber nicht von guten Manieren! Machte er das im kaiserlichen Palast auch so?* Er wirkte, als hätte er nur darauf gewartet, dass ich aus der Kammer trat. *Aber das konnte doch nicht sein, oder?*

»Ich dachte, du unterstützt den Regenten bei einer diplomatischen Mission?«, rutschte es mir pikiert heraus. Ich fühlte mich ertappt. Gleichzeitig verbot ich mir die irrationale Anwandlung – das hätte ich schon vorher sollen. Ich war ein freier Mensch, konnte tun und lassen, was ich wollte. Selbst – oder vielmehr gerade – auch Gespräche in Besenkammern führen.

»Das habe ich. Aber als guter Gardekardinal ist es wichtig zu wissen, wann etwas delegiert werden sollte. Die Männer der Blauen Garde haben die Unterstützung vor Ort übernommen.« Er schwieg kurz. »Ich dachte, ich sehe nach dir. Nicht dass du noch unwissentlich in irgendwelche … Fallen … tappst.« Er zog die letzten beiden Worte ungebührlich in die Länge.

Das überrumpelte mich. Schließlich schien plötzlich meine Vorahnung Wirklichkeit zu werden. Scham und ein Hauch von Schuldgefühlen ploppten in mir auf. Verdutzt blickte ich zur Kammer zurück, dann zu ihm. *Woher hätte er wissen sollen, dass ich mit Rayn da drin gewesen war? Stand er schon länger da draußen? Aber dann hätte ich doch vorher Stimmen gehört, oder? Rayn wäre kaum stumm an ihm vorbeigegangen …*

Er … MOMENT, hielt ich mein eigenes Gedankenkarussell an, während ich würdevoll auf ihn zuschritt. *Eigentlich sollte mir das völlig egal sein. Er* war derjenige, der hier durch die Betten turnte, während er immer wieder das Gespräch mit mir suchte. Ich war nur … *ja, was?*

Ich war diejenige, die er coachen würde. Punkt. Da war nichts, was uns sonst verband. Keine Besitzansprüche seinerseits. Und keine meinerseits. Eigentlich sollte das alles also keine Rolle spielen. Und vielleicht tat es das auch nicht. Also für ihn. Und äh … natürlich für mich auch nicht. Ich mochte ihn doch eigentlich nicht. Oder zumindest nur ein bisschen.

Großer Gott, war das jetzt schon kompliziert. Ich seufzte innerlich. Da liefen mir mal zwei einigermaßen gut aussehende Kerle über den Weg und schon hatte ich weder meinen Geist noch meinen Körper und anscheinend auch mein Herz nicht mehr im Griff. Außerdem … den einen fast geküsst und den anderen eindeutig geküsst.

Wie entwürdigend.

Damit Ivan davon bloß nichts mitbekam, raffte ich hoheitsvoll meine Röcke und schenkte ihm ein liebreizendes Lächeln, als ich auf seiner Höhe angekommen war. »Ivan, was für eine Überraschung«, flöteten meine Lippen wie von selbst. *Hatte ich nicht sang- und klanglos an ihm vorbeigehen wollen? Anscheinend nicht.*

»Josi«, gab er zurück und stieß sich wie selbstverständlich von der Wand ab. »Wohin des Weges?«

Ich überlegte einen Augenblick, ob es klug war, ihm zu offenbaren, dass ich die Bibliothek suchte. *Würde ich dann schneller dort ankommen, falls er anbot, mich zu führen? Oder brachte mir das irgendeinen Nachteil, wenn er seine neugierige Nase in meine Angelegenheiten steckte?* So oder so würde er als mein Coach bald genauestens Bescheid über meine Potenziale und Fähigkeiten wissen. Warum es also unnötig hinauszögern. »In die Bibliothek. Ich habe beschlossen, den Tag zu nutzen.«

Er nickte, bevor er nach meiner Hand griff.

Ich entzog sie ihm direkt wieder. *Nicht dass das hier noch eine gebräuchliche Geste wurde. Einfach so nach meiner Hand zu greifen.*

»Hör mal. Ich glaube, heute Morgen kam es zu einem Missverständnis«, setzte er daraufhin an und musterte mich eine Spur unsicher.

»Ach ja?«, fragte ich ironisch.

»Ich hatte das Gefühl, du hast da etwas Falsches in Majlins Blicke gedeutet.«

Majlin?! Sooosooo. Mit ihr war er also auch bereits beim Vornamen. Das hieß, sie hatten auf jeden Fall privat miteinander gesprochen, denn Mr Blaue-Garde las ja keine Akten. Und da dachte *er, ich* hatte etwas falsch interpretiert. Er hätte im kaiserlichen Palast vielleicht ein paar Manieren lernen sollen. Das hätte solchen Missverständnissen vorgebeugt. *Und den Wänden wäre es auch zugutegekommen.*

»Hattest du das?«, fragte ich rhetorisch nach, indes in mir ungewollt die Gefühle hochkochten. »Weißt du, du darfst machen, was immer du möchtest«, schob ich hinterher und fragte mich gleichzeitig, warum ich mir das Messer im Bauch eigentlich selbst herumdrehte. *Dachte ich ernsthaft, dann würde es weniger wehtun? Oder wollte ich mir selbst beweisen, dass ich heute Morgen nicht eifersüchtig gewesen war? Aber auf was?,* fragte ich mich und versuchte mich einmal mehr rational davon zu überzeugen, dass da doch gar nichts zwischen mir und Ivan war. Und ich, bei Rovennas Magie, gerade erst einen Kuss von Rayn bekommen hatte. *Irgendwie war die Erinnerung daran schon wieder seltsam verblasst.*

»Mhm«, machte Ivan nur und sah mich prüfend an. »Ich glaube dir nicht.« Die Worte waren fast ein Flüstern, doch trafen sie mich mitten ins Herz. »Aber ich verrate dir etwas: Ich bin nicht hier, um zu tändeln und du tätest gut daran, wenn du das auch so siehst«, machte er meine gerade aufblühende Hoffnung direkt zunichte. »Rayn kämpft für sich. Das hat er immer schon und wird er immer. Von ihm wirst du nur enttäuscht werden, lass dir das gesagt sein.« Ivan sah mich intensiv an.

Am liebsten hätte ich ihm entgegengeschrien: »Genau wie von dir, oder?« *Das Ross, auf dem er saß, schien so hoch zu sein, dass es mit seinen plüschigen Ohren die Wolkendecke durchbrach.* Da ich aber im Gegensatz zu dem, was über Sinessa gemunkelt wurde, meine einer Fünfjährigen angemessenen Trotzreaktion nicht der Öffentlichkeit präsentieren wollte, sagte ich nach außen hin locker: »Alles klar. *Ich* gehe jetzt in die Bibliothek und nach deiner netten Rede eben kannst *du* ja genau die andere Richtung wählen. Schönen Tag, Ivan.« In mir war im Gegensatz zu meinem recht ruhigen Tonfall alles bis zum Bersten angespannt. *Er mochte vielleicht Sullivan Tenakulis sein, aber ich würde keine beschissene Kerbe in seinem imaginären Bettposten werden.* Denn egal, was er behauptete – grundlos oder wegen irgendwelchen Fallen hatte er sicher nicht nach mir gesucht. Diese Anziehung zwischen uns war mir auf einmal zu intensiv – kam mir fast schon unwirklich vor.

Manipulierte er mich etwa?

Ich kniff die Lippen zusammen. Horchte in mich. Mhm … Nein, ich konnte keine Anzeichen dafür entdecken. Unzufrieden straffte ich mich.

Seufzend musterte Ivan meine Haltung einen Augenblick lang. Dann zuckte er die Achseln, ließ seine harschen Worte einfach so stehen und schlug – wie von mir vorhin noch erhofft – vor: »Ich kann dir den Weg in die Bibliothek zeigen. Sie befindet sich im Untergeschoss. Die Gänge dorthin sind ein bisschen dunkel und gruselig. Nicht ganz ungefährlich …«

Nicht ungefährlich? Ungewollt überkam mich ein Schauer. Ich glaubte nicht, dass irgendetwas hier ungefährlich war. Nicht einmal oder besonders nicht dunkle Gänge, wenn schon hell erleuchtete seltsame Artefakte beherbergten. Allerdings konnte ich ja jetzt im Dunkeln sehen. Das machte es wesentlich weniger furchteinflößend. Es war gar nicht so schlecht, diese *Geheimwaffe* bei der Hand zu haben.

»Manche von ihnen sind ziemlich verwinkelt. Deshalb würde ich mich davor hüten«, fuhr Ivan fort. »Wenn du mich vorausgehen lässt ... bitte ich dich, nah bei mir zu bleiben, sobald wir unten angekommen sind. Ich möchte nicht, dass wir uns verlieren.« Sein Blick war für meinen Geschmack eine Spur zu unschuldig. Seine grünen Augen blitzten unter dem zerzausten Haarschopf hervor, die Chinos und das schwarze Hemd ließen ihn jünger wirken. Unschuldiger.

Mhm ... Nachdem ich mich von der Betrachtung seiner Gestalt losgerissen hatte, überlegte ich kurz Kontra zu geben, darauf zu beharren, dass er mich ziehen ließ. Meine Wut war jedoch abgeklungen und ich entschied mich dagegen. Er hatte es geschafft, dass mir der Weg zur Bibliothek unheimlich vorkam und Gesellschaft dabei zu haben plötzlich extrem gut klang. »Lass uns gehen«, war also alles, was über meine Lippen kam.

Grinsend streckte Ivan mir die Hand entgegen.

Wollte er, dass ich sie ergriff? Wollte er wirklich Händchen halten? Doch wozu? Bestimmt nicht, weil wir uns verlieren könnten ... Nun, selbst wenn wir der Chemie zwischen uns nachgaben ... Die Kameras würden alles filmen, alles übertragen und den Millionen Menschen vor den Bildschirmen offenbaren. Diese würden über die Geste spekulieren. Womöglich meinem Status bei der Wahl schaden – aus Eifersucht, Neugier und Sensationslust. Das konnte ich nicht zulassen! Ivan war der Goldjunge. Und ich nur das Mädchen aus den Glastürmen, das bis jetzt keiner gekannt hatte. Selbst wenn ich seine Hand halten wollte. Selbst wenn ich nicht mehr sauer auf ihn wäre. Was bezweckte er damit? Mir kam die Geste unheimlich bedeutsam vor, war sie das für ihn nicht – *ging bei ihm immer alles so schnell? Dachte er nicht darüber nach?*

Ivan stand noch immer mit ausgestreckter Hand vor mir. Sein Lächeln verrutschte langsam.

»Was?«, fragte ich, nur um die Stille zu füllen.

»Vergiss es«, murmelte er, ließ die Hand sinken und setzte sich in Bewegung. *Endlich.* Verzagt strich er sich dabei mit der anderen Hand durchs Haar. *War es ihm jetzt etwa peinlich? Fühlte er sich abgewiesen?*

Ich wurde aus ihm einfach nicht schlau.

Kurz stand ich noch da, starrte an die Tapete und versuchte mir einen Reim auf das Rätsel namens Ivan zu machen, dann ging ein Ruck durch meine Gestalt. Ich wollte den Anschluss nicht verlieren. Die Bibliothek und mein Leben hatten eindeutig Vorrang vor einer Psychoanalyse von Ivans Persönlichkeit. Flink folgte ich seinen großen Schritten.

Schweigend streiften wir nebeneinander durch die Gänge. Immer tiefer und tiefer hinunter führte er mich. Nach jeder weiteren Treppe dachte ich, dass wir nun bald angekommen sein müssten, doch es war wie ein endloser Zauberbann, als wären wir in einer Zeitschleife gefangen und könnten nicht entkommen. Die Gänge schienen kein Ende zu nehmen. Dabei sah es überall gleich aus. Hin und wieder zierten Ölgemälde die Wände, Frauen oder Männer in ausladender Kleidung mit kunstvollen Frisuren, Hüten oder Perücken blickten mir aus den filigran gearbeiteten goldenen Rahmen entgegen. Einmal sah ich die zarte Nase eines Pudels samt dessen beträchtlichen Umfang. Dann unterbrachen kunstvoll gewebte Behänge die Eintönigkeit. Ein anderes Mal schlangen sich die goldenen Ranken der Ayuden umeinander. Ähnlich einer besonders kostbaren Bordüre, tauchten sie nur dann auf, wenn auch die Türen, die sie zu schmücken oder zu schützen schienen, besonders aufwendig gearbeitet waren.

Ich hatte keine Ahnung, welche Räumlichkeiten es hier unten gab, wer oder was hier beherbergt wurde, aber da sich die einträchtige Stille zwischen Ivan und mir im Moment wieder recht neutral anfühlte, war sie es wert, nicht gebrochen zu werden.

Manche Geheimnisse, so hatte ich gelernt, blieben besser im Verborgenen. Also tippelte ich weiterhin stumm hinter ihm her. Minuten, Stunden – ich konnte nicht sagen, wie lange wir liefen, wusste nur, dass wir unser Ziel schon irgendwann erreichen würden. Schließlich hatte Ivan es versprochen. Oder zumindest fast. Und die Versprechen des Sullivan Tenakulis, das war weithin bekannt, wogen schwerer als sonst etwas, denn er pflegte sie immer – und unter allen Umständen – einzuhalten.

»Wir sind gleich bei der Bibliothek.« Ivans Stimme hallte unnatürlich laut durch den Gang.

Mir kam es vor, als hätte er das letzte Wort besonders betont. Vielleicht war ich auch überempfindlich. Ich wollte inzwischen einfach ankommen. So lange zu laufen war ich nicht gewohnt, es strengte ganz schön an. Dementsprechend brachte ich nur ein schwaches Nicken als Antwort zustande.

Tatsächlich bogen wir ein letztes Mal ab und traten an den oberen Absatz einer langen breiten Treppe. Von dort aus bemerkte ich weiter unten die Umrisse einer gigantischen runden Tür. Diese sah so ganz anders aus als alle, an denen wir vorbeigegangen waren.

Schritt für Schritt folgte ich Ivan die Stufen hinunter. Unsere Schritte wurden dabei vom Teppich verschluckt und wir bewegten uns fast geräuschlos.

Als wir uns der Tür näherten, schälte sich ein dickes metallenes Rad vor meinen Augen aus dem sanften Zwielicht, das hier unten herrschte. Es saß mittig darauf, wie bei einem altmodischen Safe, und war von vier großen runden Zahnrädern umgeben, die jeweils wieder von Zahnrädern umgeben waren. Der Mechanismus sah höchst komplex aus und summte unentwegt.

Je tiefer wir gelangten, desto mehr nahm das Geräusch an Lautstärke zu.

Wo in Rovennas Namen hatte Ivan mich hingebracht? Das war doch sicher nicht die Bibliothek? Es sah eher nach einem Magie-gespeisten Safe für gefährliche magische Artefakte oder der gut gesicherten Schatzkammer des Regenten aus. *Bücher mussten wohl kaum derart gesichert werden, oder? Welch schreckliches Wissen schlummerte auf den Seiten hinter dieser Tür?* Ungläubig blickte ich mich um.

In die Zahnräder kam Bewegung, je schneller wir uns nun, auf den letzten Metern, näherten. Ein tickendes Geräusch gesellte sich zu dem ohrenbetäubenden Summen. Da erst wurde ich mir der beiden Wachen rechts und links neben der Tür bewusst. *Hatten die gerade auch schon da gestanden? Wie hatte ich diese übersehen können?* In ihren schwarzen Rüstungen aus Carbonfaser mit dem Wappen des Regenten, einer lodernden Flamme, und dem unverkennbaren Aufdruck des Schriftzuges von Tekre Industries darunter wirkten sie Furcht einflößend. Ihre grimmigen Gesichter machten es nicht besser.

Intuitiv trat ich näher zu Ivan, der auf der vorletzten Treppenstufe stehen geblieben war. Er verharrte und wartete. Ich tat es ihm gleich, bemüht, keine falsche Bewegung zu machen. Wobei ich immer näher an ihn rückte, je lauter die Geräusche wurden.

Mir war das alles nicht geheuer. Ein Gefühl von ›hier stimmt etwa ganz und gar nicht‹ hatte mich beschlichen, ohne dass ich erklären könnte, was oder warum das so war.

Da lösten sich die beiden Wachen plötzlich in hellgrauen Rauch auf und die Tür des riesigen Tresors öffnete sich wie von Geisterhand nach außen. Zeitgleich verstummte der Lärm, als hätte jemand einfach den Stecker gezogen.

Eine unwirkliche Stille füllte die Luft.

Nur mein Keuchen, das all das Unverständnis ausdrückte, das ich empfand, hallte laut in meinen Ohren wider.

»Illusionszauber«, war alles, was Ivan sagte, ohne sich zu mir zu drehen.

Hätte ich mir ja denken können. Deshalb waren die Wachen so unvorhersehbar aufgetaucht. Sie waren davor schlicht nicht da gewesen, wir mussten durch unsere Gegenwart den Zauber ausgelöst haben. Und deshalb hatten sie Sinessas Wappen getragen. Die Illusion trug seine Handschrift. Lange war sie ja nicht zu sehen gewesen. Nichtsdestotrotz bewunderte ich ihn; die Illusion hatte eine Detailverliebtheit besessen, die sie auf die Distanz täuschend echt hatte wirken lassen.

Nun zeigte sich, wie sehr ich ihr erlegen war. Denn die Tür der Bibliothek – ein Blick ins Innere zeigte nun ganz deutlich, dass es sich um diese handelte – war zwar rund, damit endeten aber die Gemeinsamkeiten zu dem Trugbild von gerade eben. Handschnitzereien und weitere Szenen aus Rovennas Memoiren schmückten die Innenseite. Ich sah, wie ein Abbild der Magicia lachte und scherzte. Wie sie ein Kind gebar, ihren Sohn Sven, und wie sie ihm das Anwenden seiner Magie zeigte.

Was die Schnitzereien nicht darstellten, war, dass Sven noch als Kind gestorben war. Von einem Hurrikan hinweggetragen, hieß es in den Memoiren. Nie wieder gesehen, stimmte auf jeden Fall. Und so kam es eigentlich erst, dass Rovenna sich mit dem Rat erhob. Um der Untätigkeit der amtierenden Politik ein Ende zu setzen. Um von einem System der Parteien, die sich gegenseitig reizten, zersplitterten und doch wieder zu Einzelkämpfern wurden, unfähig, in der Masse der einheitlichen Entscheidung auch nur nahe zu kommen, befreit zu werden. Um die Menschen dazu zu bringen, nicht nur zu reden, sondern endlich etwas gegen die Naturkatastrophen auszurichten.

Ob unsere neue Weltordnung wirklich besser war als die alte; ob die absolute Macht eines Monarchen die einer Demokratie übertraf, vermochte ich nicht zu sagen. Vielleicht obsiegte sie tatsächlich, wenn der Monarch würdig war. Wenn er willig war, dem Volk zu dienen. Und nicht erwartete, dass das Volk einzig ihm diente.

Fasziniert fokussierte ich meinen Blick auf all das Pergament, all die Bücherreihen und riesigen Displays, die ich durch die Türöffnung ausmachte. Schon ein schnelles Blinzeln zeigte mir, wie beeindruckend diese Sammlung an Wissen war. Sie umfasste sicher Magisches und Nichtmagisches. Doch sollte die Bibliothek des Palastes seiner göttlichen Heiligkeit des Kaisers sie noch um ein Vielfaches übertreffen. Denn diese war die größte der noch existenten Welt – das hatte ich gelesen.

Ehrfürchtig stieg ich die letzten Stufen allein hinunter und ging, ohne darauf zu achten, ob Ivan mir folgte, auf den Eingang zu. Vergessen waren der Illusionszauber und jegliche Vorbehalte. Eine Handbreit trennte mich noch von der offenen Tür, als sich unmittelbar vor mir wieder hellgrauer Rauch manifestierte und mir plötzlich eine der Wachen den Weg versperrte.

Erschrocken quiekte ich auf und machte einen Satz zurück. Schnell drehte ich mich zu Ivan, um ihn auf das ›Problem‹ aufmerksam zu machen und weil ich mir Beistand erhoffte. Doch Ivan war wie von Zauberhand von der Stufe, auf der er gerade noch gestanden hatte, verschwunden.

Er musste doch hier irgendwo sein.

Panisch drehte ich mich im Kreis, suchte mit den Augen nach ihm. Er war nirgends zu sehen. Der Vorraum war leer – bis auf mich und den stillen Wächter, der bewegungslos vor mir verharrte. Die Tür der Bibliothek stand weiterhin hinter ihm offen. *Ob ich wohl …* könnte ich an der Illusion gefahrlos vorbeigehen? Aber wieso hatte sie sich direkt vor mir formiert?

Reglos blieb ich stehen. *Was blieb mir anderes übrig? Wenn dieser Wächter zum Illusionszauber gehörte, dann war er nicht real, oder? Könnte ich … vielleicht einfach durch ihn hindurchgreifen? Und wurde Ivan möglicherweise vor meinen Blicken verborgen, obwohl er noch da war? Aber steckte er dann auch in einer anderen Illusion fest? Wieso wurde die Bibliothek überhaupt derart magisch geschützt?* Das war die Frage, die mich am meisten beschäftigte.

Ich wusste zu wenig über die Veritas, um all das beantworten zu können. Jetzt verfluchte ich mich dafür, nicht mehr über die Magie der Gilden gelesen zu haben. All die Stunden, die ich mit Liebesromanen auf meinem grauen Sofa verbracht hatte, kamen mir so fehlinvestiert vor. Aber ich, als vermeintlich Nichtmagische, hatte einfach keinen Sinn darin gesehen, mich über Dinge zu informieren, die mich nur indirekt betrafen. Ich hatte nicht den Drang verspürt, mehr als ein relativ oberflächliches Wissen darüber zu erlangen, was Magicians waren und taten. *Schließlich war ich mir sicher gewesen, keine von ihnen zu sein.*

Das rächte sich jetzt. Eindeutig.

In meiner sich ausweitenden Verzweiflung beschloss ich, Mut zu beweisen. Ich trat vor und testete, ob ich einfach durch den Wächter hindurchgreifen konnte. Dabei blickte ich ihm ins Gesicht. Als meine Hand jedoch auf einen festen Körper stieß, zuckte ich zurück. Ungläubig blickte ich auf meine Fingerspitzen, die den festen Harnisch des Wächters berührt hatte. Leicht drückte ich noch einmal dagegen. *Eindeutig festes Material.*

Erschrocken fuhr mein Blick sogleich wieder zu seinem Gesicht und ich meinte, den schwindenden Anflug eines amüsierten Lächelns zu sehen. Ich blinzelte. Doch da war nur wieder der stoische Ausdruck von gerade eben. Keine Spur mehr von irgendeiner Emotion. Und er stand immer noch exakt wie vorher vor mir. Immerhin hatte er noch keine der Waffen aus seinem Gürtel gezogen und auf mich gerichtet.

Wir starrten uns an.

Und starrten und starrten, bis sich meine Sicht wieder veränderte.

Als seine Pupillen sich daraufhin weiteten, fühlte ich mich in der stärkeren Position. Was für ein Zauber auch immer das war, ich hatte plötzlich das Gefühl, ich könnte, wenn ich mich nur stark genug konzentrierte, den Wächter im Starrwettbewerb niederringen und es so schaffen, dass er deshalb zur Seite trat und ich passieren konnte.

Also starrte ich tapfer weiter, ohne zu blinzeln. Noch immer war ich unsicher, was eine Sphinx als Wappentier noch für Eigenschaften mit sich brachte, ob es etwas Nützliches gab, das mir jetzt helfen könnte.

Mhm … Ich intensivierte mein Starren, dann räusperte ich mich und befahl auf gut Glück: »Tritt zurück, tapferer Recke, sodass deine Herrin passieren kann.«

Es tat sich genau nichts. Und ich kam mir im Nachhinein auch wirklich albern vor. Insbesondere bei der Wortwahl. Immerhin brach er nicht in schallendes Gelächter aus. Genau genommen zuckte kein Muskel in seinem Gesicht, das rechnete ich ihm hoch an. Aber mal ehrlich. Ich stand in einem äh … nun irgendwo im Keller des Schlosses unter der Erde vor einem Mann mit Rüstung und einem Gesichtsausdruck, der in einen Kerker passte. Da waren mittelalterliche Worte das kleinste Übel.

Ich musterte sein Gesicht detailiert und wieder weiteten sich seine Pupillen, aber er gab nicht auf. *Okay, dann würde das hier bis zum Ende ein stummer Starrwettbewerb werden.* Ich war nun fest davon überzeugt, so zum Ziel zu kommen. *Und ging es bei allem, was Magicians betraf, nicht immer um den Stärkeren? Dann würden wir eben weiter diese Version des Kräftemessens praktizieren – wenn es denn half.*

Konzentriert stellte ich mich in eine bessere Position. Prüfte, ob sich meine Glieder alle in einer angenehmen Haltung befanden, und starrte fröhlich weiter, was das Zeug hielt. Hatte nur noch einen Wunsch: ihn niederzustarren. Schon nach wenigen Sekunden ergriff mich nun allerdings das Gefühl, dass meine Augen brannten. *Das durfte doch nicht wahr sein! Ich wollte doch gewinnen!*

Ich atmete tief ein und aus.

Anstatt dass Besserung eintrat, begann sich auch noch die Luft vor meinen Augen zu erwärmen, zumindest sagten mir das meine verwirrten Sinne. Ich hätte gern nach dem Ursprung geforscht, dem Humbug meiner Gedanken ein Ende gesetzt, wollte aber keinesfalls mit dem Starren aufhören. Vielmehr war ich froh, dass meine Augen trotzdem nicht trocken zu werden schienen, obwohl sie inzwischen unangenehm pulsierten.

Innerlich begann ich von fünfundzwanzig an rückwärts zu zählen, um mich abzulenken.

Die Pupillen des Wächters konsumierten langsam, aber sicher seine Iriden. Schweiß benetzte seine Stirn. Ich hatte ihn fast geknackt.

Als ich in meinem Kopf bei eins ankam, sich jedoch immer noch nichts getan hatte, legte ich alle Kraft, die ich hinter meiner Stirn bündeln konnte, in einen letzten, besonders intensiven Blick. Ich versuchte mir vorzustellen, wie ich den Wächter vernichtete, wie er zu grauem Rauch wurde und verschwand. Wie ihm mein letzter Blick so zusetzte, als wäre er vom Schlag getroffen worden. Wollte, dass er sich einfach in Luft auflöste.

Er war eine Illusion – nicht real.

Ich starrte noch ein letztes Mal mit weit aufgerissenen Augen das Wappenzeichen auf seiner Rüstung an. Wut kochte in mir hoch. Die Situation kam mir derart lächerlich vor. Ich atmete ein. Meine Brust hob sich, meine Augen traten hervor, ich hob den Blick, fixierte den Wächter und ließ all meine Emotionen innerlich einfach … los.

Der Wächter vor mir ging in Flammen auf.

Feuer tanzte um seine Glieder. Heiß züngelte die Hitze an seiner Gestalt empor. Die menschliche Fackel seines Körpers zuckte. Ein Schrei brandete an meine Ohren. *Seiner oder meiner?*

Ähnlich einer Wunderkerze, fraß sich das Feuer vollständig an seinem Körper nach oben und hinterließ nichts als helle Asche, die hinunterfiel, und dunklen Rauch, der zur Decke aufstieg.

Dann war der Spuk so schnell vorbei, wie er begonnen hatte.

Mein Wunsch schien Wirklichkeit geworden zu sein.

Doch was … Mein Verstand klinkte sich kurzzeitig aus, als ich realisierte, dass die Asche noch dalag und der Rauch auch irgendwie anders ausgesehen hatte als zuvor. *Was …?*

Mein Magen drehte sich prompt um. Die Knie gaben unter mir nach. *Ogottogott!* Ich dachte an die Berührung seiner Rüstung zurück. *Es hatte sich so echt angefühlt.*

War er … etwa …

Ich sank auf den Boden, beugte mich zur Seite und würgte, als hinge mein Leben davon ab. Dabei hätte ich es verdient, meines zu geben, wo ich doch anscheinend gerade eines genommen hatte. *Denn welche Erklärung sollte es sonst geben?* Ich versuchte zu begreifen, was geschehen war.

Warte … Ich probierte meine Glieder wieder zu aktivieren und meinem Magen zu sagen, dass er sich beruhigen sollte. Auf allen vieren robbte ich zu der Stelle, an der der Wächter gestanden hatte.

Vergessen waren die Bibliothek und der freie Eingang. Mein Kopf wurde nur von einem einzigen Gedanken beherrscht, nämlich: *Hatte es den Wächter wirklich gegeben oder nicht? Hatte ich einen Mann getötet? Hatte ich einen Illusionszauber gebrochen?* WAS HATTE ICH GETAN?!

Die Gedanken in meinem Oberstübchen kamen nicht zur Ruhe, ohne Gewissheit zu haben. Ich hatte noch nie getötet. Und hätte man mich vor fünf Minuten gefragt, hätte ich lauthals gelacht und behauptet, nicht ohne Notwendigkeit oder in Notwehr, zu töten. *Aber welche Notwendigkeit hatte hier bestanden? Die, in eine verdammte Bibliothek zu gelangen?*

Zitternd klemmte ich meine Hände überkreuz unter die Ellenbogen, als ich meinen Oberkörper aufrichtete und die Stelle fixierte, wo eben der Ascheregen niedergegangen war. Weit und breit war nichts mehr zu sehen. *Träumte ich?*

Ich löste meine Arme und tastete den Boden ganz genau ab. Beugte mich hinunter und roch sogar am Teppich. *Kein Rauchgeruch. Nichts.* Es war, als hätte der Wächter nie hier gestanden. Als wäre er nie da gewesen, nie in Rauch aufgegangen – *nie von mir getötet worden.*

Die wiederstrebenden Gefühle schlugen über mir zusammen. Sie ließen mich plötzlich wie irre kichern und mir gleichzeitig die Tränen über die Wangen laufen, während ich bäuchlings auf dem Teppich lag. Immense Erleichterung verdrängte das furchtbare Grauen, das mich beherrscht hatte, und ich rollte mich auf den Rücken. Mir war egal, wie die Hitze entstanden war, die ich gespürt hatte. Mir war egal, dass ich wie eine Wahnsinnige vor der geöffneten Bibliothekstür lag und lachte, als hätte ich alle Drogen, die sie in den dunkelsten Winkeln Tekres verkauften, genommen. ICH WAR KEINE MÖRDERIN. Das war die bei Weitem absolut beste Erkenntnis des heutigen Tages.

Ich war Josephine Streisand.
Uneheliche Tochter meiner Mutter.
Verarmte Enkelin meines Großvaters.
Unverbesserliche Romanleserin.

Das seltsame Mädchen, bei dem vier Assems geleuchtet hatten.

Die frisch geküsste Jungfrau, die der Nation vielleicht als Flittchen präsentiert wurde. ABER: keine Mörderin.

Das war großartig. So großartig, dass ich mich gar nicht zusammenreißen wollte. Ein gackerndes Lachen perlte aus mir und riss gar nicht mehr ab. Ich fühlte mich das erste Mal seit Beginn der Wahl wieder wie ich, denn ich hatte mich nicht selbst verraten. Alles andere war mir absolut egal. Selbst wenn Ivan zusah. Dieser Moment war kostbar, denn er gehörte mir – mir allein und meinem Seelenfrieden.

Irgendwann verklang der Anfall aber doch und ich erinnerte mich wieder daran, dass ich aufstehen und nach Ivan sehen sollte, wenn ein weiterer Illusionszauber ihn verborgen hielt. Obwohl er diesen sicher schneller gebrochen hatte als ich meinen.

Bestimmt hatte er sich Popcorn-Kino-Mäßig auf die Treppe gesetzt und sich während meiner Show gefragt, was in Rovennas Macht denn mit mir bitte nicht stimmte. Und wie er sich nur einen solch verrückten Klotz ans Bein hatte binden können.

Einen ruhigen Augenblick, den ich damit verbrachte, an die Decke zu starren, gönnte ich mir noch. Meine Hochstimmung ließ mich dabei bereits die Erwiderung an Ivan vorformulieren. Nämlich ein süffisantes: »Tja, Pech gehabt.« Als ich indes meinen Oberkörper zuerst rücklings auf die Ellenbogen stützte und dann den Blick senkte, wurde es mir zuerst siedend heiß und dann eisig kalt ums Herz. Neben der Treppe, die sich nun als Teil einer Tribüne herausstellte – *verdammter Illlustionszauber!* –, saß nämlich nicht nur Ivan.

Eine wahre Parade an Stühlen und kleinen Tischen mit Getränken und Häppchen war dort aufgebaut. Ivan entdeckte ich am Rand in einem silbernen Sessel, direkt neben Sinessa, der selbstredend in einem goldenen Klauenfußstuhl weilte, inklusive roten Polstern. Mit etwas Abstand fügten sich daran vier weniger pompöse Sitzgelegenheiten, die nichtsdestotrotz opulent wirkten. Die Farben sagten mir alles, was ich wissen musste: Blau für die Gulets. Weiß für die Mensay. Gelb für die Veritas. Grün für die Cuiny.

Sie waren *alle* da – und ich erkannte sie direkt.

Die Oberhäupter der Gilden waren längst angereist. Sie hatten keine Stellvertreter geschickt, sondern waren selbst gekommen.

Sinessa und Ivan hatten das Schloss vermutlich nie verlassen. *Keiner von ihnen betreute irgendeine diplomatische Mission.* Die Wahl war in vollem Gang. Die Prüfungen hatten begonnen. Wir alle waren vorsätzlich für die erste Aufgabe in Unwissenheit gelassen worden. *Wie mies.* Und ich hatte gerade den Wächter in Flammen gesetzt und mich danach wie eine Irre gebärdet. *Mist.*

Enttäuschung, Wut und Scham ließen mich schneller auf die Beine kommen als irgendwas sonst.

Jetzt kam es darauf an, was die eigentliche Aufgabe gewesen war. Sollte ich mein Ziel, die Bibliothek, erreichen? Ging es um die Tugend der Hartnäckigkeit? Oder darum, zu siegen? Zu erreichen, was man sich vornahm? Dann hatte ich wohl versagt. Oder hätte ich den Illusionszauber brechen sollen? Auch dann wäre die Show wohl äh … einzigartig gewesen.

Was für ein Desaster. Vielleicht hätte ich es ahnen können. Irgendwas hatte an der ganzen Sache ja gleich zum Himmel gestunken. *Aber wie hätte ich es wissen sollen? Ivan hatte mich ja begleitet und ich dachte … ich war mir sicher gewesen …* Ich hatte ihm vertraut, wurde mir klar. Und ich hatte das Ziel vorgeschlagen, deshalb hatte ich mich in Sicherheit gewiegt. Ich hatte gedacht, ich hätte die Kontrolle gehabt. Das war mein Fehler gewesen.

Standen wir überhaupt vor einer Bibliothek?!

So oder so konnte ich nun nichts mehr am Vergangenen ändern, das konnte keiner. Ich musste den Entscheidungen und Richtsprüchen harren, die ich bestimmt gleich mitgeteilt bekommen würde.

»Beeindruckend, wahrlich beeindruckend«, hörte ich im nächsten Herzschlag die kräftige Stimme einer Frau sagen. Es war die Cuiny, die in einen grünen Umhang gehüllt ganz rechts außen saß. »Ich habe noch nie eine Sphinx gesehen.« Sie schaute mich an, als wäre ich die wundersame letzte Repräsentantin eines mythischen Volkes, von dem sie erst jetzt mit Sicherheit sagen konnte, dass es existierte. *So ging es mir ebenfalls.* Allerdings war ich auch die bis gestern unbegabte Nichtmagische. Sie jedoch war das Oberhaupt der Gestaltwandler: Missy Verovena, die bekannteste Cuiny des ganzen Kaiserreiches. Sie war viel, viel älter, als sie wirkte und ungleich mächtiger und weiser. Zumindest sagte man sich das.

Ich sah jetzt jedoch eine Frau im Alter meiner Mutter, deren langen braunen Haare aufwendig geflochten waren, aber bereits erste graue Strähnen aufwiesen.

Sie hatte streng blickende graue Augen, Falten um den Mund und kunstvolle schwarze Tätowierungen auf den Händen, den bloßen Füßen und der Stirn. *Leopardenflecken,* wurde mir klar. Dadurch wusste ich wohl, in was sie sich verwandelte. *Ein Leopard war ein gefährliches Raubtier, aber kein magisches Tier, wie ich es erwartet hätte.*

Die Cuiny erhob sich. Sie trat an den Rand des Podestes, um mich noch genauer betrachten zu können.

Ich hielt still. Und wurde damit belohnt, dass sie weitersprach.

»Vor allem noch nie eine, die nur einen Teil ihrer Gestaltwandlung vollziehen kann.« Sie sah mich begeistert an. »Was du zu Beginn mit deinen Pupillen gemacht hast, habe ich noch nie gesehen.« Sie unterzog mich einer weiteren ausführlichen Musterung, nickte dann und schloss die Augen, wie um einen Moment nachzudenken. Als sie diese wieder öffnete, wirkten sie wach und begierig. »Die Gilde der Cuiny erhebt Anspruch auf Josephine Streisand, um sie als Magicia in unseren Reihen aufzunehmen. Wir bieten ihr unsere Farbe, das ewige Band zur grünen Magie, und ihr stets mit vielen Augen den Rücken frei zu halten, im Gegenzug für ihre Treue und Loyalität.« Damit setzte sie sich wieder und der neben ihr sitzende Greis erhob sich, um ebenfalls nach vorne an den Rand des Podestes zu treten. In seinen weißen Mantel waren silberne Fäden geflochten, die bei jeder seiner Bewegungen im hellen Licht glänzten.

Ich wusste, dass die Gilden ihre Leitsprüche vorbrachten, wenn sie an einem Kandidaten Interesse bekundeten. Und es freute mich unbändig, dass tatsächlich eine der Gilden das gerade eben bei mir getan hatte. Es fühlte sich wie ein unwirklicher Traum an, wie ein Ereignis, das in einer Parallelwelt stattfand – nicht etwas, das tatsächlich in meinem Leben passierte. Noch gestern war meine größte Sorge gewesen, leer auszugehen, nicht genommen zu werden, bei der Aufgabe zu sterben. Andererseits wurde man an diesem Punkt, nach der ersten Aufgabe und ohne eine Gilde, nach Hause zurückgeschickt. Vielleicht wäre das gar nicht so schlecht gewesen.

Nun bestand diese Option nicht länger. Eine Gilde konnte man nicht abweisen.

Als der weißhaarige Mann mit dem spitzen, gepflegten Bart in mein Gesicht blickte, trafen sich unsere Blicke für einen Moment. Ich meinte einen silbernen Lindwurm im nebeligen Weiß seiner Iriden zu sehen, der dort herumwirbelte, indes die verhangenen Pupillen sich dehnten und wieder zusammenzogen. Zweiauge – so nannten die Medien ihn. Aufgrund seiner Besonderheit und weil ihm nachgesagt wurde, das zweite Gesicht zu haben. Eine Besonderheit unter den Mensay.

Nun fragte ich mich unwillkürlich: *Was sah er in mir? Hatte er diese Situation bereits vorausgeahnt? Stimmte es, was über ihn erzählt wurde?*

»Mein Kind«, dröhnte seine erstaunlich laute Stimme durch die Luft. »Die Ayuden, eines unser heiligsten Gewächse, haben dich längst auserwählt. Wir Heiler verehren sie nicht nur, wir folgen auch stets ihrem Rat. Haben sie uns doch noch nie fehlgeleitet.« Er lächelte ein zahnloses Mundwinkelhochziehen lang. »Nun habe ich die Empathie gespürt, die von dir ausgeht. Habe gesehen, dass du Verantwortung für deine Taten übernimmst. Dass du das Leben respektierst.« Er fixierte mich. Sein Blick ging mir durch und durch. Meine Wahrnehmung verengte sich zu einem Tunnel. Der Lindwurm an dessen Ende schien das Maul aufzureißen und immer größer und größer zu werden. Fast wäre ich zurückgeschreckt. Bis ich begriff, dass er meine Empfindungen manipuliert. Und, nahm man sein Grinsen zum Zeichen, Spaß daran hatte. Unwillig schüttelte ich den Kopf, befreite mich von der Einflussnahme.

Mein Blickfeld klärte sich. Mein Herz klopfte immer schneller in meiner Brust. *Würde es ab jetzt immer so sein, die ganze Wahl über – würde ich zum bloßen Spielball ihrer Macht und Späße werden?*

Ich schauderte.

Ernst sagte er: »Die Gilde der Mensay erhebt Anspruch auf Josephine Streisand, um sie als Magicia in unseren Reihen aufzunehmen. Wir bieten ihr unsere Farbe, das ewige Band zur weißen Magie, und ihr stets mit vielen Händen den Rücken frei zu halten, im Gegenzug für ihre Treue und Loyalität.«

Ich schluckte. Die zweite Gilde bekundete also Interesse an mir. Und bisher, das musste ich zugeben, waren ihre Begründungen halbwegs schlüssig. Erwartungsvoll blickte ich dem dritten Stuhl entgegen. Der Mann, der darauf saß, rührte sich nicht vom Fleck. Gelber

Brokat spannte über einem beachtlichen Wanst und die wenigen Haare, die seinen großen Schädel zierten, waren nach hinten gegelt worden, als könnten sie so die Glatze verdecken. Kleine Äuglein starrten mir aus einem mehr als wohlgenährten, verschlagen wirkenden Gesicht entgegen.

Hier konnte ich direkt bestätigen, dass die Gerüchte stimmten. Das Oberhaupt der Veritas, Meister Lemary, stammte aus einer Bäckerfamilie und war definitiv allem Essbaren zugetan. Mit gerümpfter Nase gab er, aus meinem Blickwinkel, das Bild eines Mannes mit Schweinerüssel im Gesicht ab – nicht besonders attraktiv.

Langsam hob er die dicke Hand zum Kinn und strich sich über die glatte, schlabbrige Haut. »Nun, es ist in der Tat erstaunlich, eine Magicia vor uns zu haben, bei der alle vier Assems aufgeleuchtet haben«, schnaufte er. »Jedoch vermag ich nicht die gleiche Begeisterung aufzubringen wie manch anderer hier.« Er atmete heftig ein und aus. Ich bekam das Gefühl, die wenigen Worte hatten ihn völlig ausgelaugt. Angestrengt setzte er wieder an. »Obwohl die Ayuden für dich geblüht haben, sehe ich hier, direkt vor meinen Augen, keine wahre Veritas. Wie kann eine Wahrheitsfinderin und Illusionistin nur solch einem einfachen Zauber erliegen? Und das, obwohl der Kardinal dich sogar noch darüber in Kenntnis gesetzt hat.« Er schnaufte empört. Sein roter Kopf nahm infolge seiner Aufregung eine ungesunde Färbung an. »Nein, du hättest hinter den Zauber blicken müssen. Schon bevor ihr hier unten ankamt. Hast du dich nicht gefragt, wie lange ihr wohl noch gehen würdet? Du hättest die Wahrheit sehen müssen. Hättest uns sehen müssen und dich nicht in der Illusion verlieren dürfen. Deshalb erhebt die Gilde der Veritas keinen Anspruch.« Er verstummte mit einer letzten Spuckeblase, die ihm wenig appetitlich im Mundwinkel hängen blieb.

Verlegen räusperte sich der Mann neben ihm. Eine schmale Gestalt in blauen Kniebundhosen mit hellblauem Leinenhemd und einem dunkelblauen Barett auf dem Kopf.

Verwundert kniff ich die Augen zusammen. Die Kleidung schien jedoch keine Illusion zu sein. Und da wir meines Wissens nach alle unverändert seit der Entstehung des Planeten in etwa die gleichen Lebensspannen hatten, konnte der Träger auch schlecht aus dem

Mittelalter stammen. Aber nun … Wir alle hatten unsere Macken. Sir Isaac, das Oberhaupt der Gulets, stand dem in nichts nach. »Die Gilde der Gulets erhebt Anspruch auf Josephine Streisand, um sie als Magicia in unseren Reihen aufzunehmen«, begann er und ich riss die Augen auf.

Wow! Wollte er nicht noch … gucken, erklären … was weiß ich. So wie die anderen? Besonders da ich eine Frau war und die Gilde der Gulets eine …

»Wir bieten ihr unsere Farbe, das ewige Band zur blauen Magie, und ihr stets mit vereinten Kräften den Rücken frei zu halten, im Gegenzug für ihre Treue und Loyalität.«

Seine Stimme verklang.

… reine Männergilde, hallten meine Gedanken in meinem Kopf wider.

Stille trat ein.

Die anderen Oberhäupter wirkten geschockt. Ihre Blicke geisterten von ihm zu mir. Sie schienen dabei an Worten zu kauen, die nie ihren Mund verlassen sollten.

»Ich habe noch zu keiner Zeit einer Frau den Beitritt angeboten, habe noch nie eine Frau erwählt«, ließ Sir Isaac sich mit auf den Armlehnen gestützten Ellenbogen herab weiter zu sprechen. Sein Blick streifte dabei unstet durch den Raum, als suche er etwas. »Dass die Assems dich erwählt haben ist ebenso ungewöhnlich wie das Leuchten der Ayuden, doch wisse, dass ich dich nicht deshalb erwählt habe.«

Sein Blick fand bei seinem letzten Wort punktgenau und mit absoluter Präzision meinen und nagelte mich mental fest. Dabei entstand ein Gefühl, als würde er mir langsam einen Dolch durch die Stirn jagen und ich war kurz davor aufzuschreien. Nur mit Mühe biss ich die Zähne zusammen, drückte schmerzhaft die Lippen aufeinander, um diese zu versiegeln, und duldete seinen Angriff. Reinste blaue Magie ging von ihm aus, brandete an die Mauern, die meinen Geist schützten, und ich drückte mit aller, nicht auf den Schmerz fokussierten, Stärke dagegen, um seinen mentalen Angriff abzuwehren.

In der angespannten Stille, die von den anderen Oberhäuptern und selbst Sinessa ausging, hätte man eine Stecknadel fallen hören können.

»Ich halte nichts von der These, dass Frauen schwach sind …«, fuhr er mit einem vielsagenden Blick auf Sinessa, der neben ihm saß, fort, ohne den Schwall seiner Magie zu mindern. Er legte die Fingerspitzen aneinander. »… und doch ist es wohl ein Zeichen, dass mir noch kein weiblicher Gulet begegnet ist.« Er, und damit die Magie, ließ urplötzlich von mir ab.

Meine Beine waren bereits so weich, dass sie in wenigen Sekunden unter mir nachgegeben hätten. Aufatmend stabilisierte ich nun meinen Stand und widerstand dem Drang, mir mit den Händen die Stirn zu massieren.

»Du bist ein Novum – in vielen Bereichen«, attestierte mir Sir Isaac. »Hätte ich nicht mit eigenen Augen gesehen, dass du über Elementarkräfte verfügst, ich hätte es nicht geglaubt.«

Ich riss mich zusammen, lächelte ihn schüchtern an.

»Dein Feuer brennt heller, als du dir vielleicht bewusst bist. Ich finde es erstaunlich, dass du es bereits jetzt talentiert bündeln und mit einem so unkontrollierbaren und schwierigen Körperteil wie den Augen steuern kannst. Das ist wahre Macht und sie wird weiter wachsen. Vielleicht wird sie eines Tages gar größer sein als die von uns allen hier. Sei es, wie es will, werde es, wie es soll. So oder so, bin ich gewillt, es mit dir zusammen herauszufinden«, endete er fast andächtig.

Da glaubte ich ihm.

Er, normalerweise ein Mann weniger Worte – schenkte man dem Artikel des Tekre Magazin vor den Wahlen Glauben –, hatte erstaunlich viel zu sagen gehabt. Selbstredend hatte ich, direkt nachdem der silberne Brief eingetrudelt war, die Porträts jeder Gilde und jedes der Gildenoberhäupter verschlungen, auch wenn die Informationen mir bis jetzt nichts gebracht hatten – vielleicht würden sie das in Zukunft.

Ich straffte mich. Nun blieben noch Sinessa und Ivan übrig.

Da der Regent wirkte, als lägen ihm Sir Isaacs Worte des Lobes quer im Mund, wandte ich mich ab, um Kraft zu sammeln. Ich drehte mich, aus einem inneren Drang heraus, noch einmal zu der Stelle um, an der der Wächter gestanden hatte. Der Boden war weiterhin leer, und als mein Blick nach oben schwenkte, erkannte ich das ganze Ausmaß der Illusion. Statt einer Tür, war da nichts als harte, feste Wand. Gemäuer. Zu meiner Schmach sah ich überall Nanocams zwischen den sechs großen Bildschirmen hängen, die halbkreisförmig so ausgerichtet waren, dass die Zuschauer auf der Tribüne jeden Winkel von mir und meinen Taten in perfekter Vergrößerung hatten beobachten können.

Jetzt war mir klar, warum sie absolut alles wussten – jedes Detail kannten. Und auch, dass Wissen zwar Macht war. Aber wahre Macht, magische Macht, immer die entscheidende bleiben würde.

Die Gilden hatten sich erklärt. Sinessa schwieg weiterhin. Sollte er nicht noch etwas sagen wollen, war es nun an mir, mich zwischen ihnen zu entscheiden. Damit wäre die erste Aufgabe zu Ende.

»Na, was meinst du, Ivan?«, hörte ich die aalglatte Stimme unseres Regenten in dem Moment und drehte mich wieder zur Tribüne. »Wie hat sie sich geschlagen, deine baldige Schülerin, im Vergleich zu den anderen, die bisher dran waren? Bist du zufrieden mit den Angeboten der Gilden?«

Er klang für mich wie ein Talkmaster. Da die Interviews zu genau solchen Fragen sowieso noch kamen, verstand ich nicht, was er mit dem Small Talk bezweckte. Vielleicht wollte er sich auch einfach selbst aus der Affäre ziehen, einige ernsthafte Worte verlieren zu müssen. Einfach zu schweigen verbot ihm wohl sein Stolz.

»Sie war nicht die Beste und nicht die Schlechteste. Ich denke, sie hat viel Potenzial, muss allerdings auch noch viel lernen«, entgegnete Ivan neutral, ohne mir in die Augen zu sehen. *Feigling.* Mit ihm hatte ich später noch ein Hühnchen zu rupfen. Dass er mich so ins Messer hatte laufen lassen, würde ich nicht vergessen.

»Sie hat wahrlich noch viel zu lernen. Sonst tötet sie in Zukunft aus Versehen weitere wehrlose Männer, wenn sie wütend wird«, kam direkt Sinessas Spitze. Sein königsgelbes Hemd verlieh seiner Haut eine ungesunde Farbe. Gelb stand eben sehr wenigen. Der Kontrast war genauso scheußlich wie seine Worte. *War ihm denn völlig egal, was die Leute, die zuschauten, von mir dachten? Aber war es ihm das nicht immer? Wollte er mich so unbedingt zum Monster der Nation erklären?*

Vielleicht wäre es witzig gewesen, wenn ich nicht wirklich das Gefühl gehabt hätte, jemanden zu töten. Vielleicht wären seine Worte nicht ganz so tragisch, wenn der Schock darüber nicht noch so frisch wäre.

»Nun«, gab Ivan da zurück. »Dann müssen wir uns wohl in Acht nehmen und darauf hinarbeiten, sie nicht wütend zu machen, nicht wahr, Sinessa?« Er lehnte sich vertraulich zu unserem Regenten hinüber. »Sie sollten sich vielleicht bereits jetzt einen Plan zurechtlegen, um ihre Gunst zu erlangen. Denn wenn ich sie coache, wird sie unaufhaltsam sein.«

Während mir die Röte in die Wangen schoss, ich Ivan aber insgeheim ein Stück weit seine Täuschung verzieh, sah Sinessa aus wie ein Fisch auf dem Trockenen. Er schnappte nach Luft, wirkte überhaupt nicht belustigt, sondern eher empört und erstickte fast an der Prise seiner eigenen Medizin, die Ivan ihm gerade verabreicht hatte.

Oh ja, Sinessa wollte weiterhin herrschen, doch mit Sullivan an seiner Seite bei dieser Wahl, würde es kein Kinderspiel werden, den Anspruch auf den Regentenstuhl zu behalten. Genau genommen sah ich gar keinen Weg, wie das für Sinessa möglich sein sollte. Aber ich war ja auch nicht die, die dunkle Machenschaften ausheckte. *Das war er.*

Sir Isaac fand Ivans Retourkutsche scheinbar äußerst amüsant, denn er lachte lauthals und auch der zahnlose Greis grinste vergnügt.

So viel zu *Team Josi.* Am liebsten hätte ich die Faust in die Höhe gereckt. Doch eine Sache gab es abschließend noch zu tun, dann konnte ich endlich den Raum verlassen.

»Ich wähle die Gulets«, sagte ich laut und deutlich.

Stille senkte sich abermals wie eine Glocke über die Anwesenden, aber ich wurde mit zwei breiten Lächeln belohnt. Dem von Sir Isaac und dem von Ivan. Sinessa schaute hingegen schon wieder, als wäre ihm etwas nicht bekommen. Das – so niederträchtig es klang – erfreute mich nach den Geschehnissen sehr. Meine Entscheidung war nichtdestotrotz eine wohlüberlegte. Ich hatte eine einmalige Chance erhalten – als Frau. Und ich würde sie nutzen!

Sir Isaac war eindeutig seltsam, das war ich aber auch. Und zugegeben: Ivan war auch ein Gulet, doch selbst diese Tatsache hatte mich nicht überzeugt. Überzeugt hatte mich Sir Isaacs Rede und dass ich irgendwo in mir das Bedürfnis verspürte, ein Zeichen zu setzen. Nun war ich die erste Frau, die bei den Männern aufgenommen worden war. *Wenn das keinen Schritt hin zur Emanzipation darstellte, wusste ich es auch nicht!*

10

Dem Ziel so nah und doch so weit entfernt

Warte«, Ivans bittende Stimme ließ mich innehalten. Es war nur ein Wort und das leise, fast flüsternd ausgesprochen. Mehr traute er sich wohl nicht. Doch es berührte mich auf eine Weise, über die ich lieber nicht nachdenken wollte, weil ich eigentlich sauer war. *Verdammte Anziehungskraft!*

Er hatte mich aus dem Saal begleitet und ging nun seit ein paar Schritten neben mir. Ich vermutete, dass er den nächsten Kandidaten oder die nächste Kandidatin holen sollte. *Ob es wohl bei allen so leicht werden würde wie bei mir, sie in die Katakomben zu locken?*

Immerhin war er Sullivan Tenakulis. Und je öfter ich diesen Namen dachte, desto mehr Macht gewann er über mich, so schien es mir. Also sollte ich das in Zukunft wohl besser unterlassen.

Schweigen hatte sich zwischen uns breitgemacht. Bis jetzt. Bis ich meine Schritte beschleunigt hatte – von dem Wunsch beseelt, in Ruhe und vor allem *allein* das Gesprochene von eben in Gedanken zu resümieren und mich von Li zur Bibliothek leiten zu lassen. Ganz so, wie ich es von Anfang an hätte tun sollen.

Ich konnte noch gar nicht richtig realisieren, dass ich zur Gilde der Gulets gehöre. *Das war der reinste Wahnsinn!*

»Was?«, fragte ich also unwirsch. Ich wurde das Gefühl nicht los, dass das hier alles nur ein großes Spiel für ihn war. Zu welchem Zweck er es spielte, wusste ich nicht. Noch nicht. Vielleicht aus Langeweile. Manche Menschen sollten ja so etwas haben. Oder zu seiner eigenen Belustigung. Vielleicht war er aber auch nur ein kleiner Soldat unter der Fuchtel des Kaisers und das ganze Gerede um ihn sowie sein Ruf nichts als Schall und Rauch, ganz wie Rayn es angedeutet hatte. *Rayn.*

Ich stieß unwillkürlich die Luft aus.

So plötzlich wie die Aufregung der ersten Aufgabe abgeklungen war, so hell flammte die Wut auf beide Männer und ein Stück weit auch auf mich selbst wieder auf.

Wie hatte ich nur all diese Verwicklungen zulassen können? Einzig der Gedanke, dass nun Yasemine zu hundert Prozent hinter ihrem Bildschirm die Kinnlade heruntergefallen war, stimmte mich milde. Fast wäre es das wert gewesen. Aber nur fast. Denn der Schlamassel, in den ich mich begeben hatte, war ja noch lange nicht ausgestanden. Er begann gerade erst. Und mit einem gebrochenen Herzen wollte ich sicher nicht um die Unversehrtheit meines restlichen Körpers kämpfen.

Erst jetzt bemerkte ich, dass Ivan hinter mir stehen geblieben war oder jedenfalls offensichtlich nicht mehr neben mir lief. Ich verlangsamte meinen Schritt, raffte die Röcke und drehte mich. *Tatsächlich.* Er stand am Aufgang der Treppe, die wir gerade passiert hatten, und starrte Löcher in die Luft.

»Josi, es tut mir leid«, sagte er plötzlich und senkte den Kopf auf meine Höhe. Sein diffuser Blick klärte sich und die Intensität seiner grünen Augen nahm zu.

Ich hatte eine Ahnung davon, was er zu sagen versuchte, und nickte einfach. Zu mehr war ich auf einmal nicht mehr imstande. Im Endeffekt wollte ich ja, dass einfach nur ›Frieden‹ zwischen uns herrschte – dass es in Bezug auf uns nichts gab, über das ich mir den Kopf zerbrechen musste. *Mir auch,* wollte ich dementsprechend sagen. Doch meine Kehle war wie zugeschnürt. Bedauern durchzog meinen Geist. Gefolgt von Resignation. »Okay.« Es war nur ein Flüstern. Aber aufrichtig gemeint. Der Knoten in meinem Hirn schien sich in Luft aufgelöst zu haben, der in meinem Bauch straffte sich vor Anspannung. Ich wollte trotzdem genau das: ihm einfach nur noch vertrauen. Ihm und der Wahrhaftigkeit seiner Worte. Wenigstens ihm, wider besseres Wissen – wenn schon sonst niemandem hier.

Während er nun lächelte, schlich sich ein böser Gedanke in mir an, den ich dieses Mal nicht abschütteln konnte. *Manipulierte er mich gerade wieder?* Erschrocken blinzelte ich. Und siehe da! Die grauen Wolkenberge der Unsicherheit türmten sich erneut am Horizont meiner Seele. *Das durfte nicht wahr sein!*

»Hör auf!«, presste ich zwischen verkniffen Lippen hervor. »Hör verdammt noch mal auf, mich zu manipulieren!« Wut preschte orkanartig durch meine Brust und sprengte seinen Zugriff auf meine Emotionen. Meine Finger beugten und spannten sich vor unterdrückter Aggression. Ich war es leid. Diese Wahl. Dass ich ausgewählt worden war. Dass ich zum Spielball gemacht wurde. Und das auch noch öffentlich. Und dass *er* sein offensichtlich falsches Spiel mit mir trieb, gerade wie es ihm beliebte, setzte dem Ganzen die Krone auf. Nur weil er mächtig genug war – ganz ohne ein Mensay zu sein.

Verfluchter Casanova!

Das war die mieseste Entschuldigung aller Zeiten gewesen! Wo hatte er denn gelernt, sich zu entschuldigen? Dort, wo er seine Manieren her hatte?! Man konnte den anderen doch nicht einfach dazu zwingen, einem zu verzeihen. Das klappte nicht.

Mühsam verkniff ich mir, frustriert aufzuschreien und mir die Haare zu raufen. Stattdessen versuchte ich mich zu beruhigen.

Ich sah, wie Ivan einen Schritt zurücktrat. Mir Freiraum gab. Wie ihm das Lächeln verging und ein neutraler Ausdruck auf seinem Gesicht erschien. Mein Zorn impfte ihm nun doch den gebührenden Respekt mir gegenüber ein.

»Mach das noch einmal und ich werde dir zeigen, was passiert, wenn mir all mein Potenzial entgleitet. Wenn ich es als Waffe einsetze, meine Wut auf dich loslasse, wie eben auf diese Illusion.« Ich atmete schwer. Flüssiges Feuer schien meine Adern zu füllen. Meine Zehen rollten sich in meinen hochhackigen Schuhen zusammen und ich spürte nicht einmal den Schmerz, so weit jenseits von Gut und Böse war ich. »Ich mag nur eine einfache Frau sein, du der Kardinal der Blauen Garde seiner göttlichen Heiligkeit, doch sei dir gewiss, dass das für mich in dem Moment, in dem ich beschließe, mich zu wehren, keine Rolle spielen wird.«

Die Drohung klang selbst in meinen Ohren abgrundtief kalt. Ich hatte fast das Gefühl, als wäre sie von jemand anderem ausgesprochen worden, hätte ich nicht den Mund offen gehabt. Meine Stimme war rau, meine Kehle trocken. Und obwohl Ivan mich wie eine Erscheinung anstarrte und ich überlegte, ob es klug gewesen war, wollte ich doch keines meiner Worte zurücknehmen. Denn ich meinte jedes einzelne ernst. Sie waren wahr und meine Drohung war es ebenfalls.

Schwer atmend stand ich da. Ohne offensichtlich zu atmen stand er da.

Wir starrten selbstvergessen in die Luft.

Beide in unseren Gedanken gefangen.

Ich in denen einer besseren Welt. Er vermutlich auf der Suche nach einer Möglichkeit, seinen gerade durch mich und die spätere Übertragung angeknacksten Ruf wiederherzustellen.

Ivan der Schreckliche – von einem Mädchen des Volkes übertölpelt. Zurechtgewiesen – bis zur Sprachlosigkeit.

Das ergab eine schöne Schlagzeile. Was mich dieser kleine Triumph kosten würde, würde sich noch zeigen. Sinessa hasste mich nach dieser Aufgabe sicher noch mehr. Allerdings hatte ich den Weg auf Position eins seiner Abschussliste höchstwahrscheinlich bereits durch die Assems gefunden. Wen kümmerte es demnach …

»Du hast recht«, sagte da Ivan zu meinem größten Erstaunen und trat einen vorsichtigen Schritt auf mich zu.

Ich wich unwillkürlich zurück. Traute ihm nicht. *Was hatte er sich überlegt? Welche List würde er gleich an mir erproben?* »Womit?«, wollte ich nichtsdestotrotz wissen. Die liebe Neugier schlug wieder zu.

»Es war falsch von mir, dich zu beeinflussen.« Er hob die Hände in einer beschwichtigenden Geste. »Aber ich habe es nicht getan, weil ich böse Hintergedanken hatte. Ich … es … ist einfach passiert.«

Wenn das nicht die lahmste Entschuldigung aller Zeiten war. Wow – Ivan hatte es echt drauf. Nicht. Zuerst kam von ihm die mieseste und dann die lahmste Entschuldigung des Planeten. Würde Nummero Next die furchterregendste, schrecklichste, katastrophalste oder gar beste Entschuldigung werden? Waren aller guten Dinge in diesem Fall tatsächlich drei? Die Wut in mir und mit ihr der rote Schleier über meiner Wahrnehmung legten sich jedoch. So, als wären sie von einer warmen Prise weggeblasen worden. Dieses Mal war es nicht Ivans Werk. Im Nachfolgenden ergriff mich eine tiefe Erschöpfung und ich beschloss, es gut sein zu lassen – für heute.

»Ich nehme deine Entschuldigung an«, bestätigte ich leise und schenkte ihm ein gekünsteltes Lächeln. »Wir beide hatten einen holprigen Start. Lass es uns ab jetzt ruhiger angehen. Lass uns einfach nur gemeinsam trainieren, damit wir in die gleiche Richtung steuern.«

Ich hoffte, dass er dem entnahm, was ich sagen wollte. *Das kurze aber intensive Hin und Her unseres explosiven Herz-Schmerz-Dramas musste enden, bevor es richtig begann, denn eigentlich sollten wir gemeinsam an meinen Fähigkeiten arbeiten und an nichts anderem. Es gab für mich nur einen Weg, um zu siegen – oder es zu versuchen –, und der führte nicht daran vorbei, dass wir an einem Strang zogen. Dass wir uns vertrugen und ich ihm in Zukunft vertrauen konnte.*

»Keine Alleingänge mehr, keine Missverständnisse«, bestätigte mir Ivan. Er sah ernst aus. So ernst, wie ich ihn noch nie gesehen hatte. Geschmeidig hob er eine Hand und ich dachte, dass er nach mir greifen wollte. Zärtlichkeit lag in seinem Blick und etwas, das ich für Sehnsucht hielt. *Eine Sehnsucht wonach? Etwa mir?* Dann senkte er den Arm, ohne mich berührt zu haben, und die Maske der Disziplin überzog erneut seine Mimik.

»Ich werde gleich Rayn zur ersten Aufgabe holen. Soll ich dir vorher den Weg in die Bibliothek zeigen? Ich schulde es dir wohl ...« Das Satzende blieb offen.

Ich hob eine Augenbraue. »Nein danke.«

»Ich ... also... natürlich den richtigen Weg.« Er sah mich entschuldigend an.

»Geh, finde Rayn. Ich komme schon zurecht.« *Li sei Dank,* fügte ich im Kopf hinzu.

»Gut. Dann bis ... bald«, endete Ivan lahm.

Ich lächelte nichtssagend.

Er drehte sich um.

»Ivan?«, konnte ich mir da doch nicht verkneifen.

Schnell wandte er sich wieder mir zu. »Ja?« Er stieß das Wort atemlos aus. Wissbegierig. Hoffnungsvoll.

»Bekommen alle die gleiche Aufgabe gestellt?«

Seine Mundwinkel senkten sich. Mit der Frage hatte er wohl nicht gerechnet. »Nein«, antwortete er jedoch zu meiner Freude. »Sinessa stellt die erste Aufgabe und er stellt jedem eine andere. Es geht um kein spezielles Ziel. Vielmehr darum, das Handeln der Kandidaten aufzuzeigen, ihre Eigenschaften zu sehen und sie aufgrund dessen zu beurteilen. Die anderen Aufgaben dieser Wahl werden wohl wesentlich … schwieriger.«

Nun machte ich große Augen. *Schwieriger?* Das klang Unheil verkündend. Mir hatte es vollauf gereicht, bei der ersten Aufgabe einen Mann zu töten – auch wenn er nicht real gewesen war.

»Weißt du schon, was?«, versuchte ich nichtsdestotrotz mein Glück.

»Nein«, fiel er mir direkt ins Wort. Seine Geduld war wohl überstrapaziert. »Und ich würde und dürfte dir auch nicht verraten, was noch geplant ist.« Er sah mich tadelnd an. Schien wieder die Oberhand über unsere Unterhaltung zu erlangen. »Ich habe Gerüchte gehört. Aber ich vermute, nachdem ich mich zu deinem Coach erklärt habe, werde ich bei der Planung der Aufgaben ab jetzt außen vor gelassen.«

»Was sagt der …«, setzte ich an.

»… Kaiser dazu, dass ich nicht mehr neutral bin?«, beendete Ivan meinen Satz, als hätte er ihn bereits erwartet. »Nun, das Volk wählt. Nicht wahr? Sie entscheiden, wer in den einzelnen Runden weiterkommt, nicht ich. So ist es seit der ersten Wahl und so wird es bei der jetzigen ablaufen. Ab der nächsten Aufgabe müsst ihr die Zuschauer – euer Volk – von euch überzeugen, um weiterzukommen. Damit gibt es keinen Zwiespalt. Ich gefährde weder die Wahl noch die Demokratie.«

So einfach konnte man es sich natürlich auch machen. Ich schluckte.

Die erste Aufgabe war immer die, nach der sich die Gilden über die Kandidaten im Klaren wurden und über deren Verbleib oder Verabschiedung urteilten. Danach mussten bereits einige ihre Koffer packen, denn die Gilden waren wählerisch. Magician oder Magicia zu sein, bedeutete im Kaiserreich nicht automatisch, einer der Gilden anzugehören. Die Bezeichnung unterschied nur zwischen magischen und nichtmagischen Menschen. Während der Wahlen, die alle fünfundzwanzig Jahre innerhalb der fünfundzwanzig Länder, die das Kaiserreich unter sich vereinte, stattfanden, wurde festgestellt, welche Magicians die stärksten waren. Dabei konnten junge wie alte Menschen entdeckt werden. Bei manchen manifestierte sich die wahre Macht ihrer Gabe erst im Alter. Die Magie war eine ganz eigene, manchmal launische Ausprägung der Natur.

Während des Beginns der Wahlen wurden Kandidaten in die Gilden aufgenommen. Sie genossen so für ihr restliches Leben Privilegien, die andere nicht hatten. Beispielsweise durch neue Möglichkeiten, die Familie, Heimstatt, Arbeit und Freizeit betrafen. Gildenmitglieder waren geachtet, gefürchtet, aber auch gern gesehen. Die Gildenzugehörigkeit sprach für magische Stärke und diese wurde mit Ruhm, Macht, Reichtum und Einfluss verbunden sowie oft auch vergolten. Deshalb wollte jeder Magician zu einer Gilde gehören und die silbernen Briefe waren ein Schatz, um den sich viele reißen würden, wenn es ihnen möglich wäre.

Viele, außer mir.

Aber so war das im Leben – bekam man nicht oft das, was man wollte, und gierte trotzdem noch nach dem, was andere hatten?

Nun, nach der Wahl der Kandidaten durch die Gilden kamen die Auserwählten eine Runde weiter, durften sich aber fortan ihr Leben lang Gildenmagician nennen und jeden Tag neu entscheiden, ob sie die Farbe der Gilde oder die ihres Geschlechtes tragen wollten. Wieder ein Pluspunkt für die Gilde der Gulets, der ich nun angehörte. Ich wusste zwar noch nicht, wie ich an blaue Kleidung kam, würde aber mit Freuden die ganzen rosafarbenen Fummel gegen ein einziges blaues, nun nicht mehr für mich verbotenes Outfit eintauschen.

Mir war klar, dass ich damit in Sinessas Augen und in den Augen des Volkes von California – des Volkes des ganzen Kaiserreiches Eterny – aufrührerisch wirken würde, doch würde mich das nicht bremsen. Ich hatte Blut geleckt – rebellisches Blut –, das mir nun den Weg der Emanzipation wies.

Morgen früh schon würden die Fotos von uns Kandidaten gemacht, die uns als neue Zugehörige der Gilden ausweisen würden. So war es bisher immer gewesen. Sie würden überall im Land wie große Wahlplakate von den Displays strahlen. Sodass jeder, aber wirklich jeder unser Konterfei kennen würde. Und meines wäre mit dabei.

Zeitgleich würde morgen Abend die erste offizielle Veranstaltung für uns stattfinden. Das größte Spektakel der Wahl, bevor es richtig losgehen würde.

Der große California-Ball.

Alle fünfundzwanzig Jahre wurden dazu in Tekre die hochherrschaftlichsten Gäste ins Schloss geladen, um die neuen Anwärter auf den Regentenstuhl zu begrüßen. Unter ihnen waren mächtige Magician und Magicia, aber auch gewöhnliche Menschen, die es zu Ansehen und Wohlstand im Land gebracht hatten. Es würde gesungen, getrunken und fabuliert werden, während Sponsoren, Coaches und Kandidaten sich zusammenfinden sollten.

Mich zur Schau zu stellen und zu verschachern wie ein Stück Vieh, hatte ich dank Ivan nun nicht mehr nötig, jedoch war die Veranstaltung Pflicht und so gab es kein Entkommen vor den neugierigen Blicken.

Danach jedoch, wenn die zweite Aufgabe anstand, würde es ernst werden. Denn dann würde die eigentliche Wahl durch das Volk beginnen. Die Oberhäupter der vier Gilden würden uns bei jeder der übrigen vier Aufgaben mit Worten bewerten. Sinessa und auch Ivan wären anwesend, um auf die Fairness zwischen uns Kandidaten zu achten – dass ich nicht lache. Aber die Entscheidung, wer ab dem Zeitpunkt bleiben durfte und wer gehen musste, würde traditionell und demokratisch durch das Volk getroffen werden. So wollte es das Gesetz des Kaiserreiches.

Jeder, der in California registriert war, musste nach jeder Aufgabe online für einen von uns Kandidaten stimmen. Die Kandidaten mit den wenigsten Stimmen, die unter eine gewisse Grenze fielen, wurden in Schmach verabschiedet. Jedoch kam es auch immer wieder vor, dass bei den gefährlicher werdenden Aufgaben Kandidaten starben. Diese standen selbstredend nicht mehr zur Wahl. Davor graute es mir.

Somit hatte Ivan recht. Er würde nicht über das Schicksal der Kandidaten entscheiden. Das würden andere tun. Neugierig wie ich war, fragte ich mich trotzdem, was es ihm brachte, mich zu coachen.

»Ich werde mich dann jetzt von dir verabschieden«, flüsterte Ivan und holte mich damit aus meinen Gedanken in die Realität zurück. »Noch einmal«, seine Mundwinkel zuckten. »Ich glaube, es ist wirklich eine gute Idee, die Bibliothek aufzusuchen. Konzentriere dich auf die Fähigkeiten, die du schon gezeigt hast. Sie wirst du am einfachsten von allein wieder abrufen können und es kann nicht schaden, sich darüber kundig zu machen. An den noch verborgenen werden wir gemeinsam feilen.« Er lächelte aufrichtig. So als freue er sich tatsächlich schon darauf, mit mir zu trainieren. In diesem Moment wirkte er wie ein ganz normaler junger Mann.

Ich lächelte unversehens zurück. Wie eine ganz normale junge Frau.

Dann trennten sich unsere Wege. Er stieg die Treppe hinauf, um endlich Rayn zu suchen. Und ich zog, nachdem er außer Sichtweite war, Li aus meiner Tasche, setzte ihn an mein Handgelenk und ließ mich von meinem Nanobot zur Bibliothek leiten.

11

Nichts ist, wie es zu sein scheint

Die Regalreihen zogen sich, genau wie in der von Sinessa geschaffenen Illusion der Bibliothek, tatsächlich bis zur Decke. Kleine Stehpulte mit goldenen Klauenfüßen, Hocker aus rotem Brokat und der sanfte Lichtschein von goldenen Stehlampen mit grünem Schirm durchbrachen die Ordnung.

Sonst gab es nicht viel zu sehen.

Einige Displays an den Wänden zeigten den Bestand der Bücher, Schriftrollen und digitaler Bild- sowie Videoaufzeichnungen oder auch nur, in welche Richtung man für einzelne Buchstaben zu gehen hatte.

Eine gespenstische Stille lag über allem.

Li hatte mich schnell und zuverlässig hergeleitet. Vorbei an noch mehr Vorhängen aus feinster Spinnenseide, über noch mehr roten Teppich und immer gleiche Gänge bis hin zu einer schweren Eichentür, auf der ein großes rechteckiges Schild *Bibliothek* verheißen hatte. So prunkvoll die Illusion der Tür gewesen war, so ernüchternd schlicht war die echte.

Das Schloss konnte für Unwissende ein wahres Labyrinth sein. Nicht die Orientierung zu verlieren war hier leichter gesagt als getan.

Ebenso war es in der Bibliothek.

Ich sah und hörte nichts außer meinen eigenen dumpfen Schritten, gedämpft vom fortwährenden Teppich, der im ganzen Schloss verlegt worden zu sein schien. Unsicher blickte ich mich um. *Wohin sollte ich mich wenden? Wonach sollte ich zuerst suchen?*

Ratlos ließ ich mich schließlich auf einem der Hocker nieder und pflückte Li von meinem Handgelenk. Selbst wenn es hier Kameras gab, ich tat nichts Verbotenes. Und ich musste ja nicht zeigen, dass der Nanobot eine KI war. Ich konnte ihn als normale Maschine mit Sprachsteuerung nutzen, das würde ihn harmlos wirken lassen.

Behutsam löste ich den Nanobot aus meinen Fingern und stellte ihn auf das Pult vor mir. »Li, starte die Projektion und öffne eine neue Liste«, wies ich ihn an.

Li tat wie geheißen und ich starrte auf die leeren Zeilen im Lichtkegel über ihm, die bereits jetzt anzeigten, wo später Schrift stehen würde. *Mhm … was sollte ich nachschlagen?*

»Sphinx«, sprach ich den ersten Begriff aus, der mir in den Sinn kam. Ich versuchte, das Gesagte der Oberhäupter der Gilden zu rekapitulieren. *Welche Schlüsselwörter hatten sie verwendet?*

»Ayuden«, fuhr ich fort. »Feuer als Elementarkraft.« Dann fiel es mir ein: »Teilinkarnation? Partielle Verwandlung?« Obwohl ich es wie Fragen klingen ließ, zeigte Li es direkt an.

Ich blickte auf die kurze Liste und überlegte, ob es noch etwas gab, was ich notieren wollte. *Etwas wie »wahre Gabe«?* Das hatte meine Mutter gesagt. Dann entschied ich mich jedoch dagegen, denn wer wusste schon, welche Augen die Wände dieser Bibliothek hatten. Ich wollte nichts preisgeben, was nicht sowieso schon jeder gehört hatte. Zudem schienen mir das Themen zu sein, die mich einige Stunden beschäftigen konnten. Sollte ich die richtigen Bücher und Aufzeichnungen finden.

Geistige Müdigkeit überkam mich, obwohl ich dafür doch gar keine Zeit hatte. Bedächtig raffte ich mich auf, streckte die Hand nach Li aus und verbarg ihn wieder zwischen meinen Fingern. Als ich den Arm langsam zurückzog und vom Hocker rutschte, wäre ich fast über meine eigenen Füße gestolpert. Ich taumelte, stabilisierte mich auf den hohen Hacken und verfluchte Sinessas Absatzschuh-Kleiderauffassung. *Verhext seien er und sein verdammtes Regelwerk! Wie konnte sich ein Volk nur solch einen Mist gefallen lassen?*

Ich verstand es nicht. Verstand es wirklich nicht.

Ich hatte keine Ahnung, woher all die aufrührerischen Gedanken der letzten beiden Tage kamen, doch ich vermutete, dass im Angesicht dessen, was man schon als große Gefahr bezeichnen konnte, in der ich mich befand, das Gehirn manchmal besser, schärfer und präziser auf Dinge blickte, die man sonst einfach hinnahm. Wenn es einem sowieso nicht möglich war, zu dem beschaulichen Dasein zurückzukehren, das man gewohnt war; wenn sich sowieso alles änderte, dann begann man vermutlich darüber nachzudenken, sich zu wünschen, zu hoffen und davon zu träumen, wie es sein könnte – wenn es optimal wäre.

Zumindest tat ich das jetzt. *Zum Teil wohl auch dank Rayn.*

Mit dem Tempo einer Schnecke schlich ich durch die Reihen von Regalen. Irgendwie sah alles gleich aus. *Gab es hier denn nirgends ein Eingabepult, mithilfe dessen man nachschlagen konnte, wo das gewünschte Wissen zu finden war?* Ich konsultierte Li, der mir diesbezüglich auch nicht weiterhelfen konnte.

»Der, der sich als würdig erweist, wird finden, wonach es ihn verlangt«, las ich laut von einer Wand ab, an der ich gerade vorbeilief. *Was sollte mir das denn sagen? Wohnte der Bibliothek eine Art magische KI inne?* Ich hatte schon einige Sprüche passiert. Manchmal stand darunter, wer die Weisheit von sich gegeben hatte. Manchmal auch nicht. So wie bei diesem.

Meine Lider fühlten sich beständig schwerer an, meine Augen wurden trockener. Ich wollte stehen bleiben, sie reiben, doch hatte ich Bedenken einzuschlafen, wenn ich anhalten und verweilen würde. Irgendetwas in mir sagte mir, dass ich weitergehen musste.

In einer seltsam klaren Aufwallung meines Geistes fragte ich mich, ob das schon die zweite Aufgabe sein könnte. *Befand ich mich schon wieder mitten in einem Zauber? Hatte einen Bann auf mich gezogen?* Nein, das konnte nicht sein.

Ich war nur ausgelaugt vom heutigen Tag, von der Aufgabe und der Anwendung meiner Gabe. Aber ich musste die Zeit, die mir jetzt blieb, nutzen, sagte ich mir, als wäre es ein Mantra, das mich weitertrug, von Reihe zu Reihe – immer voran, nicht zurück. *Wie weit mochte es noch sein, bevor ich die Bibliothek durchschritten hatte? Und dann?*, fragte eine kleine hämische Stimme in meinem Inneren. *Was, wenn du nichts findest, was dir weiterhilft?*

Ich schüttelte den Kopf über mich selbst.

Da passierte es.

Ich stolperte. Mein Fuß knickte in dem ungewohnt hohen Schuh um. Ich taumelte und landete auf allen vieren. Die noch immer unnatürliche Stellung meines Fußgelenks war extrem unangenehm. Der sofort eintretende Schmerz aber auch eine Befreiung. Er löste den Schleier der Müdigkeit und ich blickte vom Boden auf.

Vor mir ragte eine Statue aus feinstem Sandstein aus einem der nahen Regale.

Ich hatte das Gefühl, als beobachteten mich ihre filigran gemeißelten Augen. Als ich mit schmerzverzerrtem Ausdruck von den Knien auf mein Hinterteil wechselte und nach dem lädierten Fuß griff, den Schuh abstreifte und behutsam über den Spann strich, entwich mir ein Fluch. *Das fühlt sich gar nicht gut an.* Soweit ich es beurteilen konnte, wurde die Verletzung bereits dick. Ich sah mich Hilfe suchend um, landete jedoch nur wieder bei der Statue.

Leuchteten die Augen in ihrem Gesicht ganz leicht rot? Hatten sie das vorher auch getan? War das Farbe oder eine optische Täuschung? Ich runzelte die Stirn, versuchte den Schmerz in meinem Spann zu verdrängen und mich zu erinnern. Eindringlich betrachtete ich den Frauenkopf mit dem ägyptischen Kopfschmuck. Ich musterte die Büste und fragte mich, wo der Rest abgeblieben war, der mir unwillkürlich in den Sinn kam. Der Löwenkörper und die Flügel, die diese Statue zur Darstellung einer Sphinx machen würden.

Überrascht riss ich die Augen auf. *Woher kamen die Gedanken?*

Meine Hände fuhren rechts und links hoch, zu meinem Kopf. Ich packte das glatte blonde Haar, das diesen unverändert umflorte. *Woher wusste ich, wie eine Sphinx aussah?* Ich meine: Klar, ungefähr wusste ich es. *Ein Hoch auf meine Allgemeinbildung.* Jetzt allerdings hatte ich eine genaue Vorstellung davon im Kopf. Eine so detailreiche, dass ich, als ich noch einmal die Büste vor mir musterte, genau sagen konnte, wie das Original einmal ausgesehen hatte. Die originale Sphinx, deren Abbild hier stand.

Ich wurde eindeutig verrückt!

Bevor ich mich's versah, spielte mir meine eigene Fantasie einen weiteren Streich, denn die Büste streckte sich, wie von magischen

Kräften ergriffen. Sie dehnte sich aus und spreizte ihre Löwenklauen, als sei sie aus einem tiefen Schlaf erwacht.

Das Frauengesicht lächelte sphinxhaft. Die plötzlich von dicken schwarzen Kajalstrichen umrandeten Augen verzogen sich zu katzenartigen Schlitzen und sahen hochmütig in meine Richtung. Ein Fauchen entfuhr der Kreatur.

Ich war wie erstarrt. *Das … Das passierte gerade ausschließlich in meinem Kopf, oder?*

Ich konnte es nicht mit Sicherheit sagen. Gebannt verfolgte ich jede der Bewegungen des Wesens vor mir. Langsam stieg es mit katzenhafter Anmut aus dem Regal. Dann entfaltete es mit einem fast menschlichen Ächzen die weißen Flügel, die dem Löwenrücken entsprangen. Staub wirbelte dabei auf.

Ich musste husten. Endlich ließ ich meine Hände wieder sinken. Nutzlos fielen sie in meinen Schoß.

Die Sphinx tapste vorsichtig über den Teppich, als wäre es ungewohnt für sie, in ihrem Körper zu stecken.

Ich versuchte es mit meinem üblichen Blinzelspiel.

Hinschauen. Blinzeln.

Augen zu. Augen auf.

Keine Chance. Das Wesen war immer noch da!

Es verweilte inzwischen unmittelbar vor mir und hatte seinen Kopf schief gelegt. Ich konnte die Ornamente des kunstvollen Kopfschmuckes sehen. Nahm die völlige Glätte des gänzlich schwarzen und absolut akkurat geschnittenen Haares des Frauenkopfes wahr. Der Pagenschnitt glänzte mit dem Löwenfell um die Wette.

Mir wurde kalt vor Angst, als die Sphinx nur einen Schritt von mir entfernt in die Hocke ging und sich schließlich mit dem weiterhin auf mich gerichteten Blick niederließ. Manierlich faltete die Kreatur die Flügel. Dann erhellte ein Lächeln das anmutige und doch so fremdländische Gesicht.

»Der, der sich als würdig erweist, wird finden, wonach es ihn verlangt«, erinnerte ich mich an den Spruch von vorher. Nun saß ich hier mit schmerzendem Fuß und konnte zwar aufstehen, aber nicht auftreten – hieß im Klartext: An Flucht war nicht zu denken, weil ich nicht weit kommen würde. Um Hilfe zu rufen würde mit großer

Wahrscheinlichkeit auch nichts bringen, schließlich war ich die Einzige weit und breit, die vor Ort war, und dieses Wesen vor mir … das ich nun eindeutig als echt einstufte … überlegte wahrscheinlich gerade, ob ich einen guten Snack abgeben würde.

Die erste Aufgabe zu überleben, um in der Bibliothek zu sterben, war ja ganz toll.

»Nein. Nein. Nein«, hätte ich am liebsten gerufen. *»Mich zu verspeisen ist eine schlechte Idee. Diese rosafarbene Kleidung, in der ich stecke, schmeckt mit Sicherheit so scheußlich, wie sie aussieht. Die verursacht bestimmt wundes Zahnfleisch. Glaub mir, Fasern davon möchtest du unter keinen Umständen zwischen den Zähnen stecken haben. Und ich bin ganz zäh – richtig eklig –, wirklich ungenießbar. Also sei ein liebes Kätzchen und such dir brav eine andere Beute.«*

Da mir aber ein letzter Rest gesunder Menschenverstand verbot, mich völlig lächerlich zu machen, konzentrierte ich mich auf die Fakten – zumindest bemühte ich mich, welche zusammenzutragen, um Licht in die Angelegenheit zu bringen.

Hatte ich die Kreatur erweckt? Aber wie? Und was hieß das jetzt, war ich zu irgendetwas verpflichtet? Panik schoss durch mich und explodierte heller als jedes Feuerwerk in meinem Oberstübchen. *Vielleicht konnte ich dieses Augending machen, das ich nun immerhin schon dreimal eingesetzt hatte. Okay, das mein Körper ohne meine aktive Anweisung irgendwie eingesetzt hatte. Aber vielleicht würde eine Sphinx einer anderen äh … Sphinx, die sich zu erkennen gab, nichts tun.*

Angestrengt machte ich einen graden Rücken und versuchte, das Wesen vor mir niederzustarren. Die Sekunden verstrichen. Nichts tat sich. Ich starrte noch angestrengter.

Die Katzenaugen vor mir verengten sich. »Begrüßen sich die Pixies untereinander heutzutage so?« Irritation schwang in dem Satz.

In dem Satz, den die Sphinx – die SPHINX – von sich gegeben hatte! Und sie wusste es! Wusste, dass ich auch eine Sphinx war – einfach so. Ganz ohne das Augending. Mich hätte es fast rückwärts auf den Boden geworfen, hätte ich nicht mit den Armen rudernd um mein Gleichgewicht gekämpft, so weit hatte ich mich instinktiv mit dem Oberkörper von ihr weg nach hinten gelehnt. *Hatte sie wirklich gerade … ja, wer denn sonst?* Dabei sah die Sphinx jetzt wieder völlig ausdruckslos aus.

Okay, entweder *ich* drehte nun völlig am Rad oder irgendwie war ein urzeitliches Wesen erwacht und wir unterhielten uns gerade. *Also es sich mit mir.*

Nachdem mir das bewusst geworden war, genau wie all die Möglichkeiten, die das bot, war ich geradezu begierig darauf, mit der Sphinx zu sprechen. Die Angst wich langsam Neugier. Einer Neugier, die mich irgendwann noch in den Tod führen würde, bei Rovennas Blut.

»Öh, nein. Also ich, ich nehme an, du meinst mit Pixies Sphinx?«, faselte ich darauflos.

Das Frauengesicht zeigte Belustigung. »Natürlich meine ich das, Pixie.« Die Antwort war schlicht, abwartend. Die Augen verengten sich weiterhin lauernd. So als fragte sie sich, was ich eigentlich wusste.

Gute Frage.

»Du musst mir verzeihen«, versuchte ich es anders. »Ich weiß erst seit gestern, dass ich eine Sphinx als Wappentier in mir trage.« Ich meinte zu wissen, dass Sphinx die Wahrheit oder vielmehr die Lüge rochen wie ein Bluthund das verletzte Tier. Und ich wollte es mir unter keinen Umständen direkt mit dem Fabelwesen verscherzen, indem ich es verärgerte.

»Als Wappentier?« Nun ruckte der Kopf nach oben. Meine Worte schienen die Sphinx zu überraschen. Neugierig sah sie sich um, schnupperte. »Wahrhaft seltsame Zeiten sind das, in denen du mich erweckt hast.«

Ich schwieg. *Was sollte ich antworten? Kommt darauf an, aus welcher Zeit du stammst …? Dich erweckt?! Oh sorry, das war ein Versehen?* Klar, all diese Antworten würden super ankommen. *Mindestens so gut wie meine stumme Zahnfleisch-Ansprache. Nein, da war es besser, einfach abzuwarten.*

»Lass dir gesagt sein, Pixie«, fuhr die Sphinx schließlich fort. »Entweder bist du eine von uns oder eben nicht. Es gibt nur Sein oder Nichtsein. Es gibt in diesem Universum nur Leben oder Tod. Dazwischen existiert nicht viel, das wünschenswert ist – und ich muss es schließlich wissen.« Sie schnupperte noch einmal. Ausführlich dieses Mal. »Ich weiß nicht genau, was ein Wappentier in deinem Zusammenhang sein soll. Mir scheint aber, es ist eine zweidimensionale Abbildung, die irgendwelche Banner schmückt. Die deinen Gegnern

Angst einjagen soll, bevor du in die Schlacht ziehst.« Sie musterte mich. Legte den Kopf schief. Ihre Augen waren kompromisslos auf mich gerichtet, ihr Blick hart und undurchschaubar.

Ich wagte nicht zu atmen.

»Du hingegen bist Fleisch und Blut. Mächtiges Fleisch und Blut, das kann ich riechen. Mach dich nicht kleiner, als du bist. Lehre sie das Fürchten, sodass allein dein Anblick sie in die Knie gehen lässt, wenn du in eine Schlacht ziehst. Lehre sie, dich zu verehren, dich und niemand anderen. Oder du wirst der größte Schrecken sein, der je über sie gekommen ist.« Mit katzenhafter Anmut erhob sich die Sphinx und trat nun so dicht an mich, dass ihr warmer Atem über mein Gesicht streifte.

Meine Hände begannen zu zittern. Angst mischte sich in die Aufregung.

Ihre Gestalt entsprach zwar der Größe eines Hundes. Vielleicht, mit Wohlwollen betrachtet, der eines kleinen Ponys. Aber die Magie, die sie umgab, war alt und mächtig. Da sie nun auf allen vier Tatzen stand und ich noch immer unverändert saß, blickten wir uns direkt in die Augen. Es wurde kein Kampf, kein Ringen – es wurde ein Studieren der jeweils anderen.

Ohne mein Zutun geschah es doch wieder. Meine Wahrnehmung verschob sich, mein Blickfeld dehnte sich aus und ich war mir sicher, dass meine Augen golden leuchteten.

»Du bist eine Königspixie«, belehrte mich die Sphinx just. »Erstaunlich«, schob sie hinterher und wandte ihren leuchtend roten Blick endlich von mir ab.

Die Spannung entwich meinen Gliedern. Am liebsten hätte ich urplötzlich geheult. Ich wollte kein weiteres Mal *erstaunlich* hören. Ich wollte einfach zurück in mein altes Leben. Ich wollte kein Wunder sein. Keine weiteren Wunder sehen, bewirken oder erwecken. Ich wollte plötzlich nur noch normal sein. *Vielleicht konnte man es mir auch einfach nicht recht machen*, sagte eine ironische Stimme in meinem Kopf. *Ja, aber ich hatte mir das hier auch nie gewünscht*, stellte meine innere Rationalität klar.

Hatte ich in der Tat nicht. Das änderte wenig daran, was gerade geschah. Immerhin würde die Sphinx mich wohl eher nicht verspeisen.

Gerade ging sie mit den Vorderbeinen in die Knie und beugte ihren Kopf. »Herrin …« Es klang ehrerbietig, nach Unterordnung. *Schwor sie mir die Treue? Aber das konnte doch nicht sein. Also das …*

Ich erstarrte. War unsicher, was jetzt kam.

»… hiermit erkenne ich deinen Anspruch auf mich an, obwohl du ihn nicht erhoben hast. Doch das wird auch nicht notwendig sein, da ich mich freiwillig unterwerfe.«

Meine Augen wurden größer. Mein Mund bildete ein verblüfftes O. Nervosität kroch unaufhaltsam meine Glieder empor, als mein Herz seinen Schlag vervielfachte. Unwillkürlich spürte ich, dass die Sphinx ein magisches Band zwischen uns wob, das einem uralten Ritual folgte, und wagte nicht, sie dabei zu unterbrechen.

»Ich werde dir eine Stütze sein, wenn selbst der Vierfüßige dem Horizont entgegenschreitet. Ich werde dich ehren, bis die Gestirne kollidieren und es Sterne vom Himmel regnet. Und ich werde dich schützen, bis die Macht der sieben Leben aus meinem Körper entweicht und die Ewigkeit mich zu sich ruft.«

Ehrfurcht durchzog meinen Geist, als ihre Augen hellrot aufleuchteten. Ich sah, wie sich die feinen Härchen an meinen Armen aufrichten, als Kräfte um uns freigesetzt wurden, deren Macht mir fremd war. Antiquierte Kräfte, die ich nicht zu kontrollieren vermochte. Von denen ich mehr als alles andere hoffte, dass die Sphinx sie kontrollieren konnte.

Geräuschvoll ließ ich die Luft aus meiner Lunge entweichen, spürte, wie sich mein Atem zu einem Ballon um uns formte – uns einhüllte wie eine Schutzblase, wie ein elektrisches Feld, das ich geschaffen hatte, ohne es zu bezwecken.

Meine Haare wurden aufgewirbelt. Die Sphinx spreizte noch einmal die Flügel. Dann öffnete sie weit ihren Mund und stieß einen gellenden Schrei aus, der wie ein Alarm in meinem Kopf widerhallte, bis er verklang. Doch das unmenschliche Geräusch ertönte daraufhin erneut. Es war unangenehm wie erschreckend zugleich.

Dann schloss die Sphinx erschöpft ihren Mund, ließ ihre Flügel sinken und meine Haare fielen wieder auf meine Schultern und meinen Rücken herab.

Schweigen breitete sich über uns.

Geschockt atmete ich aus und ließ meinen Kopf nach vorne fallen, auf meine Brust. *Wenn sich die Ereignisse weiter auf diese Weise überschlugen, würde ich noch an einem Herzinfarkt sterben, bevor die Wahl vorbei war.*

Ich sah auf.

Die Sphinx rückte noch näher und legte ihren Kopf direkt vor meinem ziemlich geschwollenen Fuß ab, den ich in den letzten Minuten ganz vergessen hatte. Die Verletzung war nahe dem Knöchel und deutlich unter dem fast durchsichtigen Rocksaum meines Kleides sichtbar. *Die rote Färbung eiferte geradezu dem Teppich nach.*

Ohne zu fragen oder mich vorzuwarnen, pustete die Sphinx darauf. Der kalter Hauch ihres Atems streifte meine bloße Haut. Ich wollte sofort den Fuß zurückziehen, doch der Schock ließ mich verharren und das war gut so. Die Schwellung ging schon beim nächsten Herzschlag merklich zurück. Stumm beobachtete ich das Wunder, denn nicht einmal eine Minute später war kein Hinweis mehr auf das Malheur zu sehen. *Alles war verheilt! Das konnte doch nicht sein.* Zaghaft bewegte ich den gesunden Spann und den Knöchel. Er ließ sich problemlos ohne Schmerzen drehen.

Sichtlich zufrieden hob die Sphinx den Kopf. »Ich danke dir, dass du mich erweckt hast. Das Leben ist schon etwas … unausgefüllt als Statue.« Sie lächelte katzenhaft. »Außerdem scheint mir, du hast noch viel zu lernen. Und ich wohl auch über die Gebräuche dieser seltsamen Welt.« Sie räkelte sich. »Also, wo beginnen wir?« Munter sah sie mich an.

Urplötzlich hatte ich das Bild eines jungen Hundes im Kopf, der spielen wollte. Ich schmunzelte. Ein bisschen über meine Fantasie und ein bisschen über die obskure Situation.

»Okay. Warte. Ich bin noch neu in diesem ganzen Sphinx-Ding«, bremste ich sie. »Hier, in dieser Bibliothek, wollte ich darüber nachforschen. Dementsprechend hätte ich da einige Fragen, bevor wir äh …« *Ja wohin eigentlich genau? O Gott, was sagte ich nur?* »… gehen«, schloss ich.

»Natürlich, was immer du wünschst, Herrin. Ich möchte nur anmerken, dass ich Hunger habe«, bekundete das Wesen und bleckte die Zähne.

Ich schluckte. Fühlte mich leicht überfordert. *Was bei aller Liebe aßen Sphinx?* Ich … war ja auch eine, so seltsam der Gedanke noch immer war. Aber ich glaubte kaum, dass die Kreatur vor mir sich mit Maisbrot, Pflaumenmarmelade, Kaffee und Kirschblütenwein zufriedengeben würde. *Oder doch?* Ich würde es herausfinden.

»Woher kommst du? Wie alt bist du? Wie genau habe ich dich zum Leben erweckt? Lebst du ewig? Was bedeutet dieses ›an mich binden‹? Du hast mich gerade geheilt – wie? Und kann ich das auch? Kannst du … also bist du … auch ein Mensch? Oder ich meine …«, redete ich schnell weiter, als die Sphinx ungläubig zischte, »… du bist eine Sphinx, schon klar. Aber warum kann ich mich verwandeln – und wie? Und du … nicht?« Aufmerksam blickte ich in das Frauengesicht. Bereit für all die Antworten.

Die Sphinx erstaunte mich jedoch, indem sie einfach loslachte. Es war ein lautes, schepperndes, irgendwie schrilles Geräusch, das nicht gerade dazu einlud, mitzulachen. Es ließ mich erkennen, dass ein mächtiges Fabelwesen *kein* Hund war – auch wenn es sich einer Herrin verschrieben hatte.

»Das sind viele Fragen«, sagte die Sphinx schließlich, nachdem sie sich wieder beruhigt hatte. »Ich werde die, die ich beantworten kann, zur rechten Zeit beantworten.«

Stille entstand. Ungläubig saß ich da. *Wie jetzt? Das ganze Theater und ich bekam keine Antwort? Gar keine einzige?*

»Ich stamme aus der vierten Dynastie der Herrschaft von Chephren. Einem der bekanntesten ägyptischen Pharaonen meiner Zeit. Ihm habe ich treu gedient. Bis zu seinem Tod, bis man mich ihm als Beigabe für die Ewigkeit zur Seite legte – wie ich es wünschte.«

Zur Seite legte? Für die Ewigkeit? Wie?? Ins Grab?! Ich sprach es laut aus.

»Du weißt nicht viel über die Begräbnisriten der Ägypter, was? Nun, die Jahre zogen ins Land und ich wurde zu Stein – nahm eine konservierende Form an, um zu überdauern, bis ich wieder gebraucht werden würde. Einige Grabräuber und Sammler später bin ich nun hier. Was ist das für ein Kontinent?« Die Sphinx wirkte neugierig.

»Eterny.«

»Was?«

»Früher nannten die Menschen einen Großteil davon America.«

Noch immer schaute sie mich ratlos an.

»Infolge von geografischen Neustrukturierungen der noch existenten Welt gab es eine Welle der Umbenennungen. Die neue Bezeichnung dieses Herrschaftsgebietes leitete sich von ›Eternity‹, also Ewigkeit, ab. Eterny. Ich nehme an, der Rat der Magicians wollte den Menschen ein Gefühl von Sicherheit vermitteln. ›Kaiserreich der Ewigkeit‹ soll wohl implizieren, dass dieses Reich für die Ewigkeit Bestand hat.« Ich stockte, setzte anders an – schließlich ging es gerade um Geografie, nicht um Geschichte. »Wenn du dir die Welt wie ein Blatt Papier vorstellst und wir mit dem Kontinent links anfangen, sind darauf oben unsere Landmassen zu finden. Das Kaiserreich Eterny. Weiter unten wären die von selbstständigen Ländern wie Mexiko und noch weiter unten, auf dem anschließenden Kontinent, zum Beispiel Brasilien – aber während von Mexiko noch das komplette Hochland existiert und in Eterny eingebürgert wurde, gibt es von Brasilien nur noch einen inselartigen Streifen im Südatlantik: das heutige Rio de Brasília. Der Rest davon ist untergegangen – genau wie die Verbindung zwischen Nordamerica und Südamerica. Weiter, zur Mitte des Papiers hin, liegen die Landmassen und heutigen Freistaaten von Europa. Darunter wären die von Afrika und rechts oben der Kontinent Asien mit riesigen, aber größtenteils unwirtlichen Landvorkommen. Ägypten, deine Heimat, lag auf einer der in den Fluten der Meere versunkenen Platten Afrikas. Das geschmolzene Eis der Polarkappen hat einen Großteil davon mit unglaublichen Wassermassen ausgelöscht. Es tut mir leid.«

Bedauern zog über das Frauengesicht der Sphinx. Gefolgt von Traurigkeit.

»Inzwischen gibt es dort, wo Afrika war, nur noch zwei kleinere Inseln, die aber zusammen verwaltet werden«, sprach ich schnell weiter. »Nämlich Noord-Afrika, dort wo sich einst Äthiopien, Kenia, Tansania, Burundi, Ruanda, Uganda sowie der Südsudan trafen, und Suid-Afrika an der Stelle des früheren Südafrikas.« Ich verstummte.

»Nun, dann scheint es jetzt viel Fisch zu geben«, sagte die Sphinx schließlich.

»Fisch und Insekten«, murmelte ich weniger begeistert.

»Insekten?«

»Die neue Welt gliedert sich in zwei Kaiserreiche: Das unserige und das des chinesischen Kaisers – das neue Kaiserreich Móshù, das das verbleibende Terrain Asiens verwaltet. Dazwischen haben sich in Europa einige einzelne Länder erfolgreich gegen all die Naturkatastrophen behauptet – allen voran die République Française und die Repubblica Italiana. Tja, Land ist teuer und rar. Fisch hingegen gibt es tatsächlich zahlreich im Meer, und da die meisten der auf der Erde lebenden Arten Insekten sind, ist diese südostasiatische Spezialität nun durchaus üblich«, versuchte ich zu erklären.

»Mhm …«, machte die Sphinx. »Ich bin mir fast sicher, dass du aus der griechischen Linie stammst. Nicht nur, weil du als Mensch weiblich bist«, wechselte sie abrupt das Thema. »Im Gegensatz zu meiner Gestalt wird deine, wenn du dich zur Sphinx wandelst, wohl keinen Kopfschmuck tragen, dafür wirst du als Schwanz eine Schlange haben.«

»Schlange?« Das fand ich jetzt nicht so dolle, obwohl ich die Informationen aufsog wie ein trockener Schwamm. Mit dem Schwanz konnte ich vielleicht meine Widersacher beißen, allerdings steigerte das in meinen Augen nicht unbedingt die Attraktivität.

»Die Urmutter der Pixies deiner Linie war die Tochter des Typhon und der Echidna. Beide auf ihre Weise wahre Ungeheuer, wenn du entschuldigst. Die Hydra war ihre liebste Tante. Daher die Schlangengene«, erklärte die Sphinx geduldig. »Sie selbst galt als Dämonin. Eine

Bringerin der Zerstörung und des Unheils.« Die Sphinx verstummte. »Nun, es liegen viele Generationen zwischen euch. Wir werden sehen, welche Gene du in dir trägst.«

Ich zog eine Augenbraue hoch. Irgendwie war es mir vergangen. »Aha. Und das hat mit meiner Weiblichkeit genau was zu tun …?«

»Nun, ägyptische Sphinxe sind zumeist männlich – griechische Sphinxe entstammen einer hauptsächlich weiblichen Linie. Aber es gibt natürlich Ausnahmen.«

»Wie dich?«, fragte ich nach.

»Wie mich«, bestätigte die Sphinx. »In der Zeit, aus der ich stamme, war so etwas wichtig zu wissen, es hatte Bedeutung und entschied über Stand und Weltbild.«

»Es geht also um Grammatik?«, fragte ich ungläubig.

Der Kopfschmuck schaukelte. Belustigung zeichnete das Frauengesicht. »Ja, auch. Das Interessante ist, dass der Artikel und das Wort gleich bleiben: weiblich. *Die* Sphinx, nicht der Sphinx. Aber das, was sie bezeichnen, ist je nach Ursprungsland nicht zwingend weiblich.«

So gesehen … »Uff!« Jetzt erinnerte ich mich daran, dass ich wieder gehen konnte, weil mein Fuß geheilt war, und ich wünschte mir dringend einen Orts- oder okay, eigentlich einen weiteren Themenwechsel. *Wie waren wir von Geografie auf Grammatik gekommen?*

»Im Endeffekt sind wir aber alle verwandt – also die ägyptische und die griechische Linie. Da es anscheinend beide Länder nicht mehr gibt, spielt das heute vielleicht auch gar keine Rolle mehr.« Sie versank in melancholischem Schweigen.

Als ich, ohne ein weiteres Wort, meine Schuhe zurechtrückte und mich aufrichtete, trat auch die Sphinx einen Schritt zurück und streckte sich. Es sah so aus, als wolle sie mich begleiten.

»Musst du nicht …?« Ich deutete linkisch auf das Regal.

Die Sphinx sah mich fast mitleidig an. »Ich werde den Schwur erfüllen, den ich gesprochen habe. Du solltest dich besser an meine Anwesenheit gewöhnen. Im Gegenzug versuche ich mich an eure neumodische Welt und Gebaren zu gewöhnen.« Sie verzog das Gesicht.

Oh. Ich hatte jetzt also tatsächlich eine äh … Haussphinx. Ob ich wollte oder nicht. Wie ich das fand, wusste ich noch nicht genau. Ich horchte in mich hinein. Doch da war sowohl Pro als auch Kontra.

»Und werden die anderen dich auch so …?« Ich vollführte eine weitere, alles oder nichts umfassende Bewegung.

Fast gekränkt verzog die Sphinx ihr Gesicht. »Natürlich werden sie mich sehen. Und es sollte dich mit Stolz erfüllen, mich an deiner Seite zu haben. Die Sphinxe haben zu meiner Zeit einzig den Pharaonen gedient. Wir sind keine räudigen Straßenhunde, wir sind die mächtigsten Kreaturen der Antike. Wir sind Zauber und Magie, Schutz und Weisheit – gepaart mit den Eigenschaften unseres im Schein der sieben Fackeln gesegneten Blutes der Nemesis.« Die letzten Worte waren nur noch ein lautes, unmissverständliches Grollen. Eine Warnung, mein Schicksal jetzt nicht herauszufordern, indem ich der Sphinx widersprach.

Belämmert klappte ich meinen gerade geöffneten Mund wieder zu, ohne etwas zu sagen. Die Zukunft würde zeigen, ob sich die Erweckung der Sphinx als gut oder schlecht für mich erwies. In jedem Fall war ein lebendes und sprechendes Exemplar meiner Spezies ein ungleich besserer Lehrmeister als schwarze Zeilen auf weißem Papier, die ich selbst enträtseln musste. Und der Magie sei Dank, sprach die Pixie meine Sprache und nicht altgriechisch oder altägyptisch oder was immer sie mit ihrem Pharao gesprochen hatte. Das zu erlernen hätte mir gerade noch gefehlt.

Eines musste ich mir jedoch unbedingt merken: In diesem Palast durfte ich nichts allzu lange anfassen oder auch nur ansehen. Hinter jeder unschuldigen Dekoration, jedem Vorhang und unter jedem Teppich lauerten anscheinend auch in den Räumen irgendwelche Zauber, Wesen und Artefakte.

»Gut, gehen wir und suchen dir und mir etwas zu essen. Es dürfte inzwischen fast schon Abend sein«, entschied ich schließlich und setzte mich in Bewegung. Die Pixie trottete neben mir her. Die Flügel über dem Rücken gefaltet, den Kopf stolz erhoben, als würde sie mich schützen – meine neue Leibgarde, jederzeit und überall.

»Eine wahrhaft weise Entscheidung, Herrin.« Die Antwort hörte sich nur einen Tick sarkastisch an. Es schien, als würde die Sphinx die Friedenspfeife namens Essen annehmen, die ich ihr reichte.

So trotteten wir durch die Regalreihen, bis mir einfiel, dass ich eigentlich gar keine Ahnung hatte, in welche Richtung wir mussten.

Behände zog ich Li hervor, der unverändert ein grünes Licht zeigte. Unter dem neugierigen Blick der Sphinx setzte ich ihn an mein Handgelenk und sagte laut: »Li, leite mich auf dem schnellsten Weg zum Speisesaal.« Als er mir den ersten Impuls gab, geradeaus weiterzulaufen, knurrte mein Bauch verdächtig. So als wolle auch er mir bestätigen, die richtige Entscheidung getroffen zu haben.

»Li?«, fragte die Sphinx. »Diese *Maschine* hat einen Namen?«

»Es ist eine *besondere* Maschine«, war alles, was ich sagte. Dann fiel mir ein: »Wie lautet dein Name?«

»Samaea d'Ejlkaan Chaerume.« Es klang wie ein durchgängiges Schnurren.

»Das ist …«

»Sama?«, bot die Pixie mir direkt an.

… *lang*, hatte ich sagen wollen. »*Gut*, Sama«, bestätigte ich nun. »Dann lass uns gemeinsam den Speisesaal finden.« Behände schritten wir über den roten Teppich, die ganzen Treppen wieder hoch.

Ich im langen Kleid mit hohen Schuhen und mit langen blonden Haaren, die mir bis zu den Hüften fielen. Das Mädchen aus der Wohnung im Glasturm No 20. Durch und durch ein Kind meiner Welt.

Sama mit den hellen Flügeln, dem sattbraunen Löwenfell und dem tiefschwarzen Haar neben mir. Ihr ägyptischer Kopfschmuck schaukelte bei jedem geschmeidigen Vorwärtsgleiten ihres Körpers leicht vor und zurück. Ihr stolzer Blick und die leuchtend roten Iriden verrieten, dass sie nicht von dieser Welt stammte. Ganz zu schweigen von der Tatsache, dass sie einen menschlichen Kopf auf einem Löwenkörper besaß. Und vermutlich nicht einmal in der vierten Dynastie der Herrschaft von Chephren geboren worden war.

Wir waren ein ungleiches Gespann, das das Schicksal auf die überraschendste aller Arten und Weisen zusammengeschweißt hatte. Ich fragte mich, zu welchem Zweck? *Sama wusste sicher mehr, als sie mir verraten hatte. Ich würde nicht aufgeben, bis sie ihr Wissen mit mir teilen würde!*

12

Das Geräusch von brechendem Porzellan

Die Türen des Speisesaals schwangen langsam von allein nach außen auf, als Sama und ich uns ihnen näherten. Gemessenen Schrittes schlenderten wir zusammen auf die Öffnung dazwischen zu.

Es kam mir vor, als ob Sama ihren Kopf noch einige Zentimeter weiter nach oben reckte. Und auch ich richtete mich vollständig auf. Noch konnten wir nicht hineinsehen. Obwohl ich fühlte, wie wieder Nervosität von mir Besitz ergriff, da ich mich fragte, wie die anderen wohl auf Sama reagieren würden, blieben meine Hände komplett ruhig. Kein Zittern, kein Schwitzen. Es war unglaublich. Vielleicht wirkten sich die Kräfte, die in mir erwachten, auch auf mein Selbstbewusstsein aus.

Ganz egal, was gleich passieren würde, ich würde Paroli bieten. Ich würde mich nie wieder kleinmachen. *Nicht mit Sama an meiner Seite.*

Ich wusste, dass das eine geistige 180-Grad-Wendung war – zu meinem Credo vor der Wahl, oder sogar noch zu gestern auf der Bühne. Aber die Situation hatte sich schlagartig geändert und änderte sich noch immer in rasender Geschwindigkeit. Ich passte mich nur an. Wie ein Chamäleon.

Ich grinste leicht über mich selbst. Wäre das hier einer meiner Liebesromane, würde nun drinnen der Prinz sitzen und mich, seine Prinzessin, willkommen heißen. Mich vielleicht zur bestandenen ersten Aufgabe beglückwünschen. Und wir würden einen innigen Kuss oder einige hoch romantische Liebesschwüre austauschen. *Doch wer wäre hier schon der Prinz? Ivan? Rayn? Sicher nicht! Und ich war wohl kaum eine passende Prinzessin.*

Leider konnte ich bisher, trotz der letzten Schritte, nur in den Teil des Raumes direkt hinter der Tür sehen – und der war leer. Ich fragte mich, wie viel Zeit wohl vergangen sein mochte, seit ich die erste Aufgabe absolviert hatte. *War Rayn bereits fertig? Wie hatte er sich geschlagen?*

Ich hielt inne. *Moment! Warum dachte ich weiter an Rayn, nachdem ich über Traumprinzen sinniert hatte? Wegen dem Kuss?*

Um meine eindeutig geistigen Verwirrungen nicht näher ergründen zu müssen, ging ich schneller.

Sama trat im selben Augenblick wie ich über die Schwelle des Speisesaals. Wir blickten uns gemeinsam um. Doch da saß nur eine einzige Person im ganzen Raum. Und das mit dem Rücken zu uns, weil sie seitlich auf einem der Stühle Platz genommen hatte und die Füße auf einem anderen vor ihr ruhten.

Wallende weiße Haare ergossen sich über einen schmalen, perfekt geformten Rücken. Ich biss die Zähne zusammen. Von allen, die ich hier zu sehen erwartet hatte, war sie sozusagen der Staatsfeind No 1: Majlin.

Deshalb machte ich mir gar nicht erst die Mühe, sie zu begrüßen.

Ohne innezuhalten gab ich Sama mit der Hand ein Zeichen, im vorderen Bereich des Zimmers zu bleiben. *Wen interessierte schon eine imaginäre Sitzordnung, wenn keiner da war?*

Auf dem großen Tisch standen Kaffee, Tee, Maisbrot, Fischsuppe, Obst und Kuchen.

Das sah doch gut aus!

Behände ließ ich mich auf einem der Polsterstühle nieder und schob den neben mir für Sama zurück. Da sie eindeutig *kein* Hund war, hatte sie meiner Meinung nach einen Stuhl verdient. Dass sie keine Hände hatte, störte mich zwar nicht, im gleichen Herzschlag, in dem ich auf die Sitzfläche klopfte, fragte ich mich aber doch, wie sie gleich essen würde.

Es blieb spannend.

Gerade als ich mir eine große Tasse Kaffee einschenkte, riss mich ein ohrenbetäubender Schrei aus der Konzentration.

Konsterniert ließ ich sowohl die Kanne als auch die Tasse fallen. Heiße Flüssigkeit ergoss sich über den Tisch, einzelne Spritzer verbrühten mir die Hände, sodass auch ich kurzzeitig aufschrie. Das Geräusch von brechendem Porzellan verschlimmerte unangenehm die Akustik, in der der fremde Schrei gar nicht mehr abreißen wollte.

»Schweig, du Närrin«, hörte ich Samas durchdringendes Fauchen, das alles übertönte. Noch immer mit der Sauerei vor mir beschäftigt, richtete ich meine Aufmerksamkeit erst, als ich meine Hände mit Servietten umwickelt und den Schaden an meinem Kleid als unrichtbar abgetan hatte, auf den Quell des Unglücks.

Mir war schon zwei Sekunden nach dem ersten Schreck klar geworden, dass es nur Majlin sein konnte, die schrie. Noch immer schrie.

Jetzt drehte ich mich in die Richtung, in der ich sie unverändert vermutete. Leichenblass, mit aufgerissenen, rot umrandeten Augen und einer ebenfalls roten Nase zitterte sie am ganzen Leib, indes sie anschuldigend auf die Pixie zeigte, die angriffslustig ihre Flügel ausgebreitet hatte. Mein eisiges »Ruhe jetzt!« ließ sie endlich verstummen. *Rovenna sei Dank!*

»Sama, falte deine Flügel, bevor noch mehr zu Bruch geht«, wies ich als Nächstes ruppig die Pixie an. Ich war einfach nur sauer auf die Situation. Außerdem taten mir die Hände von den Verbrennungen weh. Aber ich war kein Unmensch und Majlin hatte eindeutig geweint. Denn die Schreiattacke oder Make-up waren es definitiv nicht, die ihr Gesicht derart verquollen wirken ließen. *Selbst zu Halloween wäre das sonst eine ganz schwache Vorstellung.*

Ich seufzte. Mir war absolut nicht danach, Majlin nach ihren Problemen zu fragen, besonders da mich Sama eingeschnappt ansah und ich es bereits bereute, sie angefahren zu haben. Also würde ich mich erst mal um die Sphinx kümmern.

»Was?«, fragte ich. »Lass mich das regeln, okay? Sie ist keine Pixie. Soll ich dir einen Teller Fischsuppe hinstellen?«, schob ich direkt nach, ohne das Fabelwesen zu Wort kommen zu lassen.

»Das wäre nett«, gab Sama versöhnlich zurück, legte die vorderen Tatzen auf den Tisch und wartete geduldig ab.

Zielgerichtet begab ich mich zur Mitte der Tafel, nahm einen der Teller vom bereitstehenden Stapel und schöpfte Suppe hinein. Dann trug ich diesen zurück und stellte das duftende Essen vor Sama ab. Diese legte ihre beiden vorderen Tatzen um den Teller und brachte ihn in Schräglage, sodass sie die flüssige Brühe mit dem Mund schlürfen konnte.

»Lecker«, lautete ihr Urteil nach dem ersten lautstarken Schluck. »Nett wäre aber, wenn du mir für die Zukunft einen Napf besorgen würdest. Den kann ich besser halten.«

»Aye, aye«, sagte ich erschöpft und parkte die Info irgendwo in meinem Hinterkopf.

Dann wandte ich mich endlich Majlin zu. »So, nun zu dir«, stellte ich laut in Richtung des Häuflein Elends fest, das inzwischen auf dem Stuhl vollkommen in sich zusammengesunken war. Zu meiner Beruhigung hatten sich ihre Wangen wieder rosig gefärbt und waren nicht so durchscheinend blass geblieben, wie sie gerade noch gewesen waren. »Warum hast du das halbe Schloss zusammengeschrien?«

Es war mir ein Rätsel, warum keiner in den Saal gestürmt kam, um herauszufinden, wer hier abgestochen worden war. Ironisch ausgedrückt. Vermutlich waren die Wände, Böden und Decken des Schlosses einfach gut isoliert und der Schall kam hier nicht weit.

Ich fragte Majlin nach dem Offensichtlichen. Hoffte, dass sie mir von sich aus erzählen würde, was sie beschäftigte. Abgesehen von der Sphinx. Aber wegen Sama hatte sie ja nicht geweint. *Wir würden sehen.*

»Was ist das für eine Kreatur?«, wollte sie mit schwacher Stimme wissen.

Ich zog eine Augenbraue hoch. *Das konnte sie doch wohl sehen.*

»Warum hast du eine Sphinx bei dir?«, fragte sie als Nächstes.

Ich nickte aufmunternd und setzte mich neben sie. Nun kamen wir dem Gespräch, das ich zu führen gedachte, schon näher. »Majlin«, sagte ich und wandte mich zu der Pixie »Das ist Sama.«

Wenn Majlin überrascht war, dass ich ihren Namen kannte, ließ sie es sich nicht anmerken.

Sama sah gerade von ihrem absolut geleckt wirkenden Teller auf und lächelte ihr Sphinxlächeln. Das zugegeben nicht sehr einladend wirkte.

Deshalb ergriff ich Majlins Hand, um ihre Aufmerksamkeit wieder auf mich zu lenken. Dabei wurde ich mir der Servietten bewusst, die ich aufgrund der Verbrennungen um meine Hände gewickelt hatte, und seufzte laut auf.

»Lass mich das für dich … Ich …« Majlin sah mich bittend an. Da erinnerte ich mich wieder. *Richtig,* bei ihr hatte der weiße Stein der Mensay geleuchtet. Sie war eine Heilerin.

Noch bevor ich jedoch irgendetwas antworten kannte, katapultierte sich Sama mithilfe eines einzigen Sprungs und ihrer ausgebreiteten Flügel quer durch den Raum zu uns und fauchte, als hätte Majlin mein Leben bedroht, statt mir anzubieten, mich zu heilen.

»Sama.« Ich klang vorwurfsvoll.

»Sie wird dich nicht anrühren.«

»Nein, das wird sie nicht. Aber das hast nicht du zu entscheiden, sondern ich.« Meine Stimme war dunkel vor Autorität. So kannte ich mich selbst nicht. Doch es fühlte sich richtig an.

»Wie du wünschst, Herrin.« Sama klang, als hätte sie trotzdem einen Sieg errungen. Ihre roten Augen funkelten Majlin an, die vor Furcht erstarrt war.

»Warum hast du geweint?«, wandte ich mich jetzt dem zu, weshalb ich mich eigentlich zu dieser Tischhälfte bemüht hatte.

Majlin zögerte.

»Josephine«, sagte ich auf eine plötzliche Intuition vertrauend und schüttelte unsere noch immer verbundenen Hände. Vielleicht war meine Strategie die falsche gewesen. Jetzt, so wehrlos und verschreckt, sah ich in der Mensay weder ein direktes Ärgernis noch eine Bedrohung oder sonst was. Nur eine verzweifelte Frau.

»Lin. Meine Freunde nennen mich Lin«, flüsterte sie.

Ich nickte, als wäre jetzt alles klar – was es definitiv nicht war. »Also, Lin, was ist passiert?«

»Ich …« Sie stieß die Luft aus. »… kenne Sullivan schon länger. Meine Familie ist wohlhabend. Mein Vater kommt ursprünglich aus den Ländereien des neuen Kaiserreiches Móshù. Meine Mutter stammt vom kaiserlichen Hof Eternys. Wir unterhalten Handelsbeziehungen, die beiden Kaisern sehr gefallen.« Sie stockte.

Ich versuchte noch immer, Sinn in ihre Worte zu bringen. *Kannte hier eigentlich jeder Sullivan persönlich? Jeder außer mir? Oder okay,*

Rayn und Lin. »Und?«, fragte ich, um sie zum Weitersprechen zu animieren.

»Nun, wir reisten oft von California zum kaiserlichen Hof in Washington. Ich lernte Sullivan kennen – wir mochten uns. Irgendwann gingen Gerüchte um …« Eine einzelne Träne lief ihr die helle Wange hinunter.

Ich wollte sie in diesem Moment am liebsten umarmen, so deutlich war ihr die innere Qual anzusehen. Ich unterließ es jedoch, weil ich hier niemandem, absolut niemandem traute. So viel hatte ich inzwischen dazugelernt. »Was für Gerüchte?« Es schien sie schwer zu belasten.

»Dass der Kaiser einer Hochzeit von mir und Sullivan, seinem liebsten Ziehsohn, begrüßen würde. Wohlstand und Macht wären vereint. Außerdem würde es durch meine Gene die Außenhandelsbeziehungen stärken.« Ihre Stimme war nur noch ein Flüstern.

Waren die Spinnenseide und der Kirschblütenwein aus Móshù wirklich so wichtig? Ich sprach es laut aus.

Verstohlen wischte sie sich die Träne weg, die nun an ihrem Kinn angekommen war und dort als durchsichtiger Tropfen gehangen hatte. »Nein, Jo«, sagte sie.

… und schon hatte ich den – was – dritten, vierten, keine Ahnung wievielten Spitznamen.

»Es geht um die Aufständischen, die sich regen. Die, die keinen Monarchen in Washington sitzen haben wollen. Die Frauen, die hier in California, dem reichsten Land Eternys, darauf drängen, nicht länger benachteiligt zu sein.« Sie presste sich auf einmal die Hände vor den Mund, als hätte sie schon zu viel gesagt. Ängstlich wanderte ihr Blick durch den Raum, als suchte sie die Kameras und versuchte einzuschätzen, wie viel von dem Gesagten wohl aufgenommen worden war.

Alles. Schoss es mir durch den Kopf. *Alles war gefilmt worden.*

Sinessa würde wissen, was sie gesagt hatte.

Der Kaiser würde es wissen.

Aber da die Aufnahmen geschnitten wurden, um sie nun … in mundgerechten Häppchen der Bevölkerung zu servieren, würde diese Szene bestimmt nicht gezeigt werden. *Aufrührerisches Gedankengut war nicht gerade das, was die Massen bewegen sollte.*

Der Kaiser war sicherlich genauso machtbesessen wie Sinessa, dessen war ich mir sicher. Er würde ebenso wie unser Regent keine Zweifel, keine Träume in die Köpfe der Menschen pflanzen.

Diese Show diente der Ablenkung, der Unterhaltung der Masse. Sie war eine Farce. Ich konnte nicht verstehen, wie man sie als demokratisch betiteln konnte, wenn doch jeder einzelne Schritt so leicht manipulierbar war.

Alles, was von Maschinen erfasst wurde und ausschließlich von Maschinen, konnte gelöscht werden. Man konnte es überschreiben oder bewusst zusammenschneiden und im Handumdrehen zu einer neuen Wahrheit werden lassen. *Vielleicht bestand genau darin der Reiz.*

Immer mehr beschlich mich eine Ahnung, warum Rayn hier war. Mit ihm hätte der Kaiser jemanden aus seinem engsten Kreis auf dem Regentenstuhl des reichsten Landes seines Kaiserreiches. Das wäre nicht nur von Vorteil, es versprach absolute Kontrolle an einer entscheidenden Stelle.

»Es geht darum, dass eine engere Verbindung unserer Reiche dem Kaiser im Gegenzug für die Waffentechnologie, die wir exportieren, im Falle eines inländischen Aufstandes den Zugriff auf fremdartige Magiequellen und mehr Männer bietet«, flüsterte Lin plötzlich mutig nahe meinem Ohr. Sie hatte sich unter den strengen Augen von Sama, ohne dass ich es bemerkt hatte, zu mir vorgebeugt. »Überall in den Städten, auf dem Land, in den dunkelsten Ecken des Kaiserreiches werden inzwischen Zweifel laut. Am System. Am Kaiser. An seiner Politik. Es ist nur eine Frage der Zeit, bis Taten folgen. Vielleicht noch zwei, vielleicht noch fünf, vielleicht noch zehn Jahre – aber irgendwann wird das Feuer der Rebellion das Reich erfassen und dann, ja dann ist der Kaiser darauf angewiesen, dass Asien ihm im eigenen Interesse zu Hilfe eilt.« Sie lehnte sich zurück und schwieg. »Eine Krähe hackt der anderen kein Auge aus und eine Protestwelle gegen die Monarchie kann schnell überschwappen – selbst wenn ein ganzes Weltmeer dazwischenliegt. Jeder Machthabende wird so etwas vermeiden wollen.«

Ich versuchte das Gehörte zu überdenken.

Was sie gesagt hatte, war eine Riesensache. Und für mich gänzlich neu.

Denn erstens hatte ich unsere Weltordnung immer so akzeptiert, auch wenn ich unzufrieden war, und zweitens brachte mich dieses Wissen in noch größere Gefahr, als ich mich ohnehin schon befand. Ich hatte mich selbst zu einer Figur des Umbruchs gemacht – im Moment der Gildenwahl.

Was würden nur die Medien aus mir machen? Wie lange würde der Kaiser das Treiben tolerieren? So viele Fragen ohne Antwort. Allerdings würde ich die wohl recht bald erfahren – oder davor sterben.

Mein Puls stieg.

»Und wieso genau stimmt dich all das traurig?«, fragte ich Lin einzig, um mich selbst von den wenig erquicklichen Bildern in meinem Kopf abzulenken. Bilder von mir an einem Pfahl mit Schaum vor dem Mund – tot wie Rayns Eltern.

»Weil sich bis zum Eintreffen des silbernen Briefes außer den Gerüchten zu Sullivan und mir nichts in dieser Hinsicht getan hat.« Sie senkte den Kopf. »Heute, nach dem Aufstehen, habe ich ihn darauf angesprochen.«

Ich wagte fast nicht zu fragen, tat es dann aber doch. »Und? Was hat er gesagt?«

»Nichts.« Sie schüttelte betrübt den Kopf. »Er hat mich angesehen, als wären mir vier Köpfe aus dem Hals gewachsen. Er war völlig ahnungslos.«

»Und warum …?« Ich musste es wissen, konnte es aber nicht aussprechen.

»Derartige Gerüchte überhaupt erst aufkamen?«

Ich nickte. Ein Fünkchen Wahrheit steckte bestimmt darin. Nur welches?

Sie knetete die Hände im Schoß. Fuhr sich über die zu perfekten Halbmonden gefeilten rosa Nägel. »Weil wir bis heute Morgen eine Affäre hatten. Ich bin sicher, du hast es bemerkt. Ich habe deinen Blick gesehen.«

Wieder nickte ich.

»Er hat gesagt, dass es schön war, er aber nichts für mich empfindet. Und er deshalb jegliche Entscheidung respektiert, die ich treffe. Also gegebenenfalls auch meinen Wunsch, ihn überhaupt nicht mehr zu sehen; dass wir uns aus dem Weg gehen.«

Also doch. Mir wurde fast schlecht. *Was hatte er zu mir gesagt? Ich hätte etwas missverstanden?* Ich hatte das ganz richtig verstanden. Er hatte da etwas missverstanden! Nämlich, dass man Frauen nicht wie reife Äpfel aufklaubte, um sie dann – wenn *Mann* sie satt hatte – fallen zu lassen und in solche Verzweiflung, wie ich sie gerade sah, zu stürzen!

»Aber das ist nicht alles«, flüsterte Lin.

»Oh nein. Du bist schwanger?!«, entwich mir der schlimmste Albtraum, den ich mir vorzustellen vermochte.

Lin lachte los. Es war ein hysterisches, seltsames und irgendwie traurig wirkendes Lachen. »Nein.« Fast verschluckte sie sich an dem Wort. »Das zum Glück nicht auch noch.« Ihr Gesichtsausdruck widersprach dem. »Wir haben verhütet.« Sie zwinkerte mir zu.

Ich wurde rot wie eine Tomate.

Sama schnaubte neben mir. Ob vor Mitleid oder Belustigung, konnte ich nicht sagen.

»Ich wurde von keiner der Gilden angenommen.« Lins Worte waren tonlos.

»Und das ist … schlecht?«, fragte ich nach. Ich legte meinen Kopf leicht schräg. Ich erinnerte mich gut an meine eigenen Überlegungen und daran, dass es dann möglich wäre, einfach nach Hause zu gehen. Wie gern würde ich jetzt mit Lin tauschen.

»Das bedeutet keinen Ruhm für meine Familie. Sie haben erwartet, dass ich in eine der Gilden eintreten würde. Oder seien wir ehrlich, natürlich nicht in irgendeine. In die der Mensay, wie schon meine Mutter zuvor. Nun habe ich ihnen nichts als Schande gebracht und werde nicht einmal die erwartete Heirat einbringen.« Sie schluchzte auf.

Ich sah sie völlig entgeistert an. *Ihre Familie konnte doch nicht ernsthaft …? Doch,* korrigierte ich mich sogleich. So waren manche Magicians, wahrscheinlich sogar die meisten. Lin würde vermutlich immer mit den scheinbaren Makeln leben müssen, nicht für die Gilde der Mensay ausgewählt worden und nicht Mrs Sullivan Tenakulis geworden zu sein.

Vielleicht würde sie eines Tages darüber hinwegsehen können. Heute jedoch lastete die Bürde der nicht erfüllten gesellschaftlichen

Verpflichtungen, in tiefe Traurigkeit getränkt, auf ihr und drohte, ihre Lebensfreude zu ersticken. Dabei hatte ich keinesfalls das Gefühl, dass sie wirklich um die Ereignisse trauerte – mehr darum, an Stellung und Ansehen eingebüßt zu haben.

Schwerfällig stand sie auf. Ihre Zeit hier war vorbei.

Sie musste jetzt gehen und wollte nichts sehnlicher als bleiben. Ich würde mit Freuden gehen, hatte aber keine Wahl, außer zu bleiben. So war das Leben manchmal.

Einzig Sama zu unseren Füßen schien sich genau dort wohlzufühlen, wo sie sich positioniert hatte. *An meiner Seite.*

13

Aus der Asche erhoben

Hohe, runde Stehtische mit goldenem Fuß und weißer Marmorplatte säumten die freie Fläche mit den vier aufgespannten Baldachinen. Blau für die Gulets. Weiß für die Mensay. Gelb für die Veritas. Grün für die Cuiny.

Eine jede Gilde war vertreten. Nicht immer üblich, aber doch wahrscheinlich bei einer Wahl. Nur manchmal, so hatte ich gelesen, war eine der Gilden so wählerisch gewesen, dass sie sich für keinen der Bewerber oder Bewerberinnen ausgesprochen hatte.

Unauffällig sah ich mich von dem Tischchen aus, an dem ich stand, um, während ich zu vergessen versuchte, dass sich das Mieder meines blauen Kleides immer enger um meinen Brustkorb zu legen schien. Es war wie eine Würgeschlange, die mich nicht aus ihrem Griff entließ. Und das würde wohl noch eine Weile so bleiben, denn die Aufnahmen, wegen denen wir alle hier waren, würden erst beginnen.

Gerade bauten die Assistenten der Fotografin Beleuchtung und Kameratechnik auf. Das erste Set, das fotografiert werden würde, war das der Cuiny. Ihre Gildenfarbe Grün strahlte in einem tiefen Waldton vom Set, das mich als Assoziation zum Landschaftsbild unwillkürlich an die Leopardenflecken auf Missy Verovenas Haut denken ließ.

Kleine Marmeladengläser mit unauffälligen LEDs kurz unter den Deckeln sorgten als stilvolle Dekoration auf den Stehtischen für indirekte Lichteffekte. Indem sie nach einer Weile die Farbe änderten – immer im Spektrum der Gildenfarben –, tauchten die LEDs den Raum mal in kaltes und mal in warmes Licht.

Traf das blaue Licht auf mein Kleid, begannen die eingewobenen Metallfäden der Stickereien zu leuchten. Wahrscheinlich waren sie aus einem fluoreszierenden Material, das modifiziert worden war. Ich konnte mich nicht davon abhalten, mich noch einmal hin und her zu drehen, um den Effekt zu erproben, und kam gar nicht mehr aus dem Staunen heraus. Ich fühlte mich ein bisschen wie eine Prinzessin, die zu ihrem ersten Ball ging.

Heute Abend würde das tatsächlich der Fall sein.

Zu meinen Füßen, die in blauen Riemchensandaletten steckten, hatte Sama es sich bequem gemacht, was einer der Gründe sein mochte, warum sich bisher niemand in unsere unmittelbare Nähe getraut hatte.

Aufmerksam schweifte ihr Blick durch den Raum, über die Kandidaten im edlen Zwirn der Farben ihrer Gilden. Zwanzig waren von den fünfundzwanzig übrig. Ich war eine davon.

Körperlich war ich genauso anwesend wie die anderen. Geistig versank ich jedoch in der Erinnerung an den restlichen gestrigen Abend.

Nachdem ich mit Sama in mein Zimmer zurückgekehrt war, hatte ich schnell festgestellt, dass der Raum uns nicht mehr hatte gehen lassen. Ausgangssperre. *Schon wieder.* Dabei hatte ich von den Themen auf meiner Liste doch gerade mal eines … irgendwie … erforscht. *Verflixt.* Ich war nahe daran gewesen, die Tür in Elementarfeuer zu stecken, hatte mich dann jedoch beherrscht. *Ich würde meine Kräfte noch brauchen.*

Li hatte nach Energie geächzt, also war ich auf die Suche nach einer Steckdose gegangen und hatte den Nanobot dort einen Kontakt herstellen lassen, um zu laden.

Sama hatte es sich inzwischen auf meinem Bett gemütlich gemacht gehabt und bereits die Augen geschlossen. Ich selbst war nach kurzem Zögern ins Bad getreten und hatte die große Wanne erprobt. Wenn es hier schon Luxus gab und man sowieso dazu verdammt war, untätig zu sein, dann mit Stil, hatte ich gedacht. Yasemine wäre sicherlich stolz auf diese Einstellung.

Der Morgen hatte sich schneller angekündigt als erwartet. Nachdem ein Fanfarenstoß – Sinessa hatte mal wieder echten Geschmack bewiesen – Sama und mich aus dem Schlaf geschreckt hatte, hatte ich erst registriert, dass ihr Löwenkörper im Bett wie der eines Hundes zu meinen Füßen zusammengerollt war. Dabei hatte ich sie gestern Abend, als ich aus dem Bad gekommen war, aus dem Bett vertrieben! Sie musste gewartet haben, bis mich der Tiefschlaf ereilt hatte, um sich dann wieder anzuschleichen. *Durchtrieben, durchtrieben!*

Drei Dinge waren mir, nachdem ich aufgewacht war, klar geworden. Erstens: Irgendwo im Zimmer mussten versteckte Lautsprecher eingebaut sein, sonst hätte ich Ruhe vor der verdammten Fanfare gehabt. Zweitens: Ich wusste noch immer nicht, was meine »wahre Gabe« war, von der meine Mutter gesprochen hatte. Und drittens: Ich würde Rayn heute vermutlich wiedersehen. Und Ivan. Meine Mundwinkel hatten sich zuerst gehoben und dann von ganz allein gesenkt.

Daraufhin war überraschend Miss Puttin mit einem Frühstückstablett in den Raum geeilt. »Sie speisen ab jetzt auf Ihrem Zimmer«, hatte sie, ohne eine Begrüßung oder irgendwelche erkennbaren Gewissensbisse darüber, einfach hereingeplatzt zu sein, festgelegt.

»Wurde ich ausgeschlossen?«, hatte ich fast beklommen gefragt.

»Nein, aber eine Sphinx ziemt sich nicht für einen ordentlichen Speisesaal.«

War das ihre Interpretation oder die von Sinessa? Wieder seine komische Etikette? Eigentlich konnte es mir egal sein. Ich war zufrieden damit, mich nicht mehr mit der Stille, den seltsamen Blicken der anderen oder ihren unliebsamen Fragen herumschlagen zu müssen. *Aus dem Speisesaal zu flüchten gehörte demnach nicht länger zu meinen Angewohnheiten.*

»Außerdem bringe ich Ihnen gleich noch das Kleid und die Schuhe für heute.«

»Okay«, hatte ich lapidar entgegnet. *Was hätte ich auch sonst sagen sollen?*

Jetzt, beim Fototermin, sah ich, wie Ivan und Rayn tatsächlich gerade aus je einer anderen Ecke des Raumes auf mich zugeschlendert kamen.

Ich, der Männermagnet.

Wieder wurde ich nervös, ohne dass meine Hände zu zittern begannen. Sama hatte gestern Abend diesbezüglich die Theorie vorgebracht, dass die stoische Gelassenheit der Sphinx mich zumindest äußerlich ergriffen hatte. Das war mir durchaus recht. Aufmerksam blickte ich den beiden entgegen.

Wenn ich ehrlich war, wusste ich weder, wie ich mit Ivan umgehen sollte, nachdem ich Majlins Geschichte gehört hatte, noch was ich von Rayn halten sollte, der mir so unverfroren meinen ersten Kuss gestohlen hatte.

Mhm …

Anhand eines Windzuges auf Kniehöhe und der Reaktion auf Ivans Gesicht erkannte ich, dass Sama sich wohl zu ihrer vollen Größe erhoben hatte. Es wirkte einen Moment, als würde er stehen bleiben, bevor er sich einen inneren Ruck zu geben schien. Sein heute dunkelblauer Anzug stand ihm hervorragend. Wahrscheinlich war er maßgeschneidert. Das hellblaue Einstecktuch harmonierte perfekt mit dem Farbton seiner Halbschuhe. Budapester. Nur der kleine dunkelblaue Stein in seinem rechten Ohrläppchen wirkte … protzig.

Fast so überheblich wie das Lächeln auf Rayns Gesicht, der nun eine Armlänge von mir entfernt zum Stehen gekommen war.

Als mich etwas am Rock streifte, sah ich nach unten und stellte fest, dass Sama ihre Flügel schützend vor mir ausgebreitet hatte. Eine warme, strahlend weiße Mauer zwischen mir und den beiden.

Katzenhaft schaute sie Rayn an, bevor sie den Kopf samt Kopfschmuck schief legte. Dann drang ein leises Fauchen aus ihrer Kehle und ich schmunzelte innerlich, ohne eine Miene zu verziehen, als Rayns Lächeln zu bröckeln begann.

Äußerlich lässig steckte er seine Hände ganz cool in die Taschen seines himmelblauen Sakkos mit den in verschiedenem Blau gehaltenen Aufnähern an den Ellenbogen. Diese fanden sich, wie ich nun feststellte, auch auf den Knien seiner Hosenbeine wieder. *Modisch, modisch, der Herr.*

»Mir scheint, du bist stets für eine Überraschung gut, Josi«, hörte ich da von meiner anderen Seite Ivans Stimme.

»Gewiss ist sie das, du Unwürdiger«, belehrte ihn Sama. Sie hatte den Kopf nun dem Kardinal der Blauen Garde zugewandt.

Obwohl ihre Antwort grenzwertig war und ich sie so nie gegeben hätte, da sie eindeutig einen der höchsten Würdenträger unseres Kaiserreiches beleidigte, musste ich mir ein Lachen verkneifen. Ivans Miene war anzusehen, dass er noch nie *Unwürdiger* genannt worden war. Er bekleidete als Kardinal der Blauen Garde eine hohe Position, direkt unter dem Kaiser, und hatte einen Ruf zu verlieren. Sama hatte ihn gewissermaßen im kleinen Kreise kompromittiert – knapp an der Grenze zwischen lustig und ernsthaft mit Konsequenzen behaftet. Andererseits: *Wurde er die dauerhafte Anbetung seiner Person eigentlich nicht manchmal leid? Da war es doch sicher erfrischend, auch mal Kontra zu bekommen.*

Er nahm es mit Humor. »Oh, die Sphinx spricht mit mir. Das ehrt mich. Bedeutet das, dass ich aus dem Stand der Unwürdigen in den der Würdigen erhoben wurde, an den Ihr Eure Worte richtet?«, parierte er geschickt.

Tja, dachte ich. *Da hatten sich zwei gefunden. Sollten sie ihre Wortgefechte allein austragen.* Grinsend drehte ich mich wieder zu Rayn. Dieser schien nur darauf zu warten, dass ich das Wort an *ihn* richtete. Ehrfurchtsvoll betrachtete er Sama und hielt noch immer einen gewissen Sicherheitsabstand.

»Wieso warst du bisher kein Mitglied in einer der Gilden? «, wollte ich von ihm wissen. »Ich meine, am kaiserlichen Hof hätte sich doch bestimmt längst die Möglichkeit geboten?« Er und Ivan wirkten gleich alt und waren, nach seiner Aussage, zusammen aufgewachsen. Da Ivan bereits zu einer Gilde und zur kaiserlichen Garde gehörte – genauer: diese befehligte, was die Gildenzugehörigkeit von vornherein voraussetzte –, nahm ich stark an, dass ihm die Mitgliedschaft zu den Gulets schon früh angetragen worden war.

Rayn nickte, als verstünde er meinen Gedankengang. »Wir haben zwar fast alles zeitgleich geteilt, aber Sullivan ist drei Jahre älter. Ich bin erst vor vier Monaten einundzwanzig geworden, also alt genug, um ein Gildenmagician zu sein. Es hätte davor Sonderregelungen bedurft – das wollte ich nicht.«

Wir schwiegen.

Am Rande bekam ich mit, wie Ivan Sama dazu verleiten wollte, ihm ein Rätsel zu stellen, bei dessen richtiger Lösung er dann einen Wunsch bei ihr frei hätte.

Der Quatschkopf. Wir Sphinxe waren doch keine Wunderlampen. Zumindest das wusste ich, ohne in einem Buch über meine Spezies nachschlagen zu müssen.

»Wie bist du zu deiner …« Rayn überlegte, welche Worte er wählen sollte. »… neuen Beschützerin gekommen?« Plötzlich wurde es ziemlich still im Raum und das, obwohl dieser weitläufig war. *Die Gespräche rund um meinen Tisch interessierten wohl alle.* Nun gut, die Frage würde ich früher oder später beantworten müssen. Später wäre ganz schön gewesen, dann hätte ich mir zusammen mit Sama eine ausgeklügelte Antwort einfallen lassen können.

Warum waren wir auch gestern gedankenlos eingeschlafen? Weil der Tag anstrengend gewesen war, gab ich mir selbst die Antwort. Und weil ich in diesem *Ganzen* hier immer noch unbedarft und ungeübt war.

»Sie wollte die Bibliothek aufsuchen«, gab mir Ivan das Stichwort.

Womöglich hatte meine Denkpause zu lange gedauert.

Sama schien leider zur Abwechslung das Schweigen zu bevorzugen. Ich war auf mich allein gestellt.

Dankbar lächelte ich ihn an. Dann fasste ich mir ein Herz. »So war es«, stimmte ich zu. »Eigentlich dachte ich, ich könnte etwas über die Ayuden nachlesen. Stattdessen kam es mir eher so vor, als hätte ich mich in der Bibliothek verlaufen«, gab ich freimütig zu. »Als ich innehielt, um mich neu zu orientieren, sah ich eine Statue. Eine Büste, genauer gesagt.« Ich hielt inne, versuchte meine Worte weise zu wählen. Details, wie die Heilung meines Fußes und den Schwur, den Sama geleistet hatte, wollte ich nicht preisgeben. Je näher meine Geschichte der Wahrheit kam, desto authentischer würde sie wirken, also würde ich mich nicht in fantastischen Lügen verlieren. »Ich trat näher heran, hob die Hand und berührte sie, ähnlich wie die Ayuden.« Behutsam legte ich eine Hand auf Samas Rücken, genau zwischen die Flügel. Sie stand ganz still und ließ mich gewähren. »Dann erwachte die Statue zum Leben und Sama stand vor mir«, schloss ich.

»Welch rührende Geschichte«, hörte ich ein wenig erbautes Zischen von links. Als ich mich umblickte, sah ich niemand anderes als den Veritas mit den schwarzen Haaren, der im Krankenflügel gewesen war. *Der schien etwas gegen mich zu haben. Auch wenn ich ihn nicht einmal persönlich kannte. Vielleicht war er noch sauer wegen der Ayude, die ihn verletzt hatte?*

»In der Tat«, befand in dem Moment auch Mr Drei-Steine-haben-bei-mir-Geleuchtet. Mit seinem blassen Gesicht und seinen langen Fingern, die er verkrampft an der Seite unter den trompetenförmigen Ärmeln seines gelben Gewandes versteckte, wirkte er nicht mehr so selbstsicher. Dass er sich ebenfalls für die Veritas entschieden hatte, passte wie die Faust aufs Auge. Jedoch harmonierte die Gildenfarbe nicht gerade mit seiner blassen Haut. Genau genommen verlieh sie ihm ein leicht kränkliches Aussehen. Irgendwie tat er mir trotz seiner ganzen Macht, mit seiner unterschwelligen Aggression, der Wut und Gemeinheit, die sich in seinem Gesicht widerspiegelten, fast leid. *Was brachte einen Menschen dazu, immerfort unzufrieden zu sein? Mehr zu wollen?* Ich begriff es einfach nicht.

Vielleicht musste man aus einem der Glastürme stammen, um zu begreifen, dass wahres Glück nichts mit Macht und dem Streben nach mehr und mehr zu tun hatte. Es kam auf die innere Zufriedenheit an. Auf den Moment, in dem man dasaß und einfach … existierte. Frei von Sorgen und jeglichem Unmut. Im Einklang mit sich.

Für mich war das der Moment auf meiner Couch. Mit meinen Büchern. *Hach,* wie sehnte ich mich gerade danach. Doch die Erfüllung dieses Wunsches lag in weiter Ferne.

»Wir aßen zusammen Fischsuppe, Kafiron«, ertönte da Samas Stimme. Sie klang ganz und gar nicht erfreut. Ihre Augen intensivierten die Aussage, derer direkter Sinn sich wohl nur ihr erschloss, durch das aufleuchtende Rot ihrer Iriden. *War ein gemeinsames Essen in Ägypten eine besondere Handlung?* Ich hatte keine Ahnung. Und wüsste ich nicht inzwischen, dass Sama handzahm war – zumindest mir gegenüber –, würde ich es mit der Angst zu tun bekommen. An wen von den beiden sie ihre Aussage adressiert hatte, war unklar.

»Wie hast du mich genannt?«, fragte Mr Drei-Steine unheilverkündend.

»Fischsuppe, dass ich nicht lache«, entgegnete der schwarzhaarige Veritas gleichzeitig abfällig.

Sama zuckte mit keiner Wimper. Sie schien gesagt zu haben, was sie hatte sagen wollen. Ich entschloss mich, es damit auch gut sein zu lassen. Allerdings konnten das andere wohl nicht, denn ich hörte noch ein Murmeln: »Na, das klingt ja wie der Beginn einer Freundschaft fürs Leben.«

Dieses Mal hatte Ivan gesprochen. Ich konnte nicht einordnen, wie er es meinte. Da sich die Kandidaten wieder besannen und schließlich die Gespräche erneut einsetzten, da unsere Unterhaltung eindeutig stagnierte, nahm ich an, die Feuerprobe überstanden zu haben.

Kurz hatte ich gestern Abend vor dem Zubettgehen Angst gehabt, dass man mir Sama wegnehmen könnte. Dann jedoch war mein Trotz zurückgekehrt und ich hatte gedacht, dass das besser niemand wagen sollte. Eine ähnliche Entschlossenheit fühlte ich auch jetzt.

Die feierliche Stimmung, die vorhin noch über dem Raum gelegen hatte, da sich jeder hier einer der Gilden als würdig erwiesen hatte, war verflogen. Die Mienen wirkten nun angestrengt und die Gesten berechnend. Wieder war ich die mit den Extramätzchen und eckte an. *Würde das denn nie enden?* Und die Einzige, zu der ich während unseres Gespräches ein bisschen Empathie verspürt hatte – Lin –, war nicht mehr da. *Großartig.*

Zum Glück waren die eifrigen Hände des Vorbereitungsteams der Fotografin nun fertig und wir wurden um Ruhe gebeten.

Sinessa trat in einer leuchtend gelben Robe durch eine der Türen an der Stirnseite des Raumes und setzte ein strahlendes Lächeln auf. Eine silberne Drohne flog ihm leise sirrend um den Kopf und justierte immer wieder den Kamerawinkel, wohl um seine Schokoladenseite besonders sorgfältig zu filmen.

»Verehrte Kandidaten und Kandidatinnen«, begann er salbungsvoll. »Sie haben es geschafft. Sie sind jetzt Gildenmitglieder!« Sein Tonfall klang fast nach echter Begeisterung. »Nun werden die üblichen Bilder gemacht. Judith …«, er griff nach dem Oberarm der dünnen Fotografin, die sich neben ihn gestellt hatte. »… ist eine wahre Künstlerin hinter der Linse. Befolgen Sie ihre Anweisungen, dann kann nichts schiefgehen.« Er lächelte fast. *Hatte er heute Morgen Ausgeglichenheitspulver im Tee gehabt?*

Ich hatte nur den Kaffee von dem Tablett, das mir Miss Puttin gebracht hatte, geschlürft, das Sandwich Sama gegeben, Li von der Steckdose geholt, tief in der Tasche meines heutigen Kleides verschwinden lassen und mich frisiert.

Zu meiner Begeisterung hielt der Ungeschminkt-sieht-klasse-ausnämlich-wie-geschminkt-Umstand an, den ich mir nicht erklären konnte. *Noch nicht.* Wie so vieles. Vielleicht lag es auch an meinen Pixiegenen. *Darüber würde ich mich sicher nicht beschweren.*

»Wir beginnen mit den Cuiny«, zwitscherte die Fotografin. Ihre kurzen Haare standen wie Igelstacheln in einem leuchtenden Rosa von ihrem schmalen Kopf ab. Die hagere Gestalt war in ein enges pinkes Kleid gehüllt, unter dem ebenfalls pinke Schlangenlederstiefel hervorlugten. Na, sicher vertraute ich ihrer kreativen Ader und ihrem Geschmack. *Nicht.*

»Bevor Sie sich nun in Gedanken über Posen ergehen, bitte ich Sie, das nicht zu tun. Wir wollen ja keine verkrampften, gestellten Fotos. Wir wollen echte Kämpfer sehen!« Ihr zartes Stimmchen überschlug sich fast vor Motivation. »Unterhalten Sie sich also ganz ungezwungen. Da drüben stehen Erfrischungen bereit.« Ihr gestreckter Zeigefinger wies auf zwei lange Buffettische mit weißen Tischdecken, auf denen bunte Getränke aufgereiht standen. Selbstredend auch wieder in den Farben der Gilden.

Heute stand wohl alles in diesem Zeichen.

»Genießen Sie den Tag. Es ist Ihr Tag. Ihr Triumph«, endete sie.

Bei ihrem letzten Satz verfinsterte sich kurz Sinessas Gesicht. Das Wort ›Triumph‹ gefiel ihm eindeutig nicht. Nach einem Blick auf die Drohne erhellte es sich jedoch schlagartig, als hätte nie etwas seine Stimmung getrübt.

Keine fünf Minuten später ging es los. Im Gegensatz zu den Worten der scheinbar nichtmagischen Fotografin – denn warum trugen sie und ihre Helfer als Einzige keine Gildenfarben? –, standen die Kandidatengrüppchen, die sich bereits gebildet hatten, stumm um die Tische.

Sinessa hatte sich wieder verabschiedet. Alle hatten sich ein Getränk in der Farbe ihrer Gilde geholt und ein ganzer Schwarm von Drohnen schwebte nun um das Set in der Luft. *Würde das in Zukunft die ganze Wahl über so gehen?*

Ich beobachtete, wie alle anderen, kommentarlos das Geschehen. Abwesend strich ich dabei Sama übers Fell, die sich ebenfalls still meine dilettantischen Streichelversuche gefallen ließ.

Ein mir bisher unbekannter junger Mann in einem stattlichen grünen Wams und passendem Hemd trat auf Judiths Winken hin vor und stellte sich ungelenk vor den Hintergrund seiner Gilde.

Nach einigem Hin und Her begann Judith, ihm immer mehr Anweisungen zuzurufen. Selbst mir aus der Entfernung wurde es langsam zu bunt. Zuerst war er ihr zu steif, dann hatte er zu wenig Körperspannung. Nein, er sollte keinen Buckel machen. Daraufhin war er wieder zu aufrecht.

»Ein Hohlkreuz sieht doch auch nicht schön aus«, wies sie ihn zurecht. Und so ging es in einem fort.

Ich fragte mich, ob Sinessa wohl deshalb so gut gelaunt gewirkt hatte. *Die Frau war ein Drache, ein Teufel, eine Furie unter ihrem Zuckerstangen-Look!* Und wenn sie bei jedem von uns so lange brauchen würde, würden wir den Ball heute Abend zweifelsohne verpassen.

Ich bewunderte den Cuiny aufrichtig, der bis jetzt alles mit stoischer Miene ertragen hatte. Auch die Mienen von Ivan und Rayn spiegelten Skepsis. Immerhin musste Ivan ja nicht fotografiert werden. *Der Glückliche.*

Abgelenkt beugte ich mich zu Sama hinunter, wollte sie gerade etwas fragen, was ich direkt vergaß, als ein Aufkeuchen durch die Kandidaten ging.

Da sah man einmal nicht hin … Neugierig richtete ich mich auf und lenkte noch währenddessen meinen Blick nach vorne.

Der Mann hatte sich in einen riesigen Raubvogel verwandelt!

Ich hatte keine Ahnung, in welchen. *Einen Adler? Einen Falken?*

Die Spannweite seiner Flügel war beeindruckend. Der Schnabel spitz und gebogen. Majestätisch schwebte er vor dem grünen Baldachin und funkelte die Fotografin aus schwarzen Knopfaugen an.

Ich wartete atemlos darauf, dass er sich mit einem Flügelschlag und dem Aufbäumen seines weiß gefiederten Brustkorbs auf sie stürzen würde.

Da stand plötzlich Ivan wie von Zauberhand neben dem Tier. Keine Angst, nicht einmal der Hauch von Furcht war ihm anzusehen, während alle anderen im Raum den Atem anzuhalten schienen.

»Tessinus!« Das Wort war gleichzeitig Name wie Befehl. Langsam streckte Ivan den linken Arm aus. Seine Augen ließen nicht von denen des Raubvogels ab. »Du wirst dich jetzt beruhigen.«

Erst da hörte ich in der Stille das dauerhafte Klacken des Auslösers. Wie von Sinnen schoss Judith, völlig ungerührt von der Gefahr, in der sie schwebte, Foto um Foto.

Sie hatte ihn mit Absicht provoziert, wurde mir klar. Das würde mit uns anderen nun nicht mehr so einfach funktionieren. Denn jetzt wussten wir um ihren Trick. Keiner von uns wollte zu früh seine Kräfte offenbaren, da war ich mir absolut sicher.

»Tessinus«, befahl Ivan erneut. Seine Stimme hatte etwas Unbeugsames. Als würde er erst von seinem Ansinnen ablassen und weichen, wenn er das gewünschte Ergebnis erzielt hatte. Sein Körper leuchtete blau. Eine Welle der Macht ging von ihm aus, die die Luft im Raum zum Prickeln brachte.

Fast in Zeitlupe senkten sich die Krallen des Vogels. Seine Flügel verlangsamten ihren Schlag und er ließ sich auf Ivans noch immer ausgestrecktem Arm nieder.

Keinen Millimeter sank der Arm, obwohl der Vogelleib riesig und sehr schwer aussah. Einzig Ivans zusammengekniffenen Lippen ließen seine Anstrengung erkennen.

Ich atmete aus. Das Klicken der Kamera verstummte.

Dafür geschah etwas anderes Überraschendes: Sama streifte meine Hand ab und schritt langsam nach vorne.

Ich erstarrte. *Was würde passieren, wenn sie ihr Ziel erreicht hatte?* Mein Puls klopfte immer lauter in meinen Ohrmuscheln.

Samas Kopf war hoch erhoben. Ihre Augen leuchteten heller als je zuvor.

Die Kandidaten wichen vor ihr zurück, sodass sie durch die Gasse zwischen ihnen schlendern konnte. Sie alle hatten sichtlich Respekt. Ich fand es fast schon amüsant bei dem Größenunterschied. Doch gewann in dem Fall die Macht der Magie über die Körpergröße.

Murmeln durchbrach die Stille.

Ich wartete stumm ab.

Was faszinierte sie an dem Vogel? Katzen mochten Vögel. Löwinnen bestimmt auch. Aber dieses Raubtier auf Ivans Arm wirkte nicht, als ob es sich verspeisen lassen, sich einfach geschlagen geben würde – nicht einmal einer Sphinx.

Als die Pixie vorne angekommen war, ging Ivan wie selbstverständlich auf die Knie. Vogel und Frauengesicht waren damit auf gleicher Höhe.

Schwarze blickten in rote Augen.

Dann hob der Vogel die Flügel und schwang sich mit einem einzelnen Schlag von Ivans Arm in die Luft, nur um eine Drehung zu vollführen und auf Samas Rücken, direkt zwischen ihren Flügeln zu landen. *Es war die Stelle, die ich gerade noch berührt hatte.*

Ich zog erschrocken die Luft ein. *Was nun?* Das alles hatte sich im Bruchteil einer Sekunde ereignet. Es wirkte so natürlich wie unnatürlich zugleich, als die Sphinx sich drehte und mit dem auf ihrem Rücken thronenden Vogel wieder auf mich zuschritt.

Alle – wirklich alle – starrten. Inklusive mir. Selbst Judith schienen die Worte und vor allem der Drang, ihren Auslöser zu betätigen, zu fehlen.

Ich fragte mich, vom ununterbrochenen Sirren der Drohnen untermalt, die die beiden Tiere in der Luft schwebend zu mir begleiteten, was das zu bedeuten hatte. *Hatte Sama einen neuen Verbündeten für uns gewonnen? Hatte sie ihn hypnotisiert? Ihn irgendwie mit einem Zauber belegt?* So hatte es aber nicht ausgesehen. *Und warum verwandelte er sich nicht zurück, warum war er noch immer in seiner Tiergestalt – und ritt auf ihr … zu mir?*

Es war abstrus.

Als die seltsame kleine Prozession vor mir hielt, kniete sich Sama hin und bedeutet mir mit einem Kopfnicken, mich ebenfalls hinunterzubeugen.

Als ich es tat, sah ich, wie drei einzelne Hieroglyphen seitlich an ihrem Kopfschmuck golden aufleuchteten. Es waren ein Bein, eine Art Topf – wie ein Tongefäß – und ein Vogel, der für mich starke Ähnlichkeit mit einem kurzfüßigen Storch oder einem Reiher aufwies. Das letzte Zeichen hatte nicht wirklich viel mit dem Vogel auf ihrem Rücken gemein. Aber Hieroglyphen waren ja auch stilisierte Schriftzeichen – der Ägypter. Zweifelsohne hatten die Glyphen etwas mit all dem hier zu tun. So blind und blauäugig, dass ich das Aufleuchten als Zufall abtat, war ich nicht. Es ging also um weitere Zauber aus der Antike, oder? Um mehr mythische Wesen. Ich trug eine Pixie in mir. *Welches Fabelwesen mochte Tessinus verkörpern? Aber er hatte sich doch bereits verwandelt …*

Aus dem Augenwinkel sah ich, wie Rayn näher zu mir rückte und die Arme anspannte, als bereitet er sich darauf vor, mich zu verteidigen, wenn das vonnöten sein sollte. Unverwandt blickte ich noch immer Sama an und wartete auf eine Erklärung von ihr. Sie konnte schließlich sprechen. *Wenn sie wollte.* Und sie genoss mein Vertrauen.

Zu meiner Freude fand sie just ihre Stimme. Diese verursachte mir jedoch schon bei den ersten Worten Gänsehaut am ganzen Körper: »Der Neugeborene erhebt sein Haupt.«

Ich erstarrte.

»Der verlorene Sohn kehrt wieder.«

Pause.

»Der Falke wird zum Phönix. Der Benu küsst die Morgenröte.«

Plötzlich leuchtete das Gefieder des Vogels vor mir auf.

Wieder verstummte Sama.

Erschrocken hob ich den Blick von ihrem Gesicht zu Tessinus' Gestalt. Zuerst sah ich nur die Helligkeit, dann erkannte ich, dass er flackernd in den vier Farben der Gilden leuchtete. Seine Flügel waren blau, der Rücken zeigte ein Grün, die komplette Unterseite leuchtete weiß und der Kopf sowie die Schwanzfedern und vereinzelte Federn um die Füße glühten in einem tiefen Gelb.

Immer heller wurde das Licht, bis ich die Augen zusammenkniff, so sehr blendete es mich. Endlich, als der Schein wieder verblasste und mein Blick erneut auf ihn fiel, hatte er wohl seine endgültige Gestalt und Farbe erreicht.

Das vierfarbige Gefieder war einem golden-roten Glanz gewichen, der ausgezeichnet zum bräunlichen Fell Samas passte. Der goldene Schnabel des Vogels war nun deutlich kleiner, die Augen wirkten sanftmütig. Flammen leckten an seinem Kopf und verliehen ihm einen Heiligenschein.

Ich staunte Bauklötze. *War das …? Konnte das …?* Den Teil über den verlorenen Sohn hatte ich nicht verstanden, aber das vor mir schien eindeutig ein Phönix zu sein!

Ich war mir nicht sicher, ob er sich je wieder in einen Menschen verwandeln würde. *Phönixe verbrannten und wurden neu geboren, oder? Allerdings als Baby-Phönix.* Und das da schien ein ganz besonderer zu sein.

Während ich noch darüber nachdachte, breitete der Phönix – Tessinus, rief ich mir in Erinnerung – die Flügel aus und stieß sich von Samas Rücken ab.

Er segelte kurz, drehte dann bei. Indes erhob ich mich, um ihn bei seinem Flug zu beobachten – wie alle anderen im Raum. Mit einer eleganten Drehung schwang er sich durch die Lüfte, bevor er zu mir zurücksteuerte. Ängstlich wollte ich mich ducken, doch sein Blick fand meinen und so verharrte ich in Schockstarre, bis er sich geschmeidig auf meiner linken Schulter niederließ. Sein Gewicht war zu meiner Verwunderung fast nicht spürbar.

Meine Angst wich einem Gefühl tiefer Faszination, da er damit zufrieden zu sein schien, still dort zu sitzen. Während die Nanocams der Drohnen diesen besonderen Augenblick aus jedem Winkel einfingen, wurde mir bewusst, dass ich jetzt vermutlich zwei magische Begleiter hatte und diese Wahl einen Kandidaten weniger.

Ich hoffte, dass der Schutz einer Sphinx und eines Phönix stark genug sein würde, um mich vor den anderen Kandidaten, vor Sinessas Wut und der Furcht des Kaisers zu bewahren. Alle würden mich nun als Bedrohung ansehen, dessen war ich mir sicher. Sie mussten es fast, weil mich spätestens der heutige Tag ins Bewusstsein der Bevölkerung bringen würde.

Die Ausstrahlung könnte selbstverständlich all das nicht zeigen, doch war es vermutlich längst zu spät. Während der Anfangszeremonie, der Aufgaben, der Fototermine und der Interviews, die noch kommen würden, lief eine Liveübertragung mit einer Verzögerung von maximal fünf bis zehn Sekunden aufgrund des Schnitts, die dem Volk Transparenz vorgaukeln sollte. Nur in den Zeiten dazwischen wurde wirklich zeitverzögert ausgestrahlt. So war die Übertragung einfach mitgelaufen, schließlich hatte bei Tessinus' erster Verwandlung nur die Action im Vordergrund gestanden und noch nichts auf den Phönix hingedeutet. Abgebrochen hatten sie dann sicher auch nicht – das hätte noch mehr Aufregung oder gar Kritiker an der Transparenz heraufbeschworen. Stattdessen war wahrscheinlich jedes Zucken der Kandidaten, jedes schief liegende Haar längst eingefangen und ausgestrahlt worden.

So stand ich da, mit einer Sphinx zu meinen Füßen, einem Phönix auf der Schulter und einem Kleid, das gerade im Licht der blauen Tischlampen wieder zu strahlen begann.

Rayn neben mir wirkte wie versteinert. Ivans Blick vom Set, an dem er noch immer stand, war nicht deutbar. Nur die Wut, den Hass und die Furcht, die die anderen Kandidaten verströmten, konnte ich deutlich wahrnehmen.

Ich seufzte innerlich. *Immer wenn ich einen Freund gewann, machte ich mir hier zehn weitere Feinde.*

Obwohl es nur noch eine Cuiny im Raum gab, die ich vorhin in einem lindgrünen Kleid, das einen schönen Kontrast zu ihren braunen Haaren gebildet hatte, am Rand hatte stehen sehen, setzte ich mich bewusst in Bewegung. Mir stand absolut nicht der Sinn danach, länger in diesem Raum zu verweilen als nötig.

Das blasse, traurige Mädchen, das das Portal auch zur Cuiny erklärt hatte, schien ausgeschieden zu sein. *Warum erwischte es eigentlich immer die Falschen? Vielleicht wäre sie ja doch ganz nett gewesen, unter all ihren Masken. Vielleicht. Ich würde es nicht mehr erfahren.*

Ich war nicht dran, keiner hatte meinen Namen aufgerufen oder mich nach vorne gewunken – aber ich wollte diese Vorführung, dieses Fotografieren jetzt hinter mich bringen. Und niemand würde mich daran hindern.

Hoheitsvoll schritt ich mit meiner Entourage im Schlepptau und Rayn, der einfach mitkam, nach vorne.

Kommentarlos winkte Judith ihren Assistenten, das Set umzubauen.

Sehr schön. Fast überrascht registrierte ich, dass ein einziger Blick von mir genügt hatte. Tief atmete ich durch und wartete geduldig, bis sie mir mit einem weiteren Zeichen bedeutete, dass ich nun vor den blauen Hintergrund treten konnte.

Langsam stellte ich mich mittig davor, glättet die Falten des fließenden Rockes meines Kleides. Atmete noch einmal protestierend gegen das enge Mieder ein und setzte ein Lächeln auf. Der Phönix spreizte die Flügel auf meiner Schulter, hinter meinem Rücken. Mein Haar wehte im aufkommenden Luftzug. Sama hatte sich vor mir niedergelassen. Rechts neben mich hatte sich ungefragt Rayn gestellt. Links hatte ebenso ungefragt Ivan Position bezogen.

So schauten wir in die Kamera.

Ich schluckte, als mich im Moment des künstlichen Blitzes Stolz, Nervosität und ein mir unbekanntes, nicht zu benennendes Gefühl durchzogen: Dankbarkeit für all ihre Loyalität. Egal aus welchen Gründen.

Fühlte sich so eine wahre Herrscherin?

14

Für andere Ohren bestimmt

D*a draußen gibt es noch so viele Dinge zu tun, da wäre es doch traurig, hier drin zu sterben*«, hatte Rayn in der Besenkammer zu mir gesagt.

Jetzt war ich bereit, ihm darin mehr beizupflichten als jemals zuvor. Unbehelligt waren wir, das hieß Ivan, Rayn, Sama, der Phönix und ich, nach dem gecrashten Fototermin in den Gang getreten. Beklommene Stille hatte uns begleitet.

Irgendwie hatte ich mir die Wahl anders vorgestellt. Ich wusste nicht, ob pompöser oder grausamer. In jedem Fall nicht auf diese Weise ereignisreich. *Vielleicht gar ruhiger?*

Nichts hatte mich hierauf vorbereitet. Auf diese Situation.

Die Assems, die Ayuden, die Sphinx, der Phönix – sie alle machten mich zu etwas, das ich gar nicht war. *Oder doch?*

Ein paar Schritte vor mir, auf dem roten Teppich, stritten sich Rayn und Ivan. Dabei liefen sie unbeirrt weiter, als würden sie ihr genaues Ziel kennen. Ich lief ihnen einfach hinterher. *Wohin sollte ich auch gehen? Zurück in mein Zimmer?* Genau. Dann stünde bestimmt keine zwei Minuten später *Ausgangssperre* an meiner Tür und das Schloss würde mich erst wieder am Abend zum Ball herauslassen. *Nein danke.* Da verfolgte ich lieber das Gezanke vor mir.

Aufmerksam und mit gespitzten Löffeln pirschte ich mich näher an die beiden, indem ich an Geschwindigkeit zulegte. Endlich einmal kam mir der dicke Teppich zugute, auf dem das Gehen in hohen Absätzen so mühsam war. Statt mich zu verraten, verschluckte er wie immer sämtliche Geräusche meiner verräterischen Schuhe.

»Es wird sie umbringen, und das weißt du!«, hörte ich in dem Moment Ivan flüstern. Er klang besorgt.

Umbringen? Sie?

Ganz ehrlich. Jetzt war ich auch besorgt. Denn wie wahrscheinlich war es bitte, dass er nach all der Aufregung gerade von einer anderen *sie* redete als von mir? Das sollte jetzt nicht eingebildet klingen. Es war nur … na ja … unwahrscheinlich. Oder?

»Sie ist stark. Schon jetzt. Und sie wird noch stärker«, gab Rayn zurück.

Die beiden waren sich meiner Präsenz in ihrer unmittelbaren Nähe eindeutig nicht bewusst, so sehr fixierten sie ihre Blicke aufeinander.

»Natürlich ist sie das. Aber ist sie stark *genug?*« Ivans Frage stand im Raum. »Sie ist sich über ihre eigenen Kräfte nicht im Klaren. Lanahaa hat sie nicht vorbereitet.« Er klang zornig.

Ich erstarrte gedanklich. *Lanahaa* war der Name meiner Mutter. Ein äußerst moderner Name. Wie geschaffen für jemanden, der Neuzeitliches und Technisches liebte wie sie. Aber sie hatte ihn ja nicht ausgesucht. Tekre, ihr Vater, hatte ihn für sie gewählt. Nur Josephine, mein Name, ging auf ihr Konto.

Warum kannte Ivan – ganz offensichtlich – meine Mutter? Denn wie viele Lanahaas konnte es geben? Zugegeben, das hörte sich recht vage an. Trotzdem klang es alles andere als gut und bestätigte mir, dass es wohl um mich ging.

»Sie muss es sein.« Rayns Stimme hatte einen gepressten Klang. Ich konnte sein Gesicht nicht sehen, dafür aber seine angespannte Haltung.

»Entweder sie oder keine«, bestätigte Ivan, während er ihm im Gehen eine Hand auf die Schulter legte und dabei nicht einmal aus dem Takt seiner Schritte kam. »Wir werden kämpfen und siegen oder wir werden brennen und diese Welt wird mit uns untergehen.«

»Sie ist längst dem Untergang geweiht, weil sie von innen heraus fault und von außen verdorrt«, hörte ich Rayn murmeln.

Kalte Schauer liefen mir den Rücken hinunter. Tränen hatten sich urplötzlich hinter meinen Lidern gebildet. Seine Worte erschreckten mich, rührten etwas in meinem Innersten. All die Jahre hatte ich alles einfach hingenommen. Die Weltordnung, mein Leben in Glasturm No 20, das Leid meiner Mutter.

Jetzt konnte ich nicht mehr zurück. Ich fühlte sie, die Macht, die in mir wuchs, seit ich durch das Portal diffundiert war. Ich wusste nicht, warum gerade in mir und warum gerade jetzt, doch war ich mir gewiss, dass ich nie, *nie wieder* als die zu meiner Mutter zurückkehren konnte, die ich einmal gewesen war.

Mich beschlich nicht länger ein Gefühl, sondern die Klarheit, dass sie mir mehr als nur die Identität meines Erzeugers verschwiegen hatte. Und anscheinend waren auch Rayn und Ivan nicht gewillt, mir zu sagen, was sie wussten. Denn dann hätten sie das längst getan.

Gerade waren sie erregt und unvorsichtig und ich noch nicht stark genug, um mir dieses Wissen selbst zu beschaffen oder es aus ihnen herauszupressen; meine Magie zu beherrschen. *Doch sollte ich den Tag erleben, an dem es so sein würde …*

Meine Gedanken stockten. Ich wusste plötzlich nicht mehr, ob es noch meine waren. Das klang nach einer Herrschaft in und mit Schrecken, wenn auch nur kurzzeitig, über Ivan und Rayn. Etwas, das ich trotzdem nie und nimmer wollen würde. Nie gutheißen würde.

Zwanghaft konzentrierte ich mich wieder auf das Gespräch vor mir. Sama strich mir beruhigend um die Füße, als wüsste sie, dass die dunklen Gedanken in mir Trost gebrauchen konnten.

»Weiß der Kaiser es?« Rayn klang beunruhigt.

»Der Kaiser weiß alles und nichts.« Abwehrend nahm Ivan seine Hand von Rayns Schulter.

»Er weiß das, was du ihm erzählst. Und das weißt *du* verdammt gut. Also verarsch mich nicht.« Rayns Stimme hatte einen scharfen Klang.

»Er weiß, was er wissen muss.« Ivans Antworten wurden immer defensiver.

»Aha. Dann hoffe ich für dich, dass du ihn mit den richtigen Bröckchen fütterst.«

»Ich weiß, was ich tue.«

»Da bin ich mir nicht immer sicher.«

»Und du?« Ivans Stimme überschlug sich beinahe.

Fast wäre ich zurückgezuckt. Mein Absatz hatte sich bereits leicht im Teppich verhakt, doch ich konnte ihn, ohne zu stolpern, lösen und lief den beiden weiter hinterher. Begierig darauf, den Rest des Gespräches mitzubekommen. So mysteriös das auch anmutete, irgendwann würde es sicher Sinn für mich ergeben.

Aber bekamen die beiden wirklich nichts davon mit, dass ich sie belauschte? Sie sahen sich ja beim Reden an und ich war recht nah an ihnen dran, um sie zu verstehen. Müsste einer von ihnen nicht irgendwann Verdacht schöpfen?

»Du hast sie geküsst!«, beschuldigte Ivan gerade Rayn.

Uhhh … Die Emotionen der zwei kochten wohl so hoch, dass sie tatsächlich mit Scheuklappen versehen nichts außer den jeweils anderen wahrnahmen.

»Glaubst du, ich wüsste das nicht?«, hakte Ivan wütend nach.

Rayn zuckte nur mit den Schultern. »Ja, habe ich. Und ich werde mich nicht dafür entschuldigen.« Dann bog er, ohne zurückzuschauen, in einen Seitengang rechts von uns ab. Ivan blieb abrupt stehen und ich lief fast in ihn hinein.

Der Phönix auf meiner Schulter schlug wie wild mit den Flügeln, als ich schwankte und er um Gleichgewicht rang. Dann erhob er sich in die Luft über mir. Sama stieß zeitgleich ein lautes Fauchen aus und umkreiste mich, während ich nun erst recht wackelig dastand und mit großen Augen Ivan anstarrte, der einfach nur seufzte.

»Wie viel hast du gehört?«, fragte er.

Alles, dachte ich im Kopf, ohne es auszusprechen.

»Also alles«, sagte er, als ich nicht antwortete, und nickte, als wäre das selbstverständlich. »Gut«, bemerkte er dann und brachte mich damit völlig aus dem Konzept.

Gut? Aber wieso …? Hatte er die ganze Zeit über gewusst, dass ich gelauscht hatte? Oder probierte er nur eine neue Taktik aus? Bei ihm wusste man wirklich nie. *Und was, wenn die beiden mit dir spielen?,* fragte eine Stimme in meinem Kopf. *Sie sind zusammen aufgewachsen. Es könnte sein … Nein,* bremste ich mich, obwohl ich nicht wusste, was ich denken sollte. Und je mehr ich ihr Verhalten zu durchschauen versuchte, desto undurchschaubarer wurde es.

»Wir sehen uns später beim Ball, ja?«, fragte Ivan.

Erst jetzt erkannte ich, dass wir im Gang zu unseren Zimmern standen. Wenige Meter trennten mich von meiner Zimmertür. Hatte ich nicht genau hier nicht hingewollt? Ich hatte mich definitiv zu sehr auf das Gespräch vor mir konzentriert. Immerhin waren wir unbeschadet und ohne weitere Zwischenfälle angekommen. Das war doch auch etwas.

Da Ivan noch immer auf eine Antwort wartete, nickte ich ihm unbeholfen zu.

»Reservierst du mir einen Tanz?«, erwischte er mich daraufhin kalt.

Einen Tanz? Aber ich konnte doch gar nicht tanzen! Ich dachte, auf dem Ball ging es ums Reden und um Connections … und nicht ums Tanzen!

»Gern. Aber ich, ähm … kann nicht tanzen. Also doch lieber nicht?«, endete ich verbal schwach. Dahin waren jeglicher Wagemut und Kampfgeist. Mein Hirn schien vor den einfachsten Fragen dieses Mannes zu kapitulieren. *Wie konnte das nur wieder und immer wieder geschehen? Trotz meiner guten Vorsätze?*

»Das bekommen wir hin«, quittierte er meine Bedenken selbstsicher und nahm sie damit gar nicht wirklich ernst.

Es verpasste mir einen Dämpfer und rüttelte mich auf. »Ivan?«, hielt ich ihn zurück, bevor er in sein Zimmer gehen konnte, vor dem wir wohl standen. »Woher kennst du meine Mutter? Was hatte dieses Gespräch zwischen dir und Rayn zu bedeuten?«

So offen sein Gesicht gerade noch gewirkt hatte, so verkniffen und unleserlich war es nach den wenigen Fragen aus meinem Mund. *Ich hätte es mir denken können.* Andererseits hatte *er* das Wörtchen ›Gut‹ gebraucht, nicht ich.

»Das ist eine lange Geschichte, Josi«, setzte er an. Wieder wählte er die gleichen Worte wie schon einmal und wieder konnte ich mir nicht verkneifen, dem Sinn nach dasselbe zu antworten: »Wir haben den ganzen Nachmittag über Zeit.«

»Nein«, sagte er nachdrücklich. »Du hast den ganzen Nachmittag über Zeit.« Er richtete sich zu seiner vollen Größe auf. Ein blauer Schimmer hüllte ihn ein: Magie. »Ich bin der Kardinal der Blauen Garde. Ich habe noch andere Pflichten zu erfüllen, als nur diese Wahl zu betreuen. Das wirst du sicher verstehen. Dein heiß ersehntes Gespräch zwischen uns wird stattfinden. Aber nicht heute.« Damit öffnete er behände die Tür, trat ein und ließ mich sprachlos stehen. Mit einem vernehmlichen Laut schloss sich der Eingang zu seinem Zimmer.

Er hatte mich ausgesperrt. Aus seinen Gedanken und aus seinem Leben. Ich konnte es nicht fassen. *Was glaubte er eigentlich, wer er war?!*

Dieser eingebildete …!

Dieser aufgeblasene …!

Hah! Zuerst die Geschichte mit Lin, die mir noch immer leidtat, und jetzt das! Mr Unnahbar sollte mal kräftig der Kopf gewaschen werden. Und da der Kaiser das bis jetzt anscheinend versäumt hatte, musste wohl ich mich dessen annehmen.

Der Zorn brannte lichterloh in meinen Adern.

Dann sank mein aufgeflammtes Selbstbewusstsein wieder in sich zusammen. Mir wurde klar, dass das nicht so einfach werden würde. In Ivans Gegenwart spielten meine Hormone verrückt. Das hinderte mich daran, klar zu denken, und das würde auch jeglichen Plan zunichtemachen. Also musste der Plan narrensicher sein.

Mhm … gab es ein lang anhaltendes Mittel gegen Herzflattern und Hormone? Am besten eines, das intravenös verabreicht wurde? Jetzt gleich?!

15

Ein Fläschchen voller Magie

Da ich wenig Lust auf neue Irrläufe durch das Schloss verspürte, begab ich mich nun doch ebenfalls zu meinem Zimmer. Der Phönix und auch Sama waren immer noch mein stilles Gefolge, so als hätte nie etwas anderes zur Debatte gestanden.

Auf dem Display außen an meiner weißen Tür stand:

CALIFORNIA-BALL, 21:00 UHR, GROSSE HALLE

Nun gut, bis dahin war es noch eine Weile.

Drinnen trat ich mir endlich die furchtbaren Sandalen von den Füßen, nachdem ich den winzigen Verschluss an der Seite geöffnet hatte. Ich holte Li aus der Tasche des Kleides, stellte ihn auf seinen Platz auf dem Nachttisch und entledigte mich des verdammten Korsetts.

Wow, tat das gut! Das Kleid war ein echtes Folterinstrument. Selbst hätte ich so etwas Aufwendiges und Unbequemes nie, nie, nie gekauft. Gut, auch weil wir schlicht nicht das Geld dafür hatten. Aber hier wurde einem ja alles vorgegeben.

Die meisten Kleider in den Schränken waren, wie ich nun neugierig feststellte, etikettiert. Das ersparte einem die Entscheidung, wann man sie anzog, ließ einem aber auch keine Wahl.

Seufzend ließ ich den Blick schweifen.

Sama hatte sich auf ihren Stammplatz am Fußende des Bettes gelegt und thronte dort, als ob sie Hof hielte. Der Phönix war durch meine Geschäftigkeit von meiner Schulter geflattert und hatte es sich auf einem der vier goldenen Pfosten bequem gemacht, die den Himmel des Bettes hielten.

Sie wirkten beide, als hätten sie diese Plätze schon immer innegehabt. Ich lächelte zufrieden und schob die leise an mir nagenden Gedanken darüber, dass gerade ein Mensch seine Daseinsform aufgegeben hatte, um jetzt als Vogel auf meinem Bettpfosten zu hocken, weit weg. Schließlich schien er nicht unglücklich darüber zu sein. Wobei … *Konnten Vögel unglücklich wirken? Und wie sahen sie dann aus?*

Ich grübelte.

Es wäre mir jedoch ein bisschen komisch vorgekommen, mich direkt vor dem Phönix bis auf die Haut auszuziehen. Schließlich war er gerade noch ein Mensch gewesen – ein Mann! Das musste ich erst einmal verdauen. Genauer: Wir mussten uns eindeutig besser kennenlernen, bevor ich nackt vor ihm auf und ab lief!

Also ging ich ins Badezimmer und trat dort genüsslich aus den Unterröcken, sodass ich nur noch in Unterwäsche dastand. Ich plante ein warmes Bad zu nehmen, denn ich fand die Aufregung des heutigen Morgens und Vormittags rechtfertigte es, den Luxus hier in vollen Zügen zu genießen. Bald wäre es damit sowieso vorbei.

Zischend erwachte einer der Wasserhähne zum Leben, als ich ihn aufdrehte. Schnell füllte sich die Wanne.

Wenig später umspielte das wohltemperierte Nass meinen Körper und ich ließ einen zarten Schwamm über meine Haut gleiten. Ein ganzes Bataillon an Duftölen stand neben den Hähnen der Badewanne auf einer kleinen Ablage bereit. Ich roch an jedem der farbenfrohen Fläschchen. Sie alle verbreiteten himmlische Düfte. Alle, bis auf eines.

Selven-Essenz, stand darauf. Hellblau leuchtete die dickflüssige Füllung darin, die sich kaum bewegte, wenn man die Flasche in der Hand drehte. Ich schnupperte, bereits in duftigen Schaumbergen sitzend, noch einmal daran. »Urgh!«, entfuhr es mir. *War das widerwärtig! Dabei sah es so schön aus.*

Meine Mutter hatte mir als Kind einmal etwas Selbstgemischtes verabreichen wollen, das sie ›Lebertran‹ genannt hatte. Es war in etwa so wohlriechend gewesen wie das Zeug in der Flasche. Allerdings hatte es keine schöne Färbung besessen. Deshalb vermutete ich, dass das Fläschchen etwas Magisches beinhaltete. Was ich mich fragte, war: *Hatte es gestern auch schon bei den anderen Ölen gestanden?* Aufgefallen war es mir nämlich nicht.

Mutig drehte ich es so, dass ein einzelner Tropfen aus der Flasche ins Badewasser fiel. Gebannt blickte ich ihm nach. Doch es tat sich nichts.

Mhm … Schade. Sinnierend verkorkte ich das Fläschchen wieder und stellte es vorsichtig zurück.

Grinsend ob des wohligen Gefühls und weil das Leben in diesem einen, ruhigen Moment einfach toll war, tauchte ich prustend unter.

Wasser umschmeichelte meinen Körper, floss mir durch die gespreizten Zehen und wurde von meinen Handflächen verdrängt. Meine Haare fühlten sich ganz leicht an und stiegen vom Wasser getragen zur Oberfläche auf. Ein Lächeln zeichnete mein Gesicht, während ich aus Spaß tiefer tauchte.

Das Wasser wurde dunkler, als mein eigener Schatten mir das Licht nahm. Und immer dunkler, als ich ungewollt noch tiefer tauchte. Es schien mich weiter nach unten zu ziehen, obwohl ich längst den Boden der Wanne erreicht haben sollte.

Ich ruderte mit den Armen, bewegte vergeblich meine Füße.

Die Panik packte mich so plötzlich und unvorhergesehen wie ein Gangster, der aus dem Hinterhalt sprang. Luftblasen stiegen aus meinem Mund, den ich zum stummen Schrei aufgerissen hatte. Wassermassen strömten in meine ungeschützte Luftröhre.

Ich würgte.

Mein Körper krampfte. In meinem Kopf herrschte pures Chaos.

Alle Gliedmaßen bewegten sich, doch ich schien auf der Stelle zu stehen. Unter Wasser.

Im Überlebenskampf gefangen, merkte ich gar nicht, wie ich an den Schultern gepackt wurde. Ich spürte nur die Fixierung und wehrte mich in meiner Furcht, noch tiefer nach unten gedrückt zu werden, gegen sie. Dunkelheit beherrschte mein Gesichtsfeld. Angst überzog meinen Körper mit Gänsehaut, während das Wasser mir den Atem nahm.

Ich versuchte meine Sinne zu fokussieren, um auch nur irgendeine Chance zu haben. *Da!* Es platschte weiter oben.

Doch meine Sicht wurde zunehmend getrübt, als sich tiefes Schwarz an den Rändern meines Blickfeldes ausweitete. Der Sauerstoffmangel machte meinem Körper inzwischen extrem zu schaffen. *Ich musste an die Oberfläche.*

Mit letzter Kraft versuchte ich, mit meinen Händen weiter den Grund der Wanne zu ertasten, mich daran abzustoßen, doch ich fand ihn einfach nicht. Ich ermüdete, war zu schwach, so schwach und müde. Unglaublich müde.

Mein Widerstand war fast erloschen, meinen Kopf ließ ich bereits im Wasser treiben. Mit meinen beinahe blicklosen Augen nahm ich nur noch Schatten wahr.

Da wurde der Griff um meine Schultern intensiviert. Ein Ruck ging durch meinen Körper und ich spürte, wie ich nach oben gezogen wurde, die Wasseroberfläche durchbrach.

Reglos baumelte ich im Klammergriff, röchelte nach Sauerstoff in der Luft, die mich endlich wieder umgab, und nahm erst nach einer Weile meine Umwelt wahr. Noch immer tropfte mir Schaum vom Körper. Einem gänzlich nackten Körper, wohlgemerkt. Ich befand mich in der Luft, circa einen halben Meter über der Badewanne.

Meine gemarterten, bestimmt roten Augen traten hervor. Ich drehte vorsichtig den Kopf und erkannte die Krallen, die sich in meine Schultern bohrten. *Vogelkrallen. Phönixkrallen.*

Erleichterung durchflutete mich.

»Du kannst mich jetzt absetzen«, flüsterte ich mit rauer Kehle. *Wie konnte das Wasser mir nur solch einen Schrecken einjagen?* Jedes Kind wusste, dass man in meinem Alter und bei meiner Größe nicht in einer Badewanne ertrinken konnte. Jedoch hatte diese sich ungleich größer angefühlt, als sie sein sollte.

Während der Phönix mich nun ganz langsam wieder nach unten brachte, krächzte ich: »Bitte setz mich auf dem Trockenen ab.« Nicht dass ich glaubte, dass ich noch einmal in der Wanne einer Panikattacke erliegen würde. Aber sicher war sicher.

Mit einem kurzen Schwenk folgte das Fabelwesen meiner Anweisung. Sanft auf den Füßen aufgekommen ließ ich mich wenig ladylike auf den Badboden plumpsen. Nicht einmal der kurze Schmerz des Aufpralls meines Hinterteils störte mich. Ich war einfach nur froh, die

Situation unbeschadet überstanden zu haben. Konnte ich hier nicht einmal baden, ohne dass etwas passierte? War das ganze Schloss verwunschen?! Oder nur ich?

»Deine eigentliche Gabe, die, die alle vereint, schlummert tief in den Büchern«, hatte ich plötzlich den rätselhaften Satz meiner Mutter vor Augen. Die Erinnerung an das Pergament, das sie hochgehalten hatte, wirkte so echt, dass ich fast glaubte, sie noch einmal zu durchleben.

Zitternd stand ich auf und griff nach einem Handtuch.

Davon gab es viele. Der ganze Raum war ausstaffiert. Und auch wenn alle rosa waren, so kümmerte mich das im Moment kaum – *außer sie trachteten als Nächstes danach, mich zu erwürgen.*

Ich schnaubte undamenhaft über meine Bedenken. Auch den Phönix, der sich auf dem Badewannenrand niedergelassen hatte, beachtete ich nicht mehr. Meine Gedanken kreisten. Ich brauchte dringend einen Wechsel von *»Ich war fast ertrunken«* zu etwas weniger Dramatischem.

Woher hatte meine Mutter das mit der Sphinx gewusst? Das Oberhaupt der Cuiny mochte es fachkundig gesehen und vielleicht auch gespürt haben. Meine nichtmagische Mutter jedoch nicht. *Was wusste sie also?* Ich musste dringend noch einmal mit ihr sprechen.

Gedankenverloren klemmte ich eines der großen Handtücher wie ein Kleid um mich fest und lief in den Hauptraum. Dort setzte ich mich zu Sama aufs Bett und nahm Li zur Hand. »Ruf Mum an.« Der Lichtkegel der Projektion erschien sofort über dem Nanobot. Die Verbindung versuchte sich aufzubauen. Mehrmals zeigte ein Geräusch, dass es an irgendetwas scheiterte. Dann ertönte das ganz normale Tuten und ich hätte fast laut gejubelt, wäre ich nicht so angespannt gewesen.

Voller Bangen wartete ich und wartete und wartete.

Meine Mutter nahm den Anruf nicht entgegen. Entweder konnte sie ihn nicht annehmen oder sie wollte nicht. Nach mehreren Versuchen war klar, dass sich auch nichts mehr tun würde. Ich stellte Li wieder auf dem Nachttisch ab. Enttäuschung machte sich in mir breit. In meinem Magen bildete sich ein Kloß, der bis zu meinem Hals aufstieg und mir das Atmen erschwerte.

Ich vermisste sie, wurde mir klar. Mein ganzes Leben lang hatte ich meine Mutter jeden Tag gesehen. War nie irgendwohin gereist, nie von daheim fort gewesen. Dafür hatte einfach das Geld nicht gereicht. Und nun, mit einundzwanzig das erste Mal von ihr getrennt, geschahen all diese wunderlichen Dinge. Sie konnte mir vielleicht helfen, aber ich konnte sie nicht erreichen.

Das und die Tatsache, dass tief in meinem Kopf noch immer der Schreck darüber verankert war, gerade fast ertrunken zu sein, gab mir den Rest. Dicke Tränen tropften von meinen Wimpern, liefen über meine Wangen und sammelten sich wie eine Kolonie von Tropfsteinen an meinem Kinn.

Ich weinte still und ohne mich zu regen. Ganz gefangen im Schleier meiner eigenen Traurigkeit. Das Gefühl, allein zu sein, legte sich um mein Herz wie düstere Tentakel und drückte immer enger zu, bis ich den Schmerz schier nicht mehr ertragen konnte. Gerade als es mich innerlich zu zerreißen drohte, spürte ich das sanfte Stupsen einer warmen Tatze an meinem bloßen Bein. Eine zweite folgte. Ich klammerte mich daran, als könne mich allein dieses bisschen samtiges Fell und das spürbar pulsierende Leben darunter aus dem düsteren Sumpf meiner Seele ziehen. Als vermochte es mich im selben Maß zu retten wie die Krallen des Phönix gerade aus dem Wasser.

Nach einer Weile beruhigte sich meine Atmung. Mein Herz schlug wieder langsamer, die Kontraktion des Organs fühlte sich nicht mehr ganz so bedeutungsschwer an und ich kuschelte mich enger an den Löwenleib.

Sama begann beruhigend zu summen.

Irgendwann mischten sich fröhliche Töne in die traurige Melodie voller Wehklagen. Ich fragte mich, ob sie ihre Heimat vermisste. *Wie sie sich wohl fühlte, plötzlich in eine Zeit versetzt zu sein, die so anders war als die ihre? Ob sie auch Heimweh hatte?*

Dann fragte ich mich bald gar nichts mehr, denn ich glitt durch ihr Lied eingelullt in die Tiefe eines traumlosen Schlafs.

Als ich wieder erwachte, wusste ich nicht mehr, was ich geträumt hatte. Mir geisterte nur ein einziges Wort im Kopf herum. *Misterious. War das ein Name?* Ich hatte das Gefühl, dass es von unschätzbarer Wichtigkeit war. Gleichzeit ergab es keinen Sinn.

Ja, mysteriös war hier einiges. Diese Erkenntnis half mir aber nicht weiter. Ich blickte zu Li auf den Nachttisch.

Mit Schrecken stellte ich fest, dass es schon zwanzig Uhr war. Ich musste mich dringend fertig machen, wenn ich zum Ball nicht zu spät kommen wollte.

Denn den Ball würde ich mir um nichts in der Welt entgehen lassen! Er sollte prunkvoll und prächtig sein. Außerdem ein bisschen kapriziös und ich war mir sicher, dass der eine oder andere über die Stränge schlagen würde.

Sicherlich wurde Prominenz erwartet. Das war die Gelegenheit, ein paar der Menschen und Magicians, die ich sonst nur auf Lis Projektion oder unserem Bildschirm im Wohnzimmer gesehen hatte, in echt zu treffen. Vielleicht sogar mit ihnen zu plaudern. Wer wusste das schon?

Dann fiel mir wieder ein, dass ich die mit der Sphinx und dem Phönix war. Meine Aufregung minderte sich etwas. *Würden die Gäste Angst haben, wenn ich meine Begleiter mitbrachte? Oder würde mich das in ihren Augen umso interessanter machen?* Ich wollte ja niemanden für mich gewinnen – schließlich hatte ich schon einen Coach. Aber ich wollte mich ein bisschen amüsieren. *Das musste doch drin sein.* Beim California-Ball ging es ums Sehen und Gesehen werden. Es gab keinen festen Ablauf, nur Tanz, Musik, Häppchen, Getränke und angeregte Gespräche.

Die Entscheidung wurde mir wie immer abgenommen.

Sama setzte sich wie selbstverständlich vor die Tür und der Phönix erkor die Klinke ebenjener als seine neue Stange. Ich grinste. *Was hatte ich auch erwartet?* Nun gut. Solange er das weiße Holz hinter sich nicht in Brand steckte, war mir das recht. Eines galt es jedoch noch zu klären.

Nur im Handtuch stand ich vor den Fabelwesen. »Du!« Ich nickte mit meinem Kinn dem Phönix zu. »Sprichst du auch?«

Sama stieß so etwas wie ein heiseres Lachen aus.

Der Phönix legte den Kopf schief und sagte: »Klar.« Die Buchstaben waren deutlich, das Wort völlig akzentfrei.

Klar. Glasklar. Warum war hier eigentlich alles für alle immer klar, außer für mich?

»Und verwandelst du dich wieder zurück? Oder bleibst du jetzt … so?« Ich zeigte auf sein Gefieder.

»Gefällt es dir nicht?«, fragte der Phönix sichtlich beleidigt.

Großer Gott, ich unterhielt mich gerade mit einem Vogel. Noch dazu einem eitlen. Dabei war er nicht mal ein Pfau!

»Doch, doch, es ist wunderschön«, beeilte ich mich, ihn zu beschwichtigen. »Ich habe mich nur gefragt …«

»Sie fragt sich eine Menge«, unterbrach mich Sama, an niemand Bestimmtes gerichtet.

Oh, oh, dachte ich mir. *Wenn ich nicht aufpasste, würden die beiden mir auf der Nase herumtanzen.*

»Weil kluge Menschen lieber Vorsicht als Nachsicht walten lassen«, gab ich zurück.

Beeindruckt hob sie eine der vorderen Tatzen. »Das erkenne ich an.« Damit senkte sie diese wieder.

»Schön.« Ich wandte mich erneut dem Phönix zu. »Also, wie ist das nun mit dir und deiner Wandlung? Und was bedeutet das in Bezug auf mich?«

Nachdenklich legte der Vogel den kleinen Kopf schief und klackte mit seinem goldenen Schnabel, dann stieß er einen hohen Laut aus. Eine Feder an seinem Kopf begann zu glühen und löste sich in Asche auf. »Du musst fragen«, sagte er.

»Was fragen?« Ich stand auf dem mentalen Schlauch. »Habe ich nicht gerade eine ganze Menge gefragt?«

»Du besitzt die Gabe, die falschen Fragen zu stellen.« Der Phönix klang fast resigniert.

Ich seufzte. *Natürlich.* »Wirst du bei mir bleiben?«, fragte ich bemüht ruhig.

»Wenn du es wünschst«, lautete die schwammige Antwort.

»Wirst du dich wieder in einen Mann verwandeln?«, fragte ich weiter. Fast erwartete ich »Wenn du es wünschst« zu hören. Seine Antwort überraschte mich.

»Nein, diese Möglichkeit … oder Bürde ist im Moment meiner Wandlung zu einem Phönix von mir gefallen. Ich kann Feuer sein und Asche werden, kann hoch hinaus fliegen und zurückkehren, kann Kunde tun und Kunde sein …«, er stockte, »… aber ein Mann, nein, ein Mann kann ich in absehbarer Zeit nicht einmal mehr sein, wenn ich es wollen würde.«

Das klang, als hätte er zu viel Zeit mit einer gewissen Sphinx verbracht. Dabei kannte er Sama doch erst seit ein paar Stunden. Aber irgendwie hatte ich auf genau diese Antwort gehofft. Also auf die Quintessenz, nämlich dass er blieb, wie er war. Fabelwesen schienen eine Schwäche für epische Formulierungen in aller Dramaturgie und Breite zu haben.

»Okayyyy. Und warum bist du zu einem Phönix geworden?« *Was war denn das richtige Wort? Mutiert?* Na ja, er schien mich zu verstehen.

»Der ägyptische Totengott Benu gilt als Urvater meiner Spezies. Er ist auch ein Schutzgott. Besonders oft wird er jedoch als derjenige, der Wiedergängern den Weg aus der Zwischenwelt weist oder selbst zum Wiedergeborenen wird, gedeutet.« Die schwarzen Vogelaugen, die jetzt so rot glühten wie die Samas, fixierten mich.

Okay. Das war unheimlich.

»Ich habe lange gewartet, erweckt zu werden. Mich aus der Asche zu erheben und hell zu glühen. Jetzt ist es so weit. Es ist eine Befreiung und eine Ehre.«

»Manchmal bedingt unsere Magie das Erwachen ähnlicher magischer Kreaturen und Gene, wenn wir ihnen nur nahe genug sind«, erklärte Sama. »Unsere Zauber stammen von weit weg, unsere Magie sucht ihresgleichen – insbesondere, wenn sie mächtig ist. Und sie hat sich gefunden. Nun sind wir in dem Wissen vereint, von wem unsere Erweckung ausging, und wir werden dankbar zu dir stehen. Obwohl manche unserer Überzeugungen wohl so alt sind, dass sie nicht mehr gelten, müsstest du doch zumindest das verstehen?« Ihre Stimme war sanfter geworden. Wohl, um die harschen Worte zu mildern.

Aber ich begriff tatsächlich. Und es tat gut, einen Teil der Erlebnisse zu verstehen und einordnen zu können. Das machte es einfacher, sie zu akzeptieren und mit ihnen zu leben. Auch wenn ich im Moment nicht darüber nachdenken wollte, was genau Wiedergänger bedeutete. Ich schob es mental von mir. Gegruselt hatte ich mich heute genug.

»Hast du einen, äh … Phönix-Namen, bei dem ich dich rufen kann?«, wollte ich als Letztes von meinem neuen Begleiter wissen.

»Mhm«, der Phönix überlegte. »Neves«, lautete die schlichte Antwort.

Ich nickte zufrieden. »Also gut. Neves, Sama, ich werde mich jetzt fertig machen und dann schauen wir, was auf diesem Ball vor sich geht.«

Ich erhielt keine Antwort, aber auch keine Widerworte.

Seufzend nahm ich an, die Fabelwesen wären sich einfach zu fein, um auf etwas derart Normales zu antworten. Vielleicht fanden sie auch einfach gerade keinen passenden Reim – *wer wusste das schon?*

EINLADUNG
ZUM
CALIFORNIA-BALL

Leonardo Sinessa lädt im Rahmen
der 3. Regentschaftswahl zum
CALIFORNIA-BALL
ins Schloss, nach Tekre – California.

Ab 21:00 Uhr erwarten Sie in der großen Halle
ein Kirschblüten-Aperitif aus dem chinesischen Kaiserreich,
ausgefallene Horsd'œuvre und die Prominenz der magischen
und nichtmagischen Elite unseres Kaiserreiches Eterny.

Für die musikalische Untermalung sorgt ein Streichquartett mit
eleganten Klängen. Zugunsten von Tanz
und angeregten Gesprächen mit den Kandidaten der Wahl
wird auf einen festen Ablauf des Abends verzichtet.

Wir freuen uns, mit Ihnen zu feiern.
Bitte kündigen Sie Ihr Kommen unter
#CALIFORNIABALL an.

16

Tanz mit Worten

Ein Meereszauber! Ich glaub es nicht«, ereiferte sich Rayn neben mir. Als er die Schultern bewegte, *glaubte* allerdings ich, dass sie gleich seinen eng sitzenden schwarzen Anzug sprengen würden.

»Nicht so laut«, wies ich ihn flüsternd zurecht.

»Ich schreie gleich die ganze Gesellschaft zusammen«, knurrte er noch aufgebrachter als zuvor. »Es kann doch nicht sein Ernst sein, dir einen derart unfairen Illusionszauber unterzujubeln, in der Hoffnung, dass du unwissend genug bist, nicht zu erkennen, woran du bist, ihn zu öffnen und tatsächlich zu ertrinken.«

Da es in etwa ganz genau so gekommen war, hielt ich bedrückt den Mund. *Tja, wäre ich mal klüger gewesen.* Verstohlen schaute ich mich nach allen Seiten um. *Bloß nicht noch andere auf blöde Gedanken bringen.* Schließlich galten in California eigentlich die üblichen Gesetze. Mord oder versuchter Mord war eine schwere Straftat. Sie konnte auf viele Arten bestraft werden. Im äußersten Fall mit der Todesstrafe, die Sinessa vor rund zehn Jahren wiedereingeführt hatte. Damals hatte es Protestbewegungen gegeben. Inzwischen war es ein alter Hut. Blöd für die, die unschuldig hingerichtet wurden.

Bei Mordanschlägen ließ das hohe Gericht nicht mit sich spaßen. Es fackelte meist nicht lange. Trotzdem hatte im Geheimen ein Anschlag auf mich stattgefunden. Die – oder eher der – Täter mussten sehr mächtig und von ihrem Plan überzeugt gewesen sein.

Mir schauderte, als ich daran dachte, dass sie es fast geschafft hatten. Vergessen waren meine negativen Gefühle in Bezug auf Rayn und Ivan.

»Sinessa?«, Ivans Stimme war zu einem Zischen gesenkt. Er trat gerade erst zu uns und zog gleich den richtigen Schluss. In seinem silbernen Anzug sah er wieder unglaublich gut aus. Das nahm seinem Ton aber nicht die Schärfe. Er hatte wohl jedes Wort gehört, das Rayn gesagt hatte.

Der nickte auch noch. »Wer sonst?«

Ja, wer sonst sollte ein Motiv haben? … außer die anderen Kandidaten oder der Kaiser.

Bedrückt machte ich mich ein bisschen kleiner. Ich hatte gewusst, dass mit der Flasche zwischen den Ölen etwas nicht gestimmt hatte. Warum konnte ich Wahrheit nicht von Täuschung unterscheiden? Es war zum Mäusemelken.

»Daran müssen wir dringend arbeiten.« Ivan ahnte wohl, was ich gerade gedacht hatte.

Ich nickte nun ebenfalls – eilfertig. Neves grub mir warnend die Krallen in die Schulter. Er mochte es nicht, wenn ich mich zu sehr bewegte. Er bevorzugte eine stille Sitzgelegenheit. Allerdings war ich ein lebender Mensch und er hatte sich meine Schulter selbst ausgesucht. Ich würde mich nicht in meiner Bewegungsfreiheit einschränken, nur damit er es bequemer hatte. Außerdem ließen mich starke Gefühle starke Bewegungen machen – das konnte ich nicht vorhersehen oder eindämmen.

»Aber schau, wie verzweifelt er ist«, warf Rayn gerade an Ivan gewandt ein. »Jetzt versucht er es schon mit heimtückischen Meuchelmorden, um den Regentenstuhl zu behalten.«

»Wie konntest du dem entkommen?«, fragte Ivan mich, der ja meine Version nicht gehört hatte.

Als ich vorhin in einem Traum aus rosa Tüll und mit aufgesteckten blonden Haaren zur Tür des Ballsaales hereingekommen war, hatte ich natürlich mehr Aufmerksamkeit auf mich gezogen, als mir lieb gewesen war. Blaue Kleider hatte man mir, wie ich feststellte, leider keine in den Schrank gehängt. Vermutlich dank Sinessa. Und ich konnte schlecht zwei Mal das gleiche Kleid anziehen: Denn dass es hier um Eindruck schinden und gut aussehen ging, war selbst mir bewusst. Aber an dem Kleid hatte es auch gar nicht gelegen – nicht nur. Sondern vielmehr an der Sphinx, die hoheitsvoll vor mir hergeschritten war, und dem Phönix auf meiner Schulter.

Nachdem das Starren mir dann doch zu viel geworden war, hatte ich die Bar angesteuert und dort Rayn gefunden, der mich in diese Ecke gezogen hatte. Ein Glas Punsch später standen wir immer noch hier und spekulierten über den Anschlag auf mich. *Der Abend verlief klasse.*

»Durch mich«, meldete sich nun Neves zu Wort. Ich wollte genießen, wie die beiden Männer in Erstaunen ausbrachen, weil der Phönix sprach, doch sie wirkten völlig ungerührt. Als wäre es gänzlich normal, dass ein Fabelwesen redete. Aber vielleicht war es das auch. Ich seufzte still.

»Verstehe.« Ivan hatte den Nerv, zu nicken. »Danke dir. Es ist gut, dass du und Sama ein Auge auf sie habt.«

»Hallo, ich stehe genau hier«, meldete ich mich zu Wort, als auch noch Sama mit ihm paktierte, indem sie ihm ihr Katzenlächeln schenkte. Ich hatte *ein* Gläschen Punsch getrunken. Das machte mich nicht unsichtbar. *Oder?* Irgendwie traute ich inzwischen allem alles zu. Besorgt zupfte ich an meinem Ärmel. *Mhm, der fühlte sich ziemlich echt an.*

»Was tust du da?«, wollte Rayn amüsiert wissen.

»Ähm, ich … Also …« Ich bekam einen roten Kopf. »Nichts«, sagte ich schnell.

»Aha.« Er grinse erheitert. »Falls es doch etwas ist, was du mir sagen möchtest: Ich stehe auch direkt hier«, wiederholte er meine Worte von eben.

Ivan gluckste.

An diesem Abend wirkten die beiden gar nicht, als würden sie sich hassen, wie ich am Anfang den Eindruck gehabt hatte. Sie wirkten, als seien sie schon lange miteinander vertraut. *Was sie ja auch waren*, ermahnte ich mich selbst und ließ den Blick schweifen.

Unser Dreiergrüppchen war nur eines von unzähligen Grüppchen im Saal. Es waren zahlreiche Gäste gekommen, über deren Köpfen kleinere und größere Drohnen kreisten. Viele hatten ihre persönlichen Helferlein mitgebracht.

Das hier war die magische und nichtmagische Elite. Sie alle hatten Geld bis zum Abwinken. Ein Bot war da gar nichts. Anders als bei mir. Linkisch tastete ich nach der Form von Li, der ausgeschaltet sicher in der Tasche meines Unterrocks verwahrt war. Dass mein Zimmer gern von unliebsamen, gar tödlichen Besuch betreten wurde, während ich nicht da war, bestätigte nur meine Vorsichtsmaßnahmen.

Hier im Saal glaubte ich nicht, dass mir ein Unheil drohte. Männer wie Frauen schwatzten angeregt. Jeder hatte sich Sinessas Kleiderordnung unterworfen.

Ich erkannte eine Moderatorin an ihrem hicksenden Lachen. Fest umklammerte sie mit ihrer linken Hand eine Flasche Gin. Unweit von ihr stand einer der anderen Kandidaten, der Mann mit dem braunen, fast militärisch kurzen Haar, und schaute immer wieder zu ihr. In seinem Rücken führte der Rektor meiner Highschool – lang war es her –, ein unangenehmer, äußerst korrekter Typ mit Schnurrbart und Monokel, ein Gespräch mit dem Teufel höchstselbst: Sinessa. Dieser hatte sich in einen aus goldenen Brokat bestehenden Frack gezwängt. Er sah furchtbar darin aus. Und obwohl ich mir sicher war, dass mein ehemaliger Rektor vermutlich nicht einmal mehr wusste, dass ich einst seine Schule besucht hatte, lief es mir trotzdem kalt den Rücken hinunter, weil er mit dem Regenten sprach.

Eine hochgetürmte Frisur, die Yasemine bestimmt gefallen hätte, erregte als Nächstes meine Aufmerksamkeit. Sie gehörte zu einer Kandidatin, stellte ich fest: der Veritas, die ihre blonde Mähne sonst in einem eleganten Haarknoten trug. Wie üblich zierte ein selbstsicherer Zug ihren rosa Mund. Die mit Mascara und Lidschatten zu Katzenaugen geschminkten Augen klimperten mit den Wimpern, was das Zeug hielt. Vermutlich wollte sie den Mann vor sich, den ich nicht kannte, für sich gewinnen. Denn das mussten sie ja alle: Coaches für sich gewinnen.

Dazu war all das sorgsam angerichtete Fingerfood mit der alkoholischen Note da, das von Kellnern auf Silbertabletts gereicht wurde. Dafür spielte ein Streichquartett in einer Ecke sittsam elegante Klänge. Und einzig und allein dafür hatte sich jeder hier so herausgeputzt.

Wer es glaubte …

Vielleicht klang ich sarkastisch, doch die Elite liebte Ausschweifungen wie diese. Und noch mehr liebte sie es, diejenigen zu sein, die sich damit schmücken konnten, dem Grund des jeweiligen Interesses der Massen nah gewesen zu sein. Uns.

Schon morgen würden die wildesten Gerüchte über uns Kandidaten die Runde machen. Geheimnisse und jeglicher Fauxpas würden ans Tageslicht gezerrt und dort seziert werden – unter den Augen des Volkes.

Auch ich, oder gerade ich, würde davon nicht verschont bleiben. Selbst wenn ich den ganzen Abend kein Wort mit irgendwem wechseln würde. Klatsch und Tratsch waren unabwendbar. Sie waren die Würze dieses Spektakels. Das Fressen, für das alle gekommen waren. Mit dem sie sich rühmen wollten und würden, solange der jeweilige Kandidat noch nicht in Ungnade gefallen war. Durch seinen Tod, wenn er zu schnell oder unspektakulär starb oder eine Tat. Man stelle sich nur vor, jemand hatte sich zu einem persönlichen Favoriten bekannt und der- oder diejenige versagte auf peinliche Art und Weise, dann sank womöglich die Achtung innerhalb des eigenen scheinheiligen Umfeldes.

Hallo, o menschenunwürdiges Denken.

Sie waren wie Geier, die sich auf Frischfleisch stürzten. In der Hoffnung gefangen, dass sie bereits jetzt ein Band zum nächsten Regenten des Landes knüpfen konnten. Es war wie beim Wetten.

Wer würde heute Abend auf das richtige Pferd setzen?

Wer auf das falsche?

Welcher Jockey würde die richtige Strategie verfolgen?

Welcher die falsche?

Pferderennen wurden im Kaiserreich schon lange nicht mehr veranstaltet. Es gab keinen Platz und keine sonstige Verwendung für die Tiere. Drohnen erleichterten den Alltag. Sie brachten uns von diesem zu jenem Ort, wenn wir das wünschten, uns leisten konnten und nicht zu Fuß gehen wollten. Leihstationen gab es an jeder Ecke. Fisch ernährte uns. Und für den Nervenkitzel? Nun, da gab es ja die Wahlen, nicht wahr?

Beziehungen konnten in den nächsten Tagen über viel entscheiden. Die Aufgaben würde jeder nichtsdestotrotz auf sich allein gestellt überleben müssen.

»Gehen wir ein paar Freunde begrüßen«, schlug Ivan gerade vor.

Schicksalsergeben blickte ich der Masse an Menschen in unserer unmittelbaren Nähe entgegen. *Nach wie vielen Punschgläsern war man betrunken? Wäre das eine passable Ausrede, um irgendwann gehen zu können? Möglichst bevor der Tanz begann?*

»Macht ihr mal. Ich geh auch ein paar alten Bekannten Hi sagen«, erinnerte mich Rayn daran, dass er noch immer bei uns stand.

Ivan nickte mit einem entschuldigenden Ausdruck auf dem Gesicht.

Und schon war Rayn in der Menge untergetaucht. *Er musste jetzt einen Coach finden*, wurde mir bewusst. »Warum hast du dich eigentlich nicht für Rayn ausgesprochen? Als Coach, meine ich?«, fragte ich Ivan, bevor ich genauer darüber nachdenken konnte.

Er schwieg, als müsse er sich die Antwort erst überlegen. »Da gibt es zwei Argumente«, gestand er schließlich. Seine Stirn war leicht gerunzelt, als sei er sich nicht sicher, ob es richtig war, seine Gedanken mit mir zu teilen.

Jetzt war ich natürlich erst recht neugierig. »Und welche?«, fragte ich nach.

»Ich hatte nicht geplant, überhaupt als Coach zu fungieren …«

Ich lächelte. *Ja, das hatte er bereits hinreichend mit seinem Gestammel im Regentensaal klargemacht, als er mich gefragt hatte. Er hatte damit wohl alle überrascht.*

»… und als Rayns Coach. Nein, das würde nicht gut gehen. Ich weiß nicht, ob du es weißt, aber wir sind zusammen groß geworden. Inklusive aller Kabbeleien, des aneinander Messens und des gemeinsamen Wachsens. Es gibt nicht viel, was ich ihm beibringen könnte, und es gibt noch weniger, was er sich von mir beibringen lassen würde.« Ivan lachte unvermittelt auf. Es klang ehrlich. Das Geräusch jagte mir einen wohligen Schauer durch den Körper. *Da war sie wieder – die Chemie zwischen uns.*

Behutsam fasste er meine Hand und zog mich näher zu sich. »Und jetzt lass uns ihnen allen eine Show bieten. Denn dafür sind sie schließlich hier.«

»Das ist ein superguter Plan, Casanova«, gab ich gelassener zurück, als ich mich fühlte. »Aber nur damit du es weißt: Ich bin immer noch sauer auf dich, weil du mich vorhin – so gar nicht gentlemanlike –

einfach vor deiner Tür hast stehen lassen. Das habe ich vielleicht kurzzeitig über die Aufregung des Meereszaubers vergessen, das ruht aber nicht für immer.«

Er sah mich einen Moment stumm an. Vielleicht überrascht, ein bisschen auch, als zollte er mir Respekt dafür. *Wer konnte schon genau sagen, was Sullivan Tenakulis dachte.* Dann entzog er mir abrupt seine Hand. »Ich habe nichts anderes erwartet.«

Und wieder erstaunte mich seine Antwort. Es schien, als hätte er besondere Antennen, die ihn wissen ließen, was man erwartete, um dann von ihm das Gegenteil serviert zu bekommen. »Gut«, sagte ich.

Er schmunzelte, fuhr sich mit der Hand durchs Haar und zeigte mit dem Daumen auf die Lüster, die mit schweren Glassteinen besetzt an der hohen Decke hingen. Regenbogenartige Reflexe gingen von ihnen aus, als sich der Schein der unzähligen LED-Lämpchen, die überall verteilt waren, in ihnen brach.

Ganz nah brachte er plötzlich seinen Mund an mein Ohr. Sein warmer Atem streifte meine Ohrmuschel und in meinem Bauch begann sich ein angenehm-unangenehmes Ziehen bemerkbar zu machen. »Du denkst, die Drohnen und die Nanocams, die hier durch die Luft schwirren, sind schon genug Augen, die dich beobachten? Du denkst, du kannst dir unbeobachtete Momente stehlen, kannst dich richtig verhalten, ihnen die Geschichte zeigen, die sie sehen wollen, ohne dass sie merken, dass du nur eine Rolle spielst?«

Langsam strich er mit den Fingern seiner rechten Hand meinen bloßen Arm empor und hinterließ Gänsehaut. Mit seinem Körper schloss er die Lücke zwischen uns. Wir standen nun extrem nah beieinander. Unziemlich nah. Und das würde nicht unbeobachtet bleiben.

Ich atmete schneller. Das Ziehen in meinem Bauch wurde von einem Kribbeln auf meiner Haut ergänzt – genau an den Stellen, an denen seine Haut die meine berührt hatte. Eine unsichtbare Spur, die mir nur allzu bewusst war.

»Nein, du hast keine Chance. Das komplette Schloss ist verkabelt. Mit modernerer Nanotechnologie, als du sie je gesehen hast. Kein Wort, kein Nieser, kein Atemzug bleibt unbemerkt. Alles wird von einem Algorithmus katalogisiert, nur um von einem anderen ausgewertet zu werden. Maschinen entscheiden über den Grad der Gefahr, die von dir, deinen Taten und Gedanken ausgeht. Du glaubst, sie wissen nichts über dich? Ihr Portfolio ist dicker als die Seiten deiner gelesenen Bücher zusammen. Ihre Neugier ist unerbittlich – grenzenlos. Sie kennen dich schon jetzt besser als du dich selbst.« Sein Flüstern hatte sich zu einem Hauchen gesenkt.

Ich schauderte. Seine Worte und seine Berührung mischten sich in meiner Wahrnehmung zu einer überwältigenden Kaskade an Reizen, die auf meine Sinne niederging.

»Mit jedem weiteren Tag hier füllen sie die wenigen Lücken auf, über die sie noch nicht Bescheid wissen.« Mit seiner anderen Hand wanderte er nun hoch zu meiner Schulter, in meinen Nacken. Zart streifte er mit den Fingerkuppen die empfindliche Stelle dort. Erneute Gänsehaut breitete sich von seiner Berührung aus.

Ich starrte blicklos zur Decke. Da gab es so viel zu entdecken, was mich von Ivans Intensität ablenken könnte. So viel Schönheit steckte in den Lüstern und der kunstvollen Gestaltung der Wände. Gleichzeitig verabscheute ich jeden einzelnen Kristall aus tiefstem Herzen, weil ich nicht wusste, ob er nur ein Kristall war oder zur Überwachung diente.

Wenn Ivan recht hatte, bespitzelte mich all diese Lieblichkeit unverhohlen, während ich sie bewunderte. Ich wollte am liebsten alles zerspringen lassen, wollte einen Wirbelsturm um mich entfachen, der das ganze Schloss auseinanderriss, der es dem Erdboden gleichmachte und die Reste mit sich hinfort trug.

Ohnmächtige Wut ballte sich in meinem Magen. Hoffnungslosigkeit war der stille Begleiter, der mich anschließend heimsuchte, weil ich genau wusste, dass all das nicht passieren würde.

Das Schloss würde stehen bleiben.

Wir würden hier unseren Tanz weitertanzen.

Wie Marionetten auf dem Parkett eines Puppenspielers. Und wenn es dem Spieler beliebte, würde er uns aufrichten oder beugen, würde uns sterben und auferstehen lassen oder was immer ihm einfiel.

Ich wusste selbst nicht, ob ich damit Sinessa oder den Kaiser meinte. Ich wusste nur, dass niemand – egal ob Mensch oder Magician – so viel Macht haben sollte. Macht über andere. Das konnte nicht gut enden. Damals, in den Befreiungskriegen des Rates, hatten alle für Frieden und Gerechtigkeit gekämpft. Zumindest brachten sie einem das in der Schule bei. Jetzt, so wurde mir klar, hatten wir die eine Götzenherrschaft durch die andere ersetzt.

Statt Demokratie und Religion, hatten wir eine Monarchie, die beides abdeckte. *Oder es versuchte …*

Die wenigen religiösen Begriffe, die sich noch in unserem Wortschatz befanden, waren zu etwas gänzlich anderem geworden. Ihre heutige Bedeutung war nichts als ein ironischer Abklatsch. Sie verhöhnte die Hochkultur der Religion, die einst unter den Menschen entstanden war. Der Kaiser nannte sich seine göttliche Heiligkeit – einfach weil er es konnte. Nicht etwa, weil er etwas dergleichen war.

Hatte er wirklich geglaubt, sich anbeten zu lassen würde die Menschen mit Liebe zu ihm erfüllen? Sie ihm hörig machen?

Und Ivan, fragte ich mich, *was hatte er mit einem Kardinal gemein?* Im Mittelalter mochte dieser den fleischlichen Gelüsten genauso zugetan gewesen sein wie er. Damit endeten dann wohl die Gemeinsamkeiten. Ivan war ein Playboy. Ein Bad Boy und ein Krieger. Ein Hauptmann, der Männer befehligte. Kein Priester, Geistlicher oder in irgendeiner Hinsicht spirituell veranlagter Mensch. Zumindest hatte ich bisher keinen diesbezüglichen Wesenszug an ihm entdeckt.

Wie konnten nur alle mit solchen Lügen leben? Jeden Tag die Herrschaft, unter der wir standen, anerkennen und preisen? Hatten wir es jetzt nicht vielleicht noch viel schlechter getroffen als früher? Warum hatten sie an etwas rühren müssen, das nicht perfekt, aber auch nicht unbedingt gänzlich schlecht gewesen war?

Ivan lehnte seine Stirn gegen meine. Das brachte mich von den Überlegungen in die Realität zurück. Ich war einen Moment verwirrt, wollte dann vor ihm zurückweichen. *Ihm, einem der Monster. Keinen Deut anders als die anderen. Vielleicht hatte Rayn mit seiner Warnung recht gehabt. Vielleicht hatte er mir genau das sagen wollen und nur nicht die richtigen Worte gefunden.*

Doch Ivan hatte mich bereits fest an beiden Oberarmen gepackt. Genau dort, wo gerade noch so sanft seine Finger Kreise gezogen hatten. Sein Klammergriff ließ mir keine andere Wahl, als still zu halten, wenn wir nicht ungebührlich auffallen wollten.

Sein Blick bohrte sich in meine Augen, als er zum Verbalschlag ansetzte: »Deine Mutter hat ihr Meisterstück geschaffen, verstehst du?

Es gibt kein Entkommen vor den Kameras. Kein Entkommen vor Sinessa, dem Kaiser oder dem Urteil des Volkes, das hauptsächlich mit dem gefüttert wird, was die Mächtigen es sehen lassen wollen. Du warst bereits dem Tod geweiht, als du den silbernen Brief bekommen hast.«

Ich war zur Salzsäule erstarrt. Der Puls klopfte mir unangenehm laut in meiner Halsbeuge und den Handgelenken. Er erinnerte mich daran, dass ich noch lebte, dass mein Blut noch floss. Dass ich nicht nur ein Geist in einer Hülle war. Ich war paralysiert. Dazu verdammt, Ivans grausamen Worten zuzuhören. Worte, die mir eigentlich nichts mehr anhaben sollten, weil ich doch all das längst begriffen hatte. Worte, die mich trotzdem erschütterten bis auf die Grundfesten meiner kümmerlichen Seele. Die mich zugrunde richteten, mich mir selbst entzogen – in einem einzigen Atemzug.

Dabei flüsterte Ivan weiter: »Nicht dem körperlichen Tod. Nein, deinen Körper brauchen sie. Sie werden deinen Geist zerstören. Stück für Stück. Und nicht einmal das müssen sie wirklich selbst machen. Du wirst es tun. Unbewusst, aber stetig. Weil du beginnen wirst, ihnen zu gehorchen. Weil du dich automatisch immer und immer wieder an die Kameras erinnern wirst. Und du wirst dich entsprechend verhalten, dich anpassen. Jetzt mag es noch eine Maske sein, die du überstreifst. Aber schon bald wirst du dich verloren haben, denn du wirst öfter die Person vor der Kamera sein, als du du selbst sein kannst – hinter der Kamera. Und das wird dich schneller konsumieren, als du jetzt denkst. Es wird dich verändern, bis du irgendwann nichts anderes mehr kennst. Dann bist du zu einer von ihnen geworden. Verstehst du?«

Der anfängliche Schock war einer tiefen Traurigkeit gewichen. Ballen voller Bedauern schnürten mir die Kehle zu. Ich verstand sehr gut. Das mochte vielleicht eine Weissagung darüber sein, was mit *mir* geschehen würde – eine selbsterfüllende Prophezeiung. Aber ich war mir auch absolut sicher, dass er genau das über sich selbst dachte. Behutsam löste ich nun doch meine Arme aus seinem Griff, der durch die Bewegung von mir abfiel.

Wir sahen uns an. Sahen beide die nicht vergossenen Tränen ob seiner Worte in den Augen des jeweils anderen. Tränen, die hier auf keinen Fall fließen durften, weil sie als Schwäche gedeutet werden würden. *Das Schicksal meinte es in diesem Moment nicht gut mit uns.* Doch ich wollte das nicht stehen lassen. Ertrug es nicht, nichts ausrichten zu können. Zur Untätigkeit verdammt zu sein.

Mir war wohl bewusst, dass nicht nur die Kameras uns beobachteten. Unzählige Augen waren auf uns gerichtet. Auch die von Sama, die noch immer zu unseren Füßen weilte. Ganz Sphinx, rührte sie keinen Muskel. Nicht einmal ihre Augen hatten sich in den letzten Minuten bewegt. Und Neves stand dem in nichts nach. Fast hätte ich vergessen, dass er auf meiner Schulter saß, hätte er sich nicht in diesem Augenblick abgestoßen, um in einem Bogen hinunter zu Sama zu segeln und in inzwischen gewohnter Pose zwischen ihren Flügeln auf ihrem Rücken zu landen.

Irgendwie war er – genau wie sie – schon jetzt ein Teil von mir geworden. So, als hätten beide immer zu mir gehört. Als wäre ich zuvor unvollständig gewesen, ohne es bemerkt zu haben.

Doch es gab noch mehr, die mir etwas bedeuteten und die höchstwahrscheinlich dem Gespräch zusahen. Inklusive Rayn, der sich irgendwo da draußen vielleicht fragte, was wir da taten – so nah beieinander. Aber ihm galt gerade nicht meine Sorge. Einzig ein kleiner Stich Bedauern durchzuckte mich bei dem Gedanken an ihn. *Verriet ich ihn gerade?* Seiner Absichten war ich mir aber auch ungewiss.

Ich handelte stets reinen Gewissens. Mehr konnte man von einem Lebewesen nicht erwarten. Und mehr war wohl auch gar nicht möglich.

Ivan litt unvermindert. Er hatte sich an diesem Abend mit seinen eigenen Worten in eine tiefe gedankliche Dunkelheit katapultiert. Es war nicht an mir, diese innere Schlacht für ihn zu schlagen. Er musste entscheiden, welche Seite er wählte, welche Götzen er verehrte, welche Werte er vertrat. Und mit welcher Tat durch seine Hand er leben konnte.

Er war der Kardinal der Blauen Garde. *Sagte mir das nicht alles über seine Entscheidungen, was ich wissen musste?*

Doch stand er hier und öffnete sich mir.

Konnte es sein, dass er seine Wahl bereute? War sie dann nicht verzeihlich und er hatte eine zweite Chance verdient? Jeder machte Fehler. Die Frage blieb wohl, wie schwer die Fehler tatsächlich waren. Wie viele Menschen darunter litten.

Unsicherheit blies sich in mir wie ein Ballon auf und wuchs und wuchs.

Trotzdem ertrug ich es nicht eine Sekunde länger. Die Traurigkeit in Ivans Augen rührte etwas tief in mir. Ich wollte ihn nicht so sehen. Wollte die sein, die ihm ein Lächeln aufs Gesicht zaubert. So viel war in den wenigen Tagen zwischen uns passiert und gesagt worden. Oder vielleicht kam es auch nur mir so vor, weil ich vor dieser Wahl mehr Zeit allein und geruhsam mit Büchern auf meinem Sofa verbracht hatte, denn unter Menschen. Für mich war das zwischen uns inniger als alles, was ich zuvor erlebt hatte. Die unsichtbare Verbindung, die von Anfang an da gewesen war, sie bestand noch immer. Und sie ließ sein Leid zu meinem werden.

Ich wollte es lindern. Wollte ihm sagen, dass ich nur zu gut wusste, was es bedeutet, sich einsam zu fühlen. Ich wollte ihn heilen, ohne zu wissen, was ich dafür zu tun hatte.

Und auf einmal wusste ich es. Die Intuition ließ mich meinen Kopf noch näher zu seinem führen. Ich wollte ihm mehr als alles andere Erlösung schenken. Wenn auch nur für einen Moment. Wenn auch nur, indem er einen Augenblick lang sein Leid vergaß. Durch mich.

Als ich meine Lippen auf seine legte, wusste ich genau, was ich tat. Es war der erste Kuss, den ich einem Mann von mir aus gab. Warm drückte meine Oberlippe in die kleine Kuhle, die seine beiden Lippenbögen bildeten. Ich spürte, wie sich sein Mund kurz verhärtete. Dann wurden seine Lippen ganz weich und biegsam. Sie öffneten sich unter dem Druck, den ich ausübte. Und als ich vorsichtig mit der Zunge über seine Unterlippe strich, meinte ich gar ein leises Stöhnen zu hören.

Unversehens hob sich der Kranz seiner Wimpern ganz nach oben und enthüllte tief umflorte Pupillen, deren erwachtes Verlangen sich sicher in meinen spiegelte.

Die zaghafte Zärtlichkeit meines tröstenden Kusses schwemmte in einer Welle der Begierde über uns hinweg. Da gab es so viel zu erforschen, so viel Freude zu schenken. Ich wollte es vollkommen auskosten. Wollte mehr von dem, was ich mir bisher selbst verwehrt hatte.

Lustvoll zog sich alles in mir zusammen, als Ivan meinen Kuss genauso drängend erwiderte. Kein Blatt passte zwischen unsere Körper. Sein Haar kitzelte mein Ohr. Seine Finger hatten sich in Höhe unserer Hüften mit meinen verschränkt.

Es war der perfekte Augenblick voller Glück, Freude und Zufriedenheit.

Dann hörte ich, dass jemand nahe bei uns zu klatschen anfing und die Realität des California-Balls brach über uns herein. Es waren lange, berechnende Pausen zwischen jedem einzelnen Aufeinandertreffen der Hände, die das Geräusch regelmäßig, aber stetig verursachten.

Angst mischte sich in mein Hochgefühl. Langsam löste ich die Lippen von denen Ivans und tauchte geistig aus der kleinen Blase der Utopie auf, in die ich mich selbst begeben hatte. Schneller als gedacht, lokalisierte ich die Quelle des Unbehagens, die nur einige Schritte vor uns stand. Sinessa, *wer sonst.* Zum Glück hatten sich nur einige Gäste zum Gaffen umgedreht. Zu groß war der Saal. Zu laut die Geräuschkulisse, als dass alle etwas von der Show mitbekommen hätten.

Doch die wenigen gafften unverhohlen, als erwarteten sie Großes: einen wahren Skandal. Ich fragte mich, ob wir den Skandal nicht längst verursacht hatten. Ob *ich* ihn nicht längst verursacht hatte, erinnerte ich mich.

Bedauern durchzog meinen Geist. Nicht wegen des Kusses. Mehr, weil wir dafür noch lange den Stempel tragen würden, den uns das Volk verpassen würde – nach der Ausstrahlung dieser pikanten Szene. Und weil mir erst jetzt bewusst wurde, wie schlecht sich Lin fühlen musste, wenn sie den Kuss auf dem Bildschirm zu Hause sehen würde. Das hatte sie nicht verdient. Vielleicht war es besser, dass wir uns nicht näher kennengelernt hatten. Ich wäre eine lausige Freundin gewesen.

Denn dass diese privaten Augenblicke, die wir so selbstvergessen ausgetauscht hatten, überall gezeigt werden würden, war wohl nicht zu verhindern. Nicht nur das Tekre Magazin hatte Sullivan für den *Sexiest Man Alive* befunden. Er war eindeutig der beliebteste Junggeselle des Kaiserreiches. Und er hatte noch nie öffentlich Interesse an einer Frau bekundet. Jetzt … hatte er das zwar auch nicht direkt. Aber er hatte sich von mir mitreißen lassen.

Im Nachhinein wusste ich nicht, ob es überhaupt eine Rolle spielte, wo im Palast der Kuss ausgetauscht worden war oder wer ihn initiiert hatte. Nirgends war man wirklich allein. Und gemessen an der Chemie zwischen uns, schien es mir plötzlich, als wäre es unvermeidlich gewesen, dass Sullivan und ich uns irgendwann küssten.

»Herzlichen Glückwunsch, meine Liebe. Es ist wahrhaft entzückend, dass wir einen solch innigen Ausdruck wahrer Verliebtheit bezeugen dürfen«, ließ sich just Sinessa vernehmen. Ein anzügliches Grinsen saß ihm im Mundwinkel. Eine aufgetakelte Magicia in einem grellrosa Kleid mit Federboa hing an seinem Arm. Ihre dürre Gestalt kam mir bekannt vor. *Doch woher?*

»Ist es nicht fabulös, wie das Mädchen der lieben Lanahaa hier im Schloss aufblüht?«, wandte er sich heuchlerisch an seine Begleiterin.

Die lächelte schmallippig und nickte dann. »Tja, da steht sie der Mutter in nichts nach, nicht wahr? Die eine übt die gleiche Wirkung auf die Männer aus wie die andere, scheint mir. Es ist ein Glück, dass die Wahlen erst angefangen haben. Stell dir vor, was wir noch alles sehen werden.« Mit gemeinem Ausdruck in den Augen musterte sie mich. Ein zuckersüßes Lächeln, das mich an das Antlitz eines verschreckten Eichhörnchens erinnerte, folgte. »Zwei überaus innige Küsse haben wir schon gesehen. Was für Überraschungen uns wohl noch erwarten? Welcher öffentliche Austausch von Körperflüssigkeiten?« Sie keckerte fast, so hämisch klang ihr Lachen.

Ich zwang mich, meinen Schock darüber abzuschütteln, dass es hier anscheinend selbst in Besenkammern Kameras gab. Jeder ihrer Sätze war eine Provokation.

Sie widerte mich an.

Sinessa neben ihr wirkte wie ein fetter Kater, der einen ganzen Bottich Fische vorgelegt bekommen hatte. »So ist es, Pomio, so ist es. Vielen Dank für deine Einschätzung. Ich bin mir sicher, du hast wie immer recht und uns erwartet beste Unterhaltung.« Er lachte vergnügt.

In mir regte sich Unglauben ob der gehörten Worte. *Doch was hatte ich erwartet? Dass man uns in Ruhe lassen würde? Kaum.*

Dann erst fiel es mir wie Schuppen von den Augen. Ich wusste, woher ich die Dame kannte. Pomio moderierte eine der größten Talkshows Californias. Ich hielt nichts von all dem verqueren Quatsch, über den darin gelacht wurde. Deshalb schaute ich sie nicht. Meine Mutter ebenso wenig. Sie hielt allgemein nicht viel von dem, was ausgestrahlt wurde, und hatte sowieso immer etwas zu erforschen, zu bauen oder zu programmieren. Nichtsdestotrotz liebte fast ganz California die Show. *Oh nein.* Jetzt standen wir Kandidaten alle noch mehr im Rampenlicht.

Wenn Pomio derart mit Sinessa posierte, würde die Interviewreihe, die im Rahmen der Wahl meist gegen Mitte oder Ende geführt wurde, vermutlich von ihr durchgeführt werden.

Grauen vor dem Kommenden erfasste mich. Ich hasste schon jetzt den Gedanken, dieser Frau Rede und Antwort auf ihre sicher unangenehmen Fragen stehen zu müssen. *Kreuzdonnerwetter!* Das Schicksal schien mich zu verspotten.

Es gab nichts, womit ich diese Situation verbessern konnte, also rang ich mir ein artiges Lächeln ab. Meine hochroten Wangen, die eher von Wut denn von Verlegenheit herrührten, hatte die Kamera sicher eingefangen. Sollte das Volk darin doch deuten, was es wollte. Ich war ganz froh, dass auch die Fabelwesen weiterhin eher stille Zierde mimten, statt Kontra zu geben. Eine noch größere Szene zu veranstalten war sicher nicht hilfreich.

Ivan drückte besänftigend meine Hand. Dann stellte er sich an meine Seite. Die undurchdringliche Maske war wieder auf seinem Gesicht zurechtgerückt. Der strahlende Ausdruck seiner Augen ermattet. Die stramme Haltung bewusst gewählt. »Da sehen Sie, welch einzigartigem Augenblick Sie beiwohnen durften.« Seine Worte schafften es, die Situation so zu drehen, als sei nichts geschehen, für das er sich schämen, entschuldigen oder anstarren lassen müsste, sondern etwas, das er den anderen zum Geschenk gemacht hatte. Das, aus seiner Großzügig- und Freigiebigkeit heraus, nicht nur er, nein, vielmehr die Masse erleben durfte.

Es nahm mir den emotional aufgekommenen Wind aus den Segeln.

Auch Pomio sah kurzzeitig verunsichert aus. Sie fasste sich jedoch recht schnell und schenkte Ivan daraufhin ein fast Bewunderung zollendes Nicken. »Wird euer Training öffentlich zugänglich sein?«, wollte sie wie aus dem Nichts wissen.

Ich hätte ehrlich gesagt anderes erwartet. Aber Ivan sah in dieser unglücklich formulierten Frage direkt eine Gelegenheit, Sinessa, dem Kaiser, oder wem auch immer eins auszuwischen, denn er erwiderte lammfromm: »Nein, denn wir wollen doch auf keinen Fall die Fairness dieser Wahl gefährden, nicht wahr? Würde unser Training übertragen werden, hätten die anderen einen Vorteil – durch ihre Coaches, denen das Verfolgen der Übertragung schließlich offensteht.«

Er legte den Kopf schief und drückte noch einmal meine Hand. »Sinessa, pflichten Sie mir bei? Fairness ist und bleibt das oberste Gebot der Wahl.«

Sinessa nickte zähneknirschend, da ihm nichts anderes übrig blieb. Ivan hatte ihn verbal ausmanövriert. Seine Stimme zu nutzen schien unserem Regenten allerdings für derlei Ungemach zu anstrengend zu sein.

»So will es der Kaiser«, fügte Ivan nun hinzu.

Ich nahm an, er stocherte ganz bewusst in der Wunde, die Sinessa öffentlich nicht zeigen konnte. Nämlich dass der Kaiser über dem Regenten stand und er dessen Anweisungen gehorchen musste.

Tja, Payback is a bitch. Ein Lächeln zupfte an meinen Mundwinkeln. Trotzdem war es langsam genug.

Sama schien auch zu empfinden, dass das ein hervorragender Gesprächsabschluss war. Sie tappte einen Schritt auf die Umstehenden zu, die ihr sofort Platz machten, was sie mit einem huldvollen Nicken quittierte. Noch während ihr Kopf sich senkte, erhob sich Neves wieder in die Lüfte und ließ sich dieses Mal zu meiner großen Verwunderung auf Ivans rechter Schulter nieder.

Wir mussten ein wahrhaft aufsehenerregendes Bild abgeben, denn ich sah, wie die Drohnen um uns sich direkt justierten, um ja den besten Winkel zu erwischen.

Ivan und ich, durch unsere Hände verbunden. Bei ihm der Phönix auf der Schulter. Vor mir zu meinen Füßen die Sphinx.

So schritten wir endlich tiefer in den Saal und versuchten uns unter die Gäste zu mischen, auch wenn das recht beschwerlich war, da diese Sama und uns teils aus Furcht, teils aus Ehrfurcht auswichen.

»Sie lieben dich – *uns* –, die Idee der Geschichte, die sich noch entwickeln könnte«, flüsterte mir Ivan zu.

Ich nickte überwältigt; von der Stimmung, der Musik, dem Punsch, den Kleidern und all dem, was dazugehörte. *Dieser Ball verlief gänzlich anders, als ich erwartet hatte.* Doch wusste ich nicht, ob das wirklich zu bemäkeln war. Ich beschloss, den Rest des Abends einfach zu genießen.

»Wenigstens bist du bisher um den Tanz herumgekommen.« Ivan verzog seine Mundwinkel zu einer komischen Grimasse.

Ich rang mir ein Lächeln ab. Einzig für ihn. »Ja, das bin ich wohl.«

»Glaub nicht, ich werde ihn nicht eines Tages einfordern. Es werden noch viele Bälle kommen, für dich und mich.« Seine Stimme schwebte über uns hinweg. Er klang so sicher.

Sehnsucht staute sich in der Luft zwischen uns.

Bedauern und Zurückhaltung ließen meine Zunge hart gegen den Gaumen schlagen. »Ist das ein Versprechen?«

»Es ist, was immer du willst.«

Dich, hätte ich fast gesagt, verkniff es mir jedoch im letzten Moment.

17

Ein Rätsel für mich

So aufregend der Abend des California-Balls zu Ende gegangen war, so nahtlos ging es am nächsten Morgen weiter. Ein zweiter silberner Brief begleitete das Frühstückstablett. Gemeinsam mit einem Napf Fischsuppe für Sama und einer kleinen Schale, in der sich eine durchsichtige Flüssigkeit befand.

»Spiritus«, beantwortete mir Miss Puttin die ungestellte Frage.

Meine Mimik war wohl wieder offensichtlich. Und das – ganz allgemein – anscheinend nicht nur für eine oder zwei Personen, sondern für alle. *Daran musste ich unbedingt arbeiten.*

»Stärkt den Phönix«, erläuterte sie weiter, als ich alles entgegennahm, und nickte zu Neves, der auf seinem Bettpfosten thronte. Neugierig streckte er seinen Schnabel immer weiter vor.

»Gaff nicht hier runter. Wenn du etwas davon möchtest, *komm* runter. Ich halte dir das Schälchen nicht die ganze Zeit nach oben, bis du fertig bist«, nahm ich ihm die Hoffnung, von mir bedient zu werden.

Miss Puttin schaute ein wenig seltsam und wich zurück, als Neves sich elegant herabschwang. Sie schien gehörigen Respekt vor dem Feuervogel zu haben. Dann zog sie ihre Uniform zurecht und eilte unter dem Klacken ihrer Stöckelschuhe aus meinem Zimmer. »Steckt nicht den Betthimmel in Brand«, hörte ich sie noch streng rufen, dann fiel die Tür hinter ihr ins Schloss.

Ich schaute ihr sprachlos nach.

Da regte sich auch Sama. Frühstückszeit.

Seufzend stellte ich die beiden Gefäße für die Tiere auf den Marmorboden. Während die Fabelwesen genüsslich schmatzend zu essen begannen, verzog ich mich mit dem Tablett aufs Bett. *Manieren hatten wohl nichts mit dem Alter zu tun, wenn man Sama als Maßstab nahm.*

Unverwandt starrte ich noch eine ganze Weile, nachdem die Bedienstete gegangen war, auf den silbernen Umschlag. So unschuldig, wie dieser neben meinem Teller mit dem Maisbrot und der Pflaumenmarmelade lag, konnte er nichts Gutes bedeuten.

Als ich mich besann, dass ich, je schneller ich ihn öffnete, erstens wusste, um was es ging und zweitens mehr Zeit hatte, mir über die Lösung Gedanken zu machen, wollte ich ihn am liebsten schon geöffnet haben. Wie schlimm konnte es sein?

Nicht schlimm, aber verwirrend, stellte ich kurz darauf fest. Das *»Ich wünsche dir viel Glück! Ivan«* ganz unten verschwamm fast vor meinen Augen, derart intensiv starrte ich darauf.

Meine Tasse Kaffee vom Tablett hatte ich inzwischen getrunken. Das Brot und die Marmelade waren von mir sträflich vernachlässigt worden. Ich hatte sie nicht angerührt. So sehr beschäftigten mich die gelesenen Worte.

Was wollte Ivan mir damit sagen?

Was sollte ich genau tun?

Ich hatte keinen blassen Schimmer. Und das war schlecht, ganz schlecht. Wenn nicht gar tödlich.

Gestern hatte ich noch geglaubt, ihn enträtselt zu haben. Heute gab er mir neue Rätsel auf. War das unser Ding? Wenn ja, war es äußerst zermürbend.

Da ich aus den Augenwinkeln schon länger registrierte, dass Neves mit jedem Schluck aus dem Spiritustöpfchen heller leuchtete, sah ich auf. »Treib es nicht zu bunt«, warnte ich ihn. »Und du?«, fragte ich an Sama gewandt. »Möchtest du die Reste meines Frühstücks?« Sie stierte, seit sie selbst fertig war, zu meinem Tablett hoch.

»Das auch.« Sie lächelte sanftmütig. Dann schlug ihre Stimmung sichtlich zu einer Art Geschäftsmäßigkeit um. »Ich möchte, dass du den Inhalt des Briefes laut vorliest. Wie kann dir meine Weisheit sonst helfen, wie vermag ich dir sonst gut zu dienen, Herrin?«

Jaja. Ich seufzte schicksalsergeben. Dann stellte ich das Tablett zu ihr auf den Boden.

Meine Augen fokussierten die Zeilen. Ich begann laut zu lesen.

Josi,

Für die zweite Aufgabe solltest du dich kleiden, als würdest du sonnenbaden gehen. Aber sei dir gewiss, dass du keinen Tropfen Sonnencreme brauchen wirst. Wähle weise und sei dir stets im Klaren darüber, dass die Augen aller auf dir ruhen.

Wollte Ivan mit dem letzten Satz andeuten, dass ich mich sittsam kleiden sollte – in Badekleidung? *Als ob ich im Tanga zu einer Regentschaftswahl antreten würde! Als ob ich in diesem Zimmer überhaupt einen finden würde. Mhm …* Es würde also heiß und schwül werden. *Ging es in die Wüste, die zu einem Großteil das noch existente Land bedeckte? Nein.* Denn dann würde ich fünf Tuben Sonnencreme mit Lichtschutzfaktor hundert benötigen. *Wo schien keine Sonne? In einer Höhle?*

Im Brief stand weiter:

Frühstücke gut, denn du wirst alle Kraft brauchen. Deine Kondition wird auf die Probe gestellt werden – in sämtlichen Bereichen. Du musst dich daran erinnern, was dir am liebsten ist, um zu erschaffen, wonach du begehrst.

Ops. Mein Frühstück hatte inzwischen Sama verputzt. Kein Krümel war übrig. Und sie schaute nicht einmal schuldig drein. *Alle Kraft … Ging es um körperliche Anstrengung?* In sämtlichen Bereichen meinte wohl auch Magisches. Was mich aber wahrlich die Stirn runzeln ließ, war wieder der letzte Satz. *Was war mir denn am liebsten? Meine Mutter? Li bedeutete mir auch viel. Sama und Neves gehörten nun irgendwie zu mir. Ich mochte Yasemine, Ivan und Rayn.* Ich konnte mir aber nicht vorstellen, wie mich dieses Wissen etwas erschaffen lassen würde.

Darunter stand noch:

Ab morgen dürfen wir mit dem Training beginnen. Heute musst du auf dich selbst vertrauen und meine obigen Ratschläge befolgen. Wir sehen uns bei der zweiten Aufgabe. Ich wünsche dir viel Glück!

Ivan

PS: Zieh dich direkt nach dem Frühstück an. Sie kommen dich holen. ;–)

Haha. Ich konnte nicht einmal richtig über den zwinkernden Smiley lachen, den er gemalt hatte. Mir kam es nämlich wirklich so vor, als kämen jeden Augenblick Häscher, um mich mitzunehmen, auf dass ich nie wieder das Tageslicht erblicken würde.

Wie passend zu dieser Aufgabe. In einem dunklen Loch bräuchte ich definitiv keine Sonnencreme. Aber ebenso wenig Badekleidung. Außer es wäre eine Grotte.

Ich hatte keine Ahnung, was mich erwarten würde. *Hätte er sich nicht ein Mal wie ein normaler Mensch ausdrücken können?* Vielleicht à la: Du wirst mit fünf magischen Wesen in einen Ring steigen. Sie werden versuchen, dich in die Irre zu führen, um dich hinterrücks niederzustechen, aber hier: Nimm diese Geheimwaffe von mir, die du gegen sie einsetzen kannst, um sie alle zu besiegen. *So in etwa.* Natürlich müsste er mir dann noch eine Geheimwaffe zustecken. Aber ehrlich mal: Er war Sullivan Tenakulis. Also irgendetwas erwartete ich schon von ihm. Hier spielte doch sowieso keiner innerhalb der Regeln!

»Klingt super«, meldete sich da Sama zu Wort und sprang zu mir aufs Bett. »Offensichtlicher hätte er es dir nicht verraten können.« In einigem Abstand zu mir ließ sie sich mit den vorderen Tatzen auf den weichen Kissen nieder und sah satt und schon wieder müde zu mir auf. Dösig legte sie den Kopf auf die Pfoten.

»Mir etwas verraten … hat er das?«, fragte ich ironisch. »Da ihr euch so gut zu verstehen scheint: Könntest du dieses neue Wissen teilen?«

Katzenhaft sah sie mich an. Dann verzogen sich ihre Augen und leuchteten in hellem Rot. »Könnte ich«, stimmte sie mir zu.

»Kannst du«, veränderte ich die Konjugation. Und drängte: »Jetzt.« *Davon hing schließlich mein Leben ab.* Unangenehm wurde mir nun erst richtig bewusst, dass bereits die zweite Aufgabe bevorstand. Schon. Ich schluckte.

»Mhm … was bekomme ich dafür?«, begann Sama zu verhandeln.

Ungläubig sah ich sie an. *Wir waren doch hier nicht auf einem ägyptischen Basar! Und gerade hatte sie mir doch noch gut dienen wollen.* »Also ehrlich …«, begann ich erbost. »Zuerst erzählst du mir was von dienen und jetzt lässt du mich unwissend in mein Verderben laufen? Bist du mich schon leid?« Es verletzte mich, das auszusprechen, auch wenn ich es eher scherzhaft gemeint hatte. Die Enttäuschung, die ihre Worte in mir ausgelöst hatten, war omnipräsent.

»Was?! Nein!«

Ich meinte einen Moment lang Schock auf ihrem Gesicht gesehen zu haben. Vielleicht hatte ich es mir aber auch nur eingebildet. Irgendwie hatte das allerdings eine beruhigende Wirkung auf mich und ließ mich die Situation wieder klarer sehen.

»Du verstehst keinen Spaß«, grummelte Sama. Sie wirkte beleidigt.

»Nein, im Moment wohl nicht«, stimmte ich zu und seufzte.

In der Sekunde ging Neves vor uns in Flammen auf.

Es passierte ganz plötzlich.

Gerade noch hatte sein Gefieder dunkelrot geglüht. Dann hatte sich eine einzelne Feder leuchtend gelb gefärbt. Es war die einzige Vorwarnung gewesen, bevor Funken aufstoben und er sich in eine große Flamme verwandelt hatte.

Als der Rauch sich in einem Bruchteil der Zeit der Verbrennung wieder verzog, hatte der Phönix noch immer die gleiche Größe wie zuvor. Asche färbte sein Gefieder pechschwarz.

Ich starrte verblüfft.

Sama knurrte verärgert.

Ein äußerst menschlicher Huster entwich dem goldenen Schnabel vor uns. Wie ein Hund, der nach einem Regenguss sein Fell schüttelt, spreizte Neves alle Federn und drehte sich, während er den Vorgang wiederholte, bis die Asche abgefallen war. Sobald er sich der dunklen Rüstung entledigt hatte, war er von einem leuchtenden Gold, das das Licht im Raum reflektierte, umgeben. Sein Gefieder strahlte und funkelte, als wäre es aus poliertem Metall.

Ich bekam den Mund vor Staunen nicht mehr zu.

Als sich Sama vernehmlich räusperte, schaffte ich es dann doch. Sie hatte einen amüsierten Unterton mitschwingen lassen. *Aber bei Rovennas Magie, ich hatte es noch nie mit einem Phönix zu tun gehabt.*

»Der Spiritus …«, setzte ich an.

»Hält das Gefieder geschmeidig«, gab Neves nonchalant zurück und gockelte ein paar Schritte auf dem Marmorboden auf und ab, als wäre er ein Model auf einem Laufsteg. Er war eindeutig der eingebildetste, eitelste, von sich überzeugtester Phönix, dem ich je begegnet war. *Und der erste. Und vermutlich letzte. Seine Seltenheit rechtfertigte ein Stück weit sein Getue.*

Ich musste unwillkürlich schmunzeln.

Neves deutet das falsch, denn er zog gekränkt den Kopf ein. »Du weißt wahre Schönheit einfach nicht zu schätzen. Aber die Leute werden es, glaub mir. Jetzt bin ich *noch* beeindruckender. Was glaubst du, wie toll ich auf deiner Schulter aussehen werde! Sie werden mich lieben. Und dich dadurch auch. Mission erfüllt«, krähte er wieder vergnügt.

Ich sah Sama Hilfe suchend an. Mir fehlten ehrlich die Worte. Aber die Pixie verzog nur amüsiert die Mundwinkel.

»Jetzt bleib mal geschmeidig«, brachte ich in Neves' Richtung hervor, bevor ich in ein befreiendes Lachen ausbrach und es einfach nur genoss, wie die Anspannung von mir abfiel. *Die Fabelwesen waren wirklich ein Geschenk des Himmels.*

Dann erinnerte ich mich wieder an die Aufgabe und meine Laune sank ins Bodenlose. »Erklär mir, was du gemeint hast«, bat ich Sama.

»Nun …«, setzte sie an, kam aber nicht weit, weil Miss Puttin wieder zur Tür hereinstöckelte.

»Kind!«, rief sie erregt und unterbrach damit die Sphinx. »Du bist ja noch gar nicht angezogen! Hast du denn den silbernen Brief nicht gelesen?«

»Doch«, beeilte ich mich zu versichern. Röte färbte meine Wangen. *Ohooo, so schnell war sie beim Du angekommen* – ich war wohl von Miss Puttin als ganz unbedarfter, hoffnungsloser Fall eingestuft worden.

Wir hatten die Zeit vertrödelt. Vielleicht war das Spiritusschälchen genau deshalb zu meinem Frühstück gestellt worden. Oder Sinesssa hatte gehofft, dass Neves' spontane Selbstentzündung den ganzen Raum in Flammen setzte und mir endlich den Rest gab. Oder der Kaiser. Oder sonst wer.

Tja, mich gab es noch. Und alles andere auch.

»Kindchen.« Miss Puttin wedelte gestresst mit ihrer behandschuhten Hand vor meinem Gesicht herum. »Egal, in welcher Traumwelt du dich befindest, jetzt musst du einen Zahn zulegen. Sie kommen dich gleich holen. Bis dahin müssen wir dich standesgemäß fertig haben. Ich helfe dir, damit es schneller geht, ja?«

Ohne auf meine Antwort zu warten, eilte sie bereits unter Samas neugierigem Blick auf meine Schränke zu. Sie zog eine rosafarbene Garnitur Unterwäsche aus dünn gewebtem Stoff hervor und aus einem Fach darüber ein enges, weit ausgeschnittenes Top.

Das Material erinnerte mich auf den ersten Blick an Plastik. Ich zog die Augenbrauen hoch.

Dazu zupfte sie eine kurze Hose von einem Bügel, bei der der vordere Teil so geschickt umgenäht worden war, dass es wie ein Rock wirkte, wenn man nicht zu genau hinsah.

Ich rollte innerlich mit den Augen. *Wer hatte das nur erfunden? Jemand, der einen Kompromiss für mutige Frauen, die heimlich Hosen tragen wollten, und vorgestrige Männer, die nur Röcke erlaubten, hatte schneidern müssen?*

Gleichwohl war das jetzt egal, denn ich wurde bereits von der Bediensteten mit den Sachen ins Bad gescheucht, um diese in aller Hast anzuziehen. Ich tat es, ohne zu murren. Meine Schlafsachen legte ich gefaltet auf den Badewannenrand, als sie auch schon wieder ins Bad fegte, um zu kontrollieren, ob ich folgsam tat, was ich sollte.

»Stell dich gerade hin«, wies sie mich an. »Und halt still. Ich werde dir schnell die Haare machen. Dafür wirst du mir nachher noch dankbar sein.« *Sie musste wissen, was bei der zweiten Aufgabe passieren würde*, schoss es mir durch den Kopf.

Geschickt schnappte sie sich die Bürste von der Anrichte, auf der ich diese gestern Abend abgelegt hatte, und begann, meine Haare in mehreren Zöpfen fest an meinem Kopf anliegend zu flechten. »Dafür haben wir gerade noch Zeit.«

»Was …?«, setzte ich an.

»Na, na.« Sie schnalzte unwillig mit der Zunge. »Wenn du mich noch öfter sehen willst, solltest du lieber schweigen.«

Kommentarlos klappte ich den Mund zu. Fest kniff ich die Lippen aufeinander, um das nicht zu kommentieren. *Sah so Freiheit aus? Wahre Freiheit einer selbstbestimmten Angestellten? Wohl kaum.* Ich war mir sicher, dass Sinessa ihr verboten hatte, mit uns mehr als das übliche Bedienstetenvokabular zu reden. Jedenfalls traute ich es ihm zu.

Warum half sie mir überhaupt? Steckte Ivan dahinter? Ich war nervös und schon im Tunnel der Aufgabe.

Gerade als wir in den Hauptraum traten und ich mit Sama Blickkontakt aufnahm sowie gleichzeitig in das Paar Schuhe schlüpfte, das mir Miss Puttin in dem Moment reichte, klopfte es an der Tür.

Ich erstarrte. Anders als die Bedienstete, traten die beiden Magicians, die vor der Tür standen, erst ein, als sie von Miss Puttin hereingewunken wurden. Sie sahen ähnlich wie die Wache aus, gegen die ich bei der ersten Aufgabe gekämpft hatte. Die gleiche Uniform, eine ähnliche Größe, der gleiche Haarschnitt. Ich überlegte einen Augenblick, ob sie wohl ein weiterer Illusionszauber des Regenten sein könnten. Doch den Gedanken verwarf ich wieder, als einer von ihnen auf mich zukam und nach meinem Arm griff. Nein, wieso sollte Sinessa Illusionen schicken? Das hier war real. *Der silberne Brief hatte es sogar angekündigt.*

Verschreckt wollte ich mich aus dem festen Griff winden. Doch es gab kein Erbarmen. Ich hörte ein *Schhhhh*, daraufhin wurde mein Arm wieder freigegeben und er sagte: »Gehen wir.«

Konsterniert blickte ich auf mein Handgelenk. Darum befand sich ein neuronales Band, das sich, wenn ich das richtig deutete, selbst zusammengezogen hatte, sodass es nun eng anlag. *Daher das ungewöhnliche Geräusch.*

Schnell drehte ich den Unterarm und sah das Zeichen von Tekre Industries. *Traumhaft.* Ich hatte das Gefühl, mit meinen eigenen Waffen geschlagen zu werden, obwohl ich doch in all den Jahren noch nicht einmal die Zentrale des Unternehmens betreten hatte.

Meine Mutter hatte mich immer von der Firma, oder besser gesagt Sinessas Aufmerksamkeit und Zorn, fernhalten wollen. Da ich nicht technisch interessiert war, hatte ich ihrem Wunsch nachgegeben. Nun fragte ich mich, wer wen aus welchem Grund von was hatte fernhalten wollen.

Dann hätte ich mir am liebsten auf den Kopf geschlagen. Wenn ich jetzt schon an den wenigen Menschen zu zweifeln begann, denen ich ein Leben lang vertraut hatte, die ein Leben lang für mich da gewesen waren, wie würde das werden, wenn diese Wahl weiter fortschritt?

Ich hatte mich noch immer nicht gerührt. Der andere Magician seufzte unwillig. »Es zeichnet deine Vitalfunktionen auf und gibt uns die Koordinaten deiner Position. Durch die integrierte Nanocam können wir zusätzlich sehen, was sich in deiner Nähe befindet. Du siehst, es gibt keinen Grund zur Aufregung«, wollte er mich beschwichtigen. *Er versuchte mich wohl auf die rationale Tour zum Mitkommen zu überreden.*

Als ich einen Schritt nach vorne trat und mich ins Unvermeidliche fügte, erhob sich Sama vom Bett. Obwohl sie sich sicher mit katzenhafter Anmut bewegte, hörte ich es. Neves hatte sich in meiner Zeit im Bad wieder auf seinem Pfosten über dem Bett niedergelassen gehabt. Nun zeigte mir ein lautes *Wooosh,* dass er die goldenen Flügel ausbreitete.

In meinem Brustkorb ging die Sonne auf, so warm war die Zuneigung, die mich durchströmte. *Ich war nicht allein.* Ich hatte hier bei mir zwei Freunde und wir würden das zusammen durchstehen. Das war mehr, als die anderen Kandidaten dieser Wahl von sich behaupten konnten, da war ich mir sicher. Dieses Wissen tat mir in dem Moment, der mich wirklich viel Mut kostete, ungeheuer gut. Alles war innerlich für mich in Ordnung, bis der erste Magician sagte: »Sie müssen hierbleiben. Nur du kommst mit.«

Ich stand da, als hätte er einen Eimer kaltes Wasser über mir ausgeleert. Überrascht. Geschockt. Unsicher, wie ich mit der Situation umgehen sollte. Schlagartig fühlte ich mich klein und allein. Selbst Miss Puttin war an die Wand zurückgewichen und hielt den Kopf gesenkt.

Ich überlegte für einen Augenblick, ob Sama, Neves und ich imstande wären, die beiden Magicians zu überwältigen. *Doch was dann?* Ich hatte keinen Plan. Vermutlich wären wir Gesetzesbrecher. *Und für was? Sie würden uns wieder einfangen.* Dementsprechend atmete ich tief durch und drehte mich zu den Fabelwesen. »Sama, pass auf Li auf«, wies ich die Sphinx an.

»Natürlich.« Sie legte den Kopf schief. Ich vertraute darauf, dass sie verstand, was ich sagte, ohne dass wir darüber gesprochen hatten.

Li dockte noch immer an einer der unzähligen Steckdosen im Bad hinter einem Handtuchstapel an, wo ich ihn gestern Abend gelassen hatte. Damit war er gut verborgen vor den Augen der beiden unangenehmen Typen.

Damit ihnen nicht auffiel, dass ich von etwas Drittem sprach, nickte ich Neves nur zu. Unsere Blicke trafen sich in einer stillen Übereinkunft. Seine Iriden dunkel, meine hell, kommunizierten sie doch problemlos miteinander.

Sphinx und Phönix setzten sich daraufhin wieder gesittet auf ihre Stammplätze. Doch Sama konnte es nicht lassen, das letzte Wort zu haben: »Wenn du sie nicht unversehrt wiederbringst, bist du dem Tod geweiht, Kafiron.« Ihr Zischen klang Furcht einflößend. So als verfluche sie den Magician, den sie herablassend musterte.

Er erblasste um die Nase, kniff allerdings kämpferisch die Lippen zusammen.

Dann brachen wir auf. Ein Magician vor mir, einer hinter mir, führten sie mich aus dem Zimmer.

Für mich war es ein Gang ins Ungewisse, der nicht lange andauerte. Da ich zwischen den Magicians ging und unaufmerksam war, weil mich noch immer das Rätsel des silbernen Briefes beschäftigte, hatte der hintere leichtes Spiel, als er mich überrumpelte. Es war der, der auch schon im Zimmer unangenehmer gewirkt hatte.

Keine drei Schritte auf dem Flur kamen wir weit, da wurde mir eine warme Hand an die Schläfe gepresst und die Dunkelheit überkam mich schneller, als ich erneut bis drei zählen konnte.

Ich hoffte nur, dass ich mich, wenn sie wieder weichen würde – denn dessen war ich mir gewiss –, bei der zweiten Aufgabe befinden würde und nicht in irgendeinem dunklen Verlies des Regentenschlosses.

18

Vom Hai erwischt

Ich fiel wie ein Stein. Tiefer und tiefer zog mich die Dunkelheit zu sich herab. Gleichzeitig umspülte mich kühle Seide.

Ich blinzelte. Doch die Schemen vor mir wollten keine klaren Formen annehmen. Ich kniff die Augen fest zusammen, als sie zu brennen anfingen.

Erst als ich hustete und sich dabei meine Lunge mehr und mehr mit Wasser füllte, begriff ich, dass ich wirklich wieder bei Bewusstsein war.

Ich lebte!

Der Schock brandete durch mich hindurch. Dann schwemmten unzählige Fragen an die Grundfesten meines Geistes. *Ich … befand mich wo? Alles um mich herum fühlte sich nass an.*

Ich riss aus einem plötzlichen Impuls heraus die Augen auf und sah nichts als Finsternis. Keine Welle, kein oben, kein unten. Kein Boden – nur unendliche Weiten um mich. Ein Gefühl von Beklemmung kam in mir auf.

Nun realisierte ich, was ich bis jetzt nicht hatte wahrhaben wollen: Ich befand mich vollständig im Wasser. Irgendwo ganz tief unten. Ich hatte keine Taucherausrüstung an und konnte nicht schwimmen.

Mein Magen verzog sich zu einem unangenehmen Klumpen, als meine Sinne verrücktspielten. Stechend, fast ätzend brannte mir das Wasser wieder in den Augen und meine Lunge ächzte, von einem

Element gefüllt, das dort nicht hingehörte, und weil ihr der Sauerstoff verwehrt blieb. Schmerzen durchzogen meinen Brustkorb. Allein durch Willenskraft vermied ich, einzuatmen.

Während ich sank, nahmen die Beschwerden immer weiter zu. Beherrschten mich. Es fühlte sich an, als würden die Lungenbläschen in den Lungenflügeln unter meinen Rippen platzen. Fast meinte ich wahrzunehmen, wie sie aufploppten. Erst eine, dann zwei, dann vier. Immer mehr.

Wieder riss ich den Mund auf, konnte dem Drang nicht mehr widerstehen und setzte zu einem verzweifelten Schrei an. Ich spie dabei das ganze Wasser aus, auf das der Schmerz und der übermächtige Reflex, daraufhin einzuatmen, mich neues schlucken ließ.

Jetzt war es unabwendbar, ließ mich der wache Rest meines Geistes wissen. *Jetzt hatte ich mich selbst zugrunde gerichtet.*

Meine Hände krümmten sich in letzter Verzweiflung, paddelten wild und schlugen auf das Wasser ein. Mein Körper krampfte. Schock und Angst mischten sich in meinem Bewusstsein zu einer zähen Suppe. Rings um mich war nichts als Wasser. *Salzwasser,* registrierte ich nun den Geschmack, der inzwischen unangenehm beißend als Geruch bis in meine Nase vorgedrungen war. *Deshalb das Brennen.* Dort setzte er sich fest und führte dazu, dass das Kribbeln mich niesen ließ, während sich meine Lunge und meine Mundhöhle wieder in das Wasser um mich entleerten. Geistesgegenwärtig hielt ich dieses Mal trotz der inzwischen fast unerträglichen Schmerzen die Luft an.

Wie viele Atemzüge brauchte ein voller Durchlauf des Sauerstoffkreislaufes eines menschlichen Körpers? Wie viel Zeit blieb mir, bis ich erstickte? Ich war mir nicht sicher, meinte aber, mich an circa sieben Mal ein- und ausatmen oder maximal zwei Minuten zu erinnern.

Zwei Minuten hatte ich also, bis gar kein Sauerstoff mehr in meinem Körper sein würde. Zwei Minuten, bis mein Gehirn keinen Sauerstoff mehr bekam. Minus der bereits verstrichenen Sekunden eben, falls ich direkt aufgewacht war, als sie meinen Körper dem Wasser überantwortet hatten. Einige Sekunden hatte ich bereits verschwendet und ich war mir sicher, dass bald eine Unterversorgung meine Synapsen lahmlegen würde. Der Tod schien von einer Möglichkeit zu einer Sicherheit geworden zu sein. Und das irgendwo im

Nirgendwo, mit herzlich wenig Ahnung, wie ich etwas daran ändern konnte.

Tief in mir regte sich mein Überlebensinstinkt gleichzeitig mit dem Ächzen meiner Lunge.

ICH. WÜRDE. NICHT. AUFGEBEN.

Wie von Sinnen trat ich Wasser mit den Füßen, wollte aufsteigen. Alles tat mir weh. Meine Glieder fühlten sich wie nutzloser Wackelpudding an. Die Ohnmacht nahte. Ich konnte spüren, wie sie meinen Geist mit ihren Fängen umschlang. Wie sie am Rande meines Sichtfeldes lauerte, nur darauf wartend, mich erneut in ihre düstere Umarmung zu ziehen.

Ich musste an die Oberfläche! Ich musste … *Sauerstoff*, erinnerte ich mich. Und erkannte daran bereits, dass mein Gehirn nicht mehr optimal funktionierte. *Genau, denn ich musste eigentlich atmen!*

Und ganz plötzlich ging gar nichts mehr.

Mein Geist wusste, was zu tun war, wollte kämpfen. Aber ich steckte fest. In einem Körper, der sank. *Einfach bewegungslos sank.*

Panik ließ mein Bewusstsein erstarren und mich tatenlos miterleben, wie das Wasser an mir vorbeizog, mein Gesicht streifte. Meine Glieder auskühlte, sie zittern ließ, während mein eigenes Gewicht mir zum Verhängnis wurde.

Ich sank.

Immer weiter und weiter.

Die Erkenntnis, dass ich nichts tun konnte, obwohl ich es wollte, überrollte mich wie ein Bulldozer, der nur noch Hoffnungslosigkeit hinterließ. Das Gefühl schnitt meine Seele entzwei. Es grub sich tief in mich.

Langsam erlahmte auch mein Geist. Mein Kampf mit dem Element kam mir schon so unendlich lange vor, dabei hatte er vermutlich maximal eine Minute angedauert.

Ich konnte nicht schwimmen. Hatte es noch nie gekonnt und nie gelernt, weil ich mich vor Wasser fürchtete. Schon seit meiner Geburt. Nicht vor dem, das aus der Dusche kam. Und seltsamerweise badete ich auch ganz gern – unter der Prämisse, dass mein Kopf nicht länger als eine Nanosekunde unter Wasser war. Ich musste sie spüren, die Luft um mich, die Erde unter meinen Füßen.

»Landei«, hatte meine Mutter immer liebevoll gesagt.

Ich sah ihr Gesicht im Wasser vor mir schweben. Es wirkte durchscheinend, wie ein Trugbild.

Passierte so was, wenn man starb?

»Aber du – du Seeratte«, hatte ich immer geantwortet.

Es war ein eingespieltes Ritual zwischen uns gewesen. Ich erinnerte mich nicht einmal mehr an den Beginn. Oder daran, warum ich sie so nannte. Irgendwie hatten wir uns wohl ein Stück weit in den immer gleichen Gesprächen verloren. So als wären wir beide irgendwann auf Autopilot umgestiegen.

Vielleicht machte einen das zum Erwachsenen.

Schwach fischte ich im Wasser nach der Illusion ihres Gesichtes. Es kostete mich unglaublich viel Kraft. Aber ich bewegte eine Gliedmaße – ein riesen Sieg über mich selbst. Meine Hand zerstreute das Trugbild schließlich, als wären es wirklich Partikel gewesen, die da vor mir geschwommen waren. Möglicherweise litt mein Geist bereits derart unter dem Sauerstoffverlust, dass ich fantasierte. *War das nicht die letzte Stufe, bevor es vorbei war?*

Noch einmal versuchte ich meine Füße in Gang zu setzen, damit zu paddeln. Ich versuchte, in mich zu horchen … nach irgendetwas in mir zu greifen: *Magie?* Doch da war nur Leere, Panik, Schmerz und Verzweiflung. Resignation ließ mich zunehmend ermatten.

Mein Blick fiel unverrichteter Dinge auf mein Handgelenk, klärte sich. Da saß ein Armband. *Das Armband*, erinnerte ich mich. *Meine Leiche würden sie also finden.*

Noch während ich darauf starrte, verwandelten dunkle Punkte meine Netzhaut zu einem Flickenteppich. Meine Lider sanken, als Schwermut mich ergriff. *Die Aufgabe! Vielleicht war das die Aufgabe,* dachte ich, während mein Körper gänzlich erschlaffte. Mein Kopf wurde vom Wasserdrück und der Strömung in meinen Nacken getrieben. Der Brustkorb hob sich nach oben, meine Haare breiteten sich um meine Ohren und über mein Gesicht, als meine Gestalt weiter sank.

Immer tiefer, dem dunklen Schlund des Grundes entgegen.

Mein Geist fühlte sich losgelöst an, die Gedanken wie in Sirup.

Was für eine Aufgabe sollte das sein? Nicht einmal ein Fisch war mir bis jetzt begegnet. Keiner der Kandidaten war um mich herum zu sehen gewesen. Nichts als Dunkelheit und Tod lauerte in diesen Fluten. Sie würden mich verschlingen; und ich, falls keiner meine Leiche herausziehen würde, vielleicht – ganz real – als Gerippe irgendwo an Land treiben.

»Lass dich sinken – und du wirst fliegen«, hörte ich da die Stimme von Sama in meinem fast weggetretenen Geist. *Etwas anderes als Sinken ist mir auch gar nicht mehr möglich,* wollte ich ihr sagen, doch die schwarzen Finger der Bewusstlosigkeit hatten mein Bewusstsein nun fest im Griff und ließen es nur noch als schwaches Lämpchen meiner Vitalfunktionen leuchten.

Erst der harte Aufprall, der kurz darauf anzeigte, dass mein Körper auf dem Grund angekommen war, weckte mich ein wenig und verpasste mir infolge dessen einen wundersamen Schub neuer Kraft.

Während ich mich noch fragte, ob ich mir Samas Stimme eingebildet hatte, öffnete ich die Augen und registrierte nun die Fische, die hier unten in Schwärmen zwischen scharfkantigen Felsen und einem in tiefe Finsternis getauchtem Riff schwammen. Im ersten Moment wunderte ich mich gar nicht, dass ich auf dem düsteren Grund etwas anderes als Finsternis sah, dann wurde mir klar, dass ich wieder den Sphinxblick hatte. Meine Wahrnehmung war erweitert, meine Augen aufgerissen, ohne zu brennen. Meine Sphinxgene hatten sich auf wundersame Weise aktiviert. Und es war wieder *Leben* in mir.

Statt das zu hinterfragen, war ich einfach froh. Obwohl die Todesgefahr damit absolut nicht gebannt war. Mein Körper war erschöpft.

In circa zehn Metern lag etwas.

Es war länglicher als die übrigen Steine und eine Algengruppe an einem Ende schien ihre feinen Strähnen im Wasser nach oben treiben zu lassen. Fische mit fleischigen Mündern saugten an der bloßen Oberfläche daneben.

Waren das Kreuzwelse? Ich kannte mich nicht besonders gut aus, erinnerte mich aber an den Part in Biologie, in dem auch die gefährlicheren Fische in der Schule drangenommen worden waren.

Deshalb erkannte ich den Hai, der da auf den Stein zuschwamm, schon aus der Entfernung. Ich erstarrte. *Hatte er mich entdeckt?*

Adrenalin brandete durch meinen ausgelaugten Körper und schärfte meine Sinne weiter. Doch ich konnte nichts tun, ließ mich ein kurzer Check meiner Glieder wissen. Ich mochte wieder das Bewusstsein erlangt haben, war aber ansonsten genauso nutzlos wie der Stein.

Panisch fixierte ich das Geschehen vor mir. Fühlte die Todesangst, die sogar kurz die Schmerzen in meinem Inneren verdrängte.

Da riss der Hai vor der Algengruppe das Maul auf. Ich sah die spitzen Zähne. Sah seine Kiemen rechts und links des Mauls. Und sah, wie er fest in den …

Das war gar kein Stein!! Natürlich war es kein Stein. Welcher Hai biss in Steine?

Ich konzentrierte mich auf meine Augen.

Vor allem würden dann seine Zähne nicht wie Butter durchgehen.

Mir wurde kalt. So unglaublich kalt. Kälter, als es mir durch die Entkräftung ohnehin schon war. Gänsehaut bedeckte schlagartig meinen Körper. Grauen wallte in mir auf. *Der Stein* … war ein Mensch. *Gewesen.*

Da drüben, keine zehn Meter von mir entfernt, wurde ein Mensch vor meinen Augen zerfleischt.

An der schmalen Hand, die durch eine Reißbewegung des Hais unter dem seitlich liegenden Körper nach oben getrieben wurde, erkannte ich, wer es war: Eine der beiden Mensay, die sich wie Zwillinge geähnelt hatten, und wenn die Algen … Wenn sie Haare … dann … *Es war das Mädchen.*

Das hier war definitiv die zweite Aufgabe. Sie hatten mich nicht einfach so im Meer versenkt. Auch wenn ich nicht wusste, was das alles bedeutete oder wie man es lösen sollte. Die Gefahr, die von dem Hai ausging, schien real zu sein und ich glaubte nicht, dass die Kandidatin wieder lebendig werden würde. Trotz des Schocks arbeitete mein Gehirn nun fieberhaft. Mein Körper schlug unverändert Alarm. Vermutlich müsste ich inzwischen längst erstickt oder in Ohnmacht gefallen sein, doch irgendwas in mir – vielleicht die Magie – hielt mich am Leben. Noch war der Hai beschäftigt. Noch hatte er mich nicht entdeckt.

Aber was sagt dir, dass es hier unten nicht noch mehr Haie gibt, flüsterte mein Unterbewusstsein mir zu. *Was sagte mir, dass es nicht noch viel Gefährlicheres gab?*

Als die Furcht in mir bis ins Unermessliche stieg, schaffte ich es, ruckartig meinen Kopf zu drehen. Mir war klar, dass für mich hier Endstation war. *Ich würde nirgendwo hinfliegen.* Vielleicht mein Geist in den Himmel oder so. Aber ich wollte nicht mit ansehen müssen, wie das Mädchen bei lebendigem Leib gefressen wurde. Ich hoffte, dass sie schon tot war. Hoffte so sehr für sie, dass ihr bereits eingetretener Tod der Grund dafür war, dass sie sich nicht wehrte.

Meine Kehle war zugeschnürt. Der Kloß riesig. Krampfhaft verinnerlichte ich die Sicht, die sich mir nun bot, schob das erneut übermächtig werdende Gefühl, zu ertrinken, so gut ich konnte beiseite. Da war noch ein Stein mit abgerundeten Ecken. Außerdem stachen seltsame Stäbe daraus nach oben. Ich konzentrierte mich. Vermoderte Holzplanken lagen daneben. *War das einmal ein Schiff gewesen?* Algen und Korallen zeigten, wie lange die Teile hier liegen mussten. *Damit fuhr sicher niemand mehr irgendwohin.*

Der Besatzung schien das Schiff auch kein Glück gebracht zu haben. Nicht einmal das ganze Gold und Silber, das ich nun zwischen Korallen verborgen hervorblitzen sah, hatte ihnen genutzt. *Vielleicht war es ein Handelsschiff gewesen. Oder ein Piratenschiff?*

Von seltsamer Neugier beseelt, versuchte ich die Inschrift auf dem abgerundeten Stein zu entziffern. Die Worte formten Bilder in meinem Kopf. Visionen einer eindrucksvollen Barkasse, so wie sie auf dem Bild neben dem Text abgebildet war. Da hatte ein Steinmetz wahrhaft kunstvolle Arbeit geleistet.

Doch was brachte mir das?

Ermattet schloss ich die Lider. Die Finsternis des Sauerstoffentzuges eroberte mein Gesichtsfeld zurück. Ich war dem Tod näher als dem Leben. Und ich war bereit. *Besser ertrank ich, bevor der Hai zu mir kam.* Ich widerstand nicht länger dem übermenschlichen Drang und atmete befreit ein, während ich mich gleichzeitig unbewusst in eine Art Trance versetzte. Meine Wahrnehmung öffnete sich, mein Unterbewusstsein sprang ein und schuf eine Verbindung zwischen mir und all den mentalen, emotionalen und feinstofflichen Frequenzen hier unten, während mein sterbender Geist sich einem letzten Traum von Freiheit hingab – indem ich auf dem Schiff stand.

Die Brise wehte mir um die Nase, die Planken unter meinen Füßen waren frisch gewachst. Sie knarzten bei jeder Wellenbewegung. Die Fock stand im Wind, während das Großsegel flatterte, weil wir es gerade erst gesetzt hatten.

Dieser Moment – er kam mir so echt vor.

Ein Gefühl von Wärme zupfte indes an meiner Seelenebene und mein mentaler Fokus begann sich mit der stofflichen Ebene zu verbinden, die den Impuls aussandte. Mein Element, das Feuer, es zog mich von irgendwo unter mir an. Es war wie ein alter Freund, den ich noch ein Mal umarmen wollte, bevor ich ging. Dem ich unbedingt nah sein wollte.

Mein Geist folgte intuitiv dem Ruf, wandelte ganz von selbst durch einen tunnelartigen Schacht immer tiefer – bis weit unter den Meeresgrund. Warm – so warm –, so wundervoll warm war es dort.

Ich drehte mich auf dem Deck lachend um meine eigene Achse. Trug eine pludrige Hose in Beige und eine weiße Bluse. Mein rotes Stirnband, das meine blonde Mähne zurückhielt, kennzeichnete mich als waschechte Piratin.

Ich war furchtlos. Ich war gefürchtet. Und ich hatte reiche Beute gemacht. Jetzt segelte ich in ruhigeren Gewässern nach Hause und der blaue Himmel hoch oben verhieß eine schnelle Überfahrt.

Doch ich spürte, während das Wasser zum letzten Mal meine Luftröhre und die Lunge füllte und ich starb, wie mich die Finsternis wieder nach oben, in kältere Gefilde, weg von der einladenden Wärme ziehen wollte. Wie sie meine geistigen Fühler, die sich tief nach unten verirrt hatten, kappen wollte.

Mein Widerwille, mein allerletztes, unbewusstes Aufbäumen bestand darin, dass mein mentaler Fokus ganz von selbst eins mit der Hitze unter der Erdkruste wurde. Dass ich mich mit meinem Element verband, völlig in der Magie meiner Gilde aufging.

Als ich von innen heraus verbrannte, langsam erstickte, schuf das durch meine Magie zusätzlich aufgeheizte Magma unter der Erdkruste, in dem Schacht zwischen den tektonischen Platten, eine erhitzte Wassersäule. Durch den Druck von Abertausenden Gasbläschen expandierte diese in dem Augenblick, in dem sich mein Unterbewusstsein, meine Seelenebene und meine stoffliche Ebene wieder verbanden, und verursachte ein mittleres Seebeben.

Wellen gingen vom Hypozentrum aus. Sand wurde aufgewirbelt, Steine trieben durch die Gegend. Mein Körper schlingerte auf dem Meeresgrund, als der Druckabbau ihn erschütterte und dann auf der Spitze der Eruption rasend schnell mit sich in die Höhe trug.

Wasser strömte hart auf meine Glieder nieder, als die Fontäne des Geysirs, den das Seebeben aktiviert hatte, mit mir durch das Meer nach oben stieg. In meiner Vorstellung änderte sich auf einmal das Bild. Es kam mir wie ein Bruch vor. *Aber,* zog irgendwo schwach glimmend durch meinen Geist, *ich träumte ja auch nur.*

Vor mir, am Bug, der wild von den Wellen hin und her geworfen wurde, tauchte ein Küstenstreifen auf, dem sich mein Schiff rasch näherte.

Ich klammerte mich an einem der Masten fest, um nicht das Gleichgewicht zu verlieren oder gar über Bord zu gehen. Dann erkannte ich, als ich mutig mit einer Hand das Fernrohr von meinem Gürtel nahm und hindurchblickte, eine Erhebung. Seitlich davon spielten Musiker. Der Wind trug die fröhliche Melodie zu mir herüber. Menschen tanzten beschwingt auf einer kleinen Fläche. Eine Aneinanderreihung von Sitzgelegenheiten in bunten Farben kam mir seltsam bekannt vor. Was …?

Die von vulkanischen Gasen gespeiste Wassersäule stieg unaufhaltsam weiter mit meinem bewegungslosen Körper auf. Heißes Blubbern versengte mir die bloße Haut, bis die Fontäne plötzlich die Oberfläche durchbrach und in den Himmel schoss. Sofort begannen sich Luft und Dampf zu vermischen, bevor die Wassermasse abrupt in sich zusammenbrach und mein Körper sekundenlang einige Meter über dem Meer schwebte, bevor er sich im freien Fall befand.

Ich wurde mit Schwung vorwärts, über den Bug und das ausstehende Wasser katapultiert, als mein Schiff abrupt im seichten Wasser zum Stehen kam. Bevor der unweigerliche Aufprall auf dem Sand mir das Genick brechen würde, kniff ich die Augen fest zusammen.

Nun starb ich also auch noch im Traum. Oder vielleicht war dieser Traum einfach zu Ende geträumt? Zeitgleich mit dem letzten Rest Leben, der mich verlassen hatte.

Wenigstens war das ein schönes Ende.

Mein Freund, die Dunkelheit, hüllte mich endgültig ein, während mein Körper viel zu schnell vom Himmel fiel und meine verbrannten Glieder sich mit hartem Aufprall in den von Wasser bedeckten Boden rammten. Wie eine Opfergabe – direkt in der Brandung, vor sechs aufgereihten Stühlen.

19

Der Fluch der Schwäche

Als ich die Augen öffnete, blickte ich mit maximal vier Zentimetern Abstand in Samas Frauengesicht und das war ehrlich gesagt mehr als befremdlich. Ich blinzelte mehrmals, versuchte das Gefühl einer großen Bedrohung abzuschütteln und zu verstehen, dass ich anscheinend atmete … *lebte.*

Sama wich zurück. Ihr Kopfschmuck war verrutscht, fast derangiert, und ihre besorgte Miene zeigte deutlich, dass sie zugleich wütend war.

Besorgt um mich? Wütend auf … wen? Auch mich?

Dann überfiel mich die Erinnerung an die Aufgabe. Sie klatschte mir um die Ohren wie ein nasses Tuch und der Reflex ließ mich husten, obwohl kein Tropfen Wasser mehr meine Haut benetzte. Ihre Wucht traf mich unvorbereitet wie eine Taifunwelle, die auf die Küste prallte. Sie ließ mich ermattet zurücksinken.

Ich kapitulierte vor all dem, was mental plötzlich auf mich einströmte, und wartete ab, bis es wieder aufhörte, bis ich erneut meine jetzige Umgebung klar vor Augen hatte.

Ein schneller Blick zeigte: Das Band um mein Handgelenk war weg und hatte nichts als einen verblassenden Abdruck hinterlassen. Meine Haut war an einigen Stellen gerötet und schälte sich bereits.

Nun realisierte ich, dass es tatsächlich geschehen war. *Ich hatte im Wasser um mein Leben gekämpft. Ich war gestorben und wiederauferstanden. Oder na ja … vermutlich war ich doch nicht gestorben.*

Ich überlegte, ob das Sterben eine große Illusion gewesen sein könnte. Ein perfides Spiel. Ein absoluter Mindfuck von Sinessa. Aber tief in mir wusste ich, dass es nicht so war.

Alles schmerzte. Meine Kehle war angefüllt mit dem Geschmack von abgestandenem, von Rost durchsetztem Seewasser und ich meinte immer noch den Sand zwischen meinen Zähnen knirschen zu spüren. Außerdem hatte ich Verbrennungen.

Das Mädchen! Das Mädchen, das von dem Hai gefressen worden war … Verzweiflung lähmte meine Glieder. *Wenn alles so passiert war, wie ich es in Erinnerung hatte, dann war sie da unten gestorben.*

Ich hatte mit Sauerstoffentzug und Wasser in der Lunge gekämpft. Das konnte ein Mensch unter Umständen überleben. Wenn ein Ungetüm wie ein Hai einem den Kopf abbiss, war es kaum möglich, weiterzuleben.

Tränen der Erschöpfung rannen mir die Wangen hinunter. Der rosa Himmel des Bettes über mir erinnerte mich zwar daran, wo ich mich befand: in meinem Zimmer, und dass ich in Sicherheit war, allerdings nahm er mir nicht die Schrecken, die ich durchgestanden hatte.

Ich war geistig und körperlich erschöpft. War fertig … mit mir. Mit der Aufgabe.

Zum Glück ließ mich Sama, obwohl sie weiterhin besorgt über mir lauerte, diesen Moment mit mir ausmachen.

»Neves«, krächzte ich irgendwann, um die Stille zu brechen. *Ging es ihm auch gut?* Ich musste es plötzlich wissen. Hätte am liebsten jetzt gleich alle, die mir etwas bedeuteten, um mein Bett geschart, nur um mich zu versichern, dass alle unversehrt waren. Dass sie atmeten, lebten, lachen konnten. Dass nur ich einer Gefahr ausgesetzt gewesen war, es ihnen aber gut ging.

Ein vogelartiges Kreischen von oben bestätigte mir, dass Neves wohl auf seinem Lieblingsplatz über mich wachte. Etwas ruhiger schloss ich die Augen und erlaubte mir wegzudämmern.

Das Stupsen einer Löwentatze an meinem linken Unterarm weckte mich später. Verschlafen hob ich die schweren Lider. Sie schienen in der Phase, in der ich weggetreten war, zugemauert worden zu sein. Sie wollten und wollten sich nicht vollständig öffnen. Irgendwann schaffte ich es doch.

Die Anzahl besorgter Gesichter um mein Bett hatten sich inzwischen verdreifacht. Sama, Neves und Rayn blickten zu mir herab.

Der Phönix begann heller zu leuchten, als der Blick aus meinen blauen Iriden auf seine schwarzen Knopfaugen traf.

Ich freue mich auch, dich zu sehen, wollte ich sagen. Doch schon das Luftholen bereitete mir starke Schmerzen. Alles fühlte sich wund an, als hätte ich mich auf allen vieren durch eine Hölle voll glühender Kohlen gearbeitet und wäre nicht auf den Grund des Meeres abgesunken. Das volle Ausmaß meiner körperlichen Konstitution holte mich nun, da der Schock abgeklungen war, ein. *Kein Wunder.* Trotzdem erwachte mein Geist wieder vollständig aus seiner Umnachtung und ich hatte Fragen – so viele Fragen. *Die ich jetzt alle stellen würde.*

»Du«, begann ich vorwurfsvoll und drehte meinen Kopf vorsichtig zu Sama.

Die Pixie zog ein unschuldiges Gesicht. Ich kannte sie inzwischen jedoch gut genug, um die Scharade zu durchschauen.

Rayn hatte indes neugierig eine Augenbraue hochgezogen und wartete anscheinend nur darauf, zu erfahren, um was es ging. Ich erkannte, dass er eine Decke um seinen Körper geschlungen hielt und seine Haare feucht aussahen. *War er gerade erst von der Aufgabe zurückgekehrt? Dann konnte ich nicht lange geschlafen haben.*

Entspannt saß er auf der vorderen Kante der Matratze und wirkte kein bisschen mitgenommen. Mhm … Ihm schien die Aufgabe leichtgefallen zu sein. *Vielleicht war ich einfach unfähig.*

»Was war das da unten?«, bohrte ich bei Sama nach. *So leicht würde sie mir nicht davonkommen. Hatte sie vergessen, dass auch ich eine Pixie war?* Wir standen uns in unserer Starrköpfigkeit in nichts nach.

»Du schienst mir ein bisschen Hilfe gebrauchen zu können«, gab sie mit einem beleidigten Schnappen zurück.

Fühlte sie sich jetzt gekränkt, weil ich nicht lockerließ? Nun, darauf konnte ich keine Rücksicht nehmen.

Rayn hatte sich näher zu uns gebeugt.

»Aber hättest du mir nicht etwas Sinnvolles zuflüstern können? Auf der Schwelle des Todes ist die Zeit, um Rätsel zu lösen, begrenzt.« Sarkasmus ließ meine Stimme tief klingen.

»Ich verstehe dich nicht.« Sama rümpfte verschnupft ihre kleine Nase. »Es war doch mehr als offensichtlich, was ich dich anwies zu tun. Soll ich es das nächste Mal umgangssprachlich rappen, damit es dann sogar ein erbsengroßes Hirn erfassen kann?«, zischte sie.

»Nein. Danke.« Jetzt war ich auch sauer. *Hielt sie wirklich alle – inklusive mich – für minderbemittelt, nur weil wir nicht herumliefen, als hätten wir einen Stock im Arsch und sprächen wie zu Zeiten der Pharaonen?*

»Du hast ihr geholfen?«, fragte Rayn in der anschließende Stille an Sama gewandt. Er klang überrascht. Vielleicht auch ein kleines bisschen … dankbar?

»Offensichtlich nicht«, knurrte die Sphinx und legte ihren Kopf auf dem braun glänzenden Fell ihrer vorderen Tatzen ab.

Schon verrauchte mein Zorn. *Warum stritten wir eigentlich?* Meine Gedanken liefen kreuz und quer. *Ich wollte mich doch gar nicht streiten.* »Entschuldigung«, sagte ich deshalb an niemand Bestimmtes gerichtet.

Neves klackte leise mit dem Schnabel.

»Angenommen«, erwiderte Sama. Erhob sich und legte sich so nah zu mir, dass ihre Körperwärme auf mich abstrahlte.

»Wie hast du …?« Fragend blickte ich zu Rayn.

»Die Aufgabe gelöst?«

Ich nickte.

Seine rechte Hand bahnte sich einen Weg unter der Decke um ihn hervor und drückte mich an der Schulter noch tiefer unter meine Bettdecke. »Ruh dich aus«, sagte er und lächelte.

Es lag viel Gefühl in diesem Ausdruck und der Geste. Fast bekam ich trotz meiner Mattheit ein schlechtes Gewissen, weil er hier saß und sich offensichtlich um mich sorgte, ich aber Ivan auf dem Ball geküsst hatte. Öffentlich. Ivan, von dem weit und breit nichts zu sehen war.

Ich musste ihm zugestehen, dass er die Aufgabe und Sinessa überwachen musste. Er war kein Kandidat wie Rayn und ich. Er war der Kardinal der Blauen Garde. Er war des Kaisers Augen und Ohren in diesem

Schloss. Er hatte Pflichten. Und da ich das anscheinend immer noch nicht verstanden hatte, musste ich es mir wohl noch ein paar Mal sagen.

»Für mich war es leicht.« Rayn sah mich ein bisschen mitleidig an. »Meine magischen Fähigkeiten haben sich wie die von Ivan früh gezeigt. Einer der Vorteile, am kaiserlichen Hof aufzuwachsen, war, auf viele interessante Menschen und Magicians zu treffen, die das unterschiedlichste Wissen mit sich brachten. Wir bekamen eigens Unterricht in der Beherrschung unserer Kräfte und so konnte ich schnell recht viel.«

Das hatte Ivan also gemeint. Rayn hatte ein Coaching vermutlich gar nicht mehr nötig. Er war viel besser ausgebildet als wir alle. *War damit die Wahl eigentlich längst vorbei? War Rayn der unauffällige, aber klare Gewinner?*

Nein. Das Volk stimmte ab und da ging es auch um Sympathie. Vielleicht konnte ich wenigstens das: eine gute Show abliefern und irgendwie überleben. Bisher hatte ich immerhin – unwillentlich – schon für einige Überraschungen gesorgt. Dann wurde mir bewusst, was ich tat, nämlich zu überlegen, wie ich Rayn, der hier bei mir saß, ins Aus manövrieren könnte. *Wie konnte ich nur? Was für ein Mensch wurde ich?* Ich hatte das Gefühl, mir selbst schlagartig fremd zu sein.

Rayn hatte bisher nie etwas Schlechtes in Bezug auf mich getan. Er hatte mich sogar geküsst und mir gesagt, dass er mich beschützen würde. Und ich war trotzdem voll Misstrauen und Missgunst. Am Ende hatte Ivan recht. Das Leben im Schloss begann mich bereits zu verändern.

Rayn hatte geschwiegen, war einen Moment in sich gekehrt, dann offenbarte er mir: »Mein Element ist die Luft. Ich habe eine Luftblase um mich geschaffen und gewartet, bis sie mich an die Oberfläche getragen hat. Die letzten Meter nach dem Auftauchen bin ich geschwommen.«

Ohh! Das klang wirklich … einfach. Und nach gut eingesetzten, gut trainierten Fähigkeiten. Kein Wunder, dass auch die Aufnahme in die Gilde der Gulets kein Problem für ihn gewesen war. Eine reine Formalität.

Ich würde jetzt nicht neidisch werden.

Würde ich nicht.

Na gut. Ich war es ein bisschen. Aber ich freute mich auch, dass Rayn so munter und gut gelaunt bei mir saß.

»Obwohl du nach deinem anscheinend recht spektakulären Abgang von deinem, äh … Geysir …«, das Wort kam ihm voll ehrfürchtigem Unglauben über die Lippen. »… nicht mehr ansprechbar warst und direkt auf die Krankenstation gebracht werden musstest, haben die Oberhäupter der Gilden trotzdem einige Worte verloren.«

Woher wusste er denn das?

»Für die Show«, grollte Sama.

»Natürlich«, pflichtete ihr Rayn direkt bei. »The Show must go on – always. Und Phinchen hat …« Er verstummte.

»Ja?«, fragte ich nach.

»Nun, es hat noch niemand einen meterhohen Geysir geritten und sich anschließend in einem Hagel aus glühenden Steinen und Muscheln auf den Strand katapultiert.«

»Geritten? Geysir?«, unterbrach ich ihn. »Hagel aus glühenden Steinen und Muscheln?«

»Ja, aus den Tiefen. Ich weiß, dass in vulkanischen Zonen aufsteigendes Magma schwache Seebeben verursachen kann und dadurch in seltenen Fällen inaktive Geysire wieder aktiviert – wir befanden uns über vulkanischem Grund. Aber … Wie bist du darauf gekommen?« Neugierig musterte Rayn mich.

Ich stutzte. Stützte mich auf. Hustete. »Nun ja, ich habe die Wärme unter mir gespürt und dann plötzlich …« Ich verstummte unsicher.

»Mhm«, machte Rayn. »Den Verlauf kann man bestimmt anhand der Meeresboden-Morphologie nachverfolgen«, schloss er an sich selbst gerichtet, nachdem wir offensichtlich beide nicht weiterwussten.

Sama stieß ein fast unhörbares glucksendes Lachen aus. »Wir haben die Erdbebenwelle hier nicht einmal gespürt. Es war also eher ein Mikrobeben.«

Fröstelnd sah ich zu ihr. Das ganze Erdbeben-Geysir-Thema überforderte mich irgendwie. Traum und Realität waren in meiner Erinnerung ein verschwommener Film ohne Details, einzig meine Angst, Beklemmung und Furcht waren durchgehend als schaler Geschmack zurückgeblieben.

»Wir sind Sphinxe, wir können zwar keine Wünsche erfüllen – manchmal aber die Erfüllung unsere eigenen beschleunigen.«

Ja klar. Ich fühlte mich veräppelt. »Was war denn eigentlich der Sinn der Sache?«, mischte ich mich wieder ein.

»Die Aufgabe war, zu zeigen, dass man sich selbst und möglichst auch andere – sein Volk– vor der größten Bedrohung unseres Zeitalters retten kann: den Wassermassen.« Rayn klang, als wäre das völlig offensichtlich.

In meiner Panik da unten war es das für mich nicht gewesen. Jetzt machte es irgendwie Sinn. »Hätten sie einem das nicht vorher sagen können?«, murmelte ich mit schwerer Zunge.

»Ich vermute, sie wollten wieder genau den Überraschungseffekt wie bei der ersten Aufgabe erzielen. Sehen, was du unter Druck machst. Eine Naturkatastrophe kündigt sich schließlich auch nur selten im Voraus an.«

Da hatte er auch wieder recht. Trotzdem. »Das Wasser, ich habe es tatsächlich irgendwie …?« Unglauben und aufkommende Begeisterung mischten sich nun doch in mir zu einem Wirbel der Emotionen, der meine Glieder belebte. *Die Fontäne, sie war real gewesen?!* Diesen Teil hatte ich, als ich es durchlebte, nicht mehr wirklich mitbekommen und konnte ihn auch jetzt nur schwer realisieren.

Samas prompte Worte trübten meine Euphorie. »Na ja, so lange, wie dein Rettungsversuch da unten gedauert hat … das üben wir besser noch.« Sie klang teils, als seufzte sie, teils, als amüsierte es sie.

Üben … was?! Ich hatte doch gar nicht bewusst …

»Aber in meiner Vorstellung«, begann ich mich zu verteidigen und stutzte sogleich. … *war es ein prachtvolles Schiff gewesen, das ich zum Leben erweckt hatte.*

»… war alles anders, schon klar. Du warst dabei zu ertrinken und schwach und die heiße Grundwasserquelle, die du angezapft hast, war ja schon da.« Sama verstummte.

»Immerhin hat der Geysir dich vom Grund in die Höhe getragen und hat ordentlich Eindruck auf die Wartenden am Strand gemacht. Du hast ihnen einen Schreck eingejagt. Direkt über dem nördlichen Abschnitt der San-Andreas-Verwerfung eine Eruption zu provozieren, war das Gefährlichste und gleichzeitig Gewitzteste, was du tun konntest. Ich glaube, im ersten Moment dachten alle, dass es einen Ruck der tektonischen Platten gegeben hatte – bis sie dich sahen. *Die*

Attraktion! Das spricht sich zumindest gerade unter denen, die wieder im Schloss sind, herum.« Rayn lächelte leicht. Er sah ein bisschen stolz auf mich aus.

Neves klackte rechts neben mir mit seinem Schnabel. »Die Zuschauerquoten sind gigantisch. Die Leute lieben dich und deinen Ritt auf dem Geysir!«

Überrascht drehte ich den Kopf. »Woher weißt du das?« *Und fanden die Leute es nicht seltsam, dass ich bei meinem wilden Wasserrodeo halb tot herumgelegen hatte?*

»Wir haben Li gehütet, wie du es befohlen hast«, gab Sama geheimnisvoll zurück. *Sie konnte es wohl nicht lassen.* Diese Mal war ich froh darüber. Sie hatten vermutlich über Lis Projektion die Liveübertragung gesehen. *Deshalb* hatte sie gewusst, wann sie eingreifen musste – wie auch immer sie das angestellt hatte!

»Das Mädchen, es …«, begann ich erneut, um Rayn den interessierten Ausdruck auf seinem Gesicht vergessen zu lassen. Er fragte sich wohl, wer oder was Li war. Aber ich wollte ihm nicht alles offenbaren. *Noch nicht.*

Aufmerksam sah er mich an. Inzwischen waren seine Haare fast getrocknet und standen in wilden braunen Locken um seinen Kopf ab.

»Als ich am Grund war, lag dort der Körper eines Mädchens«, beschrieb ich konkreter, was ich sagen wollte. »Es war die mit dem Zwillingsbruder«, setzte ich hinzu. »Ein Hai kam und er … also sie …« Ich riss mich zusammen, schlüpfte jedoch gleichzeitig noch tiefer unter die Bettdecke. »Ich habe gesehen, wie ihr der Kopf abgebissen wurde«, rasselte ich herunter, als wurde ich fürs Schnellreden bezahlt. *So, jetzt war es raus.*

Ausgesprochen klang es noch viel schlimmer, als es ohnehin schon war. Meine Augen füllten sich mit Tränen. Solch einen Tod hatte niemand verdient.

Rayns geschockter Ausdruck sagte mir, dass er nichts davon gewusst hatte.

Eine Weile verstrich, ohne dass wir sprachen.

»Dann wird sie jetzt keine Konkurrenz mehr sein.« Seine Stimme klang rau und stand im krassen Gegensatz zu der Gefühlskälte seiner Aussage. Unstet benetzte er seine Lippen mit der Zunge. »Damit hat diese Aufgabe wohl schon zwei Leben gekostet«, gestand er dann, ohne mich anzusehen.

Ich riss die Augen auf. *Zwei?*

Rayn musterte mich unsicher. »Ein weiterer Kandidat ist gestorben. Ich habe ihn nicht wirklich gekannt. Er muss am Portal irgendwo hinter uns gestanden haben und ist mir auch sonst nicht aufgefallen. Ich habe es nur gehört.«

In der folgenden Stille schluckten wir beide.

»Nun, fokussieren wir uns lieber wieder auf das Positive: Du hast wahrlich die Gabe des Feuers.« Rayn hob die Mundwinkel. »Sir Isaac hatte es mir schon gesagt«, fügte er auf meinen sicherlich überraschten Gesichtsausdruck hinzu.

Soso. Sir Isaac führte also Privatgespräche mit ihm. Die beiden kannten sich wohl auch vom kaiserlichen Hof. Na ja, Ivan kannte ihn ja ebenfalls.

»Ich weiß nicht, wie du halb tot die Hitze für den Geysir von tief unter der Erde nach oben gebracht hast. Ich glaube, alle rätseln noch. Aber du hättest das Wasser um dich auch einfach direkt verdampfen können«, fuhr Rayn fort, unwissend, was ich gerade dachte. »Hast du schon mal daran gedacht? Das hätte dir Schubkraft gegeben und die hätte dich nach oben katapultieren können – wie die Fontäne, nur wesentlich simpler. Warum hast du das nicht versucht?«, endete er lapidar.

Ich überlegte. *Nun, weil mir nie der Gedanke gekommen war.* Weil für mich meine magischen Fähigkeiten viel zu neu waren, als dass es normal wäre, sie einzusetzen. Weil ich keinen superausgeklügelten, extrem genialen Plan gehabt hatte, der einem Geysir auch nur nahe gekommen war – sondern intuitiv gehandelt hatte. Wobei ich infolge des zufällig ganz ansehnlichen Ergebnisses fast draufgegangen wäre. *Wie ruhmreich.* Er mochte es gewohnt sein, direkt zu überlegen, wie er etwas durch Magie schneller und einfacher lösen konnte. Ich war es gewohnt, den herkömmlichen, nichtmagischen Weg zu nutzen. Und Panik half da auch nicht gerade.

Das sagte ich aber nicht. Es war mir irgendwie peinlich, da er so geübt war und entspannt dasaß, während mich das Meer fast alles gekostet hatte. »Gute Frage«, kam schließlich aus meinem Mund.

Er nickte nur, als hätte er zwischen den zwei Worten dieser mageren Antwort das gelesen, was mich eigentlich zurückgehalten hatte. »Die Oberhäupter waren angetan, habe ich gehört. Du hast sie wohl regelrecht in Aufruhr versetzt. Ich glaube, es hat noch keiner eine derartige Wasserfontäne auf offener See gesehen.«

Er zwinkerte. »So, jetzt lasse ich dich ausruhen, nicht dass Miss Puttin mich nicht mehr zu dir lässt. Es hat mir jetzt schon das ganze Können meiner Engelszunge abverlangt, sie zu überreden, dir einen Krankenbesuch abstatten zu dürfen. Außerdem muss ich aus den nassen Sachen.«

»Rayn«, sagte ich leise, als er aufstand, die Decke enger um sich wickelte und sich zur Tür wandte.

»Ja?«

»Danke.« Ich hatte mich mit der wenigen Kraft, die mir geblieben war, auf die Ellenbogen gestützt. Das Wort war das ehrlichste, das aufrichtigste, das mir in seiner Gegenwart je über die Lippen gekommen war.

»Wofür?«, fragte er und sah mich unverwandt an.

»Dafür, dass du hier warst.« Es waren schlichte Worte, die nicht einmal im Ansatz ausdrückten, was mich innerlich umtrieb. Doch sie mussten vorerst genügen. Mit einer seltsamen Leere im Bauch und einem wattebauschartigen Gefühl im Kopf ließ ich mich zurücksinken. Mit halb gesenkten Lidern hörte ich, wie die Tür sich schloss.

Neves spreizte sein Gefieder und goldene Funken fielen auf mich. Zu schwach, um mich wegzudrehen oder ihn zu ermahnen, wartete ich darauf, dass sie auf meiner Haut mit einem Brennen verglühen würden oder die Decke in ein nicht eindämmbares Lagerfeuer verwandelten, doch stattdessen sanken sie wie Regen nach einer Dürre in meine Poren ein und verbreiteten ein angenehmes Gefühl in mir. Und um mich.

Eine Löwentatze legte sich voller Zärtlichkeit auf meine Stirn und das Letzte, was ich hörte, war: »Schlaf, Pixie, und nimm an, was wir dir von unserer Kraft übertragen, um dich zu stärken. Du musst gesund sein, bevor die nächste Aufgabe beginnt.«

Bei den weiteren Worten war ich mir nicht mehr sicher, ob ich sie hörte oder träumte.

»Sei dir gewiss: Du wurdest nicht geboren, um zu scheitern. Du wurdest geboren, um zu herrschen. Deine Kraft wird die Erde erbeben lassen, wenn du es wünschst. Sie wird die Weltmeere zurückdrängen, wenn du es befiehlst, und die Kreaturen dieser Welt vereinen, wenn du es anstrebst. Du wurdest auserkoren, Großes zu vollbringen, und musst nun den wahren Mut einer Kriegerin beweisen, um deine Position einzunehmen.«

Ich meinte den Schleier eines dunkellilanen Kleides zu sehen, der vom Schatten einer Schlange begleitet im Wind verblasste, immer durchsichtiger wurde, bis er verschwand. Die Stimme, die dann erklang, war mir fremd. »Du wurdest Feuer und hast Feuer in dir. Du wurdest Wasser und hast es besiegt. Nun unterstehen diese Elemente dir in deinem Wissen ob ihrer Macht. Doch gibt es noch mehr Elemente und noch größere Feinde, die dir nach dem Leben trachten. Sei bereit, wenn sie dich heimsuchen. Sie dürfen niemals siegen!«

20

Svens Geschichte

Zwei ganze Tage dauerte es, bis ich wieder bei Kräften war. Obschon ich damit zwei kostbare Möglichkeiten verpasste, mit Ivan meine Fähigkeiten zu trainieren, hatte er mich jeden Tag besucht, sich an mein Bett gesetzt und sich mit mir zusammen über Taktiken beraten. Außerdem empfand ich zwei Tage als geringen Preis für meine Genesung.

Gemeinsam hatten wir gerätselt, was wohl die nächste Aufgabe sein könnte.

»Was wolltest du mir mit deinem Brief eigentlich sagen?«, hatte ich ihn nachträglich gefragt.

»Na, dass du dich auf deine Stärken besinnen sollst.«

Ich hatte das Gefühl gehabt, dass er sich einmal mehr in Ausflüchte verloren hatte und mir etwas verschwieg. Er hatte mehr gewusst. *Ganz klar.*

Meine Geduld hatte sich dem Ende entgegengeneigt. »Willst du mir nicht erzählen, was dich mit meiner Mutter verbindet?«

Er war nachdenklich geworden und ich hatte meine Chance gesehen. Doch statt mir dieses Mal eine ehrliche Antwort zu geben, hatte er nur angedeutet: »Es gibt Wahrheiten, die sollten erst zu ganz bestimmten Zeitpunkten enthüllt werden. Du bist noch nicht so weit.«

Na, besten Dank. Ich war es leid, von ihm abgewimmelt zu werden. *Doch was hätte ich tun sollen?* Also hatte ich ergeben geschwiegen.

Der Gedanke, dass an diesem Geheimnis mehr dran war, als ich angenommen hatte, war mir gekommen. *Aber um was sollte es gehen, wenn nicht um Tekre Industries und irgendwelche Software oder Hardware, die die Firma geliefert hatte? Vielleicht hatte es etwas mit den Aufständischen zu tun? Mit Waffen und Informationen? Vielleicht war es gefährlich, weil es topsecret war oder den Kaiser erzürnte?*

»*Misterious*«, hatte mir wieder eine Stimme in meinem Kopf zugeflüstert. Am liebsten hätte ich mir mit der eigenen Hand auf die Rübe gehauen. *Was war das nur mit meinem Oberstübchen und diesem Wort?* Ich hatte fast das Gefühl, dass ein Bann über mir lag. *Aber wieso sollte dieser mich ständig das Wort mysteriös denken lassen? Das war doch alles Käse! Gequirlter Käse mit chinesischem Pflaumenmus.*

Von Sinessa war noch am Abend der zweiten Aufgabe angekündigt worden, dass er beliebte, die dritte direkt im Anschluss und mit der geringstmöglichen Verzögerung durchführen zu lassen. Erst danach würde es eine längere Pause für uns Kandidaten geben. Bevor dann die vierte Aufgabe uns prüfen würde, müssten wir uns den Fragen der Medien stellen.

Ich konnte dafür wenig Begeisterung aufbringen. Doch hatte ich so zumindest noch ein wenig Zeit, meine Fähigkeiten vor den letzten beiden Aufgaben zu ergründen und immerhin würden die Interviews hier im Schloss stattfinden.

Zu Ivans großer Freude berichteten inzwischen sämtliche Kanäle nonstop über mich – und ihn. Das Ergebnis der ersten Abstimmung, die direkt nach Sinessas Verkündung offiziell ausgewertet worden war, hatte mich gleichzeitig überrascht und deshalb doch nicht überrascht. Die Wahlergebnisse waren durch sämtliche Lautsprecher und auf allen Displays im Schloss verkündet worden. Ganze fünfundzwanzig Prozent hatten für mich gestimmt. Das war unglaublich!

Siebzehn Prozent für Rayn. Ich hatte innerlich jubiliert.

Zwölf Prozent für den Kandidaten mit den eisblauen Augen und dem halbmondförmigen, blassen Gesicht sowie elf Prozent für die Frau mit dem Haarknoten. Damit entfielen auf die übrigen dreizehn Kandidaten noch fünfunddreißig Prozent. Sie alle hatten irgendwie nicht so richtig überzeugt.

Ich hatte die Übertragung nicht gesehen, jedoch hatte ich von den meisten anderen bisher auch noch keine Glanzstücke oder nur das Aufschimmern ihrer Persönlichkeit vor Augen, wenn ich mir ihr Konterfei in Erinnerung rief. Die, die bei der Wahl das Volk von sich überzeugt hatten, waren die, die mir aufgefallen waren. Ob nun positiv oder negativ.

Genauso sah das auch Ivan. Er war der Meinung, dass die Berichterstattung über mich – *uns* – die Wahrscheinlichkeit erhöhte, dass das Volk für mich stimmte. *Die menschliche Spezies war schon seltsam.*

»Natürlich kommt es auf Sympathie an und auf die Show«, sagte er just. »Aber in erster Linie geht es um psychologisches Taktieren. Wenn du den Menschen oft genug etwas zeigst, was sie nicht hassen, werden sie unterbewusst immer weiter in die Richtung gesteuert. Sie gewöhnen sich an den Anblick. Es bekommt eine positive Konnotation. Bereits nach den vier bis fünf Mal, in denen sie mit dir in Berührung gekommen sind, ist ihr Interesse geweckt. Sie werden eher dich wählen als einen der Kandidaten oder Kandidatinnen, der oder die bisher nie wirklich in Erscheinung getreten sind.«

Wir saßen im großen Speisesaal, den ich heute das erste Mal seit vier Tagen betreten hatte, und tranken gemeinsam Tee. Dazu verdrückten wir jeder schon das zweite Pflaumenküchlein.

Die Köstlichkeiten standen zu einer Pyramide aufgebaut in einer großen goldenen Schale mitten auf der Tischplatte der Tafel. *Das Gebäck hätte Sama sicher auch geschmeckt*, dachte ich bei mir. Selbst schuld, dass sie und Neves es vorzogen, sich in meinem Zimmer noch eine Runde Schlaf zu genehmigen.

Die beiden hatten sich bei meiner Heilung eindeutig verausgabt, als sie diese magisch beschleunigt hatten. Für ihre Hilfe war ich dankbar – besonders da die Verbrennungen vollständig abgeklungen waren und rosige Haut die rote ersetzt hatte. Deshalb beschloss ich, nachher etwas von den Küchlein für sie mitzunehmen. Außer Ivan und mir war sowieso niemand da, der sich dafür interessierte.

Wo die anderen Kandidaten jetzt waren, vermochte ich nicht zu sagen. Vermutlich trainierten sie in einem der Übungsräume im Westflügel des Schlosses.

Ivans Taktik sah anders aus. *Notgedrungen.* Er setzte auf die Medien. Seine Rechnung war bisher aufgegangen. Ich, das wundersame Mädchen aus einem der Glastürme, war ein gefundenes Fressen für die Presse. Ich war – wie schon Rayn gesagt hatte – *die* Attraktion. *Auch weil sich viele Menschen mit mir identifizieren konnten,* nahm ich an. Ich war der Underdog. Eine aus der Masse. Eine von ihnen. Und doch war ich irgendwie anders. Einzigartig. Besonders in Kombination mit Sama und Neves.

Es wurde wild über alles Mögliche spekuliert. Und natürlich thematisierten die Medien auch ausführlich – wie erwartet – meine Vergangenheit. Mein Nachname war plötzlich Zeichen einer tragischen Familiengeschichte, die nichtsdestotrotz mit Respekt und Ehre, im Andenken an meinen Großvater Tekre behandelt wurde. Ich fragte mich, ob Tekre Industries die Finger mit in der Berichterstattung hatte. Die Firma war mächtig und sie war im Nachrichtendienstsektor. Das sollte nicht unterschätzt werden.

Zu gern hätte ich nachgeforscht, doch meine Mutter schien sehr beschäftigt zu sein. Sie hatte sich nicht mehr gemeldet. Und meinen zweiten heimlichen Anrufversuch, den ich gestern mithilfe von Li gestartet hatte, hatte sie abgeblockt. Zuerst war ich enttäuscht gewesen, doch dann hatte ich mir gesagt, dass sie ihre Gründe haben würde und dass es vielleicht besser so war.

Sie hatte mich mein ganzes Leben lang beschützt, mich mit Liebe behandelt und für uns beide gesorgt. *Warum sollte sie jetzt damit aufhören?* Und sogar sie wurde mit Interviewanfragen überhäuft, hatte Ivan mir erzählt. Zumindest kommunizierten das die Medien, um im gleichen Satz darüber zu jammern, dass Lanahaa keine einzige davon annahm. Das hätte ich aber vorhersagen können.

Also kochten die Gerüchte immer höher. Vor allem auch die, die eine wilde Liebesgeschichte zwischen Ivan und mir woben. Rayn war bisher – zum Glück fast vollständig – aus der Gleichung herausgehalten worden.

Heute Morgen hatte die erste Schlagzeile etwas von einer pompösen Hochzeit im Schloss angedeutet. Ich hatte geschmunzelt, als Ivan mir davon berichtet hatte. Lins Geschichte war mir in den Sinn gekommen – und die Parallelen dazu. Allerdings war mir das Grinsen schnell vergangen, denn sein extrem geschockter Gesichtsausdruck dabei hatte mich verletzt.

Es war nicht so, dass mich seine Reaktion beleidigt hätte, aber ich … nun, irgendwie *doch.* Wir hatten uns *nur* geküsst – schon klar.

Ich hatte sicher nicht erwartet, dass wir deshalb eines Tages *heiraten* würden. Schon gar nicht in diesem furchtbaren Schloss, das überall Sinessas unverkennbaren Stempel trug. Aber ich hatte es auch befremdlich gefunden, wie sehr ihm der Gedanke daran zuwider gewesen war. *Mochte er mich denn gar nicht? Was war mit der ›Chemie‹ zwischen uns – hatte ich sie mir nur eingebildet?*

Er hatte bemerkt, dass ich ihn beobachtet hatte, und gequält gegrinst ob meiner wenig erfreuten Miene. »Das hat mich kalt erwischt. Sei mir nicht böse.« Zerknirscht hatte er zu mir geschaut.

Ich hatte nur die Schultern gezuckt und versucht, entspannter zu wirken, als ich gewesen war. *Hatte Lin auch dieses leichte Ziehen, diesen durchdringenden Schmerz in der Herzgegend gefühlt?* Nein, sie hatte ihn wohl wirklich geliebt. Sie war in Tränen ausgebrochen. Ich war vielleicht ein bisschen verliebt, aber noch immer auf der Hut.

Ich seufzte.

Blöde Schwärmerei. Das musste aufhören.

Ich hatte Rayn seit dem Tag der zweiten Aufgabe nicht mehr gesehen. Er hatte mich kein weiteres Mal besucht und ich war auf Miss Puttins gut gemeinte Anordnung hin in meinem Zimmer geblieben. Aufstehen war nur für Klogänge erlaubt gewesen. Nun war es wohl an der Zeit, dass ich ihn aufsuchte. *Aber was hatte ich ihm zu sagen? Eigentlich nichts.* Vielleicht hatte mich das auch zurückgehalten, Ivan nach ihm zu fragen.

Wir hatten uns auf die Wahl konzentriert, wie es sich gehörte. Waren dabei aber auch keinen Schritt weitergekommen. Zu vieles lag im Dunkel der Unwissenheit. Zu viele Variablen bestimmten den Weg.

Dem Geheimnis meiner wahren Gabe war ich ebenso kein Stück näher gekommen. Ivan schien keine Ahnung zu haben. Oder er spielte gut den Unwissenden. Ich verstand nicht wieso. Lag ihm nicht meine Sicherheit am Herzen und dass ich weiterkam? Überlebte? *War das nicht auch wichtig für seinen Ruf – als Coach?*

Sama hatte ich auch gefragt. Sie hatte nur gesagt: »Nun, meine Liebe, eigentlich haben wir Pixies es mit Worten. Das ist unsere Gabe. Du wirst wissen, wenn es so weit ist und du dich verpuppst, um in hellem Glanz zu schlüpfen. Das ist alles, was du wissen musst.«

Damit hatte ich nicht besonders viel anfangen können. Ich wusste inzwischen nur zu gut, dass Sphinxe Rätsel, Analogien und Metapher liebten. Aber Rätsel zu stellen würde mich vor keiner Gewalt oder Gefahr dieser Welt bewahren.

Ich verstand, dass Sama nur mein Bestes wollte. Manchmal war ich allerdings davon überzeugt, dass sie noch zu sehr in der Etikette der Antike gefangen war, noch zu sehr handelte, wie sie es in ihrem früheren Leben getan hätte, statt einfach direkt zu sein.

Zeit, auf andere Weise zu versuchen, etwas herauszufinden.

»Die Ayuden«, setzte ich nun an, mit Blick auf meinen Tee. »Was genau hat es mit ihnen auf sich?« *Vielleicht würden mir die Pflanzen bei zukünftigen Aufgaben helfen?*

Die Worte in meinem Traum beschäftigten mich auch immer noch. Wieder hatte mir heute Morgen das Wort ›Misterious‹ auf der Zunge gelegen. Wieder hatte ich es äußerst *mysteriös* gefunden. Dann hatte ich versucht, logisch an die Sache heranzugehen. Selbst wenn es nur mein Unterbewusstsein war, das von all dem Neuen überfordert seltsame Gedanken entstehen ließ, so war doch zumindest etwas an der Element-Sache dran, von der ich in Folge der magischen Heilung geträumt hatte. Feuer – zumindest für mich – und Wasser waren mit den ersten beiden Aufgaben verbunden gewesen. Wenn nun Luft oder Erde als Nächstes tangiert werden würden, wären alle vier Elemente abgedeckt. Aber was war dann mit der fünften Aufgabe?

Pfff …

Pflanzen verband ich mit Erde. Obwohl die Ayuden keine klassischen Gewächse waren, zählte ich sie dazu. Und eigentlich hatte ich sie ja schon auf der Liste für die Bibliothek im Visier gehabt. Dann war jedoch alles anders gekommen. Nun galt es, Versäumtes nachzuarbeiten.

»Die Ayuden«, seufzte Ivan. »Ich gebe zu, dass ein Mensay dir sicher umfassender erklären könnte, was sie alles können. Ein Krumen an Wissen ist jedoch sicher besser als keines«, beeilte er sich zu sagen, als ich die Stirn runzelte. Dass meine Geduld mir langsam abhandenkam, war mir wohl anzusehen.

Körperliche Übungen waren bisher nicht möglich gewesen. Geistige auch nicht, da sie genauso Energie verschlangen. Jetzt wollte ich nicht abgewimmelt werden, sondern mit dem Gefühl, *irgendetwas* Neues zu wissen, zu können und in der Hinterhand zu haben, den Tag beenden.

»Mich wundert, dass du diesbezüglich nicht die Legende um Rovenna kennst. Im Palast wurde sie mir als Kind oft erzählt. Es ist eine beliebte Gutenachtgeschichte.« Ivan sah mich fragend an.

Ich hatte, seit ich Bücher halten konnte, jegliches verschlungen, was es über Rovenna zu lesen gab, war sie doch eine strahlende Gestalt für alle Frauen. Und, obwohl ich es nie laut zugeben würde, mein großes Vorbild. Umso mehr wunderte es mich, dass ich diese Geschichte nicht kannte. »Sie steht nicht in den Memoiren, oder?«, fragte ich und setzte mich aufrechter hin.

Ivan stutzte und nickte dann. »Nein, ich habe mich immer gefragt, wieso.«

»Erzähl.« Aufregung prickelte unversehens durch meine Venen. Ich rückte näher zu ihm, um die Aufforderung zu unterstreichen. Nun hatte mich die Neugier gepackt. Das restliche halbe Pflaumenküchlein auf meinem Teller war vergessen. Ich hatte das Gefühl, auf der richtigen Spur zu sein. Woher dieses Gefühl kam, wusste ich nicht. Aber es breitete sich von meinem Magen bis in meine Glieder aus und ließ meine Fingerspitzen vorfreudig kribbeln. Ich wollte diese Geschichte unbedingt hören.

Ivan nickte nur, lehnte sich mit seiner zweiten Tasse Tee zurück und begann. »Rovennas teuerster Besitz, so sagt man sich, waren nicht die Perlen und Edelsteine, die ihr unzählige Verehrer über die Jahre geschenkt hatten. Es war nicht ihre Magie, die sie zu all den außergewöhnlichen Taten ermächtigte. Es war ihr Sohn. Ihr einziges Kind.«

»Sven«, flüsterte ich ergriffen.

»Sven«, wiederholte Ivan bestätigend und nahm einen großen Schluck Tee. Er räusperte sich. »Sven war von Anfang an ein wissbegieriges und furchtloses Kind.« Er grinste. »Hier fügte meine und Rayns Zofe immer: ›Genau wie ihr‹ ein.«

Ich lachte. »Das kann ich mir gut vorstellen.«

»So brachte Sven Rovenna nicht nur Freude, sondern sorgte ab und an auch dafür, dass sich tiefe Sorgenfalten in ihre Stirn gruben. Wenn Sven einmal beschlossen hatte, etwas zu ergründen, dann gab es kein Halten mehr. Kein Weg war zu weit, keine Mauer zu hoch und kein Wald war zu finster für ihn. Ohne jegliche Furcht im Angesicht von Gefahren, die er noch nicht einmal einschätzen und wahrnehmen konnte, kam er ganz nach seiner Mutter. Er war ein Rabauke, wie er im Buche stand, und trieb Schabernack, bis Rovenna ihn ermahnte. Trotzdem war er ein fröhliches Kind. Und sie eine glückliche Mutter.« Ivan genehmigte sich noch einen Schluck Tee.

Ich hing an seinen Lippen. Konnte mir bildlich vorstellen, wie der kleine Sven von seiner stolzen Mutter hochgehoben wurde. *Wie er vergnügt den Schlangenköpfen entgegensah, die auf Rovennas Kopf um seine Aufmerksamkeit heischten.* Ich wollte an diesem Bild festhalten, es konservieren, denn ich wusste, dass nun sicherlich Schrecken auf dem Schicksalsweg der beiden lauern würden.

»Eines Tages war es so weit und Sven war alt genug, um den Schulweg allein zu meistern.« Ivan sah mich bedeutungsschwanger an. »Rovenna und ihr Sohn wohnten etwas abseits. So musste Sven über eine Wiese und durch ein angrenzendes Waldstück, bevor er auf der Straße herauskam, die Richtung Stadt führte und an der, in einigen Hundert Metern Entfernung, der große Campus der Schule lag.«

Ich nickte. Und dachte: Das war sie, die klassische Und-im-Wald-wurde-er-überfallen-Geschichte. *War es jedoch nicht.*

»Rovenna hatte lange mit sich gehadert, war die Strecke oft mit ihm zusammen gegangen, doch schließlich musste sie einsehen, dass er alt genug war. Noch ein kleines Kind, nichtdestotrotz angemessen groß für diese Verantwortung. Sie wollte einen starken Jungen aufziehen, der gegen alle Mächte bestehen konnte, und er bettelte sie schon lange an. Also gab sie nach«, erzählte Ivan. »Der Morgen und Mittag verliefen ganz normal. Rovenna ging Besorgungen nach und verrichtete Hausarbeit. Dann, als der Schlag der Uhr ihr anzeigte, dass es so weit war, dass Sven heimkehren würde, eilte sie zur Tür und stellte sich vors Haus, um ihm entgegenzusehen. Sie stellte sich vor, wie er morgens leichtfüßig die Wiese durchschritten, wie er sich mutig durch den eher dunklen Wald geschlängelt hatte und schließlich über die freie Straße zu seinen Freunden geeilt war. Die Vorstellung erschien ihr geradezu lebendig, genau wie sie es am Morgen gewesen war. Doch je später es am Nachmittag wurde, desto beunruhigter wurde sie, weil Sven nicht aus dem Wald trat, um über die langen Grashalme zu ihr zu laufen.«

Mir stockte der Atem. *Oje. Wo war Sven?*

»Sie wartete exakt eine Stunde. Stand wie erstarrt auf der Schwelle ihres Hauses. Dann hielt sie nichts mehr und sie lief los – ihm entgegen. Die Wiese hatte sie im Nu durchquert, den Wald einen Wimpernschlag später und auch die Straße war kein großes Hindernis. An der Schule angekommen, begrüßte sie nichts als verlassene Leere. Alle Kinder waren fort. Und Sven ebenso. Doch im Gegensatz zu seinen Freunden, die, wie sie erfuhr, zu Hause angekommen waren, fehlte noch Stunden später jede Spur von Sven.« Ivan verstummte. Die Sekunden, die er brauchte, um einen Schluck Tee zu nehmen, zogen sich für mich wie Kaugummi.

Ich hibbelte auf meinem Stuhl voll grausiger Vorahnungen. *Was war mit Sven geschehen? Warum war er nicht nach Hause gekommen?*

Ivan räusperte sich, bevor er weitersprach. »Also ging Rovenna den ganzen Weg wieder zurück. Langsamer als zuvor. Doch auch dieses Mal konnte sie Svens Gestalt nirgendwo ausmachen. Sie eilte durchs Haus, schaute in jedes Zimmer. Keine Spur von Sven. Wieder trat sie vor die Tür und versuchte das Rätsel zu lösen.«

Ich zitterte mit Rovenna. Überlegte fieberhaft, wo Sven sein könnte. *Bei einem Freund? Bei … nun, keiner wusste, wer sein Vater gewesen war. Also … war einer von Svens Streichen schiefgegangen?*

»Schließlich beschloss Rovenna noch einmal, ein letztes Mal, weitläufig den Schulweg des Jungen abzusuchen. Schwere Vorwürfe quälten sie. Dass sie sein Flehen erhört hatte, ihn allein hatte gehen lassen. Vielleicht hätte sie verhindern können, was auch immer geschehen war, wenn sie dabei gewesen wäre. Zaghaft durchstreifte sie Meter für Meter der Wiese. Nichts. Am Rand des Waldes angelangt, begann sich langsam der Himmel glutrot über ihr zu färben. Der Tag neigte sich dem Ende zu und damit schmälerte sich die Chance, Sven zu finden. Bedrückt trat Rovenna in den Wald. Wild fuhren ihre Blicke umher, sie sah in jeden Winkel, ins Unterholz und auf jedes Moospolster. Lange nahm sie sich Zeit. Je düsterer die Umgebung wurde, desto verzagter klopfte ihr Herz, doch sie war fest entschlossen, nicht ohne Sven nach Hause zu gehen.«

Eine drückende Schwere zog meine Brust zusammen. Mir war, als stockte die Luft um uns, trotz der Größe des Raumes. Schnell nahm nun ich einen Schluck Tee.

»Als die Uhr Mitternacht schlug, brach Rovenna zusammen. Sie glaubte Sven nie wiederzusehen und verfluchte ihre eigene Leichtgläubigkeit, mit der sie ihn am Morgen hatte ziehen lassen. Die Schlangen auf ihrem Kopf zischten laut. Sie gaben ihrem Schmerz eine Stimme, die weithin zu hören war. Und da! Da hörte sie es!«

Was …?

»Von irgendwoher zischte es zurück. Sie horchte gebannt. Noch immer zischte es, so als riefe eine unsichtbare Macht sie zu sich. Geschwind nahm Rovenna die Witterung auf. Ihre Sinne schärften sich, wie es nur die einer Mutter können, die verzweifelt ihr Kind sucht. Tiefer und immer tiefer lief sie in den düsteren Wald. So tief, dass bald die Baumkronen selbst das Sternenzelt des Himmels vor ihrem Blick verbargen. So weit fernab des Weges, wie sie noch nie gewesen war.« Ivans Stimme wurde immer leiser und leiser. Langsam löste er eine seiner Hände von der Tasse und fasst damit nach meiner.

Wenn die Geste mich beruhigen sollte, so verursachte sie doch das Gegenteil. Meine Hand krampfte sich um seine, während ich weiterlauschte – in Angst vor dem, was Rovenna erwarten würde.

»Im Zwielicht erblickte sie schließlich vor sich ein Nest aus Nattern. Zwischen zwei Baustämmen weilten Dutzende der Schlangen. In ihrer Mitte, auf den dicken Leib des trächtigen Muttertieres gebettet, lag Sven. Er bewegte sich nicht und für einen Moment glaubte Rovenna, dass er tot sei. Ihr Herz setzte für einen Schlag aus. Dann erkannte sie am Heben seiner Brust und der blauen Färbung seiner Lippen, dass er gebissen worden war. Sie wusste um seine Faszination von Schlangen. Hatte er sie doch durch ihre eigene Gestalt entwickelt. Und sie schalt sich selbst, dass sie ihm nie beigebracht hatte, dass die Gutwilligkeit ihrer Schlangen einzig damit zu tun hatte, dass er ihr Sohn war. So hatte die Natur sie mit ihren eigenen Waffen geschlagen. Und es schien, als sei Sven verloren. Die von ihr entfesselten Mächte könnten die Schlangen durchaus bekämpfen und vielleicht besiegen, doch damit allein wäre Sven nicht geholfen. Rovenna weinte bittere Tränen der Hoffnungslosigkeit. Sie spürte ganz deutlich die Schwelle des Todes, an der er stand und auf der die Schlangen nur warteten, um mit dem Mahl zu beginnen. Das Gift wirkte unvermindert, die Bisse waren Stunden her und es gab nichts, was Rovenna, die größte

Magicia ihrer Zeit, dagegen auszurichten vermochte. Denn den sicheren Tod konnte nicht einmal sie verhindern.«

Nun war ich dankbar, dass Ivans Hand in meiner lag. Vor lauter Nervosität drückte ich noch fester zu. Er drückte beruhigend zurück. *Wie würde die Geschichte enden?* Ich war so gefangen im Moment, ich hatte alles um mich ausgeblendet. Da war nur Rovenna in diesem dunklen Wald vor diesem furchterregenden Schlangennest, in dem ihr Kind lag. Sie weinte bittere Tränen und ich weinte plötzlich mit ihr.

Ihr Schmerz war auf einmal mein Schmerz.

Ihre Qual bedrückte mich gleichermaßen und ich war richtiggehend froh, als Ivan weitersprach.

»Rovennas Tränen fielen auf den Boden. Erst eine, dann eine zweite, eine dritte und eine vierte. Daraufhin versiegten sie. Aber der Grund, auf dem sie aufgekommen waren und ins Erdreich sickerten, war nun getränkt von Rovennas Magie. Die Frau, die noch nie geweint hatte, hatte für ihren Sohn einen weiteren Teil von sich gegeben. Die Erde entlohnte sie, indem an den Stellen innerhalb weniger Minuten Ayuden sprossen. Gebeugt und gebrochen verharrte Rovenna vor dem Nest, indes die Atemzüge ihres Sohnes in immer unregelmäßigeren Abständen zu hören waren und die Blüten in rasender Schnelle zuerst die kleine Stelle des tränennassen Bodens und dann die nähere Umgebung einnahmen. Dunkel, spitz, mit Dornen besetzt, wucherten die Ranken in engen Kreisen. Nichts konnte ihnen entkommen. Nicht Rovenna, nicht die Schlangen und auch nicht Sven. So wurde um die Szene ein konservierender Kokon gesponnen und während die Schlangen sich wanden und zischten, zogen die Ayuden sich immer enger um sie zusammen, bis sie sie mit ihren Dornen erstachen und mit ihren Trieben erwürgten. Rovenna hingegen ließ alles still und stumm über sich ergehen, wie eine Puppe, die von höheren Mächten bewegt wurde. Sie wehrte sich nicht. Der Schleier ihrer Trauer und ihres Unglücks hatte sie willenlos werden lassen. Ebenso erging es Sven, der noch immer bewegungslos dalag. Doch als die Ranken Rovenna die Sicht auf ihren Sohn versperrten, den sie unverwandt die ganze Zeit nicht aus den Augen gelassen hatte, packte sie in ihrer Verzweiflung fest den Strang, der sie hielt, und klammerte sich daran.«

Ich krallte mich mit beiden Händen an Ivans Hand. Er protestierte nicht, sondern trank einen letzten Schluck Tee aus seiner Tasse, bevor er sie auf den Tisch stellte. Dann wischte er mir mit der freien Hand die Tränen von den Wangen, die mir wohl unbewusst noch immer herabliefen, und lächelte mich an.

Mein verkrampftes Herz begann sich zu entkrampfen. Trotzdem hing die Schwere der Erzählung wie dunkle Gewitterwolken über meiner Seele.

»Die Ayuden begannen zu leuchten, als sie Rovennas reine Gefühle spürten. Ihr Licht breitete sich von Rovennas Berührung aus, erhellte den Wald und schuf ein kraftvolles Feld der Magie. Es war die Reinheit ihres Herzens, so sagt man, die die Magie in den Blumen berührte. Die Magie, aus denen sie geschaffen worden waren. Aus einer Laune der Natur heraus, erweckte Rovennas bedingungslose Liebe zu Sven die Ayuden zum Leben. Ihre Ehrlichkeit, ihre Tapferkeit, ihre Aufopferungsbereitschaft gegenüber ihrem Sohn und ihr Wille, nie aufzugeben oder sich selbst zu retten, bevor sie nicht ihn gerettet hatte, machten es möglich, dass die Ranken Rovenna freigaben und zu ihrem Sohn vorließen.« Er verstummte.

Ich wartete ab.

»Die Schlangen waren längst alle tot. Von den Ayuden kurz hinter ihrem Kopf umschlungen, hatten diese sie bei ihrem Weichen mit zur Seite gezogen. Auf dem weichen Waldboden lag nur noch Sven, im sanften Lichte der Magie. Er atmete, wenn auch schwach, aber gleichmäßig. Und als Rovenna sich zu ihm beugte, sah sie, dass seine Lippen nicht mehr blau waren. Ayuden hingen ihm aus dem Mund. Sie zogen sich gerade erst zurück. Da begriff Rovenna, dass Sven gerettet war. Dass sie beide gerettet waren, und sie lachte befreit, während sie ihren Sohn hochhob und auf bloßen Armen den ganzen Weg zurück nach Hause trug. Dabei erhellten ihr die Ayuden, die noch immer um einige Stellen ihrer beider Körper gewunden waren, den Weg. Als Sven am nächsten Morgen die Augen aufschlug und nichts mehr von den schrecklichen Vorkommnissen des vorhergegangenen Tages wusste, pries Rovenna die Ayuden und beschloss, Sven nie zu erzählen, was vorgefallen war.«

Ich atmete auf. Ich hatte gewusst, dass Sven nicht sterben würde. Weil ich wusste, wie er stattdessen gestorben war. Das hatte ich eigentlich die ganze Zeit über gewusst. Doch hatte diese Geschichte mich ganz und gar mitgenommen.

Langsam zog ich meine Hände zu mir und griff nach meinem halben Pflaumenküchlein. Gedankenverloren zerbröselte ich es, bevor ich mir das letzte Stückchen in den Mund steckte. Doch Ivan war noch nicht fertig.

»Es heißt, Rovenna pflanzte einige Ableger der Ayuden, die ihr den Weg gewiesen hatten, in Töpfe und vermehrte sie. Sie gab ihnen ihren heutigen Namen und durch sie wurden sie kultiviert. Der Glaube, dass diese besonders auf Mensay und Veritas reagieren, rührt wohl von ihrer Wirkung und ihrem Urspruch. Sie erkennen stets die Wahrheit und verfügen über Heilkräfte.« Ivan senkte seine Stimme zu einem Flüstern. »Außerdem wird gesagt, dass sie nur auf Nachkömmlinge Rovennas oder Angehörige ihrer Blutlinie reagieren.«

Ich blinzelte. Meinte mich verhört zu haben. *Wusste er, was der letzte Satz implizierte?* Mein Magen sackte ins Bodenlose. *Das … Aber der Kaiser? Und ich?!*

Dann sah ich Ivan grinsen.

»Du hast mich veräppelt«, stellte ich entrüstet fest. Atemlos strich ich mir die Haare aus der Stirn.

»Vielleicht. Vielleicht auch nicht.« Er sah mich undeutbar an.

Was sollte mir das denn sagen? Wieso sagte er etwas, um es gleich wieder zurückzunehmen? Das war doch paradox. »Warum hast du mir die Geschichte so detailliert erzählt? Das hättest du nicht tun müssen.«

Er sah mich lange an.

Unbehagen ballte sich in mir. Die Antwort würde mir sicher nicht gefallen. Gleichwohl wollte ich die Geschichte nicht missen. Allerdings fragte ich mich, was es da wohl so lange zu überlegen gab. Ich hatte gefragt, er antwortete. *Oder?*

Ivan räusperte sich. Dann beugte er sich zu meinem Ohr.

Aha, das war wohl nicht für alle bestimmt.

»Jetzt hast du ihnen Herz gezeigt. Du hast Mitgefühl und Liebe empfunden, Furcht, Hoffnung, Verzweiflung und Angst. Jetzt sehen sie in dir mehr als nur eine Kandidatin. Sie sehen dich. Einen Menschen, eine Magicia, ein Mädchen aus Fleisch und Blut. Jemand, den es sich zu wählen lohnt. Kein Abziehbild. Keine Rolle. Verstehst du?«

So war das also.

Bitterkeit stieg in mir auf.

Ivan bewies wieder einmal, dass er dieses Spiel längst perfektioniert hatte. Das Spiel mit den Kameras. Er wusste aus jeder Situation das Beste herauszuholen. Und obwohl er das für mich tat, machte es mich doch gerade jetzt nicht glücklich.

Die Enttäuschung darüber, dass dieser für mich so emotionale und besondere Moment von ihm bewusst inszeniert worden war, schlug über mir zusammen. Wieder fragte ich mich, was bei ihm echt war und was nicht. Wann er mir etwas vorspielte und wann nicht. *War überhaupt irgendwas an der Geschichte wahr gewesen?*

Ich vermochte es nicht zu sagen.

21

Zeit, die Flügel zu entfalten

Meine Umfragewerte stiegen seit gestern. Das war gut.

Meine Laune sank hingegen beständig. Sama und Neves fanden das wenig erquicklich und ich konnte es ihnen nachempfinden. Obwohl ich nicht unleidlich sein wollte, war ich es. Am Grund dafür konnte ich auf die Schnelle leider wenig ändern. Ich hatte Heimweh.

Mir fehlte meine Mutter mehr denn je. Selbst über ein Gespräch mit Yasemine – sogar über eine neue rosa Tönung oder irgendein Gel, das die Zähne weißer strahlen ließ, oder was weiß ich – hätte ich mich gefreut.

Rayn war mit Trainieren beschäftigt.

Wie ich nun durch Sama erfuhr, die die Übertragung gesehen hatte, hatte er es geschafft, Helatius Horus als Coach für sich zu gewinnen.

Den bekanntesten Taktiker unserer Zeit.

Helatius war dick, gerade mal so alt wie wir – ich glaubte etwas um die fünfundzwanzig – und unangefochtener Champion fast aller Onlinegames, die es auf dem eternischen Markt gab.

Jeder, der einen Nanobot besaß, vertrieb sich die Zeit unweigerlich damit, seine imaginären Blumen zu gießen, seine real nicht existenten Haustiere regelmäßig zu füttern, mit einer Netzhautprojektion den

Kick von Autorennen nachzuempfinden oder in einem der unzähligen Kriegsspiele den Aufstand des Rates der Magicians aufs Neue zu zelebrieren. Während ich mich eher zur Kategorie Gärtner zählte, war Helatius der geborene Onlinekrieger.

Sein Highscore war bombastisch, sein Renommee im Kaiserreich viel höher, als es meiner Meinung nach aufgrund von virtuellen Siegen sein sollte. Trotzdem freute ich mich für Rayn, dass er ihn auf dem California-Ball für sich hatte gewinnen können.

Ivan hatte kurzfristig für einen Tag zurück nach Washington reisen müssen und ich langweilte mich auf meinem Zimmer zu Tode. Natürlich hätte es tausend Dinge gegeben, die ich hätte in Angriff nehmen können. Aber dafür müsste ich besagtes Zimmer verlassen und allein einer oder einem der anderen Kandidaten zu begegnen stand momentan nicht unbedingt auf meiner Hitliste.

Es war eine Krux und ich fieberte der dritten Aufgabe fast entgegen. Daran war zu erkennen, dass ich nun nicht nur lebensmüde, sondern auch waghalsig wurde. Nur irgendwie auch wieder nicht genug, um mich unter die anderen Magicians zu trauen. *Ich Feigling.* Wenn das keine Doppelmoral darstellte.

Wie war ich nur wieder am Anfang meiner mentalen Wandlung angelangt? Ich wusste es nicht.

Gestern Abend hatte ich noch mit Ivan gegessen – in seinen Gemächern. Ich konnte es nicht anders bezeichnen. Seine Zimmerflucht ging zwar vom gleichen Gang ab, aber statt der zwei Räume, die wir anderen bewohnten, hatte sich hinter seiner Tür eine ganze Suite befunden.

Privat mit ihm zu dinieren war mein Privileg als seine Schülerin, hatte er mir erklärt und es für angemessen erachtet, nachdem mich die Geschichte über Sven derart mitgenommen hatte. Ich hatte – trotz meiner Vorbehalte – eingewilligt und der Abend war nach einem ziemlich stillen Essen schnell zu Ende gewesen. Die Stimmung zwischen uns war dabei nicht ungemütlich gewesen, vielmehr hatte es ordentlich geknistert. Die ›Chemie‹ hatte sich verselbstständigt. So waren wir verbal auf Zehenspitzen um den jeweils anderen herumgetanzt – hatten bedeutungsschwangere Gesprächspausen gesetzt und uns über den Tisch hinweg beobachtet.

Gentlemanlike hatte Ivan mich später zu meinem Zimmer begleitet, in dem Sama und Neves bereits von Miss Puttin gefüttert worden waren. An der Tür hatte er sich plötzlich vorgebeugt und mir einen keuschen Kuss auf halb geschlossene Lippen gedrückt – so schnell, dass ich gar nicht hatte reagieren können, bis es bereits wieder vorbei gewesen war. Doch in seinen Augen hatte ein Feuer gelodert – Leidenschaft. Die gleiche Leidenschaft, die mich einen Moment lang hatte erwägen lassen, ihn einfach mit mir ins Zimmer zu ziehen. Schlussendlich war ich natürlich zu feige gewesen und er hatte sich mit stummem Bedauern zurückgezogen.

So weit, so gut. Oder schade.

Jetzt, während ich Däumchen drehte und in der Erinnerung schwelgend meine Lippen mit den Fingerkuppen berührte, klopfte es plötzlich an meiner Tür.

Ich schreckte wie ertappt zusammen. Entsann mich nur zu gut, wer bisher hier als Einziges angeklopft hatte: Sinessas Männer.

Wieder klopfte es.

Innere Unruhe hatte mich erfasst.

Eine männliche, mir unbekannte Stimme sagte außen: »Miss Streisand, öffnen Sie bitte die Tür. Ich habe einen Brief für Sie.«

Ein stummes »Oh!« formte meinen Mund kugelrund, indes mich meine Füße wie von selbst zur Klinke trugen. *Endlich ein bisschen Abwechslung. Hatte ich mir das nicht gewünscht? Von wem mochte der Brief sein? Sinessa? Ivan? Gar meiner Mutter?*

Mein Herz schlug schneller, obwohl ich die letzte Möglichkeit direkt wieder verwarf. Es kam mir wie in Zeitlupe vor, dass sich meine Hand auf die Klinke zubewegte, diese nach unten drückte und die Tür öffnete.

Im Gang stand ein Mann in der Bekleidung von Sinessas Häschern: Angezogen mit einer schwarzen Rüstung aus Carbonfaser und dem Wappen des Regenten, einer lodernden Flamme, sowie dem unverkennbaren Aufdruck des Schriftzuges von Tekre Industries darunter. Sein Gesicht war gar nicht so alt. In seiner Hand hielt er tatsächlich einen silbernen Brief.

»Für Sie«, sagte er mit einem fast warmen Lächeln. Ich nickte, nahm den Umschlag entgegen und wollte die Tür wieder schließen.

»Nein, warten Sie«, hielt er mich zurück. »Ich wurde angewiesen, hier zu verweilen, bis Sie den Brief gelesen haben.«

Oh nein. Kalt durchzuckte mich die Vorahnung, dass das wohl bereits die dritte Aufgabe sein würde. *Aber das konnte nicht sein, Ivan war ja gar nicht da, um diese zu überwachen. Würde Sinessa trotzdem …?* Ich traute es ihm zu.

Der Brief in meiner Hand kam mir plötzlich unglaublich abstoßend vor. Am liebsten hätte ich ihn fallen lassen. Aber außer mich selbst damit zur Dilettantin zu machen und öffentlich Furcht zu zeigen, brächte das gar nichts.

Also senkte ich den Blick kommentarlos zu dem edlen Papier und gestattete mir durchzuatmen, mich zu fassen, bevor ich die Lasche aus der Öffnung zog, das Papier herausnahm und zu lesen begann.

Liebste Josi,

Es gibt da etwas in Washington, das ich dir zeigen muss. Deshalb bitte ich dich, mit dem Magician zu gehen. Er wird dich zu einer Taxidrohne begleiten, die dich in die Hauptstadt bringen wird. Ich verspreche dir, dass der Ausflug nicht länger dauert als bis zum Abendessen.

Grüß mir Sama und Neves, sie sollen in deiner Abwesenheit dein Zimmer unversehrt lassen.

Mit verbundensten Grüßen

Ivan

PS: Es wird Zeit, die Flügel zu entfalten.

Ein Lächeln hatte sich auf mein Gesicht geschlichen. *Das klang spannend!* Ich hatte schon immer davon geträumt, Washington zu sehen: den Palast, in dem der Kaiser residierte. Die belebten Straßen voll bunt gewandeter Menschen. Die Glastürme dort, die in einer Unzahl die Randgebiete säumten.

Vorfreude wischte meine gerade noch gehegten Bedenken fort und ich konnte es kaum erwarten.

»Einen Augenblick«, bat ich den Magician.

Er nickte.

Ich eilte ins Bad zum Spiegel, um mein Outfit einem kurzen Check zu unterziehen. *Konnte ich so gehen? War das chic genug für die Weltstadt Washington? Oder würde ich damit unangenehm auffallen?*

Nein, der fließende rosafarbene Rock, die hellrosa Bluse mit den plissierten Ärmeln und dem V-Ausschnitt sahen in Kombination mit meinem langen blonden Haar toll aus. Nun noch ein paar bequeme Schuhe an die bloßen Füße, mit denen ich durchs Zimmer tappte, und ich wäre bereit.

Zurück im Hauptraum machte mich ein Räuspern von der Tür wieder auf den Magician aufmerksam. Schnell legte ich den Brief auf meinem Nachttisch ab, sodass Li verdeckt war, und rief dem Mann ein: »Ich ziehe nur noch Schuhe an. Bin gleich fertig!« zu, indes ich bereits zum Schrank ging.

Erleichterung zeichnete sein Gesicht und ich fragte mich, was er gedacht hatte, dass ich antworten würde? Aber er wusste vermutlich nicht, was in dem Brief gestanden hatte und auch nicht, wohin es für mich mit der Drohne ging. Ich konnte mir durchaus vorstellen, dass der Kontakt mit vielen von den anderen Kandidaten nicht ganz so einfach vonstattenging. Wir waren alle auf unsere Weise speziell.

»Wohin geht es?«, fragte nun Sama vom Bett, ohne den Kopf zu heben. *Wenn sie weiterhin so viel lag, schlief und sich von Miss Puttin mit Fischsuppe verwöhnen ließ, würde sie noch fett werden.*

»Nach Washington.« Ich trällerte es fast. Mein Gesicht strahlte. Mein Lagerkoller war wohl auf das ständige Herumsitzen im Schloss zurückzuführen gewesen. Rovenna sei Dank wurde das nun unterbrochen. *Hach, wie schnell sich meine Stimmung wandeln konnte.* Aber damit hatte ich gewiss nicht gerechnet. Ich beschloss, Ivan in aller Form für diesen wunderbaren Einfall zu danken. »Ivan lässt schön grüßen«, wiederholte ich die Zeilen, auch an Neves gewandt. »Ich bin zum Abendessen wieder zurück.«

»Ahh.« Sama klappte nach einem vielsagenden Blick auf den verdeckten Li und einem Nicken, das mir zeigte, dass sie auf ihn achtgeben würde, unversehens ihre Lider zu. Bei meiner heutigen Kleidung würde er nur auffallen und ungewollte Aufmerksamkeit erregen. Das musste nicht sein.

Neves verharrte unbewegt auf seinem Posten. Den Bettpfeiler hatte er absolut lieb gewonnen. Die beiden Fabeltiere schienen so gar nichts dagegen zu haben, dass sie hierbleiben sollten. *Umso besser.*

In rosafarbenen, bequemen Sneakern trat ich auf den Gang. *Das Abenteuer Washington konnte beginnen.*

Als der Magician mit mir im Schlepptau durch die Gänge lief, war ich gespannt, wo wir das Schloss verlassen würden. Noch hatte ich das Gebäude nur von innen gesehen. Damals, zu Beginn der Wahl, waren wir ja alle vom Rathaus aus durch das Portal getreten und hier im Inneren gelandet.

Mir wurde bewusst, wie wenig ich eigentlich von den Räumen kannte. Aber ich war auch erst einige Tage hier. Außerdem hinderte mich die Ausgangssperre daran, nachts unbefugt durch das Schloss zu streifen. Ich nahm mir in Gedanken zukünftig trotzdem mehr Ausflüge vor.

Einige Treppen später kamen wir zu einer Flügeltür aus dickem Holz. Streben verpassten ihr ein Streifenmuster. Goldene Metallbänder hielten alles zusammen. Ich staunte ob des kunstvollen Arrangements.

Leise schwangen die beiden Flügel nach außen auf, während der Magician vor mir eine Handbewegung vollführte. Wir traten hindurch und fanden uns in einem lichtdurchfluteten Raum wieder. Glas begrenzte ihn nach außen und schuf einen einzigartigen Ausblick über die Stadt vor uns.

Tekre lag im Schein der warmen Mittagssonne zwischen den nahen begrünten Hügeln und dem Dunst des Stausees, der die Stadt seit mehr als zehn Jahren mit aus Salzwasser gewonnenem Frischwasser versorgte. Es war ein malerischer Ausblick, der sich mir so noch nie geboten hatte.

Die Glastürme meines Viertels glänzten weit hinten am Horizont im Licht, als seien sie aus reinsten Diamanten erbaut, nicht aus billigstem Baustoff. Ich meinte sogar die No 20 unter ihnen zu identifizieren. Leicht nagte wieder das Heimweh an mir, doch ich drängte es zurück. *Washington wartete auf mich!*

Erst jetzt bemerkte ich, dass die Glasfront rechts von mir durch eine ebenfalls durchscheinende Schiebetür unterbrochen wurde. Der Magician war bereits auf sie zugetreten. Ich folgte ihm nun hastig, um ja nicht zurückzubleiben.

Als wir in die frische Luft traten, atmete ich tief ein. Ich hatte gar nicht gemerkt, wie sehr mir die allgegenwärtige Brise des Meeres, die in California immer spürbar war, gefehlt hatte. Obwohl Tekre im Landesinneren lag, waren wir doch mit Meereszugang und Küstenanteil gesegnet. Außerdem hatten die Wassermassen den Kontinent inzwischen so geschmälert, dass der salzige Atem der See überall entlangstrich.

Zu manchem Unbehagen nagte er auch gern an der Fassade der aus Stein, Mörtel und Beton erbauten Häuser. Nicht so sehr am Glas. Allerdings an den massiven Verschraubungen.

Das Rotationsgeräusch von Propellerblättern im Wind brachte mich in die Realität zurück. Die Taxidrohne wartete schon auf dem Landeplatz aus Beton, auf dem wir jetzt, keine fünf Meter von ihr entfernt, standen. Der Pilot winkte mir vom Cockpit aus ungeduldig, näher zu kommen.

»Danke«, rief ich dem zurückbleibenden Magician im Gehen zu. Er nickte nur und ich sah so etwas wie Bewunderung in seinen Augen aufblitzen. *Oder war das Verwunderung? Aber wieso? Ich ging doch nur auf einen Ausflug. Okay, auf einen Ausflug mit Sullivan Tenakulis in Washington. Das war schon etwas Besonderes.*

Vor mich hin lächelnd stieg ich in das wartende Luftfahrzeug, schnallte mich ordnungsgemäß an und gab dem Piloten ein Zeichen, dass ich bereit war.

Er quittierte meinen erhobenen Daumen im Rückspiegel mit einem Lächeln und einem Blick aus braunen Augen, setzte eine schnittige schwarze Sonnenbrille auf und zog am Steuerknüppel, um uns in die Luft zu bringen.

Taxidrohnen verfügten über vier Achsengimbles, die die Kabine unterhalb der vier Propeller und deren sich drehenden Rotorblätter in einem immerwährenden Gleichgewicht hielten. Da sich die Kabine so stets in der Waagrechten befand und ruhig jegliche Luftlöcher oder -strömungen ausglich, konnte man darin gänzlich entspannt reisen. Übelkeit kam selten vor und Höhenangst hatte ich nicht.

Mich lullte das gleichmäßige Gleiten schnell ein. Nach dem Hinausgaffen, da Tekre unter uns immer kleiner wurde, und als die erste Begeisterung, endlich in einer Drohne – ganz für mich allein – geflogen zu werden, abklang, setzte ich mich ruhig hin.

Ich wartete. Irgendwann nuckelte ich schließlich an der Cola, die im Fach an der Tür neben mir bereitstand, wie mir der Pilot von vorne mitteilte. *Nach Washington war es kein Katzensprung.*

Wohltuend rann mir die kühle Flüssigkeit durch die Kehle. *Wirklich sehr aufmerksam.* Ich lächelte. Irgendwann döste ich ein.

Das fehlende Geräusch der drehenden Propeller ließ mich aufschrecken. Wir waren gelandet.

Neugierig blickte ich mich um, als der Pilot auch schon die Drohne umrundete und mir die Tür öffnete. *Ich war ihm wohl zu langsam.*

Behäbig sortierte ich meine eingeschlafenen Glieder, versuchte das unangenehme Kribbeln im großen Zeh loszuwerden und stieg aus.

Die Wiese, auf der wir aufgesetzt hatten, wirkte satt und grün. Sie wurde wie ein Innenhof von allen Seiten durch Mauern begrenzt. Mehrere kleine Türen führten in Gebäude, die oben Glaskuppeln hatten. Staunend schaute ich dorthin und bemerkte gar nicht richtig, wie der Pilot wieder einstieg und die Drohne hinter mir abhob.

Eine Person trat aus einer der Türen in einiger Entfernung. Ich konnte nicht genau erkennen, wer es war, wohl aber, dass sie mich zu sich winkte.

Neugierig kam ich der Aufforderung nach.

Mein Blick fiel dabei auf übergroße gelbe Gummistiefel und eine Gewandung, die mich stark an einen Regenponcho erinnerte. Auf ihrem Kopf thronte ein chinesischer Strohhut mit durchsichtigem Schleier. Sehr wunderlich.

Es war eine Frau, stellte ich nun direkt vor ihr stehend fest. Sie hatte asiatische Gesichtszüge und sah erfreut aus, mich zu sehen. »Du musst Josephine sein.«

»Die bin ich.«

»Wundervoll. Wir befinden uns hier im zoologischen Garten Washingtons«, erklärte sie.

Ich strahlte. *Das klang wirklich wundervoll!*

»Der Kardinal der Blauen Garde hat mich angewiesen, dich in Empfang zu nehmen und dir zu sagen, dass du durch diese Tür da vorne gehen sollst.« Sie zeigte mit einem behandschuhten Finger auf eine winzige metallene Tür, eher eine Luke, unweit von uns. »Siehst du sie?«

Ich nickte brav.

»Okay, dann ab mit dir. Ich begleite dich und bleibe da, bis du drinnen bist.«

Aufgeregt setzte ich mich in Bewegung. *Ivan wartet sicher schon auf mich. Aber was hatte er vor?* Dann hielt ich abrupt inne. Zweifel breiteten sich aus dem Nirgendwo kommend in mir aus. »Was ist das für ein Haus?«, fragte ich geistesgegenwärtig. »Wofür sind die Glaskuppeln?« *Nicht dass darin noch Monster lauerten.* Ich hatte gehört, im zoologischen Garten in Washington hielten sie auch einige Bestien der alten Welt.

Kurz glaubte ich Bedauern in den Augen der Frau wahrzunehmen, dann verschwand die Emotion und ich fragte mich, ob mich meine Sinne eigentlich den ganzen Tag hinters Licht führen wollten.

»Das Schmetterlingshaus«, antwortet sie und zeigte auf die Kuppel. »Sieh, da oben kannst du bereits ein paar der Falter erkennen.«

Ich legte meinen Kopf in den Nacken, folgte der Richtung ihres Fingers. Eine ganze Anzahl von goldenen Schmetterlingen tanzte hinter dem Glas der Kuppel. Im Schwarm verfolgten sie eine eigenwillige Choreografie.

Gleichermaßen von Erstaunen und Freude erfüllt, setzten sich meine Füße von selbst in Bewegung. Ich steuerte geradewegs auf die kleine Tür zu, öffnete diese mit Schwung und trat hindurch.

Als ich mich noch einmal zu der Frau umdrehen wollte, um mich höflich zu verabschieden, sah ich, wie sie das Metall bereits von außen zudrückte. Das Rasseln einer Stahlkette folgte, während ich einfach überrumpelt dastand. Innen, nicht außen. Offensichtlich eingeschlossen im Schmetterlingshaus.

Dann trat Stille ein.

Probehalber drückte ich von innen gegen die Tür. Erst sachte, dann stärker. Sie rührte sich keinen Millimeter. Ich seufzte.

Enttäuschung ließ meine Freude in sich zusammenfallen, als ich begriff, dass ich einmal mehr auf eine List hereingefallen war. *Oder?* Ein winziger Funke Hoffnung in mir war noch nicht bereit, der Wahrheit ins Auge zu sehen. Denn warum sollte Ivan mich hierherlocken?

Unversehens dachte ich an die Ausrüstung der Frau zurück – den Schleier und das ganze Plastik, das sie bedeckt hatte. Ich sah auf meine bloßen Arme, die völlig freien Knöchel und hatte das Bild einer Hose im Kopf. *Warum hatte ich heute Morgen nur keine angezogen?* Damit wären meine Beine ein bisschen besser geschützt. *Weil sich in deinem Zimmer keine einzige Hose befindet, dank Sinessa und seinem Frauenbild,* raunzte mir mein innerer Sarkasmus zu.

Nun war es, wie es war.

Es blieb die Frage: *Hatte ich Hirngespinste, waren all diese Gedanken unnötig oder hätte ich doch nicht den Worten des silbernen Briefes trauen dürfen? Ivans Worten.*

Langsam drehte ich mich von der Tür weg.

Ein Weg aus Kies erwartete mich. Rechts und links sprossen Büsche und kleine Bäume in wildem Dickicht. Bunte Blumen und Kelche in den herrlichsten Farben thronten an Ästen und zeigten sich zwischen Blättern. Sie schienen an Ranken zu hängen. Einen zu locken. An der Vielzahl der Schmetterlinge, die sich an ihnen labten, erkannte ich, dass die Süße des Nektars ihrem Äußeren wohl in nichts nachstand.

Wie ein verwunschener kleiner Märchengarten bot sich mir die Natur dar. Ich meinte ein leises Plätschern von weiter hinten zu hören. *Vielleicht ein künstlicher Bach?* Über allem flatterten unzählige Schmetterlinge, einzeln und in Schwärmen, auf mittlerer Höhe und bis zur luftigen Kuppel an der Decke hinauf.

Sie tanzten zu einer unsichtbaren Melodie. Frieden wob ein Netz der Geruhsamkeit.

Ein Frieden, dem ich aus einer inneren Vorahnung heraus nicht traute. *Wenn etwas zu schön war, musste es einen Haken geben, oder?*

Der einzige für mich erkennbare Haken bestand aber darin, dass weit und breit keine Menschenseele zu sehen war, außer mir. *Wo war Ivan?* Die letzte Zeile des Briefes ließ mich glauben, dass ich mich tatsächlich am richtigen Ort befand. *Aber wie sollte ich »die Flügel entfalten«?*

Unsicher beschloss ich, mich erst einmal an Ort und Stelle hinzusetzen und abzuwarten, bevor ich mich den Pfad entlang tiefer in die Flora und Fauna vor mir wagte. Vielleicht lauerte gar nichts in den Pflanzen. Sehen ließ sich das leider nicht und deshalb war Vorsicht geboten.

Nach einer Weile wünschte ich, Li doch eingesteckt zu haben, statt ihn im Zimmer in Sicherheit zu wissen. Er hätte einen Infrarotscan der Umgebung durchführen und mir schnell sagen können, was die Büsche verbargen. *Tja, man konnte nicht alles vorausahnen.*

Nur um nichts unversucht zu lassen, rief ich aus einer plötzlichen Anwandlung heraus: »Ivan, wenn das ein dummer Scherz ist, dann ist es jetzt gut. Das ist nicht lustig, hörst du? Nicht lustig«, wiederholte ich. Daraufhin horchte ich erneut in die friedliche Stille vor mir. Nichts. *Mhm …*

Was könnte das hier sein? Eine Illusion? Seit der ersten Aufgabe war ich diesbezüglich ein gebranntes Kind. Ich griff nach rechts und zog an einem Büschel Gras. Es fühlte sich verdammt echt an. Aber das hatte Sinessas Wache ja damals auch. Also steckte ich mir nach gründlicher Betrachtung einen Halm in den Mund und biss drauf.

Däähhh! Das schmeckte so grasig, wie es grasiger nicht ging. *Es war echt.*

Dieses etwas, äh … unorthodoxe Vorgehen hatte Ivan mir beigebracht. *»Die meisten Illusionen sind oberflächlich. Sie verwirren dein Auge. Manche, starke Illusionen fühlen sich auch echt an. Das sind die wahrhaft meisterlichen. Aber eine Illusion, in die du beißen kannst und die du dann noch als echt empfindest, habe ich noch nie erlebt«*, hatte er bei unserem Abendessen gestern gesagt.

»Soll ich jetzt immer in alles beißen, um herauszufinden, ob es real ist?«, hatte ich pikiert nachgefragt und natürlich an die erste Aufgabe gedacht. *»Die neue Form des Handkusses. Ein Handbiss. Formvollendet anzuwenden bei Sinessas Wachen.«*

»Gott bewahre.« Ivan war zurückgezuckt, als hätte ich bereits Anstalten gemacht, ihn zu beißen. *»Allein bei dem Gedanken an die Aidsgefahr schüttelt es mich«*, hatte er bekannt. *»Nein, dieser Rat ist nur für den Notfall. Du musst lernen, durch den Schleier der Illusion zu sehen.«*

Das hatte bisher nicht geklappt. Aber diese Situation stellte definitiv einen Notfall dar und jetzt war ich sicher, dass ich mich wirklich hier im Schmetterlingshaus befand oder zumindest, dass das Gras wirklich Gras war.

Gut, was nun? In die Schmetterlinge wollte ich ungern beißen. Nicht, dass ich annahm, überhaupt einen zu erwischen. Selbst wenn ich es darauf anlegen würde. Die Kerlchen waren flink!

Indes ich mich weiter inmitten der Lieblichkeit umsah, flogen zwei Schmetterlinge auf mich zu und setzten sich ganz von allein – einer rechts, einer links – auf meine Knie. Fasziniert beobachtete ich die Bewegung ihrer hellbraunen, fast goldenen Flügel. Es schien genau die gleiche Art zu sein, die ich schon von außen in der Kuppel gesehen hatte. Sie waren wunderschön.

Vorsichtig hob ich die rechte Hand und kam damit dem inzwischen bewegungslos auf meinem rechten Knie verweilenden Falter immer näher. Beide Tiere waren herrlich anzusehen und ihre Flügel wirkten wahrhaft seidig. Sie luden richtiggehend dazu ein, mit dem Finger darüberzustreichen. Ich wusste, dass der Staub an Schmetterlingsflügeln irgendwie wichtig war für die Falter und die Umwelt. *Man sollte sie nicht anfassen*, meinte ich mich zu erinnern. Aber ihre faszinierende Färbung zog mich wie magisch an.

Mit einem letzten Blick versicherte ich mich, dass noch immer kein Ungetüm zwischen den nahen Blättern lauerte, dann konzentrierte ich mich ganz und gar auf die Schmetterlinge.

Immer mehr flogen herbei und setzten sich in meiner Nähe auf Äste und Kiesel. Sie wirkten bald wie ein bunter Teppich und ich lachte erfreut. Es war das Schönste, was ich je gesehen hatte.

Munter flatterten sie mit ihren Flügeln. Neugierig bogen sich ihre Fühler und die Rüssel.

Ich sah große und kleine, blaue, rote, gelbe. Einfarbige und gefleckte tummelten sich um mich. Doch nur die goldenen waren mutig genug, sich auf mich zu setzen. Fünf an der Zahl verweilten inzwischen auf meinen Beinen. Immer näher ließ ich meine Hand an den einen herangleiten. Dann endlich war ich nahe genug dran. Die Kuppe meines Zeigefingers strich an der Seite über den großen Flügel.

Es prickelte und ich sah, als ich meine Hand hob, dass Flügelstaub daran kleben geblieben war. Es wirkte wie goldene Schminke. Wie Glitzer. Ein bisschen so, als hätte ich in ein Lidschattentöpfchen gefasst.

Ehrfürchtig bewegte ich meine Hand hin und her, fest davon überzeugt, dass der Schmetterlingsstaub im Licht der Sonne funkeln würde. Tat er aber nicht. Stattdessen bildeten sich unter dem Staub rote Pusteln, die sich schnell ausbreiteten.

Meine Augen weiteten sich. *War ich allergisch?*

Im Nullkommanichts hatten die Pusteln meinem Finger ein neues Muster verpasst und zogen sich quer über die Hand.

Erschrocken sprang ich auf und schüttelte dabei versehentlich die anderen Schmetterlinge ab. Derart in Stress versetzt, hatten diese wohl auch Staub hinterlassen, denn an all den Stellen, an denen sie zuvor auf meiner bloßen Haut gesessen hatten, sah ich nun gleichfalls rote Pusteln erblühen.

Die Schmetterlinge um uns waren durch meine plötzliche Bewegung ebenso in Aufruhr versetzt worden. Sie flatterten durcheinander, entwickelten sich zu einem Wirbel aus tanzenden Flügeln, Beinchen und Leibern. Immer wilder zogen sie ihre Kreise, ballten sich zum Schwarm, bis einzelne herausgeschleudert wurden und in einem Hagel auf mich prallten.

Automatisch duckte ich mich weg, strauchelte und fiel auf den bloßen Boden. Nun hielt ich in Abwehrhaltung meinen Arm über mein Gesicht und erkannte, dass er komplett rot war. Mir stockte der Atem. *Das sah gar nicht gut aus.* Die Haut quoll langsam auf und verfälschte mein einst schlankes Handgelenk zu etwas Dickem, Unförmigem.

Pures Grauen kam in mir hoch. Ich konnte nicht glauben, dass ein bisschen Staub solch eine allergische Reaktion ausgelöst hatte.

Zusätzlich begann es mich überall unangenehm zu jucken.

Panisch sah ich hoch.

Die Schmetterlinge über mir flogen noch immer wie von Sinnen durcheinander. Aufstehen, ohne nicht mindestens von zwei Dutzend getroffen zu werden, war unmöglich.

Gleichzeitig spürte ich, wie meine Kehle anschwoll. Unangenehm pappte mir meine dicker werdende Zunge im staubtrockenen Mund.

Ich wollte um Hilfe rufen. Hatte den dringenden Impuls, mich bemerkbar zu machen. Doch kam nur ein schwaches Krächzen aus meiner Kehle. Und das, obwohl der geplante Schrei den kompletten zoologischen Garten in Aufruhr hatte versetzen sollen.

Ich versuchte mich wieder zu beruhigen. Rational zu sein. *Die Halle war echt. Die Schmetterlinge auch. Anscheinend war ich allergisch.*

WO WAR IVAN??

Der Gedanke durchbrach meine rationale Kette. Er verursachte mir jetzt, während mir auf unangenehme Art beständig wärmer wurde, eine unheimliche Wut im Bauch. *Das alles passierte doch nicht einfach so.* Und die Frau vorhin hatte bestimmt mit Absicht Schutzkleidung getragen. Das hier musste die dritte Aufgabe sein. *Aber um was ging es?* Sicher nicht um allergische Reaktionen auf Schmetterlinge. *Hatte ich einfach Pech? Hätte ich in den Wald gehen sollen?* Wenn ja, dann hatte ich versagt, denn ich lag noch immer bei der Tür.

Das Atmen fiel mir beständig schwerer. Ich fühlte mich ins Meer zurückversetzt. Auch wenn ich jetzt kein Problem damit hatte, an Luft zu kommen. Oder doch, genauer betrachtet schon – denn meine Kehle zog sich immer enger zusammen.

Mir war von innen heraus warm, so unglaublich warm und ich fühlte, wie mein ganzer Körper im Liegen anschwoll. Meine Gedanken wanderten wieder wie durch Sirup. Und ich versuchte mich auf eines zu konzentrieren: Ich musste überleben. *Egal wie.*

Die Aufgabe konnte ich vielleicht – oder wahrscheinlich auch nicht – erfüllen. Zuallererst, bevor ich mir Sorgen machte, musste ich allerdings einen Weg finden, das, was der Staub der Schmetterlingsflügel mit mir machte, zu stoppen.

Was wusste ich über Gifte?

Nichts.

Der Stein der Mensay hatte zwar am Portal geleuchtet, aber wenn ich ehrlich war, hatte ich nicht einmal einen grünen Daumen. Echte Pflanzen waren zudem in den Glastürmen eher selten. Sie waren Luxus, den sich keiner leisten wollte oder konnte. Pflanzen verbreiteten zwar Sauerstoff und nahmen Kohlenstoffdioxid auf. Damit waren sie wichtig. Aber sie wollten auch gegossen werden – mit Süßwasser. Und Süßwasser war eine zunehmend kostbare Ressource bei wenig Land und einem rasant wachsenden Salzwasservorkommen. Es war teuer.

Als nun meine Augen so stark zu jucken begannen, dass ich sie mir aus dem Kopf kratzen wollte, lief mir eine einzelne Träne die Wange hinunter. *Warum musste es mein Schicksal sein, bei dieser Wahl teilzunehmen? Von Ivan so in die Irre geführt worden zu sein? Hier zu liegen, hier zu leiden?*

Schlagartig wurde mir klar, dass ich eine Närrin war, wenn ich mir nicht eingestand, dass ich inzwischen Gefühle für Ivan entwickelt hatte, die weit über bloße Zuneigung hinausgingen. Es war eine Art

Verliebtheit, die ich mit Vertrauen gleichgesetzt hatte, erkannte ich in der bodenlosen Enttäuschung, die mich ihm bezüglich überfiel. All die Andeutungen und Geheimnisse zwischen uns, sie hatten mich genau hier hingebracht, verwundet auf den Boden … der Tatsachen.

Taubheit erfasste meine Glieder und mein Herz. Vielleicht lag es an der Hoffnungslosigkeit, die tief in meinem Unterbewusstsein schlummerte, obwohl ich noch immer krampfhaft eine Lösung, eine Idee suchte, um zu entkommen – um zu überleben. Vielleicht lag es auch an der Ausbreitung des Giftes, das langsam meine Atemwege lähmte.

Im Dunklen zu sehen brachte mir in diesem Fall nichts. Und Feuer. *Was könnte ich mit Feuer anrichten?* Bestünde der Staub aus Bakterien, könnte ich sie vielleicht durch das, äh … Rösten meiner selbst töten. Sie in mir abkochen. *Klar, und mich gleich mit. Toller Plan.*

Leider fiel mir nichts Besseres ein. *Ich konnte mir wünschen, gesund zu sein, vielleicht würde das Mensay-Kräfte in mir freisetzen?* Nicht wirklich überzeugt, aber unglaublich müde schloss ich meine Lider und dachte krampfhaft: *Ich bin gesund. Ich bin gesund. Ich bin gesund.*

Es fühlte sich nicht so an, als würde sich etwas tun. Ich fühlte mich keinen Deut anders. Mühsam zwang ich meine Lider wieder nach oben. Aus verquollenen, sicher roten Augäpfeln starrte ich in die Luft über mir. Der Schmetterlingsradau hatte sich gelegt. Kein einziges der kleinen Tierchen war mehr zu sehen.

Schmerzvoll wälzte ich meine geschwollenen Glieder zur Seite, um einen Blick auf die Pflanzen, die den Weg säumten, zu erhaschen. *Sollte ich mir einfach irgendeine in den Mund stecken? Auf gut Glück?* Ich wusste nichts über Pflanzenkunde, aber bevor ich tatenlos starb, wollte ich alles versucht haben. Und bei Sven hatte es doch auch geklappt. *Na gut, mit Ayuden.*

Die eisigen Klauen der Angst hatten sich in meinen nun extrem warmen Körper geschlagen und zerquetschten schier mein Herz. Auf die eine Träne war nichts nachgekommen, doch war mein Geist verstört. *Wer hatte sich nur diese Aufgabe überlegt? Gab es da draußen nicht genug Probleme? Mussten Kandidaten mit Gift langsam und schmerzhaft zugrunde gerichtet werden, damit sich die Nation daran ergötzte?*

Oder war das bei mir ein morbider Zufall? Lachte sich Sinessa gerade irgendwo ins Fäustchen? Erfreute sich Ivan am Anblick meines wieder verunstalteten Teints und daran, wie ich mich nun mit letzter Kraft über den Boden zog?

Die spitzen Kiesel des Weges ritzten mir Furchen in die erhitzte rote Haut, als diese darüberschrammte. Schmerzen verschleierten meine Sicht. Blut troff aus den Schnitten an meinen Händen und zog rote Schlieren über den Weg. Ich wollte gar nicht wissen, wie meine Beine aussahen oder der Weg hinter mir, den mein Körper verließ. Er musste eine einzige verschmierte Blutspur sein.

Dann hatte ich es geschafft. Ich hatte das erste Grün erreicht.

Aus glasigen Augen stierte ich zu den Stielen und kleineren Stämmen der Pflanzen. *Gab es dort irgendetwas, das mich retten konnte?*

Laut pochte mein Herzschlag in meinen Ohren. *Verlangsamte er sich?* Ich konnte mich nicht darauf konzentrieren, es herauszufinden. Es gab jetzt Wichtigeres!

Ranken zogen sich stachelig, eng wie Parasiten, um das Wurzelwerk nahe dem Boden. Dornen schmückten die schlanken runden Enden. Ich folgte einem Strang mit den Augen bis zum ersten Blatt. Dieses erinnerte mich an etwas. Suchend hob ich weiter den Kopf, ächzte. Schweiß trat mir auf die Stirn. Mein Kopf war warm. So warm.

Fieber hatte mich ergriffen.

In einer letzten Aufwallung des Trotzes leitete ich alle verbliebene Kraft in meinen linken Arm. Hoffte, dass er noch funktionierte, und streckte ihn in Richtung der Ranken. Fest griff ich zu. Hielt dem Schmerz stand, der mich durchschwemmte, da ich genau in eine Dorne gefasst hatte. *Scheiße!*

Wenn mein Plan aufging, konnte das die Rettung sein. Wenn ich im Fieberwahn halluzinierte und Verbindungen sah, wo keine waren, dann war ich sowieso verloren.

Als es vor mir zu glühen begann, glaubte ich einen Moment, mir das einzubilden, weil ich es mir so sehr wünschte. Dann erkannte mein Verstand, dass ich richtiggelegen hatte. Die Ayuden, die ich festhielt, als hinge mein Leben davon ab, konnten mich tatsächlich retten. Vielleicht. Irgendwie. *Wenn die Geschichte, die Ivan erzählt hatte, stimmte. Immerhin leuchteten sie schon mal.*

Als sich die Ranke unter meiner Hand zu bewegen begann, mich tiefer hinunterzog, fort vom Weg, hätte ich frohlocken mögen, hätte mir nicht alles wehgetan und wäre ich nicht so furchtbar erschöpft gewesen. Entrückt bekam ich mit, dass die magische Pflanze meinen Körper mitten ins Dickicht zog und dort in einen Kokon wickelte. *Genau wie bei Sven in Ivans Geschichte.*

Tränen der Dankbarkeit liefen aus meinen verkrusteten Augenwinkeln zu den Strängen und tränkten diese mit der aufrichtigen Hoffnung, die ich ihnen entgegenbrachte.

Die Ayuden blühten für mich und sie würden mich heilen, davon war ich fest überzeugt. Das nahm eine Last von meinen Schultern und ließ mich loslassen, mich endlich dem Schmerz und dem Fieber hingeben, denen ich schon so lange trotzte. Zumindest kam es mir so vor, obwohl es vermutlich eher fünf Minuten gewesen waren, die mir wie eine Ewigkeit erschienen. Unter Schmerzen wurde jede Minute zu einer Stunde. Das Gefühl in guten Händen zu sein war das größte Geschenk, das man mir hätte machen können, und so fiel ich in den Schlaf der Gerechten.

Als mein Bewusstsein sich zurückmeldete, konnte ich nicht sagen, wie viel Zeit vergangen war. Ich wusste aber mit Sicherheit, dass sich irgendetwas richtig und gleichzeitig unglaublich falsch anfühlte. Ayuden umhüllten mich. Das hatte ich erwartet. *Mein Körper! Es war mein Körper.*

Ich machte den Mund auf, bereit, etwas …

Ich vernahm ein unwilliges Fauchen. Aus einem Reflex wollte ich mir die Hand vor den Mund schlagen, doch da … da … Ich erstarrte in der Bewegung.

Vor. Die Tatze in meinem Sichtfeld bewegte sich vor.

Zurück. Und sie zog sich zurück.

Ich begriff. *Es war MEINE Tatze. Mein Körperteil.* Ich steckte in einem Kokon aus Ayuden und hatte mich wie ein Schmetterling verwandelt. Hatte die Gestalt meines Wappentieres angenommen. Zum ersten Mal. *Und das war gut, nicht wahr?* Ich fühlte mich gesund. Und ich würde mich ja wieder zurück-, in einen Menschen verwandeln können, oder? *Oder?!*

Ich dachte an Tessinus, der jetzt als Phönix durchs Leben flog und Neves hieß. Ihm schien es nichts auszumachen. *Mir schon!* Panik machte sich in mir breit und ich spannte unwillkürlich alles an.

Autsch! War der Kokon …

Plopp! Einige der Schlingen um mich barsten ob der Kraft, mit der die Flügel auf meinem Rücken sie von innen auseinanderdrückten. *Flügel!* In meinem Kopf ging alles drunter und drüber. *Ich hatte Flügel wie Sama!* Daran hatte ich gar nicht mehr gedacht.

Ich ächzte, als sich Dornen in das empfindliche Fleisch und die Flughäute bohrten.

Musste ich mich jetzt gleich wieder mit den Schmetterlingen auseinandersetzen? Könnte ich zur Glaskuppel fliegen und sie sprengen, um zu entkommen?

Fauchend stellte ich mich auf die Hinterbeine und richtete mich samt weit ausgebreiteten Flügeln zu meiner vollen Größe auf.

Was auch immer mich erwarten würde, ich war bereit!

Dann obsiegte die Kraft der Pixie. Der Kokon zerbrach mit einem Krachen in unzählige Stücke. Die Pflanzen erloschen.

Ich war wütend. Man hatte mich hinters Licht geführt, verletzt und zum Sterben liegen gelassen. Ein tiefes Grollen kam aus der Tiefe meines Schlundes. Mein Schlangenschwanz erhob sich von hinten über meinen menschlichen Kopf und zischte laut.

Sama hatte bezüglich meiner Gestalt recht.

Stille umgab mich. Kein direkter Angriff fand auf mich statt.

Nun gestattete ich mir, meine Umgebung wahrzunehmen. Ich war nicht mehr im Schmetterlingshaus. *Welch ein Glück.* Ich hätte es sonst auseinandergenommen. Meine Wut kannte in der Gestalt der Pixie kein Erbarmen. Da gab es so viel Futter, um sie zu schüren. Sie infizierte inzwischen jede meiner Zellen.

Eine Reihe entsetzter Gesichter blickte mich an.

Vor mir waren sechs Stühle aufgebaut. Die Halle um mich war weiß, bestand aus Marmor, in den große Fenster eingelassen waren, und wurde am Boden von rotem Teppich geziert. Ich wusste direkt, dass ich mich wieder im Schloss befand. Wütend grollte ich noch einmal, bevor ich meine rechte Vordertatze am Boden wetzte.

Der weiche Stein gab nach und Furchen entstanden.

Irrationale Enttäuschung darüber, nichts, aber auch gar nichts von Washington gesehen zu haben, ließ mich Ivan, der sich ungerührt auf der Sitzfläche des äußersten Stuhls fläzte, einen bösen Blick zuwerfen.

Oder war ich nie in Washington gewesen? Ich versuchte mich genauer zu erinnern. *Die Cola! Es musste etwas in der Cola gewesen sein. Allerdings gab es keinen Zoo in Tekre. Also doch die Hauptstadt?*

»Was habt ihr mit mir gemacht?«, grollte die Pixie in mir unverfroren die Oberhäupter der Gilden an.

Meister Lemary, dem Oberhaupt der Veritas, blieb glatt der Käse-Pflaumen-Spieß in der rechten Hand stehen. *Ich schien ein eindrucksvolles Bild abzugeben.* Selbstzufrieden streckte ich den Rücken durch und legte katzenhaft den Kopf schief.

»Es ging darum, Wandlungsfähigkeit zu zeigen. Sich an alles anpassen zu können und so einen ewigen Bestand des Volkes fortzuführen. Uns eine Zukunft zu schenken, nicht nur eine Gegenwart oder Vergangenheit.« Zweiauge, das Oberhaupt der Mensay, war mit Abstand der älteste und zerbrechlich wirkendste, trotzdem schien er auch der mutigste der Anwesenden zu sein.

Seine Worte hatten eine beruhigende Wirkung auf mich. Ich ließ meinen Schlangenschwanz sinken und klappte unvermittelt die Flügel zusammen, indes ich ihn aufmerksam musterte. Sein Bart hatte heute silberne Perlen eingewoben, sein weißes Gewand lag tadellos an.

»Schmetterlinge sind ein Zeichen, ja, gar ein Symbol für den Wandel und die Transformation«, erklärte er.

»Wie kann jemand, der tot ist, eine zukünftige Generation führen?«, fragte ich spitz.

»Das Gift wirkt nur bei Menschen, ob nun magisch begabt oder nicht. Die Tier- und Pflanzenwelt bleibt davon unbeschadet«, lautete die Antwort von Missy Verovena, dem Oberhaupt der Gestaltwandler. »Wärst du letztes Mal nicht in Ohnmacht gefallen, wüsstest du, dass jeder von uns eine der vier Aufgaben stellt. Die zweite Aufgabe hattet ihr Sir Isaac zu verdanken.«

Das wieder blau in blau gewandete Oberhaupt der Gulets, meiner Gilde, nickte. Da Wasser blau war und dazu noch ein Element, passte es wie die Faust aufs Auge.

»Diese Aufgabe verdankt ihr mir«, endete Missy Verovena. Ihre gestrengen grauen Augen fixierten mich. *Natürlich, wem sonst.*

»Was waren das für Schmetterlinge?«, wagte ich noch eine Frage zu stellen. Ich kannte nur die, die jeder unbedarft bewunderte. Schöne, farbenfrohe Falter, die zu schnell starben. Keine, die Menschen auf dem Gewissen hatten.

»Asiatische Prozessionsspinner. Aus ihrem hochgiftigen Staub gewinnt das neue chinesische Kaiserreich Móshù eine spezielle Farbe, die magisch extrahiert wir und einzig für die schimmernden Gewänder ihrer Priester vorgesehen ist«, erläuterte zu meinem Erstaunen Sinessa. »Sie wird direkt bei der Herstellung der Seide mitversponnen, um ihre volle Leuchtkraft zu erzielen. Ein aufwendiger Prozess. Das Gold der Schmetterlinge steht, so der asiatische Glaube, für die Farbe der Sonne im Zenit, den diese jeden Tag während ihrer Prozession am Himmelszelt passiert.« Er verstummte. »Es ist *Móshù … Zauberkunst*«, übersetzte er dann ungefragt.

Ich starrte sein leuchtend gelbes Hemd an, die goldenen Chinos und die weißen Schühchen mit Absatz. *In welche Kleidertruhe war er gefallen? Die hatte ihren Zenit auch schon hinter sich.*

»Es ging nie um das Gift oder den Tod. Es ging darum, dass ihr beweist, dass ihr darübersteht. Die Dinge aus der Distanz betrachten könnt und fähig seid, über euch hinauszuwachsen.« Die aufwendigen schwarzen Tätowierungen der Cuiny bewegten sich. Ich konnte das Tier in ihr nur zu deutlich wahrnehmen. Sah, wie sie es im Zaum hielt – direkt unter der Hautoberfläche. *Interessant. Was erregte sie so? Meine Fragen?*

Noch einmal legte ich den Kopf schief. »Werden bei dieser Aufgabe alle sterben, die kein Tier in sich tragen?«

»Nein. Und dass du das fragst, zeigt mir, dass du noch viel zu lernen hast.« Missy wirkte noch aufgebrachter.

Ich witterte ein Geheimnis. Dann kam mir der Gedanke. »Wie viele vor mir haben die Aufgabe überlebt?« Mir war klar, dass ich mich auf dünnem Eis bewegte, indem ich immer weitersprach, denn das war nicht üblich. Man hörte sich als Kandidat an, was die Oberhäupter oder Abgesandten der Gilden zu sagen hatten, dann ging man.

Ich fiel wie immer auf. Und es war mir herzlich egal.

»Zu wenige.« Ivans Stimme zerschnitt die Luft. Er klang unbeteiligt, doch sah ich das Bedauern in dem Blick, den er mir schenkte. *Der Verräter.*

Die Pixie in mir wollte mit einem Satz aufspringen und ihre Tatzen in seinen Leib graben.

Sie wollte ihm das schlagende Herz aus der Brust reißen und es noch warm und vor Blut triefend an den Schlangenkopf an ihrem Schwanz verfüttern.

Zorn vernebelte meinen Blick. Ich drängte die Emotion zurück.

Ja, ich war unglaublich aufgebracht. Ich wusste nicht, ob ich Ivan je wieder vertrauen konnte. Und das zu Recht. Aber das – blutige Herzen und gewaltsame Verstümmelung –, das war nicht ich.

Ich konzentrierte mich auf die Worte, die gerade ausgetauscht worden waren. »*Zu wenige*«, hatte er gesagt. Hatte ich es mir doch gedacht. Auch ich war dieser klebrig süßen Falle nur mit viel Glück und etwas Verstand entkommen.

Genau das sagte nun auch Meister Lemary. Seine Glatze spiegelte dabei das Licht. Ein Bissen von seinem Käse-Pflaumen-Spieß folgte auf die Aussage. Gespannte Stille trat ein ob meiner Reaktion.

Ich senkte die vorderen Tatzen, wie ich es bei Sama gesehen hatte, ging in Lauerhaltung, bereit zum Sprung, fixierte ihn. Erhielt die Spannung noch einen Augenblick weiter aufrecht, dann setzte ich mich zurück und lachte amüsiert ob der erschrockenen und erleichterten Gesichter vor mir. *Was hatten sie erwartet, das ich tun würde? Waren sie nicht stark genug, eine Pixie abzuwehren?*

»*Biete ihnen eine Show*«, hatte Ivan gesagt. Genau das tat ich. *Und ein kleiner Schreck war doch nichts im Vergleich zu meiner empfundenen Todesangst.*

»Meister Lemary«, sagte ich gemächlich und musterte ihn abwertend. »Ich bin geneigt, Ihnen das erste und vermutlich letzte Mal in meinem Leben zuzustimmen.« Meine Bemerkung rangierte auf Messers Schneide. Denn obwohl ich ihm nicht widersprach, beleidigte ich ihn gleichzeitig und bezog Stellung gegen den Veritas. Es blieb zu hoffen, dass ich damit nicht die ganze Gilde verärgerte. Allerdings trug ich auch die Macht der Veritas in mir. Und er ging mir wirklich auf den Keks. *Hatte ihn denn nie jemand in die Schranken gewiesen? Ihm nie erklärt, wann man zum Beispiel aß und wann es schlicht unhöflich war? Dass man Respekt zeigte, wenn jemand gerade erst dem Tod von der Schippe gesprungen war. Nein,* antwortete ich mir selbst. Er war das Oberhaupt einer der mächtigen Gilden des Kaiserreiches, die den Rat ersetzt hatten und den Grundherren der Adeligen im Mittelalter gleichkamen – ohne Grund. Beziehungsweise mit unbegrenztem Grund, nämlich einem ganzen Kaiserreich. Haha. Wortwitz, komm raus. Sie konnten Menschen erheben, sie sozusagen zum Magician schlagen oder sie bezüglich ihres Standes sowie ihrer Person erniedrigen, wenn es ihnen danach beliebte, und aus ihrer Gilde verstoßen. Sie hatten übermäßig viel Macht.

Umso mehr wunderte es mich deshalb, dass er in mein Lachen einfiel.

Die anderen lachten nach und nach auch, als hätten sie sich zuvor nicht getraut.

Erleichterung stahl sich auf Ivans Gesicht.

»Ich schließe mich dem an, Pixie«, meldete sich Sir Isaac zu Wort. Heute schien er zu seiner Wortkargheit zurückgefunden zu haben. »Aber du hast dich tapfer geschlagen, das erkenne ich durchaus. Du hast nichts unversucht gelassen, ganz so, wie es eine wahre Kriegerin tun würde.«

Das ehrte mich. Ich senkte intuitiv den Kopf vor ihm, eine Geste der tiefen Respektbekundung. Wortlos nahm er es zur Kenntnis.

»Damit ist alles besprochen«, schloss Sinessa, der wohl weiteres Lob oder weitere Sendezeit – wer wusste das schon – unterbinden wollte. »Ich denke, wir anderen …«, er sah Zweiauge und Missy Verovena an, »… sind der gleichen Meinung.« Beide nickten nacheinander.

Damit war meine Audienz beendet.

Ivan schwieg. *Was gab es zwischen uns auch noch zu sagen?*

22

Die Pixie in mir

Hocherhobenen Hauptes setzte ich eine Tatze vor die andere, als ich dem Ausgang des Saals entgegen strebte. Würdevoll war meine Prämisse. Unbesiegt. Unerschütterlich. Zumindest nach außen hin.

Ich würde ihnen nicht zeigen, wie es in mir aussah, was sie mir mit den Aufgaben antaten; innerlich mit mir machten. Sie alle sollten mir auf keinen Fall ansehen, wie sehr es mich mitnahm, jedes Mal Todesangst aushalten zu müssen. Das Durchlebte, die Verwirrung, die ich immer stärker empfand, weil ich mich in diesem neuen Körper bewegte, und schlussendlich die Sache mit Ivan. Die Sache, die ich besser totschwieg und nie wieder auch nur in Gedanken erwähnen wollte, so tief saß der Schmerz über seinen Verrat.

Meine Pixiegestalt und die unerbittlichen Gedanken, die damit einhergingen, machten es mir nicht gerade leicht, ruhig zu bleiben, weiterzugehen, mich nicht noch mal umzudrehen und irgendetwas zu verwüsten. Ein Ventil zu suchen und zu finden.

Geräuschvoll schlossen sich die Türen hinter mir. Erleichterung überkam mich. Jetzt konnte ich nichts Dummes mehr tun.

Ich stand im Gang. Einem, der all den anderen glich. Dort erwartete mich der Magician, der mich schon zur Taxidrohne gebracht hatte.

Ich stoppte bei seinem Anblick abrupt.

Alles in mir gierte danach, ihm den Kopf abzureißen. Ihn dafür büßen zu lassen, dass auch er zum Teil für das, was ich durchlebt hatte, verantwortlich war. Ich unterließ es. Beherrschte die grimmige Wut, die inzwischen fast juckend durch meine Adern pulsierte, mit dem letzten bisschen Willen, das mir geblieben war. Mit einer Kopfbewegung bedeutete ich ihm, loszugehen.

Er gehorchte stumm.

Gemeinsam setzten wir uns in Bewegung; er einen halben Meter vor mir. So liefen wir durch viele Gänge, kamen an einem großen goldenen Torbogen vorbei und stiegen Treppen hoch und runter.

Trotz der Wandlung zur Pixie und der anscheinend damit einhergehenden Verträglichkeit des Giftes fragte ich mich, was passieren würde, wenn ich wieder Mensch wurde. *Und wie wurde ich überhaupt wieder Mensch?* Ich war mehr als erschöpft, brauchte dringend Schlaf. Ich hatte keine Ahnung, wie lange ich zwischen den Ayuden verbracht hatte. *Hatte ihre Nähe mich verwandelt, mich gerettet?* Was immer es gewesen war, mein Lebenserhaltungstrieb war stark genug, um dankbar zu sein. Für diese weitere Chance. Auch wenn es bereits bei der nächsten Aufgabe tatsächlich vorbei sein konnte.

Ich seufzte tief.

Der Magician betrachtete dies wohl als Zeichen meiner Ungeduld, denn er wandte sich zu mir um und sagte beschwichtigend: »Wir sind gleich bei Ihrem Zimmer. Dort steht Fischsuppe für Sie bereit.«

Fischsuppe? Mein Geist wollte hysterisch lachen. Mein Magen gab indes ein zustimmendes, gar freudiges Knurren von sich.

Dann eben Fischsuppe.

Ich trottete in Schweigen gehüllt die nächsten hundert Meter neben ihm her. Danach stiegen wir eine weitere Treppe hoch, bogen ab und kamen tatsächlich auf dem Gang zu meinem Zimmer heraus. *Die Orientierung zu behalten gelang mir im Schloss wohl nicht einmal in der Gestalt der Pixie.*

Vor meiner Tür drückte er die Klinke herunter und zog sie zu sich, sodass ich eintreten konnte, dann verabschiedete er sich mit einer angedeuteten Verbeugung.

Ich sah ihm nach, wie er sofort im Gang verschwand. Behände stupste ich die Tür an, sodass sie sich zu schließen begann. Erst daraufhin drehte ich mich um.

Sama war vom Bett gesprungen und lauerte in der Mitte des Hauptraumes auf dem bloßen Boden. Ein Lächeln zierte ihre Lippen. Es war aufrichtig.

In diesem Moment wurde mir bewusst, dass ich größer als die ägyptische Pixie war. Viel größer. Mein Kopf ließe sich von der Höhe bequem auf ihrem Kopfschmuck ablegen, wenn ich wollte. Und nach einem Blick in viel zu wissende Augen fragte ich mich unwillkürlich, ob ich nun auch so leuchtend rote Iriden aufwies.

Neves saß, mit den Krallen auf den Marmorboden klackend, neben ihr und hatte den Kopf schief gelegt. Er erschien mir geradezu klein im Gegensatz zu meiner jetzigen Größe. Sein golden gefiederter Kopf reichte mir nur bis zum Löwenbauch. Trotzdem erfüllte mich gerade sein Anblick mit Hoffnung.

Sama war schon immer eine Sphinx. Sie kannte nichts anderes. Zumindest nahm ich das an. Aber Neves war einmal ein Mensch gewesen. Er … ich … Ich fühlte aus unerfindlichen Gründen eine Verbundenheit zu ihm, die mir jetzt, da ich es so bitter nötig hatte, mentalen Halt gab.

Indes die Tür endlich hinter mir ins Schloss fiel, drang Samas leise Stimme an mein Ohr: »Willkommen zurück, Pixie. Wir haben dich schon erwartet.«

Mein Blick senkte sich zu ihrem. Ich sah Verständnis, das das Leid meiner geschundenen Seele widerspiegelte. Sah Bedauern ob der Qualen, die ich erlitten hatte. Und sah Stolz, weil Sama es wohl beachtlich fand, dass ich stark genug für eine Wandlung gewesen war.

Ich meinte es jedoch besser zu wissen. Fühlte das viel zu schnell klopfende Herz in meiner Brust. Spürte noch immer ein Kribbeln und Ziepen an manchen Stellen im Fell; genau dort, wo die Schmetterlinge ihren Staub auf mich hatten fallen lassen.

Unwillkürlich ging ich mit den Vorderläufen in die Knie, ließ den Kopf darauf ruhen und legte all meine innere Traurigkeit in meinen Blick, während unser Starren anhielt. Sie sollte sehen, wie es um mich stand. Denn wenn ich es ihr nicht ehrlich zeigen konnte, wem dann?

Samas Frauengesicht verfinsterte sich zunehmend, als sie begriff. Sie wirkte nun, wie ich mich noch vor Minuten gefühlt hatte: bereit, jemanden auszuweiden, dafür büßen zu lassen. *Doch wo anfangen und wo aufhören?* Mich hatte längst die innere Erschöpfung gepackt.

»Komm mit.« Es klang wie ein Befehl. In einer fließenden Bewegung erhob sich die ägyptische Pixie und winkte mir mit ihrem Löwenschwanz, ihr zu folgen.

Neves verfolgte das Geschehen durch dunkle Knopfaugen. Als ich nun mühsam hinter Sama Richtung Bad tapste, schwang er sich mit einem einzigen Schlag seiner wunderschönen goldenen Schwingen auf meinen Rücken. Dort senkte er wohl den Kopf, denn ich konnte wenig später fühlen, wie sein Schnabel tröstende Muster in das Fell zwischen meinen Flügeln malte.

Das entlockte mir ein zartes Lächeln. Und auch wenn ich nicht wusste, was Sama vorhatte, so war ich mir doch gewiss, dass auch sie mir helfen wollte.

Unter dem großen Spiegel angekommen, blieb ich stehen und beobachtete sie. Mit den Vordertatzen schob sie einen kleinen Schemel, der bisher ungenutzt in einer Ecke gestanden hatte, zu mir. Dann deutete sie mit einer Tatze darauf. »Spring hoch, damit du dich ganz sehen kannst. Ich bin mir sicher, du bist neugierig. Und glaub mir …«, ein Katzengrinsen erschien auf ihrem Gesicht, »… das musst du gesehen haben.«

Dass sie für mich versuchte, für ihre Verhältnisse lustig zu sein, ehrte mich. Auf keinen Fall wollte ich sie beleidigen oder noch mehr betrüben und beschloss deshalb, dem Vorschlag nachzukommen. Außerdem regte sich in mir nun tatsächlich wieder meine anscheinend alles überdauernde Neugier. *Wie mochte ich für andere aussehen? Hatte ich genauso sattbraunes Löwenfell und die gleichen hellen Flügel wie Sama? Oder bescherte mir meine griechische Linie andere Schattierungen? Sie hatte ja schon angedeutet, dass wir uns unterscheiden würden.*

»Neves.« Selbst meine Stimme klang erschöpft.

»Bin schon weg, bin schon weg«, kam es gutmütig zurück und der Phönix flatterte mit großem Getue von meinem Rücken aus auf den Badewannenrand. Kleine Funken flogen dabei in Bögen, wie Sternschnuppen, durch die Luft. Bewundernd folgte ich ihnen mit meinem

Blick. Sie kündeten von Heiterkeit. Hielten sich in Gelb, Orange und Rot einige Sekunden in der Schwebe, während sie verglühten, bevor sie den Boden berühren konnten.

Er hatte ein kleines Feuerwerk für mich entfacht.

In meinem Herzen wurde es warm und ich lächelte dieses Mal richtig. Von einem bis zum anderen Mundwinkel zog sich die tief empfundene Emotion, in die sich unglaubliche Dankbarkeit mischte. Und als Neves seine Vorstellung abrundete, indem er auf dem Badewannenrand zuerst ein Bein anhob und sich dann auf dem anderen in die Knie gehend vor mir verbeugte, musste ich einfach fröhlich lachen über so viel Übermut.

»Stets zu Diensten, Herrin«, flötete er und wirkte mit sich zufrieden.

»Danke, Neves, du bist ein Goldschatz«, gab ich zurück.

Sama grinste. Vermutlich wegen des Wortspiels. Sie schien es als gutes Zeichen zu deuten. Ich war mir nicht sicher, ob es nicht eher der Pixie in mir zuzusprechen war.

»Und nun hör auf mit den Faxen«, fügte ich hinzu, als Neves zu weiteren Verrenkungen ansetzte. »Nicht dass du dir noch den Schnabel brichst.«

Er lachte ertappt, aber kein bisschen schuldbewusst.

Sama beobachtete mich noch immer stumm und äußerst aufmerksam. So als könnte die Fröhlichkeit jeden Moment weichen und ich hier, direkt an Ort und Stelle, zusammenbrechen.

Vielleicht hatte sie recht damit, mich nicht aus den Augen zu lassen. Im Moment konnte ich selbst nicht sagen, wo mich die Emotionen in der nächsten Minute hintragen würden. Ich war gefallen und wieder zum Leben erweckt worden. Zum zweiten Mal innerhalb weniger Tage. Mein Körper mochte das mitgemacht haben. Er mochte bei Kräften sein und funktionieren. Wie gut mein Geist funktionierte und ob er bleibende Schäden davongetragen hatte, das würde sich noch zeigen. … wenn das Adrenalin wich, wenn ich irgendwann einmal wieder etwas wie Alltag erleben würde – doch all das war Zukunftsmusik.

Weil ich des Nachdenkens und Fabulierens leid war, sprang ich mit einem Satz auf den Hocker und starrte mich wortlos im Spiegel an.

Wow! Sama hatte nicht übertrieben. *Ich war wunderschön.* Oder eher: Das, was ich in meiner Pixiehaut verkörperte, war atemberaubend!

Die sandfarbenen Pranken, die weißen, fast silbernen Flügel, der dunkelgrün geschuppte Schwanz – alles gehorchte meinem mentalen Befehl. Obwohl das im Spiegel eindeutig ich war, fühlte es sich gleichzeitig unwirklich an. Die Sphinx in der Spiegelung wirkte stolz und unbesiegbar. Sie wirkte erfahren und abgeklärt. Einzig mein Kopf mit dem langen blonden Haar war exakt gleich geblieben. Meine Nase, die inzwischen altbekannten goldenen Augen, die geröteten Wangen und die schmalen blonden Brauen – das war unverkennbar ich: Josephine Streisand.

Das Mädchen, das einst im rosafarbenen Kostüm mit Blazer, sittsamem knielangen Rock und weißen, auf Hochglanz gewienerten Absatzschuhen auf der Bühne am Rathaus gestanden hatte, war nicht nur ein Stück weit erwachsen und zur Frau geworden, nein, ich hatte auch meine wahre Natur gefunden.

»Wusstest du, dass das griechische Wort für Schmetterling *Psyche* lautet?«, riss mich Sama aus dem Starren und den Gedanken. »Es bedeutet, anders übersetzt, auch *Seele*«, fügte sie hinzu. »... und bezeichnet das, was tief innendrin liegt – den verborgenen Kern, der sich erst zur rechten Zeit offenbart.«

Ein Schnurren entfuhr ihr, als sie mich im Spiegel betrachtete. Ihr Blick klebte überall an mir. An jedem Körperteil, selbst dem flachen Schlangenkopf mit der gelben Zunge an meinem Schwanz. Fast war es mir unangenehm.

»Sieh sie dir an.« Ihre Stimme war zu einem schmeichelnden Flüstern gesenkt. »Die Schönheit deiner Seele, die du nun zeigst nach der Wandlung, die du durchlaufen hast. Von der Raupe, die du warst, bist du infolge der Verpuppung aus deinem Kokon geschlüpft und hast deine Flügel entfaltet.« Ihre Augen blitzten.

Ich betrachtete mich verlegen im Spiegel.

»Und was für Flügel! Da kann man geradezu neidisch werden«, krächzte Neves von hinten.

Nicht er auch noch!

Ich wusste, dass er mich nur aufzog. Trotzdem hatten sie beide ihr Ziel erreicht. Stolz spreizte ich die mit dicken Federn besetzten

Schwingen auf meinem Rücken. Ein weiß-silbern glänzender Bogen zog sich hinter mir durch die Luft, als ich mich leicht drehte.

Vielleicht, dümpelte ein Gedanke aus meinem Unterbewusstsein in mein Bewusstsein, *vielleicht zeigten sich ja bald auch noch die Kräfte, von denen meine Mutter gesprochen hatte.* Die, die alle Fähigkeiten verbanden. Und immerhin hatte ich schon drei von fünf Aufgaben überlebt. Von den Elementen waren jetzt für mich Feuer, Wasser und Luft abgedeckt. Wenn meine Theorie stimmte, von der ich geträumt hatte, würde die nächste Aufgabe sich irgendwie um Erde drehen. *Nur wie?* Es blieben Zweiauge und Meister Lemary übrig, um sie zu stellen.

Behände kletterte ich schließlich wieder von dem Schemel.

»Miss Puttin hat Suppe für dich gebracht«, erinnerte Sama mich.

»Und Sama hat sie bereits gekostet«, ließ Neves mich wissen.

»Natürlich nur, um vorzukosten. Nicht dass sie vergiftet ist – *ich* diene dir gut, Herrin«, rächte Sama sich mit der ältesten Ausrede der Welt an seiner vorlauten Art. Ganz überzeugend brachte sie es aber nicht rüber, denn ihre Wangen zeigten eine verräterische Färbung. *Die stolze Sama wurde also bei Fischsuppe schwach. Eigentlich nichts Neues.*

Ich grinste in mich hinein. Keine halbe Stunde in der Gesellschaft der Fabelwesen hatte es gebraucht und ich fühlte mich bereits sehr viel mehr wie ich. *Vielleicht sollte einfach die Spezies Mensch abgeschafft werden,* dachte ich zickig. Dann erwehrte ich mich des Gedankens und sagte zu Neves: »Solange sie noch was übrig gelassen hat.«

»Natürlich«, beeilte sich die Pixie mir zu versichern. »Leider wird die Suppe jetzt kalt sein«, bedauerte sie im nächsten Atemzug.

Das war mir egal. Nun, da wir vom Essen sprachen, verspürte ich Hunger, groß genug, um das ganze Schloss zu verspeisen. Inklusive aller roten Teppiche, goldenen Dekorationselemente und hauchzarten weißen Vorhängen.

Zurück im Hauptraum, erspähte ich das Tablett auf dem Nachttisch und sprang mit je einem großen Satz zuerst zum Bett und dann auf die Matratze. Diese gab federnd unter mir nach. Genüsslich rückte ich mich zurecht, klemmte mir den Napf auf dem Tablett zwischen die vorderen Tatzen, wie ich es oft bei Sama gesehen hatte, und spähte hinein.

Er war noch drei viertel voll. *Sehr gut.*

Bevor ich ihn ansetzte, drehte ich den Kopf zu den beiden Fabelwesen, die mir gefolgt waren und nun auch auf dem Bett lümmelten. »Berichtet mir, was sie übertragen haben. Ich bin mir sicher, ihr habt über Lis Projektion zugesehen.«

Neves nickte zaghaft.

Aus dem Augenwinkel sah ich, wie Sama sich versteifte. Indes rann bereits Fischsuppe meine Kehle hinunter und ich genoss das überwältigende Aroma.

»Nun«, setzt sie zögernd an. »In der Tat haben wir den Wahlstream verfolgt, als uns langweilig wurde. Eigentlich wollte ich ein bisschen für dich spionieren, wie und was die anderen so trainieren.«

»Und sie wollte sehen, ob du Sullivan küsst«, hörte ich Neves vorlaut dazwischenrufen.

Sama knurrte. Es klang nach: *Wenn du mich noch einmal unterbrichst und verrätst, ziehe ich an deinen Federn, bis du nackt und gerupft bist oder in Flammen aufgehst.*

»Du kannst dir vorstellen, der Schock war groß, als wir sahen, dass es eine Liveübertragung gab und ein Kandidat bereits dabei war, die dritte Aufgabe zu meistern«, setzte er hinzu.

»Meistern?« Sama spuckte das Wort aus, als wäre es ihr mehr als zuwider. »Er ist vor unser aller Augen qualvoll verendet, während er nach seiner Mutter gerufen hat.«

Neves klackte belustigt.

»So amüsant du das finden magst oder sich das Publikum begierig an seinem Leid labte …« Sama richtete sich zu ihrer vollen Größe auf, ihr ägyptischer Kopfschmuck schaukelte, als er den Baldachin des Bettes streifte. »… diesen Tod wünsche ich keinem. Gar keinem. Er ist nicht ehrenhaft, er ist nicht ruhmreich und ich denke, dass nicht einmal mein schlimmster Feind ihn verdient hat. Vergessen wir nicht, dass er ihn niemals gestorben wäre, wenn er bei dieser ›Wahl‹ eine Wahl gehabt hätte.« Ihre Iriden glühten so tiefrot, dass ich über den Suppennapf hinweg fast meinte, sie Löcher in die Luft brennen zu sehen. Sama war wütend und sie war gefährlich. Ohne Zweifel. »Diese Aufgabe entbehrt jeden Respekt vor den Kandidaten und dem Leben, das hätte ich Missy Verovena nicht zugetraut.«

»Wer war es?«, fragte ich.

»Der Todgeweihte?«

Ich brummte fragend.

»Der Mensay-Zwilling. Einer der beiden, die noch so jung wirkten. Sie ist ja bereits … Du erinnerst dich?« Sama sah mich an.

Ich nickte erneut. Damit war er dem Schicksal seiner Schwester gefolgt, die vor meinen Augen von dem Hai verspeist worden war. Vielleicht hatte er danach nicht mehr genügend Willen und Kraft aufbringen können, der Aufgabe zu trotzen. *Sagte man nicht, dass Zwillinge eine besondere Beziehung verband?*

Wie sich daraufhin bei Samas nächsten Worten herausstellte, waren vor mir bereits drei Kandidaten an dem Schmetterlingsgift umgekommen. Außer dem Mensay, ein mir nur vom Sehen bekannter Magician und der Begleiter des Mannes, der bei der ersten Auszählung des Wahlergebnisses der Stimmen des Volkes direkt hinter Rayn gelegen hatte. Der Typ mit den eisblauen Augen, dem halbmondförmigen, blassen Gesicht und den langen Fingern, der im Gegensatz zu dem anderen aber ›nur‹ Gulet und Mensay gewesen war. Also zweifach, nicht dreifach magisch veranlagt.

Welch Irrsinn, dass sogar ein doppelt begabter und damit ziemlich starker Magician sein Leben hatte geben müssen. Der Mann war mir zwar stets unangenehm erschienen, gekannt hatte ich ihn aber nur aus der Ferne. Und die Stimme gegen mich erhoben hatte immer sein Begleiter. Der wohl weiter bei der Wahl dabei war. Alles andere hätte mich auch gewundert.

»Ist nach mir wieder Rayn dran gewesen?«, wagte ich zu fragen. Die Suppe war leer. Ich stellte den Napf mit einem Klappern zurück auf das Tablett und legte meinen Kopf auf die vorderen Tatzen. Langsam verstand ich, warum Sama das so oft tat. Es war wirklich bequem. Wie auf einem warmen, weichen, flauschigen Kissen zu liegen. Herrlich. So ließ es sich sicher gut schlafen.

Mhm …

Stille ließ mich aufschauen. »Was?«, fragte ich. Lange konnten die beiden Rayn nicht beobachtet haben, schließlich hatten sie nicht mehr geschaut, als mir die Zimmertür von dem Magician geöffnet worden war. Außerdem glaubte ich fest daran, dass Rayn alles konnte. Ihm fehlten nicht die Fähigkeiten, seine Gabe anwenden zu können, wie mir. Ihm fehlte höchstens taktische Anleitung. Die hatte er durch seinen Coach gefunden. Allerdings hatte diese ihm wohl bei der letzten Aufgabe auch nichts gebracht. Wer hätte so etwas auch voraussahnen können.

Nun, vielleicht hatte er sich wieder in eine Luftblase begeben, das Schmetterlingshaus so durchquert und war unberührt am anderen Ende hinausgetreten? Wobei, konnte man – wenn man von Luft umgeben war – eine Luftblase bilden? Was begrenzte sie dann?

Ich stutzte. *Okay, vielleicht war das Quatsch. Und er hatte eher Luftströme umgeleitet. Oder so.* Neugierig sah ich Sama an, die sich sichtlich zu winden schien. »Spuck's einfach aus.«

»Was?«, fragte sie verdattert und irgendwie ertappt. Ihr sorgenvoller Gesichtsausdruck war wie weggewischt.

Na, sicher nicht die halb verdaute Fischsuppe in deinem Magen, dachte ich sarkastisch. Mich beschlich das unangenehme Gefühl, dass sie mich nur zu gut verstanden hatte. *Warum sperrte sie sich derart, mir eine Antwort zu geben?*

»Sie meint, du sollst ihr von Rayn berichten«, belehrte Neves sie oberlehrerhaft. Das schien ihm besondere Freude zu bereiten, denn eine einzelne Feder über seiner Stirn leuchtet dabei hell auf.

»Gut.« Samas Miene wirkte verkniffen. Ihr Ton leicht zickig. »Dann sei es so. Nächstes Mal darfst du das übernehmen«, fauchte sie Neves an.

Ich verstand gar nicht, was zwischen den beiden abging und wartete deshalb still, bis mich einer aufklären würde.

»Rayn hat sich leider nicht so lange gehalten. Er ist direkt auf das Grün zugelaufen«, begann die Sphinx.

Ah, Rayn, nein. Hatte ihm sein Coach Helatius denn nicht beigebracht, erst einmal eine Strategie zu entwerfen, bevor man sich in den Kampf stürzte? Rayn hatte also wie ich gedacht, dass es auf keinen Fall um die Schmetterlinge gehen konnte, sondern eher um etwas, das zwischen den Gewächsen lauerte oder zu finden war. Vermutlich hatten wir das alle gedacht. Wer rechnete schon damit, von so unschuldig wirkenden kleinen Wesen umgebracht zu werden? Da hatte Missy Verovena uns wirklich alle getäuscht.

»Und dann?« Ich war ungeduldig. Wollte es wissen.

»Dann ging alles recht schnell. Die Schmetterlinge wirkten wie magisch von seinem braunen Haar angezogen. Im einen Moment spazierte er noch völlig unbehelligt über den Weg. Im nächsten trug er eine goldene Krone aus Schmetterlingen auf den Locken. Es verlieh ihm ein wahrhaft königliches Aussehen. Glänzender Staub umhüllte unseren Goldjungen. Die Kameras zoomten nah heran. Man sah die Freude in seinen Augen. Und wie schnell sie erlosch.«

Ich war erstarrt. Alles konzentrierte sich in meinem Bewusstsein auf ihre nächsten Worte. Da war kein Raum für etwas anderes.

»Das Gift auf dem Kopf in dieser Menge hat ihn einfach ausgeknockt. Er verdrehte die Augen, ruderte noch mit den Armen, um das Gleichgewicht zu halten, doch es war längst zu spät. Er konnte nur verlieren. Sein Körper stürzte hart auf den Weg. Das Ganze dauerte vielleicht eine Minute. Er hat direkt angefangen zu halluzinieren. Sein Gesichtsausdruck war … schrecklich und er hat irgendetwas von Pfählen vor sich hin genuschelt. Den Rest kennst du von dir.«

»Und wie …?« *… hat er es da rausgeschafft*, wollte ich fragen. Die Worte waren mir jedoch im Mund stecken geblieben. Zu groß war meine Angst, dass er es nicht geschafft hatte. *Dass er … ja, was? Im Schmetterlingshaus gestorben war? Würde der Kaiser das zulassen? Würde Ivan das zulassen? Aber könnten sie es denn verhindern, wenn sie es wollen würden?* Ich war mir nicht sicher.

»Er hat sich nach oben katapultiert. Ich nehme an, er nutzte sein Element, die Luft. Die Kuppel des Hauses zerbarst. Die Schmetterlinge, die mit ihm entweichen wollten, prallten an einem Zauber ab, der sie zurückhielt, nicht so Rayn. Wir sahen, wie sein Körper, angeschwollen, rot und von Glassplittern gespickt, von einem Netz unter einer Verkehrsdrohne wie mit einem Kescher aufgefangen wurde, bevor er in einer Seitenstraße Washingtons aufkommen konnte«, endete Sama.

Das bestätigte mir, dass ich wirklich in die Hauptstadt gebracht worden war. Und davon überhaupt nichts gesehen hatte. *Grandios.*

»Glaubst du, sie haben ihn inzwischen zurück ins Schloss geflogen?«, fragte ich Sama.

»Bestimmt. Dich ja auch.«

Richtig. Ich wusste genau, wohin mich meine nächsten Schritte führen würden. Aber nicht so. Nicht in der Gestalt der Sphinx. Ich wollte Rayn keinen Herzinfarkt bescheren. Das brauchte er gerade nicht auch noch. Er sollte gesund werden.

»Wie werde ich wieder zum Menschen?«, stellte ich die alles entscheidende Frage, um die ich mich bisher gedrückt hatte.

»Nun, du musst immerhin nicht Feuer werden, um aus der Asche auf zu erstehen«, scherzte Neves, der heute sehr gesprächig zu sein schien. Nur war mir gerade gar nicht nach Witzchen.

»Sama?« Ungeduld pochte in mir und ließ meine Stimme scharf werden.

Sie zog die Stirn kraus. »Du wirst Mensch sein, wenn du Mensch sein willst, und zur Sphinx werden, wenn die Sphinx dich ruft.«

»Sama!« Ich konnte jetzt so gar keine mystischen Sätze gebrauchen. *Standen die eigentlich irgendwo, damit Sphinxe sie auswendig lernen konnten, wenn sie sich langweilten?* Wenn ja, hatte Sama eindeutig zu viel Langeweile gehabt. Ich knurrte unwirsch. Es war das Knurren der Löwin in mir.

Verärgert ließ die Pixie ihren Kopf auf die Vordertatzen sinken und schwieg. *Na toll.*

»Du musst es dir vorstellen können, ein Mensch zu sein, dann wirst du wieder einer«, überraschten mich Neves' Worte. Sein Schnabel klackte. »Lass dir von Li ein Bild deines früheren Ichs in die Luft projizieren. Sieh es dir genau an, schließe die Augen und fühle, bis du dich wieder in deinen Körper gefühlt hast.« Neves' schwarze Knopfaugen musterten mich. »Das ist auch der Grund, warum ich mich nicht zurückverwandeln kann und werde. Ich kann mir nicht mehr vorstellen, ein Mensch zu sein. Vielleicht ist das feige, aber ich wähle den Weg des leichteren Lebens, den Weg des Phönix – bis das Gefühl, dieser Teil von mir wieder zurückkommt und mich vervollständigt.« Er erhob sich flatternd, um in einem Bogen vom Bett und nach oben, vermutlich zu seinem Pfosten, zu fliegen.

Ich verlor keine Zeit und tat, was er mir vorgeschlagen hatte.

Den Nanobot musste ich erst aus einem der Kleiderschränke holen. Dort hatte Sama ihn, auf den Schock bezüglich Rayn hin, versteckt, wie sie mir grummelnd verriet.

Großen Erfolg versprach ich mir nicht davon, trotzdem mühte ich mich ab, mit meinen Pranken Li anzuschalten und ihn ein Bild meiner Menschengestalt projizieren zu lassen. Zum Glück war meine Stimme noch menschlich und er erkannte sie auf Anhieb.

Li zeigte mich an dem Tag, als ich zum Fototermin gegangen war: Die blonden Haare glänzend, das blaue Kleid so zauberhaft leuchtend.

Wehmut durchströmte mich. Meine Gedanken schweiften zum Abend desselben Tages und damit zum California-Ball. Ich dachte an den Ausgang des Events. Insbesondere an den Kuss. Den Kuss zwischen Ivan und mir. Es schien mir in einem anderen Leben gewesen zu sein. In einem, in dem er mich nicht verraten hatte. An Sinessa, an den Kaiser, an diese Wahl.

Die starken Emotionen machten es mir schwer, mich auf mich selbst, genauer gesagt auf das Bild von mir zu konzentrieren. Der Kampf in meinem Inneren zwischen Gegenwart und Vergangenheit, zwischen Erinnerung und der Notwendigkeit, jetzt wieder ich zu werden, um Rayn beistehen zu können, währte eine halbe Ewigkeit. Dann obsiegte der Wunsch, für Rayn da zu sein, so wie er es für mich gewesen war. Ich erachtete ihn als meinen Freund. Und auch wenn wir noch nicht so viele besondere Augenblicke geteilt hatten wie Ivan und ich, so war er mir doch stets ein guter Freund gewesen. Das wollte ich ihm nun auch sein: eine gute Freundin. Denn Freunde, wahre Freunde, die es ernst und gut mit einem meinten – wenn man bei ihnen war *und* wenn man nicht unter ihnen weilte –, waren selten in dieser Welt.

Während ich mich auf meine Atmung konzentrierte, sah ich es: das Fototermin-Abbild von mir vor meinem inneren Auge. Ich betrachtete die Nähte auf dem blauen Kleid, als wären es meine Augen, die von oben auf sie blickten. Befahl meiner Hand, sich zu heben und sie tat es. Ich hob sie an, fuhr mir durchs Haar und spürte seidige Strähnen. Aber ich fühlte auch noch etwas anderes. Die Decke. Ich streckte meine Hand nach oben, die Augen weiterhin geschlossen. *Und da!* Da lag mein Kissen!

Nur um sicherzugehen, ließ ich meine Fingerspitzen einen Kreis auf dem Stoff beschreiben, bis sie an die glatten Haare stießen, zu denen ich sie hatte lenken wollen. *Dort lag Sama.*

Überzeugt davon, wieder in meinem Körper zu stecken, wie in Rovennas Namen auch immer, schlug ich die Augen auf.

Ächzend spannte ich die Bauchmuskeln an, um mich in eine aufrechte Position zu bringen. Das Kleid um mich raschelte. *Es war das blaue! Unglaublich.*

Es schien, als bräuchte ich mir die Dinge nur vorzustellen, damit sie wahr wurden. Erst Magma und dadurch heiße Wassermassen, die ich unbewusst bewegt hatte, jetzt meine Pixiegabe. Vielleicht brachte ich da etwas durcheinander, aber ich hatte das Gefühl, dem Geheimnis meiner *wahren Gabe*, wie meine Mutter es genannt hatte, auf die Schliche zu kommen.

Noch fehlte irgendetwas, damit ich es begriff. *Ein Anhaltspunkt?* Möglicherweise musste ich das auch in Ruhe noch einmal durchdenken. Vielleicht sah ich dann klarer. Denn jetzt, Kleid und Aufmachung hin oder her, war ich wieder ich und musste dringend zu Rayn!

23

Um Haaresbreite

Die sonst undurchdringliche Maske war von Rayns Gesicht abgefallen. Das brachte wie eine Wandlung den echten Rayn zum Vorschein und zeigte, dass er litt. Er erinnerte mich in dem Moment stark an den kleinen Jungen, der so verloren vor den beiden Pfählen gestanden hatte, an denen seine Eltern gestorben waren.

Bleich lag er mit geschlossenen Augen in einem funktionalen Bett auf der sterilen Krankenstation. Alles war weiß, gewienert und roch nach Krankheit, oder wohl eher nach den Medikamenten, die hier den Patienten verabreicht wurden. Es stand nicht wirklich gut um Rayn – seinem Aussehen nach zu schließen.

Ich konnte den Schmerz, den er verspürte, der sich auf seinem Gesicht widerspiegelte, nachempfinden. Das Gefühl der inneren Zerrissenheit, das ihn heimsuchte, weil alles wieder hochkam. Weil das Schmetterlingsgift bei ihm Halluzinationen ausgelöst hatte und er wieder Zuschauer des Todeskampfes seiner Eltern gewesen war. Weil diese Wahl ihm das schlimmste aller möglichen Leiden noch einmal hatte durchleben lassen: Sie noch einmal sterben zu sehen. Sie noch einmal gegen die Qualen der Magie ankämpfen zu sehen, auf dass sie schließlich verloren.

Ich wusste nicht, was ich sagen konnte, dass es besser machen würde – gar ungeschehen. Denn da gab es nichts. Nichts, das nicht einer Lüge gleichkam.

Er wusste es.

Ich wusste es.

Außerdem wollte ich ihn nicht wecken. Also schwieg ich, beobachtete nur seine schlafende Gestalt.

Bei ihm hatte das Gift in einer höheren Dosis auf sein Bewusstsein gewirkt als bei mir und die Halluzinationen, die es ausgelöst hatte, waren immer heftiger geworden, hatte mir Miss Puttin verraten. Die Bedienstete hatte mich direkt hinter meiner Tür auf dem Flur abgefangen, als hätte sie bereits auf mich gewartet. Ich hatte nicht gefragt und sie hatte schlicht gemeint: »Er liegt auf der Krankenstation. Ich bringe dich hin.«

»Halluzinationen aus seiner Kindheit«, hatte sie weiter bezüglich seines Leidens gesagt und mir nicht mehr in die Augen blicken können. *Ganz offensichtlich an die schlimmsten Momente seiner Kindheit. Oh Rayn.* Erst das Gegenmittel auf der Krankenstation hatte ihn erlöst und um Haaresbreite vor dem Gifttod bewahrt. Sein letztes Aufwallen, sein verzweifelter Einsatz der Kräfte, um ihn aus dem Schmetterlingshaus und damit der Aufgabe zu katapultieren, hatten ihm tatsächlich das Leben gerettet.

Denn die ungeschriebenen Regeln der Wahl besagten, dass ein Kandidat sich selbst aus der Aufgabe freikämpfen musste. *Wie*, war nicht festgeschrieben. Selbstredend wurde eine erfolgreiche Beendigung gutgeheißen. Schaffte man es aber nicht von allein, den Ort des Geschehens zu verlassen, wurde man seinem Schicksal überlassen. Leben oder Tod, das machte keinen Unterschied. So simpel. Und so traurig. Denn das war es, was den meisten den Tod brachte.

Rayn war damit ein Sonderfall, da er aufgefangen worden war. Vermutlich, weil sich keiner mit dem unweigerlichen Skandal hatte auseinandersetzen wollen, der aufgekommen wäre, wenn Rayns Körper in einer der Straßen Washingtons vom Himmel gefallen und infolge der Verletzungen durch den Sturz quälend langsam verendet wäre.

Das wäre dann doch zu nah an tatsächlichem, real greifbarem Leid gewesen, dachte ich verbissen. Solange alles irgendwo weit weg von den Menschen stattfand – nicht real für sie war, wenn sie nicht daran vorbei laufen mussten –, schauten sie es sich liebend gern an. Genossen das Spektakel geradezu. *Stünden sie dort, in den Arenen der Aufga-*

ben; würden sie sehen, wie vor ihren Augen Menschen zugrunde gingen, würden sie es immer noch feiern? Sich daran laben? Es genießen?

Ich glaubte nicht. Ich hoffte für das Volk, dass es dann, im Angesicht all des Grauens, allein ob der Vorstellung, dass es sie sein könnten, die an unserer Stelle dort mit all den Schrecken ringen mussten, Milde zeigen würde. Betroffenheit. Echte angebrachte Gefühle. Nicht den Abklatsch der ihnen anerzogenen Schaulustigkeit, die die Gilden und der Kaiser förderten.

Gerade Missy Verovena, die ich als diejenige unter den Oberhäuptern eingeschätzt hatte, die dem gewöhnlichen Volk am nächsten war, hatte sich als wahres Monster entpuppt. Vielleicht bereute sie ihre Entscheidung bezüglich des Szenarios der Aufgabe, war deshalb so streitlustig bei meiner Beurteilung gewesen. Vielleicht schämte sie sich. Doch es reichte manchmal nicht, etwas nur für sich zu bereuen. Manchmal musste man die Reue leben, um seine Schuld zu sühnen. Davon war ich überzeugt und ich sah noch nicht, dass sie auch nur irgendetwas sühnte.

Vorsichtig strich ich Rayn über den Kopf.

Er hatte die Lider geschlossen, seit ich von Miss Puttin auf die Krankenstation geführt worden war und mich an sein Bett gesetzt hatte.

Bedrückt entwich mir ein Seufzer. Selbst da die Hausdame damit im Prinzip offen zugegeben hatte, dass mein Zimmer anscheinend rund um die Uhr abgehört wurde, schockierte mich das nicht. Irgendwie hatte diese Aufgabe den Fokus in meinem Leben verändert.

Wichtig war heute nicht mein Hass auf Sinessa, den Kaiser oder das System. Wichtig war, zu überleben. Wichtig war, dass die Menschen, denen ich mich verbunden fühlte, lebten. Und diese Prioritäten würden bis zum Ende der Wahl so bleiben. Sollte ich das Ende erreichen, würde ich den ganzen sorgsam in mir gehüteten Hass entlassen, indem ich mit allem, was ich hatte, gegen die Obrigkeit kämpfte.

Diese Wahl formte nicht nur einen Regenten. Sie schuf mächtige Feinde des Systems, die aus dem Leid, den Qualen und den unsinnigen Aufgaben geboren nicht nur starke Magicians geworden waren, sondern auch Menschen mit Erinnerungen, die sich nie wieder würden auslöschen lassen. Das hatte die Kandidatin mit dem Haarknoten bereits ganz zu Anfang, im Speisesaal, richtig erkannt.

Mächtige Erinnerungen, die sich eines Tages gegen die Veranstalter all dessen richten würden.

Doch ich glaubte zu wissen, dass der Kaiser diesem Tag entgegenfieberte. Er hatte die Tatsache, dass seine Regentschaft nicht nur Wohlwollen schuf, anscheinend schon lange erkannt, wie ich aus Lins Erzählung entnommen hatte. *Doch warum änderte er nichts an den Lebensbedingungen des Volkes? Warum hatte er Sinessa all die Jahre toleriert? Warum setzte er die Elite der californischen Magicians dieser Wahl aus?*

Die Sphinx in mir regte sich wie ein eingesperrtes Tier. Sie hatte Blutdurst. Labte sich an der Vorstellung, was ich alles tun könnte.

Ich beruhigte sie, denn ich wusste es besser: Momentan konnte ich nichts tun. Die Wahl war in vollem Gang und ich war das Mädchen aus Glasturm No 20. Auch wenn ich vieles von ihr hinter mir gelassen hatte, so würde ich mich doch immer an meine Wurzeln erinnern. Sie waren es, die mich besonders machten. Die mich zu mir machten. Nicht meine Magie, nicht die Sphinx, der Phönix oder sonst irgendwas. Mein Leben hatte sich hauptsächlich in Glasturm No 20 abgespielt. Ich gehörte zu den Menschen dort. Zum Volk. Und das würde ich mir nie nehmen lassen! Ich wollte keine Gleiche unter Gleichen sein. Keine Magicia unter Magicia. Ich wollte das Mädchen aus dem Glasturm sein! Und ich würde es immer bleiben. Mit meiner Magie, mit der Sphinx und dem Phönix und vielleicht eines Tages einem Mann an meiner Seite. *Wenn ich die restlichen Aufgaben überlebte.*

Ich sah zu Rayn und dachte an unseren Kuss in der Besenkammer zurück. *Meinen ersten Kuss*. Ein Lächeln legte sich auf meine Lippen. Ich wusste noch nicht, was das zwischen uns war. Es war nicht so intensiv wie meine Reaktion auf Ivan, obgleich war es stetig, beständig. Wie leichte Magnete pendelten Rayn und ich immer wieder umeinander herum. *Konnte mehr daran sein, als ich angenommen hatte? Sollte ich … Wäre es klug … mich auf Rayn einzulassen?*

Grübelnd ließ ich meine Hand von seinem Kopf zu seiner Stirn wandern. Er war noch immer heiß. *Nicht gut.*

Ich überlegte, Hilfe zu holen. Den roten digitalen Notrufknopf auf dem Display links von mir zu drücken, doch flatterten in dem Augenblick Rayns Wimpern.

Gebannt beugte ich mich näher. Wollte kein einziges Heben der zarten schwarzen Begrenzung seiner Lider verpassen.

Seine Lippen entblößten die Spitze seiner Zunge, die sich gleich darauf zurückzog. Er schluckte. Es sah mühsam aus.

Schnell griff ich nach dem Wasserglas auf dem kleinen Tischchen neben mir, das eigentlich für mich gedacht war, und setzte es ihm an die Unterlippe.

Er schluckte gierig, bis nichts mehr darin war und ich das Glas wieder absetzte.

Ein einzelner Tropfen perlte rechts von seinem Mundwinkel zu seinem Kinn. Ich wischte ihn mit dem Daumen meiner freien Hand fort. Dann packten plötzlich warme Finger mein Handgelenk. Ich erstarrte.

Überraschung und Furcht schwebten wie eine Wolke über meinen Gedanken. Etwas in mir war unglaublich froh, als ich sah, dass es Rayns Hand war und er schon wieder so viel Kraft hatte. Andererseits fragte ich mich, ob das Gift ihn verändert hatte. *Würde er noch der gleiche Rayn sein? Wäre ich überhaupt imstande, den Unterschied zu bemerken? Kannte ich ihn dafür gut genug?*

Erstaunlich stark packte er weiterhin zu.

»Rayn?«, fragte ich leise. *War er wach oder im Delirium? Hielt er mich womöglich für einen Angreifer?*

»Phinchen …« Das Wort war so leise, dass ich mir erst nicht sicher war, ob er es wirklich gesagt hatte. »Phinchen.« Nach der Wiederholung war ich mir bombensicher. *Er sagte den Spitznamen, den er mir gegeben hatte. Er wusste, dass ich an seinem Bett saß.*

Erleichterung brach sich in mir Bahn. »Ich bin hier, hier bei dir«, versuchte ich ihn zu beschwichtigen. Er durfte sich nicht aufregen, hatte die Krankenschwester gesagt. Streng war ich von ihr gemustert worden. Erst Miss Puttins Fürsprache hatte mich zu Rayn ans Bett gebracht.

Ich beugte mich näher zu ihm.

Aus müden Augen, in denen sich die Last der ganzen Welt widerspiegelte, sah er mich an. »Lerne es zu beherrschen oder sie werden dich eines Tages beherrschen«, flüsterte er. Seine Schmerzen ließen ihn japsen. Die sonst elektrisierten Spitzen seiner Haare hingen schlaff herab. Auch das üblicherweise kräftige Braun wirkte stumpf und farblos.

Mein Herz quoll über vor Mitleid. »Was, Rayn, was?«, fragte ich leise nach.

»Das Spiel«, antwortete er mit rauer Stimme, dann fiel er in einen tiefen Schlaf.

Bedauern ließ mich tonlos seufzen. Bedauern darüber, dass ich ihm nicht helfen konnte, und Bedauern darüber, was er durchleiden musste. Ich strich ihm ein letztes Mal übers Haar. Wachte einige friedvolle Minuten über seine gleichmäßigen Atemzüge, indes ich darüber sann, dass Rayns Worte sich mit dem deckten, was auch Ivan zu mir gesagt hatte.

Ich verstand beide. Doch hörte für mich ein Spiel dort auf, wo der Spaß aufhörte. Und dieses Spiel hatte für mich gar nichts mit Spaß zu tun. Ich würde es eher mit dem taktischen Vorgehen eines Guerillakrieges zwischen Landminen, tödlichem Getier und der düsteren Verschleierung des Weges durch einen Dschungel aus Lügen und Masken vergleichen.

Noch war die Machete meiner Kräfte erst geschmiedet worden und nicht geschärft. Noch wusste ich nicht richtig mit ihr umzugehen. Doch schon bald würde sich das ändern und die Schneise, die ich durch all die Lügen schlagen würde, wäre hoffentlich groß genug, um mein ganzes Volk aus den Tiefen dieses Dschungels, den Sinessa und der Kaiser so fleißig hegten und pflegten, zu befreien.

24

Topkandidatin des Volkes

Hach, wie ich das liebe!« Pomio stöckelte durch die Menge der übrigen Kandidaten, die sich heute alle, bis auf Rayn, im gleichen Raum versammelt hatten, in dem schon das Fotoshooting stattgefunden hatte. Der riesige rosafarbene Tüllhaufen, den die Moderatorin als Kleid trug, bauschte sich um sie und raschelte bei jedem Schritt. Das kleine rosa Hütchen auf ihrem Kopf wurde von einer schwingenden weißen Feder geschmückt.

Rayn lag leider unverändert auf der Krankenstation.

»Es wird noch mindestens einen Tag dauern, bis er sich einigermaßen erholt hat«, war mir gestern bei der Verabschiedung von der Krankenschwester gesagt worden. *»Dann wird er auf sein Zimmer verlegt. Das heißt aber nicht, dass er wieder wie ein junges Fohlen durch die Gegend hüpft«*, hatte sie mich vorgewarnt. *»Mit einer Vergiftung, besonders einer Blutvergiftung des ganzen Körpers, ist nicht zu spaßen.«*

Immerhin kam er so um die Kandidaten-Interviews herum.

Mich wunderte ja, dass sie uns nicht noch einen Catwalk entlanglaufen ließen. *Schön an Leinen, wie es den dressierten Tieren zustand, die sie hier aus uns machten,* dachte ich sarkastisch. *Es glaubte doch keiner hinter den Bildschirmen ernsthaft, dass wir tatsächlich unsere persönliche Meinung vertreten würden, wenn wir von Pomio interviewt werden würden?* Sinessas sowie des Kaisers Einstellung zu gewissen

Themen war weithin bekannt. Und unser Leben war uns inzwischen noch kostbarer geworden, dafür hatten die Aufgaben gesorgt.

Nachdem Rayn das Schmetterlingshaus hinter sich gelassen hatte, war noch eine weitere Kandidatin darin umgekommen. Eine, die vermutlich nach der auf die Aufgabe folgenden Wahl sowieso ausgeschieden wäre, weil sie zu wenig aufgefallen war. Umso trauriger. Und obwohl ich nicht einmal wusste, wie der Tod sie ereilt hatte, weil Sama und Neves keine Details herausgerückt hatten, nachdem sie es über Lis Projektion gesehen hatten, während ich bei Rayn gewesen war, so war ich doch sicher, dass auch ihre Qualen unmenschlich gewesen sein mussten. Damit waren inklusive mir für die restlichen beiden Aufgaben dreizehn Anwärter auf den Regentenposten übrig geblieben. Doch es hatten durch die Abstimmung des Volkes weitere Kandidaten das Schloss verlassen müssen. Die Anzahl war an diesem Punkt der Wahl noch nie so niedrig gewesen. Die einst fünfundzwanzig Kandidaten waren unter die bedenkliche Grenze von zehn ausgedünnt worden.

Keine Aufgabe hatte je so viele Leben gekostet wie die letzte. Eigentlich müsste das schon ausreichen, um zu alarmieren. Es wirkte aber keiner alarmiert; keiner außer uns Kandidaten. Der Schock saß tief bei jedem einzelnen. Nicht eine Unflätigkeit, Zote oder auch nur ein dummer Spruch waren heute bisher ausgetauscht worden.

Der Raum schmückte sich mit unangenehmer Totenstille, die mir die Haare im Nacken zu Berge stehen ließ. Nervosität brachte innerlich meine Nervenenden zum Glühen. Immerhin wachte Sama an meiner Seite und Neves thronte golden glänzend auf meiner Schulter. Auch wenn weder Rayn noch Ivan da waren, war ich so doch in Gesellschaft von Freunden, inmitten der Menge aus Feinden. Leider konnten die Fabelwesen das Interview nicht für mich übernehmen. Sie durften dabei sein – vermutlich, weil die Zuschauer danach gierten, sie zu sehen –, sprechen musste allerdings ich allein. Entsprechend trocken war meine Kehle und in gleichem Maße voll war mein Kopf von all den zurechtgelegten Antworten.

Mal sehen, ob ich eine von ihnen gebrauchen konnte und würde.

Ich wünschte mir, dass vor den Interviews noch ein Gespräch mit Ivan stattgefunden hätte. Wünschte mir, dass er als mein Coach vielleicht bestimmte Themen mit mir durchgegangen wäre – mich vorbereitet hätte. Doch Ivan hatte sich seit der letzten Aufgabe nicht blicken lassen. Also musste ich das hier allein durchstehen.

Nur Pomio schien sich in Vorfreude zu ergehen, uns gleich ihre vorbereiteten Fragen in die Ohren zu säuseln. Ich war mir sicher, sie waren alle kreativ und gleichzeitig nur darauf aus, ein perfides Ringen mit uns zu beginnen. Uns zu quälen, um den Zuschauern etwas zu bieten.

Die Moderatorin setzte auf starke Emotionen. Trauer, Hass, Wut, Liebe, Freude und was immer jemanden dazu brachte, aufzuspringen, auszurasten, laut loszulachen oder in schicksalhafte Tränen auszubrechen. Sie wollte es spontan und echt, erst dann war sie zufrieden.

Aber gerade das barg die größte Gefahr. Keiner hier wollte sich brüskieren, wollte ein Fitzelchen dessen, was er wirklich dachte – oder gar sein Innerstes –, entblößen. Gleichwohl würden es einige tun; hier, heute, vor den anderen Kandidaten und dem Volk.

Jeder würde es sehen.

Jeder würde es wissen.

Die Schmach wäre unermesslich, dessen war ich mir sicher. Das wahrhaft Spannende am heutigen Tag würde also darin liegen, zu sehen, wen es treffen würde. Wer unter Pomios spitzer Befragung einknicken würde. Wer ihren Verhörkünsten erliegen und etwas Unerwartetes von sich preisgeben würde. Bis dahin hieß es, sich in Geduld zu üben und ruhig zu bleiben, um nicht selbst die- oder derjenige zu werden.

Wieder standen Erfrischungen auf Tischen an der einen Seite bereit. Doch statt der Baldachine der Gilden war nun ein Set mit zwei bequemen Sesseln und einem kleinen Tisch, der die Distanz dazwischen nicht zu groß wirken ließ, aufgebaut. Es war die perfekte Interviewsituation.

Wenn ich am Abend des California-Balls noch gedacht hatte, dass wir einzeln interviewt werden würden, so war das durchaus richtig gewesen; dass die anderen Kandidaten jedes Wort, jede Geste mit Argusaugen verfolgen würden, weil wir schlicht alle während der Interviews im selben Raum weilten, hatte ich aber nicht erwartet.

Ich zippelte an meinem blauen Kleid. Rückte eine einzelne Naht zurecht.

Nachdem ich darin wieder in meiner Menschengestalt die Augen aufgeschlagen hatte, war ich überzeugt davon, dass das ein Zeichen sein musste. *Ich gehörte zu den Gulets. Und das würde ich zeigen.* Das mochte Sinessa vielleicht ungeheuerlich finden, Sir Isaac hatte jedoch die Entscheidung getroffen. Ihm allein gebührte sie. Und ich ehrte ihn heute, indem ich Blau trug. Kein Rosa, kein Pink, kein Rot. Keine der weiblichen Farben, die in California auf den Straßen zu sehen waren. Ich war über den Punkt hinaus, dass es mich kümmerte zum zweiten Mal das gleiche blaue Kleid zu tragen – da sie mir kein anderes gaben. Ich war eine Frau, ja. Aber ich trug die Farbe der Männer mit Stolz!

Wir waren alle gleich. Wurden alle gleich geboren, hatten unterschiedliche Geschicke, doch die gleichen Bedürfnisse und Fähigkeiten. Hunger, Durst, Laufen, Lieben … *Warum wurde aus etwas Einfachem etwas Kompliziertes gemacht, indem man unterschied? Wozu dieses gesellschaftliche Konstrukt?*

Wieso sollte eine Frau weniger wert sein als ein Mann? Wieso sollte sie weniger verdienen? Wieso sollte überhaupt zwischen den Geschlechtern unterschieden werden, wenn es doch auch so viele gab, die sich nicht klassisch einordnen wollten? Wieso erschuf Sinessa Zwänge an Stellen, an denen gar keine vonnöten waren?

Ich war eine Frau. Vielleicht war ich noch nicht so stark wie einige der männlichen Kandidaten. Vielleicht würde ich nie so stark sein. Aber ich hatte eine verdammte Sphinx zu meinen Füßen und einen Phönix auf der Schulter. Ich hatte ein Herz, das für die Menschlichkeit schlug, und einen Kopf, der Recht von Unrecht unterscheiden konnte. Blau zu tragen setzte dem ein Zeichen. Vielleicht war das schon zu rebellisch – öffentlich die Farbe der Männer zu tragen.

Möglicherweise würde ich sowieso bei der vierten Aufgabe sterben, dann war es doch auch egal, dass ich mich heute erneut öffentlich zu meiner Gilde bekannte und damit die Herde des Widerstandes anregte, die Lin erwähnt hatte.

Seit gestern hoffte ich richtiggehend, dass es sie gab.

Seit ich Rayns blasses Gesicht gesehen und auf einmal begriffen hatte, dass es nicht nur um mein Leiden ging oder um das der Frauen. Ich war mehr als gewillt, geradezu erpicht darauf, etwas zu ändern. Die Saat der Zweifel, der Möglichkeiten und Unrechtmäßigkeiten in die Köpfe des Volkes auszubringen, das war heute meine selbst auferlegte Mission.

Von den anderen trug niemand die Farbe seiner Gilde. Ich fiel auf wie ein bunter Hund. Und vielleicht war es das, was Pomio dazu bewog, mich als Erste zu sich zu winken. Oder sie ging nach den Abstimmungsergebnissen des gestrigen Abends vor. Denn diese hatten mich wieder auf Platz eins gehoben. Mit neununddreißig Prozent der Stimmen. *Ein unglaublicher Wert.*

Fast zu sterben, um dann als wunderschöne Sphinx aufzuerstehen, schien die Massen zu begeistern. Mir hatte diese öffentliche Verkündung eher Zahnschmerzen bereitet, auch wenn sie vorerst gut für mich war.

Platz zwei hatte überraschend die braunhaarige Cuiny errungen – mit ganzen zwanzig Prozent. *Sie musste eine tolle Show geboten haben.*

Platz drei hatte ebenfalls überraschend der Berg von einem Mann, mit den leicht rötlich schimmernden Haaren, gemacht. Elf Prozent waren auf ihn entfallen. Ich hatte mich gewundert, weil er ein Gulet war. Jedoch hatte Sinessa hinzugefügt: *»Die wohl erstaunlichste Verteidigungstaktik des Tages, seine Haut vorausschauend mit einer gehärteten Schutzschicht aus Lehm zu überziehen, hat sogar mich überrascht. Sie war so simpel wie zielführend.«*

Ich hatte ihm stumm beigepflichtet.

Die übrigen dreißig Prozent waren in Teilen auf die restlichen neun Kandidaten entfallen. Von denen wiederum drei unter der Untergrenze gelegen hatten. *»Außerdem«,* hatte Sinessa verkündet, *»muss ich Ihnen noch eine traurige Mitteilung machen. Wenn Sie mitgerechnet haben, werden Sie bemerkt haben, dass noch ein Kandidat in dieser Aufzählung fehlt …«* Dann hatte er erläutert, dass der Kandidat, ein blonder Typ, während des gestrigen Abendessens vergiftet und somit ermordet worden war. *»Ein Opfer des Konkurrenzkampfes«,* hatte Sinessa gesäuselt.

Mir war der Blonde nie direkt aufgefallen. Hatte er jemals etwas in meiner Gegenwart gesagt? Trotzdem hatte ich mich unwillkürlich verkrampft. *Da überlebte er die Schmetterlinge, nur um etwas ins Essen oder Trinken gemischt zu bekommen? Das durfte doch nicht wahr sein!* Ich war froh gewesen dank Sama nicht mehr mit den anderen speisen zu müssen. Die Stimmung schien inzwischen zu ›arktisch‹ und das Menu zu ›Meuchelmord‹ gewechselt zu haben.

»Nun, bei dieser Wahl ist nicht alles erlaubt, aber manche glauben das wohl. Wir halten Sie auf dem Laufenden«, waren Sinessas Abschlussworte gewesen. *Was für ein scheinheiliger Molch! Schließlich hatte er auch bereits versucht, jemanden – nämlich mich – umzubringen.*

Trotzdem war er nach wie vor Regent – also brachte es nichts, sich aufzuregen. Allerdings war es wohl weiterhin ratsam, auf der Hut zu sein – auch vor den anderen. Inklusive mir und Rayn waren neun Kandidaten übrig geblieben, die zu den Interviews geladen worden waren. Ausgeschieden waren unter anderem der Typ mit den schwarzen Haaren, der am Anfang als Erster durch das Portal getreten war, und der Mann mit dem braunen, fast militärisch kurzen Haar, der wenig später, nach dem Berühren der Ayuden, die Krankenstation hatte besuchen müssen. *Und mich danach bloßgestellt hatte.* Um ihn tat es mir weniger leid. Insgesamt war ich einfach froh, dass Rayn noch da war. Das allein zählte.

Durchatmend lenkte ich meine Gedanken wieder auf die Gegenwart. *Jetzt sollte ich mich konzentrieren.*

Gemächlich schlenderte ich mit Sama und Neves zu der Moderatorin und ihrem Team nach vorne. Eine seltsame innere Ruhe überkam mich dabei, je näher ich zu den hellen Scheinwerfern gelangte.

Pomio erwartete mich neben ihrem Sessel stehend, schmallippig und dürr wie schon auf dem California-Ball. Große Diamanten funkelten an ihren herabhängenden Ohrläppchen mit den Steinen um die Wette, die sie sich über den Augenbrauen in die Haut hatte implantieren lassen.

Eine der größten Talkshows Californias zu moderieren, brachte einem wohl viel Ruhm und dadurch Gönner. Mehr als den Mindestlohn bekam sie schließlich nicht, denn sie war eine Frau. Nun, viel Glück brachte es wohl leider auch nicht, denn die Falten in ihrem Gesicht, die mit irgendwelchen Mitteln zu retuschieren versucht worden waren, wirkten wie das traurige Zeugnis eines angespannten Lebens.

Yasemine hätte das sicher besser hinbekommen. Der Gedanke kam überraschend und war ungewohnt. Ich schob ihn beiseite. Jetzt sollte ich meine Rolle spielen. Mich wieder an die Eiskönigin erinnern, die ich verkörpern wollte.

»Josephine Streisand.« Mein Name perlte von ihren Lippen. Die strahlend weißen Zähne, die noch mehr Diamanten enthüllen, als sie ein Lächeln aufblitzen ließ, blendeten mich. *Die Funkelsteine hatte sie am Ball aber noch nicht gehabt, oder? Waren die extra für diese Interviews aufgeklebt worden?*

»Pomio«, gab ich ebenso übertrieben herzlich zurück und beschloss, dass ihr Äußeres mein geringstes Problem war. In einer gezierten Geste streckte ich ihr eine Hand entgegen, als wären wir alte Freunde und sie nicht mein Todfeind.

Überraschung flackerte über ihr Gesicht. Noch lief keine der offiziellen Fernsehkameras. Dass wir trotzdem gefilmt wurden und damit zu jeder Zeit *Showtime* war, war für mich inzwischen selbstverständlich. *Für sie nicht?*

»Nun.« Unsicher ergriff sie meine dargebotene Hand. »Dann wollen wir uns zu den Sesseln begeben.«

Ich lächelte automatisch, auch weil ihr das Unbehagen meiner Berührung anzusehen war. Um ihre Contenance stand es eindeutig nicht so gut. Gleichwohl hatte sie mitgespielt. *Interessant.* Vielleicht konnte ich ja Pomio aus der Fassung bringen.

»Natürlich«, gab ich lammfromm zurück, nickte und glitt, mit den stummen Fabelwesen an meiner Seite, zu dem zweiten Sessel. Er war weiß. Vermutlich, damit sich keine farblichen Komplikationen für männliche und weibliche Kandidaten ergaben. Fast wunderte es mich, dass sie ihn nicht einfach jedes Mal tauschten. Aber diesen Irrsinn schienen sie umgangen zu haben.

Einer Königin gleich ließ ich mich würdevoll nieder. Neves spreizte während meiner Bewegung die goldenen Flügel, um das Gleichgewicht zu halten, dann schloss er sie wieder. Sama sprang nach kurzem Verharren auf die extrem breite Lehne des Sessels und positionierte sich dort wie eine waschechte Sphinx. Ihren Körper hatte sie hingelegt. Die Vorder- und Hinterläufe zeigten unter dem Löwenbauch gerade nach vorne. Ihr Kopf war hoch erhoben, die roten Augen glühten und ein katzenhaftes Lächeln, das nicht gerade freundlich wirkte, verlieh ihrem Gesicht eine kraftvolle Ausstrahlung.

Ich rückte mir mit der Hand das silberne Haarband in meinen blonden Strähnen zurecht, das ich vorher in einer der Schubladen im Bad meines Zimmers gefunden hatte. Dann war ich bereit und fixierte die Moderatorin.

Pomio hatte die Beine unter dem Tüllwust übereinandergeschlagen und schnipste nun mit ihrer knochigen Hand.

Eine Assistentin zählte von zehn abwärts.

Meine Sitzposition fühlte sich plötzlich unangenehm an. Mein Rücken tat weh, die Knochen meines Gesäßes schienen die Haut zu durchbohren. Ich wollte am liebsten hin und her rutschen. Natürlich unterließ ich es, denn ich wusste, dass mir einzig die Nervosität einen Streich spielte und meine Nerven reizte. Doch es war nicht einfach, das meinem Körper zu verklickern.

Obschon die Strahler immer unerträglicher wurden, durchflutete mich Erleichterung, als Pomio zu ihren einleitenden Worten ansetzte. »Saludo Sapiens! Saludo California! Heute habe ich eine Reihe ganz besonderer Gäste, die ich interviewen werde – nämlich die übrigen Kandidaten der californischen Regentschaftswahl 2086!« Sie lächelte breit und falsch.

Der Wahljingle ertönte.

Keinen Augenblick später begann das öffentliche Kreuzverhör.

»Miss Streisand, Sie werden momentan als Topkandidatin des Volkes gehandelt«, begann Pomio. »Was uns bestimmt alle am meisten interessiert, ist also: Wenn Sie die Wahl gewinnen, wie sähe Ihre Regentschaft aus? Für was stehen Sie? Was würden Sie verändern?«

Ihre Augen fixierten mich.

Ich stieß ein hoffentlich mädchenhaft klingendes Lachen aus. »Erst einmal: Es ist mir eine Ehre, hierzusitzen und von Ihnen interviewt zu werden. Ich glaube, viele da draußen können das nachvollziehen.« *Das war es für mich natürlich nicht.* Aber es brachte nichts, sie direkt gegen mich aufzubringen. Erst einmal wollte ich sie mit Schmeicheleien in Sicherheit wiegen. So wie mich diese gottverlassenen Schmetterlinge.

»Wenn man wie ich aus einem der Glastürme stammt, sieht man sich gern an, was ausgestrahlt wird, aber man glaubt nicht wirklich, dass man je ein Teil davon sein könnte. Nun bin ich es, wenn auch vielleicht nur für kurze Zeit. Trotzdem … dafür bin ich dankbar.« *Wer es glaubt, wird selig.* Aber sie nickte nur bestätigend mit dem Kopf.

Immerhin hatte ich jetzt einige Schlüsselwörter fallen lassen, die mir bei der nächsten Abstimmungsrunde der Wahl hoffentlich Sympathien und damit Prozentpunkte brachten, weil viele Menschen tatsächlich so dachten und fühlten.

Siehst du, Ivan, hätte ich schreien mögen, *ich halte mich an das, was wir einst besprochen haben.*

»Und genau da möchte ich ansetzen: Ich möchte das Volk vereinen. Ich möchte mehr Wohlstand schaffen. Ich möchte den Leuten in den Glastürmen helfen.« *Wenn das nicht humanitär formuliert war, wusste ich auch nicht.*

Ich setzte ein weites strahlendes Lächeln auf. Neves schwang, wie um meine Aussage zu unterstreichen, seine Flügel, aus denen goldene Funken stoben. *Ja, die Show war in vollem Gang.*

Pomio lächelte schmallippig zurück. Doch statt beeindruckt auszusehen, witterte sie anscheinend etwas. »Das klingt wahrhaft edelmütig. Nichts anderes hätten wir alle erwartet. Aber sagen Sie mir, Josephine, wie gedenken Sie das zu tun? Glauben Sie nicht, dass Sinessa und der Kaiser stets das Beste für das Volk im Sinn haben?« Sie setzte eine Pause, bei der ich mir am liebsten auf die Lippen gebissen hätte. *Oh ja, sie war geschickt. Das musste ich ihr zugestehen.*

»Glauben Sie, Sie könnten es besser als alle beide?«, setzte sie mir weiter zu.

»Ich glaube, es gäbe einen ganz einfachen Weg, den Wohlstand weiter zu vermehren.« Der Weg, den ich nun einschlug, war mutig. *Aber hatte ich nicht mutig sein wollen?*

»Einfach? Oh, wir sind ganz Ohr!«, ließ mich Pomio wissen. Der Tüll raschelte, als sie sich melodramatisch vorbeugte.

»Wenn Frauen für die gleiche Arbeit das Gleiche bezahlt bekämen wie Männer, müssten viele von ihnen nicht in den Glastürmen wohnen.«

»Aha! Aber warum haben diese Frauen denn keinen Mann, der sie ernährt? Wäre es nicht ganz einfach?! Sie müssten nicht dort wohnen, oder? Sie haben es selbst gewählt. Wollen sie also keinen Mann?« Pomios Stimme schnitt durch die Luft. »Aus welchem Grund – frage ich?«

Ich wusste genau, worauf sie hinauswollte. Sinessa bezweckte beziehungsweise verkaufte seine Lohnpolitik auch mit dem Hinweis auf die Geburtenraten, die nicht gerade hoch waren. Wobei das nicht eines gewissen Hohns entbehrte: Niedrige Geburtenraten waren schließlich gut, wenn das verfügbare Land immer kleiner wurde – wie bei uns. Er pochte trotzdem darauf, dass die Verluste durch die fortwährenden Naturkatastrophen und die noch immer nicht ausgeglichenen durch die Kriege vor fünfzig Jahren bereinigt werden müssten. *Für eine gesunde Zukunft Californias,* war sein Slogan. Dieser war nur ein Werkzeug, ein Mittel zum Zweck, um Frauen zurück an den Herd oder in althergebrachte Frauenberufe zu verbannen. Warum auch immer er Frauen so sehr hasste …

Meine Mutter hatte sich das nicht gefallen lassen. Vielleicht war ich deshalb anderer Meinung. Ich hatte absolut nichts gegen intakte Familien, hatte mir doch selbst immer eine gewünscht. Aber ich verstand nicht, warum der Mann eine stärkere Position innehaben sollte? Ich hatte selbst erlebt, wie fehlbar Männer waren. Immer und immer wieder. Genauso fehlbar wie Frauen. Ich erkannte nicht, was sie von den Frauen abhob, sie besser machen sollte. In meinen Augen war es eher andersherum. Aber das mochte an persönlichen Erfahrungen liegen.

»Und wenn sie sich nicht verheiraten wollen, vereinen wollen, keine Kinder wollen, wozu braucht die Gesellschaft diese Frauen dann?«, sprach Pomio indes einfach immer weiter.

Wow! Das ließ meine Gedanken stoppen. *Wir hatten 2086 – die Welt war rückständig wie nie.* Was mich aber am meisten schockte, war, dass sie immer rückständiger diesbezüglich wurde. Und Pomios Aussage trug dazu bei. Ihre Worte wurden von Millionen gehört, von Millionen geglaubt! Sie zeichneten das Bildnis der weiblichen Gebärmaschine. Sie, eine Frau! Solche Worte aus ihrem Mund … dem einer vertrockneten dürren Jungfer, um genau zu sein. Denn es war allseits bekannt, dass Pomio ihre Eigenständigkeit schätzte und weder Mann noch Kinder hatte.

Was für eine beschissene Doppelmoral! Half sie Sinessa etwa dabei, Frauen zu etwas abzustempeln, das sie nicht waren, um von ihm Narrenfreiheit zugesprochen zu bekommen und so ihre eigene Freiheit zu behalten?! Wie grausam und egozentrisch war das. *Hatten Männer es so geschafft, uns einst zu unterjochen? Bauten Diktatoren ihre Herrschaft aus, indem sie denen, die sie in der obersten Riege unterstützten, die Freiheiten boten, die sie allen, über die sie herrschten, nahmen? Vermutlich.*

Mir drehte sich schlagartig der Magen um. Das konnte ich so nicht stehen lassen. *Wenn nicht einmal mächtige Frauen wie Pomio für ihr eigenes Geschlecht kämpften, wer sollte es tun?*

Ein Feuerwerk der Gefühle tauchte jegliche klare Gedanken in mir in ein alles verschlingendes Rot. In meinem Kopf brannten die Sicherungen durch. Und dieser Umstand bewog mich dazu, das Folgende mit einer Kälte zu sagen, die ich noch nie von mir gehört hatte: »Nun, eine von ihnen könnte zum Beispiel Talkshows moderieren. Das scheint ganz gut bezahlt zu sein, denn vom Mindestlohn lassen sich kaum all die Diamanten kaufen, die mir gerade entgegenblitzen. Würde sie damit dem Volk nicht auch einen wahrhaft ehrenwerten Dienst erweisen, Pomio?«

Stille trat ein.

Keiner regte sich, nicht einmal Pomio.

Ihr Lächeln wirkte eingefroren wie ein Standbild. Ich hatte sie aus der Fassung gebracht. *Nur zu welchem Preis?* Das würde sich wohl gleich zeigen.

Ein schepperndes Lachen füllte schließlich die Gesprächspause. Es klang unecht und gekünstelt.

Sama richtete sich auf.

Ich lehnte mich zurück.

»Josephine, Ihr Humor ist unbezahlbar.« Pomios Stimme klang so gar nicht, als hätte sie meine Worte witzig gefunden. Allerdings waren wir live auf Sendung. *Was sollte sie schon sagen?*

Nachdem mir das klar geworden war, lehnte ich mich wieder vor. »Nun, California mag das reichste Land des Kaiserreiches sein, aber der Wohlstand könnte sich beträchtlich steigern, wenn mehr Menschen ihre Arbeitskraft und Produktivität einbringen würden, wenn es sich für sie lohnen würde, wie all die Frauen, die nicht arbeiten«, setzte ich hinzu und wartete gespannt.

»Vielleicht wollen sie nicht arbeiten?« Pomio sah erbost darüber aus, dass ich das Thema nicht fallen ließ.

»Vielleicht.« Ich nickte und erlöste sie damit. Meine Position war nun klar. Und ich war ganz froh, dass sie nicht den Schwachpunkt meiner Argumentation erkannt hatte. Nämlich, dass auch vieles teurer werden würde, wenn zum Beispiel die Niedriglohnjobs durch ordentlich bezahlte und damit für die Unternehmen teurere ersetzt werden würden.

»Nun gut … die Frage, die mir jetzt auf der Zunge liegt, ist eigentlich eine, die sich bei allen verantwortungsvollen Positionen stellt – aber eben auch konkret bei Ihnen. Männer genießen unbestreitbar Vorzüge, Frauen ebenfalls – beispielsweiße den in California exklusiven Vorzug der Elternzeit.« Pomios verschlagenes Lächeln ließ mich Böses ahnen. »Wer würde unser Land weiterhin zum Wohlstand führen und regieren, wenn Sie es sicher ebenfalls für angebracht halten, dass alle Frauen, selbstredend inklusive Ihnen, unabhängig von ihrer Position in Elternzeit gehen? Würden Sie California sich selbst überlassen? Drei Jahre lang einfach von Ihrem Recht Gebrauch machen?«

Das überrumpelte mich. Ich – tatsächlich Jungfrau – hatte noch keinen einzigen Gedanken an Kinder verschwendet.

»Wäre das nicht ein Grund, warum das Volk sich gegen Sie entscheiden sollte? Und lieber für einen Mann als Regenten – und ganz allgemein für Männer in den Führungsriegen, wie es gerade der Fall ist? Man hört bereits: Die Hochzeitsglocken sollen bald für Sie und den Kardinal läuten«, fügte die Moderatorin spitz hinzu.

Ich wusste genau, auf welchen Artikel sie anspielte. Und hätte ihn verfluchen mögen. Pomio rächte sich eindeutig dafür, dass ich sie gerade bloßgestellt hatte. Immerhin konnte ich mich nun darauf konzentrieren und vielleicht spielte es mir sogar in die Hände, auch wenn ich Ivan gerade den Hals umdrehen wollte – samt seiner Medienstrategie.

»Ja, die Gerüchteküche kocht ziemlich hoch, was?« Ich strich mir das Haar zurück. Versuchte, die Verliebte zu mimen und Pomio gleichzeitig mit Klatsch und Tratsch zu ködern. Vertraulich sah ich sie an, lehnte mich ein bisschen vor und senkte meine Stimme, als wäre es mir fast peinlich, den nächsten Satz einzugestehen. »Aber Sullivan ist ja auch ein stattlicher Mann und ich kann Ihnen sagen, er küsst himmlisch!«

Sie schnappte nach Luft.

»Über anderes …« Ich zwinkerte, was das Zeug hielt und versuchte, verrucht zu wirken. *Sollte sie denken, was sie wollte, nämlich dass ich über amouröse Abenteuer sprach.* »... möchte ich ungern in seiner Abwesenheit schwärmen. Nicht einmal bei Ihnen«, setzte ich süßlich hinzu. »Aber glauben Sie mir, unsere privaten Trainingsstunden sind äußerst ... anregend.« *Nicht.*

Sie starrte, als sei ich der Teufel persönlich. Oder die Verführung. *Vielleicht war sie prüde?*

Innerlich wieder aufs Beste unterhalten, gab ich mir nach außen den Anschein, als könnte ich kein Wässerchen trüben. Ich hob die linke Hand und strich Sama übers Fell. Ich hatte gesagt, was ich sagen wollte, und hatte Pomio gegeben, was sie hatte hören wollen – pikante Insights. *Zumindest fast.*

So hielten wir noch ein paar Sekunden unsere Position, während Pomio mit einem »Na, da würden wir nun wohl alle gern Mäuschen spielen. Eine junge Liebe! Hach, ein Segen und ein Fluch zugleich« endete und die Blitze der Kameras ein Standbild von uns festhielten.

Ich fragte mich dabei ironisch, *ob sie denn nicht schon alle genug Mäuschen spielten?* Hielt aber wohlweislich meinen Mund, denn ich hatte begriffen: Sie wollten mich mit Haut und Haaren.

Alles von mir. Meine Aktionen. Meine Emotionen. Mein Leben.

Und es gab kein Entkommen.

25

Weil er mir etwas bedeutete

Nachdem die Interviews beendet waren, wusste ich eines: Inzwischen schwelte Hass in fast jedem von uns. Hass gegen diese Wahl, gegen Sinessa und gegen den Kaiser. Die einen hatten es besser zu verbergen verstanden, die anderen schlechter.

In Rayns Namen hatte Helatius Horus ein paar nichtssagende Worte vor der Kamera geäußert. Nonchalant war er auf einmal, im Gelb seiner Gilde, in den Saal geschlendert und hatte Pomio wie eine enge Freundin begrüßt. Das Gleiche, inklusive zweier Wangenküsschen, schmückte die Szene seines Abgangs keine fünf Minuten später.

War das sein Erfolgsgeheimnis? Konnte einen die Berichterstattung vom Clown zum Helden und vom Helden zum Gefallenen erklären und die Leute glaubten es? Einfach so? Machten die Medien die Leute in Eterny zu etwas … oder zu nichts? Kam es nur darauf an? War Schein auch ›Sein‹?

Ich konnte Helatius ab dem Augenblick noch weniger ausstehen. Nicht, dass ich ihn davor gekannt und gemocht hätte, aber mit diesem Auftritt hatte er sich eindeutig bei mir ins Aus manövriert. Rayn hatte Besseres verdient. Eine flammende Rede als Fürsprache.

Für die wahre Überraschung hatte aber jemand ganz anderes gesorgt: Der Mann mit den eisblauen Augen und dem halbmondförmigen, blassen Gesicht. Phillipe Ranaan, wie ich nun erfahren hatte.

Denn der doppelt Begabte, der ihm so ähnlich gesehen hatte, war sein jüngerer Bruder gewesen.

Schon der Nachname, mit dem Pomio ihn angesprochen hatte, hatte mich aufhorchen lassen. Die Ranaans waren eine mächtige Familie mit großem Landbesitz. Sie beherrschten den Maismarkt Californias. Da Maisbrot, Maiskuchen und auch vieles andere Maisgebäck zu den Hauptnahrungsmitteln im Land zählte, war ihren Unmut zu erregen eine gefährliche Sache. Viele sprachen bereits seit Jahren von einem bedrohlichen Monopol, das die Ranaans innehatten. Besonders da die meisten der Ackerbauflächen vollautomatisch von Maschinen bewirtschaftet wurden. Die Kontrolle dieser oblag allein der Familie. Dass sie gleich zwei extrem magisch veranlagte Söhne hatte, brachte ihnen zwar nicht direkt die Regentschaft Californias, aber es hatte sie sicher schon vor der Wahl, nach dem Empfang der beiden silbernen Briefe, glauben lassen, dass es sich nur noch um eine Art Formalität handelte, diese zu erringen. Das erklärte für mich auch das arrogante Verhalten der beiden Brüder: Ihre Egozentrik und die Tatsache, dass sie mich nicht besonders mochten. Schließlich war ich eine Bedrohung für ihre Pläne. Jetzt war Samuel, Phillipes jüngerer Bruder, tot. Gestorben bei der letzten Aufgabe.

Eine Tragödie.

Und Phillipe hatte während seines Interviews in seiner ihm eigenen unangenehmen Art jede Menge böser Worte über das Wahlsystem und die anderen Kandidaten im Allgemeinen verloren.

Pomio hatte davon schlichtweg überfahren gewirkt. Wohl auch, weil Phillipes Macht um ihn getanzt hatte wie ein hochexplosives Fass Zunder.

Seine Trauer war echt gewesen. Doch sie war längst einer Wut gewichen, die selbst mich geängstigt hatte. Die wenigen Sätze, auf die das bisherige Geschehen der Wahl von ihm reduziert worden war, hatten Phillipe für mich nicht unbedingt sympathischer werden lassen, aber ich konnte seine Gefühle gut nachvollziehen und hoffte, dass eine mächtige Stimme wie seine Gehör fand. Dass es nicht noch mehr sinnlose Tode geben würde. Dass Zweiauge und Meister Lemary begriffen hatten, dass die Aufgaben, die sie stellten, nicht nur grausam, sondern auch raffiniert, kreativ, oder was immer ihnen einfiel, sein konnten.

Obwohl ich uns ungern in einen Topf warf, musste ich eingestehen: Phillipe und ich hatten heute etwas gewagt. Fragte sich nur, ob das Volk unseren Mut wertschätzen und in Zukunft honorieren würde.

Nachdenklich lief ich durch die Gänge des Schlosses und sinnierte darüber, dass doch keiner direkt das ganze System revolutionieren wollte. Es reichte, sich ein paar Zentimeter in die eine oder andere Richtung zu bewegen. *Was war so schwer daran? Warum brachten einem Andersartigkeit und neue Ideen Meereszauber ein, die einen ertränken wollten?*

Machthungrige Menschen waren wahrlich von Sinnen!

Entschlossen stapfte ich weiter. Sama lief schweigend vor mir, Neves weilte ebenso still auf meiner Schulter.

Irgendwann glaubte ich die Orientierung verloren zu haben, deshalb schloss ich zu der Pixie auf, überholte sie, beschleunigte meinen Schritt, um schneller hinter die nächste Ecke schauen zu können, und … stieß frontal mit jemandem zusammen.

Undamenhaft vor mich hin schimpfend wich ich zurück.

Meine Stöckelschuhe drückten unangenehm. Es waren wieder die mit den Riemchen. Ich rang um Haltung.

Neves schlug mit den Flügeln und krächzte wild. Seine Krallen hoben sich von meiner Schulter und richteten sich auf den Mann vor uns.

»Nicht!«, rief ich, als ich trotz meines chaotischen Hin und Her einen silbernen Ärmel erkannte. *Denn wer in Rovennas Namen sollte hier im Palast wohl silberne Anzüge tragen außer Ivan?*

Der hatte mir bei meinen verwirrten Gedanken gerade noch gefehlt.

Nichtdestotrotz stand er jetzt vor mir.

Ich musterte ihn. Die grünen Augen, den rötlichen Haarschopf, den Anzug und die silbernen Schuhe. Da war so viel Enttäuschung, die ich empfand. Da war so viel Schmerz, den sein Anblick meinem Herz bescherte.

Ich brachte kein Wort über die Lippen, dabei hatte ich doch eigentlich so viel zu sagen. Wieder lähmten mich meine Gefühle für ihn. Verwehrten es mir, mit ihrer Intensität offen und ehrlich zu sein. *Das konnte doch nicht gut enden?*

»Was hast du getan?«, riss mich seine wenig erpichte Stimme aus meinem persönlichen Drama.

Ich? Entgeistert trat ich einen Schritt zurück. *Er … Er war doch derjenige, der …!*

Sama schnellte beschützend hinter mir hervor und stellte sich zwischen uns. »Zügle dich, oder ich verspeise deine Extremitäten zum Nachmittagstee, Nasawab.« Es klang durchaus ernst.

Neves hatte sich inzwischen wieder auf meiner Schulter niedergelassen. Von ihm ging eine ungute Wärme aus. Doch um dieses Problem konnte ich mich jetzt nicht auch noch kümmern.

»Warum hast du von Politik angefangen? Das will keiner hören«, schnauzte Ivan mich völlig ungerührt an.

Ich starrte nur. So viel ging mir durch den Kopf. *Warum glaubte er, das Recht zu besitzen, so mit mir zu sprechen?* Er jedenfalls hatte sich jegliches Verständnis meinerseits eingebüßt.

»Du hast keine Ahnung davon. Oder hast du seit Neuestem Ökonomie studiert?«, legte er nach.

Jetzt kochte es in mir. *Das hatte ich selbstredend nicht.* Aber meiner Meinung nach brauchte ich das auch gar nicht. Denn der Kern der Dinge, um den es mir ging, hatte mit Gerechtigkeit zu tun und mit der existierenden Geringschätzung gegenüber Frauen, die ich unmöglich fand. Da das sonst niemand aussprach, obwohl es viele dachten, tat ich es eben. »Aber du hast Ahnung, ja? Du tanzt immer schön nach der Pfeife des Kaisers. Selbst Rayn ist selbstbestimmter als du! Du weißt genau, dass all das hier falsch ist. Aber du unterstützt es trotzdem!«, warf ich ihm vor.

»Du weißt nichts, gar nichts über mich.« Seine Stimme klang kalt. Distanziert.

Er wollte nicht getroffen wirken, ich sah es ihm trotzdem an. Er konnte viel vor mir verbergen. Aber seine Maske schien in meiner Gegenwart genauso ins Rutschen zu geraten wie die meine. Da war etwas zwischen uns. Etwas, das er verleugnen wollte. Doch totschweigen half da nicht. Darin war ich Experte – und man sah, wohin es mich gebracht hatte.

Dann erklär es mir, hätte ich am liebsten gesagt und ihn seltsamerweise gern umarmt. *Dummes Herz, das trotz aller rationaler Zweifel etwas für ihn empfand.*

Doch er drehte sich bereits weg und ließ mich wieder einmal stehen.

Ivan schien mehr dramatische Abgänge hinzulegen als jede Frau, die ich kannte. Dabei hatte ich Pomio doch auch die große Liebesgeschichte aufgetischt, so wie wir es vor der Schmetterlings-Aufgabe besprochen hatten. Das musste er doch gutheißen. Es hatte mich so viel Überwindung gekostet, nach allem, was vorgefallen war. *Ich verstand ihn nicht.* Heute hüh, morgen hott. Und ich zerbrach langsam an seinen Launen.

Weil *er* mir etwas bedeutete.

Weil *wir* mir etwas bedeuteten. Obwohl es nicht so sein sollte. Ich war wohl masochistisch veranlagt. Oder eine echte Idiotin.

»Feigling!«, rief ich ihm in einer Aufwallung von Wut hinterher. »Feigling!«, wiederholte ich gleich noch mal, weil es sich so gut anfühlte. So richtig und ehrlich – inmitten all dem Lug und Trug.

Überraschend drehte er sich um.

Ich konnte ihn gerade noch so sehen, seine Gesichtszüge erahnen, so weit war er bereits den Gang hinuntergeschritten. Jedes Wort blieb mir dabei in der Kehle stecken, nicht einmal ein Zischen entwich mir mehr und Schock bohrte sich tief in die Überreste meines geschundenen Herzens, als ich den Ausdruck auf seinem Gesicht wahrnahm.

Der stoische, der stolze, der überhebliche Ivan war gebrochen und das durch keine neue Verletzung, sondern eine alte, die ihn seit langen Jahren vor sich hin siechen ließ. Der hübsche Ivan zerbrach mit jedem weiteren Jahr innerlich mehr, während sein Äußeres aufblühte.

Seine unverhohlene Qual war plötzlich meine Qual. Doch verstand ich nicht, warum er nichts daran änderte. Ich verstand seine Entscheidungen und sein Handeln nicht. *War sein Leid nicht selbst gewählt?*

Seine Lippen bewegten sich leicht. Ich versuchte die Worte, die sie bildeten, zu erahnen. Fast fragend drifteten sie zu mir herüber. »Es tut mir leid?«

Da gab es so viel, für das er sich entschuldigen musste, dass ich nicht sicher war, ob diese paar Worte reichten. Ob sie die Kraft hatten, alles ungeschehen zu machen. Ob sie mir genug Kraft schenkten, um zu vergessen. Um neu zu beginnen. Um wieder Vertrauen zu fassen.

»Ich habe immer versucht, dich zu beschützen, auch wenn du es jetzt noch nicht verstehst – ich werde es auch weiterhin tun.«

Zwei Tränen sickerten aus meinen Augenwinkeln über meine Wangen. Räumlich genauso getrennt wie Ivan und ich. In ihrem Schicksal allerdings im selben betrüblichen Maße vereint.

Es war ein Sinnbild, das sich tief in mein Herz grub. Das mich schwanken ließ, als ich die Tränen fahrig mit der Hand wegwischte. Doch traten an ihre Stelle direkt zwei neue. Und immer weiter.

Ivan blieb, wo er war – genau wie ich.

Dass der Tränenfluss auf meinen Wangen nicht versiegen wollte, obwohl ich es ihm innerlich befahl, gab mir den Rest. Es zeigte, dass ich die Schlacht um mein Herz endgültig verloren hatte. Die Schlacht gegen meine Gefühle für Ivan. Ich war unumstößlich verliebt – vielleicht war es gar Liebe – und ich hatte keinen Schimmer, wie es mit uns weitergehen sollte.

26

Ich bin offiziell von Verrückten umgeben

Ich wankte tränenüberströmt zu meinem Zimmer. Zum Glück begegnete ich niemandem. Das war das einzig Gute an diesem vermaledeiten Schloss: Meist traf man auf keinen, wenn man durch die ewig gleichen Gänge lief.

Die Fabelwesen schwiegen wohlweislich. Dafür war ich dankbar. Es gab nichts zu sagen. Da war nur ich, die mit sich selbst fertigwerden musste.

Ich war am Leben, meine Mutter war am Leben – allen anderen ging es auch so weit gut, begann ich meine innere Litanei, um mich zu beruhigen. Irgendwie half dieses Wissen nur diesmal nicht so recht.

Ich schluckte schwer. *Liebe … mhm.*

Rational betrachtet war im Moment eigentlich alles halbwegs erträglich. Zumindest die Wahl. *Und war das nicht das Thema, das mich meistens beschäftigte? Warum konnte diese Information nicht bis zu meinem Herz durchdringen, das mir mein Leben mit jedem weiteren Schlag unerträglicher machte?*

Ich wusste weder ein noch aus.

So lag ich auf meinem großen Himmelbett in dem schicken blauen Kleid, den hohen Riemchensandaletten und heulte mir die Seele aus dem Leib. *Nicht gerade königlich.* Meine Hülle fühlte sich im gleichen Maße falsch an, wie es die von Ivan war. Gleichzeitig wünschte ich mir, dass der neuartige Schmerz aufhören würde, doch es tat einfach immer weiter weh. *Wie gemein war das denn?*

Im Hintergrund hörte ich irgendwann die Fabelwesen diskutieren. Ich bekam ihre Unterhaltung nur am Rande mit. Mich hatte eine seltsame Lethargie gepackt. *Liebeskummer*, bestätigten die kümmerlichen Reste meines Verstandes, die noch arbeiteten.

Stumm lag ich da und starrte Löcher in die Luft. Unbewusst spitzte ich trotzdem die Ohren.

»Sag es ihr.« Sama klang hart. Unerbittlich. »Sie muss es *jetzt* wissen. Es wird sie ablenken und wieder aufrichten. Sie kann es sich nicht leisten, sich gehen zu lassen und wegen ihm alles zu verlieren. Das ist er nicht wert.«

Ich stierte in ihre Richtung. Meine durch das Weinen angeschwollenen Augen machten es mir schwer, etwas zu erkennen. Unregelmäßig hallte mein Herzschlag in meinen heißen Ohrmuscheln wider. In mir tobte noch immer der Sturm, der sich Ivan schimpfte. Und *schrecklich* war er tatsächlich. *Deshalb musste ich ihn loswerden und das ging am besten mit Ablenkung*, belehrte ich mich selbst. Also kniff ich die Lider zusammen, um mein Sehvermögen zu verbessern. Dann sah ich – wie beabsichtigt – durch die Augen der Sphinx.

Glühend ruhten Samas Iriden auf Neves. »Die Zeit drängt.«

Der Phönix schrumpfte sichtlich unter ihrem Blick zusammen. »Sag du es ihr doch.« Er klang verzweifelt. Als wolle er sich um alles in der Welt vor dieser Aufgabe drücken.

Was war so schlimm? Was sollte er mir sagen?

»Nein. Und du weißt genau wieso!« Sama knurrte. *Sie knurrte!*

Das schreckte mich auf. Mit einem Ruck setzte ich mich hin. Sah zu ihnen. »Raus damit!« Meine Stimme klang so gereizt, wie ich war. Und obgleich all die Tränen meine Kehle zu einem Reibeisen hatten werden lassen, spürte ich nicht einmal den Schmerz, den die Worte verursacht hatten. Zu gespannt war ich darauf zu erfahren, um was es ging.

»Jetzt!«, wies Sama Neves so entschieden an, dass ihr Kopfschmuck schaukelte.

Sie wird ihn gleich rupfen und seinen schmalen kahlen Körper unter den goldenen Federn an einem Spieß rösten, um ihn sich genüsslich einzuverleiben, schoss es mir durch den Kopf. Keine allzu erbauliche Vorstellung.

Das schien auch Neves so zu sehen, denn er quetschte ein »Ja doch« hervor. Dann: »Es gibt da etwas, das du vielleicht wissen solltest; das aber sonst fast niemand weiß. Rovenna hatte einst einen nichtmagischen Bruder: Tekre.«

Er klappte den Schnabel vernehmlich zu. Die Worte hatten sich eher wie ein extrem langes, extrem genuscheltes Bandwurmwort angehört, so eilig hatte er es gehabt, sie loszuwerden.

Nun schauten mich beide Fabelwesen an, als sei dies der ultimative Zauberspruch gewesen und ich würde nun Rovenna weiß was tun.

Ich wiederholte die Information im Geist.

Rovenna hatte einst einen nichtmagischen Bruder: Tekre.

Und noch mal.

Rovenna hatte einst einen nichtmagischen Bruder: Tekre.

Und ein drittes Mal.

Rovenna hatte einst einen nichtmagischen Bruder: Tekre.

Mir blieb der Mund offen stehen. *Tekre – wie Tekre Streisand, mein Großvater? Wer sonst! Das erklärte alles!* Dass ich von Rovennas Linie abstammte, entzündete ein Leuchtfeuer der Hoffnung in mir. Rovenna war mein großes Vorbild. Ich verehrte sie nicht nur, ich bewunderte sie ob ihrer Kraft und Rechtschaffenheit. Sie hatte immer gewusst, was richtig und was falsch war. Hatte stets den Weg eingeschlagen, der hin zum Licht führte. Hatte für die Magicians und Menschen, vor allem aber für eine bessere Zukunft gekämpft.

Dass ich ihrer Linie entstammte, erklärte wohl doch das Leuchten der Ayuden. Ivan hatte also nicht nur gescherzt. Ich hätte mir in diesem Moment die Hand vor die Stirn schlagen können. Es hatte Hinweise gegeben. Hinweise auf so vieles. Und ich hatte keinen davon wahr- oder auch nur ernst genommen. Ich war viel zu sehr damit beschäftigt gewesen, mir einzureden, dass ich *nicht*magisch war und Ivan *nicht* mochte.

Herrgott, wie konnte man so verbohrt sein!

Die griechischen Pixiegene mussten von meinem Großvater stammen. Die Hydra, die Schlangen – alles Zeichen meiner Verbundenheit mit Rovenna. *Wie viele Magicia gab es schließlich, die speziell dieses Tier als ihr Wappentier trugen?* Und endlich, endlich erschloss sich mir auch ein Teil des Rätsels, wie meinem Großvater als Nichtmagician die Ehre zuteilwerden konnte, dass eine ganze Stadt nach ihm benannt worden war. Dass er besonders gewesen war und Großes geleistet hatte, das hatte ich immer gewusst. Rovennas Bruder gewesen zu sein, hatte ihn in den Köpfen der Menschen sicher noch weitaus mächtiger wirken lassen. *Aber wenn sie es gewusst hatten*, ermahnte ich mich, *wieso hatte es mir bisher keiner gesagt? Nie jemand darüber gesprochen? Weil Rovenna tot war? Oder weil es ein Geheimnis gewesen war? Aber warum?!*

Hatte meine Mutter es gewusst? Sie hatte stets mein Interesse an Rovenna gutgeheißen oder zumindest nicht unterbunden.

Mit schmalen Augen schaute ich zu Neves. »Woher weißt du das?«

Er senkte den Kopf. Als er ihn wieder hob, konnte er mir nicht mehr in die Augen blicken. »Siehst du«, sagte er stattdessen vorwurfsvoll zu Sama, »jetzt hast du ihr etwas in den Kopf gesetzt.«

Die Sphinx zog nur eine ihrer fein geschwungenen dunklen Augenbrauen hoch. Sie starrte ihn nieder und mir war, als würde sie ihn damit nonverbal auffordern, weiterzusprechen.

Aber was …

»Also … das würde ich lieber noch nicht verraten. Dafür ist die Zeit noch nicht reif«, stammelte Neves nun endlich an mich gewandt. »Aber es stimmt – vertrau mir.«

Ich seufzte. *Nicht schon wieder.* Dieser Satz brachte mich in naher Zukunft noch real und absolut nicht nur sprichwörtlich um. »Und wann ist die Zeit reif?«, fragte ich übellaunig. Meine Traurigkeit war wie weggewischt. Die Worte, die Neves in den Raum gestellt hatte, waren größer – bedeutender – als der Herzschmerz, den Ivan mir verursacht hatte. Sie änderten *alles.* Insbesondere meine Perspektive auf mich.

»Du wirst es wissen«, entgegnete Neves kryptisch, bevor er sich in die Luft erhob und wieder zu seinem Bettpfosten verzog.

Wundervoll. Einfach wundervoll. Warum flohen eigentlich immer alle, wenn ich Antworten wollte? »Und du? Hast du dazu auch nichts mehr zu sagen?«, brummte ich Sama an.

Die Pixie verzog den Mund. »Ich sehe, es hat gewirkt«, schnurrte sie mit einer Zufriedenheit, die ich ihr augenblicklich aus dem Gesicht kratzen wollte. Die Sphinx in mir war hellwach und bereit, auf Kreuzzug zu gehen.

Ich fühlte mich dermaßen hintergangen, dass mir niemand diesen kleinen, aber *verdammt noch mal* weltbewegenden Fakt früher gesagt hatte. Wusste aber gleichzeitig nicht, wen es zu beschuldigen galt. Wer diese Information noch besessen hatte. Die ganze verfluchte Stadt, in der ich mein bisheriges Leben verbracht hatte, war nach meinem Großvater benannt und keiner darin sollte von seiner Verbindung zu Rovenna gewusst haben? *Sama und Neves – hatten es gewusst. Rayn? Ivan? Meine Mutter?! Alle in meinem näheren Umfeld?*

»Jetzt sitz hier nicht rum und hadere. Begreife, welche Macht in dir steckt, und versuche sie zu trainieren, bevor die nächste Aufgabe ansteht. Neves hat dir das Geschenk des Wissens gemacht, vergeude es nicht durch vorgetäuschte Unwissenheit und falschen Stolz.« Damit richtet Sama ihren Schwanz auf, reckte hoheitsvoll den Kopf und stolzierte ins Bad.

Aaaalles klar.

Ich war offiziell von Verrückten umgeben. Und obwohl es die Verrückten gut mit mir meinten, sprachen sie mir definitiv zu oft in Rätseln. Genervt, aber doch auch ein bisschen zwiegespalten, ließ ich mich erneut rückwärts auf die Matratze fallen. *Jetzt galt es, sich den nächsten Schritt gut zu überlegen.*

27

Die Abordnung des chinesischen Kaisers

Halt!«, ließ mich die klare Stimme von Mr Chivree in der Bewegung erstarren. Um nicht auf irgendeine weitere Weise überrumpelt zu werden, drehte ich mich schnell um. Doch er stand nur da. Stocksteif und distinguiert wirkend. Wie immer im Pinguingewand, mit weißem Hemd und schwarzem Frack. Hinter ihm war derselbe Anblick eines leeren Ganges zu sehen wie hinter mir. Roter Teppich, weiße Vorhänge aus Spinnenseide, superedle Tapete, so weit das Auge reichte.

Was konnte er von mir wollen? Ich war bereits so an Miss Puttin gewöhnt, dass ich den Butler ganz verdrängt hatte.

Mein heutiger Plan lautete eigentlich, mich zu einem der Trainingsräume zu begeben und meine Elementarmagie zu trainieren. Entsprechend war ich zuvor in einen pinken Jogginganzug geschlüpft.

Tatsächlich mit Rovenna verwandt zu sein, ließ mich danach streben, so sein zu wollen wie sie. So mutig und mächtig. Das erste Mal in meinem Leben hatte ich das Gefühl, dass dies auch möglich sein könnte. Wenn ich es nur genug wollte, mich zusammenriss und anfing, eisern zu kämpfen, statt mein Schicksal dem Glück zu überlassen.

Mutig zu sein ließ sich schwerlich antrainieren – nicht in der Kürze der Zeit. Aber für das ›mächtig‹ konnte ich auf jeden Fall noch mächtig viel trainieren. »*Übung macht den Meister*«, hatte meine Mutter immer gesagt, wenn mir eine Schulaufgabe nicht geglückt war. Und hier sollte die Motivation ungleich größer sein, denn es ging nicht um Noten, es ging um mein Leben.

Rayn hatte mir schon nach der zweiten Aufgabe klargemacht, dass das Feuer mir eine große Hilfe sein konnte. Da sich anscheinend alles ums Kämpfen oder Überleben drehte, war ich mir einigermaßen sicher, dass es mir auch bei der vierten Aufgabe gute Dienste leisten konnte. Vorausgesetzt, ich beherrschte meine Gabe bis dahin. Das war mein Ziel. Das erste Etappenziel, das ich mir in Rovennas Namen gesetzt hatte.

Außerdem wollte ich später noch üben, mich in eine Pixie und wieder zurück zu verwandeln. Auch das konnte sicher hilfreich sein. Oder verschaffte mir ein kurzes Überraschungsmoment beim Gegner und die Sympathie des Publikums, das entertaint werden wollte.

Ungeduldig tappte ich mit der Fußspitze auf den Boden. Der dicke Teppich schluckte zu meinem Verdruss das Geräusch, indes räusperte Mr Chivree sich endlich.

»Bitte folgen Sie mir unverzüglich. Die Abordnung des chinesischen Kaisers ist gerade eingetroffen. Obschon sie nun …« Er verzog dezent eine Augenbraue. »… etwas zeitiger als erwartet ihre Ehre erweisen, sollten wir sie nicht unnötig warten lassen, um unsere Begrüßung anzubringen.« Steif nickte er mir zu. »Wie ich sehe, hatten Sie sich wohl gerade für eine Trainingseinheit bereit gemacht. Die Sphinx war so gütig, mir Ihren Aufenthaltsort zu nennen.«

An dem ich dank ihm und dem chinesischen Kaiser nie ankommen würde, dachte ich einerseits muffig, weil ich wohl nie physisch trainieren würde, da immer etwas dazwischenzukommen schien, andererseits neugierig.

Eine Abordnung des chinesischen Kaisers? Und das während der Wahl? Obwohl es nicht ungewöhnlich war, dass gerade California besucht wurde, mutete es für mich doch seltsam an. *Ging es um Produkte von Tekre Industries – entwickelten sie gerade etwas Neues? War meine Mutter deshalb zu beschäftigt, um mit mir zu telefonieren?* Es wäre nicht verblüffend, wenn sie sich einmal mehr in ihrer Forschung verlor. *Oder heckte Sinessa ganz andere Pläne aus?* Noch immer hatte ich im Hinterkopf, dass er seinen Regentenstatus nicht freiwillig aufgeben würde.

So viele Möglichkeiten.

So viele mögliche Intrigen.

Besonders seit dem Gespräch mit Lin überlegte ich krampfhaft, was Sinessa in Bezug auf den Ausgang der Wahl oder auch unseren Kaiser geplant haben könnte. Aber nun, nach den Interviews und Phillipe Ranaans öffentlicher Zurschaustellung seiner Rage, wäre es nicht verwunderlich, wenn dieser Besuch nur demonstrieren sollte, dass es keinen Nahrungsengpass geben würde. Selbst wenn die Ranaans sich dazu entschließen sollten, ihre Macht auszuüben.

Es war wie ein Schachspiel: Zug und Gegenzug.

Macht gegen mehr Macht.

Einfluss gegen Geld. Güter für die Welt.

Oder so ähnlich. Zumindest als trauriger Kinderreim taugten meine Gedanken. Nur dass den auch niemand wollte.

»Lassen Sie uns gemeinsam zu Ihrem Zimmer zurückkehren«, durchbrach die Stimme von Mr Chivree meine Gedanken. »Nachdem Sie sich umgekleidet haben, führe ich Sie und Ihre, äh …« Er stockte, schien nicht ganz so souverän um Worte zu ringen. »… Begleiter …«

Aha? Das Wort entlockte mir ein Lächeln. Denn es erstickte den aufsteigenden Verdacht in mir, dass er mich in Wahrheit vielleicht bereits zur vierten Aufgabe hatte bringen wollen, im Keim.

»… zum Regentensaal«, endete er wesentlich langweiliger als meine Fantasie und setzte sich bereits eilfertig in Bewegung.

Ich folgte ihm mit zwei Schritten Abstand, um ihn im Blick behalten zu können. Ich glaubte keinem mehr irgendetwas. Und ich misstraute insbesondere einem von Sinessa geschickten Bediensteten. *Was gab es schließlich Besseres, als das Volk mit weiteren Spielen vom Thema Brot abzulenken?* Allerdings mussten dabei die Fabelwesen zurückbleiben. Denn nur ich allein durfte meine Kämpfe bei den Aufgaben ausfechten. Dass sie nun sogar erwünscht waren, ließ mich darauf schließen, dass man tatsächlich vor Gästen mit ihnen protzen wollte. Es war unglaublich. Weder sie noch ich waren Maskottchen, doch wurden wir genau so behandelt.

Der Weg zu meinem Zimmer war schnell zurückgelegt. Verkniffen schloss ich die Tür vor Mr Chivrees Nase – ein bisschen Privatsphäre gebührte einer Frau schon beim Umziehen – und schaute mich rasch in den Schränken nach einer angemessenen Robe um. *Was für ein Kleid trug man zu einem Staatsempfang?* Ich seufzte. Selbstredend hatte ich noch nie einen besucht.

Schließlich konsultierte ich Li und versuchte gleichzeitig, Sama und Neves davon zu überzeugen, dass es sich zu beeilen galt. Denn wenn ich eines nicht wollte, dann, dass Mr Chivree mich in Unterhose sah, weil wir zu viel Zeit verschnattert hatten.

»Ich weiß es nicht«, sagte ich gerade zum vierten Mal zu Sama, während ich mit einem der rosafarbenen Puffärmel dieses Traums von einem Pudelkostüm kämpfte. Oder auch: meinem Kleid mit dem Label »Staatsempfang« auf dem Bügel. *Nun denn, im schlimmsten Fall würde die Abordnung in Gelächter ausbrechen, wenn sie mich erblickte. Aber Chinesen wurde doch nachgesagt, keine Miene zu verziehen, oder? Dann konnte es ja nur … noch schlimmer für sie werden.*

Ich schmunzelte innerlich.

Das hatte Sinessa sich ja fein ausgedacht. Mit diesem Kleid folterte er gleich zwei Parteien. Mich, die bereits jetzt am liebsten im Erdboden versunken wäre, und die armen Chinesen, die sich das Lachen verkneifen mussten, was sicher echter Folter gleichkam.

Ich schloss einen letzten Knopf auf Hüfthöhe des weichen Stoffes. Dann atmete ich erleichtert aus. Es war vollbracht. Ich steckte nun formvollendet inmitten dieses Ungetüms. Immerhin war das Kleid tailliert.

Fast ein wenig beschwingt – *vielleicht hatte ich doch eher eine sadistische Ader?* – winkte ich den Fabelwesen zum Aufbruch. »Sama, du wirst gleich all das herausfinden, was ich dir nicht beantworten konnte«, beschwichtigte ich die Sphinx.

Sie neigte hoheitsvoll den Kopf nach links und sah besänftigt aus.

Gegen die aufkommende Nervosität in meinem Bauch atmete ich weiter an. Ein. Aus. Eiiin. Auuus. *Sehr schön*, lobte ich mich selbst. Jetzt war ich fast fertig. Noch ein letzter Gang ins Bad und ein paar Bürstenstriche durch mein blondes Haar und schon eilte ich wieder in den Hauptraum.

In einer fließenden Bewegung klaubte ich Li vom Nachttisch, schaltete ihn aus und steckte den Nanobot in eine der Taschen meiner zahllosen Unterröcke.

Sama hatte sich inzwischen Ravenna sei Dank vom Bett erhoben und strich mir nun am rechten Rocksaum entlang. Neves ließ sich tonlos auf meiner Schulter nieder, als ich mich in rosa Heels aufrichtete und zur Tür stöckelte. »Neves«, wies ich ihn dabei streng an. »Heute bitte keine spontane Selbstentzündung!«

Es war Showtime. Die Eiskönigin in mir war offiziell zurück.

Mr Chivree erwartete uns wie versprochen auf dem Gang. Sein Blick legte sich wohlwollend auf mein Outfit – *vielleicht litten hier auch einfach alle an Geschmacksverirrung* –, dann zeigte er mir mit einer Handbewegung an, ihm zu folgen. Stumm tat ich wie geheißen und fragte mich, ob jeder der übrigen Kandidaten diese Einzelbehandlung erhielt. *Nun, es waren ja nur noch überschaubare neun,* erinnerte ich mich.

Schneller als gedacht erreichten wir dieses Mal über die breite Treppe, die ich nur am ersten Tag genommen hatte, um zu meinem Zimmer zu gelangen, die tiefer liegende Vorhalle und schließlich – auf gleichem Wege wie schon Ivan und ich damals – den Regentensaal.

Es kam mir vor wie ein umgekehrtes Déjà-vu. Der Tag, an dem ich diesen Weg genau in umgekehrter Reihenfolge gegangen war, war einer der folgenschwersten meines Lebens gewesen. Und doch hatte ihn inzwischen eine ganze Reihe von anderen, ebenso bedeutsamen Tagen in meiner mentalen Rangliste abgelöst.

Auch der Regentensaal sah aus, wie ich in ihn Erinnerung hatte. Vermutlich war er in den letzten fünfzig Jahren seit seiner Erbauung und Gestaltung nicht verändert worden.

Dort standen bereits die anderen Kandidaten zum Regentenstuhl hin Spalier, als warteten sie nur auf das Eintreffen der Delegation, von der ich angenommen hatte, dass sie bereits da war.

Hoheitsvoll reihte ich mich mit Sama und Neves am Ende der stummen Aufstellung ein. Da ich Rayn nirgends entdecken konnte und dementsprechend annahm, dass er noch immer zu schwach war, ging die Parade mit vier und vier zu jeder Seite tatsächlich auf. Mein Platz, der letzte freie Platz, verdammte mich dazu, neben Phillipe Ranaan zu stehen. Schnell wandte ich mich von seinen herausfordernd hochgezogenen Augenbrauen ab. *Ganz der Alte, was?*

Hast du denn nichts aus deinen eigenen Worten gelernt?, dachte ich fast verbittert. *Bist du wirklich noch genauso verbohrt und verblendet wie vor dem gestrigen Tag?*

Ich ließ meinen Blick ungläubig über all die anderen wandern, die genauso erstarrt wie er in blauen Anzügen und rosafarbenen Kleidern dem Kommenden harrten. Rosa, blau, rosa, blau – zierten wir zu beiden Seiten farblich synchron den Raum.

Mein Blick kreuzte den der Veritas, die heute einmal mehr ihre blonde Mähne in einen eleganten Haarknoten geschlungen hatte und einen selbstsicheren Zug um den Mund zur Schau trug. Sie stand mir direkt gegenüber. Hatte ein fließendes Kleid mit gewagt großem Ausschnitt an und eine Clutch in der Hand, die mich an den Puschel eines Riesenhasen erinnerte. Sama und Neves schienen sie nicht einzuschüchtern.

»*Samentha Burgeouis*«, hatte Pomio sie bei ihrem Interview genannt. Der Name war der Moderatorin dabei geradezu sinnlich von der Zunge gerollt und hatte mich an die Sprache eines der Länder in der Mitte der Landkarte denken lassen – die République Française. Einer der eigenständigen, selbstregierten Brocken Land, die sich nicht durch den Rat hatten unterbuttern lassen und noch den Naturgewalten trotzten. Wenn die Menschen dort – in den Freistaaten Europas – alle so von sich überzeugt, störrisch und absolut beharrlich waren wie Samentha, dann bewunderte ich sie.

Wir würden wohl keine Freundinnen werden, aber sie stand noch hier, im Gegensatz zu vielen anderen. Und sie hatte wohl bisher alles aus eigener Kraft geschafft und das mit nur einem leuchtenden Stein über dem Portal. Dem gelben.

Ihr Wille war ihre Waffe, sagte mir der störrische Zug um ihren Mund. Und ihre Disziplin und Selbstbeherrschtheit ihr Schild gegen Sinessa und den Rest der Welt. Wahrscheinlich war sie innerlich genauso einsam wie ich. Aber sie würde es im Gegensatz zu mir nie preisgeben. Würde sich nie hinter die Maske schauen lassen. Sie wusste, was sie wollte.

Ich wusste nicht einmal, wer ich wirklich war.

Das war der größte und bedeutendste Unterschied zwischen uns.

Da nickte sie mir plötzlich zu. Ihre Augen fanden die meinen, fixierten sie und die Sphinx in mir brach ungewollt hervor. Ich wusste nicht, was Samentha an sich hatte, das mich so in Aufruhr versetzte, dass meine Gefühle plötzlich zu denen der Sphinx werden ließ. Vielleicht manipulierte sie mich durch ihre Veritas-Gene. So oder so trafen nun ihre dunkelblauen, fast violetten Augen auf meine unverkennbar goldenen, die sich spürbar zu katzenhaften Schlitzen verengten. Sie zuckte mit keiner Wimper.

Ich nickte schließlich leicht zurück, ohne den Blickkontakt zu brechen, in der Hoffnung, dass das ein Zeichen der Wertschätzung war. Und siehe da, ein zartes Lächeln erschien am Rand ihres rechten Mundwinkels.

Leider sah ich nicht, wie es sich ausbreitete, da der typische Jingle ertönte, der auch schon die Bühne damals – am ersten Tag der Wahl – und dann die Interviewreihe beherrscht hatte. Nur dass dieses Mal nicht Sinessa den großen Auftritt hinlegte, wie ich mit einem Blick in Richtung des Regentenstuhls feststellte. Denn dieser war inzwischen, anders als bei meinem Eintreffen im Raum, belegt und der Regent, heute in silbernen Loafern und gelbem Leinenanzug, starrte ungeniert in meine Richtung. Mir lief es kalt den Rücken hinunter. *Was meinte er gesehen zu haben? Wie interpretierte er das unschuldige Nicken? War die Blonde jetzt durch mich in Gefahr, weil Sinessa denken könnte, dass sie mit mir sympathisierte?*

Mir bleib keine Zeit für weitere Mutmaßungen.

Samas lautes Fauchen brachte mich dazu, meine Aufmerksamkeit auf sie zu lenken. Erst jetzt wurde mir bewusst, dass auch Neves auf meiner Schulter immer mehr Hitze abstrahlte. *Was ging vor sich?*

Die Frage beantwortete sich schnell.

Eine kleine Gruppe war bei den Flügeltüren vorne im Saal aufgetaucht. Die gelb leuchtenden Augen begehrlich auf die Sphinx gerichtet, löste sich einer der Männer mit den blassen Gesichtern und den asiatischen Augen aus dem Pulk. Sein leuchtend rotes Gewand mit den goldenen Stickereien erinnerte mich an Neves, direkt vor seiner ersten Wiedergeburt aus der Asche. Die zahlreichen goldenen Reifen, die die bloßen Unterarme des Fremden schmückten, wiesen ihn als sehr wohlhabend aus. Sie klimperten bei jedem Schritt, den er auf Sama, und damit mich zu tat. Das schwarze Haar wirkte ähnlich dem der Sphinx. Er trug es jedoch in einem akkuraten Dutt, mitten auf dem Kopf. »Dà jiā hǎo«, sagte er an alle gerichtet.

Mich beschlich ein ungutes Gefühl, das meine Wirbelsäule vom Steißbein an immer weiter nach oben kroch. *Der Fremde versuchte gerade irgendeine Art von Magie anzuwenden,* schoss es mir durch den Kopf. Ich hatte keinen Anhaltspunkt dafür außer meine Intuition, war mir dessen aber ganz sicher. *Doch wozu? Und wieso?*

Vollkommen konzentriert versuchte ich meine Veritas-Gene zu aktivieren. *Es musste mir doch möglich sein, meine Fähigkeiten zu nutzen?*

Sama war die Sache eindeutig nicht geheuer. Sie hatte sich nun mittig einen Schritt vor meine Füße gestellt und zu ihrer vollen Größe aufgerichtet. Bald würde sie ihre Flügel öffnen, um mich abzuschirmen, das wusste ich. *So weit durfte es nicht kommen.*

Ich kannte zwar die Gebaren, Bräuche und Höflichkeitsriten der Chinesen nicht, doch war ich mir sicher, dass anfauchen, aufplustern, in Brand stecken oder Sonstiges nicht dazugehörte. Nun wünschte ich mir, Sinessa würde seine Macht demonstrieren, aber nein, den Gefallen tat er mir natürlich nicht. Wahrscheinlich amüsierte ihn das Geschehen zu sehr.

Mich in der Bredouille zu sehen musste toll sein.

Langsam wurden meine Augen vom vielen Starren trocken. Eine unsichtbare Hand drückte meinen Magen immer mehr zusammen und Neves' Krallen bohrten sich spitz in meine Schulter. Ohne es zu wagen, den Blick abzuwenden, versuchte ich mir vorzustellen, wie ein farbiger Schleier jegliche Magie um mich herum sichtbar werden ließ.

Erst meinte ich, meine Imagination hätte mir einen Streich gespielt, so real wuchsen plötzlich rote, durchscheinende Wolken aus der Luft und wurden immer größer. *War das Gas?* Dann erkannte ich, dass mein Wunsch wohl Wahrheit geworden war. *Konnte es so einfach sein?*

Ich blinzelte und die roten Wolken waren wieder weg. *Huch?*

Erneut konzentrierte ich mich darauf. Schuf ein Bild in meinem Kopf, das dann zu einem Bild in meiner Sicht wurde. *Es klappte!* Ich erkannte, dass die roten Wolken hauptsächlich von den Chinesen ausgingen, die sich wohl alle mit magischen Schilden umgaben. Ein paar blaue, gelbe und weiße Wolken waberten von rechts und links in mein Blickfeld. Sie stammten von den anderen Kandidaten der Wahl.

Dann blinzelte ich erneut. Durch den Moment der Unachtsamkeit waren die Wolken sofort wieder weg. Frustriert kniff ich den Mund zusammen. *Das war es also, was es zu üben galt.* Und obwohl ich nun stolz auf mich sein sollte, überhaupt eine neue Fähigkeit manifestiert zu haben, trieb mich die innere Unruhe dazu, es ein drittes Mal zu versuchen. Dieses Mal senkte ich den Blick auf den Boden vor mir und Sama. *Und tatsächlich!* Als die roten Wolken sich in meinem Sichtfeld bewegten, war die des Chinesen vor uns nur noch eine Handbreit von Samas Tatze entfernt. *Was würde passieren, wenn sie Sama berührte?*

In mir brüllte die Angst. Das Läuten der Alarmglocken meines Bewusstseins übertönte alles. Mein Herzschlag beschleunigte, während sein Widerhall mich doppelt anspornte. Ich schickte intuitiv eine blaue Welle gegen das Rot in meinem Sichtfeld. Und obwohl alles in meinem Kopf geschah, sah ich in dem Augenblick, bevor mir diese Sicht wieder verloren ging, wie meine Welle unerbittlich die rote Magie verdrängte, sie überschwemmte und mit sich hinfort zurück zu den Chinesen trug.

Was auch immer meine blaue Welle zu bedeuten hatte, aus was sie bestanden und ob außer mir noch einer das Farbenspiel wahrgenommen hatte, jetzt fühlte ich mich sicherer …

Der Mann vor mir machte ganz real einen Schritt nach hinten.

Stille erhob sich mächtig über unsere Köpfe. Vermutlich hatte sie bereits während der letzten Sekunden – denn nicht mehr waren vergangen – über allem gelegen, doch bemerkte ich sie erst jetzt. So sehr hatte mich das Ringen mit mir selbst in Anspruch genommen.

»Seid gegrüßt«, ließ sich nun Sinessa vernehmen. »Es ist mir eine Freude, Euch und einen Teil Eurer Berater in meinen Hallen empfangen zu dürfen.«

Der Regent erhob sich, wie ich nun mit einem schnellen Kopfdrehen sah, und trat ganz gemächlich durch das Spalier, das wir bildeten. Es war für ihn, nicht für die Gäste gedacht, wurde mir klar. Er hatte uns wie Höflinge zu seinen Füßen aufgereiht, ganz so, als wollte er uns schon jetzt auf unsere Plätze verweisen.

Und es wurde nicht besser.

»Sinessa!« Der Name klang am Ende seltsam verschluckt, als ihn der Mann vor mir mit Akzent aussprach. »Es war mir eine willkommene Geste, der Einladung zu folgen«, führte er in unserer Sprache aus. »Längst hätte ich es tun sollen, aber die Geschäfte führten mich dann doch immer nach Washington. Nun, diese Wahl wollte ich mit eigenen Augen sehen. Zumindest eine der Aufgaben, weshalb ich beschlossen habe, für die nächste zu kommen.«

Obwohl es im Raum angenehm warm war, fror ich augenblicklich. Die Stimme war nicht unangenehm. Aber sie schien in jede Ritze, jeden Winkel zu kriechen. Nistete sich in meinen Ohren ein und hallte noch nach, indes der Mann längst nicht mehr sprach.

Die Worte waren weise gewählt. Sie waren es nicht, die mir Unbehagen bescherten. Sie waren allzu menschlich. Die Stimme jedoch kündete von Macht und Willen. Von Altertum und Befehlsgewalt. Und genau diese Kombination ließ mich annehmen, dass vor mir nicht irgendwer stand, sondern möglicherweise der chinesische Kaiser höchstpersönlich.

Doch was hatte dieser mit Sinessa zu schaffen? Warum hatte unser Regent ihn eingeladen?

Man sollte meinen, die Wahl war das Einzige, was mich interessierte. Überleben das Einzige, das ich erstrebenswert fand, nachdem sie mich darauf abgerichtet hatten. Doch kroch mir ein Schauer der Verzweiflung den Nacken hinauf bis in meine Haarwurzeln, als ich begriff, dass dieser Mann vor mir einer der beiden mächtigsten Männer der Welt in 2086 war, und dass Sinessa alles versuchen würde, um ihn auf seine Seite zu ziehen, sich dafür allerdings nicht einmal Mühe geben musste, denn die Ausstrahlung der beiden war ebenso ähnlich wie verwerflich und widerwärtig. *Um unsere Welt stand es wahrlich schlecht, wenn solche Männer herrschten.*

Ich atmete geräuschlos aus.

Die chinesische Delegation bestand nicht aus ein paar abbeorderten Würdenträgern. Je länger ich darüber nachdachte, desto offensichtlicher war es, warum ich das nicht früher erkannt hatte. Die Medien hielten sich stark mit Berichten über die Führung des chinesischen Kaiserreiches zurück. Das war mir bisher nie aufgefallen, schließlich war zum Beispiel die Pflaumenernte ein viel dringlicheres und interessanteres Thema als das Konterfei des chinesischen Kaisers und seiner Politiker, die uns nicht tangierten – hatte ich bis eben gedacht. Jetzt erschien mir all das viel bedeutsamer, denn der chinesische Kaiser war höchstpersönlich erschienen.

Wahrscheinlich um sich zu versichern, dass seinen Geschäften mit dem für ihn so wertvollen California auch in den nächsten fünfundzwanzig Jahren kein unerwünschter Regent im Weg stehen würde. Und Sinessa war sicher bereit, alles zu tun, um ihm in die hochwohlgeborenen Ohren zu flüstern, dass er die allerbeste, wenn auch nicht wirklich zur Wahl stehende Alternative darstellte, um das zu gewährleisten. Irgendeinen Weg würden sie finden, um die Wahl dahingehend zu manipulieren, dass Sinessa im Amt blieb. Ich konnte ihre Komplotte förmlich riechen.

Damit hatte Sinessa den größten Trumpf ausgespielt, der sich ihm geboten hatte. Nun musste er nur noch darauf achten, dass dieser ihn nicht unter sich begrub. Aber das sollte ein Leichtes für ihn, einen Veritas, sein.

Als Sinessa den Kaiser erreicht hatte, schüttelten sie staatsmännisch die Hände, während eine fast unsichtbare, extrem leise Drohne zuerst immer näher an den Handschlag und dann immer weiter weg bis in die Totale flog.

War sie schon länger im Saal? Ich hatte sie vorher nicht bemerkt. Das Modell sah ganz anders aus als die, die ich gewohnt war. Moderner. *Doch wie war das möglich?* Ich dachte, Tekre Industries sei die Firma, die Technik ins chinesische Kaiserreich lieferte. *Bekamen die Chinesen Produkte, die wir nicht kaufen konnten?*

Der Knoten in meinem Hirn zog sich straffer, als ich versuchte, all die Informationen, die ich nach und nach erhalten und aufgeschnappt hatte, zu ordnen. Ich wurde aus dem Chaos nicht schlau.

Dann öffnete sich mit einem darauf folgenden starken Windzug die Flügeltür vorne im Saal und die Drohne wurde durch die Luft auf mich zu gewirbelt. Die Chinesen nahe der Tür versuchten wenig elegant ihr Gleichgewicht zu halten. Ich sah wieder, ohne es bewusst zu wollen, rote Wolken aufleuchten. Sie verstärkten wohl ihre Schilde.

Unvermittelt erkannte ich in der Ablenkung, die vor allem auch Sinessa und den chinesischen Kaiser beschäftigt hielt, meine Chance. Geschwind pflückte ich, den Blick vom übrigen Geschehen abwendend, die Drohne aus der Luft und besah sie mir genauer.

Der Korpus hatte vier fußartige Ständer, die mit Saugnäpfen ausgerüstet waren. Die üblichen Motoren und Rotorblätter waren durch eine Konstruktion aus der Bionic ersetzt worden: Vier durchsichtige Flügel aus einem mir unbekannten Material vollführten immer gleiche Auf- und Abwärtsbewegungen, die das Ding anscheinend fliegen ließen. Eine Unzahl an blinkenden Sensoren rings um den Rumpf ließ es wie eine Mischung aus Insekt und Ufo aussehen. *Wahnsinn! Woher stammte diese hochmoderne Drohne?*

Ich hatte sie während meiner Inspektion extra so gehalten, dass die Kamera in Richtung des Geschehens an der Tür zeigte und nicht aufnahm, wie ich die Drohne bis ins Detail musterte. Ich hoffte, dass das Teil keine weitere hatte. Sicher wurde es nicht begrüßt, wenn ich fortschrittliche Technologie begutachtete. Es war nur ein Gefühl, doch hatte mich meine Intuition selten getrogen. Also ließ ich schweren Herzens die Drohne los, die sich sofort in die Luft erhob, und realisierte nun auch, was den Aufruhr verursacht hatte, der inzwischen die Kandidaten um mich ergriff.

Sullivan war durch die Tür getreten.

Wie immer war er eine tadellose Erscheinung in seinem firmamentblauen Anzug mit weißem Einstecktuch und den silbernen Schuhen. Es war das Outfit, in dem ich ihn zum ersten Mal live gesehen hatte. Und es hatte – genau wie er – nichts von seiner Anziehungskraft eingebüßt. Eigentlich fand ich ihn inzwischen eher noch anziehender. Wollte mit meinen Fingern durch seine rötlichen Haare fahren und ihm tief in die grünen Augen blicken.

Ein Stich in meiner Herzgegend erinnerte mich wieder an den ganzen Kummer, den mir der Kerl beschert hatte. Heute war irgendwie der Tag des Revue-passieren-Lassens. Und ich konnte nicht sagen, dass es mir besonders schmeckte. Ganz speziell zog sich meine Stirn allein deshalb in Falten, weil der chinesische Kaiser gerade vertrauensvoll seinen Arm um Sullivans Schulter legte. Ich sah unwillentlich durch meine neue Fähigkeit, wie sich die rote Magie des Chinesen mit der blauen Sullivans zu vermengen schien, als ob auch das zur altbekannten Begrüßungszeremonie gehörte.

Woher die neue Fähigkeit und damit dieses neue Wissen kam, konnte ich noch immer nicht sagen. Und im Moment wäre mir Unwissenheit deutlich lieber. Doch es war eben, wie es war.

»Es ist, was es ist, sagt die Liebe«, hörte ich Yasemines Stimme in meinem Ohr. Die Erinnerung war alt. Sie hatte mir damals eine kleine Geschichte erzählt. Es war irgendwie um Liebe gegangen. So viel wusste ich noch. *Und um Trauer?* Ich jedenfalls fühlte so nah bei Ivan wieder das vergessene Leid in mir aufsteigen, das Neves mit seiner Neuigkeit wohl nur kurz hatte unterbinden können.

Die Begrüßungsgesten vor uns schienen derweil kein Ende zu nehmen.

Sinessa drehte sich leicht säuerlich wieder zu den Kandidaten. Die fremde Drohne schwirrte um seinen Kopf. »Morgen früh startet die vierte Aufgabe«, gab er mit eindringlicher Stimme bekannt. »Strengen Sie sich an. Nun werden es nicht nur unsere Augen sein, die Sie bewerten. Es sollte Ihnen als Ehre gereichen, Ihre Fähigkeiten auch vor dem Kaiser von Móshù unter Beweis stellen zu dürfen.«

Jetzt hatte ich die Bestätigung. Der seltsame Mann war tatsächlich einer der beiden Kaiser dieser Welt.

Sinessa meinte es ganz eindeutig ernst, obwohl mir die kurze Rede unseres Regenten wie ein schlechter Scherz vorkam. *Würde Rayn bis morgen früh wieder auf den Beinen sein?*

Gerade als ich den Mund öffnen wollte, um ebenjenes laut kundzutun, sah ich aus den Augenwinkel Ivans Kopfschütteln. Er wollte mich stumm davon abhalten. Wusste anscheinend, was ich dachte und im Begriff war zu tun. Oder wollte einfach nicht, dass ich sprach. Er, der Verräter, der noch immer viel zu nahe beim chinesischen Kaiser stand.

Irgendetwas in mir ließ mich trotz meiner momentanen Abneigung ihm gegenüber zögern. So als vertraute ich ihm unterbewusst noch immer. Und vielleicht sollte ich das – schließlich ging es um Rayn. *Ihn würde er nicht im Stich lassen wie mich? Oder doch?* Ich wusste nicht, was ich glauben sollte. An einem Tag wirkten die beiden verfeindet, am nächsten wie beste Freunde, gar Brüder. Ich wusste nicht, was echt war und was gespielt. Was die Kameras sehen sollten und was ich.

Doch spielte es keine Rolle, denn die Zeit war um. Ich hatte den richtigen Moment verpasst, meine Frage anzubringen, und die Drohne war wieder verschwunden, die Übertragung wahrscheinlich beendet.

Sinessa hatte sich bereits einige Schritte entfernt. Er ging zur hinteren Wand, in der eine kleinere Tür ins Arbeitszimmer des Regenten führte, wie ich nun sah, als er sie öffnete.

Sullivan und ich, wir waren Sinessa so nah gewesen an diesem ersten Tag, realisierte ich. *Hatte er es gewusst? Hatte Sinessa gar unser Gespräch mitgehört? Jedes Wort, mit dem Sullivan mich zu überzeugen versucht hatte, ihn mein Coach sein zu lassen? Natürlich hatte er das,* schalt ich mich. *Alle hatten es gehört. Es war live übertragen worden. So wie alles hier. Die räumliche Nähe war völlig unerheblich.*

Unbeholfen blickte ich mich um. Ivan und die Chinesen folgten Sinessa bereits. Mr Chivree war wieder aufgetaucht und begann, uns restliche Kandidaten in die entgegengesetzte Richtung zur Flügeltür zu führen.

Ich stand wie erstarrt da. *Was? Das sollte es für uns gewesen sein?* Sinessa, Ivan und die Chinesen würden nun unter sich über die interessanten Dinge sprechen. Und uns blieb jedes weitere Wort verwehrt. *Wir waren nur die Hofnarren.* In mir brodelte es.

Eine Hand klopfte mir von hinten gegen die Schulter.

Ich zuckte zusammen.

»Lauf! Oder willst du hier Wurzeln schlagen?«, hörte ich die Stimme von Phillipe Ranaan. »Meinst du nicht, du fällst schon genug auf? Ich glaube, es ist nicht nötig, das durch unangenehme Rückständigkeit noch auszuweiten.« Sein Tonfall war pures Gift, seine Silben ätzende Aneinanderreihungen.

Die Pixie in mir knurrte undamenhaft.

»Schon gut.« Er hob die Hände, als er sich seitlich an mir vorbeischob. »Es ist deine Entscheidung.«

»Phillipe!«, zischte es bedrohlich vor mir. Eindeutig eine Frau.

Er rollte mit den Augen und trat nun vollständig um mich herum.

Ich versuchte die Sprecherin zu lokalisieren. Fast violette Augen blickten mich an. Samentha ruckte mit dem Kinn. »Er ist ein Arsch. Aber er hat recht.« Damit packte sie mich am Arm, löste meine Erstarrung und zog mich innerhalb der Reihe von Kandidaten mit sich. Dabei ging sie geschickt vor, denn ihr Arm presste meinen untergehakt an sich, sodass nur ein genauer Beobachter erkennen konnte, dass wir nicht in gegenseitiger Zuneigung untergehakt liefen.

Ich leistete keinen Widerstand, warum auch?

Sama stiefelte ebenfalls stumm neben uns her. Auch Neves sagte keinen Ton.

Die Prozession schritt aus dem Saal, durch die Flure bis zur Vorhalle, dann entließ uns Mr Chivree aus seiner Obhut.

»Pass in Zukunft besser auf dich auf, wenn du nicht willst, dass sie sich noch mehr auf dich konzentrieren«, sagte Samentha zu meiner Verwunderung, bevor sie mich losließ. Dann stieg sie vor mir die Treppe hoch.

Von Phillipe Ranaan war Rovenna sei Dank nichts mehr zu sehen. Doch fragte ich mich im Nachhinein, ob seine Worte, so unangenehm sie angebracht worden waren, nicht doch eher zu meinem Vorteil als zum Nachteil gedacht gewesen waren. Er hätte auch ohne eine Aufforderung auszusprechen an mir vorbeigehen können. *Es taten sich allerlei seltsame Dinge dieser Tage.*

28

Die vierte Aufgabe

Ich hatte am Morgen von Sama gelernt, dass sie zwischen zwei Arten von Schimpfwörtern unterschied. Erstens die, die sie mit ägyptischem Dialekt aussprach wie ›Nasawab‹, das laut ihr so viel wie Gauner oder Betrüger bedeutete – wobei, wie wir mit Lis Hilfe festgestellt hatten, die korrekte Übersetzung aus dem heutigen Arabischen ›Abstammungslinie‹ war. Genauer die über mehrere Generationen geführte Abstammungslinie väterlicherseits, die so einen beleidigenden Beiklang erhielt. Und zweitens Schimpfwörter, die heute als Hocharabisch galten, aber wohl schon früher ernst zu nehmende Beleidigungen dargestellt hatten, wie etwa ›Kafiron‹, das auf Arabisch ›Ungläuber‹ hieß. Diese Art wurde, so Sama, verwendet, wenn derjenige auf seinen Platz verwiesen werden sollte; beziehungsweise den Ort des Geschehens gar verlassen musste. Ich war damit seit dem Frühstück imstande, Männer im Sama-Stil zu beschimpfen und konnte seit gestern Magie sehen.

Derart gerüstet, mit diesen beiden *unglaublichen* neuen Fähigkeiten, stand ich nun vor der erschlagenden Anzahl von sieben Stühlen und wunderte mich darüber, dass die vierte Aufgabe scheinbar zu Ende war, bevor sie begonnen hatte.

Anders als bei den Herausforderungen zuvor, hatte kein silberner Brief neben meinem Kaffee gelegen. Ivan hatte mich nicht unter irgendeinem fadenscheinigen Vorwand irgendwohin beordert und es war bisher auch sonst nichts Ausgeklügeltes, Furchteinflößendes oder gar Actionreiches passiert. Fast hätte mich das ungeniert im Glücksrausch tanzen lassen – vor all den Männern und der einen Frau. Aber eben nur fast.

Die Skepsis in mir wuchs von Minute zu Minute. Ebenso wie die Furcht. *Denn hatte nicht auch die dritte Aufgabe lieblich begonnen, um sich dann zur schlimmsten überhaupt zu entwickeln?* Das Wechselbad der Gefühle dauerte noch nicht allzu lange an. Aber es ließ mich jetzt schon das Schlimmste vermuten. Wenn die Spannung derart aufrechterhalten blieb, würde ich womöglich *daran* sterben. Alles in mir war bis zum Äußersten angespannt.

Ich war mir wohl bewusst, dass der chinesische Kaiser mich mit wachen Augen musterte, und fragte mich, was sich das Gildenoberhaupt ausgedacht hatte, das heute an der Reihe war, uns Anwärter zu prüfen. Ich glaubte keine Sekunde, dass wir jetzt ein nettes Schwätzchen à la Bewerbungsgespräch für den Regentenposten abhalten würden und es dann vorbei wäre. Das wäre viel zu leicht und irgendwie hatte den Part ja schon Pomio übernommen.

Hier kündigte sich etwas Großes an.

Das war mir ganz und gar nicht geheuer.

Langsam rieb ich meine schwitzigen Handflächen an der rosafarbenen Leggings, die zu meiner heutigen Bekleidung für die Aufgabe gehörte. Darüber trug ich ein lockeres Top. An den Füßen weiße Sneakers. Es war praktische Kleidung, die mir Miss Puttin gebracht hatte. Gleichzeitig ungewohnte Kleidung für eine Frau in California. Nicht, dass wir keine Hosen tragen durften, aber nun ja, Frauen trugen meist Röcke oder Kleider. Doch was sagte mir das?

Mit locker herabhängenden Armen und geradem Rücken stand ich auf der runden Fläche vor der Tribüne. Erde bildete auf dem Boden in dunklem Braun einen Kontrast zu den weißen Wänden ringsum. Mit dem Element hatte ich richtiggelegen. Auch wenn mir diese Erkenntnis nicht weiterhalf. Wieder drifteten die Buchstaben M, I, S, T, E, R, I, O, U, S, S durch mein Bewusstsein wie bei einer seltsam verdrehten Buchstaben-Rateshow. *Dieses Mal mit drei S …?* Ich verscheuchte sie mental wie eine lästige Fliege. Wo kam das nur immer her? Egal. Das Rätsel darum musste warten.

Ich betrachtete weiterhin angespannt meine Umgebung.

Es hätte gut gepasst, den blauen Himmel zu sehen, doch wir befanden uns drinnen. *Würden gleich riesige Würmer den Boden durchbrechen und versuchen, ihre spitzen Zähne in mich zu bohren?* Mein Magen sackte ins Bodenlose, als ich es mir vorstellte. Fast meinte ich zu spüren, wie sich riesige, spitze Hauer in mich bohrten. Dabei gab es solche Viecher in der Realität gar nicht. Zumindest hatte ich noch nie davon gehört … *Oder würden sich Löcher öffnen, durch die ich in den Bau irgendeines Tieres fiel? Nein, ich befand mich weder auf Dune noch im Wunderland.*

In meinem Kopf wurden die Gefahren trotzdem immer größer.

»Nun, Josephine. Schön, dass du wieder vor uns stehst«, löste mich die kräftige Stimme von Zweiauge aus meiner inneren Fantasiewelt.

Das Oberhaupt der Mensay wirkte heute mehr denn je wie einer der Medizinmänner, von denen seine Gilde abstammte. Die silberne Nachbildung eines Knochens war in seinen gepflegten Bart hineingeflochten und sein weißer Mantel bauschte sich bei jedem Wort wie von unsichtbaren Finger ergriffen. Die erstaunlich laute Stimme des weißhaarigen Mannes überraschte mich jedes Mal aufs Neue. »Da wir wohl alle gespannt sind, wie gerade du diese Aufgabe meistern wirst, werde ich versuchen, mich kurz zu fassen.«

Die leisen Gespräche der anderen kamen zum Erliegen.

Missy Verovena nickte gelangweilt. *Ob es allzu ermüdend war, die Kandidaten bei stets dem Gleichen zu beobachten?*

Meister Lemary schob sich von einer Platte neben ihm etwas in den Mund. *Musste er eigentlich immer essen?*

Das Verhalten der beiden ärgerte mich maßlos. Und es ließ mich schlagartig vergessen, dass ich eigentlich Angst hatte, da ich um mein Leben fürchtete. Aber nicht einmal davor schienen sie Respekt zu haben. Ihre Position ließ sie denken, dass sie unantastbar waren, und das verschaffte ihnen das Gefühl, über allem zu stehen. Selbst über dem Leben anderer.

»Es ist kein Geheimnis, dass die Rohstoffe auf diesem Planeten zur Neige gehen.« Zweiauge hatte die Stimme gesenkt. »Ebenso wenig wie es ein Geheimnis ist, dass die Chinesen sie in beträchtlichen Mengen aufkaufen«, fügte er spitz hinzu.

Ohooo. Ich sah den wenig herzlichen Blick, den er dem chinesischen Kaiser zuwarf. Dann wagte ich, meinen Blick zu Ivans Stuhl schweifen zu lassen. Er, als des hiesigen Kaisers rechte Hand, sah alles andere als erfreut über die Bemerkung aus.

Zweiauges Affront konnte mit Fug und Recht als Zuwiderhandlung der Landesinteressen und wohl auch der kaiserlichen Interessen seiner göttlichen Heiligkeit unseres Kaisers gewertet werden – unabhängig vom Wahrheitsgehalt. Irgendwie hatte ich jedoch das Gefühl, dass das den Mensay wenig scherte. Er war genau wie seine Aufgabe: Irgendwie anders als die anderen. Indes ich in seine in nebeliges Weiß gehüllten Iriden blickte, meinte ich den Lindwurm vergnügt herumwirbeln zu sehen. Dann sprach der alte Mann weiter. »Gestatten Sie mir die Frotzelei«, sagte er zum chinesischen Kaiser, der unverändert ein Lächeln zur Schau trug, obwohl seine gelben Augen nun heller glühten.

Heute zeigte sein sonnengelbes Gewandt eingewobene roten Fäden, in Einklang mit Sinessas sehr ähnlichem Hemd. Je länger ich den Chinesen ansah, desto unwohler wurde mir.

Zweiauge war mutig, das musste man ihm lassen. Und mächtig, da war ich mir sicher. Außerdem klug, das zeigten mir seine funkelnden Augen. Er wusste genau, dass das kein Gespräch unter Freunden in einem Teehaus war, sondern eine Liveübertragung vor Millionen von Menschen. Ihm gefiel die Anwesenheit des Chinesen nicht, das war nun klar. Genau wie er gewollt hatte.

Begierig wartete ich auf die eigentliche Aufgabenstellung.

»Ein Volk ohne Nahrung ist ein siechendes Volk. Eines, dessen Nachkommenschaft schwach, dessen Zukunft ungewiss und dessen Regentschaft wichtiger ist als alles andere. Denn sie entscheidet über Fortbestand und Niedergang des ganzen Reiches.« Wieder war klar, dass er eine Spitze gegen das Kaiserreich Móshù setzte, obschon seine Worte völlig ruhig und in ihren Schlussfolgerungen logisch waren. Die chinesischen Dynastien, einst eine Hochkultur, waren vor langer Zeit, als Naturkatastrophen noch nicht die heutige Bedeutung innehatten, untergegangen. Daraus war nach längeren Prozessen China entstanden – sowie eine Unzahl anderer asiatischer Länder. Volksrepubliken, Diktaturen, Demokratien und wie sie sich alle genannt hatten. Geblieben waren heute – in 2086 – von dem Glanz alter Tage Bauten wie die chinesische Mauer. Relikte aus vergangenen Zeiten, die ich nur von Lis Projektionen kannte. Aus den Trümmern und den Möglichkeiten, die die Gewalten der Erde für alle noch existenten Länder der Welt mit sich gebracht hatten, hatte sich ein neues chinesisches Kaiserreich geformt. Eines, das dem unsrigen in nichts nachstand und mir doch so fremd vorkam, dass ich es mit Zweifel betrachtete. Dem gleichen Zweifel, den ich in Zweiauges Iriden las. Doch wenn er an ihnen zweifelte, wieso nicht auch an uns – an Eterny?

»Deshalb lautet die heutige Aufgabe wie folgt«, sprach er ungerührt weiter. »Schaffe einen neuen Rohstoff. Ob nun Baumaterial, das das Glas der Türme ersetzt, aus denen du stammst, oder Pflanzen, die nährstoffreich unsere zukünftige Kraftquelle sein könnten, oder etwas ganz anderes, ist dir überlassen. Die einzige Bedingung lautet: Es muss ein Novum sein, eine Weltneuheit.«

Mein Hirn ratterte, meine Gedanken liefen quer. *Was er verlangte, war unmöglich!* Horden von Wissenschaftlern taten jeden Tag in ihren Laboren bei Tekre Industries und in Washington nichts anderes und kamen nicht weiter. *Jeder wusste das, auch wenn kaum einer darüber sprach, und jetzt verlangten sie eine Lösung von uns Kandidaten? Eine Lösung für die schwerwiegendsten Probleme dieser Welt?!*

»Wisse, dass dir eine Stunde dafür zur Verfügung steht und es nicht unbedingt um eine praktische Lösung geht, aber die Antwort von uns praktisch binnen des nächsten Tages überprüft wird.«

Ich hörte den Satz nur am Rande. Mein Verstand suchte bereits krampfhaft den Sinn hinter den Worten – wägte meine Optionen ab.

Wie sollte mir überhaupt etwas in nur einer Stunde gelingen? Oder ging es gar nicht darum, die Aufgabe zu lösen? Sondern um etwas ganz anderes? Lag die Lösung wie immer im Verborgenen und nicht auf der Hand? Die Pixie in mir suchte das Rätsel in seinen Worten, fand aber keines.

»Wisse auch, dass es keiner komplizierten Lösung bedarf, wenn eine einfache ausreicht. Und nun …« Er lächelte ein zahnloses Lächeln. »Gutes Gelingen.«

Nasawab, dachte ich. Leider brachte mich innerlich in Sama-Stil zu fluchen, wie erwartet dem Rätsel nicht näher. Und der Lösung auch nicht. Indes stand ich im Staub vor der Tribüne und sah, wie die anderen sich wieder ihren Gesprächen – oder in Meister Lemarys Fall seinem Essen – widmeten. Ich fühlte gleichzeitig Verzweiflung und Demütigung.

Nun stand ich hier, niemand trachtete mir nach dem Leben und wieder war es mir nicht recht, tadelte mich eine Stimme in meinem Inneren lakonisch.

Also atmete ich tief durch und setzte mich im Schneidersitz auf den Boden. Langsam schloss ich die Augen und überdachte noch einmal die Aufgabe.

Wieder konnte ich nichts Rätselhaftes finden. Einzig der vorletzte Satz des Mensay hatte etwas Metaphorisches, doch ich deutete ihn so, dass beispielsweise Glas zwar auch ein Rohstoff war, aber keiner, der erst mühselig durch Magie hatte konzipiert werden müssen. Deshalb war es keine *komplizierte* Lösung. Jeder Mensch konnte Energie auf Sand lenken, zum Beispiel Sonnenstrahlen durch eine Lupe, und Glas entstand. Das war dann zwar noch kein brauchbares Glas für das Baugewerbe, aber darum ging es sicher auch nicht.

Was für Optionen blieben mir persönlich? Ich hatte die Gabe des Feuers. Damit konnte ich etwas erhitzen. *Als Nahrungsquelle war das vielleicht schön zum Kochen, aber kein neuer Rohstoff. Mhm …* Pflanzen zerfielen zu Asche. Tiere irgendwann auch. Stein konnte man schmelzen, genau wie Sand oder Metall. Steinwände gab es aber bereits und ich konnte mir kaum vorstellen, dass sich eine klare Verbesserung zu Glas, wie etwa Diamant, der härteste Stein der Welt, so einfach herstellen ließ. Ich hatte gelesen, dass dafür Kohlenstoff gepresst nicht erhitzt werden musste. *Obwohl es schon ganz nett wäre, in einem Diamantturm zu leben …*

Das brachte mich nicht weiter.

Ich presste mir den Handballen auf die Nasenwurzel, versuchte so meine Konzentration zu steigern. *Ich hatte die Sphinx in mir. Also, ich konnte als Sphinx …* Nun, ich hatte dann anscheinend andere Gelüste und auch meine Blutzusammensetzung schien sich zu ändern. Magie machte es möglich und ich war vor dem Schmetterlingsgift sicher gewesen. Also konnte ich vielleicht auch anderes zu mir nehmen, etwas, das ich als Mensch nicht vertrug – nahm ich an. Aber welche Nahrungsquelle nutzten wir noch nicht?

Konnte die Lösung so einfach sein? Gras oder Baumrinde erschien mir keinesfalls wie eine Delikatesse. Löwenmägen vertrugen das wohl eher nicht. Also doch Fleisch. Und da blieb dann nur als neue Ressource: *der Mensch?! Ich konnte als Sphinx sicher auch Menschen verschlingen … aber iiihhgitt … ich wollte keine Menschen verschlingen. Welchen Sinn hätte das?*

Außerdem konnte sich nicht jeder in eine Sphinx verwandeln.

Ich hatte das Gefühl, am Ende der Fahnenstange meiner Fähigkeiten angekommen zu sein. Sicher, wenn ich Illusionen schaffen könnte, könnte ich einfach irgendein Stück Erde so aussehen lassen, als wäre es ein neuartiges Metall … *Aber würden sie das nicht gleich durchschauen?*

Oder ich könnte …?

Ich versuchte die Fähigkeiten, die ich haben müsste oder vielleicht irgendwann – möglichst heute – noch entwickeln würde, mit einzubeziehen. Elementarmagie war ausgeschieden. *Stimmungsbeeinflussung würde mir auch keine neue Ressource bringen, oder?* Eine Illusion und das Gestaltwandeln ebenfalls nicht.

In meinem Kopf wurde es ganz leer.

Die Minuten zogen an mir vorbei.

»Hast du sie gefunden?«, hörte ich aus dem Gewirr an Stimmen den chinesischen Kaiser fragen. Sein Akzent war unverkennbar.

Wen gefunden? Es klang wichtig.

»Nein, aber ich habe den Schakal auf sie angesetzt.« Sinessas Stimme. *Eindeutig!*

Aha! Ich erinnerte mich plötzlich an meine Ankunft im Schloss. Sinessas letzte Worte, bevor wir die Treppen hoch zu den Zimmern gegangen waren … Da hatte er den Schakal erwähnt, als er noch auf Sendung gewesen war.

»Gut. Er ist der Beste. Wenn er sie nicht findet, findet sie niemand«, bestärkte der chinesische Kaiser.

»Er wird sie finden.« Sinessa klang angespannt.

WEN bei Rovennas Magie finden??

»Das hoffe ich für dich. Meine Botschafter sagen, die Unruhen breiten sich aus. Insbesondere, seit die Wahl begonnen hat. Dein Volk liebt das Bildnis des unkonventionellen Mädchens aus dem Glasturm und sie scheint entweder nicht zu wissen, was sie tut, dass sie sie anstachelt, oder sie weiß es genau und spielt uns nur das naive kleine Ding vor.«

»Ich sagte, ich kümmere mich darum.« Sinessa.

»Das sagtest du.« Der chinesische Kaiser klang hart. »Und sieh, wie sie dasitzt. Völlig ungerührt. Völlig unberührt. Unter den letzten neun deiner Wahl.« Er seufzte. »Der Publikumsliebling. Und dazu hat sie einen Wiederkehrer und Samaea d'Ejlkaan Chaerume an ihrer Seite. Weißt du, wer das ist? Die Treue der Sphinx machte damals Chephren in der vierten Dynastie zu einem der größten Pharaonen seiner Zeit.«

Stille trat ein.

»Ich frage mich, ob sie nicht heimlich über uns lacht.« Dem haftete absolut nichts Amüsiertes an. *Der chinesische Kaiser war aufgewühlt.* »Sie hat meine Magie zurückgedrängt, das bereitet mir Kopfzerbrechen«, gestand er Sinessa. Dann: »Aber das hätte sie niemals geschafft, wenn sie mich nicht überrascht hätte.«

Ich spürte bis hierhin Sinessas aufsteigenden Angstschweiß – der Geruch drang beißend in meine Nase, die wohl durch meine Sphinxgene inzwischen sehr viel mehr roch. Ob er vor mir, der Gefahr, die der Schakal noch nicht gefunden hatte oder dem Chinesen zitterte, konnte ich nicht sagen – wahrscheinlich vor dem Chinesen. »Sie ist stark«, antwortete er. »Ich habe der jungen Streisand einen Meereszauber geschickt, aber sie hat ihn überlebt.«

Eine Pause trat ein, die Konversation stagnierte.

Ich atmete tief durch, so als würde ich meditieren. In Wahrheit war alles in mir eine einzige heiße Flamme. *Sinessa hatte also wirklich versucht, mich umzubringen.* Jetzt hatte ich die Bestätigung. *Dieser selbstzufriedene Mistkerl! Hätte mich Neves nicht gerettet, wäre ich jetzt tot!*

Am Rande nahm ich wahr, wie sich die Luft um mich erhitzte, als ich immer wütender wurde. Es war ein ohnmächtiger Zorn, der mich von innen heraus zu verzehren schien. Er schwelte mehr und mehr. Schwelte schon so lange – seit diese Wahl mich in Atem hielt. Die Flammen krochen von meinem Kopf in meine Glieder. Sie erfüllten mich, durchdrangen mich und löschten jeden rationalen Gedanken. Ich wollte diese Ungerechtigkeit, die mich von den Menschen auf den Stühlen trennte, beenden. Ich wollte meine Richter und damit Henker ausbrennen wie einen Schandfleck, der nie existiert hatte. *Sie vernichten!*

»Josephine!« Schrill hallte Ivans Stimme durch die Arena.

Als ich nun die Augen öffnete, sah ich durch die der Sphinx. Noch immer saß ich als Mensch im Schneidersitz da. Inmitten meines eigenen kleinen Lagerfeuers. Es war eine Illusion, geboren aus meiner Vorstellungskraft und all den Emotionen – sonst würde es mich verbrennen. Doch es wirkte täuschend echt, so echt, dass Ivan dem erlegen war und es fühlte sich auch warm an.

Ich lächelte ein trauriges Lächeln ob seiner besorgten Miene, die doch so wenig authentisch sein konnte, wie es der glanzvolle Anblick war, den er bot und der auf einen ebenso glanzvollen Geist hinwies.

Ich sah, wie die Erde um mich vor meinen Augen zu Staub zerfiel, als ich nun auch die nicht von mir geschaffene Illusion des fruchtbaren Bodens unter mir durchschaute. Mit einem Mal registrierte ich, dass ich aus nichts etwas hätte kreieren sollen – da es in der Arena kein einziges Hilfsmittel gab. Das war schlicht nicht möglich. *Nichts entsteht durch nichts.* Alles musste aus etwas bestehen. Aus Materie, aus Nährstoffen, aus … ich hatte keine Ahnung was. Etwas Haptischem auf jeden Fall. Aber hier, hier war nur Leere. So wie in meinem Kopf.

Stolz hob ich ihn, nicht bereit, mich von den Magicians vor mir abkanzeln zu lassen. *Was hatten sie schon erreicht? Was hatten sie geschaffen für diese Welt? Und da sollte ich nun ein Wunder vollbringen?!*

»Wir könnten besondere Tiere, spezielle Pflanzen besitzen – alles, was das Herz begehrt an Nahrung, an Baumaterial, an Ressourcen, was auch immer …« Meine Stimme klang fest. Ich hatte mit dieser Aufgabe abgeschlossen. In mir herrschte nur noch Abscheu ihnen gegenüber. Sie alle, die es genossen, mich hier auf dem Präsentierteller zu quälen. *Sie wollten meine ehrliche Meinung zu dieser Aufgabe? Die würden sie bekommen!* »… aber das ist es nicht – oder nur bedingt, was uns weiterhelfen wird. Geht es uns nicht gut? Leben wir nicht alle im Wohlstand? Wird das nicht immer hervorgehoben? California, das wohlhabendste Land Eternys.« Bitterer Sarkasmus troff aus meinen Worten. »Und trotzdem stehen wir langfristig vor dem Untergang. Doch nicht aufgrund von materiellem Mangel. Trotzdem entscheiden sich inmitten dieses Wohlstandes oder vielleicht gerade deswegen viele gegen Nachkommen. Sie entscheiden sich für sich. Sie entscheiden sich fürs Arbeiten, fürs Geld verdienen, für Konsum. Und das ist in Ordnung. Es ist ihre Wahl. Ihr Leben.«

Eine geschockte Stille begrüßte meine Pause.

»Der Fortbestand und Niedergang unseres Reiches hängt vom Nachwuchs ab, ja. Aber der Nachwuchs krankt in California nicht daran, dass es nicht genug zu essen gibt, nicht genug Ressourcen. Er hängt von Gedanken ab. Von Bräuchen. Von Wertschätzung und Willen. Einer Ressource, die älter ist als alles andere, weil sie existiert, seit es intelligentes Leben gibt. Wenn diese Aufgabe darin bestand, etwas Neues aus nichts zu schaffen, dann widerspricht das nicht nur jeder Physik, es ist mir auch nicht möglich. Aber wenn es etwas gibt, das ich zu dieser Aufgabe zu sagen habe, dann das Folgende: Vielleicht nutzen wir in Zukunft die Ressource des Gedankengutes intensiver, als wir es jetzt tun. Vielleicht ändert sich das Leben, wenn sich die Denkweise darüber ändert. Wenn sich die Politik ändert. Frauen sind wichtig, weil sie die Zukunft erschaffen können, nicht wahr? Und doch werden sie gering geschätzt. Darüber sollte nachgedacht werden. Vielleicht benötigen wir nur den richtigen Ansatz, um etwas Neues daraus entstehen zu lassen. Und das Denken ist auch noch kostenlos«, fügte ich süffisant hinzu. »Eine ganz und gar kostenlose Ressource, die jedem jederzeit zur Verfügung steht – wenn er sie denn nutzt.«

Entweder war das das Beste, was ich hatte sagen können, oder ein riesiger Haufen selbstgerechter Bockmist. Gleichwohl war es das Beste, was ich bei dieser Aufgabe zu bieten hatte. Und es vollendete, was ich während des Interviews mit Pomio begonnen hatte.

Dann wartete ich.

»Du meinst also, Propaganda ist die Lösung?« Meister Lemary sah mich interessiert an. Natürlich interpretierte er meine Aussage zu seinen Gunsten.

»Nein«, stellte ich richtig und erhob mich. »Ich spreche von Transparenz und Toleranz.«

»Ist das nicht dasselbe?«, fragte er.

Dasselbe wie was? Lügen und manipulieren? Ich starrte ihn an. *Meinte er das ernst?*

Ein klatschendes Geräusch lenkte meinen Blick zu Zweiauge. Seine Hände schlugen erneut zusammen. Sein Gesicht zeigte ein Lächeln. *Er applaudierte mir.*

Freute es ihn, dass ich so offensichtlich die fehlende Transparenz und Offenheit im Land ankreidete? Schön. Damit stand ich jetzt sicher auf

Position eins der Blacklist des hiesigen Kaisers und damit ganz oben auf drei Abschusslisten, zählte man Sinessas und die des chinesischen Kaisers mit.

»Gut gemacht.« Zweiauges weißer Umhang raschelte, als er sich erhob. »Du hast als Erste die Aufgabe gelöst.«

Die anderen Magicians starrten ihn an.

Der chinesische Kaiser beugte sich diskret zu Sinessa und flüsterte ihm etwas ins Ohr, das ich dieses Mal leider nicht hörte, woraufhin dieser aber noch grimmiger dreinschaute.

Das »Was?« stand mir wohl ins Gesicht geschrieben. Denn ich war mehr als erstaunt. Nichtsdestotrotz durchflutete mich Erleichterung, nicht direkt abgeführt zu werden, weil ich ketzerische Gedanken säte. Mich beschlich die nagende Frage, ob Zweiauge vielleicht bewusst genau so einen Ausbruch provoziert hatte. *Aber warum?*

Er räusperte sich. »Jeder Regent steht irgendwann vor Problemen, die unlösbar sind oder so erscheinen. Ein solches hast du heute von mir erhalten, denn du hattest gar keine Chance, eine Lösung herbeizuführen. Interessant waren demnach nicht deine Bemühungen, sondern dein Verhalten, als du begriffen hast, dass es nicht möglich sein wird. Denn ab diesem Moment trennt sich die Spreu vom Weizen.« Nachdenklich musterte er mich. »Was macht einen guten Regenten oder eine gute Regentin aus? Viele unterschiedliche Dinge. Aber für mich vor allem eines: sich den Ernst der Lage und die unumstößliche Realität unliebsamer Wahrheiten einzugestehen. Und das hast du getan. Vor uns. Als Erste. Das war mutig.«

Ich starrte ihn an. *Ja, das hatte ich.* Aber ich hatte dem gar keine so große Bedeutung beigemessen. Schließlich konnte nicht jeder alles können … *Was in Rovennas Namen hatten denn bitte die anderen getan?*

»Sich ein Versagen, ein Nichtweiterwissen oder etwas anderes einzugestehen, das empfinde ich als wahren Mut, als echte Qualität eines Geistes. Aber …« Zweiauge hob den Zeigefinger.

Missy Verovena zog eine ihrer braunen Augenbrauen nach oben.

»Besonders beeindruckend finde ich deine Sicht auf die Dinge. Obwohl ich es nicht gerade als neue Ressource sehe, hast du vielleicht recht. Es ist an der Zeit, umzudenken und manches zu überdenken.« Er schwieg. Interessanterweise waren auch die anderen still.

Derart ketzerischem Gedankengut wagte wohl keiner beizupflichten – sie wollten nicht einmal darüber reden.

Sir Isaac räusperte sich schließlich. »Eine durchaus flammende Rede, Josephine.« Ich wusste nicht, ob seine Worte zufällig eine gewisse Ironie enthielten, oder ob er sie bewusst gewählt hatte. Also nickte ich einfach.

»Du kannst jetzt gehen«, beschied Ivan mich harsch von seinem Stuhl aus.

Na, besten Dank. Wie immer waren seine Worte ein Dolchstoß in mein Herz.

29

Ein Zucken in der Hand

Gedankenverloren stand ich wenig später in meinem Zimmer und versuchte, die Fragen der Fabelwesen auszublenden. Ich war nicht in der Stimmung, die Aufgabe noch einmal zu durchleben, indem ich Sama und Neves Einzelheiten beschrieb. Außerdem hatten die beiden mich doch sowieso auf Lis Projektion beobachtet. »Oder nicht?«, fragte ich schwach.

»Doch.« Samas rote Augen glühten. Sie musterte mich vom Bett aus, auf dem sie wie immer lag. »Aber in deinen Kopf konnten wir schließlich nicht sehen.«

»Ich habe eine neue Gabe entdeckt«, entschloss ich mich dann doch, etwas preiszugeben, über das ich reden wollte.

Seufzend bückte ich mich und streifte mir die Schuhe von den Füßen. Meine Socken fühlten sich nass an. Durchgeschwitzt. Getränkt von meiner Aufregung während der Aufgabe.

»Wirklich?«, Neves setzte aus seinem Sinkflug vom Bettpfosten aus auf den Marmorboden auf und klackte mit seinen Krallen, als er mir aufgeregt um die Füße lief. »Welche?«, wollte er neugierig wissen.

Als hätte er es nicht selbst gesehen. Ich verkniff mir ein Augenrollen. »Ich kann Illusionen erzeugen. Das Feuer, in dem ich saß?«, half ich seinem Gedächtnis auf die Sprünge.

»Richtig.« Er nickte weise. »Das war cool! Fast, als wärst du jetzt auch ein Phönix.« Damit breitete er erneut seine goldenen Flügel vor mir aus und schwang sich zurück in die Lüfte, hoch zu seinem Ausguck, dem Bettpfosten.

Sama lächelte nur ihr Pixielächeln. »Siehst du, du wirst stärker.« Zufrieden ließ sie ihren Kopf auf die überkreuzten Vordertatzen sinken.

»Das werde ich«, bestätigte ich. »Aber ich weiß nicht, ob es reichen wird«, gab ich zu. Noch stand die letzte Aufgabe aus und die Angst wich nicht.

»Wir werden sehen.« Die Pixie war wohl nicht in der Stimmung, mir verbal die Seele zu tätscheln. *Nun gut.*

»Was hast du jetzt vor?«, fragte sie ruhig. Ein Augenlid schloss sich.

»Ich weiß nicht.« Verloren stand ich mitten im Zimmer. Genau dort, wo ich nach meiner Rückkehr von der Aufgabe stehen geblieben war. Erschöpfung hüllte mich in eine träge Benommenheit.

»Es macht dich müde, dich weiterzuentwickeln«, stellte Sama fest. Damit hatte sie wohl recht. Vielleicht erklärte das auch meine Müdigkeitsanfälle zu Beginn der Wahl. Damals standen meinem Körper die größten magischen Entwicklungen bevor. Jetzt würden es wahrscheinlich nicht mehr allzu viele sein.

»Miss Puttin hat vorhin einen Brief für dich dagelassen«, schnurrte sie.

Ich riss die Augen auf. *Das sagte sie erst jetzt?* Fast hätte ich geknurrt.

Ein listiges Lächeln spielte um Samas Mundwinkel, so als wüsste sie genau, was in mir vorging. Die Sphinx war doch immer wieder für eine Überraschung gut.

»Wo ist er?«, fragte ich beherrscht.

Langsam erhob sie sich auf alle vier Löwentatzen, rutschte eine Handbreit beiseite und ließ sich wieder nieder.

Da lag er, der Brief. Sie hatte die ganze Zeit daraufgesessen. Der silberne Umschlag wirkte leicht zerknautscht, sah aber intakt aus.

»Ich glaub es nicht«, knurrte ich nun doch.

»Willst du ihn nicht aufmachen?« Nonchalant ließ sie ihren Schwanz in einem Schlenker durch die Luft über ihrem Kopfschmuck sausen.

»Pah«, machte ich spielerisch zickig. Trat vor und klaubte ihn mit schneller Hand vom Laken. *Nicht dass sie es sich noch anders überlegte und wir ihn bei einem Tauziehen zerrissen.* »Das will und werde ich. Aber ob ich dir sage, was drinsteht, das weiß ich noch nicht.«

Neves keckerte von oben.

Sama zog einen wenig hoheitsvollen Flunsch.

Tja, wer nicht hören wollte, muss fühlen. Oder so ähnlich. Ich grinste in mich hinein. Dann löste ich geschickt die Lasche und entfaltete den Pergamentbogen, der in dem Umschlag steckte. Überrascht blickte ich auf Yasemines Handschrift.

Hi Josephine,
Deine Mutter lässt dir liebe Grüße ausrichten.

Ich wusste nicht, ob ich mich freuen oder doch eher laut aufschreien sollte. *Zog Lanahaa wirklich ihre Forschungen mir vor? Warum konnte nicht sie mir schreiben, statt Yasemine? Nicht, dass ich mich darüber nicht auch freute. Meine Mutter war aber nun mal meine Mutter …*

Mir war klar, dass sie sicher auch Besuch vom chinesischen Kaiser erwartete und in der Firma alles vorbereitet sein musste, um ihn gebührend zu empfangen und zu beeindrucken. *Verdammter Kaiser!* Trotzdem war ich ein bisschen enttäuscht. Irgendwie hatte ich es ja bereits aufgegeben – innerlich, und wie mir nun auffiel, auch aktiv –, sie erreichen zu wollen.

Ich las weiter.

Weil sie denkt, dass es wohl besser ist, wenn du dich mit mir über all die Liebeleien …

Liebeleien? Ich hätte lachen mögen. So was sagte und schrieb nur Yasemine. Den Test auf Echtheit hatte der Brief eindeutig bestanden!

… und sonstigen Themen, die wir so von der Wahl mitbekommen haben, austauschst, hat sie mich gefragt, ob nicht ich von dem Besuchsrecht Gebrauch machen möchte, das einer Person bei jedem Kandidaten für den morgigen Tag eingeräumt wird. Und was soll ich sagen? Hallo! Das Schloss! Du weißt, ich wollte das Regentenschloss schon immer in all seiner Pracht sehen. Und schrieb ich gerade Pracht? Nun, da gehört Sullivan Tenakulis definitiv auch dazu. Ich hoffe sehr,

dass du und dein »Ivan« noch die Kurve kratzt und richtig zusammenkommt. Euer Kuss auf dem California-Ball war sooo romantisch.

Wenn sie wüsste, dachte ich mit einem Zucken in der Hand. *Wenn sie wüsste.*

Aber Rayn ist auch nicht schlecht.

Jetzt lachte ich lauthals. *Echt, Yasemine? Echt jetzt? Kam gleich noch das Unvermeidbare: Ihn würde ich auch keineswegs von der Bettkante stoßen?*

Nein, erkannte ich mit einem Blick auf den Text. *Wenigstens das hatte sie unterlassen zu schreiben.* Meine Wangen fühlten sich heiß an. Bestimmt waren sie auffällig gerötet.

Sama schnurrte ungeduldig auf dem Bett. *Sie wollte sicher wissen, worüber ich lachte.*

Anstatt es ihr zu sagen, las ich weiter.

Nun, bevor ich abschweife …

Ich lachte Tränen. *Abschweifen? Yasemine? Gerade eben? Neeeeiiinnn … aber gar nicht.* Der Brief war ein Geschenk des Himmels! Ehrlich. Nichts konnte mich mehr erden als Yasemines Sicht der Dinge.

… wollte ich dir freudig mitteilen, dass ich dich morgen besuchen komme. Einen ganzen Tag lang. Ist das nicht grandios? Ich freue mich wahnsinnig! Schmeiß dich in Schale. Ach, warte, du siehst ja im Schloss sowieso immer spitze aus! Also muss das wohl nur ich. Ich verspreche selbstverständlich hoch und heilig, mich dabei anzustrengen.

Ach du je! Mich überlief es kalt. *Was plante Yasemine denn da? Ein Kleid, mit dem sie durch keine Tür mehr passte? Pinke Haare und Zähne?* Sie sah doch sonst schon manchmal äußerst, äh … *en vogue* aus. *Wie sollte ich mir eine Steigerung dessen vorstellen?*

Lass dich überraschen!
Die süßesten Grüße
Yasemine

Das ließ mich über beide Ohren grinsen.

Nach einem Augenblick, in dem ich einfach die Vorfreude, die mich durchzog, auskostete, senkte ich das Papier und ließ Sama nun doch wissen: »Yasemine, meine Nachbarin, kommt morgen ins Schloss. Anscheinend haben sie bei dieser Wahl eine Art Besuchertag vorgesehen.«

»Mhm«, machte sie. »Ist Yasemine lustig?«

Ich grinste. »Sozusagen.«

»Ich mag lustige Menschen«, krähte Neves vom Bettpfosten aus.

»Vielleicht soll das aber auch nur die Zeit, in der Sullivan und Sinessa mit dem chinesischen Kaiser beratschlagen oder unterwegs sind, überbrücken«, dachte ich laut.

»Vielleicht. Vielleicht auch nicht. Freu dich einfach«, meinte die Sphinx.

Sama hatte wie üblich recht. Das sagte ich ihr aber nicht, sondern grinste nur wie blöd vor mich hin.

Glücklich ging ich in den Nebenraum, um mich noch einmal an ein Bad zu wagen. Dieses Mal nahm ich aber nur das Seifenstück vom Waschbecken mit in die Wanne. Das roch zwar nicht so gut wie die Badezusätze, würde mich aber hoffentlich nicht umbringen wollen. Obwohl ich nicht glaubte, dass Sinessa zweimal auf die gleiche Weise nach meinem Leben trachtete, wollte ich lieber auf Nummer sicher gehen.

Im warmen Wasser liegend, katalogisierte ich – soweit möglich – die Interessen derer, die im Schloss um mich waren. Dass Yasemine kam, war schön, aber die letzte Aufgabe würde unverrichteter Dinge auf mich zukommen. Traditionell würde es eine Gruppenaufgabe sein, da nur noch diese übrig blieb. Die Elemente waren ausgeschöpft. Die Oberhäupter der Gilden fast: Meister Lemary war an der Reihe. Diese Aufgabe würde weder ein Vergnügen noch ein Zuckerschlecken werden, da war ich mir bei ihm sicher.

Also begann ich zu überlegen: Da war Rayn, der nach mir – vermutlich gerade – die jetzige Aufgabe löste. *Er wollte etwas ändern, die Gesellschaft ändern. Vielleicht den Kaiser stürzen?* Ich war mir nicht sicher. Schließlich hatte er offen nur damals in der Besenkammer darüber gesprochen. Wenn man das als *offen* bezeichnen konnte. Ich vermutete, in ihm schwelte noch immer der Hass darüber, wie seine

Eltern ihre Leben verloren hatten. Auch wenn er meinte, seine Maske sei festzementiert – sie war es nicht.

Dann war da Phillipe. Gemischte Gefühle kamen in meinem Bauch auf. Er war in Trauer um seinen Bruder. Und wütend, auf welche Weise dieser hatte sterben müssen. *Wütend genug, um nun die Regentschaft noch mehr zu wollen?* Vielleicht, weil er dachte, dass das dem sinnlosen Opfer seines Bruders etwas Sinnvolles verlieh.

Samentha kam mir als Nächstes in den Sinn. Sie hatte mir bei unserer letzten Begegnung geholfen. Schlussendlich würden wir aber – genau wie Rayn und ich – gegen einander kämpfen müssen. Ich schluckte.

Behände griff ich nach dem Schwamm am Wannenrand und begann, die Seife darauf zu reiben. Eine weiße, schaumige Schicht entstand. Zufrieden begutachtete ich mein Werk, bevor ich mich gründlich abzuwaschen begann.

Der riesige Gulet, der bei der dritten Aufgabe recht gut abgeschnitten hatte, würde sicher auch kein einfacher Gegner werden. Was ihn umtrieb, wusste ich nicht.

Genauso ging es mir mit der braunhaarigen Cuiny. Auch sie hatte bei der dritten Aufgabe alle überrascht, gar auf Platz zwei gelegen. *Hatte sie das nun bei der vierten ebenfalls?*

Die jetzige Abstimmung stand noch aus.

Übrig blieben außerdem drei mir fast Unbekannte, die die Wahl im Schatten der übrigen Kandidaten bis jetzt erfolgreich bestritten hatten. Zwei Männer und eine rothaarige Frau. *Wer von ihnen wäre nach heute Abend noch dabei?* Ich bezweifelte, dass Zweiauge seine praktische Umsetzung ernst gemeint hatte. Die Überprüfung, von der er gesprochen hatte, war ein Trick, um uns glauben zu machen, dass es wirklich um eine neue Ressource gehen könnte.

Sinessa würde heute Abend auf die eine oder andere Weise das Ergebnis der unmittelbar auf die Aufgabe folgenden Wahl veröffentlichen. Wahrscheinlich würde seine Erklärung wie üblich von jedem Display und Bildschirm im Schloss unisono gezeigt. Ich würde es auf keinen Fall verpassen. Dafür sorgte die Dauerbeschallung, selbst in den Gängen, während seiner Rede.

Sinessas eigene Interessen waren klar: Er wollte die Regentschaft behalten. Dafür paktierte er anscheinend mit dem chinesischen Kaiser.

Vielleicht wollte er gar die Kaiserschaft Eternys? Aber so größenwahnsinnig konnte nicht einmal er sein, oder? Möglicherweise schon, gab ich mir selbst die Antwort. Außerdem ließ er von jemandem namens Schakal eine Frau suchen. *Gehörte sie dem Widerstand an?* Wahrscheinlich. *Doch warum war sie so wichtig?*

Ivans Interessen hingegen konnte ich nicht recht entschlüsseln. Einerseits tat er alles – inklusive mich zu täuschen –, um die Wahl im Interesse des Kaisers voranzutreiben. Andererseits hatte er sich zu meinem Coach gemacht, führte seltsame Gespräche mit Rayn über meine Mutter und schien, wenn er den echten Ivan durchblicken ließ, ganz und gar nicht glücklich mit seinem Leben als Kardinal der Blauen Garde zu sein. Außerdem hatte er wohl durchaus versucht, mir in den silbernen Briefen Hinweise auf die Aufgaben zu geben, um mir einen Vorteil zu verschaffen. Wie sonst war die Anspielung auf die Flügel – also meine Sphinxgestalt oder die der Schmetterlinge – im Nachhinein zu verstehen? Ich wusste, dass er normalerweise die Leibwache des Kaisers befehligte, neue Mitglieder der Garde ausbildete und manchmal auch als Berater oder Botschafter fungierte. Seine Aufgaben für den Kaiser waren so vielfältig wie die Zeichen, die er mir sandte. *Doch was war* jetzt *seine Aufgabe?*

Zweiauge hatte sich im Gegensatz dazu heute recht eindeutig positioniert. Die Oberhäupter der anderen Gilden, inklusive meiner Gilde, waren schwer einzuschätzen. Sir Isaac schien mit Rayn vertraut zu sein und hatte mich erwählt. *War das ein Zeichen?* Gleichwohl stand er auch Ivan, der Blauen Garde und damit dem Kaiser nahe.

Unwillig tunkte ich den Schwamm noch einmal ins Wasser.

Meine Zehen schrumpelten langsam, genau wie meine Fingerkuppen. Um das Gefühl abzuschütteln, entschied ich mich, mein Bad zu beenden und einfach abzuwarten, wer tatsächlich für die fünfte Aufgabe übrig blieb. Was alle anderen Parteien vorhatten, würde sich so oder so zeigen. Und selbst wenn es sich nicht zeigte, war es im Moment doch nur ein Gedankenspiel.

Mein Herz hatte sich durch die Überlegungen wieder auf die Trauer um das, was zwischen Ivan und mir vorgefallen war, gestürzt und es brachte wohl nichts, es noch mehr zu belasten, indem ich weiter über all die Dinge nachdachte, die mich herunterzogen. Yasemine würde kommen. *Das war toll!*

30

Misteriouss

Die Wahlergebnisse wurden erst am nächsten Morgen bekannt gegeben. Mit einem Kaffee in der Hand starrte ich zum Display an meiner Zimmertür und lauschte der Durchsage. Mein Herz zog sich schmerzhaft zusammen.

Nachdem Sinessa sich in mehr als genug Floskeln ergangen hatte, kam er endlich zu den Fakten.

Ich blieb mit fünfundfünfzig Prozent Nummer eins. Klare und unangefochtene Favoritin. Es war fast seltsam. Meine Lunge brannte. Ich hatte gar nicht gemerkt, dass ich die Luft angehalten hatte. Mir war, als hätte ich tief in meinem Innersten erwartet, nun Letzte zu sein. Oder etwas anderes Erstaunliches. Aber nein, es war Sinessa zwar mit sichtlichem Unmut über die Lippen gegangen, nichtsdestotrotz: Ich blieb die Nummer eins des Volkes. Mit dem überwältigenden Anteil von über der Hälfte der Stimmen.

In mir jubilierte alles. Äußerlich ruhig schaute ich mich um.

Sama schlürfte völlig ungerührt neben mir auf dem Bett weiter ihre Fischsuppe.

Neves saß vor uns auf dem Marmorboden und hob nicht einmal den Schnabel aus dem Spiritus, den ihm Miss Puttin vor knapp zehn Minuten kredenzt hatte.

Die schon alltägliche Situation war ernüchternd.

Der Rest der Ergebnisse zog an mir vorbei. Was in meinem Gedächtnis hängen blieb, war: Rayn, Phillipe, Samentha, die braunhaarige Cuiny und ich würden die letzte Aufgabe gemeinsam bestreiten. Die anderen waren vom Volk rausgewählt worden. So schnell ging das.

Meine Gedanken eilten bereits weiter. Interessant wäre es gewesen zu erfahren, was mir die Sympathien eingebracht hatte. *Meine Rede über Politik, die Ivan so verurteilt hatte?*

»Es geht um die Aufständischen, die sich regen. Die, die keinen Monarchen in Washington sitzen haben wollen. Die Frauen, die im reichsten Land Eternys, hier in California, darauf drängen, nicht länger benachteiligt zu sein«, erinnerte ich mich an Lins Worte. *Hatte es tatsächlich daran gelegen? Oder doch eher daran, dass ich die letzte Aufgabe als Erste gelöst hatte?*

Ich würde es vermutlich nie erfahren. Aber allein die Tatsache, dass ich immer mehr für eine neue Zukunft stand, dass ich für Frauen einstand und für Gerechtigkeit, Toleranz und Transparenz, schien meinen Ergebnissen nicht zu schaden und im Umkehrschluss dem Volk zu gefallen.

Sinnierend stellte ich meine Kaffeetasse auf dem goldenen Nachttisch neben Li ab und zog ein rosafarbenes leichtes Kleid an. Dazu schlüpfte ich trotzig in rosa Ballerinas, die ich ganz hinten im Schuhschrank gefunden hatte, kämmte mir die blonden Haare und wartete darauf, dass die Ausgangssperre aufgehoben wurde. Vielleicht konnte ich mich noch auf die Suche nach Rayn begeben, bevor Yasemine da sein würde.

Ich fragte mich inzwischen, ob Rayn an dieser Wahl für die Rebellion teilnahm. *Ob das die Intention hinter seinem Umzug von Washington hierher nach Tekre gewesen war? Ob er die Wahl deshalb gewinnen wollte? Aber in der Besenkammer … Hatte er damals beschlossen, dass, wenn sich ihm die Entscheidung zwischen ihm und mir stellen sollte, vielleicht auch ich infrage kommen würde? Auch ich die Ziele, für die er kämpfte, durchsetzen konnte? Es würde? Was hatte er in mir gesehen? Hätte er mich gar gefragt, ob ich zur Rebellion übertreten … Nein. Eigentlich hatte er nur etwas von Selbstbestimmtheit gesagt.*

Meine Gedanken verselbstständigten sich sicher. Rayn war im kaiserlichen Palast aufgewachsen, rief ich mir ins Gedächtnis. Er hätte sich nicht all die Jahre vor dem Kaiser verstellen können. Der Kaiser war mächtig, er hätte es gemerkt. Oder?

Ich schüttelte den Kopf.

Alles war so einfach gewesen, damals, als ich in meiner verbotenen dunklen Kleidung auf meiner grauen Couch in unserer Wohnung in Glasturm No 20 Bücher gelesen hatte. Jetzt fühlte sich das meiste einfach nur verzwickt an. Dazu kam, dass ich niemals in Ruhe Zeit zu haben schien, herauszufinden, was viele der Dinge, dich mich beschäftigten, die ich erlebt hatte, eigentlich bedeuteten. Und mein Umfeld schien größtenteils auch nicht bereit zu sein, sein Wissen mit mir zu teilen.

Vielleicht meinten sie mich gar zu beschützen – durch Unwissenheit. Vielleicht hatten sie recht damit – in einem Schloss, in dem alles aufgezeichnet und ausgewertet wurde. Ivan hatte mir am Abend des California-Balls die Augen geöffnet. Vielleicht war es also Unwissenheit, die mich momentan am Leben hielt. *Aber was war das für ein Leben?*

Ich haderte. *Eindeutig.*

Ich brauchte einen Tapetenwechsel. Jetzt!

Ungeduldig stand ich vor der Tür meines Zimmers und wartete. Und wartete. Nichts tat sich.

Alsbald überkam mich das Gefühl, in eine Art Tagschlaf mit offenen Augen vor dem weißen Holz zu fallen. Aber ich war nicht gewillt, klein beizugeben. Es erschien mir wie eine Niederlage, mich abzuwenden und zurück zum Bett zu marschieren. Ich wollte raus. Fühlte mich wie ein in einen Käfig gesperrtes Tier. In einen Käfig aus Leuchtdioden. Nur dass diese hier unsichtbar waren, weil die kleinen Dioden überall an der modernsten Abhörtechnik angebracht waren.

Mir schauerte, als ich begriff, dass Tekre Industries all das durch seine Entwicklung erst ermöglicht hatte. Es war fast, als hätte meine Mutter höchstpersönlich die Stäbe an dem Käfig angebracht, in dem ich nun ausharren musste.

Dann plötzlich öffnete sich die Tür vor mir.

Ein Windhauch in mein Gesicht hieß mir, meine Pupillen wieder zu fokussieren und den milchigen Schleier, den Tränenflüssigkeit beim Starren über meine Augen gelegt hatte, fortzublinzeln. Meine Glieder wollten mir nicht recht gehorchen. *Ich musste eine ganze Weile einfach dagestanden haben.*

Ich registrierte im Türrahmen, zum zweiten Mal an diesem Morgen, Miss Puttins Gestalt mit ihrer weißen Schürze, dem rosa Häubchen auf dem Kopf sowie den langen roten Handschuhen. Daran vorbei schob sich allerdings eine andere, weiß behandschuhte Hand mit einer Menge Rüschen auf dem Handrücken. Dieser folgend, enthüllte meine Perspektive ein bodenlanges, glitzerndes knallpinkes Kleid. Mein Blick wanderte – fast geblendet von all dem Gefunkel des Stoffes – nach oben und entdeckte wie vermutet Yasemines sorgsam geschminkte Züge.

Ihre Augen strahlten, durch blaue Kontaktlinsen intensiviert, als sie mich erblickte. Das purpurfarbene Haar war kunstvoll aufgesteckt, nur eine einzelne Strähne umschmeichelte eines ihrer kleinen Ohren. Ihre sorgsam gespitzten Lippen dehnten sich zu einem breiten Lächeln und enthüllten zwei Reihen weißlich blinkender Zähne.

Meine Nachbarin, wie sie leibt und lebt.

Überschwänglich vollbrachten wir das Kunststück, gleichzeitig den Namen der jeweils anderen zu rufen und uns, mit Miss Puttin im Türrahmen eingeklemmt, in die Arme zu fallen. Ich war noch nie – absolut niemals – so erfreut gewesen, Yasemine zu sehen. *Sie schaffte es sicher, mich von der düsteren Wolke an Ungewissheit, die über meinem Geist schwebte, abzulenken!*

»Wow! Der Wahnsinn! Ist das hier alles chic!« Ihre Stimme über meiner Schulter klang aufgeregt. »Unglaublich, Josephine … dass du hier wohnst, wenn auch nur für die Wahl«, relativierte sie.

Miss Puttin zog neben uns ein gequältes Gesicht.

Ich lächelte innerlich. *Die Gute hatte wohl ihre Dosis Yasemine schon abbekommen.*

»Das ist! Hach, ich kann es gar nicht in Worte fassen! Ich will alles sehen. Ich habe eine ganze Liste …« Yasemine begann, an einem ihrer Handschuhe zu nesteln, bis sie ein zusammengefaltetes weißes Papierchen hervorzog. »… und ich …«, brabbelte sie in einem fort.

Ich beachtete ihren Wortschall nicht weiter, nickte Miss Puttin entschuldigend zu und zog Yasemine einen Schritt tiefer ins Zimmer, was mir ein erleichtertes Lächeln der Bediensteten einbrachte. Jedoch war ich so flink und stellte gleichzeitig den rechten Fuß in die zufallende Tür, als die Hausdame sich auf den Gang zurückbewegte – ein nicht unerheblicher artistischer Aufwand. Aber mich zog es nach draußen und das war die Chance!

»Super, dann zeig mal deine Liste«, bat ich Yasemine, die gerade mit »… Sullivan«, endete.

Verwirrt sah sie mich an, während sie gleichzeitig begeistert den rosa Überwurf und Himmel des großen Bettes musterte. Dabei auszusehen, als würde sie gleich in glückselige Ohnmacht fallen bei all dem Rosa, konnte auch nur sie!

»Die Liste. In deiner Hand. Mit den Orten, die du im Schloss sehen wolltest«, regte ich an.

»Ahh!« Yasemine schenkte mir nun wieder ihre Aufmerksamkeit. »Klar.« Sie guckte ein bisschen enttäuscht. Vermutlich, weil sie gern zuerst jeden Winkel meines Zimmers und des Kleiderschrankes begutachtet hätte. Ich konnte es nachvollziehen – bei uns in den Glastürmen war nichts so ausladend und prunkvoll. Es war kleiner, praktischer, auf Funktion ausgerichtet. Und gerade sie, für die Aussehen und die Schönheit der Dinge eine so große Rolle spielten, musste diese Räumlichkeiten hier als himmlisch empfinden.

Oder sie hatte gehofft, eine Antwort auf was auch immer sie vor »Sullivan« gesagt hatte, zu erhalten.

So oder so wusste ich, was ich wollte. Und Yasemine würde sicher auch der Rest des Schlosses gefallen. Viel hatte ich ja selbst noch nicht gesehen. Um nicht zu sagen, wie mir mit einem Mal bewusst wurde, fast gar nichts – oder na ja, nur ein paar Räume. Den Speisesaal, die Bibliothek, den Regentensaal, die Vorhalle, den Ballsaal, den Landeplatz für Drohnen und tja … das war es. Eigentlich schade. Aber bei all der Aufregung war nicht mehr Zeit und Energie übrig geblieben.

Ich hatte einmal gelesen, dass der Schlossgarten sehr schön sein sollte. *Mhm … das wäre doch was – für ein Gespräch unter Frauen, wie Yasemine es sich wünschte, oder?*

Geschwind schaute ich auf die Liste, die sie mir reichte. *Perfekt!* Er stand direkt an zweiter Stelle. Unter Regentensaal. Nachdem ich jetzt wusste, dass dort auch Sinessas Büro lag, wollte ich mich da lieber fernhalten.

»Was hältst du davon, wenn ich dich erst herumführe und wir gemeinsam das Schloss erkunden?«, fragte ich und lächelte Yasemine breit an. »Währenddessen kannst du mich nach Herzenslaune ausfragen und wenn wir zurückkommen, ist das Zimmer unverändert da und ich überlasse es dir, jeden Winkel zu begutachten.«

Sie grinste frech. Ihre Laune war unverwüstlich. Wenn einmal eine kleine Wolke diese trübte, zog sie meist schnell fort. So auch jetzt. »Das ist eine wundervolle Idee!« Dann sah sie an mir herab. »Aber Josephine! Willst du wirklich so gehen?!« Sie sagte es, als krabbelten schwarze Spinnen über den Fetzen eines Kleides, der mir am Leib hing.

Ich sah an mir herab. Konnte aber den Grund für ihren Unmut nicht erkennen. Alles war in bester Ordnung. Klein Fleck, kein Riss, kein Ungeziefer. Was hatte sie nur? »Ja, warum?«

»Ach Josephine.«

Dieses Seufzen kannte ich nur zu gut. Und zwar von meiner Mutter! Ich hatte mich ihrer Meinung nach nicht genug in Schale geworfen.

»Nicht einmal hohe Schuhe?«, fragte Yasemine fast resigniert.

»Die sind unbequem«, verteidigte ich mich sofort und kam mir urplötzlich wie ein kleines Mädchen vor, das sich der gestrengen älteren Schwester erwehren musste, die ihm sagte, es war Zeit, Frauenkleidung anzuziehen und sich dementsprechend zu verhalten – wie eine Erwachsene, nicht wie ein bockiges Kind. »Außerdem steht nirgends, dass man die tragen muss.«

»Nein. Aber es ist so üblich. Alle tun das.«

»Nur weil alle es tun, muss es noch lange nicht gut sein.« *So wie gebleichte blinkende Zähne*, dachte ich. Aber das ließ ich unerwähnt. Es reichte, dass sie mich für störrisch hielt. Ich wollte nicht mit ihr streiten.

»Na gut.« Sie lächelte wieder. »Lass uns gehen. Ich bin gespannt, was es hier alles zu entdecken gibt! Sicher eine Menge …« Und schon hatte sich ihre Laune wieder gedreht. Ihr Redeschwall hielt an, obgleich ich, noch immer den Fuß in der Tür, den Fabelwesen winkte, uns zu begleiten.

Ich war mir ziemlich sicher, dass Yasemine sie noch nicht wahrgenommen hatte. Das würde spannend werden. Ich schmunzelte heimlich.

Sama, die bisher wie eine Statue ausgeharrt hatte, stand geräuschlos vom Bett in Yasemines Rücken auf und sprang behände auf den

Marmor des Bodens. Sie zeigte mit dem Kopf auf meine beständig schwatzende Nachbarin und rollte mit den Augen. *Ja, das fortwährende Geschwätz konnte einem durchaus auf den Geist gehen.* Ich grinste nur. *Für einen Tag zur Ablenkung war es perfekt.*

Mein Gesichtsausdruck erregte Yasemines Interesse und sie wandte sich um, nur um sich mit Samas hocherhobenem Haupt und den rot glühenden Augen keinen Meter von ihr entfernt konfrontiert zu sehen.

»Huuiii!« Schon krallte sich ein weißer Handschuh unangenehm fest in meinen Oberarm.

Ich atmete tief durch. *Was hatte sie denn vorher gedacht? Dass Sama Teil des Interieurs war? Sie hatte doch die Übertragung gesehen. Immerhin hatte sie gerade nicht das ganze Schloss zusammengeschrien.* »Yasemine, darf ich dir Sama vorstellen?« Meine Stimme schwebte amüsiert in die Stille und füllte sie angenehm.

Sama neigte den Kopf. »Es ist mir eine Ehre.«

Wie immer formvollendet, dachte ich erfreut.

»Neves«, rief ich dem Phönix zu, der vom Bettpfosten aus alles stumm beobachtete. Ihn hatte Yasemine vermutlich auch noch nicht bemerkt.

Als er seine goldenen Flügel spannte, ein Bein vom Pfosten löste und sich leicht nach vorne neigte, rieselten goldene Funken zu Boden. Yasemine stand der Mund offen. Ich wusste, was sie gerade fühlte. Die gleiche ehrfürchtige Bewunderung hatte mich zu Anfang erfüllt. Neves' Schönheit war atemberaubend. Er erhob sich in die Luft, drehte sich gekonnt über Yasemines Hochsteckfrisur zur Tür hin und landete wie üblich auf meiner Schulter.

Was für ein Auftritt! Typisch Neves.

Ich verkniff mir das Schmunzeln, wollte gerade die Klinke nutzen, um den Spalt vor mir zu vergrößern, damit wir alle hindurchtreten konnten, als mir einfiel, dass ich Li nicht zurücklassen konnte. Außerdem wäre er sicher eine Hilfe, um sich in den Gängen des Schlosses nicht zu verirren.

Die noch immer außergewöhnlich wortlose Yasemine schob ich, nachdem ich mich aus ihrem Griff gelöst hatte, mit den Händen halb zur Tür hinaus. Da jetzt sie die Tür aufhielt, eilte ich um Sama herum zum Nachttisch und schloss meine Finger um den Nanobot.

»Hi, Li«, flüsterte ich ihm zu, als ich ihn aktivierte. »Würdest du uns zum Schlossgarten bringen?«

Sein grünes Licht leuchtete, sein Gehäuse vibrierte einmal. Er war bereit. Eilig legte ich ihn mir ans Handgelenk und trat wieder zu der wartenden Yasemine, die damit beschäftigt war, mit Sama ein Blickduell auszufechten. Natürlich senkte sie als Erste den Kopf.

Amüsiert grinste Sama mich an.

Fast hätte ich laut losgelacht. »Es kann losgehen!«, verkündete ich stattdessen euphorisch. »Ich denke, ein bisschen frische Luft tut uns allen gut.«

Yasemine nickte und blieb erstaunlich still, während ich Sama bedeutete, an meiner Nachbarin vorbeizugehen. Nachdem die Pixie das Zimmer verlassen hatte, hakte ich mich bei Yasemine unter und zog sie mit mir auf den Gang. Li gab mir bereits den ersten Impuls.

Die Zimmertür fiel hinter uns ins Schloss und es kam mir bedeutsam vor. Ganz so, als sei ich eine Abenteurerin, die mit ihren Freunden zu neuen Ufern aufbricht. »Insbesondere mir tut es gut, wieder ein bisschen Natur und Himmel zu sehen, nach all den Tagen hier drinnen.«

Yasmine versteifte sich leicht.

Ich fragte mich wieso, dann fiel mir die Ironie meiner Worte auf. Die Aufgaben in der Natur, wie die im Meer oder im Schmetterlingshaus, hatten mich fast das Leben gekostet. Ich schmunzelte ob der Skurrilität, die ich jetzt, da ich überlebt hatte, im Nachhinein empfand. »Nun, jedenfalls dachte ich, der Schlossgarten wäre für uns beide ein gutes erstes Ziel. Was meinst du?«

Yasemine zeigte mir ihre blinkenden Zähne, als sie lächelte. *Äußerst gewöhnungsbedürftig.* »Er soll etwas fürs Auge sein.« Sie stutzte. »Apropos, meinst du …«

Oh! Ich wusste genau, was jetzt kommen würde!

»… wir laufen Sullivan oder Rayn über den Weg?«

»Vielleicht«, sagte ich vage, um sie zu beschwichtigen. Ich glaubte es nicht wirklich. Bei Ivan war ich mir einigermaßen sicher, dass er den chinesischen Kaiser bespaßte, bei Rayn … tja, ihm würde ich eigentlich ganz gern über den Weg laufen – aber nicht unbedingt mit Yasemine am Arm.

Ich versank in Gedanken, während meine Nachbarin laut die Innenausstattung der Gänge, durch die wir liefen, kommentierte.

Wie ich alsbald feststellte, war der Weg zum Schlossgarten nicht weit. Als wir durch eine goldene Flügeltür, deren Griffe von einzelnen Ayuden geschmückt waren – die ich tunlichst anzufassen vermied –, ins Freie traten, eröffnete sich uns der Blick auf einen weitläufigen Innenhof. Alle vier Seiten wurden von den gleichen Flügeltüren abgegrenzt und obschon ich bis ans jeweilige Ende sehen konnte, umschlossen die vier Wände des Schlosses eine große Fläche, innerhalb derer es auch dichten Bewuchs und kleine Pavillons gab.

In der Ferne erkannte ich Samentha an ihrem eleganten blonden Haarknoten, da sie mit dem Rücken zu uns stand. Ein älterer Mann saß auf einem Stuhl vor ihr und genoss die Sonnenstrahlen, die auf sein stolzes Gesicht fielen. *War das ihr Vater?*

Wehmut durchzog mich. Dann wandte ich mich ab und streifte Samas aufmerksamen Blick. Ihr entging wirklich nichts. Sie deutete mit der Vordertatze auf den Anfang eines nahen Weges, als wollte sie sagen: *Lauft los, schwatzt, vergnügt euch. Heute ist kein Tag, um schlecht gelaunt zu sein.*

Wie recht sie hatte. Schnell zog ich Yasemine in ihrem glitzernden Kleid in Richtung des Weges. Dem Verlauf dessen folgend, stolperte sie neben mir her. Es dauerte nicht lange, bis sie zu schimpfen begann. Die Absätze ihrer Schuhe erwiesen sich auf dem Kies des Untergrunds als unpraktisch. Meine flachen Schuhe waren sehr viel besser dafür geeignet. Nun ja, das hatte keine von uns wissen können, trotzdem erfüllte es mich mit ein bisschen Genugtuung.

Schließlich kamen wir zu unser beider Erleichterung an einen der kleinen Pavillons und ließen uns auf der Bank davor in der Sonne nieder.

Yasemine seufzte wohlig, als sie die Füße von sich streckte.

Ich rieb mir innerlich die Hände. Denn nun, da wir einigermaßen ungestört dasaßen, mit einzig Neves auf meiner Schulter und Sama, die sich zu meinen Füßen hingelegt hatte, als stille Zuhörer, gedachte ich, all die Fragen über zu Hause zu stellen, die mir auf der Zunge lagen. »Geht es meiner Mutter gut?« Das musste ich einfach wissen.

Yasemine nickte sogleich. »Ja, sie ist wie eh und je. Ich glaube, sie brütet gerade wieder ein neues Produkt aus. Du weißt ja, wie sie dann ist. Geheimnistuerisch, geistig abwesend und irgendwie nicht besonders oft zu sehen.«

Ich nickte. Das kannte ich nur zu gut. Dann musste man Lanahaa des Öfteren ans Essen, Trinken und vor allem ans Schlafen erinnern. Ich fragte mich, wer das nun tat, da ich nicht da war. »Aber du hast sie gesehen, als sie dir den Brief gegeben hat, oder?«

»Du meinst den großen silbernen Umschlag, der wegen des Besuchstages kam?«

»Ja genau.« Ich wartete gespannt.

»Nein, den hatte sie mir vor die Tür gelegt.« Yasemine drehte ihren Kopf und die Sonne reflektierte auf ihren purpurfarbenen Haaren. Rote, goldene und lilane Punkte hüpften durch die Spiegelung über die Gräser und Blätter in unserer näheren Umgebung wie Funken, die einer geheimen Choreografie folgten. »Aber …«, hob sie nun an. »… ich habe sie ein- oder zweimal im Haus gesehen, seitdem du nicht mehr da warst.«

Das nahm mir die Schwere, die sich ähnlich eines ganzen Zementblocks auf meinen Brustkorb gesenkt hatte. Ich atmete erleichtert aus.

»Sie sah gut aus, weißt du. Irgendwie von innen heraus leuchtend … ich weiß nicht, positiv aufgeregt glühend. Weißt du, was ich meine? Das, was sie immer verströmt, wenn sie mit etwas zufrieden ist oder kurz vor dem Durchbruch steht.« Yasemine stieß mir einen spitzen Ellenbogen in die Seite.

Es tat ganz schön weh. »Aua! Wofür war das?«

»Mach dir keine Sorgen um sie. Ihr geht's gut!«, wies sie mich zurecht. »Kommen wir also zu deinem Leben und den …«, sie grinste fast hinterhältig, »… Liebeleien.«

Ich lachte auf.

»Wie kommt es, dass du und …« Sie schnalzte mit der Zunge. »… *Sexiest Man Alive* euch in solch heißen Küssen vor der Kamera ergeht?«

Ich schluckte. *Das war eine wahrhaft gute Frage!* Irgendwie wunderte es mich inzwischen selbst. Am Anfang hatte Sullivan mich eindeutig manipuliert und etwas mit Lin gehabt, obwohl ich es so empfunden hatte, dass er mir schöne Augen machte. Dann hatte ich ihm die Leviten gelesen und mich wieder im Reinen mit mir selbst gefühlt und daraufhin hatte ich gedacht, ich hätte hinter seine Fassade geblickt. *Tja, das war es vermutlich, was wir Frauen uns alle gern einbildeten – die Fassade des coolen Typen, den alle begehrten, als einzige durchdrungen zu haben.*

Ich seufzte schwer.

»Uff, das klingt eher nach Liebeskummer«, machte mir Yasemines Stimme wieder bewusst, dass ich nicht allein war. Da waren Sama, Neves, sie und all die Kameras und Mikrofone, die sicher genau in diesem Moment auf uns ausgerichtet waren oder wurden. Das Thema wollte sich sicher keiner entgehen lassen.

Ich blieb die Einzige, die dem entgehen wollte. Allerdings war ich am Ende meiner Weisheit, was Ivan betraf. *Würde Yasemine mir helfen können?* Ich versuchte abzuwägen.

Da war dieses intensive Gefühl zwischen Ivan und mir. Diese reine, echte Empfindung, von der ich mir sicher war, dass ich sie mir nicht einbildete. Von der ich aber keine Ahnung hatte, warum sie noch bestand. Sich selbst »*Er ist ein Kotzbrocken*« zu sagen, half leider wenig – auch wenn es stimmte. Er tat mir nicht gut, ganz klar. *War es dann nicht egal, was ich fühlte?*

»Hallooo, ich sitze hier und warte auf deine Antwort!« Yasemine zog eine Augenbraue nach oben. Ihr Gesicht kam meinem ganz nahe. »Wenn du es mir nicht erzählst, kann ich dir nicht helfen.«

»Da gibt es nicht viel mehr zu erzählen, als du ohnehin schon gesehen hast«, gab ich niedergeschlagen zurück.

»Aber du magst ihn?«, fragte sie, ohne darauf einzugehen.

Ich mochte ihn? Nein, das wäre schön. Ich war in ihn verliebt – ohne es zu wollen. Wie entliebte man sich? War das überhaupt möglich?

»Vielleicht hat er ja keine Wahl«, flüsterte meine Nachbarin nun, nachdem ich ihr erneut die Antwort schuldig blieb, keine zwei Zentimeter von meinem Gesicht entfernt.

Ich zuckte zurück. Teils, weil eine gut eingestellte Kamera und die Medienberichterstattung mir sonst womöglich noch eine Affäre mit ihr andichteten. Teils, weil mich die Aussage aus Yasemines Mund erstaunte. So oberflächlich, wie sie tat, war sie wohl gar nicht. Doch ob sie recht hatte, spielte keine Rolle, solange Ivan sich nicht aus den Pflichten lösen konnte, die mir so viel Kummer bereiteten. *Welche Art von Beziehung oder Zugetanheit sollte das zwischen uns sein? Eine voller Geheimnisse und jeden Tag lauernder tödlicher Fallen für mich? Nein danke.* Leider sagte das nur mein Verstand. Mein Herz war da anderer Meinung.

»Wie steht es denn mit Rayn?« Es war eine vorsichtig formulierte Frage. Behäbig lehnte Yasemine sich zurück und strich die Falten ihres Kleides glatt – ganz so, als hätte sie nicht gerade eine der kompliziertesten Fragen überhaupt an mich gestellt.

Meine Hände krallten sich in das Holz der Bank, auf der wir saßen. Mein Körper war angespannt wie eine Sprungfeder. »Gute Frage.«

»Na, immerhin eine, die du mit zwei Worten würdigst.« Ein Grinsen erschien auf ihrem Gesicht. »Vielleicht finden wir es heute ja noch raus.«

Ich grinste nun auch, weil ich registrierte, dass sie damit mir zuliebe das Thema fallen ließ. Wie ich sie kannte, brannten ihr noch unzählige weitere Fragen auf der Seele, aber sie war sich nun wohl auch der Kameras bewusst.

»Sama, war es zur Zeit der Pharaonen sehr viel anders als heute?«, wollte sie als Nächstes wissen.

»Nun«, Sama hob ihren Kopf. Der ägyptische Schmuck und ihre für die Ewigkeit geschminkten Gesichtszüge wirkten bei genauerer Betrachtung schon sehr fremdländisch. »Manches ist im Kern gleich geblieben. Die Menschen verzehrten sich schon immer nach Liebe, Essen, Unterhaltung. Die Form dessen hat sich geändert, die Art, miteinander umzugehen, ein bisschen – aber im Grundsatz scheint es den Menschen besser zu gehen.«

»Was meinst du mit ›die Art, miteinander umzugehen hätte sich nur ein bisschen geändert‹? Damals gab es Sklaven. Leibeigene, die die Pyramiden als Grabstätten der Pharaonen gebaut haben und viele haben dafür mit ihrem Blut, gar ihrem Tod bezahlt. Ein Leben war, nun, je nachdem, wessen Leben, nicht viel wert, oder?« Erregung hatte mich ergriffen. *Unsere Welt war nicht perfekt. Das wusste ich wohl am besten. Aber dass Sama sie mit der ihrigen in diesem Maße verglich …*

»Es ist jedem selbst überlassen, was er denkt«, beschied sie mich. Ihre Iriden verdunkelten sich zu einem rostigen Blutrot. »Aber aus meiner Perspektive gibt es bei euch auch Gesetze, die euch vorschreiben, was ihr zu tun und zu lassen habt – sie schränken euch ein. Und wenn der Regent ruft … oder sagen wir gleich der Kaiser, dann gibt es kein ›heute nicht‹, denn diese Entscheidung habt nicht ihr zu treffen.

Er ist euer Pharao. Ihr untersteht ihm, macht, was er sagt, weil euch sonst Unheil erwartet – so als hätte er das Recht, über euch zu herrschen, eure Schritte und Taten zu *be*herrschen. Und eure Leben? Sieh, was sie ihnen wert sind!«

Ich schluckte. »Aber die Gesetze schützen uns.«

Sama richtete sich auf. »Ja, das tun sie sicher auch. Und das ist gut. Mörder sollten bestraft werden, Diebe ebenso. Dafür braucht es Gesetze und eine richtende Hand, um den Frieden zu wahren. Doch dass dir von einer Gesellschaft, die unzählige Jahrhunderte nach der meinen existiert, die Farbe und Form der Kleidung vorgeschrieben und die Rolle der Frau herabgewürdigt wird, das hätte ich nicht erwartet. Frauen hatten bei uns einen vergleichbaren Status wie Männer: Sie konnten besitzen und erwirtschaften, konnten erben und vererben, genau wie Männer. Bei Diebstahl oder anderen unrechten Taten erhielten sie dieselben Strafen. Die Geschlechter waren stets gleichgestellt.« Ihr ägyptischer Kopfschmuck schaukelte. Ihre stolze Haltung verriet, wie sehr sie innerlich erzürnt war. Die abschließenden Sätze klangen wie ein Urteil, obwohl sie schlichte Aussagen waren. »In der Familie war die Frau die Herrin des Hauses und in den dreitausend Jahren der altägyptischen Geschichte gab es vier Königinnen.«

Ich schwieg. Das hatte ich nicht gewusst. Wir waren also von einer einst gleich zu gleichen Hochkultur in das Hier gerutscht. Und wenn ich Samas Worte richtig deutete, sah sie es hinsichtlich der Rolle der Frau als noch schlimmer an als zu ihrer Zeit. Sicher, auch ihre Meinung war nur eine unter vielen. Doch gab sie mir zu denken. Besonders, da es so einfach wäre, alles anders zu gestalten.

»Nun, jetzt hat Josephine ja die Chance, Regentin zu werden. Die erste weibliche Regentin in der Geschichte Californias. Das wäre doch auch was?«, versuchte Yasemine mit sanfter Stimme die Wogen zu glätten.

»Lasst uns zurückgehen«, meldete sich Neves von meiner Schulter. Überrascht, fast erschrocken konnte ich mich gerade noch am Zusammenzucken hindern.

Yasemine sah ihn groß an. »Ja, ich spreche«, grummelte er. Ihm schien die heutige Themenwahl nicht besonders zuzusagen. Mein Liebesleben und die Rolle der Frau waren für einen männlichen Phönix wohl uninteressant. Nun, er hätte ja Kreise am Himmel ziehen können. Oder was Phönixe sonst so taten. Aber dafür war er doch zu neugierig oder zu faul gewesen.

Ich erhob mich ungelenk. Meine Nachbarin tat es mir gleich. »Wohin nun?«, fragte sie. Ins Zimmer und damit ›zurück‹zugehen kam wohl für uns beide auf keinen Fall infrage.

Ich überlegte kurz. »Was steht noch auf deiner Liste?«

»Die Bibliothek«, kam es wie aus der Pistole geschossen.

Ein Schauer stieg mir den Nacken empor. Dort war ich, seit ich auf Sama getroffen war, nie wieder gewesen – und das aus gutem Grund. Mich gruselte es schon beim bloßen Denken daran. Immerhin glaubte ich nicht, dass wir dort auf jemanden treffen würden. »Na gut.« Den Weg würde ich auch ohne Lis Hilfe finden.

In beklommenem Schweigen setzten wir uns in Bewegung.

Ein paar Schritte weiter raschelte es in einem hohen Geflecht, das von den Gärtnern als Abtrennung zwischen den einzelnen Wegen gedacht für etwas Privatsphäre sorgen sollte.

Sama hob ruckartig den Kopf.

Yasemine drängte sich näher an mich.

»Und, was sagt der Schakal?«, hörte ich leise die Stimme und den Akzent des chinesischen Kaisers.

Stand er etwa genau hinter dem Grün? Es musste so sein. Ich stoppte abrupt.

Neves plusterte sich aufgrund der plötzlichen Bewegung unwillig neben meinem Ohr auf. Ich hob die Hand, als Yasemine zum Sprechen ansetzte, und führte sie zu meinen Lippen, um lautlos das *Psst*-Zeichen zu formen.

Das hier könnte wichtig sein. Mir war egal, ob irgendwer später wissen könnte, dass ich das Gespräch belauscht hatte, weil es Aufzeichnungen gab. Es zählte gerade nur das Hier und Jetzt. Ich glaubte nicht, dass Sinessa, der sicherlich mit dem Kaiser dort stand, *jetzt* ein Radar bei sich führte, der ihm sagte, wer sich gerade wo im Schloss befand. *Oder?*

»Nicht viel.« *Ha! Sinessas Stimme.* Er klang müde. »Miss Terious ist schwer zu finden.«

Mis-terious?? Hä? War das nicht …?

Klar! Die Buchstaben. Misteriouss.

Moment! *MISS Terious.*

Es waren zwei Worte. Nicht eins. Zwei. Und damit ein Name! Genauer der Name oder Titel einer Frau! Aber was …? In meinem Kopf rannten die Gedanken um die Wette. Ich beachtete meine Begleiter, die ungeduldig warteten, dass wir weitergehen konnten, nicht mehr. Für sie ergab das Gespräch vermutlich keinen Sinn. *Aber für mich umso mehr!*

Es überlief mich heiß und kalt. *Deshalb die drei S und es ging auch nicht um etwas Mysteriöses. Also schon … aber vorrangig um eine Frau. Wer war sie? Mit Sicherheit eine Rebellin.*

»Aber er hat eine Spur?«, wollte sich der Kaiser von Móshù versichern. Sein Ton war ruppig. Unzufrieden. »Wir müssen sie aufhalten! Ich bin mir sicher, sie will der Bewegung mit eurer favorisierten Kandidatin ein Gesicht verleihen. Denk daran, an zwei Fronten gleichzeitig zu kämpfen wird schwierig.«

»Sicher.« Sinessa klang zerstreut.

Ich hörte Schritte.

Eilig setzte ich mich selbst in Bewegung und bedeutet den anderen, es mir gleichzutun.

Miss Terious. Soso. Das war also die rätselhafte Frau, vor der Sinessa sich so fürchtete – zumindest tat es der chinesische Kaiser. Fragte sich nur, warum ich von ihrem Namen träumte. *Hatte ich ihn unterbewusst irgendwo aufgeschnappt?* Es musste so sein. *Aber wo?*

31

Das große Geheimnis, das eigentlich ein ganz kleines war

Das Schweigen unseres kleinen Grüppchens hielt an, bis wir die Bibliothek betraten. Yasemine hatte sich wieder in die Betrachtung der Ausstattung der Gänge verloren. Sama war einfach neben uns auf dem Teppich hergetrottet. Das hatte mir Raum gegeben, meinen Gedanken nachzuhängen.

Herausgekommen war nicht viel. *Miss Terious* war vielleicht die Anführerin der Rebellen, hatte ich gemutmaßt. Warum sollte sie sonst für Sinessa und den chinesischen Kaiser so wichtig sein? Warum sollten sie sich sonst von ihr bedroht fühlen? *Aber warum besprachen sie das zu zweit und nicht mit Ivan oder dem hiesigen Kaiser? Schließlich wäre sie dann eine Bedrohung für ganz Eterny, nicht nur für California.*

Kannten die beiden sie? Wollten sie sie beschützen? Oder zuerst in die Hände bekommen? Zu welchem Zweck?

Es war sinnlos, weiter darüber nachzudenken. Deshalb erfreute ich mich an Yasemines leuchtenden Augen, als sie all die Reihen von Büchern sah.

»Ich wusste gar nicht, dass dich das so begeistern kann«, durchbrach ich ehrlich erstaunt die Stille zwischen uns.

»Es ist …« Sie seufzte verzückt. »… das Gefühl. Das alles …« Sie drehte sich im Kreis und hob die behandschuhten Hände. »…

enthält so viel Wissen, ist so alt und mächtig. Ich bewundere all die Menschen, die das niedergeschrieben haben.« Sie sah mich mit roten Wangen an. »Fühlt es sich für dich nicht auch überwältigend an, zu einem Volk zu gehören, dass all das geschaffen hat?«

Konsterniert brauchte ich einen Augenblick, um zu antworten. »Ich …« stammelte ich. *Finde, dass wir zwar viel errungen haben, aber andere Hochkulturen vor uns auch. Und nun, wenn man Sama Glauben schenkt, hatte sich auch einiges nicht gerade zum Besseren, geschweige denn in eine gute Richtung entwickelt.* Nein, das konnte ich nicht sagen. Oder ich wollte es eben nicht. »… bin auch aufs Neue erstaunt über so viele Bücher und so viel gesammelte Gedanken«, beendete ich meinen angefangenen Satz.

Sie lächelte zufrieden. »Schön, nicht? Wollen wir noch ein bisschen durch die Reihen wandern, bevor wir weitergehen?«

Ich nickte. Durch Reihen voller Bücher zu schlendern klang toll. Hier, inmitten all der stillen Schätze, fühlte ich mich zwar immer noch nicht ganz wohl, aber es erinnerte mich ein bisschen an zu Hause. Das wiederum ließ mich an mein letztes Gespräch mit meiner Mutter denken. *»Deine eigentliche Gabe schlummert tief in den Büchern«,* hatte sie gesagt. *Oder so ähnlich.*

Jetzt war ich hier, tief zwischen den Büchern. Aber von einer Gabe spürte ich nichts. *Hatte sie damals Sama gemeint? War des Rätsels Lösung wieder einmal einfacher, als ich dachte? Und ich vergeudete unnötig Zeit und Energie darauf, etwas verstehen zu wollen, das sich mir längst offenbart hatte?*

»Was denkst du?« Yasemine neigte ihren Kopf nach rechts.

»Dass meine Mutter einst etwas davon sagte, dass meine Gabe in Büchern läge. Oder so ähnlich«, gestand ich. Das klang doch unverfänglich.

»Mhm …«, machte sie zweifelnd.

Immerhin hielt sie es nicht direkt für lächerlich.

»Du hast schon immer gern gelesen, nicht? Zumindest seit ich dich kenne.«

Ich nickte.

»Was hat es dir gebracht, das Lesen?« Sie sah mich mit einer Ernsthaftigkeit an, die ich gar nicht von ihr gewohnt war.

Ich überlegte. *Tja, was hatten mir all die Stunden, die ich zwischen den Seiten verbracht hatte, gebracht?* »Freude?« Ich klang äußerst fragend.

Yasemine quittierte es mit dem neuerlichen Hochziehen ihrer Augenbrauen. »Und weiter?« Sie klang skeptisch.

»Na ja, ich … es … die Geschichte läuft wie ein Film in deinem Kopf ab. Du siehst in Bildern, was passiert. Du erlebst Abenteuer.« Ich stockte. »Da gibt es fantastische Welten und andere Länder, Bräuche, Tiere, Wesen … ich nehme an, man sammelt Wissen und Erfahrungen und …« Ich verstummte, war mir nur zu gut meines romantischen Gestammels bewusst.

»Ja?«, fragte sie nach.

»Keine Ahnung«, gab ich zu. »Für mich war es immer ein Hobby. Etwas, das mich der Realität entfliehen ließ. Ein Rückzugsort. Es war angenehm. Und … in meinen Büchern siegten die Helden.« Ich lächelte. »Oder die Liebe.«

»Immer?«, fragte Yasemine mit großen Augen. Das Blau ihrer Kontaktlinsen strahlte.

»Nun ja, fast immer. Meistens. Deshalb waren es Bücher.«

Ihr Lächeln erlosch. Dann hellte sich ihre Miene ebenso schnell wieder auf. »Was ist …« Sie zögerte, setzte neu an. »Was ist, wenn es gerade darum geht? Ich meine, ich weiß es nicht. Ich lese nicht und ich bin nicht magisch veranlagt. Aber vielleicht geht es ja einfach darum, sich das, was man, äh … bewirken will … vorzustellen? Und diese Bücher bieten dir Lösungen, Fantasie, Erfahrung?« Sie sah mich an, als würde ich sie gleich für verrückt erklären. Unsicher. Zweifelnd.

Nein, bei keinem anderen Magician funktionierte die Magie so, oder? Zumindest hatte ich das noch nie gehört. Andererseits: Bei mir schien alles aus dem Rahmen zu fallen, anders zu sein. Konnte Yasemine recht haben? Konnte das die Lösung sein? Ich dachte an die Aufgaben zurück. Versuchte mir in Erinnerung zu rufen, wie ich sie gelöst hatte. Bei der ersten Aufgabe hatte ich mir vorgestellt, wie ich den Mann … und es war eingetreten! Ich hatte dem gar keine Bedeutung beigemessen, war viel zu sehr damit beschäftigt gewesen zu realisieren, dass ich *niemanden* getötet hatte. Und dann bei der zweiten Aufgabe, am Grund des Sees, hatten mir die Worte auf dem Stein zu einem Bild im Kopf verholfen – gut, dem eines fiktiven Schiffes. Trotzdem hatte das sicher zusammen mit meiner

Elementarkraft, dem Feuer, bewirkt, dass die Physik der Natur ganz von allein für mich gearbeitet hatte. Und es hatte noch andere Gelegenheiten gegeben, in denen mir meine Vorstellungskraft geholfen hatte, in denen sie meine Kräfte irgendwie aktiviert und gesteuert hatte – wie etwa beim Sehen der eigentlich unsichtbaren Magie.

Wie Schuppen fiel es mir von den Augen. Ich hätte es jederzeit erkennen können, doch es wäre mir ohne Yasemine nie in den Sinn gekommen. *Hatte meine Mutter sie deshalb geschickt?* Nein, wie hätte sie das ahnen können. Yasemines Ausspruch war eine glückliche Wendung des Schicksals, es war einer dieser Zufälle, die am Ende etwas viel Mächtigeres bedingten. *Manchmal mussten einen eben erst andere auf das Offensichtliche hinweisen.*

Ich atmete tief ein und wieder aus. Drehte und wendete die Möglichkeiten. Und ich sah ein: *Sie hatte recht!*

Die Erkenntnis ließ alles in mir durcheinanderwirbeln. Mir war, als tanzten die Synapsen in meinem Gehirn Tango und feuerten ein ganzes Arsenal an buntem Sprengstoff aus Hormonen und Endorphinen in mir ab. Jede Zelle schien vor purem Glück überzuquellen und ich hätte die Hände in einer siegreichen Geste, völlig selbstvergessen, über meinen Kopf recken mögen.

Das war es! Das große Geheimnis, das eigentlich ein ganz kleines war! Das Rätsel, das mir meine Mutter aufgegeben hatte, war gelöst. Und das gerade rechtzeitig, vor der letzten Aufgabe.

»Du bist ein Genie!« Ich trat überschwänglich zu Yasemine und versuchte, die Arme um den bauschigen Umfang ihres dieses Mal nicht in einem Türrahmen eingeklemmten Kleides zu legen.

»Bin ich?«, fragte sie überrascht und errötete leicht.

»Bist du!«, bestätigte ich mit vor Freude und Zuversicht glänzenden Augen. »Ich bin ja so froh, dass du zu Besuch gekommen bist!«

Ich hätte in der Sekunde die Welt umarmen können. Dieses Wissen, dieser kleine Fitzel, er veränderte alles! Er würde mich die letzte Aufgabe gewinnen lassen, dessen war ich mir gewiss! *Gut, vielleicht war ich auch einfach nur extrem euphorisch. Egal.*

Yasemine strahlte und ich strahlte mit ihr um die Wette. Ich hatte mich am Morgen getäuscht. Und wie ich mich getäuscht hatte! Das war der beste Tag seit Langem.

32

Im Herzen verbrüdert

Ich mag nur eine einfache Frau sein, du der Kardinal der Blauen Garde seiner göttlichen Heiligkeit, doch sei dir gewiss, dass das für mich in dem Moment, in dem ich beschließe, mich zu wehren, keine Rolle spielen wird«, hatte ich zu Ivan gesagt. Damals, zu Anfang, als ich ihm Widerworte hatte geben wollen. Ihn in seine Schranken hatte weisen wollen. Ihm, dem Bad Boy schlechthin, noch nicht zur Gänze verfallen war. Jetzt fühlte ich mich mächtiger, in einer anderen Position ihm gegenüber. Ganz und gar nicht mehr wie eine einfache Frau.

Ich war Josephine Streisand.

Die Nachfahrin von Rovenna, der mächtigsten Magicia, die je geboren worden war. Die Enkelin von Tekre, Rovennas Bruder, nach dem diese Stadt benannt worden war – die Hauptstadt Californias. Ich war die Herrin über eine Sphinx und einen Phönix, die Favoritin des Volkes bei dieser Wahl. Und ich war fest entschlossen zu gewinnen, um über ein ganzes Volk – mein Volk – zu regieren!

Ich dachte an Pomios Frage bei meinem Interview zurück. *Besser als Sinessa würde ich es allemal hinbekommen. Seine Zeit als Regent war definitiv abgelaufen, auch wenn er das nicht so sah.*

Yasemine hatte mir dieses neue Selbstvertrauen geschenkt. Zwar unbewusst, aber das spielte keine Rolle. Ich war ihr unendlich dankbar dafür.

Nun stand ich vor dem Spiegel in meinem Bad und bürstete mir die Haare, während ich an den gestrigen Abend zurückdachte.

Yasemine war bis spät geblieben und ich hatte ihr schließlich sogar den Regentensaal gezeigt. Dann, in meinem Zimmer, war sie staunend umhergegangen, einzig unterbrochen von Miss Puttins Eintreffen und dem Essen, das die Hausdame uns gebracht hatte. Die Zeit war wie im Flug verstrichen, bis die digitale Uhr an meiner Zimmertür angezeigt hatte, dass meine Nachbarin das Schloss wieder verlassen musste. Mit einer weiteren Umarmung hatte ich sie verabschiedet und dabei das Gefühl gehabt, nun tatsächlich eine echte Freundin in ihr gefunden zu haben. Meine erste Freundin überhaupt.

Ich seufzte laut. Leider konnte sie heute nicht wieder hier sein.

Ich hatte inzwischen das Zählen der Bürstenstriche aufgegeben, so oft waren die harten Borsten schon durch meine weichen Strähnen gefahren. Meine Kopfhaut wurde dabei massiert und, wie ich vorhin festgestellt hatte, Nachdenken war so eine angenehme Nebensache.

Behutsam fuhr ich ein letztes Mal durch die Längen meines blonden Haares, dann legte ich die Bürste doch beiseite.

Gestern hatte ich Rayn nicht mehr getroffen, heute war die Notwendigkeit eines Gespräches noch größer. Wir mussten über das reden, was er in der Besenkammer gesagt hatte – über den ›füreinander einstehen‹-Teil und wie ernst es ihm damit war. Eine Allianz zwischen uns beiden wäre für jeden von uns von großem Vorteil. Das sah er sicher auch so. *Und vielleicht*, dachte ich, *vielleicht würde er sich mir ja öffnen, jetzt, da das Ende der Wahl nahte. Vielleicht würde er gar seine wahren Motive offenlegen.* So oder so mussten wir dringend reden.

Zurück im Hauptraum meines Zimmers sah ich, dass sowohl Sama als auch Neves die Augen geschlossen hatten. Es war noch früh. Miss Puttin war heute noch nicht da gewesen. Und aus Erfahrung wusste ich, dass es nichts außer dem Frühstück gab, dass die beiden Fabelwesen dazu bewegen konnte, sich zu regen.

Probehalber trat ich an das Display am weißen Holz der Zimmertür. Ich erwartete wie üblich das leidige Wort dort zu lesen:

AUSGANGSSPERRE

Doch ich wurde positiv überrascht. Aus Neugier drückte ich die goldene Klinke hinunter. Siehe da! Die Tür schwang auf.

Wohaaa! Überrascht wich ich wieder einen Schritt zurück. *Träumte ich? Es geschahen noch Zeichen und Wunder!*

Eilfertig sah ich an mir hinunter. Pink-Panther-Jogginganzug, Bugs-Bunny-Hausschuhe und gebürstete Haare – für einen Streifzug durch die Gänge des Schlosses, um Rayn ausfindig zu machen, reichte das allemal. Ich wollte so ja nicht die letzte Aufgabe bestreiten. Das wäre dann doch ein bisschen … unangemessen.

Ich verbiss mir ein Grinsen, während ich hinaus auf den roten Teppich trat und die schlafenden Fabelwesen zurückließ. Ich fragte mich, was wohl Yasemine und all die auf Äußerlichkeiten und Korrektheit bedachten Zuschauer sagen würden, wenn ich tatsächlich so zur letzten Aufgabe erscheinen würde. *Wäre es der Brüller? Aber würden die Leute mit mir oder über mich lachen? Waren sie sich ihrer manchmal auch sehr seltsamen neumodischen Gewandungen bewusst?*

Gemächlich schlenderte ich zu Rayns Tür – die dank des Namenschildes unverkennbar war. Ich hoffte ihn dort anzutreffen, denn bis zum Frühstück plante ich wieder zurück in meiner Räumlichkeit zu sein. Meinen Kaffee wollte ich mir nicht durch die Lappen gehen lassen.

Einen Augenblick lang verweilte meine Hand vor dem Holz über der Klinke. Ich stellte mir einen Rayn mit verstrubbelten braunen Locken auf dem Kopf vor, der noch in einem Schlafanzug steckte – *mhm, was er wohl zum Schlafen trug?* Ich hatte direkt ein Bild von ihm auf dem Bett im Kopf. In meiner Fantasie trug er nicht allzu viel. Meine Wangen erhitzten sich. Ich schluckte. *Nein. Nein. Nein.*

Schnell klopfte ich an.

»Ja?« Rayns Stimme klang kräftig. *Das war gut.* Da ich ihn seit dem Krankenbesuch nicht gesehen hatte, war eigentlich mit allem zu rechnen gewesen. Aber er hatte die letzte Aufgabe bewältigt, erinnerte ich mich. Indes war die nicht körperlich anstrengend gewesen.

»Hi«, quetschte ich nun doch aufgeregt und nicht mehr ganz so souverän hervor. »Ich bin's, Josephine«, fügte ich mit Verzögerung hinzu.

»Phinchen!«, erklang es gleichzeitig dumpf und erfreut von innen, dann wurde die Tür aufgerissen und Rayns breite Schultern füllten den Türrahmen.

Mein Blick traf auf die elektrisierten Spitzen seiner Haare, die nur so vor Kraft strotzten, einen perfekt sitzenden schwarzen Anzug und vernünftige, polierte schwarze Halbschuhe.

Urplötzlich fühlte ich mich zum ersten Tag zurückversetzt. Damals, als wir vor dem Portal gestanden hatten, hatte er auch so ausgesehen und gewirkt.

Ich strich mir mit der Zunge über die trockenen Lippen. Wärme und Verunsicherung ließen meinen Brustkorb schnellere Hebe- und Senkbewegungen vollführen. Rayn war sichtbar genesen.

Ein »Wow!« seinerseits ließ mich wieder seine Augen finden.

Er grinste übermütig und zeigte nonchalant auf mein Outfit. »Das nenne ich wahrhaft flauschige Hingabe an Sinessas Regelwerk. Pink bis in den Tod.«

Er sagte den letzten Satz scherzhaft, trotzdem jagte dieser mir einen kalten Schauer über den Rücken, der mich wieder daran erinnerte, wieso ich hier stand. *Sicher nicht, damit wir gegenseitig unsere Kleiderwahl begafften.* Jedoch war mir unklar, wieso Rayn am frühen Morgen schon so herausgeputzt war. *Wusste er mehr als ich? Oder hatte er etwas Wichtiges vor? Aber was?*

»Nun, ich kann nur anziehen, was ich in meinen Schränken finde, nicht wahr?«, gab ich bemüht süßlich zurück.

»Da ist was dran.« Er nickte einlenkend. »Ich hätte dich nach dem Frühstück gesucht«, fügte er überraschend hinzu. »Aber du hast wohl vor mir entdeckt, dass die Ausgangssperre aufgehoben ist.«

Ich nickte. Was sollte ich auch sagen. *Ich stand hier, oder nicht?*

Rayn musterte mich einen Moment lang, als versuchte er eine komplizierte Gleichung zu lösen, deren Ergebnis sich irgendwo in meinen Zügen verbarg.

Ich verharrte still und wartete. Schließlich zog ich fragend eine Augenbraue hoch. »Was?«

»Warum bist du zu mir gekommen?«

So lief also das Spiel. Ich erzählte wie üblich alles, was mir auf der Zunge lag, und er – er blieb weiterhin der Geheimnisvolle. Andererseits gab es heute von meiner Seite aus nicht viel zu enthüllen und egal, wie lange wir nun um den eigentlichen Grund herumredeten, irgendwann musste ich ihm vorschlagen, wofür ich gekommen war.

»Gut.« Ich nickte wieder. »Ich bin hier, um mich mit dir zu verbünden.« Das ließ ich kurz sacken.

Rayn schwieg.

Klasse. Allerdings hatte ich jetzt schon begonnen, da konnte ich auch sagen, was ich zu sagen hatte. Sollte er seinerseits daraus machen, was er wollte. »Die nächste Aufgabe naht. Und es ist nicht gerade ein Geheimnis, dass Samentha und Phillipe stark sind. Gegen sie zu bestehen wird nicht einfach. Die braunhaarige Cuiny hatte ich bisher nicht direkt auf meiner Gewinnerliste, doch auch sie hält sicher noch die eine oder andere Überraschung parat, schließlich wäre sie sonst nicht mehr dabei.«

Stille entstand, nachdem ich geendet hatte.

»Du glaubst, du kannst gewinnen?« Rayn klang interessiert.

Ich fühlte mich überrumpelt. Wann hatte ich irgendwas dergleichen gesagt? Ich hatte es gedacht. Gestern … vorhin. Aber nicht gesagt. *Warum konnte er nicht einmal das tun beziehungsweise sagen, was man erwartete? Es war wie bei Ivan.* Mein Herz zog sich zusammen und in meiner Kehle wurde es eng. *Konnte ich Rayn vertrauen? Wie viel konnte ich ihm anvertrauen?*

Dann beschloss ich, entgegen meiner vorherigen Überzeugung, alles auf eine Karte zu setzen. »Mit deiner Hilfe: ja!« Einmal gesagt, wollte ich die Worte am liebsten direkt wieder zurücknehmen. Ich musterte den roten Teppich. *Hatte ich mich damit zu weit aus dem Fenster gelehnt?*

Da hoben warme Finger mein Kinn an. Rayns Gesicht war ganz nah. Er lächelte. »Das wollte ich hören.« Seine Erwiderung war nur ein Windhauch, ein feines Flüstern, doch durchdrang sie jede meiner Zellen mit einer Intensität, dass ich meinte, plötzlich keine Knochen mehr im Leib zu haben.

Noch näher brachte Rayn seinen Mund an mein Ohr. Sein warmer Atem strich über meine Ohrmuschel. Es kribbelte und in meinem Unterleib zog sich etwas ungewohnt zusammen. Mir wurde heiß. Dann wurde mir bei seinen nächsten Worten kalt. »Lass uns zu Ivan gehen, dort können wir alles Nötige besprechen.«

Es war wieder nur ein Flüstern. Doch schnitt es mir tief ins Herz. Ich wollte nicht zu Ivan gehen oder auch nur an ihn denken. *Nie wieder.* Auch wenn ich wusste, dass das unrealistisch war.

Ich hatte den Moment genießen wollen. Den zwischen uns, den Rayn gerade kaputt gemacht hatte. Mit einem einfachen Namen.

Ich wand mich aus seinem Griff. »Warum?« Das Wort verließ wie ein Pistolenschuss meinen Mund. Es sollte Rayn so treffen, wie er gerade mich getroffen hatte. Schon dass er von Ivan sprach, fühlte sich wie Verrat an. Doch war ein normales Wort wohl nicht gewaltig genug, um meine Gefühle zu spiegeln. »Nasawab«, knurrte ich das ägyptische Schimpfwort, das mich Sama gelehrt hatte. Ich war so wütend.

»Was?«, fragte dieses Mal Rayn irritiert.

»Nichts«, knurrte ich noch wütender. »Also?«

Wieder beugte er sich zu mir.

Ich wich nach hinten zurück.

Er packte mich am Arm.

Was …?

Er flüsterte noch leiser: »Weil ich dort die Kameras und Mikrofone durch einen Nanobot dauerhaft manipulieren kann. Dort können wir frei sprechen. Hier nicht.« Er ließ mich ruckartig los.

Fast wäre ich gestolpert. Mein Geist war noch mit seinen Worten beschäftigt.

»Und keine Sorge.« Sein Ton war hart. »Ivan ist meines Wissens nach nicht da.« Damit trat er aus der Tür, was mich automatisch einen Schritt nach hinten weichen ließ, zog diese zu und begann, den Gang entlang in Richtung von Ivans Räumen zu gehen.

Er schaute sich nicht um. Schaute nicht, ob ich ihm folgte. Aber das war auch gar nicht nötig. Wir wussten beide, dass ich keine andere Wahl hatte, wenn ich wirklich ein Bündnis mit ihm eingehen wollte.

In einigem Abstand folgte ich ihm niedergeschlagen, während ich versuchte, nicht darüber nachzudenken, warum Ivan am frühen Morgen nicht in seinem Zimmer war. *Es ging mich nichts an und diesen prompten Schmerz in der Herzgegend spürte ich überhaupt nicht,* redete ich mir ein.

Dann stoppten wir.

Rayn hielt mir, wieder ganz Gentleman, die Tür auf und ich tappte an ihm vorbei in den Hauptraum von Ivans Suite. *Interessant, dass sich die Tür auch von ihm öffnen ließ.*

Nachdenklich sank ich auf das bekannte blaue Sofa in der Mitte und sah mich erwartungsvoll um. Die Räume wirkten tatsächlich verlassen.

Rayn verschwand kurz in einem der Nebenräume, dann war er wieder da. Mit einer Drehung seines Handgelenks förderte er einen Nanobot, ähnlich Li, unter seinem Anzugärmel zutage. Seiner sah aber deutlich moderner aus.

Er zischte ihm: »Gānrǎo jìshù chuánbò« zu.

War das Chinesisch? – es klang sehr fremdländisch. Daraufhin erschien eine Projektion und ein hoher Ton durchschnitt die Luft, der immer höher wurde, bis ich ihn nicht mehr hörte.

Seufzend ließ sich Rayn am anderen Ende des Sofas nieder. »Die Optimalfrequenz ist erreicht. Ich denke, die technische Übertragung des Überwachungskrams wird vollständig gestört. Frag, was immer du fragen willst.«

Okayyy.

Wir starrten beide auf die lange Schrankwand uns gegenüber.

»Für wen bist du hier?«, brach ich die Stille.

»Du solltest dich fragen, warum der chinesische Kaiser hier ist«, gab Rayn leise, fast resigniert zurück.

»Sollte ich?«, wiederholte ich lakonisch, weil er meine Frage nicht beantwortet hatte und ich wenig von seinem herablassenden Verhalten hielt.

»Ja, solltest du.« Er nickte, an niemand Bestimmtes gerichtet.

In jedem meiner Glieder regte sich der Unmut darüber, dass wir immer noch nicht über ein Bündnis sprachen, sondern er sich darin zu gefallen schien, noch mehr Fragen aufzuwerfen.

Ich stand auf. »Ich werde dir sagen, wie das hier läuft. Ich werde diese Wahl gewinnen, ob mit dir oder ohne dich.« Ich war mir selbst nicht sicher, ob ich das wirklich ernst meinte. Aber da er mir an seinem Krankenbett dazu geraten hatte, das Spiel besser zu beherrschen, bitte sehr. Hier hatte er seinen ersten Bluff, der immerhin nur zum Teil einer war. »Ich bin Ivans Hin und Her leid und dieses Gespräch scheint in die gleiche Kerbe zu schlagen. Es wird uns beide nicht weiterbringen. Nicht so! Du sagtest, hier könntest du frei reden? Dann rede! Oder ich spaziere gleich wieder durch die Tür.« Ich schenkte ihm einen harten Blick. Meine Pixiesicht übernahm. Mein Sichtfeld vergrößerte sich und ich verengte die Iriden zu gefährlichen Schlitzen.

Rayn schluckte erschrocken, als er die goldenen Augen sah.

»Keine Sorge«, sagte ich genauso herablassend wie er zuvor. »Ich werde mich nicht verwandeln und dir den Kopf abbeißen. Wortkarge Kandidaten verspeise ich nur am ersten Dienstag jeden Monats zum Frühstück.«

Kurz wirkte er, als hätte ich ihn kalt erwischt, dann grinste er über meinen Sarkasmus. »Das ist es, Phinchen. Das ist es, was ich immer in dir gesehen habe. Die Kämpferin. Die Magicia. Die starke Frau, die am Anfang dieser Wahl noch ganz tief in dir vergraben war. Du weißt es inzwischen, oder?«

Von seinem plötzlichen Umschwung verwirrt, entwich mir ein automatisches: »Was?«

»Dass du Rovennas Nachfahrin bist.« Rayn schien davon völlig unbeeindruckt zu sein.

Mich machte seine Frage fuchsteufelswild, denn es zeigte mir, dass er mir eindeutig Dinge verschwiegen hatte. Weltbewegende Dinge! *Ich hatte es geahnt!* »Und das wusste jeder außer mir?« Ich klang nicht nur extrem sauer, ich war es.

»Nein.« Rayn schüttelte den Kopf. Die braunen Locken flogen.

»Nein?« Jetzt war ich wieder verwirrt. Der Mann sprach nicht nur in Rätseln, er war eines. *Musste man ihm alles aus der Nase ziehen?* »Sondern?«

»Ivan wusste es«, gab er zu.

Natürlich. Ich wollte in ein ironisches Gelächter ausbrechen, beherrschte mich allerdings. Hier schloss sich der Kreis. Ein Kreis von vielen. Deshalb also Svens Geschichte. Nicht nur wegen der Emotionen. Der Satz am Schluss war bewusst von ihm gewählt und platziert worden. *Oh Ivan, warum kannst du nicht einmal direkt sein? Ich war nicht am kaiserlichen Hof aufgewachsen. Die Züge und Gegenzüge, Finten und Andeutungen waren mir fremd.* »Und alles, was Ivan weiß, weißt auch du?« Ich sah Rayn lauernd an.

»Manches.« Er lächelte verhalten.

»Also«, wechselte ich das Thema. »Warum ist der chinesische Kaiser hier, wenn nicht aus dem offensichtlichen Grund?«

»Nichts ist offensichtlich, wenn es um die Politik der Magicians geht«, belehrte mich Rayn. »Vorwände sind gut, die Wahl eine willkommene Abwechslung. Was denkst du?« Er winkte mir, mich wieder zu setzen. »Du hattest die Drohne in der Hand, nicht wahr? Es ist dir aufgefallen.«

Ich kniff die Augen zusammen. Woher wusste er davon? Er war gar nicht da gewesen. *Aber Ivan!,* fiel es mir wie Schuppen von den Augen. *Grrr.* Ich setzte mich wieder. *Ja, mir war aufgefallen, dass sie moderner war, wenn er das meinte.*

»Tekre Industries liefert ihre modernsten Produkte an die Chinesen. Sie werden auf dem hiesigen Markt nicht verkauft«, fuhr Rayn fort. »Seine göttliche Heiligkeit unser Kaiser …«, es klang spöttisch. »… ist der Ansicht, dass es unsere Wirtschaft stärkt, indem sie unglaubliche Profite durch den Export generiert, und gleichzeitig ihm zugutekommt, da er so die Aufständischen in seinem Volk kleinhalten kann, was die Waffentechnologien angeht. Er denkt, es festigt unser Bündnis mit Móshù, damit dieses im Falle eines Angriffs von innen ihm, seiner Kaiserwürde und den Gilden mit den Hightechwaffen zur Seite steht.« Rayn verstummte.

Das klang klug, aber so entging doch Tekre Industries ein Geschäft – nämlich der halbe Weltmarkt: unser Kaiserreich. Ich sprach es aus.

Rayn grinste. »Du kennst das hiesige Waffengesetz nicht besonders gut, oder?«

»Nein.« Ich rümpfte pikiert die Nase. »Wofür hätte ich eine Waffe benötigen sollen?«

Er lachte humorlos. »Nun jaaa … Aber im Ernst: Das Waffengesetz von Eterny erlaubt einzig der Blauen Garde, seiner Heiligkeit dem Kaiser und ordnungsgemäß bewilligten Jägern und so weiter – also gewissen Berufsgruppen –, Waffen zu besitzen. Das schränkt den Kundenkreis sowieso stark ein. Es sind wenige, die heute noch dagegen aufbegehren. Abgesehen von Tekre Industries, die sich darauf berufen, dass die Gesetzlage in America vor dem Aufstand des Rates ganz anders aussah.«

»Verstehe. Aber … Nanobots sind doch keine Waffen, oder? Warum hatte der chinesische Kaiser einen hypermodernen Drohnenbot, denn so sah das Teil aus, das ich hier noch nie gesehen habe?«

»Wenn Metall auf Mensch trifft, verliert die organische Haut«, war alles, was Rayn sagte. Aufmerksam beobachtete er mich. »Die

Drohnentechnologie ist längst fortschrittlich genug, um selbst Nanobots aufzurüsten. Besonders die der ganz neuen Generationen.«

Mein Oberstübchen arbeitete. »Damit gibt unser Kaiser aber alle Waffen aus der Hand. Ich meine, die Chinesen sind räumlich weit entfernt. Im Falle eines Angriffs …«

»Richtig. Er verkauft anderen gefährliche Waffen und hat selbst zwar auch ein paar davon, aber im Endeffekt viel weniger als sie, also fast keine. Er macht unser Land nach außen hin verwundbar, weil er dem chinesischen Kaiser vertraut«, unterbrach mich Rayn.

»Und du nicht?«, fragte ich.

»Ich traue niemandem.« Als er mich nun ansah, war die Maske von seinem Gesicht gefallen. Unglaublicher Hass auf die Welt schlug mir entgegen und ließ mich meine Hände fest in die Sofapolster graben, obwohl die Emotion nicht mir direkt galt.

Der sanfte Rayn, der nette vernünftige Mann, den ich zu kennen meinte; er war nur eine Fassade. Eine unglaublich gute Fassade, die Rayn sicher über Jahre hinweg sorgsam gepflegt hatte. Vielleicht war er sogar ein Teil von ihm. Doch darunter brodelte all das beobachtete Leid, das er hatte mit ansehen müssen, als seinen Eltern das Leben genommen worden war. Rayn hatte nichts von all dem vergessen und er hatte ebenso wenig verziehen.

Eines war sicher: Er trat hier *nicht* für den Kaiser von Eterny an.

»Es gibt die, die wie ich eine andere Weltordnung anstreben. Kein System, das von einem Monarchen mit absoluter Macht beherrscht wird. Denn kein einzelner Mann sollte über Leben und Tod von vielen entscheiden«, sagte er just. Seine Augen wieder sanftmütig, die Maske an Ort und Stelle.

Mich überlief es kalt. Jetzt, da ich wusste, was sich darunter verbarg, erschreckte es mich noch mehr, seine offensichtliche Schauspielkunst mit anzusehen. Es war wie mit Ivan. Nur dass mich bei Rayn schon dieser eine Augenblick anzweifeln ließ, ob irgendwas von all dem zuvor echt gewesen war, oder ob er jedes einzelne Aufeinandertreffen, jede Geste geplant hatte. *Hatte er mich ebenfalls manipuliert? Wenn auch auf ganz andere Art und Weise wie Ivan? Warum hatte er sich verraten?*

»Und dann gibt es die, die wie Ivan über die Jahre begonnen haben, an der Politik unseres Kaisers zu zweifeln. Die denken, dass er abdanken sollte. Dass auch der Kaiser in einem gewissen Turnus neu gewählt werden sollte.« Seine Worte verhallten.

Ich versuchte, trotz meiner inneren Starre nach außen hin entspannt zu wirken. Die Kameras und Mikrofone in diesem Raum waren aus, dessen war ich mir gewiss, sonst würde Rayn all das nicht so offen erzählen. Im Gegensatz zu meinem Nanobot überlistete seiner die Abhörtechnik im Schloss anscheinend mühelos. Die Tür war zu. *Wie schnell könnte ich dort sein – auf dem Gang? Würde er mich vorher einholen?*

Beklemmung und Angst krochen in mir empor. Ich fragte mich, warum er mir so viel offenlegte. *War es ein weiteres perfides Spiel?* Ich wusste nicht mehr, was ich glauben oder denken sollte, wer mir wie gesonnen war. *Hier drinnen, in diesem Schloss, war alles Illusion.* Selbst mit dem Wissen fiel es mir schwer, nicht immer wieder dem Gefühl zu erliegen, dass doch etwas echt sein könnte. Vielleicht, weil ich es mir so sehr wünschte. Weil ich mich an etwas festhalten, an etwas orientieren wollte, das echt war. Um die Lüge davon zu unterscheiden – *doch was, wenn alles eine Lüge war?*

»Wie alt ist der Kaiser?«, fragte ich, nur um Rayn am Reden zu halten.

»So genau weiß das keiner.« Rayns Blick wanderte zu der Tür, die in Richtung des Esszimmers abging, wie ich von dem Abendessen mit Ivan wusste. »Ich denke, er verlängert seine Lebenszeit magisch. Aber Lamentos muss wohl mindestens um die siebzig sein.«

»Er ist …!« Ich keuchte. Jetzt hatte Rayn meine uneingeschränkte Aufmerksamkeit zurück.

»Ja, er ist Rovennas heimtückischer Mörder. Der Speer, der sich durch ihr Herz bohrte, wurde einst durch seine Hand geführt. Wie du sicher weißt, war er ihr größter Widersacher.« Rayns lächelte traurig. »Doch niemand spricht seinen wahren Namen mehr aus. Er hat ihn ab dem Ereignis getilgt. Geblieben ist der, den er sich selbst gegeben hat und die Erinnerung einiger, die sich im Gegensatz zu anderen noch daran erinnern wollen, die aber trotzdem aus Furcht vor ihm schweigen.«

Auch wir schwiegen nun.

»Damit hast du genauso viel Grund, ihn zu hassen, wie ich.« Die Worte waren ohne Gefühl ausgesprochen, doch Rayn wirkte ernst.

Wenn es stimmte, was er sagte, hatte der Kaiser nicht nur seine Eltern umgebracht, er hatte auch die Schwester meines Großvaters auf dem Gewissen. Die Frau und Magicia, die ich mehr als alles andere auf dieser Welt verehrte. *Unglaublich!* All das Geschwafel von einer starken Führungspersönlichkeit im Angesicht der drohenden Naturkatastrophen, das uns gelehrt wurde, war nichts als Lug und Trug. Lamentos hatte die einzig würdige Anwärterin auf den Thron gemeuchelt und sich seine Macht heimtückisch erschlichen. Kein Wunder, dass er sich Sinessa nie widersetzt hatte. Die beiden passten mit ihren Persönlichkeiten wie die Faust aufs Auge.

In meinem Kopf kreisten die Gedanken. *Konnte das so stimmen? Konnten all diese Verwicklungen wirklich totgeschwiegen worden sein?* Sie waren mehr als fünfzig Jahre her. *Menschen vergaßen schnell. Besonders Unangenehmes.*

Ich atmete tief durch. Es schenkte mir keine Erleichterung. Obwohl ich begriff, dass all die gefährlichen Gefühle in Rayn nicht mir galten, dass ich von ihm nichts zu befürchten hatte, weil er mich als gleich ansah, machte mir doch genau das Angst. »Und was ist mit Ivan?«, fragte ich beklommen.

33

Ivan der Schreckliche

»Ivan kann dir leider keine so rührselige Geschichte bieten«, antwortete mir eine wohlbekannte Stimme von irgendwo hinter mir.

Ich wirbelte herum.

»Mhm …«, machte Rayn.

Ich schluckte und erinnerte mich schlagartig an meinen Pink-Panther-Bugs-Bunny-Look. Am liebsten wollte ich diesen mit den Händen vor den intensiven grünen Augen verbergen, weil ich mich ungewollt dessen schämte. *So war das mit mir und Ivan,* realisierte ich; indes ich mich selbst zurechtwies. *Sonst war es mir gleichgültig, was andere über mein Äußeres dachten. Verliebtsein veränderte scheinbar alles – ob man wollte oder nicht.*

Ivans bloße Präsenz im Raum ließ mich aufrechter sitzen und die Dinge farbenfroher wahrnehmen. Sein rötlicher Haarschopf stand zerzaust von seinem Kopf ab, so wie ich es vorhin bei Rayn erwartet hätte. Der Kardinal der Blauen Garde war selbst in einer grauen Jogginghose und einem einfach weißen T-Shirt eindeutig der *Sexiest Man Alive!*

»Ivan?« Rayn klang irritiert. Aus den Augenwinkeln meines noch immer erweiterten Sichtfeldes sah ich, wie er sich durchs Haar fuhr.

Hinter Ivan stand eine Tür offen, durch die ich bisher nie geblickt hatte. Sein Schlafzimmer! Neugierig linste ich dorthin, ohne es zu wollen. Allerdings sah der Raum ähnlich meinem Hauptraum aus, mit dem einzigen Unterschied, dass sein Betthimmel und Überwurf tiefblau waren. *Was sonst.*

»Ihr beide führt ja ernsthafte Gespräche am Morgen. Und das auf leerem Magen.« Es klang scherzhaft. Von Amüsement war in Ivans Gesicht jedoch nichts zu sehen. Er kam näher, geradewegs auf mich zu. »Und das in meiner Suite?« Es klang fragend – irgendwie missbilligend. Doch wieder hatte ich nicht das Gefühl, dass er ernsthaft eine Antwort erwartete.

Nun stand er direkt hinter dem Sofa, räumlich gesehen mittig, zwischen Rayn und mir. »Sagt mir, wo soll das hinführen?« Seine Augen fixierten Rayn. Vorwurf lag in diesem Blick.

Als wäre Rayn der geliebte kleine Bruder, der zum wiederholten Mal Ärger machte. *Und vielleicht war das auch so,* schoss es mir durch den Kopf.

»Sie hatte ein Recht, es zu wissen.« Rayn hielt stolz den Kopf oben und Ivans hochgezogenen Augenbrauen stand.

»Aber hattest du das Recht, es ihr zu sagen, was meinst du?« Ivan näherte sich ihm. Die Hände zu Fäusten geballt.

Ich hielt die Luft an. Unwillkürlich spürte ich, dass das eine Sache zwischen den beiden war. Eine, die sie nicht zum ersten Mal diskutierten.

»Ich denke, du hättest es ihr längst sagen müssen! Hättest ihr alles sagen müssen, nicht nur das, was ich ihr bis jetzt offenbart habe. Du bist derjenige von uns beiden, der ihr Coach ist. Hast du das vergessen? Du bist der, der sich vor aller Leute Augen und den ganzen verschissenen Kameras von ihr hat küssen lassen.« Rayns Stimme wurde laut. »Und du bist der, der sich in sie verliebt hat und der sie beschützen sollte, nicht ich, gottverdammt!« Jetzt überschlug sich seine Stimme. Die breiten Schultern hatten sich stolz aufgerichtet, seine Augen funkelten wütend. Magie umtanzte ihn, deutlich sichtbar. »Verstehst du nicht, dass du jetzt die Gelegenheit hast, ein Mal das Richtige zu tun?«

Ich war wie zu Stein erstarrt.

Genau wie Ivan. Der sonst so wortgewandte Ivan.

Das war … eine Menge, die Rayn Ivan an den Kopf geworfen hatte. Und es warf für mich auch eine Menge Fragen auf. *Da gab es noch mehr zu wissen? Und vor allem: Ivan hatte sich in mich verliebt?? So wie ich mich in ihn?! Aber warum hatte er dann …*

»Danke, Rayn.« Ivans Stimme klang bitter, angereichert von zurückgehaltenem Zorn und schon ewig vor sich hin glimmender Resignation. Seine Knöchel waren inzwischen weiß, so fest ballte er die Finger. Sein Gesicht zeigte nur eine seiner gleichgültigen Masken, obwohl ich sah, wie heftig sich seine Rippen bewegten, als er einatmete. »Wie überaus einfühlsam und vorausschauend von dir, mir all das aufzuzählen – in ihrer Gegenwart. So als hätte ich kein eigenes Gedächtnis, das mir all das ständig in Erinnerung ruft.« Sarkasmus troff aus seinen Worten. Die Schärfe und Geringschätzung darin war bezeichnend und fast körperlich schmerzhaft.

Es verletzte mich ungemein, dass er so reagierte.

»Ich weiß nur zu gut, was alles passiert ist. Aber ich weiß auch, wer ich bin.« Ivans Selbsthass schlug mir wie eine Welle entgegen.

»Und ich weiß auch, wer *sie* ist. Dass diese Welt sie noch nicht infiziert hat. Ihr nicht das angetan hat, was uns der Kaiser zum *Geschenk* werden ließ, und ich … hatte einen Plan, um sie zu beschützen, den du gerade eben zunichtegemacht hast.« Er funkelte Rayn an. Sie fochten mit Blicken. Erfüllt von Wissen hinter diesen Worten, das ich nicht hatte.

»Sei kein Narr. Indem du versuchst, sie von dir fernzuhalten und dem Kaiser nur das Nötigste über sie berichtest, wirst du sie nicht retten! Ivan, es ist längst zu spät.« Rayn ließ seine Angriffshaltung wieder fallen. »Das war es schon, als der silberne Brief zu ihr unterwegs war, obwohl wir alle versucht haben, es zu verhindern.« Nun wirkte Rayn erneut, wie ich ihn kannte. Bemüht, dass alle das Richtige taten. *Was immer das sein würde.*

Ich kam irgendwie bei dem Gespräch nicht mehr mit. *Wer hatte verhindern wollen, dass ich den Brief bekam? Damals hatte doch keiner wissen können, wie sich das alles entwickeln würde, oder? Selbst das Wissen darum, Rovennas Nachfahrin zu sein, hätte ja nicht bedeutet, dass ich vier leuchtende Assems, eine Sphinx, einen Phönix und vier Aufgaben später unverändert die Favoritin des Volkes sein würde, die als einzige Frau der Gilde der Gulets angehörte, für Emanzipation eintrat und über Politik sprach, oder?!*

Panik ließ meinen Puls in die Höhe schnellen. Ich dachte an all die Gefahren zurück. All die Angst, die Zweifel, die Verzweiflung und die Momente, in denen ich sicher gewesen war, dass ich sterben würde.

Hätte das jemand ahnen können? Also …

»Vielleicht hast du recht.« Ivan wirkte mit einem Mal ausgelaugt. So als wäre er es leid, das alles. Mit dem Zeigefinger rieb er sich das rechte Auge. Dann das linke und schließlich über die Nase. »Ich war ein furchtbarer Coach«, sagte er, das erste Mal an mich gewandt.

Ich schreckte zusammen. Hatte mich schon so sehr ans stumme Zuhören gewöhnt, dass ich fast vergessen hatte, dass ich tatsächlich hier saß und nicht träumte.

»Nun ja, Helatius Horus wäre wohl auch nicht viel besser gewesen«, murmelte ich leise.

Rayn lachte neben mir auf, die Magie um ihn war wieder erloschen. »Haha, nein. Aber ich habe ihn auch nicht wegen seiner Fähigkeiten, sondern wegen seines Prestiges gewählt.«

Das überraschte mich. *Wobei, eigentlich …*

»Hast du meine Lektion über Sympathie und Massenpsychologie schon vergessen?« Mein Gesichtsausdruck hatte mich wohl verraten. Langsam lief Ivan auf meiner Seite um das Sofa. Seine Miene hellte sich dabei immer weiter auf.

»Nein«, gab ich zu. »Ich verstehe schon.« Dass Rayn und Helatius ein Gespann gebildet hatten, hatte das Volk neugierig gemacht. Und Neugier bedeutete, dass die Menschen wissen wollten, wie sich etwas entwickeln würde, also hatten sie Rayn gewählt, um ihn in der Wahl zu halten. So war er im Ranking gestiegen.

»Aber ehrlich«, ließ sich Rayn weiter aus. »Die Coaches der anderen haben bisher auch keine Wunder vollbracht. Und Samentha hat zu aller Erstaunen ihren Vater gewählt.« Ungläubig hob er die Hände.

Also doch! Dann war das im Schlossgarten sicher auch ihr Vater gewesen, dachte ich.

»Vielleicht wollte sie ihn öfter sehen? Eine Verbindung zu ihrer Familie halten?«, bot Ivan als Erklärung an, während er sich in die Mitte von uns setzte.

Es waren einige Zentimeter Abstand zwischen seinem und meinem Schenkel. Mir kam es aber deutlich weniger vor. Unbehagen kroch meinen Nacken empor und versteifte meine Glieder. Unwillkürlich rutschte ich bis ganz an mein Ende des Sofas.

»Und Phillipe? Er hat Amandus Seelus gewählt. Was wollte er mit dem? Waffen sind doch sowieso nicht erlaubt.« Rayn schüttelte den Kopf.

Ich erstarrte. *Ernsthaft?* Ich kannte Amandus vom Sehen. Er saß als einer der Mitglieder im Vorstand von Tekre Industries – genau wie meine Mutter. Ich hatte nie viel mit ihm zu tun gehabt und Lanahaa hatte nie etwas über ihn berichtet.

»Nun, Amandus hat sich wie immer von den Medien ferngehalten. Ich nehme an, Phillipe wollte bereits Allianzen für seine Regentschaft schmieden«, überlegte Ivan. »Mutig finde ich Meline. Zu Anfang habe ich mich öfter gefragt, welche Taktik sie verfolgt. Ob sie überhaupt eine verfolgt. Aber sie ist ganz ohne Coach bis zur letzten Aufgabe gekommen.«

»Du weißt selbst, dass sie einfach niemanden für sich gewinnen konnte.« Rayn seufzte. »Das alte Thema Prestige – nur umgekehrt. Alle wollen gewinnen. Keiner auf den Verlierer setzen. Dabei können die Letzten manchmal unter den Ersten sein. Spätestens seit Meline das Schmetterlingshaus so souverän gemeistert hat, sollten wir das verinnerlicht haben.«

Die braunhaarige Cuiny hieß also Meline! Hätte ich damals bei den Interviews besser zugehört, wüsste ich das vermutlich bereits. Aber auch ich hatte sie unterschätzt. Genau wie alle anderen.

»Kommen wir wieder zum Punkt«, bestimmte Ivan schließlich. Das Geplänkel mit Rayn schien damit abgeschlossen zu sein. »Einst stand unser Kaiser als starke Leitfigur für klare Entscheidungen. Keine von sich selbst gelähmte Politik. Kein Zögern im Notfall. Kein Erbarmen gegenüber Regimegegnern. Er sollte alle in eine bessere Zukunft führen.« Ivans Blick ruhte plötzlich auf mir.

Ich schrumpfte unter so viel Aufmerksamkeit. Dann besann ich mich und streckte den Rücken durch. *Wenn ich von den beiden ernst genommen werden wollte, musste ich mich auch so verhalten.*

»Heute hat er, wie viele finden, den Biss verloren. Er hat einige folgenschwere schlechte Entscheidungen getroffen, die über Jahre hinweg das Land geschwächt haben. Sinessa gewähren zu lassen ist eine davon. Und auch eine der wenigen, die er korrigieren möchte. Er bereut es regelrecht, zugelassen zu haben, sich so sehr von ihm beeinflussen zu lassen.« Ivan atmete aus. Die Last des ganzen Kaiserreiches schien wieder unsichtbar auf ihm zu ruhen. »Rayn ist hier, so denkt der Kaiser, um die Regentschaft über das für ihn wirtschaftlich so wertvolle California zu erringen. Weil er ihn geschickt hat.«

Was?! Fragend blickte ich Rayn an.

Ein höhnisches Lächeln saß in seinem Mundwinkel. Aber es galt nicht mir, sondern wohl dem Kaiser.

»Ich bin hier«, fuhr Ivan fort. »Damit Sinessa keine Spielchen versucht, um die Regentschaft zu behalten, und um zu gewährleisten, dass Rayn tatsächlich siegt. Dir mich als Coach anzubieten war eine impulsive Entscheidung meinerseits, von der der Kaiser denkt, dass ich sie getroffen habe, um dich von Anfang an zu kontrollieren. Ebenso denkt er, weil ich es ihm glauben gemacht habe, dass ich dir mein Interesse nur vorgaukle. Deshalb musste ich tun, was ich getan habe. Deshalb konnte ich dich nicht vor den Aufgaben beschützen. Doch ich habe, recht erfolglos, versucht, dir in den Briefen kleine Hinweise zu geben. Dich vorzubereiten.« Er stockte.

Stille trat ein.

Rayn musterte höchst interessiert die Schrankwand.

Ich schluckte. So viele unterschiedliche Gefühle waren während seiner Worte aufgestiegen. Und die wichtigste Frage: *Konnte ich diesen trauen?*

»Warum glaubst du, dass du und ich nicht zusammenpassen?«, fragte ich laut, obwohl ich es doch gar nicht fragen wollte. Meine Mundhöhle füllte sich mit Speichel, während mir vor der Antwort bangte und ich am liebsten direkt nachfolgend gesagt hätte, dass ich sie nicht hören wollte, weil ich befürchtete, sie würde mir nicht gefallen. Gleichwohl musste ich sie hören. Musste es wissen.

»Josi«, Ivan flüsterte es. Es klang so verloren. So gequält. »Rayns Geschichte kennst du. Meine noch nicht. Und ich will … Ich kann sie dir auch nicht erzählen.« Es klang endgültig.

Ich schrumpfte noch mehr zusammen. Eine dicke Träne lief mir über die Wange, die sicher bereits rosarot glühte. *Er mochte mich nicht genug,* war alles, was ich dachte. Wahrscheinlich war das pathetisch.

Aber ich hatte mir jetzt, mit einem ungewissen Morgen, gewünscht, dass wir vielleicht … im Guten …

»Nicht ganz«, unterbrach seine sanfte Stimme meine Wirren, nur um mich in noch mehr Verwirrung zu stürzen.

Aufgelöst sah ich ihn an.

Er rutschte die wenigen Zentimeter zu mir herüber und mein Kopf fand wie von selbst die Kuhle an seinem Hals. Seine Körperwärme sprang auf mich über, als er mich an sich zog, und hüllte mich ein. Selbst wenn es womöglich das letzte Mal war, dass wir uns berührten, selbst wenn ich es besser wissen sollte, das hier fühlte sich so verdammt gut an.

Ich merkte gar nicht, wie Rayn sich räusperte, den Nanobot von seinem Handgelenk nahm, aufs Sofa legte, aufstand und im Esszimmer verschwand, bis die Tür sich geräuschvoll hinter ihm schloss.

»Ich war kein Findelkind«, hörte ich Ivan leise in die Stille sagen. »Ich bin der leibliche Sohn des Kaisers.« Er atmete durch.

Ich riss die Augen auf.

»Aber auch das wissen nur wenige.«

Wie konnte das sein?

Als hätte er meine Frage erahnt, begann er mir nun doch – fast flüsternd – zu erklären: »Meine Kinderfrau erzählte mir, dass vor fünfundzwanzig Jahren eine magisch begabte rothaarige Gesandte von den freien Ländern zwischen den Kaiserreichen am hiesigen Hof zu Besuch war. Sie kam für politische oder wirtschaftliche Verhandlungen. Und sie gefiel dem Kaiser. Es kam, wie es kommen musste, und sie blieb eine Weile. Das Eis um sein Herz schmolz. Ihr Licht verdrängte seine Dunkelheit. Schließlich gebar sie ein Kind und gab ihm einen Namen. Was dann mit ihr geschah, weiß niemand. Vielleicht zog sie ihrer Wege. Vielleicht waren die Verhandlungen abgeschlossen. Vielleicht musste sie zurück. Vielleicht ließ der Kaiser sie verschwinden, da sein Herz wieder erkaltete. Ein Bündnis oder Abkommen mit den Freistaaten gab es jedenfalls nie. Zurück blieb ich – ihr Kind.«

Behutsam griff ich nach Ivans Hand. So als könnte die Berührung ihm den Schmerz, der seine Worte begleitete, nehmen.

»Mein Vater war stets ein strenger Vater. Und Rayn kein unbegabter Junge. Am Hofe gab es nur zwei Kinder – uns beide. Als wir aufwuchsen, wurden wir stets aneinander gemessen, obwohl Rayn drei

Jahre jünger als ich war. Wir lernten uns im Geheimen zu vertrauen, uns brüderlich zu lieben, aber auch, uns in seltenen Augenblicken zu hassen, dafür sorgte der Kaiser.« Er starrte blicklos, wie Rayn zuvor, in Richtung der Schrankwand.

Er sagte kein weiteres Mal »Vater«. Nur Kaiser … Ich drückte beruhigend Ivans Hand und kuschelte mich trostspendend an ihn.

»Es war nicht leicht, den Kaiser zufriedenzustellen oder ihm gar ein Lob abzuringen. Und doch machte ich es mir lange Jahre zur Aufgabe. Strebte danach, von ihm öffentlich anerkannt zu werden.«

Oh Ivan!

»Als nichts dergleichen geschah, obwohl ich immer härter, immer grausamer wurde, stets alle seine Aufträge zur Zufriedenheit erfüllte und dabei innerlich weiter starb, sah ich ein, was Rayn mir schon seit unserer Kindheit gesagt und ich ihm nie geglaubt hatte: Der Kaiser beherbergt anstelle seines Herzens einen Brocken aus ewigem Eis.«

Ich schauderte.

Ivan war völlig in seiner Erzählung gefangen.

»Der Kaiser ließ uns nicht aus Güte an seinem Hof aufwachsen. Er hatte Rayn nicht einfach so leben lassen. Unser magisches Potenzial war bereits in unserer Kindheit spürbar gewesen. Meins übertrifft heute vermutlich sogar seins, auch wenn er das nie zugeben würde. Er wird mich nicht anerkennen, solange er lebt, weil er fürchtet, dass ich als rechtmäßiger Nachkomme vom Volk zum nächsten Kaiser stilisiert werden könnte. Er weiß um seine falschen Entscheidungen und er fürchtet sich, das Einzige zu verlieren, was ihm je wichtig war: seine Macht.«

Stille trat ein.

Ivan atmete schwer.

Ich zählte seine Atemzüge und versuchte mir vorzustellen, wie seine Kindheit gewesen sein musste. *Wie hätte eine gute, eine reine Seele das unbeschadet überstehen sollen? Wie hatten Rayn und er nur nicht zu Todfeinden werden können? Vermutlich, weil sie irgendwann erkannt hatten, dass es, wenn sie sich zur Gänze hassten, niemanden mehr gab, dem sie vertrauen und sich anvertrauen konnten.*

Und nun war da ich. Das Mädchen zwischen ihnen.

»Doch die Erkenntnis all dessen kam bei mir längst zu spät. Rayn hatte sich eine gewisse Eigenständigkeit bewahrt. Ich war, in meinem Streben nach väterlicher Anerkennung, bereits zum Kardinal der Blauen Garde aufgestiegen. An meinen Händen klebte das Blut Unzähliger, auch das von Rebellen.«

Das war sie also, die Geschichte von Ivan dem Schrecklichen? Von einem der größten Magicians unserer Zeit, dem Meister der Täuschung aller. Der nun für mich jegliche Täuschungen fallen ließ und sein Innerstes entblößte.

»Dann kam diese Wahl. Rayn bekam die Chance seines Lebens und es befeuerte unsere Hoffnung, mit ihm auf dem Regentenstuhl Californias etwas zu ändern. Als ich dich sah, begann alles unglaublich kompliziert zu werden. Ich dachte, es wäre nur … eine Phase und ich …«

»Majlin«, flüsterte ich.

»Ja, ich dachte, nach einer weiteren Nacht mit ihr wäre alles wie vorher«, bekannte Ivan und begann, mit einer meiner blonden Haarsträhnen zu spielen. Schuldbewusstsein tränkte seine Stimme. »Ich dachte, es würde helfen, mich kurzzeitig abzulenken. Mich auszutoben. Stattdessen war mir danach noch klarer, dass ich sie niemals wirklich wollte, dich aber umso mehr.«

Ich hob meinen Kopf, sah ihm mit nun wieder blauen Augen in seine grünen. »Du hast sie verletzt.«

»Das habe ich. Und dich ebenfalls. Aber auch das ist mir erst durch deine Worte klar geworden. Die Menschen am kaiserlichen Hof, sie …« Er setzte neu an. »Gefühle sind ein Luxus, den man sich nicht leisten sollte.«

Ich wusste nicht, welche Worte ich jetzt wählen sollte … Seufzend ließ ich meinen Kopf wieder sinken. An meinem Unterbewusstsein nagte, dass vorhin ein *wir* erwähnt worden war, als es um meinen silbernen Brief gegangen war. Es hatte sich angehört, als wären es mehrere Personen gewesen, nicht nur Rayn und Ivan.

»Ich will nicht sagen, dass er mich gebrochen hat. Das wäre feige.« Ivan wandte den Blick ab. »Ich kann dir versprechen, in Zukunft meine Sache besser zu machen. Versuchen, dich besser zu beschützen. Aber ich kann dir nicht versprechen, dass ich ein besserer Mensch werde. Bei vielem bleibt mir, wie auch dir, keine Wahl.«

»Dann müssen wir dir eine ermöglichen«, flüsterte ich, nur halb bei der Sache.

»Vielleicht können wir das.« Ivans Lächeln erreichte seine Augen nicht. Doch war es allemal besser als der gequälte Ausdruck, den es verdrängte.

»Siehst du«, sagte ich besänftigend, weil ich den Augenblick nicht zerstören wollte. »Das war doch gar nicht so schlimm, oder? Mir die Wahrheit zu sagen?«

»Nein, es ... wird dich allerdings in Gefahr bringen. Wissen ist Macht, das weißt du so gut wie ich.« Er grinste schief ob seines lahmen Wortwitzes. »Was denkst du nun über all das?«, fragte er mich.

Ich seufzte. »Ich denke, dass Narben, die aufrecht getragen werden, von Mut zeugen und davon, weitergelaufen, statt einfach stehen geblieben zu sein – den Weg in die Zukunft gewählt zu haben, nicht den Blick in die Vergangenheit.« Ich löste mich ganz von ihm. »Und ich denke, dass die Verleumdungskultur, die wir mit den Farben der Kleider für die Geschlechter, mit dieser Fernsehshow von einer Wahl und all dem anderen pflegen, uns nur schadet. Jeder lügt dem anderen in seiner äußerlichen Perfektion vor, wie toll alles ist, dabei haben wir alle unser Päckchen zu tragen. Haben alle Narben. Narben, die uns als lebendig kennzeichnen. Als Menschen. Nicht als wandelnde, automatisierte Puppen.«

Im ersten Moment wirkte Ivan verwundert. Dann schien er seine Überraschung zu schlucken und ein echtes Lächeln trat auf seine Züge, ganz so, als befürworte er meine Aussagen.

Ich stand nun. »Kein Mensch ist immer glücklich, fröhlich, freudestrahlend. Es gibt nicht nur männlich und weiblich. Und all diese Varianz – ob nun Gefühle, Farben, Essen, Vorlieben, Geschlechter, was weiß ich – in so vieler Hinsicht, die uns Menschen ausmacht, wollen wir bewusst ausradieren? Nein, das wollen wir nicht. Wir tun es, weil das Kollektiv es tut. Aber von ›wollen‹ kann keine Rede sein.« Ich hatte erregt mit den Händen gestikuliert.

Ivan saß unverändert vor mir. Er lauschte mit Erstaunen in den moosgrünen Augen. »Du hasst Sinessa wahrlich«, stellte er nach einer kurzen Pause fest.

»Ja, dieses Gefühl beruht auf Gegenseitigkeit.« *Immerhin hatte ich noch nicht versucht, ihn umzubringen.*

»Dann solltest du wissen, dass die ganzen Informationen, die Rayn dir vorhin gegeben hat, auf zwei Dinge hinauslaufen. Erstens: Der chinesische Kaiser und Sinessa planen gemeinsam, unseren Kaiser zu stürzen. Das Waffenarsenal dafür hat *seine göttliche Heiligkeit* den Chinesen ja höchstpersönlich überlassen.«

Ivan klang wieder kalt. Ganz wie der Ivan, zu dem er jedes Mal wurde, wenn er meinte, es zu müssen.

»Das wäre durchaus sehenswert …«, fuhr er fort. »… wenn ihr weiterer Plan nicht vorsähe, Eterny vom chinesischen Kaiserreich annektieren zu lassen, mit Sinessa als neuem chinesisch-kaiserlichen Regenten in Washington.« Er seufzte. »Sie haben mich doch tatsächlich gefragt, ob die Blaue Garde sich ihnen anschließt und einen Putsch einleitet.« Er runzelte die Stirn, als könne er so viel Idiotismus nicht begreifen.

Ich schluckte. Bei Rovennas Magie – mit Sinessa als Vasall der Chinesen auf unserem Kaisersessel und Eterny als eine Art Lehnsgut würde alles noch viel schlimmer werden. »Was hast du gesagt?«

»Natürlich *Ja*.«

»Ja?!«

»Selbstverständlich, schließlich wollte ich in dem Moment am Leben bleiben und jetzt wähnen sie sich erst mal in Sicherheit.« Er zuckte die Achseln. »Ich habe mir – *uns* – Zeit erkauft.«

Ich konnte kein bisschen Unsicherheit erkennen. *Ivan der Schreckliche war wohl nicht nur ein Spitzname.* Mich schreckte seine Kaltschnäuzigkeit. Andererseits war ihm nicht viel anderes übrig geblieben, als so zu handeln. Das verstand ich durchaus.

»Zweitens: Da ich unseren Kaiser darüber informiert habe, wird er mit der Blauen Garde persönlich bereits zur letzten Aufgabe und nicht erst zur anschließenden Zeremonie anreisen. Sinessa aus dem Spiel zu nehmen, ist jetzt seine oberste Priorität.«

Das traf mich unvorbereitet, denn damit hatte ich nicht gerechnet. Mein fester Stand von gerade eben mit der zugehörigen Fassade begann zu bröckeln. Vor dem Kaiser hatte ich gehörigen Respekt und daran hatte sich auch durch das heute Gehörte nichts geändert. Vor ihm hatte ich seltsamerweise mehr Scheu als vor Sinessa, obwohl doch dieser versucht hatte, mich zu ermorden.

Unbeholfen setzte ich mich neben Ivan.

»Weißt du, was die fünfte Aufgabe sein wird?«, fragte ich beklommen.

»Nein, aber ich weiß, dass Rayn an deiner Seite stehen wird.«

»Warum?« Warum sollte mir Rayn helfen, wo doch er die Wahl gewinnen musste? Das hatten sie beide gesagt. *Nun ja – fast.*

Ivan sah mir nicht in die Augen, als er erwiderte: »Weil du Rovennas Nachfahrin bist und er, genau wie ich, fest davon überzeugt ist, dass du es sein solltest, die diese Wahl gewinnt. Dass du unsere beste Option bist etwas zu ändern.«

»Wird der Kaiser euch nicht bestrafen?« Niedergeschlagen hob ich eine Hand und legte sie auf Ivans dünnes weißes T-Shirt. Mitten auf seine Brust. Ich konnte unter den Fingerspitzen seinen Herzschlag spüren. Schnell, aber stetig.

»Er wird wüten«, bestätigte mir Ivan. »Aber das ist nichts Neues. Damit können wir umgehen. Wir kennen ihn, Josi. Wir wissen, welches Risiko wir eingehen.«

Hin- und hergerissen krallte ich meine Hand im Stoff seines Shirts fest. »Wirklich?«, fragte ich unsicher nach.

Unerwartet packte er mein Handgelenk und zog daran. Ich rutschte noch näher. Seine andere Hand war plötzlich an meinem Schenkel, hob mich leicht hoch. Und schon saß ich – irgendwie – auf Ivans Schoß.

Ich blinzelte überrascht. Sah ihm ins grinsende Gesicht.

Dann waren seine Lippen auf meinen. Weich und warm.

Ich hörte auf zu denken.

Seine Zunge drängte in meinen Mund. Es fühlte sich wie das Natürlichste der Welt an, sie einzulassen. Sie mit meiner zu umkreisen und … *hatte ich da gerade wohlig geseufzt?* Zufrieden drängte ich meinen Körper näher an seinen, presste meine Brust ganz wundervoll an seine.

Der Kuss wurde intensiver, als Ivans Hand über meinen Po zu meinem Rücken wanderte und unter das Oberteil meines Jogginganzugs schlüpfte. Seine Finger hinterließen kribbelnde Spuren auf meiner bloßen Haut.

Wir küssten uns wie Ertrinkende, wie eines dieser Filmpärchen mitten in einer Katastrophe. Und irgendwie war es ja auch so. Die

Katastrophe konnte jeden Moment über uns hereinbrechen. Damit meinte ich nicht die ungewisse letzte Aufgabe. Nein, jetzt war ein größerer Schrecken am Horizont meines Geistes aufgetaucht: die Allianz von Sinessa und dem chinesischen Kaiser mit seiner roten Magie!

»Hö-höm«, riss mich Rayns leicht amüsiert klingendes Räuspern aus meiner eigenen Welt und beendete unseren Kuss.

Verwirrt und noch ein bisschen selbstvergessen blickte ich mich um.

Rayn lehnte in ein paar Metern Entfernung an der Esszimmertür und beobachtete uns schmunzelnd. *Wie lange stand er schon da?*

Scham durchflutete mich, als ich daran dachte, dass Rayn mich damals, bevor das mit Ivan und mir so richtig begonnen hatte, zuerst geküsst hatte. Ich vermutete augenblicklich, dass das eine Botschaft an Ivan gewesen war. Etwas à la: *Wenn du sie nicht willst – kein Problem – es gibt andere, die sie mit Freuden küssen.* Vielleicht hatte er Ivan gar eifersüchtig machen wollen.

Ich seufzte schicksalsergeben.

»Die Uhrzeit«, sagte Rayn nun zu Ivan, der ihn böse anfunkelte.

Ich verkniff mir ein Lachen. Ivans leicht geröteten Wangen sahen süß aus, machten ihn jünger, nahbarer. Wie in Zeitlupe kletterte ich von seinem Schoß und trat von ihm weg.

»Wir sollten zurück in unsere Zimmer gehen. Das Frühstück wird gleich gebracht und am frühen Nachmittag holen sie uns für die letzte Aufgabe«, erklärte Rayn mir seine Aussage und damit wohl auch seine schicke Aufmachung. *Aber woher …?*

»Ich habe gestern zufällig Sinessa belauscht«, erklärte er auf meinen neugierigen Blick hin mit einem Grinsen. *Ich war also nicht die Einzige gewesen.* »Deshalb wollte ich direkt nach dem Frühstück zu dir.«

Das ergab Sinn.

»Also, ihr Turteltäubchen, verabschiedet euch. Ihr müsst gleich wieder in eure Ich-bin-sauer-auf-dich/Du-bist-mir-egal-Rollen fallen, denn die Kameras haben all das nicht gesehen – genau wie die Zuschauer.« Rayn wirkte mit einem Mal ernst.

Infolge des seltsamen Gefühls, das dadurch in meiner Magengegend aufwallte, trat ich den Schritt, den ich von Ivan weggemacht hatte, wieder auf ihn zu und beugte mich zu ihm hinunter.

Er sah mich unbewegt mit seinen grünen Augen an.

Behutsam legte ich ihm erst die rechte, dann die linke Hand an die jeweilige Wange, dann presste ich meine Lippen auf seine, als wäre es unser letzter Kuss in diesem Leben.

So verweilten wir, bis er seine Hände über meine legte, einmal sanft drückte und dann unser beider Finger löste, wie auch seine Lippen. »Ich wünsche dir viel Glück und Erfolg. Glaub immer an dich, denn ich tue es.«

Ich fühlte, wie mein Herz schwer wurde, wie es dem Ansturm meiner Emotionen nur bedingt standhielt. *Wir hatten uns gerade erst ausgesprochen, uns gefunden und schon mussten wir uns trennen. Vielleicht für immer.*

Angst und Traurigkeit schnürten mir die Kehle zu und verdrängten die Zuneigung, die ich für Ivan empfand. Seine Worte waren gut gemeint, aber sie klangen viel zu sehr nach Abschied. Ich atmete tief durch, um mich zu beruhigen. *Vielleicht hatte er recht damit.*

»Ich liebe dich«, entwich es mir auf die Erkenntnis hin. Ich wusste nicht, ob ich verliebt war oder wirklich, wahrhaftig liebte. Aber ich wusste auch nicht, ob ich nach dieser Aufgabe noch die Chance hatte, ihm auch nur irgendetwas zu sagen. Irgendwem diese Worte anzuvertrauen. *Und sollte nicht jedes Mädchen einmal im Leben die Chance haben, einem Jungen diese drei Worte entgegenzuhauchen?* Das Selbstbewusstsein, das mir Yasemine geschenkt hatte, war geschmolzen. Wenn ich eines wollte, dann war es aber, dass er, unabhängig davon, was geschah, wusste, dass er *der* Mensch in meinem Leben war, für den ich am meisten empfand. Zuneigung, Liebe, was auch immer.

Das hieß nicht, dass ich ihm bedingungslos alles verzieh. Aber es hieß, dass ich meinen Frieden mit Ivan und dem Vergangenen gemacht hatte. Und dass ich in diesem Wissen, gestärkt von unserer Verbindung, in die Aufgabe gehen konnte – und nicht davon abgelenkt oder gar geschwächt werden würde.

»Phinchen«, erinnerte mich Rayn leise daran, dass er auf mich wartete.

Jetzt klang der Kosename in meinen Ohren wie einer, den man seiner kleinen Schwester gab. *Vielleicht war das von Anfang an so beabsichtigt gewesen und ich hatte es nur nicht bemerkt.*

Ich sah in Ivans Augen, harrte seiner Antwort.

»Geh, Josi«, sagte er leise. »Ich kann leben, ohne zu leben. Denn du wirst trotzdem bei mir sein. Das bist du seit dem ersten Tag der Wahl. Hier drin …«, er klopfte sich leicht auf die Brust. »Und dort wird es auch immer einen Platz für dich geben.« Er wurde rot.

Ich auch. *Wo kam denn bitte diese poetische Ader her?*

Ivan verzog das Gesicht. »Ich … habe noch nie für jemanden so empfunden wie für dich.«

Stille entstand.

Verwirrt runzelte ich die Stirn. *Was sollte ich …?*

Da lachte er leise. »Ganz schön … schnulzig? Mhm …«, fragte er gedämpft.

Ja, die Worte hätten sich kitschig anfühlen müssen, die Geste seltsam für jemanden wie Ivan. Doch berührte mich beides tief. Sein ernster, fast verzweifelter Gesichtsausdruck, die Gefühle, die seine Iriden widerspiegelten, seine ehrlichen Gesichtszüge waren nicht gespielt. Kein Abklatsch eines amateurhaften Drehbuches. Dieser Moment war echt, das spürte ich. Und er tat das einzig, weil er es tun wollte. Nicht, weil wie sonst die Kameras liefen.

Obwohl Ivan auf meine drei nicht die üblichen vier Worte geantwortet hatte, wusste ich intuitiv, dass er das Gleiche hatte sagen wollen wie ich.

Hoffentlich sehen wir uns wieder.

Du bedeutest mir etwas.

Bitte stirb nicht.

Gesagt hatte es keiner von uns. Nur gedacht. Vielleicht, weil wir das Unheil nicht hatten heraufbeschwören wollen.

Ich raubte ihm einen letzten schnellen Kuss auf keusche Lippen, dann riss ich mich von seinem Anblick los und trat zeitgleich mit Rayn, der den chinesischen Nanobot wieder an sich genommen hatte, an die Tür zum Flur.

Die Realität ließ sich nicht länger ausblenden oder gar aufschieben.

34

In Finsternis gehüllt

Es war dunkel um uns.

Vorher war die Arena in hellem Licht erstrahlt – mit der Tribüne für die Oberhäupter der Gilden auf der einen Seite und die für seine göttliche Heiligkeit unseren Kaiser sowie Ivan auf der anderen. Er war extra aus Washington angereist – zur letzten Aufgabe, um schlussendlich den Sieger zu ehren und ihm seine Amtswürde, die Regentschaft Californias, im Anschluss an die Aufgabe zu verleihen.

Den chinesischen Kaiser hatte ich in den wenigen Momenten vor der Finsternis und damit dem Beginn der Aufgabe nicht gesehen. Wahrscheinlich war er wieder abgereist. *Das war eindeutig besser so.*

Jetzt tasteten einzig die Strahlen von Schwarzlicht wie suchende Finger über den sandigen Grund, der daraufhin an manchen Stellen bunt aufleuchtete. Schreckhaft drehte ich mich in alle Richtungen, sah aber überall mehr oder weniger das Gleiche.

Sie enthüllten und verdeckten Farbkleckse sowie die Spuren unserer Schuhe. Es war eine Verwirrung der Sinne, die besonders durch die dunklen Phasen und das Gefühl der unzähligen Augen auf mir dazu anregte, Paranoia zu entwickeln.

Als ich aus dem Augenwinkel bemerkte, dass etwas neongelb aufleuchtete, hatte ich das Gefühl, dass es sich nicht um eine Farbe, sondern um die Gestalt eines anderen Teilnehmers handelte. Ich zuckte zusammen. *Hatte ich etwas gehört?* Die Stille um mich machte die fehlende Sicht noch unerträglicher.

Instinktiv drehte ich den Kopf. Doch da war nur Schwärze. *Eine alles verschlingende Schwärze.* Angst weitete meine Augen. Meine Netzhaut begann schon nach wenigen Sekunden vom Starren trocken zu werden und zu schmerzen.

Krampfhaft schluckte ich den Kloß, der sich in meiner Kehle gebildet hatte. Ich wagte nicht zu blinzeln. Starrte manisch in die Finsternis. Doch da war nichts. Ich sah nicht mehr als zuvor. Nicht mehr, als wenn ich meine Lider schließen würde.

Es war Furcht einflößend, bei jedem Schritt mit einem Angriff rechnen zu müssen. Und es gab kein Entkommen. *Nicht, bis die Aufgabe gelöst wäre. Nicht, bis einer über die anderen gesiegt hatte.*

Verzweiflung zog mich, seit das Licht erloschen war, immer tiefer hinunter in die psychischen Abgründe meiner Vorstellungskraft – die im Geist meine Sicht durch pures Grauen ersetzte. Rationalität zu wahren war in dieser erschreckenden Finsternis fast unmöglich.

Ich wankte suchend umher. Noch wollte sich meine Pixiesicht nicht einstellen. Mein Körper sträubte sich einmal mehr dagegen, dass ich aktiv meine Gabe einsetzte. Vielleicht, weil ich zu viel Angst hatte und mich nicht genug konzentrieren konnte.

Rayn hatte recht gehabt. Direkt nachdem ich wieder in meinem Zimmer angelangt war, hatte Miss Puttin das Frühstück gebracht. Die Fabelwesen waren erwacht und wir hatten ein bisschen Dreisamkeit genossen, bevor es an der Zeit gewesen war, dass ich mich ankleidete.

Dieses Mal hatte es keine Kleiderordnung gegeben und auch keinen silbernen Brief. Also war ich Rayns Beispiel gefolgt und hatte etwas Schickes angezogen. Ein dezentes rosafarbenes Kleid mit einer kleinen weißen Schleppe und darunter die neu entdeckten Ballerinas für ein bisschen gemogelten Komfort.

Jetzt verfluchte ich mich für meine Entscheidung. *Warum hatten die beiden Magicians, die mich vorhin abgeholt hatten, nichts gesagt?* Sie hätten wissen müssen, was mich erwartete. Und es wäre mir schnell möglich gewesen, wieder in den Jogginganzug zu schlüpfen.

Stattdessen hielt ich nun die geraffte Schleppe verkrampft in einer Hand, indes sich mir das Kleid seltsam verdreht um die Waden schlang.

Immer enger schien der Stoff meine Beine zusammenzufassen. Immer mühsamer wurde es, sich so durch den Sand am Boden zu kämpften.

Wo waren die anderen? Wo war Rayn? So groß konnte diese Arena doch gar nicht sein. Vorhin hatte sie eher klein gewirkt.

Ohne meine Pixiesicht war ich blind wie alle und es setzte mir ungemein zu. Also tat ich das einzig Vernünftige und hielt inne. Obwohl es mir töricht vorkam, weil ich fest davon überzeugt war, dass ein unbewegliches Ziel leichtere Beute wäre, wusste ich, dass es sein musste.

Ich verharrte ganz starr, schloss die Augen und hoffte, dass mich das Schwarzlicht nicht enthüllen würde. *Wie sollte es auch?* Jedoch würde es die Spuren meiner zuvor in fluoreszierende Farbe getunkten Schuhsohlen enthüllen. Jede und jeder von uns übrigen Kandidaten hatte nach Ankunft in der Arena in die Schale treten müssen.

Meister Lemary hatte den Schrecken aller Albträume kreiert, um uns ein letztes Mal zu prüfen. *Es war wie in einem Roman, den ich über das alte Rom gelesen hatte.* Es kam mir eine Ewigkeit her vor, dass ich das Buch in Händen gehalten hatte. Dabei war es erst unmittelbar vor der Wahl gewesen. Die Erinnerung an den Inhalt hatte nichts von ihrer Intensität eingebüßt. *Dort waren es Kämpfe der Gladiatoren gewesen. Im strahlenden Sonnenschein einer eigens erbauten Arena und unter dem frenetischen Jubel der Menge.*

Heute waren wir in Finsternis gehüllt und würden in Finsternis sterben, erkenntlich an den Spuren, die ab einem bestimmten Punkt selbst unter dem Schwarzlicht nicht weiterführen würden. Die uns nie wieder aus dieser Arena führen würden. Denn die Aufgabe, die Meister Lemary selbstzufrieden in einem goldenen Überwurf mit Quasten an den Schultern bei Helligkeit verkündet hatte, lautete: *»Wer als Erster und allein die anderen besiegt, ist der nächste Regent Californias.«*

Es schien so einfach – zum Greifen nah –, und kostete doch so viel.

Noch deutlich hatte ich das gefährliche Zucken von Samenthas Armen vor Augen. Ebenso wie Phillipes abwertendes Zungenschnalzen. Ich wusste, dass beide öfter in den Trainingsräumen gewesen waren. *Und was sollten sie dort sonst gemacht haben, außer ihre Kampfkünste zu trainieren?*

Ich hatte keine Ahnung vom Kampf und auch keine davon, wie ich mich effektiv verteidigen konnte. Von allein aufgeben würde hier wohl niemand. Mir blieb einzig, eine Pixie zu werden. Dann könnte ich vielleicht … allen die Köpfe abbeißen? Ich wusste es nicht. Ich hätte Sama fragen sollen, ob ein Schlangenbiss meines Schwanzes giftig war. Jetzt war es dafür zu spät.

Es schien, als barg jede Aufgabe neue Gefahren, neue traumatische Entscheidungen, und obwohl man sich auf diese hätte vorbereiten können, widerstrebte mir der bloße Gedanke, vier Menschen umzubringen. Besonders Rayn. Nein, ich konnte Rayn nichts antun … war vermutlich auch gar nicht fähig dazu. Ein reines Gewissen wäre danach nicht mehr möglich. *Ich würde heute sterben,* wurde mir mit plötzlicher Hellsichtigkeit klar.

Die anderen hatten nicht ausgesehen, als ob sie nach dem Vernehmen der Aufgabe ihr Ziel aus dem Blick verloren hatten: den Regentenstuhl. Und daraufhin war auch schon das Licht ausgegangen. Etwas, das Meister Lemary eindeutig absichtlich vergessen hatte zu erwähnen.

Mein erster Impuls war es gewesen, wegzulaufen. So weit und so schnell mich meine Füße trugen. Irgendwann war ich stehen geblieben. Seitdem befand ich mich an dieser Stelle.

Ich blinzelte ein paar Mal, um meine Netzhaut wieder zu befeuchten, dann beobachtete ich, wie fluoreszierendes Licht sich weiter vorne in der Kampfarena voranbewegte.

Es herrschte Totenstille.

… durchbrochen von einem ungewöhnlichen Klirren. Mein Herz setzte einen Schlag lang aus, bis ich realisierte, dass wohl ein Glas auf einer der Tribünen auf einem Tablett abgestellt worden war. Die altbekannte Wut wallte durch meine Glieder. Doch sie war ein schwacher Abklatsch. Zu groß war meine Angst, zu unvorhersehbar die nächsten Sekunden. Ich hatte jetzt keine Zeit, mich mit den Zuschauern zu beschäftigen.

Mich selbst maßregelnd, konzentrierte ich meine Sinne auf meine unmittelbare Umgebung.

Da! Keine fünfzig Meter vor mir hörte ich ein Keuchen. Dann sah ich im Schwarzlicht Zähne aufleuchten. *Gebleichte.* Sie waren wild gefletscht. Ob vor Anstrengung oder zu einem stummen Lachen enthüllt, vermochte ich nicht zu sagen. Aufgerissene Augen folgten. Ihr Weiß war nichts im Gegensatz zum Strahlen der Zähne, doch ich erkannte an ihrer Stellung, wer es war, der da mit einem kleineren Schatten rang. *Phillipe Ranaan.*

Sein Kopf bewegte sich auf und ab wie ein auf den Wellen der Düsternis schaukelnder Totenschädel. Je länger ich hinsah, desto mehr zog mich die Bewegung in ihren schaurigen Bann. Es war wie ein Zauber, ein aus der Neugier geborenes Bedürfnis, zu starren, um nur ja keine Einzelheit der Gewalt vor mir zu verpassen.

Gänsehaut wandelte meinen Körper zu einer frierenden Gestalt, so kalt legte sich der Mantel der Furcht um mich. Nur mein Wille hielt meine Glieder aufrecht. Mühsam zwang ich meine Augen zu, versuchte meinen Kopf zu leeren und mir mich in meiner Pixiegestalt vorzustellen: *Die sandfarbenen Pranken, die weißen, fast silbernen Flügel auf meinem Rücken, der dunkelgrün geschuppte Schwanz mit dem flachen Schlangenkopf und der gelben Zunge.* Es wirkte so echt, dass die Hoffnung meine Seele wie ein warmes Band umschmeichelte. Doch als ich die Augen öffnete, steckte ich noch immer in meinem alten Körper. Meine Sicht war unverkennbar die eines Menschen. *Ich schaffte es nicht, zur Sphinx zu werden. Schaffte es einfach nicht …*

Ich blickte mit den Augen, die ich schon immer besessen hatte, und fragte mich, ob die Arena magisch resistent gegen Verwandlungen gemacht wurde. *Aber wie? Und warum? Warum war Lemary so besessen von der Vorstellung, dass wir uns gegenseitig die Köpfe einschlugen? Hatte er seine Sicht im Voraus magisch verändert, um uns zu sehen? Und all die Zuschauer, schauten sie auf ein Wärmebild?*

Ich versuchte mich an Hinweise zu erinnern, die mir jetzt noch helfen könnten, an den Weg hierher …

Wieder war ich mit den von Sinessa eingekleideten Magicians Flur um Flur, Treppe um Treppe hinuntergegangen. Und wie schon damals bei der allerersten Aufgabe, war unser Weg mir endlos erschienen. Dann hatten wir die Arena betreten, tief unter dem Schloss. *War es ein magischer Raum? Einer, der sich den Bedürfnissen anpasste? Hatte ich hier einst vermeintlich gemordet und sollte es heute tatsächlich tun?*

Vor mir in der Dunkelheit hörte ich ein lautes *Knack!*

Ich erschrak. Alle unnötigen Gedanken wichen dem Hier und Jetzt.

Die Luft in meiner Lunge stagnierte, als ich die Zunge im Gaumen unabsichtlich so weit zurückzog, dass sie meine Luftröhre blockierte.

Ein kleiner Körper fiel in einiger Entfernung in den Sand – der Schemen, mit dem Phillipe gekämpft hatte. Ich wusste intuitiv, dass es die braunhaarige Cuiny gewesen sein musste. *Wer sonst?* Rayn und Samentha hätten ihm mehr entgegenzusetzen gehabt. Und ich … ich stand noch hier. Angewurzelt. Wie das Kaninchen, das auf die Schlange wartete. Dabei war eigentlich ich die Schlange. Welch Ironie. Aber man ließ sie mich anscheinend nicht sein. So wie auch die Kräfte der anderen Cuiny unerheblich gewesen zu sein schienen. Sie war nicht in der Lage gewesen, sich vor Phillipes Körperkraft zu retten.

Schock und Übelkeit rangen in mir um die Oberhand.

Es kam mir so vor, als ob die Dunkelheit bereits lauernd ihre Fänge hob, um als Nächstes mich zu haschen. *Denk nach, Josephine,* beschwor ich mich. *Denk nach.* Alles in mir war angespannt. Alles wartete auf Phillipes nächste Handlung.

Im Gegensatz zu mir zögerte er nicht. Seine Schritte entfernten sich von dem toten Häuflein Mensch auf dem Boden. Zu meiner Überraschung ging er in die optimale Richtung: von mir weg. Erst einen, dann zwei, dann mehrere Schritte.

Ich atmete aus. Langsam. Tonlos. Jubilierte innerlich, als die Anspannung sich zu lösen begann.

Da fuhren die Ausläufer des Schwarzlichtes über meine Haut. Ich spürte mit meinen überreizten Sinnen ihre Wärme. Es war nur ein leichter Hauch. Sie würden zurückkommen, mich noch einmal streifen – ich wusste es. Aber ich konnte mich jetzt nicht bewegen. Durfte kein Geräusch verursachen. Ich steckte in der Zwickmühle und überall lauerte der Tod.

Bitte, bitte, dreh nicht den Kopf, beschwor ich die Dunkelheit.

DREH NICHT … DEN KOPF.

Bitte … Phillipe …

Bitte.

Doch als hätte meine Botschaft Phillipe tatsächlich erreicht und ihn stattdessen neugierig gemacht, drehte er ihn. Der vom Schwarzlicht gezeichnete Totenkopf, der mir entgegenblickte, ebenfalls den Strahlen ausgesetzt, stierte furchteinflößend in meine Richtung. *Viel zu lang.*

Die Spur, die Spur im Sand! Er musste es wissen. Musste wissen, dass ich hier stand. Irgendwo in der Dunkelheit.

Panik verdrängte meine rationale Seite. Ich verwünschte mich ob meiner eigenen Dummheit. Ich hätte sie beseitigen können. Hätte genug Zeit gehabt, meine Spuren zu verwischen …

Und dann?, fragte eine Stimme in meinem Kopf. *Dann hättest du fünf Minuten länger in der Dunkelheit bibbern können. Hättest fünf Minuten länger leben können, bis er dich gefunden hätte. Oder er hätte dich dabei gehört. Was hätte es dir gebracht? Im Endeffekt wirst du sterben. Weil du deine Entscheidung getroffen hast. Weil du nicht bereit bist zu herrschen, indem du die anderen tötest.*

Tränen liefen mir aus den Augenwinkeln. Sie benetzten heiß meine Wimpern und ließen das bisschen an Sicht, das ich hatte, verschwimmen.

Wieso willst du es hinauszögern?, fragte die Stimme in meinem Kopf. *Du hast gesehen, wie leicht es ihm gefallen ist, zu töten. Und sie hat keinen Mucks von sich gegeben. Es ging schnell. So schnell. Sie musste nicht leiden. Du müsstest das auch nicht. Vielleicht wäre es das Beste, jetzt zu gehen. In Frieden mit dir zu gehen. Durch seine Hand. Was hast du ihm schon entgegenzusetzen?*

Ich wimmerte, ohne es zu wollen.

Phillipe wandte sich nun ganz um, Bewegung kam in ihn. Er marschierte wieder auf mich zu. Ich hatte mich verraten. Noch trennten uns einige Schritte, doch schon bald würde er da sein.

Hektisch blickte ich mich um. Die unmittelbare Gefahr, die von ihm ausging, rüttelte mich auf. Von Rayn und Samentha fehlte – im wahrsten Sinne des Wortes – jegliche Spur. Möglicherweise kämpften sie am anderen Ende der Arena gegeneinander oder standen irgendwo stumm in der Dunkelheit.

Alles in mir schrie, dass ich weglaufen sollte, mich vor Phillipe verstecken sollte. *Nur wie?* Mein Verstand wusste, dass es jetzt zu Ende ging. Meine vor dieser Aufgabe neu entdeckte Kämpferseele wollte das nicht hinnehmen. Sie war wieder erwacht, im Angesicht des nahenden Feindes. Meine Tränen erinnerten mich an die, die ich wegen Ivan vergossen hatte, und damit auch daran, was ich alles zu verlieren hatte. Meine Familie. Meine Freunde. Sie alle zählten auf mich.

Und mein Volk!

All die Menschen, ich konnte sie nicht im Stich lassen. Ich war nicht so weit gekommen, um nun durch stumpfe Gewalt in Staub und Finsternis gemeuchelt zu werden. Ich war … machtlos, wurde mir klar. Trotzdem würde ich mich nicht kampflos geschlagen geben.

Der Moment der mentalen Schwäche war vorbei. Mein Verstand versuchte fieberhaft eine Lösung zu finden. Auch Meister Lemarys Aufgabe musste einer Tugend folgen. Musste einen tieferen Sinn beinhalten. *Doch welche und welchen? Alle Gegner zu erschlagen und siegreich daraus hervorzugehen?* Ich konnte es mir nicht vorstellen. Ich traute es ihm aber durchaus zu. *Würden die anderen … würden sie es zulassen? Ein sinnloses Gemetzel?*

Was hatte er gesagt? »Wer als Erster und allein die anderen besiegt, ist der nächste Regent Californias.« Musste das denn töten bedeuten? Aber wie sollte man sonst siegen? Über alle? Und das allein?

Es schloss Allianzen aus, denn die bestanden bekanntermaßen aus mehreren Siegern. Das hätte uns gleich klar sein müssen. Und dass er, als Oberhaupt der Veritas, eine Aufgabe mit Sinnestäuschung wählte, passte auch. *Aber wie … die anderen besiegen? Keiner würde kampflos aufgeben und man konnte sie auch nicht …*

Phillipe war mir inzwischen nahe. Zu nahe. Und ich war noch immer planlos, wenn man von dem Plan, hoffentlich schmerzlos und schnell zu sterben – ohne Gegenwehr –, absah, weil ich ihn verworfen hatte. Meister Lemarys Worte ergaben für mich keinen doppelten Sinn.

Mir war erneut seltsam übel. Eine Übelkeit, die alles in sich einschloss. Die mich das hier als schrecklich falsch empfinden ließ.

Ich hatte Todesangst.

Meine Gedanken sprangen wild umher.

Yasemine hatte gesagt, ich müsste es mir einfach vorstellen, was ich »bewirken« wolle. Und meine Mutter hatte angedeutet, dass ich mir alles vorstellen könnte. Alles, was ich je gelesen, erlebt oder gesehen hatte, und dass dies durch meine Kräfte erzeugt werden konnte, nahm ich an. Wenn das so war … könnte ich dann …?

»Josephine.« Phillipes Stimme klang erfreut.

Er legte anscheinand keinen Wert darauf, dass die anderen ihn nicht hörten – bezweckte vielleicht sogar genau das. Die Angst in mir katapultierte mich schlagartig ins geistige Nirvana. Mein Atem beschleunigte sich, ohne dass ich es wollte. Meine Finger begannen zu zittern. Ich verharrte reglos.

Zusammen mit einem Luftzug strich sein ausgestoßener Atem über mein Gesicht. *Im Sand hin und her zu laufen war anstrengend.*

Er hob eine seiner Hände.

Ich sah ganz schwach dunkle Flecken daran, so nahe war er mir. *Blut?!* Ich wusste es nicht. Wusste nicht, was er schon getan hatte, bevor er die braunhaarige Cuiny für immer … besiegt … hatte. *Ich …*

Als er die Hand fast zart an meine Wange legte, fühlte ich, wie sich die Feuchte daran mit der Nässe meiner Tränen mischte. Es roch leicht metallisch. Nie zuvor gekanntes Grauen durchzog meinen Geist, als ich erkannte, dass es tatsächlich Blut sein musste. *Doch von wem? Der Cuiny? Samentha oder Rayn?*

Ich konnte ein weiteres Wimmern nicht unterdrücken.

Phillipe gab daraufhin einen schnurrenden Laut von sich. Ihm schien das zu gefallen. Er ließ sich Zeit mit mir – so als hätte er tatsächlich alle Zeit der Welt.

Wo waren die anderen?, fragte ich mich noch mal verzweifelt. *Längst tot?! Und was würde er mit mir tun? Mir die zweite Hand ebenfalls an die Wange legen und mein Genick brechen?*

Ich spürte, wie immer mehr Tränen aus meinen Augen, über den Wimpernkranz und schließlich meine Wangen perlten. Wusste, dass ich etwas tun musste, ihn stoppen musste. *Dringend.* Doch ich war wie gelähmt. Wie ein Zuschauer der Szene, in der ich mittendrin steckte. Alles war so irreal, so abstrus …

Phillipes rechter Daumen strich über meine Lippen. Er war feucht und es schmeckte nun auch metallisch, als die Flüssigkeit zu meiner Zunge durchsickerte. *Eindeutig Blut!!*

Alarmiert schnellten meine Lider hoch und ich würgte. Plötzlich hatte er beide Hände an meinem Kopf. Mein Körper bäumte sich auf, endlich kam wieder Leben in mich und ich wollte mich mit aller

Kraft aus seinem Griff winden. Verzweifelt hob ich den Fuß, wollte ihm meine Knie in die Weichteile rammen, ihm Schmerzen bereiten, doch er drehte sich geschickt und ich traf nur seine Oberschenkel. *Autsch!*

Enttäuschung durchzuckte mich.

Ein leises Lachen zeigte mir, was er über meinem späten Widerstand dachte. Noch immer hielt er meinen Kopf in festem Griff, jetzt, durch das kurze Gerangel verrutscht, an den Schläfen. Meine Haare wurden so von ihm eingeklemmt. Jedes Zerren spiegelte sich zusätzlich schmerzhaft an meiner Kopfhaut.

Die kleinste Bewegung tat mir weh und als er seine Hände immer mehr zusammenpresste, stieg der Druck auf mein Gehirn ins Unermessliche. Der Schmerz bohrte sich tief in meinen Schädel und schien von den Knochen zurückgeworfen zu werden, um sich wie ein Echo zu vervielfältigen.

Schmerz – Schmerz – Schmerz. Meine Wahrnehmung kannte fast nichts anderes mehr.

Gnadenlos presste Phillipe immer weiter, als wollte er meinen Kopf zum Platzen bringen.

Meine Hände zerrten inzwischen verzweifelt an seinen Handgelenken. Kratzten und zogen bis zum Äußersten. Meine Knie rammten sich in seinen Bauch und meine Füße strampelten im Sand, um ihn zu Fall zu bringen. Doch Phillipe stand fest und sicher, wie ein Fels in der Brandung.

Noch einmal lachte er böse und schon siegestrunken. Keuchen mischte sich darunter. Dann senkte er plötzlich seine Lippen fast auf meine. »Sie haben dich für etwas Besonderes gehalten. Dich, nicht mich. Dabei war immer ich das Wunderkind. Denn sieh, was du zu leisten vermagst. Gar nichts! Du bist schwach und schwach wäre deine Regentschaft geworden.«

Seine Totenkopffratze wirkte verzerrt. Meine Sicht bestand durch die Anstrengung nur noch aus Schemen, hell und dunkel.

Schmerz – Schmerz – oh so großer Schmerz begleitete seine Worte.

»Ich werde dich besiegen, wie ich alle besiegen werde, und dann werde ich endlich meinen rechtmäßigen Platz einnehmen und dieses Land in ein goldenes Zeitalter führen.«

Er glaubte wirklich, was er da sagte!

»Du hast ihn auf dem Gewissen!«, presste ich durch eine plötzliche Erkenntnis hervor.

Er grunzte amüsiert. »Wen?«

Ich keuchte, schwankte in seinem Griff. »Den stillen Blonden, der vergiftet wurde.« Warum mir das jetzt so wichtig war, konnte ich selbst nicht genau sagen. Vielleicht weil das Volk verstehen sollte was für eine *Art* von Kandidaten diese Wahl schlussendlich hervorbrachte.

Phillipe lachte leise. Er senkte die Stimme, sodass nur ich ihn hören konnte: »Ja. Sinessa täuscht sich. In diesem Spiel ist alles erlaubt, denn es kann nur einen Gewinner geben! Dafür hat Meister Lemary gesorgt.«

Richtig – Lemary war Phillipes Gildenoberhaupt. Meine blicklosen Augen weiteten sich.

»Unbewusst«, schob Phillipe jedoch mit Geringschätzung nach. Dann – wieder in normaler Lautstärke: »Nichtsdestotrotz …«

Ich ließ ihn nicht aussprechen, bäumte mich wie von Sinnen auf, versuchte meinen Kopf von ihm abzuwenden. Von ihm und seinem kranken, machtbesessenen Geist. Doch er ließ mich nicht. Fixierte weiterhin meine Schläfen, sodass ich ihm in die Augen schauen musste. Den Anblick der Fratze mit den gebleichten Zähnen ertragen musste, die für alles stand, was ich hasste. Die diesem Land nichts als Kummer bringen wollte. Ich hatte mich geirrt, als ich gedacht hatte, dass Phillipe vielleicht doch nicht das war, was er nach außen hin verkörperte – nur weil er beim Interview tatsächlich Trauer gezeigt hatte und das System von ihm infrage gestellt worden war, hieß das noch gar nichts. Gleichzeitig hatte ich auf verdrehte Weise recht, denn er war noch schlimmer. Er war genauso ein Monster wie Sinessa.

»Sie sagen, Sullivan Tenakulis wäre einer der größten Magicians unserer Zeit«, fuhr Phillipe bitter fort, als müsse er seine extra einstudierte Rede zu Ende bringen. Direkt vor Ivans Nase höhnen, da dieser ja auf einer der Tribünen saß. »Sie bejubeln ihn. Doch auch er ist schwach. Er kann dir hier nicht helfen. Er wird dir hier nicht helfen. Und du … du kannst dir selbst nicht helfen.« Völlig überraschend presste Phillipe seine Lippen auf meine und übte maximalen Druck auf meinen Kopf aus. Damit überschritt er die Schwelle.

Mein Körper erschlaffte.

Zuerst war da der Schock.

Dann kam Ekel dazu.

Und dann … dann brannten alle Sicherungen bei mir durch.

Gleißend definierte ein rotes Inferno des psychischen Schmerzes in meinem Kopf den Begriff neu. Ich fühlte mich beschmutzt. In meinem Körper war nichts als reiner Hass, der aus meinem Innersten brach und wie eine Sturmflut jede Zelle mit mächtiger Magie vereinnahmte. Darin brodelte die Wut über Phillipes Selbstzufriedenheit, und eine tiefe Verabscheuung seiner bodenlosen Bösartigkeit ließ neue, unglaubliche Kraft in mir wachsen.

Ich sah in meinem Kopf eine Vision der Arena, mit all den Menschen, die wegsahen – von der Dunkelheit verborgen. Die zuließen, was Phillipe mit mir machte. Was er bereits mit anderen gemacht hatte. Und ich konnte nicht an mich halten vor Zorn darüber.

Plötzlich waren da riesige Scheinwerfer in meinem Kopf, die alles erhellten, die jede Ecke ausleuchteten. Die nun *alles* sichtbar werden ließen und das Geschehen durch den folgenden Schock einfroren. *Die die Flucht und die Taten eines jeden zeigten, der sich unbeobachtet gewähnt hatte.*

Ein Funke meiner Elementarmagie hatte gereicht, um die Elektrizität wieder in Gang zu setzen. Und sie enthüllte vor Spannung erregte, aber auch besorgte Gesichter. Offenbarte die wandernden Hände von Meister Lemary, die auf dem leeren Silbertablett neben ihm etwas Essbares gesucht hatten, während Phillipe vor ihm grausam tötete, und Sinessa, der regelrecht gelangweilt davon wirkte.

Der Kaiser hingegen flüsterte mit einem Berater auf der anderen Seite, während Ivan die Hände so fest zusammengepresst hatte, dass seine Knöchel weiß hervortraten. Seine Miene zeigte die übliche Maske, doch seine zusammengekniffenen Augen verrieten, was er mit Phillipe anstellen würde, wenn es ihm gestattet wäre. Da loderte Abscheu und Fassungslosigkeit ob dessen, was sich in der Arena abspielte. Trotzdem saß er noch immer auf seinem Stuhl, wenn auch auf der Kante, kurz davor, aufzuspringen.

Die Zehntelsekunden verrannen, bevor Aufregung alle in Bewegung versetzte – sie sich aufrichten oder sogar aufstehen ließ.

Erst als Phillipe mit dem Kopf ruckte und ich mir seiner wieder gewahr wurde, verstand ich, dass ich die Augen offen hatte, dass die Scheinwerfer wirklich an waren, dass tatsächlich alles von hellem Licht entblößt wurde, weil ich es so gewollt hatte. Weil meine Magie ganz offensichtlich mit ihrer Wucht die Blockade durchbrochen hatte, die vor der Aufgabe errichtet worden war.

Der Schub geistiger Macht hatte Lemarys Zauber gesprengt. Yasemine hatte recht gehabt. Und die Kraft, die Phillipe unwissentlich in mir entfesselt hatte, hielt an, da die Schmerzen, die er noch immer meinem Kopf zufügte, meinen Wunsch nach Vergeltung unverändert befeuerten. Dazu kam die neue Keule des fast unbezähmbaren Hasses, den ich auf all die Magicians auf ihren sicheren Stühlen auf den Tribünen verspürte. Die Sphinx in mir wollte Blut sehen, wollte töten, wüten – alles verwüsten und auf den traurigen Überresten bitter lachend Hof halten.

Meine Nase zuckte.

Phillipes Gesicht war Zentimeter vor mir zu einer Grimasse verzogen, er ließ nicht von mir ab. *Wollte es wohl zu Ende bringen.* Das Licht war ihm dabei egal. Erstaunlich schnell hatte er sich von dem Schreck erholt, die neue Situation akzeptiert. Vor allem: nicht losgelassen.

Er zeigte keine Angst vor mir. Vielleicht verstand er auch nicht, dass ich es gewesen war, die die Dunkelheit *besiegt* hatte. *Genauso würde ich auch ihn besiegen. Sie alle!,* schlichen sich träge die Gedanken in meinen noch immer in das dunkle Rot der Rache gehüllten Geist.

Bei dieser Aufgabe ging es um Illusionen. *Vielleicht war es nie dunkel gewesen und ich hatte nur den Illusionszauber beendet? Vielleicht doch. Unwichtig. Was sollte ich mit Phillipe machen? Das war die vorrangige Frage. In einen Käfig sperren? Fesseln? Einfrieren, rösten? Nein, das wäre vermutlich nicht möglich. Oder?* Mir war noch immer nicht klar, warum ich überhaupt Magie hatte wirken können. *Oder hatte ich das gar nicht?*

Ich konnte nicht mehr klar denken, der Druck auf meine Schläfen nahm überhand. Ich musste mich schnell befreien, wenn ich leben wollte.

Aber Fesseln, die sich echt anfühlten, eine fast perfekte Illusion, das sollte doch möglich sein?

Ich war inzwischen fast verrückt vor Schmerz, wandelte irgendwo in der Zwischenwelt von Sein und Nichtsein, von bewusstem und unbewusstem Handeln. Alles schien möglich und gleichzeitig unmöglich.

Als Phillipe unvorhergesehen seine Hände wegnahm, einen Schritt zurücktrat und ausholte, schloss ich die Augen. Versuchte mich nicht zu verteidigen, sondern mich einmal mehr darauf zu besinnen, was sein sollte und nicht, was war. Denn das war meine einzige Chance, ihn zu besiegen.

Der Schmerz explodierte in meinem Kopf, als er mir mit der geballten Hand ins Gesicht schlug. Das eine Leiden wich dem anderen.

Ich wankte. Kein bisschen konzentriert. Der Boden kam immer näher, mein Geist befand sich in ebensolchem Taumel wie mein Körper.

Hart schlug ich auf.

Die Luft wurde mir aus meiner Lunge gepresst. Sand füllte meinen Mund. Ich registrierte, wie sich Hände um meine Kehle legten, wie sie langsam zudrückten. Immer weiter und weiter. *Phillipe musste über mir knien.*

Mein Geist driftete ab und verlor den Fokus. Ich sah auf den Innenseiten meiner Lider bereits das glorreich friedliche Dunkel in greifbarer Nähe. *Die Qualen wären bald vorbei – für immer. Und das wäre doch auch nicht so schlecht.* Der wache Rest meines Ichs hielt mich zurück. *Das war nicht der richtige Weg. Das war nicht das, was ich wollte.*

Doch ich war schwach. So schwach.

Phillipe übte immer mehr Druck aus. Schon bald hätte er mich erdrosselt.

Meine Lungenflügel fielen mit dem letzten vollen Ausatmen in sich zusammen. Mein Kopf pendelte von rechts nach links. Dumpf pochte es hinter meiner Stirn. *Nicht mehr lange …*

Ich machte es an dem hohlen Gefühl in mir fest. Meine Fingerkuppen streiften über den Sand, als das Zucken meines ganzen Körpers einsetzte. Ich suchte nach meiner inneren Kraft. Nach einer Strategie. Nach der leuchtenden Magie. *Wo war sie hin?*

So schnell konnte sich also das Blatt wenden. Und wieder war ich die, die besiegt wurde.

Aber noch lebte ich! Und womöglich klappte ja das gleiche Vorgehen wie gerade ein weiteres Mal. Ich rief mir wieder die Arena in Erinnerung. Das Bild war ein schwacher Abklatsch dessen, was ich zuvor so strahlend gesehen hatte. Es flackerte, entglitt mir immer wieder.

Würde es reichen? Ich schuf eine Vision des Sandes und versuchte, darin Phillipe und mich zu positionieren, wie wir miteinander rangen. Das Bild wackelte wie eine schlechte Projektion im gleichen Takt wie meine Glieder.

Auf – ab.

Auf – ab.

Auf – ab.

Es kam nicht zur Ruhe, genauso wenig wie mein zerrütteter Geist. Ich fühlte mich wie auf einem Schleudersitz, als eine starke Welle der Übelkeit in mir aufkam. Die Fesseln, die ich in meiner Vorstellung an Phillipes Armen und Beinen zu schaffen suchte, fielen immer wieder ab, dabei musste die Illusion gut sein – greifbar –, um etwas auszurichten.

Dann war es so weit. Der letzte Sauerstoff war verbraucht.

Ich begann zu sterben.

Mein Körper erschlaffte und mit ihm stand endlich das Bild in meinem Kopf still. Absolute Finsternis griff nach meinem Geist, der sich verzweifelt ein letztes Mal dagegen wehrte. Phillipe ein letztes Mal in die Illusion von Fesseln zu legen versuchte, in einem letzten, glimmenden magischen Aufleuchten meiner Kraft. Als sie zuschnappten und ihn von mir wegrissen, dämmerte ich bereits dahin.

Doch nahm ich schlagartig wahr, wie der Druck von meiner Kehle genommen wurde. Zuerst strömte nur ein Hauch Sauerstoff in meine Luftröhre.

Ich musste mich aufrichten, sagte mir der letzte Rest Lebensinstinkt in meinem Unterbewusstsein. Aber das erschien mir fast unmöglich zu sein. Bleierne Schwere besetzte alle Glieder und hielt mich am Boden. Alles in mir wollte einfach nur schlafen. Tief und fest schlafen. Zurück in die Dunkelheit, weg von dem intensiv einsetzenden Schmerz.

Keuchend riss ich den Mund auf, um dem Impuls nicht nachzugeben, um Sauerstoff aufzunehmen, und hustete sogleich. Keuchte und hustete wieder. Dieses Mal von ganz allein. Mein Brustkorb hob sich, mein Rücken schabte über den Sand, als sich mein Körper krümmte. Spitze Nadeln schienen meine Schläfen zu durchbohren.

Meine Augen waren geschwollen, die Wimpern verklebt; ich riss sie auf und schloss sie direkt wieder, als das gleißende Licht der Scheinwerfer mich begrüßte. Sie tränten sogleich und brannten heftig.

Wund und zerschlagen wälzte ich mich herum, um zu sehen, was mit Phillipe passiert war. Was mein Versuch, eine Illusion zu schaffen, bewirkt hatte.

Er lebte.

Um sich schlagend bemühte er sich, die Ketten um seine Hand- und Fußgelenke abzuschütteln, die ich aus dem Sand hatte emporsteigen lassen. Sie hatten ihn auf wundersame Weise gedreht, sodass er nun auf dem Bauch lag. Aus Iriden, die dunkel vor Blutlust und Hass waren, starrte er mich an. Die eindeutigen dunklen Flecken auf ihm ließen ihn wie genau den irren Mörder wirken, der er war.

Würde er freikommen – sich befreien –, würde es kein Entkommen für mich geben. Noch hatte er die Illusion nicht gesprengt. Noch hielten ihn die Fesseln. Doch schon bald würde er mich jagen und das, selbst wenn wir beide der Arena entkommen sollten und er nie für den Giftmord belangt werden würde, mein Leben lang. Schließlich hatte er mich eben umbringen wollen – und hatte jetzt noch viel mehr Grund dazu.

Hier unten im Sand gab es nur uns beide. Ihn und mich.

Auge in Auge.

Todfeinde. Für immer.

Mühsam drückte ich mich mit den Armen nach oben, zog die Knie zur Brust und kam schließlich auf alle viere. Schwankend schleppte ich meinen Körper vorwärts. *Vermutlich waren seit dem Zusammentreffen von Phillipe und mir nur Minuten verstrichen. Für mich fühlte es sich inzwischen wie ein ganzen Leben an.* Ich wusste nun wieder, was zu tun war. Wusste, was ich, egal, ob ich diesen Ort je verlassen würde oder nicht, zu tun hatte. Und ich musste es auf jeden Fall versuchen, ob ich dabei aufgehalten werden würde oder nicht.

Ich kroch unter keuchenden Atemzügen zu seinem Körper. Vermied es, seinem um sich schnappenden Kiefer zu nahe zu kommen und hievte schließlich von der Seite aus ein Bein über seinen Rücken.

Er versuchte sich zu winden, mich direkt abzuwerfen, doch ich war nun in der überlegenen Position. An Armen und Beinen angekettet, posierte er unfreiwillig wie ein Käfer, der zappelte, aber nicht freikam – nur dass er nicht auf dem Rücken lag.

Mein Herzschlag pochte in meinen Ohren – setzte zum großen Finale an. Ich atmete ein letztes Mal tief durch, begleitet von seinen wilden Bewegungen im Sand, dann packte ich mit meinen Händen seine Ohren.

Ich zog daran.

Phillipe stieß einen fast unmenschlichen Schrei aus. Schrill. Angsterfüllt.

Der Laut berührte mich tief innen. Doch er konnte mich nicht umstimmen. Nichts konnte das mehr. In mir war nur noch angespannte, fokussierte kalte Leere. Ich nutzte meine letzte Kraft, um seinen Kopf nach hinten zu reißen. Und als das nicht reichte, setzte ich mein komplettes Körpergewicht ein, indem ich mich nach hinten fallen ließ, während ich auf seinem Rücken saß und seine Ohren umklammerte. *Knack!*

Der Laut hallte durch die schlagartige Stille, da sein Wehklagen erstarb.

Selbst ich hielt ein angestrengtes Keuchen zurück.

Ruckartig ließ ich Phillipes Ohren los, als hätte ich mich daran verbrannt. Ich zitterte plötzlich am ganzen Körper. Meine Augen starrten ins Nichts. Meine Lippen bebten, kein Laut entwich ihnen. Das Entsetzen in mir wuchs ins Unermessliche, doch ich hatte keine Tränen mehr übrig. Stumm und starr betrachtete ich den völlig friedlich daliegenden Körper vor mir, der über niemanden mehr Unheil bringen würde.

Phillipe würde für immer schweigen. Er war tot.

Weil ich ihm das Genick gebrochen hatte.

Vorsätzlich. Kaltblütig. Geplant.

O Gott – was hatten sie nur aus mir gemacht? *Was hatte ich aus mir gemacht? Eine Mörderin – ganz klar!* Jetzt war ich *wirklich* eine Mörderin.

Erschöpfung ließ mich zusammensinken. Am Rande bemerkte ich, dass die magischen Fesseln in der Luft verpufften. *Sie waren schließlich nie echt gewesen.* Genauso wenig wie mein Wille, keine Mörderin zu sein. Diese Wahl hatte mich verändert. Ich hatte mich verändert. Denn die Entscheidung, Phillipe zu töten, hatte ich aktiv getroffen. Und damit würde ich leben müssen, wenn ich denn weiterleben würde.

Gebrochen hob ich meinen Blick. Sah zu den Tribünen.

Sie alle starrten zu mir zurück. Keiner war mehr desinteressiert. Teils erstaunt, teils beifällig, teils geschockt musterten sie mich. Das

Mädchen im blutbesudelten rosafarbenen Kleid, mit abgerissener Schleppe, wirren Haaren und sicher ebenso wirr dreinblickendem, dreckigem Gesicht.

Dann schwenkten einige Köpfe nach rechts und meiner folgte ihnen.

Rayn.

Der Knoten, zu dem mein Magen mutiert war, spannte sich an.

Rayn lag in circa hundert Meter Entfernung neben einem Bündel, das sich nach mehrmaligem Blinzeln meinerseits als Samentha herausstellte. Zumindest glaubte ich das aufgrund der Kleidung und den Haaren. Ihr Gesicht sah ich nicht.

Sein Kopf bewegte sich im Gegensatz zu ihrem. Vielleicht hatte das die allgemeine Aufmerksamkeit erregt. Sein braunes Haar war voller Sand. Sein Anzug ebenso. Er hatte gekämpft. Wie ich. Und war noch am Leben. Wie ich.

Fanden das die Zuschauer toll? Dass wir uns jetzt gleich gegenüberstehen würden? Uns bekämpfen mussten? Miss Gebrochen gegen Mister Noch-Gebrochener? Übelkeit ließ mich würgen. Der Selbsthass und das Wiederstreben nahmen in mir zu.

Phillipe war tot.

Die Cuiny ebenso. Ihr stummer Körper lag noch immer dort, wo ihn Phillipe fallen gelassen hatte, zeigte mir ein schnelles Kopfdrehen.

Und Samentha wirkte auch nicht gerade lebendig. Blieben also wirklich nur noch zwei …

Rayn hatte sich inzwischen aufgerichtet. Er hatte mich entdeckt und humpelte geradewegs auf mich zu. *Wusste er denn nicht, was sie von uns erwarteten, sobald er bei mir ankam?*

Sein Gesicht war voll von Blut und Kratzern. Sand bedeckte wie eine skurrile Panande den Rest. Ich konnte seine Züge nur erahnen, ihnen aber nichts entnehmen.

Würde er …? Ich wollte es nicht einmal denken.

Steif stützte ich meine Hände rechts und links neben Phillipes Leichnam ab, rappelte mich langsam hoch. Es fiel mir schwer. *Einen weiteren körperlichen Kampf würde ich nicht überstehen. Und einen magischen, der nun, da ich die Blockade wirklich durchbrochen hatte, durchaus möglich war, noch weniger.*

Ich schwankte, als ich stand. Fand nur mühsam mein Gleichgewicht wieder. Schritt für Schritt setzte ich einen Fuß vor den anderen. Meine Lunge schmerzte noch immer und die Dumpfheit ließ mich meinen Gedanken hinterher hängen.

Gequält hielt ich schließlich inne und sah Rayn entgegen.

Er stoppte in circa zehn Meter Entfernung von mir. Dann brach sein großer Körper in die Knie. Seine breiten Schultern senkten sich, sein Kinn jedoch blieb erhoben. »Ich ergebe mich dir«, flüsterte er mit kaum wahrnehmbarer Stimme.

Was …? Konnte er wirklich …?

Und da waren sie doch wieder, die Tränen, von denen ich geglaubt hatte, keine mehr zu besitzen. Sie liefen zwischen meinen Wimpern hindurch, bis zur Hälfte meiner Wangen. Erst dann fand ich meine Stimme wieder. »Ich nehme deine Niederlage und damit meinen alleinigen Sieg an«, krächzte ich geistesgegenwärtig mit rauem Hals und tat damit, was getan werden musste. Ich hoffte inständig, mit jeder Faser meines Herzens, dass es Rayn und mir das Leben retten würde.

Sekundenlang geschah nichts.

Meine Knie wurden immer wackeliger und drohten jederzeit unter mir wegzubrechen. *Bitte … Bitte …*

»Damit ist die letzte Aufgabe dieser Wahl beendet«, dröhnte plötzlich die Stimme seiner göttlichen Heiligkeit des Kaisers über den Platz.

Mein Fokus schnellte zu ihm. Sein schwarzer Bart und das zurückgegelte schwarze Haupthaar ließen ihn wesentlich jünger wirken, als er war. Nur einige Falten auf der Stirn und der Ausdruck seiner tief liegenden grünen Augen, die mich nun, da ich das Geheimnis dahinter kannte, stark an Ivans erinnerten, verrieten sein wahres Alter.

»Die nächste Regentin von California steht fest«, verkündete er emotionslos. »Es ist Josephine Streisand!«

35

Die Zeremonie zur Regentschaft

Ich hörte die Worte des Kaisers. Die erlösenden Worte, nach denen ich mich so gesehnt hatte, und hörte sie doch nur mit halbem Ohr.

Die Mienen der Gildenoberhäupter hätten unterschiedlicher nicht sein können. Missy Verovena hielt sich sehr bedeckt. Mir kam es fast so vor, als wären ihre gestrengen grauen Augen noch strenger und die Falten um ihren Mund noch tiefer geworden. Zweiauge hatte ein väterliches Lächeln auf dem Gesicht. Er schien zufrieden, fast schon amüsiert vom Ausgang dieser Aufgabe und damit dieser Wahl zu sein. Meister Lemary wirkte angewidert. Er schaute zu Rayn und mir, als ob er eine Made auf einem Kuchenstück gefunden hätte, und ich konnte seine abwertenden Gedanken geradezu lesen. Sicher hatte er sich einen anderen Ausgang vorgestellt. Sir Isaac war der Einzige, der wirklich hocherfreut zu sein schien. Allerdings waren sowohl ich als auch Rayn Mitglieder seiner Gilde. *Wie hätte er sonst reagieren sollen?*

Sinessas Miene zeigte eine solch extreme Neutralität, dass ich mir sicher war, dass er innerlich kochte. Doch nun hatte es der Kaiser ausgesprochen. Die Worte konnten nicht mehr zurückgenommen werden. Und das, obwohl er, Ivans Geständnis nach, wohl lieber Rayn auf dem Regentenstuhl gesehen hätte. Nun war es anders gekommen. Mein Fluch dieser verfluchten Farce. *Vielleicht blieb auch ihm keine*

Wahl, wenn er nicht vor ganz California das Gesicht verlieren wollte. Das hier war eine Liveübertragung. Und die Wahl war schließlich ›fair‹.

Damit war ich die neue Regentin.

Ich. Allein.

Nicht Sinessa.

Nicht sonst wer.

Ich.

Erst jetzt wurde mir die Tragweite bewusst. *Ich* würde über Tekre, die Stadt, die nach meinem Großvater benannt worden war, und über den ganzen Rest Californias regieren. Ich. Josephine Streisand. Aus Glasturm No 20. Die Gefühle in mir waren überbordend.

Ivan begegnete meinem suchenden Blick mit einem breiten Strahlen. Er hatte die Hände wieder entspannt und schien einfach erleichtert zu sein, dass es vorbei war.

Mein Ivan. Endlich konnten wir zusammen sein. *Der Kardinal der Blauen Garde und die erste Regentin von California,* das klang doch gut!

Glückseligkeit breitete sich vom Mittelpunkt meines Körpers aus. Noch immer spürte ich übergenau jede Verletzung, jeden Schlag und war mir sicher, dass ich weder heute noch morgen – mit meiner beachtlichen Anzahl an blauen Flecken – ein schönes Bild abgeben würde. *Aber ich war am Leben, also wen kümmerte es? Die blauen Flecken würden mit der Zeit verheilen.*

Freudig schaute ich zu Rayn, der all das erst ermöglicht hatte. Er hatte mutig die Initiative ergriffen und etwas getan, über das ich in der Sekunde nicht einmal nachgedacht hatte. Mit seiner Kapitulation hatte er dem Kaiser ein Schnippchen geschlagen und der Zukunft Californias durch mich eine neue, ungewisse Wendung gegeben. *Er war der wahre Held. Nicht ich.* Ich hatte nur überlebt. Ich hatte gemordet – wie alle anderen. Er hatte die Aufgabe gelöst, weil er sie beendet hatte. Doch das schien außer mir niemand so zu sehen, da er sich mir untergeordnet hatte. Mir öffnete es die Augen. Denn vielleicht ging es in Zukunft genau darum: Sich eigene Regeln zu schaffen, nicht nach den bestehenden zu spielen oder ebendiese geschickt zu manipulieren, wie Rayn es heute getan hatte. Keine der Aufgaben war fair gewesen. Vielleicht hätte ich auch nicht fair spielen sollen. So war ich aber erzogen worden.

Wie würde es jetzt weitergehen?

Der Kaiser nickte mir zu. »Nun denn. Dann lasst uns keine Zeit verlieren und zur Zeremonie schreiten. Ich bin sicher, unsere Sieger möchten sich später ausruhen und das Volk möchte die bereits vorbereiteten Feierlichkeiten zu Ehren der neuen Regentin genießen.«

Mhm … Seine helle Haut ließ darauf schließen, dass er zu viel Zeit drinnen mit seinen Beratern verbrachte und wohl kaum Zeit draußen beim Feste feiern. Doch es rührte mich, dass er auch an die Menschen, die mein Land ausmachten, dachte. Er erschien mir nicht wie das Ungeheuer, für das ich ihn gehalten hatte. *Aber die schlimmsten aller Ungeheuer waren wohl die Wölfe im Schafspelz.*

Keiner widersprach ihm und so fuhr er fort: »Lasst uns durch das Portal treten und damit den Kreis für Josephine und Rayn schließen, indem wir uns auf die Bühne begeben, auf der für beide alles begann – ganz wie es bei jeder Wahl hier in California seit der neuen Weltordnung üblich ist.«

Ich sah an mir herab. Sah zu Rayn. Der Schmutz hatte sich nicht magisch in Luft aufgelöst. *So wollten sie uns zu den Feierlichkeiten zerren?* Mir wäre jetzt zuallererst ein Bad und ein Bett lieb gewesen.

Ich seufzte.

»Gräme dich nicht, es sind Spuren eines Sieges. Du solltest sie mit Stolz tragen«, beschied mich die Stimme des Kaisers und ich errötete ungewollt. Manches war eben doch noch wie früher. Vieles, wenn ich ehrlich war. Zum Beispiel, dass ich in solchen Situationen leider ein offenes Buch darstellte, was meine Gedanken anging.

Mein Überschwang von vor der Aufgabe war vorbei, meine Naivität zu einem guten Teil aber auch. Selbst wenn ich nun etwas Frisches anziehen und ein Bad wollen würde, der Kaiser hatte gesprochen. Mit ihm sollte ich mich heute nicht anlegen. Nicht, da er mir bisher wohlgesonnen zu sein schien. Und vor allem nicht, bis ich den Regententitel offiziell verliehen bekommen hatte.

Also reckte ich den Kopf nach oben und nickte ihm zu.

Als hätte er darauf gewartet, erhob er sich und sprach dann leise mit einem der Magicians aus seinem Gefolge. »Angehörige« war das einzige Wort, das ich verstand, bevor der angewiesene Magician sich zurückzog und hinauseilte.

Der Kaiser erhob sich und Ivan tat es ihm gleich. Erst jetzt nahm ich mir einen Augenblick, um seine wohlbekannte Gestalt zu betrachten. Das silberne Hemd, dessen Ärmel er unregelmäßig und wohl in Nervosität bis zu den Ellenbogen hochgerollt hatte, und die firmamentblaue Anzugshose standen ihm gut.

Leider kam er nicht auf mich zu, sondern folgte dem Kaiser die wenigen Stufen der Tribüne nach unten, ohne sich umzuschauen, in Richtung der Tür, die sich an der ihnen nahen Wand wie von unsichtbarer Hand öffnete.

Mein Blick schnellte herum.

Die Oberhäupter der Gilden schickten sich nun auch an, ihre Plätze zu verlassen. Rayns näher kommende Schritte ließen mich zu ihm schauen. Ich nickte stumm und gemeinsam gingen wir in einvernehmlichem Schweigen und einem von tiefer Erschöpfung geprägten Schneckentempo ebenfalls auf die Tür zu.

Ivan, der Kaiser und auch die Oberhäupter waren längst hindurchgetreten, bis wir kamen. Müde und ausgelaugt liefen Rayn und ich nebeneinander her, den Flur entlang bis zu der kleinen Prozession, die an dessen Ende auf uns wartete.

Ganz vorne stand der Kaiser vor einem Portal, das dem im Rathaus ähnlich sah, abgesehen davon, dass keine Assems darüber angebracht waren.

Schweigend legte ein Magician nach dem anderen die Hand um den hier goldenen Türgriff, zog daran, diffundierte und wurde durch das Portal transportiert. Der Prozess wiederholte sich unzählige Male und einzig Sir Isaac, der als Letzter vor Rayn und mir hindurchging, schaute sich noch einmal um: »Habt am besten direkt den Raum hinter der Bühne im Kopf, denn dort werdet ihr erwartet. Josephine, ich denke, deine Mutter wird auch da sein.« Ein Zwinkern folgte, dann verschwand er.

Ich lächelte. *Skurril, aber stets freundlich.* Sir Isaac war die richtige Wahl unter den Gildenoberhäuptern gewesen. Eine Gulet zu sein erfüllte mich mit Stolz.

»Du oder ich zuerst?«, fragte Rayn leise und deutete auf das Portal.

»Du«, sagte ich, weil ich das Gefühl hatte, ihm jetzt den Vortritt lassen zu müssen.

»Okay.« Geschwind trat Rayn vor, hob die dreckige Hand, legte die Finger um den Griff und öffnete mit einem Ruck die Tür des Portals. Er diffundierte und verschwand dann wie alle zuvor.

Nun stand ich allein im Gang, sah man von den zwei Magicians rechts und links an der Wand ab, die das Portal bewachten. Aufseufzend legte auch ich meine stärkere Hand um den Griff, zog leicht und bemühte mich, das Bild der kleinen Halle hinter der Bühne, die ich zum ersten und letzten Mal zu Beginn der Wahl gesehen hatte, im Kopf zu behalten.

Schneller als erwartet war ich dort.

Um mich herrschte rege Geschäftigkeit.

Make-up Artists zippelten und zuppelten an den Oberhäuptern der Gilden herum. Pinsel und Bürsten wurden geschwungen.

Mich winkte sogleich eine der Bühnenassistentinnen in Rayns Richtung, der genau wie ich etwas verloren dastand. »Ihre Mutter wird gleich eintreffen«, informierte sie mich im Gehen. »Wir haben sie bereits erreicht.«

Ich lächelte. Nach all der Zeit freute ich mich unheimlich darauf, meine Mutter wiederzusehen. Ich hoffte, dass sie trotz der fehlenden Beaufsichtigung durch mich nicht zu sehr in ihren Forschungen versunken war und ab und an auch gegessen hatte. Allein der Gedanke an diese für mich normalen Dinge ließ mein Lächeln breiter werden.

Es war vorbei. Es war wirklich und wahrhaftig vorbei!

Langsam glaubte ich es.

»Was?«, fragte Rayn, als ich breit lächelnd bei ihm ankam.

»Nichts, ich freue mich nur auf meine Mutter.«

»Du bist gerade Regentin geworden und freust dich mehr auf deine Mutter als auf die Zeremonie?« Er klang amüsiert.

»Das habe ich nicht gesagt«, wehrte ich mich noch immer lächelnd.

»Aber es ist wahr.« Er lachte. »Ich sehe es dir an.«

»Kann sein«, gab ich zu. »Hast du etwas anderes erwartet?«

»Nicht wirklich. Du bist unverbesserlich.« Er fuhr sich abgekämpft durchs Haar. Danach vollführte er eine ausladende Handbewegung. »Sieh sie dir an, wie sie sich alle in Szene setzen lassen. Und uns wollen sie für den dramatischen Auftritt so da rausschicken.«

Er klang verbittert und hatte jegliches Recht dazu. Noch immer waren wir die Clowns in ihrer Show. Aber es kümmerte mich gerade herzlich wenig. »Es wird uns nicht umbringen.« Meine Augen suchten nach Ivan.

»*Das* wird es nicht. Da hast du recht.« Rayn klang ironisch, dann nachdenklich. »Aber daran sollte man nicht unbedingt alles messen.«

Die Melodie, die für die Zuschauer schon seit Beginn der Wahl das Geschehen begleitete, ertönte und ersparte mir eine Antwort. Ich drehte den Kopf. Weder Ivan noch meine Mutter waren zu sehen.

»Es ist Zeit«, sagte Rayn leise.

»Wo ist Ivan?« Ich hatte es nicht fragen wollen. Doch jetzt war es raus.

Rayn sah mich einen Moment fast mitleidig an. »Er ist an der Seite des Kaisers. Sie stehen bereits auf der Bühne.« Er lächelte traurig. »Du wirst dich daran gewöhnen müssen.«

Ich schluckte.

»Aber sei dir gewiss, dass er es ernst gemeint hat«, fügte er in versöhnlicherem Tonfall hinzu.

»Was?«, fragte ich, nur um keine Stille aufkommen zu lassen. *Soweit es in einem Raum voll Menschen still sein konnte.* Nervosität zupfte an meinen Nervenenden.

Rayn antwortete nicht. Er wartete, bis ich wieder zu ihm blickte, dann klopfte er sich auf die Brust. »Das«, sagte er und klang selbst ein bisschen erstaunt.

Ich verstand. »Ja.« Erleichtert kniff ich die Augen zusammen, versuchte daraus Kraft zu schöpfen und atmete tief durch. Dann kam auch schon wieder die Assistentin auf uns zu und wir wurden in Richtung Bühne gescheucht.

Die Oberhäupter der Gilden und Sinessa liefen voraus.

Kurz bevor wir den Ausgang passierten, gesellte sich überraschend meine Mutter von rechts dazu. »Josephine«, flüsterte sie lächelnd, obschon es ein überschattetes Lächeln war, das verblasste, als sie meinen Zustand und das desaströse Äußere wahrnahm. »Ich dachte, sie würden euch …«

»… kurz unter die Dusche schicken?« Ich grinste im Gehen. *Typisch meine Mutter. Selbst verpeilt bis zum Gehtnichtmehr, aber wenn es um ihr oder mein Äußeres ging, musste in der Öffentlichkeit immer alles tadellos sein.*

»Ich hab dich vermisst«, flüsterte ich. Es schwang noch so viel mehr in den Worten.

»Ich dich auch.« Ihr wieder aufflammendes Lächeln entlohnte und tröstete mich über all die Momente während der Wahl hinweg, in denen ich sie gebraucht hätte und sie nicht da gewesen war.

Da gab es so viel, was ich sagen wollte. So viel, was ich nicht sagen konnte. Besonders nicht vor all den Kameras. »Danke«, brachte ich stattdessen hervor. Es bezog sich auf ihre erste Videobotschaft an mich.

»Immer.« Sie nahm meine Hand trotz des Staubes daran und drückte sie fest. Damit vermittelte sie mir das Gefühl, genau zu verstehen, was ich impliziert hatte.

Schon traten wir hinaus auf die Bühne.

Tausende Menschen empfingen uns. Sie standen davor – wie zu Beginn der Wahl –, riefen und lachten, pfiffen und applaudierten. Die Geräuschkulisse war überwältigend. Ich fühlte mich … geehrt von so viel Aufmerksamkeit.

Das war mein Volk.

Das Volk von California.

Nun, ein Bruchteil davon, der hauptsächlich aus Tekre stammte.

Jetzt war ich nicht mehr eine von fünfundzwanzig für sie. Ich war ihre zukünftige Regentin. Und obwohl ich dafür gekämpft hatte, war es noch immer mehr ein ferner Traum, den ich fortwährend träumte, denn eine Realität, die schon in wenigen Minuten besiegelt sein würde. Nämlich dann, wenn der offizielle Teil der Zeremonie zur Regentschaft beendet sein würde.

Wir stoppten in der Mitte der Bühne; mit dem Kaiser und Ivan auf der einen und den Oberhäuptern der Gilde auf der anderen Seite. Sinessa stand, wie es die Tradition gebot, ganz links am Rand vor uns. Er würde erst die Regentschaft offiziell niederlegen, sodass sie mir daraufhin vom Kaiser zugesprochen werden konnte.

Ich ließ meinen Blick schweifen …

Das plötzliche Aufkeuchen meiner Mutter rechts neben mir veranlasste mich, den Kopf zu drehen.

Und ich sah, was sie sah …

Gelbes Feuer züngelte von Sinessas Fingerspitzen über seine ausgestreckten Arme. Feuer, das genauso hell brannte wie der Hass, der in seinen Augen loderte. *Der Hass auf mich.*

Intuitiv begriff ich, dass das Feuer keine Illusion war. Die Flammen waren dieses Mal echt. Wie auch immer Sinessa das möglich gemacht hatte. Er war bereit zum finalen Schlag. Ein letzter Anschlag auf mein Leben, ein letzter verzweifelter Versuch, mich ein für alle Mal loszuwerden, bevor der Kaiser mich endgültig zur Regentin ernennen konnte. Oder um damit die Rebellion im Keim zu ersticken, die der chinesische Kaiser so fürchtete – angefacht durch mich als Gallionsfigur. Sie zu beenden, bevor sie richtig begonnen hatte.

Schon hob er die Arme, zielte auf mich.

Angst lähmte meine Glieder. Mein Herz drohte mir aus der Brust zu springen. *Hatte ich die Wahl überlebt, nur um hier zu sterben?*

»Untersteh dich, du Narr«, durchschnitt die kalte Stimme meiner Mutter die Luft. Sie hallte über den ganzen Platz, lauter, als es ohne Magie und andere Hilfsmittel möglich sein sollte. Einem Peitschenhieb gleich sauste sie herab und traf das Geschehen, das in vollem Gange war.

Alles erstarrte, sich nun des Dramas bewusst werdend, das sich auf der Bühne abspielte.

Blaue Augen lohten voll unterdrücktem Zorn. Die meiner Mutter, nicht meine. Ein ebenso blaues Glühen ging von ihrem Körper aus, als sich Nebelschwaden um sie zu bilden begannen, die einen Thron formten.

Gebannt sah ich zu, wie die Wolken sich in rasender Schnelle zu detailgetreuen Verzierungen zergingen – und damit Sinessas Regentenstuhl nachahmten. Der stille Spott, der in dieser Kopie lag, war deutlich und als meine Mutter sich umdrehte sowie zwei Nebelstufen erklomm, um sich darauf zu setzen, glaubte ich, ohnmächtig zu werden.

Die absolute Stille, die über der Vielzahl an Menschen lag, sprach Bände. Von Faszination und der Unsicherheit, was als Nächstes geschehen würde.

Ganz ihr untertan, erhob sich der Thron mühelos mit ihr in die Luft. Ihr übliches Gebaren, die ruhige Frau von gerade eben, die von Wissenschaft und Technik besessen war – sie war wie weggewischt. Ausgeschaltet. Abgelegt wie eine Maske. Über der Szenerie schwebend, blickte das geliebte, doch mir plötzlich so fremde Gesicht meiner Mutter angewidert zu uns herab.

Die Furcht, die sich nun wie ein Lauffeuer ausbreitete, mündete in einem leisen versteckten Murmeln der Menge auf dem Platz.

Geschockt pendelte mein Blick von ihr zu Sinessa und wieder zurück. Der Kaiser, Ivan, Rayn, selbst die Gildenoberhäupter waren vergessen.

Ich konnte nicht sagen, was mich mehr ängstigte. Sinessas absoluter Vernichtungswille oder die Schauspielkünste während all der Jahre, in denen ich mein bedingungsloses Vertrauen der Frau dort oben geschenkt hatte.

Der Frau, die ich nicht wiedererkannte.

Die ich doch liebte.

Vor der ich mich niemals zuvor gefürchtet hatte.

Und die mir jetzt – in diesem Moment – unglaublich fremd war.

»Miss Terious«, flüsterte Sinessa. Obwohl es fast nur ein Hauchen war, trieben die Worte an mein Ohr.

Unglaube und Resignation mischten sich auf dem Gesicht des ehemaligen Regenten mit Wut und Angst. Er begriff die Tragweite im gleichen Atemzug, in dem ich das Gesagte gänzlich erfasste.

Die Erkenntnis schwappte über mich.

Sie war es, die wahre Anführerin der Rebellen.

Meine Mutter war offensichtlich um einiges mächtiger als das Mädchen, dem er nach dem Leben trachtete: mir. Und Lanahaa war nicht zu stoppen. Mit der Wucht eines Donnerschlags hatte sie – nur mit Worten – Sinessas Ansinnen beendet und sie war längst nicht fertig, wie sich zeigte. Ihre Stimme grollte weithin, während sie etwas zu ihm sagte, das allen den Atem raubte, mich allerdings unmissverständlich ins gedankliche Aus katapultierte: »Josephine ist deine Tochter.«

In der darauffolgenden Stille hätte man eine Stecknadel fallen hören können. Das Chaos in meinem Kopf wurde immer undurchsichtiger. Meine Gedanken wirbelten wild durcheinander. Alles und nichts schien Sinn zu ergeben. *Ich hatte gerade gesehen, wie meine Mutter … höhere Magie angewandt hatte. Und wie sie … Sinessa … ich …*

Ich verstand die Welt nicht mehr.

»Ergreift sie!«, hörte ich den Kaiser rufen. *Meinte er Lanahaa oder eher mich, da sie sich vermutlich nicht einfach in Ketten legen lassen würde? Aber sollte er nicht eher Sinessa ergreifen lassen?*

Meine Knie gaben unter mir nach, als es mir das Herz zerriss.

So viele Menschen waren in den letzten Wochen in mein Leben getreten und wieder gegangen. Man hätte meinen können, sie wären ersetzbar für mich gewesen. Dabei war es genau andersherum: Ich war anscheinend ersetzbar. *Aber warum behaupteten dann alle, mich zu schützen?*

Alles, was ich für echt erachtet hatte – mein altes Leben –, war eine einzige Lüge gewesen. Und diese Wahl, dieses grausame Hin und Her der Gefühle und Gefahren, es war das Einzige, von dem ich sicher sein konnte, dass es echt gewesen war. *Oder?*

Wer war ich?

Wer war diese Frau, die ich für meine Mutter gehalten hatte?

Wieso kam Ivan nicht an meine Seite geeilt? Und warum starrte Sinessa mich noch immer an, als sei ich das nächste Weltwunder?

FORTSETZUNG FOLGT

Schlusswort

Uff! Was für ein Ende von Band 1! Das verheißt wohl einiges für Band 2.

Nun, lasst euch gesagt sein: Falls ihr euch während des Lesens spontan selbstentzündet habt, euch Flügel gewachsen sind, ihr laut »Gleichberechtigung!« geschrien habt oder der Bad Boy doch Manieren entwickelt hat und nun ganz süß ist … das ist (fast) normal – in Eterny.

Aber wisst ihr, was? Bleib auf jeden Fall dran! Denn ihr müsst dringend mit Josephine in Band 2 herausfinden, wem sie vertrauen kann und wer ein falsches Spiel spielt. Wir sind uns doch einig, dass sie als erste weibliche Regentin Californias nicht scheitern darf, oder? Also: *Lasst uns in Erfahrung bringen, wie das Schlamassel endet und wie eine* Frau *fabulös ein Land regiert!*

Eure Isabel

Danksagung

Das schönste Weihnachtsgeschenk 2018 kam von meiner Verlegerin Astrid. Es waren die Verträge für diese Dilogie. Tja. *top secret* hat mir damals gedroht, mich mit dem Paketband aus dem Bestellfach zu knebeln, sollte ich auf social media auspacken, wie die Dilogie heißt und um was es geht – dabei wollte ich das doch gern, so stolz war (und bin) ich. Aber mit der Drachenmafia wollte ich mich dann auch nicht kurz vor Heiligabend anlegen, nicht dass sie noch mit Konfettikanonen auf mich geschossen hätte. *haha* Alsooo …

HEUTE BIN ICH EINFACH DANKBAR. ♡

Dankbar, euch diese Geschichten erzählen zu dürfen. Und stolz, dass die Idee nun als Buch mit dem Schwarm der Drachen fliegt. Diese Dilogie für euch und mich festzuhalten, war wie ein Traum.

Schön, dass ihr ihn mit mir träumt!

Jetzt habt ihr Leser den ersten Band der Dilogie hinter euch. Na, begeisterte Gesichter, oder hasst ihr mich wegen des fiesen Endes? Lasst es mich gern in einer Rezension wissen (damit macht ihr mir die größte Freude), oder direkt auf instagram (isabel.kritzer)/ facebook (Isabel Kritzer).

Der erste Band entflutschte meiner Schreibfeder (okay, der Ehrlichkeit halber meinen Fingern), als ich im Thailandurlaub war. Die Idee dazu kam mir aber, als ich vor einigen Jahren in Namibia auf einer Sanddüne namens ›Big Daddy‹ (wirklich wahr!) stand. Die namibische Wüste ist UNESCO-Kulturerbe und eine der ältesten Wüsten der Welt. Für mich ein Vorbote, wie große Teile der Erde (die nicht überfluteten) irgendwann (in hoffentlich ferner Zukunft) aussehen werden. Ich hatte schwarze Hosen und ein schwarzes Oberteil an (Crazy? Jaaa, aber meine Haut verträgt keine Sonne.) und schwitzte mir die Seele aus dem Leib, um den Anblick des ›ewigen‹ Sandes zu genießen. Meine Fantasy-

Dilogie spielt (wie ihr wisst) *nicht* in der Wüste. Aus Sand lässt sich jedoch Glas erschaffen … und so entstand die Idee einer Geschichte über ein Mädchen aus den Glastürmen in einer phantastischen Welt, die unserer so ähnlich und doch so fremd ist.

Band 2 erscheint bald und ich verspreche euch, dass dieser alle offenen Fragen beantworten wird. Er vollendet die Geschichte um ›Das Mädchen im Käfig aus Leuchtdioden‹. Euch erwartet ein episches und magisches Hightech-Finale im Kaiserreich – mit einigen Überraschungsgästen!

Kommen wir nun zu den Menschen, die den ersten Band dieser Geschichte zu der heutigen Fassung gebracht haben: Danken möchte ich zuallererst meinen Testlesern. Simon, danke dafür, dass du eine unendliche Geduld mit mir hast und zu jeder Tages- und Nachtzeit auf meine skurrilen Fragen antwortest. Kathrin, danke, dass du diesen Weg mit mir gegangen bist – auch wenn Josi im Gegensatz zu Iva pink verabscheut. ;-) Olaf, danke, dass du die Dinge immer auf den Punkt bringst und für jede Diskussion offen warst – bis wir die (für uns) optimale Lösung jeder Szene gefunden hatten. Rike, danke dafür, dass du die großen Zusammenhänge im Blick behalten und immer ein offenes Ohr für mich hattest! Sonja, danke für deine großartigen, unterhaltsamen und absolut genialen Anmerkungen. Ich habe gelacht, genickt und gelächelt. Und es freut mich riesig, dass ihr alle nach Band 2 gefragt habt!

Außerdem möchte ich Filippos danken – ohne ihn und ein Interview, das er gelesen hat … und infolgedessen ich mir vornahm, dass ich auch jeden Tag drei Kapitel schreiben kann, wäre diese Dilogie nie entstanden, weil ich gedacht hätte, dass ich keine Zeit dafür habe.

Ganz herzlich danke ich deshalb meiner Mutter, die mich in dieser Zeit unterstützt hat. Und ich möchte auch meiner Autorenkollegin und Freundin Emily innig danken, die für mich immer, immer, immer Zuspruch hat! Sowie Moni, die diesem Text den letzten Schliff verpasst hat.

Des Weiteren möchte ich Alex danken, der wieder einmal zwei fantastische Cover kreiert hat, um diese Dilogie in ein wundervolles Kleid zu hüllen! Ihr findet Band 1 schön? Glaubt mir, das Cover von Band 2 wird euch umhauen! Alex, du bist mein absoluter (Covergott-)Held – alles in einem!

Ein riesiges Danke geht auch an Magali, die die Karte vorne im Buch von der noch existenten Welt in 2086 designt hat! Bisher haben wir uns vorwiegend im Regentenschloss in Tekre – California aufgehalten … das wird sich in Band 2 ändern.

Ein ebenso großes Danke geht an Anna Jane für die Illustrationen hier in Band 1, die Rayn, Josi, Ivan und Neves sowie Sama Leben eingehaucht haben. Ich liebe deinen Stil und die Details!

Ich danke auch meiner Klappentext-und-Coverline-Mafia: Alex (Fuchs), Lisa, Emily, Simon, Olaf, Rike und Sonja. We finally made it! Es ist jedes Mal fantastisch, wenn diese wenigen Zeilen, die so viel Hirnschmalz verbrauchen, stehen! *whoop whoop*

Meinem wunderbaren Bloggerteam möchte ich ebenfalls danken – für die tolle kreative und kommunikative Unterstützung – ihr bringt eine Extraportion Spaß und Freundschaft mit: Rike, Tanja, Neni, Tizia, Tugce, Laura, Toniii, Sarah, Jula, Nata, Isi, Lisa, Samentha sowie Sonja, Anni, Lexy, Jana, Marie, Sandra, Jacqueline, Juliane und Kathrin.

Zudem bedanke ich mich herzlich bei meinem Leserteam: Julia, Svenja, Nihal (Josi ;-)) und Sabine.

Und ich danke meiner Drachenmond-Kollegin Rune. Ich habe vor längerer Zeit einen Post von ihr auf instagram gelesen – den ich kommentiert habe (mit ein paar Zeilen, die sich genau so in diesem Buch finden) –, daraus entstand später Ivans Charakter. Und über den größten Bad Boy Eternys gibt es noch viel zu erzählen … ihr merkt, ich kann es nicht abwarten, nach Eterny zurückzukehren.

Zum Schluss dieser Danksagung möchte ich noch Benni danken – dem Tech-Genie, das auf www.isabelkritzer.com meine bunten Website-Inhalte strahlen lässt.

Und DANKE an meine Community! An all die großartigen Menschen, die mir auf Lesungen, Messen und Events oder täglich auf social media ›begegnen‹ – die mich auf Buchhandlungsbildern mit meinen Büchern oder auf ihren liebevoll arrangierten Fotos und ihren Texten zu meinen Texten verlinken. Ihr zaubert mir sehr oft ein Lächeln ins Gesicht.

Eure Isabel
2019

Isabel Kritzer

Sisu – Älter als die Erde

ISBN: 978-3-95991-911-1, kartoniert, EUR 14,90

Drei Galaxien. Fünf Welten. Sechs Völker. Ein letzter Kampf!

Wenn ich dir erzähle, dass astrale Wesen über die Erde wachen, dass da draußen, im All, der Teufel lauert, dass Gott eine Tochter hat und es das Schicksal wirklich gibt. Würdest du mir glauben?

Ich bin Iva und das ist meine Geschichte.

Alles begann vor 494 Tagen in New York, als mein Alltag plötzlich zu einer Suche wurde. Während ich den Spuren zweier Vermisster folgte, begann nicht nur mein Herz verrückt zu spielen. Mein Weg erwies sich als Vorsehung eines uralten Volkes, deren Erfüllung über Leben und Tod entscheiden sollte …

Isabel Kritzer

Captum. Born. Twice.

ISBN: 978-3-95991-909-8, kartoniert, EUR 14,90

»Einer unter Millionen.«

Als die kleine Mia den abgemagerten David auf einer mexikanischen Müllhalde vor dem Hungertod rettet, ist es für beide ein Tag wie jeder andere und doch einer der letzten dieser Art. Geboren in der Hölle, gefangen inmitten von Grausamkeit und Tod, strebt David danach, seinem Schicksal zu entfliehen …

So beginnt die Geschichte eines genialen Jungen, der vom Militär zum Killer ausgebildet wird und immer tiefer im Sumpf des Drogenkriegs zwischen den USA und Mexiko versinkt. Einzig das Bild zweier grüner Augen begleitet stets seinen Weg. Doch als Erinnerung und Realität auf feindlichem Gebiet kollidieren, muss er sich entscheiden: Wird er töten, um zu überleben?